FANTASY

Buch

Diese Welt ist ein Labyrinth, und Steve Fisher kennt sie; nur hat er nicht damit gerechnet, daß es ihn so schnell wieder auf die geheimnisvollen Straßen der »Spirale« verschlagen würde. Doch als eine Schiffsladung aus mysteriösen Gründen nicht ihr Ziel erreicht, scheint es nur eine Möglichkeit zu geben – den Bestimmungshafen Bali über die Spiralwelt zu erreichen. Steve findet Hilfe bei einem undurchsichtigen Magier und nicht zuletzt bei der ebenso schönen wie begehrenswerten Rangda. Dann aber ist die Schiffsladung plötzlich verschwunden. Und noch ahnt Steve nichts von der tödlichen Gefahr, die in der »Spirale« auf ihn lauert …

Der zweite Band von Michael Scott Rohans Pfortenwelt-Trilogie – Abenteuer-Fantasy vom Feinsten, mitreißend, geheimnisvoll, packend.

Autor

Michael Scott Rohan, geboren 1951 in Edinburgh, ist der kommende britische Fantasy-Star. Mit seiner Pfortenwelt-Trilogie zeigt er, daß er zu den originellsten Fantasy-Autoren seiner Generation gehört. Michael Scott Rohan lebt in Yorkshire.

Michael Scott Rohans Pfortenwelt-Trilogie
im Goldmann Verlag

Pfortenwelt 1 – Wolfsdämmerung. Fantasy-Roman (24670)
Pfortenwelt 2 – Hexendämmerung. Fantasy-Roman (24671)
Pfortenwelt 3 – Gralsdämmerung. Fantasy-Roman (24672)

Pfortenwelt

MICHAEL SCOTT
ROHAN

HEXENDÄMMERUNG

ROMAN

2

Aus dem Englischen
von Gerald Jung

GOLDMANN VERLAG

Die englische Originalausgabe erschien 1992
unter dem Titel »The Gates of Noon«
bei Victor Gollancz Ltd, London

Für Marise, Philip und Lucy

Umwelthinweis:
Alle bedruckten Materialien dieses Taschenbuches
sind chlorfrei und umweltschonend.
Das Papier enthält Recycling-Anteile.

Der Goldmann Verlag
ist ein Unternehmen der Verlagsgruppe Bertelsmann

Deutsche Erstveröffentlichung 3/96

Umschlaggestaltung: Design Team München
Umschlagillustration: D'Achille/Ag. Xing
Satz: deutsch-türkischer Fotosatz, Berlin
Druck: Elsnerdruck, Berlin
Verlagsnummer: 24671
SN/Redaktion: Gerd Rottenecker
Herstellung: Peter Papenbrok
Made in Germany
ISBN 3-442-24671-7
1 3 5 7 9 10 8 6 4 2

Auf der Schwelle zwischen Nacht und Morgen,

Zwischen blutrotem Tod und brennendem Verlangen

Ohne eine Warnung, ohne ein Zeichen des Triumphes

Steht der große Wächter auf der Brücke aus Feuer …

Flecker, *Die Brücke aus Feuer*

Kapitel 1

Ich war viel zu wütend, um auf den quietschenden Aufzug zu warten, und rannte so schnell durch das staubige Treppenhaus hinunter, daß ich sogar vor Dave im Erdgeschoß ankam. Mit großen Schritten durchquerte ich die kleine Empfangshalle, ignorierte die gehauchten Höflichkeiten der Empfangsdame und stürmte in den Sonnenschein hinaus. Erst dort blieb ich stehen und atmete tief durch. Das war keine besonders gute Idee. Angeblich zeichnete sich die Luft hier durch den niedrigsten Sauerstoffgehalt der Welt aus, und jenseits der von Klimaanlagen abgeschirmten Räume der Speditionsbüros knallte die Sonne mit der Unerbittlichkeit eines Metallgongs auf die Stadt herab. Der Lärm der Innenstadt umtoste mich, das Brummen der Autos vermischte sich mit dem rumpelnden Husten der Busse, dem hochtönigen Geknatter der kleinen *Tuk-Tuk*-Rikscha-Taxis und den Blähungen der Mopeds. Tausendfacher Gestank plagte meine Nase: Rauch, Abgase, Gewürze, Straßendreck, Schweiß und all die anderen abgestandenen Ausdünstungen der Menschheit. In dieser Gegend war es schon recht schlimm, denn die Büros lagen in einem von den Mieten her gesehen eher preiswerten Bezirk, nicht sehr weit von den Werften am Flußufer entfernt. Eigentlich müßte sich eine Agentur in dieser miesen Lage normalerweise für ein Geschäft mit einer weltweit renommierten Agentur wie der unsrigen ein Bein ausreißen.

Normalerweise.

Ich zitterte buchstäblich vor Zorn und Empörung. Ich hatte von diesem Stadtviertel endgültig die Nase voll. Ich wollte einfach laufen, irgendwo anders hingehen, wo es weniger heiß, weniger stickig und weniger unkooperativ zuging. Ich drehte mich auf dem Absatz um und tauchte in die mir entgegenflutende Menschenmenge ein. Das Meer aus Köpfen reichte mir gerade bis zur Schulter, und ich mußte den Impuls unterdrücken, einfach loszuschwimmen. Doch trotz des Gedränges und des Gewühls und der allgegenwärtigen Plastikschlager aus japanischen Ghetto-Blastern gab es hier weder das ohrenbetäubende Geschnatter wie in den Straßen von Hongkong noch das Dröhnen und Bellen westlicher Menschenmengen. Alles in allem waren die Leute hier leise und höflich; nur Kinder und Rock-Bands kreischten lauter als der Verkehrslärm. Andererseits spürte ich hier hin und wieder flinke Finger in meiner Jacke, und ich war froh, daß ich alles in Innentaschen mit Reißverschlüssen verstaut hatte. Doch das passierte eben in diesem Teil der Stadt. Das Gewühl lichtete sich ein wenig, und Dave holte mich ein. »Na schön«, sagte ich schwer atmend. »Du hast mich ja gewarnt. Noch irgendwo anders hin? Oder sind wir hier richtig?«

»Nirgendwo anders hin«, antwortete er, ebenfalls nach Luft ringend. »Hör mal, ich wollte doch nur, daß du es mit eigenen Augen siehst, sonst nichts. Ich bin neu in diesem Job, und ich wollte vermeiden, daß ausgerechnet du denkst, ich sei unfähig. Es ist ziemlich schwer, in deine Fußstapfen zu treten – besonders dann, wenn ich meine Berichte auch noch an dich abliefern muß.«

Ich stürmte weiter, immer noch viel zu wütend, um mich über das Kompliment zu freuen. Meiner Laune entsprach es weitaus eher, dem Pflaster unter meinen Schuhen energische Fußtritte zu verpassen. »Verdammt nochmal, Dave! Es handelt sich doch um ein ganz alltägliches Geschäft. Ein paar Lieferungen nach Indonesien, sonst nichts!«

»Ja, so einfach, daß sie keiner übernehmen will.«

»Aber warum denn nicht, in Gottes Namen?« Wir sprangen zurück, als einige Mopeds bei Rot über die Ampel fuhren und den Dreck aus dem Rinnstein aufspritzen ließen; dann, bevor noch mehr von ihnen durchbrechen konnten, überquerten wir inmitten einer menschlichen Barriere die Straße. »Viel einfacher hätten wir es doch wirklich nicht mehr machen können, oder? Eine oder zwei Ladungen für einen großen Frachter;

aber wenn es sein muß, können wir es auch nach und nach mit jeweils einem Container verschiffen. Warum also will es niemand übernehmen? Die großen Haie nicht, die kleinen Fische auch nicht – noch nicht einmal dieser hinterletzte Kramladen dort hinten! Luft, See, Land – egal wie wir es auch drehen und wenden, näher kommen wir nicht heran. Das ist schon schlimm genug; aber ab diesem Punkt hier ist es gerade so, als liefen wir gegen eine Wand!« Ich blickte ihn wütend an. »Ich weiß nur zu gut, wie viele Verbindungen wir hier unten seit jeher hatten! Wie hast du es bloß angestellt, sie alle innerhalb einer Woche abreißen zu lassen?«

»Das ist unfair«, sagte Dave leise. Er ließ den goldenen Deckel seines Feuerzeugs aufschnappen, deckte die Flamme mit seinen dunklen Fingern ab, zündete sich eine Zigarette an und schob das Feuerzeug wieder umsichtig in eine Innentasche mit Reißverschluß. Ein sicheres Indiz dafür, daß er sich hier nicht zum ersten Mal aufhielt. »Hör mal zu, ich erledige alle möglichen Aufträge hier im Osten, egal, welche Fracht und egal, in welchen Hafen; das ist kein Problem – müßtest du eigentlich wissen, wenn du meinen letzten Monatsbericht gelesen hast. Alle Verträge sind absolut wasserdicht, da gibt's nichts. Bis auf diesen einen, der obendrein nur eine kleine Nummer ist – das hast du jedenfalls gesagt! Wieso also die ganze Aufregung? Wir haben doch nicht ein paar kleine Nebengeschäfte laufen, oder? Waffen vielleicht? Oder Koks?«

»Herrje, Dave! Du weißt doch ganz genau, daß wir unter keinen Umständen –« Erst jetzt bemerkte ich den Spott in seiner Stimme und bremste mich. »Tut mir leid. Ich weiß, daß du der Sache gewachsen bist und deine Aufgaben in der Vertragsabteilung mindestens so gut erledigst wie ich damals. Deswegen konnte ich ja kaum glauben, daß du in einen derartigen Murks reingeraten bist – bei einer so kleinen Nummer, wie du sagst. Noch dazu, wo du persönlich eingeflogen bist. Und genau deshalb bin ich jetzt selbst gekommen.«

»Jaja, weil ich es nicht geschafft habe. Und jetzt geht es dir genauso. Jetzt kannst du ruhig mit dem Geheimnis rausrücken. Was ist denn so wichtig an diesem elenden Vertrag, daß mir eigens unser neuernannter stellvertretender leitender Direktor nachgerannt kommt?«

»Also …«

»Komm schon. Ich arbeite für dich, erinnerst du dich noch? Warum bist du daran so interessiert – persönlich, meine ich?«

Ich zuckte die Achseln und stieß die Fäuste in die Taschen meines leichten Seidenanzugs. »Hör mal, es ist nicht … keine große Sache, verstehst du? Es ist nur eine Gefälligkeit. Für eine gute Sache, zu der mich einer meiner politischen Freunde überredet hat. Einer von diesen Mühlsteinen, die man sich ab und zu um den Hals hängt. Macht sich immer gut in der Öffentlichkeit. Du kennst das doch! Wäre wirklich peinlich, wenn es in die Hose ginge. Keine gute Reklame für uns. Das ist alles.«

Eine kurze Stille trat ein. Allerdings nur zwischen uns; um uns herum toste ununterbrochen der Lärm Bangkoks, dieses Betonklumpens, den man mitten auf den Bauch Asiens gepflanzt hatte.

»Wir sind doch alte Kumpel«, informierte mich Dave und verfiel wieder in seinen Möchtegern-Slang. Lässig blies er den Zigarrenrauch in Richtung Straße. »Mach mir nix vor, Fisher. Ich kenne dich zu gut, jedenfalls geschäftlich. Ich weiß, daß du dich hundertprozentig um jeden kleinen Fischkutter kümmerst – normalerweise. Und ich weiß auch, daß dich so was sonst nicht aus der Fassung bringt. Du möchtest, daß die Sache hier korrekt abläuft, und nicht nur wegen deiner politischen Spießgesellen. Dir liegt mehr daran. Sonst würdest du nicht so ausrasten.« Er hob die Schultern. »Oh, mach dir darum keine Sorgen. Ich finde es gut, wenn du merkst, daß du nicht aus Zahnrädern, Uhrwerken und Mikrochips bestehst, wenn du dich ab und zu unter die Menschen mischst. Das tut dir ganz gut.«

Wie so oft hatte mich Dave wieder etwas aus der Fassung

gebracht. »Also ... ich kann nicht sagen, daß ich das so gut finde. Am Ende stehe ich noch wie so eine Art Menschenfreund da.«

»Klar. Versaut einem die ganze Reputation.«

»Herzlichen Dank. Aber die Geschichte ist mir wirklich einfach so in den Schoß gefallen – bei einer Festlichkeit im Rotary Club, um genauer zu sein. Jemand meinte, wir könnten einer Stiftung, mit der er verbunden ist, behilflich sein – der Freund eines Freundes, du kennst das ja. Ich sah mir die Sache also etwas genauer an, und irgendwie ... fing sie an mich zu interessieren. Barry war der gleichen Ansicht. Genau unser Geschäftsbereich, kinderleicht, ein Auftrag von der Sorte, die man zehn Minuten vor dem Teetrinken erledigt, warum also nicht? Zum Selbstkostenpreis. Kein großer Aufwand.«

»Und deswegen schickst du einen Vertragsbevollmächtigten um die halbe Welt und fliegst ihm sogar noch hinterher? Mann, du kennst wirklich keine Skrupel. Aber keine Bange, ich hüte dein kleines Geheimnis – falls es jemals soweit kommt, daß du es *mir* anvertraust!«

Ich zögerte noch. Nicht, weil ich es ihm nicht sagen wollte, sondern weil er genau den wunden Punkt erwischt, genau die Frage gestellt hatte, die ich mir seit einiger Zeit immer wieder selbst stellte. Weshalb interessierte mich diese Sache *wirklich*? Nicht allein deshalb, weil es für einen guten Zweck war. Jede Firma wird mit derartigen Anfragen regelrecht überschwemmt und lernt früh genug, sich dagegen zu wehren; wenn wir uns auf alles einlassen würden, wären wir in einem Monat bankrott und könnten niemandem mehr einen Gefallen tun. Warum also ausgerechnet dieser Auftrag? Mir war keine Antwort darauf eingefallen – es sei denn, so dachte ich mir, es handelte sich um eine besondere Angelegenheit, deren Charakter ich mir nicht eingestehen wollte. Nicht einmal insgeheim.

Mein wütendes Vorwärtsstürmen wurde plötzlich unterbrochen. Selbst mit geschlossenen Augen hätte ich vor der unsichtbaren Wand aus Gestank, die sich vor mir auftürmte, zurückgeschreckt, ein Gestank, der schlimmer war als sämtliche Gerüche der Stadt zusammengenommen. Dave rümpfte die Nase. »Mannomann. Wer diese Grenze überschreitet, sitzt wirklich ganz schön tief in –«

Die Straße endete an einem der schmalen *Klongs*, den berühmten Kanälen der Stadt, die einem Großteil der armen Bevölkerung noch immer als Wohnort, Straßennetz, Wasserreservoir und Kloake dienen – nicht unbedingt immer in dieser Reihenfolge. Ein Touristenboot zog eine schäumende Kielwelle hinter sich her, die Ladung Touristen richtete die Kameras auf das ungehemmte Leben der Flußbewohner, die meist in dürftigen Pfahlbauten entlang des Ufers hausten; dabei war es den Einheimischen hoch anzurechnen, daß sie die neugierige Meute nicht auf der Stellte ertränkten, sondern statt dessen neugierig in die vorübergleitenden, alles verschlingenden Objektive grinsten. Sogar für uns hatten sie ein freundliches Lächeln übrig, auch wenn sie vor allem Dave schräg von der Seite anblickten. Afrikaner kamen selten in diese Gegend, erst recht Afrikaner mit Oxford-Akzent in Anzügen aus reiner Seide. Dave schnippte seinen Zigarettenstummel in das trübe, braune Wasser, wo er mit einem leisen, schmierigen Glucksen verschluckt wurde.

»Igitt«, kommentierte er.

»Igitt, allerdings«, stimmte ich ihm zu. »Und doch geht es hier wie überall sonst nur darum – Wasser.«

»Das nennst du Wasser?«

»Für viele Gegenden wäre es das reinste Lebenselixier. Heutzutage würden sie sich sogar in Kalifornien darüber freuen. Oder in Bali. Diese Insel, weißt du –«

»Diese Insel ist der Zielort für unseren Frachtauftrag, alles klar. Noch eins dieser üppigen tropischen Paradiese, wo man mich nie hinbeordert.«

»Ich bin auch noch nie dort gewesen. Noch nicht. Aber du bist doch in einem geboren.«

»Die Vorstädte von Kano ein tropisches Paradies? Hoppla!«

»Paradies ist ein relativer Begriff, üppig ebenso. Bali hat nur wenig oder gar kein eigenes Wasser; und genau darum geht es. Die Insel ist hauptsächlich auf Regenwasser angewiesen, das aus dem zentralen Bergland herabfließt, und davon gibt es nicht allzuviel. Eine gerechte Verteilung entscheidet zwischen Idylle und Hungertod. Das ist seit Jahrhunderten so gewesen, und die Einwohner haben ein ausgeklügeltes System entwickelt, um das Wasser zu verteilen. Es ist schon so alt, daß es zu einem festen Bestandteil ihrer Kultur, ihrer Religion, ihres alltäglichen Lebens geworden ist. Es gibt diese Gemeinschaften, man nennt sie *Subaks*, die gemeinsam die Reisfelder der Gemeinden bewirtschaften, eine Art örtlicher Wassertempel mit einem komplizierten Regelkodex und mit Richter-Priestern, die über seine Einhaltung wachen. Das System ist auf seine Weise sehr demokratisch, und es funktioniert. Bis jetzt.«

»Wir hatten zu Hause in manchen Gegenden auch so etwas«, nickte Dave. »Ist jedoch ziemlich willkürlich – der Häuptling oder der Medizinmann oder die Stammesältesten sitzen unter dem Banyan-Baum und schlichten Streitfälle sowie alle anderen Belange der Gemeinschaft. Später dann, als ihr Weißen das Sagen hattet, übernahm diese Aufgabe der befehlshabende Offizier der jeweiligen Region. Doch die Regelung in Bali hört sich noch komplizierter an.«

»Ist sie auch. Höllisch kompliziert. Und Bali verändert sich natürlich, wie alles andere auch.«

»Klar, in den Achtzigern und Neunzigern boomte der Tourismus, Rock-Stars heiraten dort, solche Geschichten.«

»Und nicht nur das. Durch verbesserte Hygiene, medizinische Versorgung, die üblichen Gründe eben, explodiert die Bevölkerung. Und außerdem verändern sich – warum auch immer, Treibhauseffekt, Abholzung oder natürlicher Zyklus – die Niederschlagsmengen; und nicht zum Guten. Das *Subak*-System hat ausgedient, die *Klian Subaks*, die Priester, sind am

Ende, jedenfalls sehr bald. Vor einigen Jahren versuchte man alles mit diesem amerikanischen Collegeprojekt aufrechtzuerhalten, indem man den Leuten beibrachte, das ganze System mittels kleiner Homecomputer zu verwalten! Doch jetzt muß etwas Einschneidenderes unternommen werden, und zwar bald. Ich kann dir sagen, die Zentralregierung ist ganz schön in Sorge. Die Insel benötigt ein komplett neues System, einige von diesen Entsalzungsanlagen, wie sie in den Golfstaaten existieren – rate mal, was die kosten! Außerdem effektivere Methoden der Sammlung, Aufbewahrung, Verteilung; alles kontrolliert von einem zentralen Computer-Netzwerk. Jeder verfügbare Tropfen Wasser muß maximal ausgenutzt werden.«

»Idylle oder Hungertod ...«, wiederholte Dave nachdenklich. »Wirklich eine Schande. Und wie, zum Teufel, wollen die das alles bezahlen?«

»Die üblichen Kanäle – Weltbankanleihen, Hilfe aus den Golfstaaten, von der Europäischen Union, von überall. Doch nach der Schuldenkrise ist das nicht leicht. Alles hängt von den Entsalzungsanlagen ab, und die können frühestens in zehn Jahren anfangen zu arbeiten. In der Zwischenzeit muß man sich mit dem herkömmlichen Bewässerungssystem behelfen. Das bedeutet acht oder neun weitere kritische Jahre – eventuell sogar eine schlimme Hungersnot. Jede Menge Elend: Kindersterblichkeit, Umweltschäden, vielleicht sogar Epidemien. Auf alle Fälle wird der Tourismus total zum Erliegen kommen; das wiederum bedeutet weniger harte Devisen. Die Zentralregierung ist nicht gewillt, dort noch mehr Geld hineinzustecken – siehst du den Teufelskreis?«

»Klar«, antwortete Dave grimmig. Er war in den Nachwirren der großen Hungersnot in Nigeria aufgewachsen und kannte die Problematik nur zu gut. »Unternimmt denn irgend jemand irgend etwas?«

»Sie konnten eine der College-Stiftungen aus den USA dafür interessieren. Die stellten ein Programm auf die Beine, beschafften noch mehr öffentliche und private Gelder – gute PR. Man kauft also die teuerste Ausrüstung, Schleusen- und Kanaltechnik, in den USA und Europa und rekrutiert die erforderlichen Fachkräfte; doch auch dafür ist das Geld sehr knapp bemessen. Es handelt sich um ein ökologisch sauberes Projekt. Das große Kapital ist nicht daran interessiert, weil keine riesigen Gewinne zu machen sind. Die einzigen Nutznießer wären die Inselbewohner; die Regierung steht voll dahinter – keine politischen Probleme, soweit das zu überblicken ist. Und trotzdem sieht es so aus, als wäre irgendwo mächtig der Wurm drin.«

Dave legte den Kopf schräg. »Erzählst du mir's jetzt?«

Ich fühlte mich ein wenig beschämt. Eigentlich hatte ich nicht geglaubt, daß es uns betreffen würde, das war alles. »Ich habe es am Anfang ja selbst nicht richtig verstanden. Mir wurde nur gesagt, daß die Stiftung vor allem Probleme mit der Verschiffung ihrer Ausrüstung habe. Als ich erfuhr, wieviel sie im äußersten Falle zahlen konnte, wunderte ich mich nicht mehr. Also setzten wir uns einen Heiligenschein auf und sagten: Selbstkosten oder darunter. Und jetzt stehen wir dumm da.«

»Genau – sozusagen bis zur Halskrause in diesem verdammten *Klong*. Wie es aussieht, hast du inzwischen etwas mehr über diese geheimnisvollen Probleme herausgefunden.«

»Nein, das ist es ja gerade! Nicht mehr als das, was alle unsere Freunde und Geschäftspartner – unsere *üblichen* Geschäftspartner – andeuteten, als sie die Finger von dem Projekt ließen. Und auch das nur mir gegenüber; dich kennen sie noch nicht gut genug. Vage Gerüchte, besorgtes Geflüster; alles ohne Hand und Fuß. Doch alle schoben den Schwarzen Peter dem Projekt selbst zu. Hast du denn überhaupt nichts in Erfahrung gebracht?«

Wir spazierten gedankenverloren an einigen Hütten entlang, weg vom *Klong*. Dave dachte nach. »Jetzt, wo du es sagst ... Damals wußte ich nichts damit anzufangen. Doch der alte Lee Wang Ju, drüben beim *Taiwan Star*, ließ bei einer Unterhaltung fallen, daß sich der Ärger mit den Guerillas von Java auf Bali ausdehnen könnte; mehr auch nicht.«

»Stimmt, auch Boonserb von *Pacific C* deutete etwas in der Richtung an, daß die Terroristen ihre Finger in dem Projekt haben könnten. Andererseits hat er auch Jakarta während des letzten großen Aufstands vor einigen Jahren beliefert, auch nach Sulawesi ist er damals gefahren. Das hat ihn nicht im geringsten beeindruckt. Ich habe mich über die Zwischenfälle auf Bali informiert. Es handelt sich lediglich um einige kleinere Aktionen, wahrscheinlich von javanischen Flüchtlingen inszeniert, mit dem, was anderswo passiert, überhaupt nicht zu vergleichen. Du willst mir doch nicht weismachen, daß *das* der Grund ist!«

Schweigend gingen wir weiter, tief in Gedanken versunken. Schließlich blieb Dave stehen und fischte seine Zigarettenschachtel heraus. »Die Reeder suchen also lediglich nach Entschuldigungen. Ich mit meiner verdorbenen Dritte-Welt-Herkunft würde sagen, jeder dermaßen massive Boykott muß politische Gründe haben. Vielleicht wollen einige andere Regierungen in dieser Region ...«

Ich spürte, wie eine große Woge der Hoffnungslosigkeit über mir zusammenschlug. Genau mit diesem Thema hatte ich mich während der letzten Tage immer wieder beschäftigt. »Aber wer denn, um Himmels willen? Was gewinnen sie denn, wenn sie dieses Projekt sabotieren? Bali ist das friedlichste Fleckchen Erde in ganz Indonesien. Frieden, die Schönheiten der Natur, ertragreiche Landwirtschaft, gute Surf-Strände – damit sind sämtliche Vorzüge aufgezählt. Niemand muß sich bedroht fühlen, man kann es so gut wie nicht annektieren...« Ich seufzte und stampfte auf den Boden. Eine dichte Staubwolke stieg auf. »Dave, ich weiß auch nicht ... Ich bin doch nicht paranoid, oder?«

»Tja, wir sind beide...« Er zündete noch eine Zigarette an

und blies nervös eine Wolke teuren Rauchs in die Luft. In diesem Moment dämmerte es uns gleichzeitig: Wir hatten kein Pflaster mehr unter den Füßen. »Verflixt! Wo, zum Teufel, sind wir denn hier gelandet?«

Wir blickten uns ratlos um. Von uns unbemerkt hatten sich die belebten kleinen Straßen aufgelöst, und wir standen in einer Art Seitengasse, heruntergekommen, schmutzig und ungewöhnlich menschenleer. Die Mauern ringsum waren ein Sammelsurium unterschiedlichster Baumaterialien. Direkt neben eleganten, alten, mit Rissen durchzogenen Steinwänden erhoben sich lange Reihen modrig-brauner Bretter, die mit Bambus und Wellblech ausgebessert waren. Von der sich daran anschließenden Wand aus billigen Backsteinen bröckelte der pastellfarbene Putz, auch der Mörtel darunter rieselte im Wind oder löste sich in dem schmutzigen Getröpfel aus einer geborstenen Regenrinne auf, an deren Ende sich schlammige Pfützen gebildet hatten. Gußeiserne Feuertreppen hingen wie trunken von Fenstern herab, die meist mit Brettern vernagelt waren und mit ihren schmutzigen Glasscherben wie Haifischmäuler grinsten. Als Kind hatte ich mir solche Fenster in alten, nur noch teilweise bewohnten Mietskasernen fasziniert angeschaut – immerzu hatte der Wind hindurchgeblasen und die gläsernen Zähne im Chor einer leisen, gruseligen Eiszapfenmusik erzittern lassen. Hin und wieder hatte sich einer von ihnen gelockert und war mit einem Klirren in die verdreckte Wohnung dahinter gekippt, ohne daß sich einer der Bewohner darum geschert hätte. Hier flüsterten sie in einer sanfteren Brise, einem warmen Hauch auf unseren Nacken, und zu einer fremdartigeren Musik.

Wir drehten uns um. Hinter uns konnten wir gerade noch ein sich in alle Richtungen verzweigendes, von Dreck und Abfall übersätes Gewirr von Straßen und Gassen erkennen, dazwischen große Pfützen aus ekelerregenden Substanzen. Dave blickte empört auf seine eleganten Golfschuhe.

»Sind wir wirklich durch diesen Dreck gewatet? Ohne es zu bemerken?«

»Wir müssen irgendwo vom Weg abgekommen sein«, spekulierte ich und marschierte selbstbewußt um die nächste Ecke. »Also muß es logischerweise ...«

Ich trat in eine regelrechte Nebelwand hinein. Es gab kein anderes Wort dafür; es waren keine Nebelfetzen, keine Wolke, es war einfach eine massive Wand, so wie man es manchmal auf der Autobahn erlebt, wenn man zu schnell fährt; dann blockieren rasch die Bremsen. Gerade ging ich noch im Licht des Spätnachmittags, im nächsten Moment stolperte ich durch ein düsteres Nichts, wo sogar die Geräusche anders klangen und die Abfallhaufen, denen ich soeben vorsichtig ausgewichen war, nicht mehr vorhanden waren. Der Nebel war warm, klamm und machte das Atmen schwer. Selbst meine Schritte hörten sich anders an.

»Dave? Bist du noch da?«

»Wenn ich wüßte, wo *da* ist, könnte ich dir die Frage beantworten! Aber irgendwo bin ich noch.«

»Kannst du etwas erkennen? Worauf laufen wir überhaupt herum?«

»Äh ... Schmutz ... nein, halt, Augenblick mal. *Steine*?«

»Vielleicht die Überreste eines älteren Gebäudes. Meine Güte, hier ist sogar so was wie eine Säule, jedenfalls war sie eben noch da drüben ... jetzt ist sie weg.«

»Wo ist *da drüben*?«

Er beantwortete seine Frage selbst, indem er auf mich auflief und wir beide rückwärts gegen die Säule torkelten. Sehr rauh bearbeiteter Stein bohrte sich in meinen Rücken. Hier war der Nebel etwas dünner, und als ich hinunter sah, erkannte ich, daß ich mich an ungleichmäßige steinerne Noppen anlehnte, eine von feinen Rissen durchlaufene, flechtenüberwucherte Oberfläche. Die Noppen entpuppten sich als künstlerische Verzierungen, die in der Form herabhängenden Blattwerks in den Stein geritzt waren. Mein Blick wanderte nach oben. Durch die weiße Suppe konnte ich verschwommen weitere Säulen erkennen, hohe, schwankende Schatten, die verlassen herumstanden und außer den Nebelwirbeln nichts zu stützen schienen. Gerade als ich etwas sagen wollte, packte Dave mich am Arm. Er mußte mich nicht darauf aufmerksam machen. Zwischen zwei dieser Säulen war ein dritter Schatten aufgetaucht, noch unvollständig und nach einer Form suchend. Ich brauchte einen Augenblick, bis mir klar wurde, daß es eine menschliche Gestalt war, die sich nach hier, dann wieder nach dort umdrehte, halb gebückt, als halte sie nach etwas Ausschau. Einen Moment lang spähte sie in unsere Richtung, und ich ertappte mich dabei, daß ich kaum zu atmen wagte und verzweifelt hoffte, daß sie uns nicht entdecken würde. Noch immer in der gleichen gespannten, geduckten Haltung verschwand sie schließlich im Nebel.

Sie ließ so etwas wie ein bestimmtes Gefühl zurück. Ein namenloses Grauen packte mich, ein Schrecken, der mich wie eine eiskalte Flechte überwucherte. Ich hatte etwas Ähnliches schon einmal verspürt, dieses aufkeimende Unbehagen in sämtlichen Knochen – aber wo nur? Ich blickte Dave an. Seine Haut war grau verfärbt, als wäre der Nebel daruntergekrochen. Ich formte mit den Lippen ein verzerrtes »Nichts wie weg!«, und er nickte eifrig. Langsam und geräuschlos drückten wir uns seitlich um die Säule herum, einer hielt den anderen am Arm fest. Vor uns waren weitere Säulen, doch auf dem Hinweg waren wir an keiner einzigen vorübergekommen; also mußten wir in die andere Richtung. Wenn hier alles mit rechten Dingen zuging, führte uns dieser …

Warum hatte ich das gedacht? Wann ging denn nicht alles mit rechten Dingen zu?

Etwas regte sich in meiner Erinnerung, etwas ebenso Formloses wie der Schatten im Nebel. Etwas, das mich noch immer in den kühlen Stunden vor der Morgendämmerung aus dem

Schlaf riß, mich verwirrt und zerrissen auf dem funkensprühenden Karussell der Gefühle kreiselnd zurückließ. In den letzten Jahren hatte es nachgelassen; doch erst vor kurzem hatte mir ein Mädchen nachts die Hand auf die Wange gelegt, als ich keuchend im Bett saß. Verwundert hatte sie ausgerufen: »Du bist ja ganz verschwitzt! Hast du Fieber? Und ...«

Warum mußte sich die blöde Kuh nur so unglaublich dumm anstellen?

»Steve, du hast ja *geweint*!«

Nur ein paar Jahre früher hätte ich sie wahrscheinlich gleich rausgeworfen; sogar damals stand ich kurz davor. Doch das Gefühl, das mich beherrschte, war ein Gefühl des Verlustes, nur – wovon? Von etwas ganz Bestimmtem; doch es war etwas, gegen das ich ankämpfte, etwas, das gar nicht erst Gestalt annehmen sollte. Mein kahles, scheunengroßes Apartment lag in völliger Dunkelheit. Nur im Wohnzimmer unter der Galerie, die mir als Schlafzimmer diente, konnte ich einen Lichtschimmer erkennen, der einfach im Leeren zu hängen schien. Ich war aufgestanden und die Treppe hinuntergetappt, vorbei an den Klamotten, die sie überall verstreut hatte – das war immer ein schlechtes Zeichen. Das Licht rührte vom Mond her, der durch das offene Fenster auf den grauen, steinernen Kaminsims schien – direkt auf das alte Breitschwert, das ich darüber aufgehängt hatte. Mein Designer hatte über diesen Stilbruch in seiner glasbetonten postmodernen Vision bittere Tränen vergossen. Die meisten meiner Gäste waren seiner Meinung, doch ich konnte mich einfach nicht davon trennen. Ich berührte die kühle, schlichte, perfekte Klinge; wie ein stehendes Gewässer. Instinktiv drückte ich die Stirn an den Stahl, und die Verwirrung schien etwas erträglicher zu werden. Dann mixte ich zwei Drinks und nahm sie mit hinauf zum Bett. Zum Glück war sie so vernünftig, mich nicht weiter zu drängen, und so verbrachten wir noch ein paar angenehme Stunden bis zum Sonnenaufgang – doch die bedrückende Düsternis dieses halbausgegorenen Traums war geblieben. Und jetzt, hier, spürte ich es irgendwie – fast wie den Hauch eines schon lange vergessenen Geruchs oder Geschmacks –, daß diese Düsternis für alles verantwortlich war.

Da die Säule direkt vor uns aufragte, zogen wir uns hastig in die andere Richtung zurück, wobei wir ängstliche Blicke nach links und rechts warfen und uns jeder kleine Nebelwirbel einen ordentlichen Schrecken einjagte. Wir waren um eine Ecke gekommen ... Wenn wir also zurückgingen –

Wie auf Knopfdruck befanden wir uns wieder im hellen Sonnenlicht, das gleiche, warme Licht, das wir hinter uns gelassen hatten, der gleiche schmierige Schmutz unter unseren Schuhsohlen, der gleiche vielfältige Gestank. Nach dieser gestaltlosen Leere waren wir beinahe glücklich darüber, so herrlich fest und scharf umrissen standen die fleckigen Wände vor uns. »Da ist ja die Gasse, alles klar!« Dave riß vor Erleichterung den Mund weit auf. »Jetzt machen wir aber, daß wir schleunigst –«

Doch als wir uns wieder umdrehten, sahen wir, daß die Gasse nicht mehr leer war. Noch vor einer Minute hatte ich mich nach anderen Menschen gesehnt, allerdings nicht unbedingt nach dieser Gesellschaft.

Im Vergleich zu mir, aber auch verglichen mit Dave, waren sie recht kleinwüchsig. Es handelte sich um Orientalen, doch eigenartigerweise nicht näher definierbar. Ihre Gesichter waren nicht mehr als finstere Masken aus heller Bronze; selbst ihre eigenen Mütter hätten sie als häßlich bezeichnet, zusammengeflickt und vernarbt wie sie waren, mit gebrochenen Nasen und Mündern, die mit vereinzelten Zähnen wie mit Grabsteinen bestückt waren. Ihre altmodischen, weitgeschnittenen Pyjamas, die von schweren schwarzen Schärpen zusammengehalten wurden, erinnerten auf unangenehme Weise an Uniformen, so zerlumpt und dreckig sie auch aussahen. Ebenso die langen, flammenförmigen Dolche in ihren Händen. Ihre Köpfe wackelten höhnisch hin und her, während sie langsam näherkamen, schweigend, nur die Messer zuckten unmißverständlich und drohend durch die Luft. Ebenso schweigsam zogen Dave und ich uns zurück. Ich sah, wie der Schweiß auf seinem Gesicht glitzerte und spürte meinen am Kragen. Sie kamen näher heran, unaufhaltsam und unbarmherzig; sie trieben uns zu dieser vermaledeiten Straßenecke zurück.

»Kannst du denn nichts tun?« zischte Dave aus dem Mundwinkel.

»Warum ausgerechnet ich?«

»Du bist doch der tolle Hecht in unserem Strategie-Team! Du hast doch das Team von der Sicherheit buchstäblich am Boden zerstört, noch heute schwärmen alle davon, was für ein hervorragender Kämpfer du warst –«

»Das war mit einer verdammten Farbpistole! Wenn ich wenigstens die jetzt hätte!«

»Hier hast du mein Feuerzeug! Vielleicht denken sie …«

»Willst du ihnen eine Zigarette anbieten? Ich kann mir nur schwer vorstellen, daß sich diese Typen von einer kleinen Flamme in die Flucht schlagen lassen. Was wir brauchen, ist eine ausgewachsene Maschinenpistole!«

Noch während ich diesen Wunsch auf den Lippen hatte, sah ich etwas vor meinem geistigen Auge, das ganz und gar nicht wie eine Pistole aussah. Es war das Schwert. Wie gut hätte ich es jetzt gebrauchen können – oder doch nicht? Doch, ich wünschte, daß … irgendwo, irgendwo … wo, zum Teufel, hatte ich das Ding überhaupt her? Von den Docks unten, richtig! Das alles lag schon fast acht Jahre zurück …

Die Docks!

Während eines Sommergewitters hatte ich einmal eine Welle gesehen, die hoch über die Hafenmauer geschossen war. Es hatte allenfalls nach einer kräftigen Dusche ausgesehen, doch die Welle hatte sich auf eine Straße voller Geschäfte und geparkter Autos ergossen, und als sich der Wasservorhang verzog, blieb nichts als Chaos und Zerstörung zurück. Auf die gleiche Weise toste die Erinnerung heran, ergoß sich brüllend in meine Gedanken und überschüttete sie mit verworrenen Bildern von Seeschlachten und blankem Entsetzen, von Sternen und vorübertreibenden Wolken und Segeln, von Meer und Feuer und dem hellen Klirren aufeinanderprallender Klingen, der Berührung einer Frau, die von innen loderte, mit Haar, das wie Rauchschwaden aufstieg. Von einer dunklen Lichtung vor langer, langer Zeit, wo mir der Griff eines Schwerts wie ein junger Hund in die Hand sprang. Diese Dinge waren geschehen. Jenseits aller Vernunft, jenseits aller Fragen; sie waren geschehen. Hell und klar strahlte die Gewißheit in mir, hart wie ein Diamant und mit dem gleichen Feuer im Herzen. Und daraus brachen, wie ein in der Zeit verborgener Schößling, die Knospen einer neuen Idee hervor …

Mit einem markerschütternden Schrei machte der Anführer der Messerstecher einen Satz nach vorne, seine Klinge auf meinen Hals gerichtet. Die Angst braucht eine gewisse Zeit – doch ich hatte keine. Mein Instinkt befahl mir, die Arme in hilflosem Selbstschutz hochzureißen, doch alles, was ich spürte, war Wut, kalte Wut darüber, daß ich jetzt, ausgerechnet jetzt gestört wurde, gerade, als mir ganz plötzlich klargeworden war, was ich zu tun hatte. Das dunkle Feuer loderte auf. Jetzt, ausgerechnet *jetzt* wollten sie mich in meinen Gedanken stören, mich sogar umbringen – das durfte doch nicht wahr sein! Ich mußte mich einfach wehren, zurückschlagen; dieses allumfassende Bedürfnis verschlang mich wie ein gefluteter Hochwasserkanal …

Die rote Dunkelheit des Sauerstoffmangels brüllte in meinem Kopf und verwandelte sich allmählich in schwarz. In dieser Schwärze glitzerte ein winziger Lichtpunkt hinter meinen Augen, der vor einer wirbelnden Düsternis immer größer wurde und sich in eine große, langsam drehende Bewegung verwandelte. Ein Streifen kreisenden Lichts funkelte schmerzhaft hinter meinen geschlossenen Lidern, näher, heller, größer … Meine Augenlider klappten auf. Die Zeit war stehengeblieben. Der Messerstecher stand noch immer mit aufgerissenem Mund bedrohlich nah vor mir; der Dolch ragte aus seiner hocherhobenen Faust und stieß auf mich herab. Da schmiegte sich etwas mit fast brennender Intensität in meine ausgestreckte Handfläche.

Der Schlag ließ meine Finger automatisch zupacken; sie schlossen sich darum und hielten es fest. Der zustoßende Dolch klirrte gegen die schwere Klinge, die ich vor meine Brust hielt, rutschte ab und blieb am Heft stecken. Ich drehte die Klinge mit einer brutalen Bewegung und riß dem Schurken seine Waffe mit einer solchen Gewalt aus der Hand, daß er selbst um die eigene Achse geschleudert wurde und mit dem Gesicht im Matsch landete. Der Dolch fiel klirrend zu Boden. Mit einem Schrei sprang ich auf ihn zu, setzte ihm einen Fuß auf den Rücken und ließ die Klinge um Haaresbreite vor der abgeflachten Schnauze des nächsten Angreifers herabfauchen. Sie bohrte sich in den Schlamm und ließ eine Fontäne aufspritzen. Ich zog sie rasch heraus und machte noch einen Satz nach vorne, wobei ich mir meinen Weg mit gewaltigen, kreisenden Hieben bahnte – recht schwerfällig zwar, doch das alte Schwert plapperte und sang wie ein Kind. Die verbliebenen Banditen wichen zurück, immer weiter zurück, bei jedem Streich ein Stück weiter, bis sie das andere Ende der Gasse erreicht hatten. Dann stieß ich einen lauten Schrei aus und ging zum Angriff über, und mit einem gewaltigen Rundumschlag jagte ich sie in die Schatten zurück, aus denen sie gekrochen waren.

»Dave?«

»Ja?«

»Nichts wie weg!«

Das ließ er sich nicht zweimal sagen; immerhin drehte er sich wenigstens noch einmal um und vergewisserte sich, daß ich ihm auch dicht auf den Fersen folgte.

Doch nicht lange. Er war jünger und leichter, und wenn mich nicht die nackte Angst getrieben hätte, hätte ich wohl kaum mit ihm mithalten können. Doch auch seinen Füßen verlieh das Entsetzen Flügel. Auf jeden Fall ließ es uns vergessen, daß wir nicht die geringste Vorstellung davon hatten, wohin wir eigentlich rannten; jede Gasse, in der es weder Nebel noch Straßenräuber gab, schien uns wie ein Geschenk des Himmels. Fast ebensoviel Angst jagten mir das Schwert in meiner Hand und die nicht minder schneidenden und tödlichen Gedanken ein, die in meinem Kopf umherschwirrten. Dinge, die ich, alles in allem, in den letzten Jahren ziemlich erfolgreich verdrängt hatte – und die ich doch nie völlig vergessen konnte, oder nie den Mut hatte, sie einfach zu vergessen. Wann war ich zum letzten Mal in der Taverne gewesen? Vor drei Jahren? Oder schon vor vier Jahren?

Schnaufend und keuchend rannte ich in dieser schwefligen Feuchtigkeit um eine weitere Ecke – und hätte um ein Haar Dave aufgespießt, der einfach stehengeblieben war und unerwartet vor mir stand. Wir befanden uns in einer ausgesprochen miesen Gegend: zwei enge Seitensträßchen und eine Sackgasse, über deren stinkendem Schutt und Müll sich die baufälligen Gebäude so krumm und schief neigten, daß sich die Dachgiebel beinahe berührten, als wollten sie diese Schande vor dem Himmel verbergen. Unter diesem Bogen hatten sich im unwirklichen Licht der Dämmerung Schatten verfangen, die schwärzer waren als die Dunkelheit der heraufziehenden Tropennacht. Inmitten dieser Schatten, hoch über unseren Köpfen, bewegte sich etwas.

Eine Maske, eines dieser Dinger, die man überall in Asien bei Prozessionen findet – ein monströses Tiergesicht, dreieckig, mit langgezogenem Unterkiefer, eine Fratze, die entfernt an einen glotzäugigen, nachtmahrischen Tiger erinnerte. Die Farbgebung war natürlicher als gewöhnlich in der asiatischen Kunst, ohne die schreienden Rot- und Gelbtöne, statt dessen gab es eine reichhaltige Palette von herbstlichem Rostrot bis zu leuchtendem Blattgrün, von der sich die blitzenden elfenbeinfarbenen Fänge und die hellrote, hängende Zunge absetzten; doch das weit aufgesperrte Maul und die glänzende, silbrige Mähne waren von goldverbrämten Ornamenten eingerahmt. Es war ein prächtiger, atemberaubender Anblick, und ich fragte mich unwillkürlich, wer wohl in einem so armseligen Wohnviertel ein derartig kostspielig aussehendes Kunstwerk aufgehängt haben mochte.

Doch dann zogen sich die starren Augen zusammen, Speichel rann von den Lefzen, und die leuchtend rote Zunge schleckte ihn von den gelben Raubtierzähnen. Der Goldschmuck raschelte und klimperte, als der monströse Kopf bedrohlich wackelte. Ein leises, grollendes Schnurren erfüllte die Luft, so körperlos wie das Husten eines Löwen, und nicht minder alarmierend. Für Dave und mich, gerade dem Nebel und den Dolchen entkommen, war das eindeutig zuviel. Wir schrien wie aus einem Mund, drehten uns um und rannten um unser Leben. Ich stürzte mich in die kleine Seitenstraße zur Linken, rutschte auf verwesendem Müll und Schlimmerem um die nächste Ecke herum, an der sich Kartons mit leeren Flaschen und grellbraune, leere Dosen stapelten. Schließlich stand ich vor einer bröckelnden Zementwand, die bis auf eine einzige Tür völlig kahl war, eine schmale Tür, niedrig und mit einem widerlichen Zinkbeschlag versehen, scharfkantig, verwittert, doch überaus solide.

Ich packte die Klinke, drückte sie hinunter, doch nichts geschah. Ich hämmerte mit der Faust gegen die Tür; das Metall dröhnte, doch nichts rührte sich. »Hat keinen Zweck, Dave ...« keuchte ich und wußte schon bevor ich mich umdrehte, daß er mich nicht hören konnte, weil er nicht da war. Die Gasse hinter mir war völlig leer, leer und still, bis auf meinen eigenen, keuchenden Atem. Doch als ich angestrengt lauschte, hörte ich einen gedämpften, trottenden Schritt, der sich vorsichtig durch die schummrige Schwüle vorwärtsbewegte. Ich wollte schon rufen, als mir etwas an diesem Geräusch auffiel. Mein

Mund klappte zu; der Schweiß lief mir in Bächen den Körper hinab. Was auch immer dort entlangtrottete, es trottete auf vier Beinen. Jetzt trommelte ich wie wahnsinnig gegen die Tür, trat so heftig dagegen, daß ich den Zinkbeschlag einbeulte und kleine Betonsplitter davonstoben, hämmerte schließlich sogar mit dem Griff meines Schwertes dagegen. Wenigstens hatte ich noch das Schwert. Dave mußte die andere Richtung eingeschlagen haben; er war wohl in Sicherheit. Wahrscheinlich. Es war besser, daß das Ding mir gefolgt war, redete ich mir ein und drehte mich wieder um, wandte der unnachgiebigen Tür den Rücken zu und blickte dem unheimlichen Wesen entgegen.

Die Tür öffnete sich so plötzlich nach außen, daß ich fast weggeschleudert wurde. Eine Hand packte meinen wild rudernden Arm und zerrte mich nach hinten. Hilflos torkelte ich in den dunklen Eingang, und hinter mir schlug die Tür mit einem heftigen Knall zu. Keuchend lehnte ich mich dagegen; ringsum herrschte völlige Finsternis. Dann hörte ich das leise, dumpfe Klacken eines Schlüssels, der im Schloß umgedreht wurde, und ungefähr auf Kopfhöhe und zu meinen Füßen rasteten schwere Riegel ein. Anschließend war es still. Ich rechnete fast mit einer wilden Attacke auf die Metalltür, oder mit einem leisen, neugierigen Kratzen; aber nichts dergleichen geschah. Als lange Nägel über meine Hände strichen, zuckte ich erschrocken zurück. Doch die Finger, die sich um die meinen schlossen und mich von der Tür wegzogen, gehörten eindeutig einer Frau. Allem Anschein nach befand ich mich in einem pechschwarzen Korridor; unter den Füßen spürte ich weiche Matten, in der Luft hing der stickige Geruch eines ekelerregenden Parfums. Etwas weiter vor uns strichelten drei feine Lichtfäden eine angelehnte Tür in die Dunkelheit; dorthin zog mich die Hand an meinem Arm. Ein schlanker Arm wurde sichtbar, der die Tür sachte zur Seite schob. Eine schlanke Silhouette schob sich vor das trübe, rosafarbene Lichtkarree und zog mich wortlos hinter sich her.

Die Tür schloß sich leise, rasselnd rutschte ein Perlenvorhang davor. Der Raum, der sich dahinter befand …

Ich blinzelte. Er war sehr niedrig und ziemlich schäbig, dabei mit falschen Lackkunstwerken, Plastikschnitzereien und ramponierten Bambustapeten dermaßen übertrieben dekoriert, daß die chinesischen Restaurants zu Hause ihre helle Freude daran gehabt hätten. Nur daß diese Schnitzereien den meisten Restaurantbesuchern nicht sonderlich gefallen hätten, ebensowenig die Bilder an den Wänden. Der aufdringliche Gestank überlagerte einen leisen Tiergeruch, vermischt mit der modrigen Süße der Verwesung.

»Sie sind hier in Sicherheit«, sagte eine sanfte Stimme. »Bis hierher wird *Sie* niemand verfolgen. Möchten Sie sich nicht setzen und etwas ausruhen?« Ihr Englisch war perfekt, besaß nur den allerleisesten Hauch eines asiatischen Akzents. Ich drehte mich um, und was ich auch hatte antworten wollen, es blieb mir im Hals stecken. Für sich allein genommen war sie schon atemberaubend – doch da war noch etwas, etwas anderes. Vielleicht sah sie, daß meine Lippen einen Namen formten, denn sie streckte auf eine eigenartig gezierte, beinahe höfische Weise eine Hand aus und verbeugte sich. Das machte mich erst recht sprachlos. Einen Moment lang schien es, als hätte ich einen weiteren Teil meiner Vergangenheit heraufbeschworen, als wäre ein lieblicher Geist aus meinen Studententagen zu meiner Rettung erschienen.

Das Gesicht mit den feinen Zügen war orientalisch, sehr fein, aber doch ausgeprägt; die Haut jedoch war von einem hellen Honigbraun, wie bei einem sonnengebräunten Europäer, und die Haarmähne, die es einrahmte, war aschblond, von den Wurzeln bis in die Haarspitzen, ein zart leuchtender Farbton, der so gut wie sicher nicht auf künstliche Färbung zurückzuführen war. Sogar die kräftigen, schmalen Schultern und die geschmeidigen Rundungen des Körpers unter dem losen Batikumhang zeigten die gleiche, eigenartige Mischung östlicher und westlicher Formen; fremd, lieblich und verführerisch. Sie hätte das Mädchen sein können, das ich einst gekannt hatte, das Mädchen, mit dem mich am ehesten so etwas wie Liebe verbunden, und das ich vor langer Zeit verlassen hatte, aus Gründen, über die ich selbst heute noch nicht gerne nachdachte. Deren Name – jedenfalls könnte er es sein – mir aus der Mitarbeiterliste des Prospekts für das Bali-Projekt regelrecht entgegengesprungen war und mich in diese ganze irrwitzige Geschichte überhaupt erst hineingezogen hatte.

Ich hatte mir nie vorstellen können, daß es eine andere gab, die wie sie aussah. Diese Frau war nicht Jacquie. Die Ähnlichkeit war jedoch groß genug, um mich völlig durcheinanderzubringen und mich fünfzehn – oder sechzehn? – Jahre zurückzuwerfen. Mein Blut pulsierte heftig in meinen Adern, mein Atem ging flach, und der Kragen wurde mir immer enger. Aufregend, verlockend – doch sie war es nicht.

Das Mädchen hier war etwas dunkelhäutiger und zierlicher, aparter vielleicht; sie wirkte weniger chinesisch und überhaupt nicht europäisch. Sie war auch keine Thailänderin. Aus ihren sanften Augen blickte die gleiche wache Intelligenz, obwohl ihre Verbeugung mir offenbart hatte, daß sie unter dem Gewand den knappen schwarzen Bikini trug, der sozusagen die Arbeitsuniform aller Barmädchen in Bangkok war. Sie wiederholte ihr Angebot, und erst jetzt fand ich meine Stimme wieder.

»Das ... das ist sehr liebenswürdig. Sehr liebenswürdig.« Die englischen Phrasen klangen gestelzt, lächerlich. »Sie haben mir wirklich aus der Klemme geholfen. Da waren diese ... Typen mit Dolchen, und dann war da noch dieses ...«

Wie sollte ich ihr erklären, was da gewesen war, wenn ich es selbst nicht wußte?

Sie unterbrach mein Gestammel mit einer freundlichen, beruhigenden Handbewegung. »Ja. Keine Ursache. Manchmal werden Leute in den Gassen hier umgebracht. Ich freue mich, daß ich Ihnen helfen konnte. Möchten Sie sich nicht setzen? Möchten Sie etwas trinken? Einen Whisky?«

Erst jetzt bemerkte ich, daß meine Beine zitterten. Ich lehnte das Schwert gegen die Wand; sie hatte nicht einmal einen Blick darauf geworfen. »Ja … ja, gerne, danke. Sehr gerne.«

Sie lächelte, legte erneut die Hand auf meinen Arm und führte mich zu einer schäbigen Rattancouch, die unter einem Bild mit falschem Goldrahmen stand. Es handelte sich um eine dieser nächtlichen Szenen, fluoreszierende Farben auf schwarzem Samt. Offensichtlich eine Imitation klassischer chinesischer Kunst, eine erotische Darstellung aus der Ming-Zeit, doch die abgebildeten Figuren wirkten erstaunlich modern, geradezu westlich und überaus anschaulich. Die abblätternden Farben zeigten einen Mann und drei Frauen, die in einem Gewirr aus Gliedern, Köpfen und Unterleibern ineinander verknotet waren, das nahezu unmöglich und erst recht nicht besonders lustvoll aussah. Das Mädchen folgte meinem Blick, nachdem sie mir einen doppelten Schuß einer gelblichen Flüssigkeit gereicht hatte, und lächelte verlegen. Ich nahm einen kleinen Schluck und war verblüfft darüber, daß es sich um einen Single Malt handelte – nicht einmal Chivas, der allgemein in diesen Breiten als der angesagte Drink galt.

»Das ist ja wundervoll!« schnaufte ich erschöpft und dankbar. Sie lächelte wieder. Dann setzte sie sich neben mich, streckte die Beine aus, woraufhin das Gewand zur Seite rutschte. Sie sah mich an, als erwarte sie etwas von mir. »Äh … ich heiße übrigens Steve, Steve Fisher.«

»Und ich heiße Rangda.« Die letzte Silbe endete in einem herrlichen Aufblitzen ihrer makellos weißen Zähne, das ihr vorhergehendes Lächeln noch überstrahlte.

Ich betrachtete sie etwas eindringlicher. »Ein schöner Name. Er paßt zu Ihnen. Aber es ist doch kein thailändischer Name, oder?«

Sie schlug die Augen nieder. »Nein.« Jetzt war es an mir, auf eine Erklärung zu warten, doch sie fügte nichts hinzu. Gerade als ich fragen wollte, woher der Name stammte, brach sie in prustendes Gelächter aus, schnappte sich meinen Scotch und nippte daran. Ich hatte verstanden: Ich sollte nicht weiter fragen. »Darf ich?« fügte sie hinzu.

Ich wußte nicht genau, was sie damit meinte, bis sie anfing, über mein Haar zu streicheln. In diesem Teil der Welt gilt der Kopf als etwas Heiliges, das ohne Erlaubnis nicht berührt werden darf; warum aber nahm ausgerechnet ein Barmädchen darauf Rücksicht, noch dazu bei einem Mann aus dem Westen? Sie war ganz offensichtlich etwas Besonderes. Es gab keinen Anhaltspunkt für ihr Alter, doch schien sie wesentlich älter zu sein als die kichernden Teenager aus den Bars entlang der »Drei Straßen« – fast ausnahmslos Bauernmädchen, die in der Großstadt vor ihrer Zeit altern.

Ich blickte mich um und rutschte unsicher auf den schmutzigbraunen Kissen herum. Sie fühlten sich irgendwie speckig an, was mich daran denken ließ, daß ich anschließend meinen Anzug verbrennen mußte; doch es war vor allem der Zusammenprall unterschiedlichster Gefühle, der mich so nervös machte. Ich konnte diese Frau ganz intensiv neben mir spüren, den Geruch ihrer Haut, so betäubend wie Dschungelorchideen und doch weitaus frischer und schwerer als der widerliche Hintergrundgeruch. Die ganze Umgebung war aufreizend, allerdings eher im Stil des vulgären Pin-up-Sex der Phatphong-Bars. Das Mädchen jedoch war … anders. Sie strahlte Sinnlichkeit aus, eine gewisse Verfügbarkeit sogar, doch auf eine ganz andere, schwer zu benennende Weise. Ich wußte nicht, was ich von ihr halten sollte; ich wußte nur, daß dieses Zimmer so ungefähr dem entsprach, was man in jedem Bordell vorfinden würde. Das Mädchen selbst war jedoch eher die Frau, die man irgendwann einmal zu finden hoffte. Sie schien nicht hierher zu gehören. »Sie … arbeiten Sie hier?«

Kokett hob sie eine Augenbraue. »Wenn es mir gerade gefällt.« Wieder streckte sie sich, und das luftige Gewand fiel noch weiter auseinander. »Ich bin nicht an diesen Ort gebunden, ich komme und gehe, wie es mir gefällt.« Sie beugte sich zu mir herüber und setzte das Glas mit dem Scotch an meine Lippen. »Und mit wem es mir gefällt. Und das nicht unbedingt aus ... *professionellen* ...« Sie machte sich einen Spaß daraus, das nicht ganz einfache Wort betont auszusprechen, und wir mußten beide kichern, »... nicht unbedingt aus professionellen Gründen.«

Sie legte die Stirn an meinen Kopf; blondes Haar strich über meine Schulter, Lippen berührten mein Ohr. »Aber ich wohne hier. Du kannst so lange bleiben, wie du willst. Niemand wird uns stören.«

Sie legte meine Hand auf den Gürtel ihres Gewandes; einen kurzen Moment lang spürte ich ihren warmen Bauch unter meinen Fingern, dann fiel der Gürtel herab, und der Stoff teilte sich. Beinahe ohne es zu wollen, schlang ich meinen Arm um ihre Hüfte und zog sie zu mir heran. Beinahe – denn nicht nur mein Herz raste wie wild, sondern auch meine Gedanken. Zahnräder, Uhrwerke und Mikrochips, so hatte Dave mich beschrieben. Andere Leute, vor allem Frauen, hatten mir schon Schlimmeres gesagt, und vielleicht hatten sie gar nicht mal so unrecht. Es gab allerdings Zeiten, in denen ich das sehr praktisch fand, denn es verhalf mir zu einem zynischen Blick, einer kühlen Wachsamkeit und zu einem gesunden Mißtrauen gegenüber Illusionen – vor allem, was meine eigenen betraf. Ich hatte nie viele Probleme mit Frauen gehabt, doch ich wußte sehr gut, daß ich nicht ausgesprochen attraktiv war. Genau das Gefühl wollte sie mir jedoch ganz offensichtlich verschaffen. Nicht des Geldes wegen, wenn es stimmte, was sie gesagt hatte; doch es gab auch andere Interessen. Etwas, was sie von mir haben wollte, und nach dem, was ich vor ein paar Minuten durchgemacht hatte, war ich nicht sicher, ob ich in der Verfassung war, ihre Wünsche zu erfüllen. Ich konnte es nicht ausstehen, wenn jemand meine Gefühle manipulierte, egal wie, ob mit Macht, Geld, Sex oder auf irgendeine andere Art. Und genau das hatte sie wohl jetzt gerade vor.

Außerdem mußte ich an Dave denken. Wohin mochte es ihn verschlagen haben? Hatte auch ihm jemand geholfen?

»Nein«, flüsterte ich, da ich noch immer Atemprobleme hatte, und schob das Mädchen sachte in die Kissen zurück. »Nicht ... jetzt. Ich kann nicht bleiben.«

»Oh, ich bitte dich!« hauchte sie, im Gegensatz zu einem normalen Barmädchen, das laut aufgeheult und mich *Liebling* genannt hätte. »Bitte bleib! Ich brauche dich, ich möchte ...«

Ich wollte mich vorsichtig von ihr losreißen, doch ich konnte sie nicht wegschieben. »Mein Freund ist noch da draußen, er ist auch in Schwierigkeiten –«

Ihr Gesicht verzog sich zu einer gespielten Grimasse, dann lehnte sie sich zurück, öffnete den Umhang ganz weit und spreizte die Beine, wobei sie einen Schenkel über meinen legte, um mich festzuhalten. Sie nahm meine Hand und ließ sie über ihren weichen Bikini gleiten, zwischen ihre Beine. Durch den dünnen, glänzenden Stoff konnte ich jedes Detail fühlen, eine strahlende, erregende Wärme, ein Anflug von Feuchtigkeit. Sie rieb sich an meiner Hand und wand sich vor Verzückung. Mit der anderen Hand ...

Ich schluckte. Die brutale Geste einer Hure, und doch lag eine Autorität darin, eine Anziehungskraft, die weit tiefer ging als Vernunft und Scham. Zahnräder, Uhrwerke, Chips – und der Puls, der hinter meinem Ohr pochte und spöttisch aufbrüllte. Ich zog sie an mich, umarmte sie heftig in einem Rausch aus Lust und Zorn – Zorn darüber, daß ich meine Stärke in diesem Maße beweisen mußte, Zorn darüber, daß sie fast nicht ausgereicht hätte, Zorn darüber, daß sie dennoch gesiegt hatte. »Nein!« krächzte ich aufs neue und wünschte zugleich, daß ich es nicht ernst meinte. »Du ... ich will dich auch. Du weißt nicht, wie sehr ...«

Weil du nicht weißt, wie sehr du Jacquie ähnlich siehst.

»Aber nicht jetzt. Ich würde dich ... Alles, was du willst. Du bist wunderschön ... aber ich kann nicht. Ich darf nicht.«

Sie ließ mich ganz unerwartet los und sprang so schnell auf die Füße, daß ich fast zusammengezuckt wäre und schon damit rechnete, daß sie doch noch ein großes Geschrei anstimmen würde, um die Kerle aus der Bar herbeizurufen. Statt dessen blickte sie mich nur an, lange und ausdruckslos, und rückte ihren Umhang wieder zurecht. »Wenn du das wirklich ehrlich meinst«, sagte sie leise, »dann kommst du wieder.«

»Ich komme wieder!« keuchte ich unendlich erleichtert und stopfte hastig mein Hemd in die Hose.

»Du schuldest mir einiges, oder etwa nicht?«

»Aber klar, sicher!«

Ihre Hand legte sich auf meine, als ich nach meiner Geldbörse griff.

»Nicht professionell. Kein Geld, niemals. Ich zog dich durch die Tür. Du gehörst mir, und du wirst es mir versprechen, und dieses Versprechen wird dich binden. Versprich mir, daß du zurückkehrst. Bald.« Sie lächelte wieder und rückte meinen Schlips gerade. »Ich binde dich nicht an einen Tag oder eine Stunde, verstehst du? Dafür besteht keine – Notwendigkeit. Ich spüre dein Verlangen nach mir. Du kannst sehr viel in mir finden, und ich in dir. Du wirst dich mir öffnen. Versprich es!«

Ich starrte sie zutiefst verunsichert an. Wie tief konnte sie in mich hineinsehen? Und wie war ihr das möglich? Doch sie hatte recht; ein Teil von mir gehörte ihr, sie hatte es so eingerichtet. »Ich schulde dir mehr als ein Versprechen«, sagte ich. »In Ordnung, ich werde zurückkommen. Bald. Ich verspreche es. Ist das alles, was du von mir verlangst?«

Sie lächelte und schüttelte schüchtern den Kopf. »Im Augenblick ist es alles. Ich zeige dir einen anderen Ausgang, auf eine belebtere Straße.«

Sie nahm meinen Arm, und wir waren schon fast an der Tür, als mir das Schwert wieder in den Sinn kam. »Da ist noch dieses ...«, sagte ich unbeholfen – und war erstaunt; der Blick, den sie mir zuwarf, war ungeduldig, beinahe bösartig. »Es würde zu lange dauern, dir alles zu erklären, aber – ich kann nicht einfach damit durch eine so belebte Straße spazieren. Vielleicht hast du etwas, womit ich es einwickeln kann ...« Sie schaute sich um, dann zog sie einen langen dünnen Schal oder ein Tuch von einer Sessellehne und wickelte den Stoff um die Klinge. »Danke. Ich bringe es zurück.«

Sie nickte, als handelte es sich um eine Aussage, nicht um ein Versprechen. Und vielleicht war es ja auch so.

Sie führte mich wieder durch den abgedunkelten Korridor, eine Treppe hinauf, dann ging es wieder hinunter, über eine knarrende Brücke, die einen übelriechenden kleinen Innenhof überspannte, in dem sich ein schwarzes Schwein grunzend in einem Pferch suhlte, dann wieder durch eine schmale Tür und weitere Korridore, wo das Licht durch dünne Scheiben aus Reispapier fiel. Unter einer davon lag ein Mann und schnarchte. Sie verzog verächtlich den Mund, und als wir an ihm vorübergingen, versetzte sie ihm mit erstaunlicher Kraft einen Tritt. Gelegentlich drangen Geräusche aus den Räumen hinter den Türen, doch außer diesem Mann sah ich niemanden, bis wir in einen breiten, schmutzigen Flur kamen, in dem von irgendwoher Disco-Musik dröhnte und wummerte. An seinem Ende befand sich eine schwere Tür, doch seitlich öffnete sich ein gewölbter, nur von einem Vorhang aus Plastikstreifen verdeckter Durchgang in einen weitläufigen Raum, in dessen trüber Beleuchtung ich eine Vielzahl von Sitzecken und Tischen ausmachen konnte. Dahinter befand sich eine winzige Bühne, auf der braune Gestalten ihre Glieder verrenkten und sich im Kreise drehten. Ein übler Gestank aus Schweiß, abgestandenem Bier und billigen Zigaretten schlug uns entgegen, vermischt mit Desinfektionsmitteln.

»Eine Bar«, sagte Rangda und führte mich an dem Durchgang vorbei. Ihre Plastiksandalen klapperten über den zerrissenen Vinylbelag. »Teure Getränke, billige Mädchen. Zuviel von dem einen führt unweigerlich zum anderen. In jedem Fall wird einem schlecht davon. Wenn du zurückkommst, frag hier nach mir und trink mit mir.«

Ich schaute sie noch einmal an. »Wann kann ich dich hier treffen?«

»Du kommst, du fragst nach mir, und du wirst mich finden«, sagte sie auflachend. »Jetzt geh. *Geh*!«

Mit erstaunlicher Kraft riß sie die schwere Tür auf und schob mich hinaus. Ich taumelte blinzelnd und nach Luft schnappend in das schwüle Zwielicht der Straße und lief direkt einer Gruppe lärmender Touristen in die Arme, wobei ich beinahe einen fetten Europäer in rosa Shorts mitsamt seiner Videokamera, die er gerade herumschwenkte, über den Haufen geworfen hätte.

»Elender Besoffener!« grunzte er und verspritzte dabei Schweiß und Speichel. Ich schaute mir an, was er gerade gefilmt hatte. Links und rechts der Tür und über die ganze Fassade der schlüpfrigen Pseudo-Pagode warben auf hohen, rosafarbenen Plakaten aufgemalte Tänzerinnen mit gespreizten Beinen; das Motiv wiederholte sich in beweglichen, rosafarbenen Neonfiguren oben auf dem Dach. Zwischen den Plakaten waren Fotos nackter Mädchen aufgereiht; sie sahen nicht älter als vierzehn aus.

Bar Cabaret – Sex Show – Pussy Jim's.

Die meisten Bordelle und Girlie-Bars der Stadt drängen sich in einem bestimmten Viertel innerhalb von drei Straßenzügen und den dazwischenliegenden *Soi*. Sie alle gehörten einem einzigen Tycoon und waren mittlerweile auch unter seinem Spitznamen Phatphong überall bekannt. Das Haus vor mir mußte wohl eine der wenigen Ausnahmen sein. Die Straße war ausgesprochen schmal und für die Verhältnisse von Bangkok beinahe leer – bis auf diese widerlichen Touristen. Das Gebäude sah weniger baufällig aus, als ich erwartet hatte, doch es war alt, wirklich altertümlich, mit dem traditionellen hochaufragenden Giebel. Nichts deutete darauf hin, daß es jemals etwas anderes als ein Freudenhaus gewesen war, aber alles, daß es das schon sehr, sehr lange war. Vielleicht wurde es deshalb geduldet – und seiner abgelegenen Lage wegen, schon fast unten an den Werften. Da mir kein aufrechter Gang mehr gelingen wollte, torkelte ich zwischen den Touristen hindurch. Noch immer spürte ich die eigenartige Klebrigkeit der Kissen an meinen Händen, und ich wünschte die ganze Stadt zum Teufel.

Natürlich drehten sich alle Leuten erneut nach mir um, als Dave aufschrie und auf mich zugerannt kam, wobei er sich den Weg durch die Schaulustigen bahnte. *»Steve! Steve, verdammt nochmal!«* Er packte mich an beiden Schultern. »Du alter Schurke, ist alles in Ordnung? Was, zum Teufel, ist denn passiert? Da war plötzlich dieses – he, alter Knabe, da bist du doch tatsächlich wieder in die richtige Richtung gelaufen, was?« Er betrachtete sich einen Zipfel von Rangdas Schal und pfiff, als er das Muster sah, anerkennend durch die Zähne. Mir war es nicht einmal aufgefallen. Es zeigte einen dieser Tempelfriese von Angkor oder sonstwo, voller Figuren, die sich freudig in erotischen, sportlichen und augenscheinlich endlosen Kombinationen verrenkten. Dave hielt den Zipfel unter seine Nase und schnüffelte laut und unüberhörbar daran herum. »Puh, das ist ja ein Geruch! Sämtliche Verheißungen des Fernen Ostens – das würde sogar einen Brauereigaul rasend machen! Also, sag mir nur, wo du das her hast! Während ich krank vor Angst durch die Straße renne, hängst du irgendwo herum und treibst es dermaßen – sag schon, wie war sie denn?«

Ich riß ihm das Tuch aus der Hand und wickelte es fester um das Schwert. So zog er mich immer auf, und gerade in diesem Moment konnte ich es nicht gebrauchen. »Du wüßtet verdammt gut, wo ich war«, knurrte ich, »wenn du nicht einfach abgehauen wärst und mich im Stich gelassen hättest!«

»Hör doch auf!« protestierte Dave. »Du warst die ganze Zeit dicht neben mir! Dann sind wir beide abgehauen, oder etwa nicht?« Er zitterte und berührte seine Schläfe mit der Hand, als wollte er eine unangenehme, aber undeutliche Erinnerung festhalten. Seine normale Ausdrucksweise kam wieder zum Vorschein. »Wir konnten doch sonst nichts unternehmen! Ich wußte gar nicht, daß sie in diesen Vierteln noch Löwen frei herumlaufen lassen. Sollen wir den Vorfall vielleicht irgendwo melden?«

Er schien selbst nicht besonders überzeugt von seinem Vorschlag zu sein.

»Ein Löwe«, erwiderte ich. »Glaubst du wirklich, du hast einen Löwen gesehen?«

»Also ... ja. Einen Löwen. In einer Art Harnisch vielleicht, wie ein Zirkuslöwe, aber ...« Er rang nach Worten. »Herrje, hab ich Schiß gehabt! Ich ... es ist alles so verschwommen. Und weißt du, was? Das ist mir auch lieber so.« Er grinste plötzlich. »Was ist mit dir? Sag bloß nicht, du hättest keine Angst gehabt!«

Ich konnte ihm nicht lange böse sein, dazu war ich viel zu erleichtert, ihn so lebendig und an einem Stück wiederzusehen. »Willst du damit andeuten, daß dein Vorgesetzter ein ausgemachter Feigling ist?«

»Nein, nur ein sehr vernünftiger. Hör mal zu, das wirst du nicht glauben. Ich weiß, wie es klingt, aber ... erst als ich wie ein geölter Blitz auf der Straße, auf dieser Straße hier, herauskam, wurde mir bewußt, daß du nicht mehr hinter mir warst. Und dann ging ich noch einmal zurück, um dich zu suchen. Vielmehr versuchte ich es. Ich weiß, es klingt verrückt, aber ...« Er schüttelte den Kopf. »Scheiße, vergiß es einfach, du würdest es doch nicht glauben.«

»Probier's doch mal«, sagte ich, und irgend etwas in meinem Ton muß ihn alarmiert haben, denn er starrte mich prüfend an.

»Ich konnte nicht mehr zurückgehen. Ich ... *konnte* es einfach nicht. Egal um welche Ecke ich bog, immer kam ich wieder in einer Straße, einer großen Straße heraus. Es war zum Haareausraufen ... Diese verfluchten kleinen Gassen. Es war, als hätten sie niemals existiert.«

Ich blickte mich in der kleinen Straße um und machte mich auf den Weg zu der Hauptstraße, die am weitesten von den Touristen entfernt war. Die Sonne ging unter und ließ einen Schleier aus Staub und Schmutz in der brütendheißen Luft zurück. Mein Hals schmerzte, und ich war sehr müde, und doch hatte ich tief in mir trotz allem diese knospende Vorstellung bewahrt. Ich brauchte eine Pause, ich wollte in Ruhe und Frieden darüber nachdenken, um sie aus diesen turbulenten, hirnrissigen Erinnerungen aufsteigen zu lassen. Vor allem brauchte ich jedoch einen Drink.

»Oh doch, sie haben wirklich existiert. Vor fünfzig, vielleicht hundert Jahren. Noch bevor der Vietnamkrieg die Massen erholungsbedürftiger GIs hier herüberschwemmte und sämtliche Teehäuser in Bordelle verwandelte. Bevor Anna Leonowens und alle anderen die gesegneten Güter der westlichen Zivilisation in dieses Land brachten. Doch sie sind nie ganz verschwunden. Du hast sie im Licht gesucht, Dave, dabei hättest du in den Schatten suchen sollen.«

Er hatte mir zugehört und irgendwann den Mund aufgerissen. Jetzt stand er immer noch offen, und er klappte ihn zu, sagte jedoch nichts. Ich konnte es ihm gut nachfühlen, denn vor einigen Jahren war es mir ebenso ergangen. Trotzdem verspürte ich keine Lust, ihm jetzt alles zu erklären. An der Kreuzung winkte ich einen *Samlor* heran und verhandelte mit ihm über den Fahrpreis. Wir bestiegen das Gefährt, lehnten uns unter dem kleinen Vordach zurück und ließen uns in die stickige Luft des Sonnenuntergangs fallen. Das eingepackte Schwert stieß gegen die verschnörkelte Handstange, woraufhin sich der drahtige kleine Fahrer verwundert umdrehte. »Ein Souvenir«, beschwichtigte ich ihn, was nicht einmal gelogen war. Ein Souvenir aus seltsameren Orten als diesem Stadtviertel.

Der Fahrer brachte uns bis vor die wunderbar schattige Terrassenbar des Hotels. Weiter wollten wir auch nicht, ließen uns am nächstbesten Tisch nieder, tranken, und erst nach einigen

Stunden und ebenso vielen Gin Slings erhoben wir unsere müden Knochen aus dem Bambusgestühl und wankten in die Eingangshalle.

»Suite 405? Aber ja, Mista Fisha«, sagte der Angestellte mit amerikanischem Akzent und zog ein Telegramm hervor. »Kam soeben für Sie an«, fügte er hinzu.

»Vielleicht hat die Zentrale einen Frachter für uns aufgetrieben«, murmelte ich an Dave gewandt und riß den Umschlag auf. Das Schreiben kam von meiner Hausverwaltung. Offensichtlich war jemand durch das Fenster eingestiegen und hatte die Alarmanlage ausgelöst.

»Was? Du wohnst doch fast in der Stratosphäre!« wunderte sich Dave. »Wer schlägt in einem Penthouse im vierzehnten Stock eine Scheibe ein?«

»Sie schreiben, daß der Hausmeister und der Sicherheitsdienst keine weiteren Schäden feststellen konnten. Es fehlt wohl auch nichts.«

Ich kniff die Augen zusammen. Allmählich ahnte ich die Zusammenhänge. Zur Belustigung des Hotelpersonals – inzwischen konnte ich die Pokergesichter der Thais einigermaßen deuten – schleppte ich noch immer Rangdas Schal hinter mir her. Seltsamerweise hing er schlaff von meiner Hand herab, nicht mehr als ein Stück bedrucktes Tuch. Erschrocken blickte ich mich um. Die Rikscha – hatte ich das Schwert fallen gelassen? Oder hatte ich es in der Bar vergessen? Doch erinnerte ich mich nur zu deutlich daran, wie umständlich ich damit aus der Rikscha geklettert war, wie ich es an meinen Stuhl gelehnt und beim Verlassen der Bar möglichst unauffällig mitgenommen hatte. Auch Dave starrte entgeistert auf das Tuch. Sein Gesicht spiegelte in rascher Folge eine ganze Palette unterschiedlicher Gefühle, die sich schließlich bei einem Ausdruck empörter Wut einpendelten. Draußen in der Bar hatten wir in stillschweigender Übereinkunft unsere jüngsten Erlebnisse ausgeklammert, doch das konnte nicht immer so bleiben. Ich rollte das Tuch zusammen, stopfte es in meine Tasche und marschierte zum Lift.

»Banditen«, sagte Dave leise und kam hinter mir her. »Altmodische *Dacoits*, oder wie du sie auch nennen magst –«

»Das ist ein burmesischer Ausdruck.«

Fast hörte ich es kratzen, so sehr krallte sich Dave an seiner überstrapazierten Selbstkontrolle fest. »Er paßt allemal! Dacoits. Löwen. Sex-Bars. Gäßchen, die plötzlich aus dem Nichts auftauchen und dann *pfft*! wieder verschwinden. In die Schatten, wie du sagst. Hundert Jahre in die Vergangenheit – oder noch weiter. Du kennst dich ja prima damit aus. Und alles, was dir dazu einfällt, ist über mich zu lachen! Okay, es reicht jetzt, verstanden? Ich habe das Recht auf ein paar Antworten, und so wahr mir Gott helfe, ich werde sie bekommen!«

Ich kannte diese Stimmung. Wenn er seine Antworten nicht bekam, würde ich mein Schwert womöglich doch noch einmal brauchen. Ich machte mir keine Sorgen wegen des Schwertes. Der Hausmeister wußte, wie es aussah, außerdem hätte es einen Umriß an der hellgrauen Wand hinterlassen. Wenn es nicht mehr dagewesen wäre, hätte er es sofort bemerkt. Ich war mir sicher, daß es bei meiner Rückkehr über dem Kamin hängen würde, so fehl am Platze wie seit eh und je. »Ich lache nicht«, sagte ich zu Dave. »Wir reden in meinem Zimmer weiter, unter vier Augen – noch vor dem Abendessen. Falls nötig, lassen wir uns etwas heraufbringen.«

»Du *weißt* etwas!« wiederholte er unversöhnlich. Er schien wirklich gekränkt, funkelte mich zornig und voller Zweifel an. »Was willst du mir hier verkaufen? Eine Gruselgeschichte, oder so was Ähnliches?«

Ich schüttelte den Kopf. »So was Ähnliches.« Die Lifttür glitt seufzend zur Seite, und wir gingen über den dicken Veloursteppich, der uns unvermeidlich statisch auflud, bis sich die Ladung bei der nächsten Berührung mit einem metallischen Gegenstand entladen würde. »Etwas«, sagte ich, während ich die Schlüsselkarte ins Schloß schob, »etwas, das mir vor einigen Jahren passiert ist. Etwas, das nicht so einfach zu erklären – und auch nicht leicht zu glauben ist. Ich weiß also, wie du dich fühlst.«

Hinter den breiten Glastüren, die zum Balkon hinausführten, herrschte Natur. Mit drei großen Schritten durchquerte ich den Raum und zog sie weit auf. Die Glutofenhitze des Tages hatte sich in der frischen Brise vom Fluß aufgelöst, und so weit oben war auch von den erstickenden Straßenabgasen nichts mehr zu spüren. Die Sterne funkelten an einem Himmel wie aus schwarzem Glas, und der große Arm der Milchstraße wölbte sich über der Stadt wie ein Kometenschweif aus durchscheinender Seide. Der Arm einer Spiralgalaxis, dachte ich, und ganz unerwartet schien ich eine weitaus mächtigere, immaterielle Spirale aus Raum und Zeit zu erblicken, die sich über das ehrfurchtgebietende Bild in meinem Kopf stülpte. Dieser wirbelnde Strudel, in dem unsere eigene, fixierte, in regelmäßigen Bahnen verlaufende Realität der ruhende Pol, der feste Kern war; an den Rändern seiner Arme gab es jedoch jede denkbare Variation dieses festen Kerns, die sich der menschliche Geist ausdenken konnte, und noch weit, weit mehr. In ihren finsteren Gefilden tummelten sich Mächte, die mit der Menschheit wie mit Spielzeug hantieren konnten. In jenen Gefilden konnte ein Mensch auf unsterblichen, zeitlosen Reisen über sich selbst hinauswachsen und am Ende seine wahre Bestimmung finden – falls er alle Gefahren lebend überstand – und zu einer Macht gelangen, die diesen Mächten ebenbürtig war, aufsteigen, wie einst sie aufgestiegen sein mußten.

Aufsteigen – oder stürzen. Ich hatte beides gesehen. Ich hatte beides gesehen und angesichts der schrecklichen Ausmaße ihrer Extreme, angesichts meiner vergleichsweise zerbrechlichen Hilflosigkeit vor Angst und Schrecken gezittert. Lange Jahre hatte mich das Ausmaß dieser Vision bedrückt, und doch immer wieder mit verlockenden Erinnerungen gereizt, die an meinen innersten Kern rührten, an die Seele, die ich einst zugunsten des vergötterten Erfolges verkümmern ließ. Es waren Erinnerungen, die ich immer wieder verdrängt hatte – wenn auch nicht allzu energisch, wenn sie Geschehnissen außerhalb des Kerns entsprangen, wo sie keine festen Wurzeln fanden. Doch jetzt wußte ich, warum mich diese Träume mit tränenüberströmtem Gesicht aus dem Schlaf hatten auffahren lassen.

Die Demonstration meiner eigenen Schwäche war eine Warnung gewesen; ich hatte versucht, auf diese Warnung zu hören. Und jetzt schien es ganz so, als würde die Spirale nach mir greifen, und nicht unbedingt mit freundlichen Absichten. Im Gegensatz hatte sie mir allerdings etwas Neues gezeigt – eine Methode, mit der ich mir die Möglichkeiten der Spirale zunutze machen konnte. Ein Schwert herbeizurufen war nur eine Kleinigkeit, doch wenn ich den Trick erst einmal beherrschte, konnte ich womöglich noch ganz andere Kunststückchen vollbringen. Obendrein für eine gute Sache – nicht unwichtig in Welten, in denen Beweggründe noch wirklich etwas zählten. Dazu brauchte ich jedoch Hilfe – und wo die zu finden war, wußte ich nur zu gut. Jedenfalls glaubte ich das.

Was bei einigen Menschen unter den Namen Spirale und Kern bekannt war, nannten andere, meist aus früheren Zeiten stammende, das Rad und die Nabe. Vielleicht gelang es mir, dieses Rad wenigstens ein bißchen in meine Richtung zu drehen. Ich hob meine Arme, als wollte ich das Bild, das sich dort über mir drehte, umarmen. Jetzt erst dachte ich wieder an Dave, der mich schweigend betrachtete, als hätte er mich noch nie in seinem Leben gesehen.

»Genau hier fangen alle Erklärungen an, Dave. Es ist nicht einfach zu verstehen. Aber wenn du glaubst, ich sei verrückt, dann halte dich einfach an das, was du heute erlebt und gesehen hast – versuche, es auf eine andere Weise zu erklären! Aber halte dich gut daran fest; versuche nicht, es zu rationalisieren, belüge dich nicht selbst! Ignoriere es nicht einfach! Erinnerungen wie diese verblassen rascher als andere, und du wirst sie brauchen, Dave. Denn vielleicht ergibt sich doch noch eine Möglichkeit für unsere Container!«

Kapitel 2

»Das ist doch völliger Blödsinn!« Dave fuchtelte mit dem Zeigefinger vor meinem Gesicht herum. »So leicht, ich wiederhole, *so leicht* wirst du mich nicht los.«

»Ich hätte dich wirklich im Fernen Osten lassen sollen, Dave!« sagte ich und ließ meinen Sicherheitsgurt einrasten. »Ich weiß zwar, daß du ein sportlicher Typ bist, aber wenn du jetzt mit mir Schritt halten willst, mußt du dich wirklich beeilen.«

»Mmhmm«, grinste er und ließ etwas vor meinen Augen hin- und herpendeln, und als ich es schnappen wollte, zog er es rasch weg. »Ein sportlicher Taschendieb bin ich. Hab ich dir im Lift geklaut.«

Ich schlug wütend aufs Lenkrad. »Hör mal zu, du blödes Arschloch! Gib mir sofort den Schlüssel zurück! Es ist ja nicht so, daß ich dich nicht mitnehmen *will*!«

In Wahrheit war ich jedoch ein wenig eifersüchtig auf die Taverne, ihre Gäste und alles, was sie mir bedeuteten. Sie waren mir sehr wichtig, sie standen für eine völlig andere Seite meines Lebens, die sich von der unterkühlten, klar umrissenen Welt des internationalen Handels mit ihrem schicken Drum und Dran gründlich unterschied. Und schicker als Dave ging es kaum noch. So sehr ich ihn mochte, ich wollte ihn eigentlich nicht mit dieser anderen Welt, die ich entdeckt hatte, in Verbindung bringen. Ich hatte eine unbestimmte Angst davor, daß er sie abwerten, schäbiger und weniger großartig erscheinen lassen könnte. Selbst wenn er sich nicht direkt über sie lustig machte – und das beherrschte er wirklich hervorragend, wenn nicht gerade die nettere Seite seines Charakters die Oberhand hatte –, so könnte er allein durch seine Erscheinung, seine Isse-Miyaki-Mäntel und seine Zigaretten aus der Burlington Arcade der Taverne diese gewisse Atmosphäre und Wärme entziehen, so daß sie nur noch schäbig oder gar verrufen wirkte. Natürlich lief auch ich in Calvin-Klein-Jeans herum und fuhr nicht gerade mit der Ponykutsche durch die Gegend; doch das war irgendwie anders. Und es gab noch ein weit dringlicheres Problem.

»Es ist – äh, erinnerst du dich noch daran, daß du nicht mehr in jene Gasse zurückgefunden hast? Dieser Ort ist ungefähr genauso schwierig zu finden!«

»Hast du nicht gesagt, daß du seit deiner ersten … Auszeit in diesem Spiralending wiederholt dort gewesen bist?«

»Ja, schon. Aber mittlerweile seit Jahren nicht mehr. Ich habe die Versuche zwar nicht direkt aufgegeben, aber … tja, es wurde halt immer schwieriger. Auf jedes Mal, bei dem ich durchkam, folgten zehn Versuche, in denen ich im Auto oder zu Fuß stundenlang vergeblich durch die Straßen geirrt bin. Das ist ein schreckliches Gefühl. Manchmal sieht man sie sogar, oder etwas, das wie sie aussieht, in der Ferne, am Ende einer Seitenstraße oder so. Wenn man dann zurücksetzt und hinfährt, stellt es sich als irgendein verfallener alter Farbenladen oder so etwas heraus … Allmählich hält man sich selbst für gestört. Richtig verrückt, meine ich. Du fängst an, jede Kleinigkeit anzuzweifeln.«

»Schon mal daran gedacht, daß diese Vermutung zutreffen könnte? Okay, schon gut«, fügte Dave hastig hinzu und zuckte erschrocken zurück. »Ich habe die Gassen gesehen, auch diesen Löwen oder was es war, ich habe die Dacoits gesehen, klar, wenn du bekloppt bist, dann bin ich es auch, verstehst du, hier sind die Schlüssel, schöne Schlüssel, feine Schlüssel, was? Nur noch eins«, ergänzte er, als ich über die Autotür hinweg versuchte, sie mir zu schnappen. »Hör mir nur noch zu, was ich zu zwei kleinen Punkten zu sagen habe, ja?«

»Ich höre.«

Er zog eine Riesenshow ab, um sich die Stirn mit einem Taschentuch abzutupfen. »He, du siehst richtig nett aus, wenn du wütend bist, hat dir das schon mal jemand gesagt? Also: Erstens hast du selbst behauptet, dieses Spiralending hätte diesmal *dich* kontaktiert. Vielleicht wiederholt sich das ja. Da könnte es doch recht praktisch sein, noch jemanden dabeizuhaben. Zweitens garantiere ich dir, daß du mich, falls wir Schwierigkeiten haben sollten, dorthin zu gelangen, an der nächsten Straßenecke rauslassen kannst und ich mich sofort auf den Heimweg machen werde; dann kannst du es noch einmal allein versuchen. Und jetzt sag mir, was du ernsthaft dagegen einzuwenden hast!«

Ich schob mich wieder hinter das Steuer. »Vielleicht habe ich nur eine einzige Chance. Aber ...« Ich betrachtete ihn, wie er, strotzend vor Frechheit und Selbstvertrauen, im aufziehenden Abenddunst dastand. Ich kannte ihn gut genug, um die Intelligenz hinter seinem Gehabe zu erkennen, doch besonders mutig war er mir noch nie vorgekommen. Er hatte sich schon immer über meine Begeisterung für das Bergsteigen und, seit kurzem, für das Fechten und Segeln amüsiert und behauptet, diese Tätigkeiten appellierten nur an die Instinkte des Höhlenmenschen in uns. Er bevorzugte Mannschaftssportarten wie Fußball und Basketball, einmal abgesehen von seiner Lieblingssportart, dem horizontalen Jogging. In jenen verlassenen Gassen von Bangkok hatte er soviel Angst ausgestanden, wie noch niemals zuvor in seinem Leben; trotzdem war er jetzt bereit, sich etwas in den Weg zu werfen, das so gut wie sicher nur mich bedrohte. »Ach, zum Teufel! Steig ein, Mann – und leg wenigstens dieses eine Mal den Sicherheitsgurt an!«

»Ich höre und gehorche, oh mein stellvertretender leitender Direktor. Schließlich nehmen wir heute abend noch genug andere halsbrecherische Risiken auf uns.«

Ich gab Gas und lenkte den Morgan mit zunehmender Geschwindigkeit vom Firmenparkplatz herunter, dann bog ich nach rechts in Richtung Umgehungsstraße ab. Dort bahnte ich mir mit der Motorhaube gnadenlos einen Weg auf die rechte Spur des Kreisverkehrs. Die Zeit zwischen Spätnachmittag und Sonnenuntergang war am besten dafür geeignet; womöglich hatte mich dieses Geplänkel mit Dave schon ein bißchen zu lange aufgehalten. Obwohl ich vorsichtig sein mußte, drückte ich noch mehr auf die Tube; dieser Wagen war für Auge und Ohr wesentlich verdächtiger als die netten Sportlimousinen, die ich früher gefahren hatte, und die man kaum voneinander unterscheiden konnte, wenn man sich nicht das Nummernschild merkte. Außerdem war es gut, in einem offenen Wagen zu fahren. Selbst im Feierabendverkehr schien die Luft kühl und erfrischend, und ich freute mich beinahe über die Aussicht auf Regen. Ich spürte förmlich, wie meine ausgetrocknete Haut die Feuchtigkeit aufsaugte, die ihr in Bangkok entzogen worden war. Der Verkehr lichtete sich etwas. Ich schaltete hoch, trat das Gaspedal durch und grinste Dave an. Er hing nicht sehr glücklich, zusammengesunken im Beifahrersitz und hielt sein Jackett vor der Brust geschlossen, wobei ihm der Schlips im Luftstrom hinter der Windschutzscheibe voranflatterte. Ich empfand die kalte Luft als anregend und geradezu stimulierend, sobald ich den Geruch des Meeres herausschmeckte. Wenigstens einmal waren die Ampeln auf meiner Seite, und ich hatte keine Zeit, in die Wolken hinaufzublicken; doch aus dem Augenwinkel heraus schien ich erste, wenn auch noch undeutliche Vorzeichen wahrzunehmen, wie die Erinnerung an eine weit entfernte Landschaft zwischen den Gipfeln und Schluchten am Himmel. Von einer plötzlichen Erregung ergriffen schaltete ich erneut hoch; der Wagen schoß auf die linke Spur, bereit, die Abfahrt zu der neuen, in weitem Bogen ausholenden Einbahnstraße zu nehmen, die einen jetzt auf dem schnellsten Weg zu den Docks hinunter brachte. Sie spuckte mich an dem neuen Kreisverkehr am Harbour Walk aus, und von dort brausten wir in die düstere Einmündung der Danube Street. Zwischen ihren Steinmauern war es schon Nacht, doch die zerbrochenen Scheiben in den oberen Fensterreihen der Lagerhäuser spiegelten die feuerroten und orangefarbenen Wolken des Sonnenuntergangs so wider, als wollten sie höhnisch die Gaslaternen nachäffen, die einst hier gebrannt hatten. Das vertraute Donnern unter den Reifen verriet mir, daß das Kopfsteinpflaster noch immer das gleiche wie damals war – wie damals?

Drei, nein, vier Jahre bevor ich zum letzten Mal hier gewesen war. *Vergiß die Docks nicht und die Danube Street. Und vor allem nicht die Taverne!* Das hatte mir Jyp, der Navigator, mit auf den Weg gegeben. Ich hatte es versucht. Wie oft hatte ich die Taverne gesucht, doch nur selten gefunden. Meistens hatte ich es in Zeiten von Streß und Schmerzen probiert, immer dann, wenn mein Leben von einer Krise geschüttelt wurde. Damals hatte ich einige Male Glück, hin und wieder eine Art von Frieden in der Traverne gefunden: Essen und Trinken und gute Gesellschaft, Geschichten, die einem sonst nirgendwo erzählt werden; und ich hatte selbst eine zu erzählen. Damals fing ich an, daran zu glauben, daß es mit meiner seelischen Verfassung zusammenhängen mußte, daß ich immer dann den Weg auf die andere Seite fand, wenn ich es am meisten nötig hatte.

Doch es gab auch andere Zeiten, in denen ich keine Spur fand, nicht einmal eine verschlossene Tür. Nichts außer den bedrohlichen Mauern der viktorianischen Lagerhäuser und Fabriken, oder die mit Abfall übersäten Brachflächen, die an ihrer Stelle zurückgeblieben waren; verlassene Straßen mit von Fliegendreck verkrusteten Cafés und todgeweihten Läden, oder auch Häuser mit der schnöden Eleganz von Stadterneuerungsprojekten – lächerliche Fassaden, restauriert und versteinert, eine süßliche Mischung aus Discos und Geschenke-Shop, Tapas-Bar und Bistro, mit Korbflaschen und Lamellenvorhängen, so farbenfroh, elegant und leblos wie ein aus Glas geblasener Schmetterling. Doch diese Zeiten waren nicht minder belastend und kritisch als diejenigen, in denen ich erfolgreich gewesen war – so war es mir damals jedenfalls vorgekommen. War der Zugang zur Spirale letztendlich vom Zufall bestimmt? Meine Instinkte sagten mir, daß es nicht so war, und ich hatte gelernt, mich immer dann auf meine Instinkte zu verlassen, wenn alles andere im Chaos unterzugehen drohte. Doch nach welchen Gesetzen der Übergang erfolgte, blieb mir verborgen.

Als ich jetzt in die Tampere Street einbog, fühlte ich mich förmlich elektrisiert. Die Straße hatte sich kaum verändert: Noch immer wirbelte der gleiche Fetzen Zeitungspapier im Rinnstein, das gleiche, zerrissene Stück Plastikfolie raschelte in der vom Hafen heraufwehenden Brise. Dave brach sein Schweigen und fragte: »Das hier ist also dein wildromantisches Refugium?«

Ich war zu sehr damit beschäftigt, die kleinen Gassen und Einfahrten abzusuchen. »Beobachte die Dächer«, wies ich ihn an und bog nach links in eine vertraut aussehende Querstraße ein.

»Wonach soll ich denn Ausschau halten?«

Wieder nach rechts, Richtung Hafen, das konnte nicht falsch sein. Die Straße kam mir sehr bekannt vor, auch die finster drohende Fabrik auf der anderen Seite der Kreuzung vor uns; noch ein gutes Zeichen. Möwenschreie brachen sich in der stillen, kühlen Luft und verliehen unserer Mission eine gewisse unerbittliche Dringlichkeit. Wie dösende Katzen lagen die langen Abendschatten auf den Querstraßen, geschmeidig und rätselhaft. Wohin jetzt? Ich konnte mich nicht entscheiden. Da niemand hinter mir war, fuhr ich im Schrittempo und blickte mich um.

»Bis jetzt sehe ich nichts«, sagte Dave gelangweilt. »Öde wie 'ne Reihenhaussiedlung nach den Abendnachrichten. Wahrscheinlich klappen sie hier gleich die Bürgersteige hoch. Kein Wunder, daß die Leute soviel fernsehen.«

»Wie kommst du darauf?«

»Die vielen Antennen. Schau dir das an. Wer hier wohnt, hat ganz bestimmt schon quadratische Augen.«

Ich bremste scharf und schaute mit offenem Mund nach oben.

»He! Jetzt weiß ich, warum ich den blöden Gurt anlegen mußte!« meckerte Dave. »Ich wäre beinahe durch die Windschutzscheibe geknallt! Und meine Ziggies sind plattgedrückt!«

»Du hast doch schon immer gern türkische geraucht.« Ich riß wieder hart die Gänge durch, raste über das Pflaster auf die Kreuzung zu und von dort aus rechts um die Ecke. Nicht weit entfernt kreuzte eine weitere Straße, an deren Ende sich die zackige Silhouette eines enormen Gewirrs erhob. »Dave, du Schwachkopf! Sieht das etwa wie Fernsehantennen aus?«

»Äh, also ... das muß da unten bei den Docks sein ... Eine Art Radar vielleicht?«

»Antennen!« lachte ich laut auf, halb trunken vor Aufregung und Erleichterung. Ich kurvte um die letzte Ecke und raste auf das Meer zu. Jetzt sah er es selbst; als er begriff, sagte er nichts mehr, sondern sackte mit weit aufgerissenen, glotzenden Augen und sperrangelweit offenstehendem Mund im Sitz zusammen. Sogar ich, der ich wußte, was sich da unseren Blicken bot, bremste den Wagen unwillkürlich ab, bis die Planken der großen Werften unter seinen Rädern trommelten. Dort hielt ich an. Wir stellten uns beide hin, beugten uns über die Windschutzscheibe und starrten in schierer Verzückung auf das Hafenbecken und einen Anblick, den es eigentlich schon seit zwei Jahrhunderten nicht mehr geben durfte. Eine wilde Freude flackerte in mir auf, denn ich wußte, daß es sich keinesfalls um eine Sinnestäuschung handelte, daß ich diese ganze Zeit über kein Hirngespinst mit mir herumgetragen hatte. Er war echt, dieser mächtige Wald ohne Blätter und ohne Wurzeln, dessen Geäst aus Tauen und Webeleinen bestand, gekrönt von den unzähligen hochaufragenden Masten einer Flotte vollgetakelter Schiffe, die sich vor dem feurigen Wolkenarchipel im Farbenspiel des Sonnenuntergangs wiegten.

Hunderte unterschiedlicher Schiffstypen lagen hier Seite an Seite vor Anker, schaukelten auf den sanften Wellen und rieben ihre Flanken wie große, behäbige Meeresungeheuer an den Stoßfängern aus Tauwerk. Die geschwollene Rundung einer Kogge lag direkt neben dem schlanken Haifischkörper eines Klippers, die hohen Aufbauten einer Galeone türmten sich über dem flachen Deck eines Kutters auf. Meist handelte es sich um vollgetakelte Schiffe aus der Zeit von König George, also allesamt zwischen dem späten siebzehnten und der Mitte des achtzehnten Jahrhunderts gebaut, und geformt von der letzten Blüte des Zeitalters der Segelschiffe. Aus den Luken schlanker Freibeuterschiffe starrten hungrige Kanonenmäuler auf dickbäuchige Handelsschiffe, und hier und da überragten die dunklen, gleichmäßigen Formen schwerer Kriegsschiffe kleinere Schiffstypen mit herrischer Geste. Diese Schiffe waren von weit draußen aus der Spirale bis in die Häfen an den Rändern des Kerns gekommen, beladen mit seltsamer Fracht, deren Verwendungszweck man manchmal nur erraten konnte; die Kriegsschiffe waren ebenfalls am Handel beteiligt, auch wenn sie nicht unbedingt durch ehrlichen Tauschhandel oder Bezahlung für Geleitschutz zu ihren Waren kamen. Und sie würden alle zur Spirale zurückkehren, denn wer sich zu lange an einem Ort aufhielt, setzte sich nicht näher bestimmten, subtilen Gefahren aus. Inzwischen vergnügten sich die Besatzungen jedoch auf Landurlaub, und wir mußten ihnen einfach folgen.

Ich grinste Dave an. Genau wie er jetzt, hatte ich mich damals lange dagegen gewehrt, mich geweigert, ein Urteil abzugeben. Selbstverständlich hatte auch er mir im Grunde kein einziges Wort geglaubt, unabhängig von den Erinnerungen an den Zwischenfall in Bangkok. »Irgendwelche Bemerkungen, Mr. Oshukwe?«

Er zitterte in der leichten Brise. Seine Stimme klang dünn und leer, keine Spur mehr von der überheblichen Affektiertheit. »Ich weiß nicht, was ich davon halten soll. Ich weiß es immer noch nicht. Ich weiß, was ich sehe, aber das heißt nicht, daß du nicht doch spinnst. Nur bin ich mir jetzt bei mir selbst nicht mehr ganz sicher.«

»Das ging mir genauso. Aber ist das nicht fantastisch? Ist das nicht wunderschön?«

»Wunderschön? Herrje, war das, was in Bangkok über uns herfiel, wunderschön?« Er rieb sich mit dem Handrücken über den Mund. »Ich habe immer gedacht, ich hätte meine Welt einigermaßen im Griff, würde geschickt im Strom mitschwimmen und dieser ganze Mist. Aber wenn man nur einmal um die falsche Ecke biegen muß, um auf das hier zu stoßen … was gibt es dann sonst noch alles? Was könnte mir zu Hause in Kano passieren? Oder auf dem Heimweg vom Büro? Wieso sollte irgend jemand mit so etwas rechnen? Wie kann man denn damit umgehen? Ich wußte ja, daß du ein ziemlich seltsamer Typ bist, Steve, aber wenn du dich bei *diesem* Anblick bewundernd zurücklehnst, dann bist du einen ganzen Zacken seltsamer, als ich dachte.«

»Danke für die Komplimente!« grinste ich. »Du gewöhnst dich schon daran. Aber nicht allein. Wir brauchen Hilfe, und genau deshalb sind wir hier.« Mein Blick schweifte über das altersschwache Mauerwerk der Werftgebäude mit ihren verwitterten Schildern, von denen ausgebleichte Farbschichten abblätterten. Über der Tür des höchsten Gebäudes war eine verzierte Kupferplatte auf dem roten Sandstein befestigt, die in verschnörkelter, schon fast unleserlich gewordener Schrift verkündete: *Paramaribo Werft*.

»Die kenne ich nicht. Soweit ich mich erinnere, müssen wir in die Straßen hinter der Melrose und der Danziger Werft; jedenfalls geht es irgendwo dort hinten entlang. Komm mit, am besten suchen wir nach Schildern oder nach jemandem, den wir fragen können.« Dave verließ den Wagen nur widerstrebend und setzte den Fuß übervorsichtig auf die ausgetretenen Planken, als könne er jeden Moment durch sie hindurch in das schmierig aussehende Hafenwasser fallen. Wahrscheinlich war er eher ein Typ mit zuviel Phantasie. Mir hatte man bescheinigt – und es war nicht gerade als Kompliment gemeint – daß ich mich deshalb so rasch an das Unvorstellbare gewöhnt hätte, weil ich nur selten Gebrauch von meiner Phantasie machte.

Vielleicht stimmte es ja; doch als ich in die finsteren Seitenstraßen hineinspähte, in denen helles Tageslicht schon seit Jahrhunderten keine große Rolle mehr gespielt haben konnte, lief auch mir problemlos ein Schauer nach dem anderen über den Rücken. Niemand war zu sehen. Die Schiffe sahen verlassen aus, doch wahrscheinlich war überall eine Wache an Bord. Ich verspürte wenig Lust, sie zu stören. Angenommen, ich erwischte ein Wolfsschiff, oder Schlimmeres! Ich hatte gehört, daß es Schlimmeres geben sollte, weitaus Schlimmeres, obwohl ich mir das nur schwer vorstellen konnte. Außerdem verflog jetzt die erste Euphorie, und ich fragte mich, ob wir nicht etwas zu leicht durchgekommen waren. In dieser seltsamen, schattenhaften Randwelt der Normalität war es nie ratsam, sich auf den Augenschein zu verlassen.

Eine Treppe führte von dieser Werft zur nächsten hinab, offensichtlich die Callao Werft. Altersschwache Stufen verbanden sie mit dem niedrigeren Kai, an dem Beiboote und ähnliches anlegen konnten; doch er sah zu bröckelig aus und war mit Tang und Schlamm bedeckt. Dahinter öffnete sich eine weitere dunkle Gasse, aber nicht weit davon entfernt entdeckte ich einen trüben Schimmer, der sich in den Pfützen spiegelte. Zweifellos nicht sehr hell erleuchtete Fenster, die ein schwaches, rötliches Licht auf ein Schild warfen, das darüber leise quietschend an einem Querbalken schaukelte.

»Verdammt nochmal!« murmelte Dave, als wir uns darauf zubewegten. »Das sieht ja noch mieser aus als eine Autobahnraststätte.«

»Richtig, und zwar an einem langen Wochenende. Kann nichts schaden, wenn wir dort mal fragen, was meinst du?«

»Ich weiß nicht«, brummte er und lief um eine ölige Lache vor der Tür herum. »Mir wird jetzt schon mulmig.« Nachdem ich die Tür aufgestoßen hatte, mußte ich ihm bedingungslos recht geben. Der Geruch, der uns entgegenschlug, bestand hauptsächlich aus Tabaksqualm und ranzigem Bratenfett – zunächst jedenfalls; bis die feineren, durchdringenden Schwaden über einen herfielen, ein Gestank nach abgestandenem Alkohol, ungewaschenen Körpern, Erbrochenem und weitaus Schlimmerem, der einen den Tabaksqualm zu schätzen lehrte. Die äußerst beengte Kaschemme wurde von rußenden Kerzenlaternen schwach beleuchtet, die von niedrigen Deckenbalken herabhingen; die dreckverschmierte Decke darüber saugte das meiste Licht gleich wieder auf. In den dunklen Ecken saßen Männer über Tische gebeugt. Einige waren schwarz, andere hellhäutig, mehr konnte ich beim besten Willen nicht erkennen, bis auf die funkelnden Augen, die sich ausnahmslos auf uns richteten. Sämtliche Unterhaltungen verstummten zu einem leisen Gemurmel. Ein kräftiger Rüpel mit einem Schmerbauch, über den sich ein zerrissenes Hemd und die schwarze Schärpe einer Pumphose spannten, sprang vom nächsten Tisch auf und musterte uns abschätzend von oben bis unten.

»Qué quereis?« Spanisch war ebensowenig seine Muttersprache wie meine, doch mit dem Ton, den er anschlug, hätte er uns ebensogut ins Gesicht spucken können.

Beschwichtigend streckte ich ihm die gespreizten Hände entgegen. *»Perdóneme, señor, queremos descubrir la Taverna Illyrica, por favor?«*

Sogar in diesem Funzellicht hätte ich schwören können, daß er blaß wurde. *»No sé!«* blaffte er mit der kalten Wut desjenigen, der gegen seine eigene Schwäche ankämpft. Zu meinem großen Erstaunen streckte er mir zwei gekreuzte Finger entgegen, das gehörnte Zeichen gegen den Bösen Blick; dann spuckte er mir auf die Schuhe. Normalerweise hätte ich wahrscheinlich auf dem Absatz kehrt gemacht und den unwirtlichen Ort verlassen, doch mein Blut vibrierte noch vom Anblick der herrlichen Schiffe vor dem Sonnenuntergang und von den Erinnerungen, die sie in mir wachgerufen hatten. Ich hob lässig den Fuß und streifte den Schuh mit einigem Nachdruck an seinem weiten Beinkleid ab. Er heulte auf, machte einen Satz zurück, und seine Hand fuhr in die Schärpe. Ein Messer, dachte ich noch, packte ihn jedoch schon am Hemd und schleuderte ihn auf den Tisch. Erst dann drehte ich mich auf dem Absatz um. Dave packte mich am Jackett und zerrte mich praktisch nach draußen.

»Was ist denn bloß in dich gefahren? Laß uns verschwinden, bevor sie uns die Kehle durchschneiden – oder sonst was. Wie konntest du nur so etwas tun?«

»Nicht rennen«, erwiderte ich. »Darauf warten sie nur. Gib dich selbstbewußt.« In der schmutzigen Scheibe auf der gegenüberliegenden Straßenseite sah ich, wie hinter uns die Tür der Spelunke aufflog und sich eine Silhouette im rötlich schimmernden Rechteck der Tür abzeichnete – nein, es mußten zwei oder drei Gestalten sein. Doch sie traten nicht auf die Straße heraus. Ich drehte mich lässig um. Einer von ihnen winkte höhnisch. *»Buenas noches, señor! Nos respetamos à los bultos!«*

Dann knallte die Tür wieder zu. »Miserables Spanisch«, sagte Dave mit dem Anflug eines Zitterns in der Stimme. »Noch mieser als meins. Warum sollen wir Grüße von ihnen an die … das Wort bedeutet doch Bündel, oder?«

»Das waren keine Spanier, soviel ist sicher. Warum aber hielten sie uns für welche?« Ich drehte mich noch einmal nach dem Schild um. *»Den … Vijnkeller* irgendwas. Vielleicht *Marowijnse*. Hört sich holländisch an. Die Niederlande waren einmal spanisch, auch einige ihrer Kolonien. Vielleicht war für diese Typen schon die spanische Anrede eine Beleidigung. Und *Bultos* … Ich glaube, es heißt Bündel. Weiß der Himmel, warum. Wahrscheinlich noch eine Beleidigung. Komm, wir suchen uns eine nettere Kneipe.«

Doch als wir durch die hereinbrechende Dunkelheit zur Werft zurückgingen, fiel mir ein, daß mir dieses Wort etwas sagte. *Bündel* … ich hatte diesen Ausdruck, oder etwas Ähnliches, schon einmal gehört. Von Jyp? Könnte sein. Jedenfalls hatte es sich um etwas Unangenehmes gehandelt. Etwas Böses – und genau in diesem Augenblick hörte ich das Kichern aus der Dunkelheit vor uns.

Ein Kichern, ein durchaus menschliches Geräusch, doch irgendwie hoch und pfeifend; ein leises Scharren von Füßen, wie bei einer vorsichtigen Bewegung; ein entferntes, trockenes Rascheln, und *das* hörte sich eindeutig nach Insekten an. Auch Dave hatte es vernommen. Sein Flüstern ging im Rauschen, das vom Meer her kam, beinahe unter. »Wenn das wieder diese verfluchten Decoits sind –«

»Glaube ich nicht«, schnaufte ich. »Was auch immer, es befindet sich zwischen uns und der Werft – aber nur auf der dunklen Straßenseite. Wenn wir uns auf der anderen Seite vorbeidrücken … und dann ab zum Auto!«

Wir bewegten uns rasch und leise vorwärts, überquerten geduckt die Straße und tauchten in den Schatten der gegenüberliegenden Mauer. Als wir mitten auf der Straße waren, schob sich einen Augenblick lang der letzte Widerschein des abendlichen Himmels hinter das, was uns dort auflauerte. Zuerst hielt ich es einfach für einen Mann, eine massige Figur auf dünnen, sehr dünnen Beinen, bekleidet mit einem Umhang, der Kopf und Arme verhüllte. Doch dann, als es sich suchend herumdrehte, bemerkte ich, daß es aus einem Stück war, daß es weder Kopf noch Beine gab, nur Fetzen dünnen Stoffes, die flatterten, wenn es sich wie ein alter Leinensack bewegte. Dann gesellte sich zur ersten Gestalt eine zweite, die genauso aussah. Ich hörte, wie Dave vor Anspannung mit den Zähnen knirschte. Doch nur noch wenige Schritte, dann waren wir an ihnen vorbei.

Wieder erklang dieses höllische Kichern, direkt in mein Ohr. »*Lauf!*« schrie ich, doch das hätte ich mir sparen können. Dave raste bereits los. Ich keuchte hinter ihm her – und hinter mir hörte ich jetzt ein wildes Fußgetrappel, das mir eigenartig bekannt vorkam. Wir bogen um die Ecke, hielten auf die Werft und das Auto zu. In der ersten Nacht, in der ich hierhergekommen war, hatte mich etwas bis zu meinem Auto verfolgt – etwas, das mir erst nachgeschlichen und dann hinterhergerannt war. Ich hatte nicht gesehen, was es war, doch es hatte sich genauso angehört. Wir erreichten den Wagen und sprangen, ohne weiter auf die Lackierung zu achten, über die Türen auf die Sitze. Einen schrecklichen Moment lang fummelte ich nach den Schlüsseln, dann brüllte der Motor in der Stille der Nacht auf. Ich schlug voll ein und wendete den Wagen in einem engen Kreis vor den Häusern.

»He, Vorsicht!« heulte Dave. »Du willst doch nicht etwa *zurück* –«

Die Räder auf seiner Seite hoben sich leicht von den ratternden Planken, schafften die Kurve gerade noch und krachten wieder herunter. Jetzt schaltete ich die Scheinwerfer ein und ließ ihre Lichtstrahlen über die Werft wandern. Nichts. Mit einem grimmigen Grinsen legte ich den nächsten Gang ein und schon schossen wir die Hafenstraße entlang. »Dachte ich mir, daß sie sich nicht bis zum Auto trauen«, preßte ich hervor; dann kamen wir an der Gasse vorbei, und sie stürzten sich auf uns. Alptraumhafte Geschöpfe, formlose, in raschelnde Mumienverbände und Stricke eingehüllte Wesen, die sich mit einer erschreckenden Geschwindigkeit auf nackten, drahtigen Beinchen fortbewegten, was sie weniger menschlich aussehen ließ, als sie tatsächlich waren. Sie sprangen und hüpften rings um den Wagen herum, prallten dumpf aufschlagend dagegen, worauf wir schwer ins Schleudern kamen. Einer sprang mit einer solchen Wucht auf das schmale Trittbrett, daß es uns fast aus der Bahn und in das tiefe Hafenbecken hinein katapultiert hätte; doch Dave drehte sich zur Seite und trat mit voller

Wucht gegen das widerliche Ding, daß es seinen Kollegen vor die Füße geschleudert wurde. Von nahem konnte man erkennen, daß sich hinter diesen Hüllen etwas bewegte, das den Stoff ausbeulte, wütend dagegen schlug, als würde es jeden Augenblick durch die verrottenden Fetzen hindurchbrechen; vielleicht Köpfe oder Gliedmaßen, doch es wirkte weit weniger normal und entschieden bösartiger. Jetzt kamen sie aus allen Gassen geströmt und rannten auf den Wagen zu wie Motten, die sich in die Flamme stürzen, so daß ich einfach nicht schneller fahren konnte. Die Windschutzscheibe splitterte. Ich schlug sie ganz heraus, gerade rechtzeitig, um eine weitere Hafentreppe vor uns zu erkennen. Ich warf das Steuer herum, woraufhin das Heck wie ein Fischschwanz ausschlug und die monströsen Gestalten durcheinanderwirbelte. Für den Bruchteil einer Sekunde drehte sich eines der Räder über dem Nichts, dann rasten wir schleudernd in eine schmale Gasse hinein.

»Es wird immer enger, Steve!« Der zunehmend hysterische Ton in Daves Stimme spiegelte meine eigene Angst. Wenn wir anhalten mußten – und wenn sie uns erwischten –, würden diese Lumpenbündel dann aufplatzen? Würde sich dann zeigen, was darin herumwimmelte? Und was würde dann passieren?

Dave schrie auf und deutete nach vorn. Links tat sich eine weitere schmale Gasse auf, an deren Ende ein Fleck wie geschmolzenes Gold leuchtete. Wieder schlug ich den Lenker hart ein, die Reifen quietschten über das Kopfsteinpflaster – und genau im falschen Moment traf uns eine Gruppe dieser Dinger voll mittschiffs. Der Kotflügel wurde eingedrückt, der Wagen schaukelte, kippte bedenklich, doch dann fiel er wieder krachend auf die Federung, und wir rasten weiter. Schleudernd und schlingernd rauschten wir durch das enge Gäßchen. Eins der Dinger war an die Wand gequetscht worden, förmlich aufgespießt – ich sah im zersplitterten Rückspiegel, wie die Bandagen aufplatzten, das Sackleinen förmlich explodierte. Vielleicht war es besser, daß Dave mich gerade in diesem Moment am Arm packte und ich nicht mehr genau sehen konnte, was da herausquoll. »Dort!« kreischte er. »Ist es das?«

Rotes Holz, weiße Wände, ein reißerisches Schild und anheimelnd leuchtende Fensterscheiben … »Siehst du es denn nicht?« rief ich, ungerechterweise darüber erbost, daß er auch noch fragen mußte. »Das ist es!«

Auf der Straßenseite gegenüber erhob sich die Seitenwand der Illyrischen Taverne. Ich betete, daß sonst niemand auf der Straße unterwegs war, riß den Wagen herum und kam mit einem fürchterlichen Quietschen direkt vor der unteren Treppenstufe zum Stehen. Noch während ich die Handbremse zog, flog die schwere Tür krachend auf, und das Mädchen, das ich als Katjka kannte, trat heraus. Mit der einen Hand hielt sie den roten Mantel zu, den sie übergeworfen hatte, in der anderen trug sie eine schwere Schiffslaterne. Sie hielt sie hoch über unsere Köpfe, rief etwas und klappte den Windschutz der Laterne auf.

Jetzt wurde auch sie von dem herausströmenden Licht überflutet; es war vielleicht nicht ganz so hell wie ein Magnesiumblitz oder eine Neonleuchte, doch der Schein tauchte alles andere ringsum in absolute Dunkelheit. Die Laterne schaukelte, Katjkas Augen glitzerten, und das Lächeln auf ihren Lippen kam mir eigenartig vor. »Paß auf, Katjka!« rief ich, doch der Ruf verhallte. Sie wußte, daß wir verfolgt wurden; sie hatte sofort verstanden. Ihr leuchtender Blick richtete sich auf die gegenüberliegende Seite der Kreuzung und auf die Dinger, die sich dort versammelt hatten. Näher heran kamen sie nicht.

Katjka ging eine Stufe hinunter, völlig in diesen Kegel grellen Lichts gehüllt, der tiefe Schatten auf ihr Gesicht malte und ihre Züge in eine bleiche, gläserne Maske verwandelte. Die Wesen schienen enger aneinanderzurücken.

Noch eine Stufe. Der Mantel wirbelte und glühte wie eine

gewebte Flamme, und unsere Verfolger stießen ein hohes, ängstliches Zirpen aus.

Noch eine Stufe. Katjkas Augen, die eigentlich grau waren, flammten jetzt in einem wilden, animalischen Grün wie bei einem Fuchs auf, die harten Linien um ihren Mund vertieften sich, passend zu einem scharfzähnigen Knurren.

Sie hob einen Fuß von der letzten Treppenstufe. Ein hysterischer Chor kreischte auf, dann ertönte das Getrippel rennender Füße.

Sie blieb stehen und schaute uns mit einem schiefen Lächeln an. Sie war noch einen Schritt von der Straße entfernt, und die Dinger waren geflohen.

Mit einer raschen Drehung ihres Handgelenks schnappte die Laterne wieder zu. Wir schauten uns an. *»Devre nacz, Stefan!«* sagte sie leise. »Ich freue mich, daß du wieder hier bist. Du siehst gut aus. Ein bißchen älter vielleicht.«

»Ist schon eine Zeitlang her, Katjka. Eine recht lange Zeit.«

Sie lächelte sanft und zuckte die Achseln. »Na und? Es steht dir gut.« Der Mantel rutschte von ihren Schultern, und ich wartete darauf, daß Dave Stielaugen bekam. Ihr rotes Strickleibchen und das geblümte blaue Dirndl waren etwas zu auffällig, ihr voller Busen etwas zu sehr betont. Bei unserer ersten Begegnung hatte ich Katjka für eine Tavernendirne gehalten, was wohl auch nicht völlig falsch war. Doch Katjka widmete sich so manchen Aufgaben, die man nicht so einfach erklären konnte. »Vielleicht ganz gut, daß du nicht noch länger gewartet hast. Diese *Bultos*, widerliche Dinger! Warum waren sie hinter euch her?«

»Keine Ahnung.« Ich schaute sie unsicher an. So hatte ich sie noch nie erlebt. »Ich weiß nicht einmal, wer oder was sie sind. Aber es sind nicht die ersten.«

Sie hob süffisant eine Augenbraue. »Dann kommt ihr wohl besser rein, bevor noch mehr davon auftauchen! Stell mir doch bitte deinen Freund vor, *ej*?«

Aus mehreren Gründen hatte ich ein ungutes Gefühl bei

dem Gedanken, Dave mit Katjka bekannt zu machen. Doch seine gewöhnlichen, unerbittlich unter die Gürtellinie zielenden Sprüche schien es ihm total verschlagen zu haben, ein Effekt, den ich in Verbindung mit Katjka am wenigsten vermutet hätte. Er gab ihr die Hand und lächelte, doch war er plötzlich sehr reserviert, und seine normalerweise großen, neugierigen Augen verengten sich. Wenn überhaupt, dann konnte ich eine gewisse Furcht und ein tiefes Mißtrauen in ihnen lesen, als uns Katjka die Stufen hinauf und über die Schwelle führte.

Dave starrte in die warme, würzige Dunkelheit der Taverne, als handele es sich um einen tiefen Brunnen, doch immerhin ließ er zu, daß wir ihn zu einer Sitzecke neben dem Kamin führten. Kaum hatten wir es uns auf den Sitzkissen bequem gemacht, als Myrko, der Eigentümer, selbst herbeigeeilt kam, unsere Hände in seinen schwieligen Pfoten knetete und mich wie einen verlorenen Sohn willkommen hieß. Als er sich, nach Speisen und Getränken für seine besonderen Gäste brüllend, wieder davonmachte, spürte ich, wie der Schrecken allmählich aus meinen Gliedern wich. Dave spähte in die umliegenden Sitzecken, doch obwohl an diesem Abend viele Gäste da waren, konnte man kaum einen davon deutlich sehen. Genau so liebten sie es, und Myrko achtete darauf, daß es auch so blieb. Unter der Decke hingen dunkle Schatten wie Girlanden, die das goldene Licht der Öllampen aufsaugten; doch in diesen Schatten lag nichts Unheimliches – nach der schauerlichen Dunkelheit in den Gassen draußen empfand man sie als gemütlich und beruhigend wie Samt. Ich lehnte mich zurück und lebte in diesem alten Raum mit seinen vom Tabakqualm gebeizten Deckenbalken, seinen Schinken und Würsten und Korbflaschen und fremdartigen Gewürzzöpfen und getrockneten Unwahrscheinlichkeiten aus aller Herren Länder förmlich auf. »Du scheinst dich hier ja richtig wohlzufühlen«, flüsterte Dave vorsichtig.

»Ich mag diese Kneipe«, antwortete ich, »und ich mag diese

Leute. Sie tun alles für dich, wenn du sie nur läßt. Was ist denn los? Gefällt es dir hier nicht? Gefällt dir Katjka etwa nicht?«

Er strich mit dem Finger über die abgenutzte Tischplatte voller Schrammen und Kratzer, die von achtlos daraufgeworfenen Säbeln und Pistolen herrührten, von Beuteln mit harter Münze und fremdartigeren Zahlungsmitteln. Die Flecken stammten von verschütteten Getränken, die meist in fröhlicher Runde, gelegentlich, wenn auch selten, im Streit aus den Krügen schwappten. »Diese Kneipe – und die Frau – Herrgott nochmal, Steve! Ich weiß, sie muß dir einiges bedeuten ... aber spürst du das denn nicht?«

»Was soll ich denn spüren?«

Er wand sich. »*Unheimlich* ...«, mehr brachte er nicht heraus, denn Katjka kam mit einem Tablett voller Zweiliter-Bierkrüge und kleinen Kolben mit *Tujica*, besser bekannt unter dem Namen Sliwowitz, zurück und schob sich mit einem Seufzer zwischen uns auf die Bank.

»So! Nehmt erst einmal einen Schluck, und dann erzählst du mir, was dich zu uns führt, noch dazu mit diesen Höllenhunden auf den Fersen.«

»Höllenhunden? Was sind sie denn wirklich?«

»Die? Hast du denn noch nie von ihnen gehört? Sie kommen aus Übersee, diese *Bultos*. Grabjäger aus dem Gebirge, über dem der Kondor seine Kreise zieht. Die heidnischen Priesterkönige fürchteten sie, hielten sie für die Geister ruheloser Verstorbener. Vielleicht stimmt es.« Ich mußte an die eingewickelten Mumien in Inkagräbern denken und erschauerte.

»Aus Südamerika?« erkundigte sich Dave krächzend und stellte sein Bier ab. »Was haben sie denn hier verloren?«

Sie sah ihn ruhig an. »Was hat das Böse überhaupt irgendwo verloren? Irgendein gieriger Narr hat sie eingeschmuggelt, um ihren Schrecken für seine eigenen Ziele einzusetzen. Ganz so wie bei einem gewissen *Dupiah* aus der Karibik, von dem dir Stefan mehr erzählen kann – obwohl jener damals viel mächtiger war.«

»Nicht hier«, sagte ich und spürte, wie sich mir die Nackenhaare sträubten. »Nicht jetzt. Ich dachte, ihr hättet ... so etwas wie Wächter, die auf derartige Dinge aufpassen.«

Sie nickte nachdenklich. »Die Wachen haben sich um diesen Dummkopf gekümmert, das stimmt schon. Und um die meisten seiner Kreaturen, doch einige sind wie die Ratten entkommen und treiben sich noch immer in den dunklen Ecken der weiter abgelegenen Werften herum. Meist treten sie jedoch nicht in solcher Anzahl auf, sind sonst auch nicht so dreist, es sei denn, ein anderer Wille treibt sie an. Man kann sich ganz einfach vor ihnen schützen. Deshalb spürte ich ihre Anwesenheit bis hier drin und kam heraus, um euch zu suchen. Myrko läßt jetzt überall bekanntmachen, daß sich die Bündler wieder zusammenrotten und eine erneute Säuberungsaktion fällig ist.«

»*Bündler*? Richtig. Jyp hat mich vor ihnen gewarnt, jetzt erinnere ich mich wieder, aber er hat mir nie erzählt, was sie sind, vermutlich, um mir nicht noch mehr Angst einzujagen, damals, als alles noch ganz neu für mich war.« Ich warf einen verstohlenen Blick zu Dave hinüber, der gerade seinen dritten Sliwowitz mit Bier hinunterspülte. »Katjka, meine Liebe, ich muß unbedingt mit Jyp reden. Oder mit Mall. Ich brauche sie dringend, oder wenigstens ihren Rat.«

Sie schüttelte den Kopf. »Wie oft findet man zwei Herumtreiber wie diese beiden in einem Hafen? Sie sind nicht hier, und sie werden auch in absehbarer Zeit nicht zurückkommen.« Meine Hoffnung fiel in sich zusammen. Wenn Katjka absehbar sagte, meinte sie es auch so. Womöglich waren sie noch einige Jahre unterwegs.

Sie lächelte, lehnte sich gegen mich und strich zärtlich über mein Bein. »Laß den Kopf nicht hängen, Stefan! Ich werde nach ihnen suchen lassen, auf allen Wegen. Aber auch das dauert natürlich seine Zeit. Doch ich bin immer hier, Steve. Ich bin immer deine Freundin.«

Sie blickte mich mit großen, mitfühlenden Augen an. Ihre

Hand strich nicht mehr über meinen Schenkel, sondern lag ruhig auf meinem Bein; ihr Versprechen galt auch ohne diese erregende Ablenkung. Vielleicht konnte mir diese seltsame Frau tatsächlich helfen, mir wenigstens einen guten Rat geben, mich mit anderen Leuten zusammenbringen. Ich schaute Dave an, doch inzwischen war er eindeutig über den Berg. Der Schock und der Sliwowitz forderten ihren Tribut, und er saß nur noch, ins Leere starrend, vor seinem Bier, an dem er ab und zu nippte. Was uns oder alles andere um ihn herum anging, nahm er nicht mehr wahr. »Also«, fing ich an. »Es dreht sich um folgendes …«

Bis auf das kleine Zwischenspiel mit Rangda ließ ich nichts aus. Katjka hatte zwar kein Recht, eifersüchtig zu sein, doch es erschien mir als die klügste Variante. Ihre Augen blitzten jedenfalls vor boshaftem Vergnügen, als sie hörte, daß mir ein Mädchen aus der Klemme geholfen hatte. Doch sie hörte mir bis zum Schluß aufmerksam zu, bis ich das Telegramm erwähnte; die modernen Kommunikationsmittel schienen sie immer wieder zu amüsieren, auch wenn ich nicht recht wußte, weshalb. »Und was ist das für eine komische Idee, die du hattest?«

Ich kaute zögernd an einem Fingernagel. »Ja, richtig … diese Idee. Also … vielleicht bin ich völlig paranoid, aber wenn wir dort gegen ein unsichtbares Hindernis laufen, dann könnten wir doch vielleicht, nur vielleicht, einen Weg finden, es zu umgehen. Ein ungewöhnliches Hindernis auf einer – ungewöhnlichen Route umfahren.«

Sie nickte, wachsam wie eine Füchsin. »Aha. Auf einer –«

»Genau. Über die Spirale. Indem wir unsere Ladung östlich des Sonnenuntergangs verschiffen, außerhalb der normalen Zeit. Vielleicht ist es nicht ganz einfach, vielleicht sogar gefährlich – aber wenn wir so das gesamte Schleusenmaterial und die Computer und alles andere durchkriegen …«

Bevor ich meine Geschichte beendet hatte, lag schon das Päckchen Spielkarten auf dem Tisch, das sie immer bei sich zu tragen schien, warm und seidig wie ihre Haut. Sie teilte rasch aus, und die drei Karten, die ich umdrehte, schienen sie zu überraschen, drei Dreien, nur die Pik-Drei fehlte. Dann mischte sie neu und reichte mir den Packen. Ich hob wie gewünscht ab, wieder und wieder, und wollte gerade etwas sagen, als sie mir mit den Karten die Lippen verschloß. Sie rochen nach ihr, nicht gerade unsauber, aber sehr kräftig; ich hatte nie gefragt, woher sie stammte, aber vermutlich aus einer Gegend, in der Badewannen und Seife Luxusgüter waren. Geschickt umrahmt von anderen Geschenken war es mir einmal gelungen, ihr eine ganze Pflegeserie zu überreichen, doch so wie ich sie kannte, setzten die teuren Kosmetika oben in ihrer Dachkammer Staub an, waren in ihren Augen viel zu wertvoll, um tatsächlich verbraucht zu werden.

Jetzt mußte ich die Karten ausgeben, drei zufällig aus dem Packen gezogene. Wieder zog sie die Stirn in Falten, als der Kreuz-König erschien, dann die Karo-Dame. Als die zweite Karte auf den Tisch fiel, schien es mir, als veränderten sich die Gesichter der Abbildungen, als würden sie, noch zögerlich, lebendig werden und einen Ausdruck annehmen; einen Ausdruck, der mir ganz und gar nicht behagte – als würden sie sich gegenseitig mit Blicken bekämpfen, so feindselig und unversöhnlich fixierten sie einander. Ich rieb mir die Augen, blinzelte, und irgendwie schienen diese Blicke sich zu verselbständigen und zu verschieben, sich auf mich zu richten, mich zum Ziel ihrer Feindseligkeit zu machen …

Katjkas Hand fiel auf die Karten. »Noch einmal«, sagte sie leise. Ich spielte aus, und wieder war es eine Bildkarte, der Pik-Bube. Ich spürte Übelkeit in mir aufsteigen; schon einmal hatte ich einen Buben aus Katjkas Karten gezogen, den Karo-Buben, und darin eine angsteinflößende Vision eines Feindes erblickt, dem ich später gegenübertreten mußte, und der mich fast vernichtet hätte. Doch dieser Bube hier war nichts weiter als die altbekannte, dümmlich-lustige Figur auf einer Karte – oder etwa nicht? Ohne daß ich hätte sagen können wieso, erschien mir das Bild wie eine angelehnte Tür, wie ein Vorhang, unter dem ein Schuh herausschaut, wie die Essenz einer hinterhältigen, lebensgefährlichen Verschwörung. Ein Zimmer ist immer nur ein Zimmer, bis man weiß, daß unter dem Parkett eine Leiche liegt; sofort verändert sich die ganze Atmosphäre, obwohl sich nicht ein Stäubchen verändert hat. So war es auch mit dieser Karte, bis Katjka sie wieder zusammen mit den anderen zurück in den Packen schob.

»Du bist nicht paranoid, Stefan«, sagte sie sanft. »Es haben sich tatsächlich schreckliche Mächte gegen dich und dein Vorhaben verschworen.«

Ich ließ mich seufzend zurückfallen. »Wußte ich's doch! Aber wer denn, zum Teufel nochmal? Die Konkurrenz? Regierungen?«

Erstaunt legte sie den Kopf schief. »Da fragst du noch? Nein, Stefan! Ich bin mir nicht absolut sicher, aber das glaube ich nicht. Es ist kein weltlicher Feind, denn den hättest du schon längst mit Hilfe der Techniken und Methoden, die du so meisterlich beherrschst, ausfindig gemacht und bezwungen.«

»Aber … wer dann? Woher?«

Ihre Antwort war eher verwirrend. Sie hob den Blick zur dunklen Zimmerdecke, und ihre offene Hand formte einen langsamen, unheimlichen Bogen in der Luft, der teils über uns schwebte und uns teils umgab. Dave schreckte aus seiner Benebelung hoch und setzte sich mit einem unterdrückten Fluch auf – was ich gut verstehen konnte. Katjkas Geste schien eine ganze unsichtbare Welt zu umfassen, die auf uns herabzustürzen drohte. »Ich kann nicht sicher sein, aber es ist das, was mir mein Herz sagt. Die Angriffe auf dich könnten aus vielen Richtungen kommen, oder aus keiner, aber ich glaube, daß sie von weit außerhalb stammen, daß deine Feinde aus der Dunkelheit am äußersten Rand kommen – daß diese Barriere von der Spirale her gegen dich errichtet wurde.«

»Oh … großer Gott.«

Ich ließ mich entkräftet und entmutigt an der hohen Lehne der Sitzbank herunterrutschen, spürte, wie sich die Schatten um mich versammelten – Schatten, die alles andere als gemütlich waren. Jetzt wurde mir klar, daß ich schon die ganze Zeit über etwas Derartiges befürchtet, es aber einfach als Unsinn abgetan und beiseite geschoben hatte. Welches Interesse könnten irgendwelche Mächte von den rauhen Küsten von Zeit und Raum an meinen kleinen Alltagsgeschäften hegen? Und doch sah es ganz danach aus. Ich nahm Katjkas Arm. »Aber wer? Oder was? Und warum denn, um Himmels willen?«

»Dazu kann ich nichts sagen. Außer, daß es gegen Osten hin immer stärker wird, denn dort ist meine Sicht verdunkelt. Es – oder sie; es könnten mehr als einer sein. Du hast lauter Dreien aufgedeckt.«

Ich schnippte mit den Fingern. »Meinst du wirklich, daß ich die Fracht deswegen nur bis Bangkok, aber nicht weiter transportieren konnte? Weil sie weiter westlich nicht … mächtig genug sind, um mich aufzuhalten?«

»Das kann gut sein«, nickte sie. »Aber Stefan – es gibt andere Dinge, die sie vielleicht tun könnten.«

Jetzt wurde das Essen aufgetragen. Myrkos freundliches Krötengesicht glänzte über einem ganzen Arrangement aus Schüsseln und Platten. Der aufsteigende Geruch weckte Daves Lebensgeister, und er fing sofort an, große Mengen Reis und Meeresfrüchte auf seinen Teller zu schaufeln. »He, willscht du nischtsch davon?« erkundigte er sich mit vollen Backen. »Esch schmeckt fantaschtisch!«

»Nein danke, Dave«, antwortete ich und konnte nur noch staunen, in welcher Geschwindigkeit er alles verdrückte. Ich nahm mir einen Husarenspieß und eine teuflisch scharfe Gemüsepfanne. »Nimm keine Rücksicht auf mich.« Schließlich hatte er mich schon so manches Mal damit aufgezogen, daß ich keine Schnecken aß, und hätte eigentlich rundum glücklich mit seiner Seegurkensülze sein müssen, doch ich traute mich nicht recht, ihm zu sagen, was er da gerade in sich hineinstopfte.

Außerdem mußte ich über andere Dinge nachdenken, nachdem das erste Brennen in meinem Mund langsam schwächer wurde. »So«, sagte ich kleinlaut zu Katjka, »es sieht also ganz danach aus, als wäre meine Idee absolut falsch und undurchführbar.«

Sie hob die Brauen. »Meinst du?«

»Tja, wenn die Mächte aus der Spirale für unsere Probleme verantwortlich sind, dann würde ich ihnen mit meiner Wunschroute doch direkt in die Hände spielen. Mir erschien die Idee zwar ziemlich ausgefuchst, doch es ist nicht die einzig mögliche Lösung. Wir könnten ein ganz gewöhnliches Handelsschiff chartern und die Ladung auf unsere Kosten direkt hinüberbringen lassen. Das ist zwar unheimlich teuer, aber wenn wir uns einen Frachter aus der Dritten Welt suchen, gibt es vielleicht Zuschüsse von der Regierung … Wir könnten sogar alles einzeln per Luftfracht verschicken, obwohl das noch teurer wäre.«

»Du meinst – durch die Nabe? Den Kern?« Katjka schüttelte traurig den Kopf. »Nicht, wenn du dein Schiff oder dein … Flugzeug wiedersehen willst.« Sie betonte die beiden Silben des Wortes *Flugzeug* einzeln und überdeutlich, als handelte es sich um einen ungewöhnlichen Ausdruck. »Und wenn du dein Gewissen nicht mit einer ganzen Besatzung belasten willst. Es gibt zu viele Dinge, die einem Schiff auf offener See passieren können – oder einer Maschine, die durch die Luft fliegt.«

»Nicht, wenn sie das Material nicht finden. Wir könnten es tarnen, auch den Empfänger falsch informieren, es gibt verschiedene Möglichkeiten. Waffenhändler operieren immer mit solchen Methoden. Zumindest würden unsere Gegner solange im dunkeln tappen, bis wir unterwegs wären. Es gäbe keine Verzögerungen, wenn ich selbst mit an Bord wäre –«

»Nyej! Njevecz!« Sie schüttelte den Kopf so heftig, daß ihre blonden Haare flogen. »Nein-nein-nein! Das darfst du nicht tun, genau das nicht! Nicht innerhalb der Nabe! Nicht allein!« Sie sah mich mit großen Augen ängstlich an. »Ja, du bist älter geworden, erwachsener, doch tief in deinem Inneren sind noch Abgründe, weiße Flecken, die dich für … Mächte von außerhalb so verwundbar machen. Und du hast nichts, womit du dich gegen sie verteidigen könntest, weder das Wissen noch die Fähigkeiten – noch nicht. Sie haben bewiesen, daß sie innerhalb der Nabe zuschlagen können, oder wenigstens an ihren Rändern. Wenn ihre Macht so weit reicht, werden sie deine Ladung finden, ganz egal, wo du sie versteckst. Du …« Sie zögerte. »Wie würdest du es nennen? Wenn du die Ladung begleiten würdest, wärst du eine Zielscheibe, der absolute Brennpunkt ihrer Aktionen.«

Meine Hoffnung sank dahin. »Du meinst, so wie mit den Wölfen? Oh Gott. Ich dachte, ihr Übergriff sei etwas absolut Ungewöhnliches gewesen …«

»So offen und ungedeckt schon. Wahrscheinlicher ist, daß sie heimlich zuschlagen, subtil, irgendwo, wo keiner mit ihnen rechnet; dort, wo die Ränder der Nabe am dünnsten sind, und nachts. Aber sie kommen auf alle Fälle, und es wird … schrecklich sein.« Sie starrte nachdenklich in die Flammen des Kaminfeuers, als wäre darin die Erinnerung an altes Leid verborgen. »Nein, weder auf dem Meer noch in der Luft der Nabe liegt die Sicherheit, nicht jetzt. Hier draußen, ja, hier ist ihre Macht zwar größer, doch sie muß ein größeres Gebiet abdecken und sich deshalb teilen. Deine Ladung muß auf dem ganzen Weg geschützt werden, aber das ist nichts Ungewöhnliches. Was am wichtigsten ist: Hier draußen auf der Spirale gibt es Gegenkräfte, du mußt sie nur finden. Du brauchst jemanden, der dir mit Rat und Tat zur Seite steht …«

Ich schaute sie an. »Habe ich nicht schon jemand gefunden?«

Katjka lächelte viel, doch sie lachte nur selten. Jetzt klang es nervös, als hätte ich sie herausgefordert. »Nein. Mir wurden gewisse Kräfte gegeben, doch sie sind von anderer Art. Vom Osten weiß ich nur wenig. Ein größerer Meister als ich …«

Dieses uralte Wesen, das Jyp aufgestöbert hatte, kam mir plötzlich in den Sinn. »Was ist mit Le Stryge?«

»*Nyej!*« Sie legte die Arme um sich und schüttelte sich heftig.

»Ich weiß, er ist ein alter Schurke, ein mörderischer obendrein, und er stinkt ziemlich – ziemlich intensiv, zugegeben. Aber er kann Dinge vollbringen –«

»Nein! Stefan, ich habe es dir schon hundertmal gesagt, doch du scheinst einfach nicht zu begreifen, wie gefährlich diese Kreatur ist! Außerdem ist er nicht hier; und wenn, so würde er dir nicht helfen.«

»Ich könnte ihn bezahlen. Gut bezahlen.«

»Das weiß ich nur zu gut. Aber du kannst es dir nicht leisten zu verlieren, in keiner Währung! Damals half er dir nur, weil er Jyp etwas schuldete, und weil er spürte, daß sein eigener Machtbereich in Gefahr war. Dir hingegen schuldet er nichts – eher umgekehrt. So würde er die Sache sehen. Und Stefan – er würde versuchen, seine Schulden einzutreiben. Bist du dazu bereit?«

Ich dachte einen Augenblick nach und kippte dann einen großen Schluck von dem Pflaumenschnaps hinunter.

»Alssso«, sagte sie mit einem Zischen, das ihren Akzent plötzlich ungewöhnlich deutlich hervortreten ließ, »dann vergisss den alten Teufel, sonst wird er noch auf dich aufmerksssam. Er kennt sich im Osten ssowiesso nicht gut auss. Aber solche Meister kommen nur sselten in den Wessten.« Sie versank einige Augenblicke in Gedanken. »Es gibt einen, den wir fragen können. Er ist erst vor wenigen Monaten mit einem Klipper von den Gewürzinseln hier angekommen. Er war sogar schon einmal hier in der Taverne, doch er verkehrt wohl eher in anderen Kreisen, scheint aber auf seine Art ganz verträglich zu sein und hochgeschätzt von denen, die es wissen müssen.« Sie lächelte säuerlich. »Was wahrscheinlich heißt, daß er nicht so mächtig wie Stryge ist. Aber auch weniger gefährlich.«

»Bringst du mich zu ihm?«

Wieder schlang sie die Arme um sich und schüttelte sich. »Es ist schon riskant, jemanden von geringerer Macht in seiner Höhle aufzusuchen, aber …« Sie schloß die Augen, als müßte sie mit sich kämpfen. »Stefan, für dich werde ich es wagen. Wenn wir gegessen haben, gehen wir gleich los. Mit deinem Auto.«

Als wir die Taverne verließen, blieb Dave mißtrauisch auf der obersten Stufe stehen und blickte links und rechts die leere Straße hinab, bevor er sich an der Wand entlang an den Wagen heranpirschte. Ich inspizierte sorgenvoll den eingedrückten Kotflügel und den zerkratzten Lack und dachte daran, was sonst noch alles bei unserer Flucht gelitten haben könnte; wahrscheinlich würde ich ein, zwei Wochen verreisen, Zeit genug, um den Wagen überholen zu lassen. Hinter uns fiel die Tür ins Schloß, und Katjka kam langsam auf uns zu. Mit ihren weiblichen Formen, dem schäbigen Trenchcoat, der von einem Gürtel zusammengehalten wurde, und dem Beret auf dem Kopf sah sie aus, als sei sie geradewegs einem Film aus den vierziger Jahren entstiegen. Auch sie blickte sich nervös um. »Die Luft ist kühl«, sagte sie, obwohl mir der Abend warm genug vorkam. »Können wir das Verdeck zumachen?«

Nachdem das getan war, wendete ich und fuhr nach ihren Anweisungen kreuz und quer durch die Gassen. Dave jauchzte vor Freude, als wir wieder in die Danube Street einbogen, den Harbour Walk hinter uns ließen und auf das Sanierungsgebiet zuhielten.

»Ist es sehr weit?« fragte ich Katjka.

»Für mich schon«, war alles, was sie mit dünner, gepreßter

Stimme antwortete. Ich blickte zu ihr hinüber und sah, daß sie tief in den Sitz gesunken war; ihre Züge wirkten im gelben Schein der Straßenlampen bleich und angespannt.

»Geht es dir gut?« fragte ich und erinnerte mich an Jyps zweischneidige Reaktion auf moderne Autos. »Soll ich langsamer fahren?«

»Je schneller desto besser. Ich ... geh' nicht so oft aus dem Haus, bin meistens in der Taverne.« Ihre Stimme wurde zu einem trockenen Flüstern, und sie schaute teilnahmslos aus dem Fenster auf die grellen, neueröffneten Läden und Bistros, an denen wir vorbeifuhren, als versuchte sie sich daran zu erinnern, wie sie in einer anderen Zeit einmal ausgesehen hatten. Doch schwieg sie sich darüber aus und ließ auch sonst, bis auf die knappen Anweisungen, nichts mehr verlauten; ich fühlte mit ihr, spürte das erdrückende Gewicht einer in der Zeit verhafteten Welt. Katjka veränderte sich nicht auf eine Art, die man hätte sehen können, und doch schienen sich die Jahre wie Schleier aus Spinnweben auf ihr niederzulassen. Zuerst dachte ich an einen Kulturschock beim Anblick all der Veränderungen, die die Zeit hervorgebracht hatte, seit sie zum letzten Mal einen Fuß hierher gesetzt hatte – wer weiß, wann das gewesen war. Es hätte mich beim ersten Mal sicherlich auch schockiert und betrübt. Doch allmählich hegte ich den Verdacht, daß mehr im Spiel sein mußte. Einmal murmelte sie ihre Anweisung so undeutlich, daß ich die Einfahrt verpaßte und um den Block fahren mußte. Das brachte uns in eine Straße, die von einer hohen Mauer überragt wurde, in deren Schatten die Straßenlampen kaum mehr als rote Flecken waren, die wie trübe Augen in der schalen Dunkelheit schwammen. Katjka warf einen Blick darauf, dann verkroch sie sich buchstäblich in ihrem Trenchcoat und weigerte sich, aufzuschauen oder selbst auf die freundlichsten Fragen eine Antwort zu geben.

»Das? Das ist jetzt nur noch ein Museum«, erklärte Dave. »Früher, vor zwei- oder dreihundert Jahren, stand hier mal ein

Gefängnis.« Er lachte kurz auf. »Da drüben auf diesem Platz haben sie noch Hexen aufgehängt!«

Katjka setzte sich mit unerwarteter Energie auf. »*Daj*! Und draußen auf der Rampe Sklaven verkauft!« fauchte sie ihn an. Ich zuckte zusammen. Dave hatte es darauf angelegt, doch verständlicherweise war er bei gewissen Themen sehr sensibel; außerdem fiel mir ein, daß er aus einer Kultur mit einer langen Tradition in Sachen Hexenverfolgung stammte. Diesmal lehnte er sich jedoch nur zurück und sagte nichts.

Vielleicht war er genau wie ich erstaunt, daß Katjkas Anweisungen uns in vertraute Gefilde brachten, nämlich zum alten Güterbahnhof. Sämtliche alten Gebäude in diesem Viertel waren in den sechziger Jahren abgerissen und von neuen, hellen Betonbauten ersetzt worden, weshalb es hier inzwischen besonders heruntergekommen und vergammelt aussah. Daß hier irgendwo der Sitz eines weisen Orientalen sein sollte, daran konnte ich mich nicht erinnern. Staunend folgte ich ihren Anweisungen bis in die Straßen, die an den modernen Lagerhallen vorbeiführten.

Mehr als die Hälfte dieser Enklave aus edwardianischen Zeiten rottete heute verwaist vor sich hin. Wir kamen am Schatten der alten, ausrangierten Lokschuppen vorüber, runden Festungen aus gelbem Backstein; an einem hingen noch immer grellbunte Plakate, und pseudo-psychedelische Graffiti prangten auf den restlichen freien Flächen wie auf einem New Yorker U-Bahnwagen. Ich erinnerte mich wieder: für kurze Zeit hatte man die Halle in ein Theater, später in ein multikulturelles Zentrum umgewandelt, bis die Veranstalter mit dem gesamten Geld verschwanden. Das war das Ende aller Versuche gewesen, das alte Bahngelände neu zu beleben. Jetzt lag alles verlassen da und wartete auf einen verzweifelten Immobilienmakler. Der Schuppen war mit Brettern vernagelt und verrottete wie alle anderen. Ich konnte mir gut vorstellen, daß Le Stryge in einem von ihnen hauste; vielleicht sollten wir uns hier genauer umsehen.

Doch Katjka dirigierte uns am anderen Ende des Geländes wieder auf die freie Straße hinaus; eine breite, in der Abenddämmerung nur schwach von zu wenigen Laternen beleuchtete Straße, deren eine Seite von schicken Bürobauten aus Glas und Beton gesäumt wurde. Gegenüber erhob sich aus dem wildwuchernden Gras ein von Stacheldraht gekrönter Zaun aus Maschendraht, der uns von mehreren rostigen Rangiergleisen trennte. Katjka ließ mich langsamer fahren und schien den Zaun abzusuchen.

»Dort ist es«, sagte sie und schloß die Augen. Ich stellte den Motor ab und schaute mich um. Gleisanlagen. Bürogebäude. Sonst nichts. Doch als wir uns aus dem Auto schälten, sah ich, daß sie den Zaun meinte, eine bestimmte Stelle, an der eine Lücke nur notdürftig mit einem Stück engmaschigerem Draht, der schon erheblich Rost angesetzt hatte, ausgebessert worden war. Sie drückte ungeduldig dagegen, und es sprang auf. Ich sah Dave an und hob die Augenbrauen. Er erwiderte meinen Blick.

»Das Eisenbahngelände«, sagte er. »Als Kind durfte ich nie auf den Schienen spielen. Außerdem bin ich nicht sicher, wie viel ich von dieser Sache überhaupt wissen will. Wenn es dir nicht allzuviel ausmacht, würde ich am liebsten im Wagen bleiben und ein paar einfachen, klaren, gesunden Gedanken nachhängen.«

»Das ist wahrscheinlich das beste«, nickte Katjka.

Dave mußte natürlich das letzte Wort haben. »Schließlich braucht ihr jemanden«, meinte er und kletterte wieder auf den Beifahrersitz, »der euch am Ende aus dem Gefängnis auslöst. Oder eure Überreste identifiziert. Wünsche viel Spaß zu haben!«

Vorsichtig schlüpften wir durch die Zaunlücke. Die Schienen dahinter waren noch schlechter beleuchtet als die Straße, kaum mehr als schimmernde Streifen in einem Korridor, der in die Nacht hinausführte. Das einzige, was man sonst noch erkennen konnte, waren die Überreste des alten Steinviadukts;

dort, wo ein Schienenstrang der schon lange stillgelegten Stadtbahn eine Zufahrtsstraße überquert hatte. Inzwischen wurde auch die Straße längst nicht mehr benutzt. Die Pfeiler der Brücke hatte man entfernt. Nur die beiden Rampen waren übriggeblieben und standen isoliert in einer kleinen Insel aus Bäumen und Sträuchern am Rande des Geländes. Rostzerfressene Schienenstücke und Pfeilerteile, verbogen, scharfkantig, von Gestrüpp und Farn überwuchert, versteckt unter Ampfer und Brennesseln, ragten wie die Säulen einer altertümlichen und furchterregenden, halb im Dschungel versunkenen Ruine daraus hervor. Dahinter standen sich die Backsteinrampen gegenüber wie ein vergessenes Tor, eine ehrfurchtgebietende Schwelle, über die man das grüne Meer dahinter betrat.

Vorsichtig balancierten wir über die verlassenen Schienen. Auch mir hatte man als Kind verboten, in der Nähe der Bahngleise zu spielen, doch ein- oder zweimal hatte ich es trotzdem getan, zusammen mit den anderen Kindern. Ich erinnerte mich noch an den knirschenden Schotter unter meinen Füßen, an die alten, verwitterten Schwellen und die rostroten Schienen und Laschen, die nur an den beweglichen Teilen der Weichen glänzten. Ich erinnerte mich auch daran, wie ich damals zwischen ihnen hin- und hergehüpft war, an das plötzliche Dröhnen, das meine Füße wahrgenommen hatten, noch weit entfernt erst, das Vibrieren des Metalls, das sich zu einem erzitternden, alles verschlingenden Brüllen gesteigert hatte. Ich spürte das leichte Prickeln von Schweiß in meinem Kragen, obwohl ich wußte, daß sich diese Weichen hier nie wieder bewegen würden, jedenfalls nicht, bevor sie herausgerissen und als Altmetall verkauft würden. Ich rechnete nicht gerade mit einem Zug, der aus der Dunkelheit über mich herfiel, doch mit etwas, das in meiner Phantasie nicht minder riesig und bedrohlich lauerte und mir den gleichen morbiden Schrecken einflößte. Ich hatte genug gesehen, um zu wissen, daß Katjka nicht übertrieben hatte, als sie mich vor der Gefahr warnte … was, ja, was eigentlich aufzustören?

Es gab nur ein Wort dafür, ein Wort, das ich bewußt vermieden hatte. Ein Wort, über das ich noch vor wenigen Tagen laut gelacht hätte, das mit all dem, was ich gesehen hatte, im Fluß meiner alltäglichen Gedanken untergegangen, vergessen worden wäre. Jetzt, an diesem Ort, kam mir das Wort nicht im mindesten unwirklich vor, sondern so hart und dunkel und gefährlich wie diese Schienen.

Ein Zauberer.

Als wir über das letzte Gleis stiegen, rief Katjka leise etwas in die Dunkelheit hinein und wartete. Keine Antwort. Sie zögerte, klatschte in die Hände und ging weiter. Wir riefen erneut, diesmal gemeinsam, als wir den Rand des Gestrüpps erreicht hatten. Wieder nichts, bis auf das entfernte Rattern und Rauschen eines Zuges, der auf einem Gleis des noch intakten Abschnitts des Geländes rangierte. Es roch unangenehm, doch wir bahnten uns unbeirrt unseren Weg durch allerlei Unrat und betraten leicht zögernd das dichte Unterholz. Es war fast so undurchdringlich, wie es aussah; Dornen und Ranken krallten sich in meine Jeans, Farnblätter schütteten Wasser über Katjkas nackte Beine. Die beiden Seiten des dachlosen Bogens ragten kurz vor uns in die Höhe, und mit einem letzten Ruf traten wir zwischen –

In eine Nebelwand. Einfach so. Schon wieder.

Nur rief jetzt jemand, dicht neben uns, ein einzelnes klares Wort. »*Ayang!*« Wir schreckten zusammen und hätten uns beinahe aus den Augen verloren. Von Entsetzen gepackt streckte ich meine Hand nach Katjka aus.

»*Katjka!*«

Ihre knochige Hand schloß sich um meine. »*Still!*«

Der Nebel waberte, und ich blickte in ihre grauen Augen, die jetzt wieder aufmerksam und wach und vor Leben sprühend wirkten; die Apathie war wie weggeblasen. »Ist es das, was im Osten über dich gekommen ist?«

»Sieht ganz so aus! Aber was –«

Das Ding segelte durch den Nebel, ein bogenförmiger Farbstreifen, der dicht an unseren Ohren vorüberzischte, bevor ich mich bewegen oder auch nur erkennen konnte, um was es sich handelte. Entlang seiner Bahn wirbelte Nebel auf, dann krachte es mit einem lauten, stählernen Klirren gegen einen Stein und zersprang. Ein Pfeil, ein langer Pfeil, dessen Schaft mit bunten Federn verziert war!

»*Zurück!*« rief ich und zerrte Katjka an der Hand. Aber in welche Richtung lag zurück? Mehr Pfeile zischten durch den Nebel, aber nicht mehr so nah. Rings um uns wogte es mächtig, gewährte uns quälende Ausblicke auf graue Steine und einen verhangenen grauen Himmel und verbarg sie wieder, bevor wir uns auch nur annähernd orientieren konnten. Das Licht war gleichmäßig und kam aus keiner bestimmten Richtung, bot keinen Anhaltspunkt – und wo war die Meeresbrise geblieben? Was war aus dem lauen Abend geworden? Hier war es heiß, erstickend heiß und schrecklich schwül. In Bangkok war mir der Unterschied nicht so sehr aufgefallen, doch hier wirkte es alarmierend. Dann schien der Stein neben mir in die Höhe zu springen, als hätte ein schweres Gewicht den Boden erschüttert, vielleicht ein Sack Kartoffeln, oder sehr schwere Schritte. Mein Kopf schwirrte vor Wut und Angst, doch als ich davonrennen wollte, hielt mich Katjka erneut fest.

»Nein, nicht!« befahl sie leise. »Wir haben uns keine drei Schritte bewegt und sind demnach nicht tief in die Nebelschwaden eingedrungen. Wenn du dich jetzt bewegst, finden wir den Rückweg vielleicht nie wieder!«

»Und wenn wir uns nicht bewegen? Ich habe allmählich die Schnauze voll –« Ich versuchte mir einzureden, daß ich unbedingt mein Schwert brauchte. Ganz dringend – *jetzt*!

Doch nichts passierte, bis auf einen weiteren Pfeilregen. Sie mußten blindlings wahre Salven durch die Gegend schießen, aber einer der Pfeile kam unangenehm nahe. Meine Füße stießen gegen Steine. Ich bückte mich, hob einen faustgroßen auf und fand zu meinem Erstaunen ein eigenartig bearbeitetes Fragment mit einer haßerfüllten Fratze darauf in meiner Hand. Das kam mir gerade recht, um so besser würde es als Waffe gegen jeden halbwegs menschlichen Angreifer dienen. Dann kam wieder diese Erschütterung, noch eine – großer Gott, wenn das wirklich Schritte waren!

Über dem Nebel erhob sich eine riesige, gebückt gehende Gestalt, eingehüllt in metallisch schimmernde Schuppen und bunte, fahnenartige Stoffbänder. Mit langsamen, schweren Schritten wankte sie mal in die eine, mal in die andere Richtung. Als Katjka sie erblickte, wich sie zurück und preßte die Fingerknöchel an die Lippen; dann stieß sie mit weit ausgebreiteten Armen laute Schreie aus. Es waren keine unartikulierten Schreie, denn ich konnte einzelne Worte heraushören; Worte, die allerdings nicht wie ihre slawische Muttersprache klangen, weniger zischend, sondern eher rund und rollend wie ein sonores Italienisch oder Latein. Der Nebel wirbelte wie von einer riesigen Hand zerteilt auf; einen Augenblick lang sah ich Steinplatten, gesprungen, schmutzig und moosüberwachsen, eine graue Wand, die mit verworrenen Gravierungen übersät war, und dahinter einen gedämpften grünen Lichtblitz. Dann überflutete uns weiße Helligkeit wie die Schaumkrone einer Welle und hüllte uns völlig ein.

Etwas schoß daraus hervor, jetzt allerdings vertikal. Es war kein weiterer Pfeil, sondern ein Paar Arme. Das heißt, verglichen mit normalen Menschenarmen waren diese hier mindestens doppelt so groß. An diesen fleischigen Massen, durch deren fellartige Behaarung nackte, rosige Haut schimmerte, hingen zwei gewaltige Hände mit Knöcheln so groß wie Billardkugeln. Bevor wir uns irgendwie wehren konnten, packten diese Hände je einen von uns derb an der Schulter und hoben uns, während wir wie wild mit den Füßen strampelten, hoch und mitten in den Nebel hinein.

Dann ließen sie uns wieder los. Ich landete halb auf Katjka, was nicht so schlimm war – jedenfalls für mich – und halb …

Der Nebel über unseren Köpfen flammte rosa auf, und etwas explodierte wie mit einem gedämpften Aufprall. Dann löste sich der Nebel auf, und vor meinen Augen war nur noch Dunkelheit. Ich tastete um mich. Gras. Feuchte Erde. Etwas wie Backsteinsplitter. Kein Anzeichen von massivem Stein. Ich schaute nach oben und sah, hinter den wehenden Büschen, die noch schwärzere Dunkelheit der Rampen – und links und rechts von mir das größte Paar Stiefel, das mir je unter die Augen gekommen war. Über uns erhob sich drohend eine ungewöhnliche Gestalt, deren kantige, bullige und bucklige Umrisse den Himmel ebenso wie das gelbe Licht der Natriumdampflampen auslöschten. Sie stand breitbeinig über uns und streckte die Arme aus, massive Arme wie die, die uns gepackt hatten, doch waren sie in eine Art schweren Umhang eingehüllt. Beide Hände hielten je einen langen, geraden, auf gleicher Höhe ausgestreckten Stab, an dessen Ende eine bleiche, rosafarbene Flamme tanzte. Als ich fasziniert darauf starrte, tröpfelten die Flammen aus und verloschen.

Einen Augenblick lang herrschte Stille. Dann löste die mächtige Gestalt ihre Arme von dem Gestänge, das sie wie ein Joch über die gewölbten Schultern getragen hatte.

»*Dood ok ondergang!*« brummte eine tiefe Stimme. »Die Saubande wäre in die Flucht geschlagen! Wagen die sich doch wirklich mit solchen Spielereien direkt vor meine Haustür!« Mit einem weiteren erdigen Grunzen ließ er den Stab durch die Finger gleiten und auf den Boden fallen, wo er mit einem erschütternden Dröhnen landete, als wäre er aus Blei. Die Hände, die sich uns jetzt entgegenstreckten, waren eindeutig die gleichen, die uns aus dem Nebel geschnappt hatten, doch die dazugehörigen Arme waren in Kleider gehüllt, die anzulegen gar keine Zeit gewesen war. »Sieh an«, rumpelte die Stimme. »Das ist ja die kleine Kat! Was treibt dich denn so weit von der Taverne fort?« Ein schwerer Finger, nicht größer als eine durchschnittliche Banane, stieß ihr freundlich in die Rippen. »Und … was ist *das*?«

Damit meinte er mich.

»Ein guter Mensch«, sagte Katjka mit leicht zittriger Stimme. »Ein Freund. Er braucht deinen Rat. Ich bürge für ihn.«

»Ein Mann? Sieht mir eher wie ein Kleiderständer aus.« Der Finger schnippte meinen Schlips unter der Jacke hervor, hielt ihn zur näheren Betrachtung etwas in die Höhe und drehte ihn dann wie Spaghetti auf. »Als ich solche Farben zum letzten Mal gesehen habe, hatte jemand eine Wagenladung Melonen umgeworfen.«

»Er ist handbemalt«, sagte ich ziemlich aufgeräumt, als ich den Schlips wieder an mich nahm. Ich war sehr stolz auf diesen Schlips. »Von Howard Hodgkin.«

»Bist du sicher, daß es seine Hand war? Großer *Dom*, ich glaube fast, er hat einen anderen Körperteil zum Malen benutzt. Ach, steck das Ding weg und komm. Kommt schon!«

Nachdem ich mich aufgerappelt und mir den Staub aus den Kleidern geklopft hatte, stellte ich zu meiner Verblüffung fest, daß der massive Bursche überhaupt kein Riese war. Selbst wenn er aufrecht gestanden hätte, wäre ich noch ein Stückchen größer gewesen, doch seine Schultern waren so gebeugt, daß sein Kopf kaum an meine Schultern reichte und er sich wie ein alter Mann bewegte. Auf seinen Stock gestützt hieß er uns, ihm durch das Tor der alten Brücke in ein kleines Gehölz zu folgen. Sein Stock schob die verworrensten Zweige des Unterholzes beiseite, und nachdem wir uns hindurchgeduckt hatten, erreichten wir inmitten des Gestrüpps mehrere kleine, völlig von der Außenwelt abgeschlossene Lichtungen. Es sah so aus, als wären sie sein Werk, denn an einigen Stellen wirkten sie eigenartig aufgeräumt und kultiviert; Pflanzen mit kleinen Namensschildern standen in Reih und Glied, und zwischen den Bäumen bildeten Dornenranken und Efeu ein natürliches, hängendes Dach über einem kleinen Grasplatz.

Dort standen einige ausrangierte Sitze und Schlafbänke aus Zugabteilen herum, die offensichtlich als Sessel und Betten dienten, und mittendrin, in einem Kreis rußgeschwärzter Steine, brannte ein Feuer. Daneben lagen fein säuberlich aufgeschichtet Brennholz und gebündelte Zweige. Alles in allem machte der Platz einen ganz ordentlichen Eindruck und wirkte nicht unbedingt wie das Camp eines gewöhnlichen Landstreichers.

Der Schein des Feuers zeigte mir mehr von dem Mann, der schnaufend hinter uns herkam. Was hatte ich erwartet? Einen alten *Sensei*, kauzig und verwittert? Einen *Guru* mit freundlichem Gesicht oder einen Mandarin mit stechendem Blick? Wer weiß, vielleicht den Abt aus Shangri-La. Der Alte entsprach jedoch nicht im entferntesten einem dieser Klischees. Sein Alter war schwer zu schätzen. Selbst in der Blüte seiner Jugend dürfte er keine Schönheit gewesen sein, doch jetzt sah er wie ein richtig unangenehmer Zeitgenosse aus. Sein rollender Gang erinnerte an den eines Seemanns und war wahrscheinlich auf seine gebückte Haltung zurückzuführen. Er trug auch weder ein safranfarbenes Gewand noch einen bunten Pfauenfedermantel, um bei dem Vergleich zu bleiben. Statt dessen war er in abgetragene Seemannsklamotten gekleidet, einen Wollpullover, bei dem die Streifen schon lange verblaßt waren, vom Salz gebleichte Leinenhosen und eine Art Marinemantel oder Matrosenjacke, außerdem trug er eine blaue Leinenmütze mit Schirm – wie ein Landstreicher, der früher mal zur See gefahren ist, nur sauberer. Er ähnelte Stryge auf gewisse Weise, war ihm jedoch zugleich auch völlig unähnlich.

»Mein kleines Heim fern der Heimat!« kicherte er und gestikulierte in die Runde. Dann wandte er sich überraschenderweise an mich. »Ein ... ›guter Mann‹ also? Katjka kenne ich, du aber hast mir deinen Namen noch nicht verraten. Wie nennst du dich?«

»Stephen – Stephen Fisher.«

Er betrachtete mich eine Weile, als sei er noch unsicher oder als störe ihn etwas, dann drehte er sich um und warf ein Bündel Zweige ins Feuer. »Mein Name«, sagte er, »oder der, der dir genügen sollte, ist Pendek. Du kannst mich aber auch Ape nennen; das machen alle.«

Wie er da im Licht des Feuers vor mir saß, kam mir der Name nur zu passend vor. Sein Kopf war groß, sein Gesicht fahl, stupsnasig, mit einem ausgeprägten Unterkiefer – jedenfalls nach dem zu urteilen, was ich davon sehen konnte, denn ein struppiger roter Bart überwucherte das vorstehende Kinn bis hin zu den Wangenknochen, und aus seinen hängenden Ohren wuchsen wollige Haarbüschel. Das einzige, was ihm fehlte, um wirklich wie ein Affe auszusehen, waren die Knochenwülste über den Augen; unter dem Schirm der Mütze fiel eine rote Locke auf seine von den buschigen Augenbrauen aus leicht fliehende Stirn. Es war schwer zu sagen, woher er stammte, doch ein Blick in die Augen unter diesen Brauen verriet mir eins: sie waren groß, mit den schmalen Lidfalten ausgestattet, die Europäer oft für einen Schlitz halten, und sie waren unergründlich wie ein tiefer Dschungelteich, von dessen Grund ein kaltes, intelligentes Funkeln heraufschien. Also noch ein Eurasier, obwohl er einen ziemlichen Kontrast zu Jacquie oder Rangda abgab. Eine wahrlich beeindruckende Erscheinung.

Er komplimentierte uns weiter zu den Bänken. »Nehmt euch bitte einen Sitz – und stellt ihn dahin, wo ihr gerne sitzen wollt! Ja? Ha!« Als er an mir vorbeiging, nahm ich seinen Geruch war; wenigstens roch er eine Spur sauberer als Le Stryge. Es war ein starker, animalischer Geruch, vermischt mit noch stärkerem Pfeifentabak, nicht unbedingt ungesund – was man vom alten Stryge nicht gerade behaupten konnte. Doch auch sonst erfüllten eigenartige Gerüche die Abendluft, alles andere als die metallischen Ausdünstungen von Bahnanlagen; sogar die Luft schien hier in diesem Wäldchen milder zu sein, als hätte die Sonne sie vor kurzem noch erwärmt. Ich witterte

Spuren von Gewürzduft und Holzrauch, die nicht von dem prasselnden Feuerchen stammten. Als sie in meine Nase stiegen, fielen mir plötzlich andere, leisere Dinge auf. Kaum wahrnehmbare Geräusche, Stimmen – als könnte ich jeden Augenblick zwischen den Bäumen hindurchgehen und dahinter nicht die geometrischen Linien der Schienen erblicken, sondern den Rauch, der aus fernen Hütten aufstieg, und das schrille Geplapper spielender Kinder hören.

Ape schien meine Reaktion sofort zu registrieren. Als er grinste, teilte sich sein Bart über einer doppelten Zahnreihe, die den Eindruck machte, als könne er damit Walnüsse knacken. Er kramte eine kurze, schmutzige Pfeife heraus, schob sie zwischen die Zähne und schüttelte den Kopf. »Wir sind allein.« Er setzte das Pfeifchen mit einem brennenden Zweig in Brand, und sein säuerlicher Geruch neutralisierte alle anderen Gerüche. »Na denn – was bringt dich dazu, Apes Rat zu suchen, guter Mann Fisher?«

Ich erzählte ihm nach und nach die ganze Geschichte, die ich schon Katjka erzählt hatte. Zuerst hob er erstaunt die Brauen, als er von dem Projekt, und was ich damit zu tun hatte, erfuhr. Solange ich erzählte, sagte er nichts, sondern qualmte nur mit zusammengebissenen Zähnen vor sich hin; doch ich spürte, wie die Atmosphäre um uns herum merklich kälter wurde. Das Feuer wurde immer schwächer, das Licht erlosch; nur die Glut in der Pfeife glomm unter dem schützenden Daumen auf, und die Kondensflüssigkeit gurgelte im Pfeifenstiel. Als ich die Episode mit der furchterregenden Maske erzählte, setzte er sich auf und spuckte einen dunklen Strahl in die Glut, sagte aber nichts. Meine Geschichte neigte sich dem Ende und der mit Hilfe des Mädchens gelungenen Flucht zu, gefolgt von dem, was Katjka in den Karten gelesen hatte. Ape sagte noch immer nichts und nahm noch zwei qualmende Züge aus der Pfeife. Dann klopfte er sie ganz unerwartet an seiner Ferse aus und rührte in den herausgefallenen Funken herum.

»Ich weiß nicht, weshalb ihr ausgerechnet zu mir gekommen seid«, sagte er mit gerunzelten Augenbrauen. »Diese Hilfsprogramme ... zum Teufel mit ihnen, sage ich. *Uitlander*, die sich überall in Dinge einmischen, die sie nicht verstehen und deshalb nur noch schlimmer machen. Dabei macht immer jemand den großen Reibach, und immer verliert jemand ganz gewaltig dabei – meistens die Leute, denen eigentlich geholfen werden sollte. Natürlich nie die fetten Kater, die Bürolaffen, oh nein. Je unschuldiger sie aussehen und je mehr sie von ihrem blütenreinen guten Willen quatschen, um so mehr Dreck haben sie am Stecken. Also, *Mijnheer Gutmann*, beantworte mir eine Frage: Was springt für dich bei der ganzen Sache heraus? Und dann nenne mir einen guten Grund, weshalb ich auch nur einen Finger rühren sollte, um dir dabei zu helfen.«

Wenn man mich so leicht hätte aus der Fassung bringen können, wäre ich kein professioneller Verhandlungsführer gewesen. »Na schön, was Sie da sagen, ist nicht ganz falsch. Einige Hilfsprojekte haben mehr Unheil angerichtet als vermieden, die großen Wasserkraftstauseen und einige andere mehr. Aber das hier ist etwas anderes. Diesmal sind die Alternativen ziemlich klar, und wie man es auch dreht und wendet, immer resultieren sie im Elend für die Inselbevölkerung. Meiner Meinung nach sind sie die einzigen, die von dem Projekt profitieren – ich jedenfalls nicht. Das ist die ganze Wahrheit.«

Der klobige Mann grunzte sardonisch, stopfte die halbvolle Pfeife und zündete sie wieder an. »*Ah, jawel*! Ein Mann wie du arbeitet für Geld, für schnelle Autos, schicke Klamotten und tolle Mädchen – *nie*? Ein Mann, der für die, die wirklich sehen können, innerlich leer ist – ein Mann, dessen Gedanken und Gefühle wie durch Glas nach außen scheinen, und dort nicht mehr viel Wärme in sich haben. Plötzlich packt ihn das Mitgefühl und das Mitleid für die Armen und Bedürftigen – so sehr, daß er sich kopfüber in Gefahren stürzt, die er nicht einmal versteht – *erg moeilijk te geloofen, knul*! Schaff ihn fort von hier, Kat, bevor ich meinen Umhang wieder verliere.«

Ich lachte, vielleicht eine Spur zu gehässig, denn Katjka legte mir warnend die Hand auf den Arm. Das wäre jedoch nicht nötig gewesen. Ich hatte die richtige Antwort für ihn parat:

»Also gut!« sagte ich scharf. »Also gut! Es sieht so aus, als hätten Sie mich durchschaut. Ich habe wirklich ein persönliches Interesse an dieser Sache. Vielleicht mehr als nur eins. Zum einen ist höchstwahrscheinlich jemand darin verwickelt, den ich einmal sehr gut kannte – jemand, dem ich nur das Beste wünsche. Jemand ... dem ich noch etwas schulde, könnte man sagen. Aber es steckt noch mehr dahinter. Das Projekt interessierte mich schon, bevor ich sie – ihren Namen – entdeckt habe.« Katjka blickte mich durchdringend an. Ape grunzte, stieß eine Qualmwolke aus, sagte jedoch nichts. Ich funkelte ihn an. »Leer – das haben Sie mir toll ins Gesicht geschleudert, was? Glauben Sie, Sie sind der erste? Daß es mir nicht schon bessere Meister als Sie unter die Nase gerieben hätten? Auch über die könnte ich das eine oder andere erzählen. Aber vielleicht haben Sie recht. Ich bin erfolgreich in meinem Beruf, sehr erfolgreich sogar; es gibt nicht viele Leute, die in meinem Alter so weit oben stehen, geschweige denn stellvertretende Direktoren sind. Es ist gut möglich, daß ich dafür in anderen Bereichen einen Preis gezahlt habe; ich habe gesehen, wie es einigen von den Jungs, die ich kenne, ergangen ist. Vielleicht bin ich auch so ein egozentrischer, arbeitssüchtiger Yuppie wie sie. Aber ich möchte nicht so weitermachen! Trotzdem erscheint es mir nicht sinnvoll, alles was ich bisher getan habe, all die Fähigkeiten, die ich mir erworben habe, einfach über Bord zu werfen. Es wäre sinnlose Verschwendung. Vielleicht kann ich mich unter Anwendung meiner Fähigkeiten selbst aus dem Sumpf ziehen. Eine Aufgabe, bei der ich das, was ich gelernt habe, für eine gute Sache einsetzen kann – für eine verdammt gute Sache!«

»*Bravje*!« applaudierte Katjka verhalten.

Ich blickte zu der stämmigen Gestalt hinüber, die wie ein heruntergekommener Buddha unter dem Baum saß. »Vielleicht schadet es nichts, wenn Sie es auch einmal versuchen würden, anstatt einfach nur auf Ihrem fetten Arsch zu sitzen und wie ein Karpfen nach Luft zu schnappen!« Katjka zog mich am Ärmel, Ape hingegen sagte nichts; doch ich spürte auf eine unbestimmte Weise, daß er unsicher geworden war, nicht mehr ganz so ablehnend. Er nahm noch einen Zug aus seiner Pfeife, kramte an seinem Sitz herum und beugte sich dann nach vorne zum Feuer, als wolle er noch ein Scheit auflegen.

Nur daß er kein Holzscheit in der Hand hatte, sondern ein Pulver, das wie weißer Sand ins Feuer rieselte. Die kleinen Flammen stürzten sich sofort darauf, schlugen fauchend hoch, wie eine Hand, die sich zwischen uns aufrichtete. Die Grasspitzen wurden braun, die unteren Blätter der Bäume rollten sich knisternd zusammen; ich spürte ihren sengenden Atem auf meinen Wangen, und es roch leicht nach versengten Haaren. Ich sprang auf, doch Katjka blieb eisern sitzen und zog auch mich wieder zu sich hinab. Als ich wieder auf der Bank saß, fiel das Feuer in sich zusammen, flammte dann mit einem explosiven Knistern erneut auf, ein Auflodern hellen Lichts, zunächst so weiß wie ein Scheinwerfer, doch dann wechselten die Farben so rasch, daß man sie kaum benennen konnte. Der helle Schein verwandelte die kleine Lichtung in eine lebendige Alptraumwelt voller Kontraste aus scharfumrissenem Licht und tanzenden, ständig die Form verändernden Schatten. Katjkas Gesicht verlor alle harten Züge und verwandelte sich in das eines staunenden Kindes mit blassem, seidigem Haar; dann kehrten die Schatten wieder zurück, vertieften jedes Fältchen zu einer abgründigen, wie gemeißelten Schlucht, die von Alter und Erfahrung zeugte, bis das Haar dünn und farblos in der eisigen Helligkeit erschien und sie zu einer uralten, aschfahlen Frau wurde; dann schimmerten ihre Züge, verblaßten – und Katjka sah wieder wie eine lebenserfahrene Endzwanzigerin aus. Im nächsten Augenblick dehnte sich das Licht aus, bis es ihre Haut und ihre Muskeln zu durchdringen schien, es flutete durch Haut und Knochen, als wäre sie eine Gestalt aus Milchglas. Dabei sah sie mich die ganze Zeit über an, und nach dem Ausdruck in ihren Augen zu urteilen, sah sie, wie sich die gleichen Veränderungen an mir vollzogen.

Jetzt ließ das Leuchten einen Augenblick nach. Ape saß noch genauso da wie vorher und starrte uns durchdringend mit seinen stechenden Augen an. Ihm schien das Licht jedoch nichts anzuhaben. Plötzlich richtete er seinen Blick in die Bäume über meinem Kopf. Katjka tat es ihm nach, und ich spürte eher als daß ich es hörte, wie sie den Atem anhielt. Der Flammenschein hatte meinen Schatten gegen die hohen Baumstämme geworfen; doch als der warme Wind ihn bewegte, teilte er sich in zwei riesige, hochaufragende Umrisse, die trotz des wild flackernden Lichts solide und fest blieben. Zwischen ihnen hüpfte ein kleinerer, weniger deutlich auszumachender Schatten hin und her. Er wirkte eher geduckt und klobig und hätte gut der Schatten unseres Gastgebers sein können – abgesehen davon, daß er hinter dem Licht saß und keinen Schatten werfen konnte.

Wieder machte er eine Geste wie ein Sämann und schleuderte dabei staubige Partikel um sich. Als sie über dem Feuer niedergingen, ließ das Flackern nach und die Flammen erstarben. Mit einem Mal war die Luft wieder warm, auch der feine Gewürzgeruch wurde wieder von der Brise herangeweht.

Die Pfeife des Alten war ausgegangen. Er klopfte den Pfeifenkopf gegen den Stiefelabsatz und blickte mich plötzlich ernst und finster an. »Ich sehe auch, was Kat gesehen hat«, brummte er. »Und mehr. Tatsächlich arbeitet eine Macht aus der Spirale gegen dich und das Projekt. Eigentlich zwei. Sehr groß, sehr unabhängig, doch sie haben sich zusammengetan, um den Osten zu blockieren. Eine ist weitgehend auf dieses Gebiet beschränkt, doch die andere ...« Er schüttelte grimmig den Kopf. »Die andere ist so mächtig, daß sie dir diese Nebelvorhänge in den Weg werfen kann, um dich dazu zu verleiten, in ihr Inneres vorzudringen, direkt ins Herz ihrer Macht, damit sie dich dort ohne große Anstrengung zermalmen kann. Doch sie kann diese Nebelvorhänge nicht lange aufrechterhalten, auch nicht allzu oft; sonst triffst du jedesmal auf sie, wenn du nur pinkeln gehen willst, ha! Sie hat nur halbherzig versucht zu verhindern, daß du mich triffst. Mit einer so großen Macht könnte sie aber einen richtigen Angriff starten, bis in den Kern hinein. Die Mittel dazu stehen bereit – es gab in letzter Zeit genug Versuche, von Osten her Kräfte an den Wächtern vorbei einzuschmuggeln – *nee*?«

»Aber sie sind alle fehlgeschlagen!« rief Katjka. »Es gibt immer wieder Dummköpfe, die es probieren. Es wurde jedoch alles abgefangen und ... unschädlich gemacht. Entlang der Wege gab es in letzter Zeit keine Gefahren mehr. Nur die Bündler, die Auferstehungsmänner, *Priculij*, Anioto, die Leute der Verbrannten Erde – alles, was sowieso schon unterwegs war!«

»Kann sein, daß trotzdem einige durchkommen und für einen speziellen Angriff bereitgehalten werden.«

Ich pfiff leise vor mich hin, um die Erinnerung an einen grauenvollen Schrecken zu verjagen. »So wie der *Dupiah*.«

»Was weißt du denn davon?« fragte er mit schräg gelegtem Kopf.

»Das ist eine lange Geschichte. Ich habe einmal geholfen, einen zu entdecken, und den Mann, der ihn mitgebracht hat ... zur Rechenschaft zu ziehen.«

Sein Blick wanderte zu Katjka, um sich zu vergewissern, dann nickte er voller anerkennender Bewunderung. »Tatsächlich! Na denn. Wahrscheinlich handelt es sich diesmal um ein weniger gefährliches und mächtiges Ding, eines, das nicht sehr viel selbst anrichten kann. Sobald die Wächter davon

Wind bekommen, vernichten sie es. Kleine Dinge lassen sich am besten verstecken. Doch in der Nacht, wenn man müde ist und die Aufmerksamkeit nachläßt, können auch kleine Dinge gefährlich werden, gerade dann, wenn man am wenigsten mit ihnen rechnet.«

Er kam schwerfällig auf die Füße, kramte in seinen Taschen und zog einen Beutel aus schuppigem Leder heraus. Jede Schuppe war größer als mein Daumennagel. Seine Handflächen kratzten, als er Tabak zwischen ihnen zerrieb, dann stopfte er seine Pfeife und beugte sich keuchend nach vorne, um sie erneut anzuzünden.

»Da war doch ein dritter Schatten«, sagte Katjka. Ape richtete sich rasch auf und ließ dicke Rauchwolken aufsteigen.

»Das hast du gesehen? Was glaubst du, was das war?«

Katjka überlegte kurz. »Ein dritter mächtiger Feind, Stefan«, sagte sie dann leise. »Einer, der näher als die anderen ist. Eher in deiner Welt, in der Nabe – jedenfalls dichter an ihr dran. Und doch nicht ganz so bedrohlich; noch nicht. Trotzdem sollte man ihn nicht aus den Augen verlieren.«

»Es soll terroristische Drohungen gegeben haben«, sagte ich. »Bislang haben sich die Terroristen noch nicht offen gezeigt. Könnte es sein, daß ...?«

»Könnte sein«, sagte Ape nachdenklich. »Könnte gut sein.«

Ich ballte meine Faust und fluchte erbittert. »Genau das hat mir noch gefehlt! Wie soll ich das verdammte Zeug jemals ohne Hilfe dorthin kriegen?«

»Wahrscheinlich nie«, antwortete Ape einfach. »Und wie sieht es mit meiner Hilfe aus, ha?«

»Mit Ihrer Hilfe?« Ich starrte ihn ungläubig an.

»*Juist*«, sagte er. »Ich weiß nicht, worum es bei diesem Projekt geht, aber dir ist es ernst damit. Ich kann dich beraten, vielleicht sogar mehr; wir werden sehen. Wir werden schon sehen, wie und auf welche Weise, *toch*?«

Wir machten es uns auf den Bänken gemütlich und unterhielten uns noch eine Weile. Ape verpestete die warme Nachtluft mit seiner Pfeife, und seine knochigen Finger malten eigenartige Figuren in das lange Gras. »Ich stimme mit *Katje* überein«, grummelte er. »Diese Blockade kostet deine Feinde viel Kraft, viel Mana. Sobald sie einmal gebrochen ist, werden sie nicht mehr in der Lage sein, sie länger aufrechtzuerhalten. Sie wird erschlaffen wie ein Glied.«

»Wie bitte?«

»Wie das schwächste Glied in einer Reihe, *Knul*! Am besten versucht man, nicht die gesamte Ladung auf einmal durchzubringen. Immer langsam, immer nur ein bißchen, nach und nach einen Pfad trampeln, den Weg öffnen.«

»Ein Container – das ist die kleinste praktische Menge. Vielleicht der mit der Computerausrüstung! Der steht schon fix und fertig beim Lieferanten. Aber auch der wiegt eine ganze Menge – Tonnen.«

»Um so schwerer dürfte es sein, sich damit aus dem Staub zu machen, *nee*?« Nachdenklich bürstete er sich mit seinen Krallen durch den Bart. »An zwei Orten ist die Gefahr am größten. Hier, in diesem Land, weil sie dich hier kennen und weil der Container sich hier befindet; womöglich haben sie schon Lunte gerochen oder vermuten jedenfalls, daß er kommen wird. Kann gut sein, daß sie ihren Schlag bereits vorbereiten, einzeln oder zusammen. Wenn nicht – oder falls die Sache fehlschlägt – werden sie meiner Meinung nach im Osten warten, wo sie mehr Macht haben. In Bangkok.«

»Werden sie nicht versuchen, diesen … Container unterwegs zu zerstören?« wollte Katjka wissen.

Ape entblößte seine Nußknacker. »Nicht, wenn ich ihn ihren Blicken entziehe – und wenn ich ihm solche Riegel vorschiebe, daß sie von ihm zurückweichen! Das kann ich jedoch nicht unbegrenzt tun, und nicht in ihren Gefilden, wo sie am mächtigsten sind. Je weiter wir in dieses Gebiet vordringen, desto leichter wird es ihnen fallen, ihn zu entdecken, um so stärker werden sie all ihre Künste darauf anwenden. Außerdem kann ich den Container im Kern nicht sehr gut beschützen, denn hier sind alle Kräfte schwächer als weiter draußen; es ist gut möglich, daß sie ihn aufgespürt haben, bevor ich mich darum kümmern kann. Um es noch einmal zu sagen: hier ist die Gefahr am größten. Wir müssen ihn an ihnen vorbeischummeln, *fffft* – wie ein geölter Blitz, *nie*? Damit sie ihn hier aus den Augen verlieren. Dann schicken wir ihn nach Thailand, aber nicht auf dem direkten Weg. Außerdem muß er zwischen anderen Dingen versteckt werden – das kannst du doch übernehmen, *Joengen*? Auch bei der Ankunft muß er so gelagert werden, daß sie viel Kraft und Zeit brauchen, um ihn aufzuspüren, klar?«

»Läßt sich machen. Das Frachtaufkommen auf dieser Route ist ziemlich hoch. Ein Container unter hundert anderen, irgendwo im Bauch eines Schiffes. Oder eines Flugzeugs – das ist Routine.«

»*Jazeker*. Sie werden ihn nicht entdecken – solange du dich von ihm fernhältst. Am besten läßt du sogar jemand anderen alles organisieren.«

»*Daj multito*!« rief Katjka aus. »Hab ich das nicht gesagt? Du mußt getrennt reisen, und auf einem anderen, sicheren Weg.«

»Und danach? Was geschieht, wenn wir in Thailand sind?«

»Dann, mein Freund, ist deine Idee gut! Dann suchen wir uns ein Schattenschiff und fahren ihnen direkt vor der Nase davon, dort, wo sie es nicht erwarten!« Sein großer Arm bewegte sich wie ein Blitz, seine Hand krallte sich mit erschreckender Kraft in meinen Arm, der feste Klammergriff eines Babys, multipliziert mit der Körperkraft eines Erwachsenen. »Bis dahin aber – ha! Deine Probleme fangen damit an, deine Fracht unversehrt aus England herauszubringen und auch selbst an einem Stück zu bleiben. Daß eine der beiden Mächte angreifen wird, spüre ich in den Knochen. Was sich da über dir zusammenbraut, wünsche ich nicht einmal dem Hund meines ärgsten Feindes. Ist dir deine Aufgabe wirklich so viel wert?«

Das war das Stichwort für die heldenhafte Antwort, vorgetragen mit energisch vorgerecktem Kinn. Die Vorstellung, den ganzen Weg bis in den Fernen Osten von diesen namenlosen Schrecken verfolgt zu werden, war nicht gerade übermäßig verlockend, um es einmal so auszudrücken. Anders gesagt: mir war fast schlecht vor Angst. Das war ganz und gar nicht meine Welt, und jetzt wußte ich auch wieder, weshalb ich sie verlassen und stets einige Schritte Abstand bewahrt hatte. Doch jetzt saß ich in der Falle. Ich wußte nur zu gut, wie wichtig die Angelegenheit für mich war – viel wichtiger, als ich es Dave, Ape und auch mir selbst eingestanden hatte. Denn nur ich selbst wußte, was für ein Versager ich eigentlich war.

In den letzten Jahren hatte ich eine steile und schnelle Karriere gemacht, und sogar die Neider und Intriganten konnten nicht abstreiten, daß ich sie verdient hatte; es gab jedoch Zeiten, in denen ich mich morgens beim Rasieren kaum im Spiegel anschauen konnte, und das kam immer öfter vor. Leer, kalt, egoistisch – als ich zum ersten Mal gezwungen gewesen war, einen Weg durch die Spirale zu finden, hatte man mir wiederholt diese Vorwürfe gemacht. Am schlimmsten war die Erinnerung daran, wie ich Jacquie behandelt hatte, und all die Jahre danach. Ich hätte dort draußen bleiben, meine bequemen Sicherheiten zurücklassen und vielleicht ein neuer Mensch werden können; doch nachdem ich in mein altes Leben zurückgekehrt war, mußte ich mich wieder in die alte Form pressen. Sie paßte nur zu gut, schließlich hatte ich sie selbst für mich geschaffen. Sie war auf beruflichen Erfolg angelegt, auf meine Karriere. Für alles andere, für zwischenmenschliche Beziehungen zum Beispiel, war sie ein schreckliches Hindernis. Selbst das hätte nichts bedeuten müssen, doch ich hatte obendrein Pech. Die kurze Affäre mit Clare zerbrach viel zu schnell, obwohl wir immer noch Kollegen und so etwas wie Freunde waren, an die Gefahren und Schrecknisse, aus der sie entstanden war, konnte sich Clare meines Wissens nicht mehr erinnern. In den letzten Jahren hatte es andere Frauen gegeben, ein oder zweimal sogar die Absicht zu heiraten, sich irgendwo ein Nest zu bauen. Doch jedes Mal war etwas dazwischengekommen – einfach nur Pech oder eigenes Verschulden?

Ich blieb einsamer, isolierter als zuvor zurück. Die einzige Rolle, die mir eine gewisse Befriedigung verschaffte, war die des eiskalten, ehrgeizigen Managers, die einzige Erfüllung boten Karriere und Arbeit. Ein Projekt wie das hier, diese Art zu helfen, war der einzige Kanal für emotionale Beteiligung abseits von jeglichem persönlichen Profit, der mir geblieben war – die einzige Therapie für eine Unfähigkeit, die so grundlegend war, daß sie keinem je auffallen würde. Zugegebenermaßen gab es das zusätzliche Motiv, daß Jacquie etwas damit zu tun haben könnte. Doch derjenige, der am meisten Hilfe brauchte, war ich.

Einmal, vor langer Zeit, hatte ich die Erde und die Sterne auf den Schwingen der Nacht hinter mir gelassen, um Clare zu retten. Ich hatte Gefahren ins Auge gesehen und Schlachten ausgefochten und Clare schließlich an meiner Seite in unsere Welt zurückgebracht. Jetzt war die Aufgabe womöglich noch schwieriger: jemanden zu retten, der vielleicht in einer Gefahr schwebte, die zwar anders, aber auf ihre besondere Art sogar noch größer war.

Damals hatte ich Clare gesucht, weil sie in Lebensgefahr schwebte. Jetzt war ich derjenige, der hilflos auf dem unendlichen Meer trieb.

»Ich riskiere es«, sagte ich.

Der Alte ließ mich so abrupt los, daß ich beinahe umgefallen wäre. *»Goed dan!«* Obwohl er weiterhin so mürrisch dreinschaute, hatte ich den Eindruck, daß ihm die Antwort gefiel. »Du wirst nicht allein sein. Ich helfe dir.«

»Sie?« Das hatte ich nicht erwartet. »Wenn Sie meinen – das würde natürlich so manches ändern!«

»So einiges. Deine Feinde sind nicht von Pappe, *Jongetje*. Vielleicht haben sie mehr in ihrer Trickkiste als wir beide zusammen. Was ich hier zu erledigen hatte, ist erledigt. Höchste Zeit, daß ich mich auf den Heimweg mache. Ich werde dich zumindest einen Teil des Weges begleiten, wenn nicht den ganzen. Du«, er zeigte mit dem Finger auf mich, »du bezahlst mir die Überfahrt, mehr verlange ich nicht. Und sieh zu, daß wir die Insel Bali noch vor dem dritten Tag eures Monats Mai erreichen. Zu diesem Zeitpunkt muß ich spätestens dort sein.« Traurig betrachtete er seinen kleinen Garten. »Ich muß diese Bohnen etwas schneller wachsen lassen. Schade.«

Ich schaute zu Katjka hinüber. Sie war nicht weniger erstaunt als ich. Ich wußte, daß ich eigentlich begeistert sein und das gefälligst auch zeigen sollte. Wenn ich mich an den Stryge erinnerte, war ich mir jedoch nicht mehr ganz so sicher. Ape war nicht im entferntesten so ekelhaft, doch auch er hatte schon bewiesen, daß er höchst unangenehm werden konnte.

»Was geschieht, wenn wir in Bangkok angekommen sind?« fragte ich ihn.

»Wir besorgen uns ein gutes Schiff und einen zuverlässigen Skipper – kannst du das bezahlen? Gut. Es muß aber in Gold –«

»Ich weiß Bescheid, das habe ich schon einmal getan.«

»Um so besser. Dann laufen wir aus, östlich des Sonnenaufgangs, ha?«

Auch das war mir nicht neu. Allein der Gedanke daran ließ eine so große Freude in mir aufsteigen, daß ich schon fast den Wind unter den Füßen zu spüren glaubte. »Prima!« rief ich. »Aber wie sollen wir sie finden? Wo sollen wir anfangen? Ich habe nicht die geringste Ahnung, wem ich vertrauen kann!«

Ape wackelte mit dem Kopf. Diese eigenartige Geste war mir im Fernen Osten schon oft aufgefallen – wenn auch nicht in Indonesien. Es entsprach in etwa unserem Kopfschütteln. »Das mag sein. Aber ich helfe dir – vielleicht bevor wir dorthin gelangen, vielleicht erst, wenn wir dort sind. Als erstes müssen wir deinen Container auf den Weg schicken, ohne daß er gleich dem ersten Anschlag zum Opfer fällt. Dazu müssen wir einen Plan austüfteln, *nee*?«

Wir gingen durch das wild wuchernde Gesträuch zurück auf das öde Eisenbahngelände, wo uns in der kühlen Nachtluft ein Frösteln befiel. Ich warf noch einen Blick über die Schulter auf die rauschenden Bäume, die mit keinem Hinweis verrieten, was oder wer sich hinter ihnen verbarg. Und ich dachte an andere Inseln inmitten der industriellen Wildnis und fragte mich, ob noch immer Trolle in den schwedischen Eisenerzeugnissen hausten oder die alten Geister der Delawaren über die Abfallhalden der Stahlsiedlungen von Pittsburgh strichen. Noch während der Gedanke verflog, wußte ich, daß die Annahme zutraf, und daß auch an ganz anderen Orten noch ganz andere Wesen hausten. Denn selbst die Welt, die wir vollständig erschaffen zu haben glauben, wird uns nie ganz gehören.

Als wir am Wagen ankamen und uns durch den Zaun duckten, saß Dave aufrecht im Sitz. »Du schläfst nicht gerade tief«, sagte ich. »Bist du vielleicht ein bißchen nervös?«

»Schlafen? Du bist gut, Steve – wann hätte ich denn schlafen sollen. Ihr seid gerade mal – warte – zehn Minuten weggewesen.«

Kapitel 3

Einige Wochen später blickte ich wieder auf jene Bäume, diesmal jedoch von der anderen Seite des Bahngeländes. Von der Rampe der Verladestation aus, auf der ich wartete, waren ihre Kronen das einzige Grün weit und breit; sie rauschten im Wind, als begrüßten sie freudig den vorauseilenden Atem des nächsten Regenschauers. Der Monat war ungewöhnlich naß gewesen; milchige Wolkenbäusche zogen unter einem grauen Gewitterhimmel vorbei und kündigten noch mehr Regen an.

Dann setzte sich der Lastwagen langsam in Bewegung, und der große Container, den er gebracht hatte, versperrte mir die Sicht, als er vorsichtig angehoben und neben den Geleisen abgesetzt wurde, wo er bis zur Zusammenstellung des Zuges warten würde. Der Lastwagenfahrer kam mit seinem Klemmbrett zu mir herübergerannt, um sich die letzten Unterschriften abzuholen. »Hervorragend abgeladen, wirklich saubere Arbeit«, lobte ich ihn. »Wenn nur alle unsere Güter so vorbildlich behandelt würden.«

Er grinste verschwörerisch. »Tja, Boß, wenn Sie bei jedem dabeistehen und ein so strenges Gesicht machen, ist das eventuell sogar drin. Eventuell.«

Ich grinste zurück. Ich wußte genau, daß die Firma gut war, sonst würden wir nicht mit ihr zusammenarbeiten. Trotzdem hatte ich ihm die ganze Zeit auf die Finger geschaut. »Hab schon verstanden. Der Aufwand entspricht ungefähr dem mit flüchtigen oder ätzenden Stoffen, stimmt's? Ist jedenfalls ein bißchen was extra wert.« Als ich meine Brieftasche wieder einsteckte, fragte ich ihn beiläufig: »Gab es irgendwelche Probleme auf der Strecke? Etwas Ungewöhnliches?«

Seine wachen Knopfaugen zogen sich zusammen. »Hätte was sein sollen?«

»Nein, ich frage nur.«

Er zuckte die Achseln. »Die ganze Fahrt über Wolken, jede Menge Regenschauer – teilweise kam ordentlich was runter, Gewitter gab's auch. Der Wetterbericht hat natürlich Sonnenschein vorausgesagt. Der Typ an der Tankstelle meinte, es wäre die ganze Zeit über schönes Wetter gewesen, bis ich aufgetaucht bin. Hab's wohl hinter mir hergezogen!«

»Wenn wir anfangen Wetter zu liefern, bekommen Sie den Auftrag«, lachte ich. »Aber soweit sind wir noch nicht.«

»Na ja, wenn's soweit ist, sagen Sie uns Bescheid. Jetzt muß ich aber los. Tschüß!«

Ich atmete erleichtert auf. Der erste Container stand also bereit. Ape hielt es für unvermeidlich, daß er beim Transport vom Hersteller bis hierher entdeckt wurde, doch hielt er die Fracht für relativ sicher, solange sie am Tage transportiert wurde. Mir gefiel die Geschichte mit dem Regen überhaupt nicht; ich mußte mich bei Ape danach erkundigen.

Insgesamt ging es um dreißig Container, die aus ganz Europa hier zusammenkamen; die anderen enthielten größtenteils die speziellen Schleusentore, die Kontrollservos und Kopplungseinheiten, Wasserstandsmeßeinrichtungen und alles andere, was nicht direkt in Indonesien hergestellt werden konnte. Einiges war noch nicht fertig, und der Rest, bislang vierzehn Container, verblieb einstweilen am Herstellungsort. Doch dort konnten sie nicht ewig warten. Wenn wir nicht innerhalb der nächsten ein bis zwei Monate lieferten, kam das Projekt nicht nur mit den Kosten für die Ausrüstung, die noch nicht eingesetzt werden konnte, und für das Personal, das tatenlos herumsaß und Däumchen drehte, ins Stocken, sondern es würden auch beträchtliche Summen für Lagerhaltung, Miete und Überliegezeiten der Container fällig, plus Versicherung – ich hatte schon jetzt keine Lust, länger darüber nachzudenken. Selbst wenn meine Firma nicht direkt für eventuelle Verluste aufkommen mußte, so würde es doch danach aussehen, als wären wir für das Ganze verantwortlich. Daß niemand dieses Geschäft so gut wie wir erledigen konnte, spielte dann keine Rolle mehr; der Ruf einer Firma gründet sich nicht auf ihre Möglichkeiten. Wir mußten mit den Lieferungen anfangen, und zwar rasch.

Ape und ich hatten beschlossen, daß es idiotisch wäre, den ganzen Auftrag mit einem Transport abzuwickeln. Das Risiko war viel zu groß, außerdem würde die Auswahl an Schiffen, die in Frage kamen, beträchtlich eingeschränkt. Wir hatten uns auf zunächst eine einzige Ladung mit einem Container geeinigt. Eine Blockade wie diese hier hatte es bisher noch niemals gegeben. Sie mußte selbst den gottesgleichen Mächten der Spirale enorme Energiereserven entziehen, auch wenn sie sich zusammenschlossen; wenn sie erst einmal durchbrochen war, würde das ganze System zusammenfallen. Was sie dann unternehmen würden, ließ sich nicht voraussagen, jedenfalls wären sie dann eine Zeitlang aus dem Weg geräumt.

Wie ich mir schon gedacht hatte, lag es nahe, für dieses Unternehmen die Computerausrüstung auszuwählen. Zur Not konnten die leichtere Ausrüstung und die herkömmliche Elektronik, aus der der Rest der Ladung bestand, unter anderen Bezeichnungen oder mit gefälschten Empfängerdaten verschifft werden – wie lange wir unsere Feinde damit an der Nase herumführen konnten, war allerdings höchst unsicher; Computer-Technologie unterlag jedoch nach wie vor strengsten internationalen Sicherheitskontrollen. Außerdem paßte die ganze Sendung hervorragend in einen einzigen Standard-Container, und es gab auch genügend Verpackungsspielraum, so daß wir gegen so ziemlich alle Gefahren unterhalb eines Atomschlags gewappnet waren. Dieser Container konnte auf allen dem Menschen bekannten Wegen transportiert werden, egal wohin. Auf Apes Ratschlag hin wurde er per Flugzeug verschickt – unter der Voraussetzung, daß ich nicht mitflog und mich auch nicht um die Abwicklung des Bahnversands zum Flughafen kümmerte. Der schwierigste Teil des Unternehmens lag im Transport zum Flugzeug – per Bahn, aber nicht ohne Schutz. Ich spürte eine unangenehme Mischung aus Sicherheit und Mißtrauen in mir. In den letzten Wochen hatte es keine Zwischenfälle mehr gegeben – keine unerwartet auftauchenden Tore in die Nebel der Spirale mehr. Trotzdem konnte ich mich einer zunehmenden nervösen Spannung, eines inneren Kitzels nicht erwehren. Vielleicht kündigte sich ein Unwetter an.

Sobald der Container fest stand und abgekoppelt war, kam der zuständige Beamte für das Frachtgut, ein großer, sehr agiler Pakistani, geschäftig auf mich zu und streckte mir einen mobilen Mini-Computer entgegen. »Sie sind von der Versandfirma, richtig? Wie geht's Ihnen? Jamal Adhan.«

Wir schüttelten uns die Hände. »Stephen Fisher, hallo.«

»Ach du Schreck, gleich der Direktor, wie? Sie setzen sich wohl auch noch für den Gütertransport per Schiene ein, finde ich toll! Das ist aber wirklich eine Überraschung, Sir, Sie hier persönlich bei diesem kleinen Auftrag vorzufinden. Und eine Freude – hoffentlich ist nichts schiefgelaufen?«

»Nein, alles klar. Übrigens bin ich der stellvertretende Direktor der Firma. Dieser Auftrag hier interessiert mich besonders.«

»Na, da können Sie aber sicher sein, daß wir die Kiste nur mit Samthandschuhen anfassen.« Er kritzelte wie wild auf dem Computerschirm herum. Auch wenn wir uns auf dem Weg zur papierlosen Gesellschaft befanden, Formulare waren und blieben die Seele dieser Branche, selbst wenn es sich nur noch um Geisterstriche in Flüssigkristallen handelte. »Füllen Sie den Durchschlag gleich aus? Dann kommen Sie doch mit in mein Büro auf eine Tasse Kaffee. Nicht das schreckliche Gebräu wie überall, ich bereite ihn selbst zu, müssen Sie wissen.«

Ich warf noch einen Blick auf den Container. Noch immer hielten sich relativ viele Leute in diesem Teil des Geländes auf. Außer Herumstehen konnte ich jetzt sowieso nicht viel tun. »Hört sich gut an, vielen Dank.«

Der Kaffee war wirklich ausgezeichnet. Wir saßen neben der zischenden Gasflamme und arbeiteten uns durch einen kleinen Stapel Ausdrucke mit mehreren Durchschlägen. Ich erzählte ihm von dem Projekt, was ihn zu interessieren schien, und er drückte mir sein Mitgefühl hinsichtlich der bürokratischen Hindernisse in der dritten Welt aus, auf die wir wohl unweigerlich stoßen würden. »Wenigstens können wir Ihnen hier zu einem guten Start verhelfen, mit einem Direktzug von A nach B«, freute er sich. »Es besteht keine Möglichkeit, abgehängt und irgendwo auf einem Gleis geparkt zu werden. Nicht daß das häufig passieren würde!« fügte er eilig hinzu. »Aber gerade wenn es mal besonders wichtig ist, ist manchmal der Wurm drin, stimmt's?«

»Genau. Auch am Zielort muß der Container nicht lange herumstehen, damit er nicht verlorengeht. Wir haben den Zeitplan sehr genau ausgearbeitet.«

»Das hätte ich von Ihrer Firma nicht anders erwartet, Mr. Fisher. Wenn Sie hier bitte unterschreiben würden … und hier … prima. Das wäre erledigt. Haben Sie ausgetrunken?«

Wir schlenderten wieder zu den Laderampen zurück, wo ich noch einen letzten kurzen Blick auf den Container werfen wollte. Daß es bestimmt nicht der letzte war, mußte er nicht unbedingt wissen. Er grinste über meine Besorgnis. »Samthandschuhe, ich verspreche es Ihnen, Samthandschuhe!«

Dann kamen wir um die Ecke.

Der Container stand noch immer dort, soviel war zu erkennen. Er war sogar sehr deutlich zu erkennen. Im grauen Licht der sich zusammenballenden Wolken war er so ziemlich das einzige, was auf dem Gelände noch zu erkennen war. Mr. Adhan konnte zwar noch sprechen, kam jedoch über das erste Wort nicht hinaus und hörte sich wie ein stotternder kleiner Außenbordmotor an: »Was … was … was … was-was-was?«

Ich hingegen brachte nur ein ungläubiges Kichern zustande. Es sah ganz danach aus, als hätten in der kurzen Zeit meiner Abwesenheit einige Vandalenhorden den Container heimgesucht. Er war von oben bis unten, inklusive der Klammern, die ihn auf dem Güterwaggon hielten, mit einer höchst erstaunlichen Menge auffälliger Schmierereien und Kritzeleien verziert, in schreiend grellen Tönen, die meisten davon Leuchtfarben. Das Ergebnis erinnerte an eine Kreuzung aus Sixties-Revival-Disco und einem New Yorker U-Bahnwagen, ergänzt durch ein Netz verschnörkelter malaiischer Schriftzüge. Ein Reflex ließ mich nach meiner Sonnenbrille greifen.

Mr. Adhan stieß ein wütendes Geheul in Urdu aus, einer Sprache, die mir nicht geläufig ist, doch ich hatte so in etwa eine Vorstellung von der Kategorie der Schimpfwörter, die er aus sich herausströmen ließ. Sie schienen die Luft zu reinigen. »Was – diese miesen kleinen Schurken, dafür reiße ich ihnen die Eier ab! Diese verdammten Kids aus der Siedlung! Dafür sollte man die Eltern zur Kasse bitten, wenn sie nicht besser auf sie aufpassen! Entweder sie klauen, oder sie legen Betonklötze auf die Schienen, oder sie schießen Fußbälle in die Stromleitungen! Aaaaarghh! Und dann noch rassistische Skinhead-Sprüche auf den Toren! Ich werde ihnen die Hammelbeine langziehen!« Dann erinnerte er sich an mich. »Oh, mein verehrter Mr. Fisher, welche Schande, welche Schande! Aber keine Sorge, machen Sie sich keine Sorgen! Ich rufe sofort die Transportpolizei und lasse sie mit einer Arbeitskolonne und einigen Eimern, Rieseneimern mit Farbentferner antanzen. Ihr Zug wird höchstens ein paar Minuten aufgehalten ...«

An dieser Stelle gelang es mir, seinen Redefluß zu unterbrechen. »Nein, nein, nein – das muß doch nicht sein! Hören Sie zu, ich glaube, ich weiß, was hier passiert ist, das waren keine Kinder. Hören Sie doch ...«

Steve Fisher – dreiste Lügen innerhalb von zwei Sekunden, frei Haus. »Sie wissen doch, das Projekt, von dem ich Ihnen erzählt habe? Also da gibt es ein paar Leute, die daran beteiligt sind, und äh, wir hatten etwas getrunken, und sie versprachen, dem Container ihren besonderen balinesischen Segen mit auf den Weg zu geben, und äh, ich wußte nicht genau, wie sie das meinten, aber das muß es wohl sein ...« Mir ging die Puste aus. »Sie müssen sich hereingeschlichen und ihn in Windeseile so angestrichen haben. Als Überraschung, sozusagen.«

Mr. Adhan schaute mich streng an. »Als Überraschung«, sagte er schließlich. »Nun gut, aber wir können es trotzdem wieder entfernen.«

»Ich halte das nicht für notwendig«, sagte ich gutgelaunt. »Es tut doch keinem weh, oder? Wenn die Plane darübergezogen ist, sieht man nur noch ein bißchen an den Seiten. Es wäre schade, wenn wir ihnen den Spaß verderben und ihre harte Arbeit einfach wieder abschrubben würden.«

»Mr. Fisher«, protestierte er händeringend, »sie verlangen von mir, daß ich dieses Ding auf meinem schönen, sauberen Zug fahren lasse?«

»Wenigstens sind die Graffiti nicht obszön oder so etwas.«

»Woher wollen Sie das wissen? Können Sie sie lesen?«

»Äh, nein … aber wenn wir es nicht können, dann kann es sonst wohl auch niemand. So oder so, ich nehme alles auf meine Kappe – in Ordnung?«

Ich hatte ihn einigermaßen beruhigt. »Wenigstens ist es ein Nachtzug«, sagte er dankbar. »Nonstop.« Dann lamentierte er noch eine Zeitlang über die grellbunte Erscheinung. »Ein Segen? Das soll ein Segen sein?«

»Balinesisch«, rief ich ihm ins Gedächtnis zurück.

»Hmmm.« Er klang nicht sehr beeindruckt. »Das sind doch Muslime dort unten in Indonesien, Muslime wie ich, oder?«

Ich wühlte in meiner Erinnerung. »Stimmt, ja. Doch soweit ich weiß, ist Bali die letzte Zuflucht der alten Religionen – buddhistische, hinduistische und allerlei hausgemachte Religionen, alles auf einem Haufen zusammen. Ein ziemlicher Grabbeltisch.«

»Allerdings«, sagte er und setzte eine gewichtige Miene auf. »Von mir aus. Aber, Mr. Fisher, wenn das hier ein Segen ist, dann möchte ich auf keinen Fall einen ihrer Flüche zu Gesicht bekommen. Ich wünsche noch einen guten Abend, Sir.«

Er schüttelte sich nicht direkt den Staub von den Füßen, aber er war kurz davor.

»Wir müssen dort einen Zaun anbringen, Dave.«

»Klar. Das hält die Jungs hier bei Laune. So wie immer?«

»Entschuldigungsschreiben, genau, deine Sekretärin kriegt morgen alles Nötige. Aber *nicht* die übliche Flasche Scotch, verstanden?«

»Oh. Stimmt. Was nehmen wir statt dessen?«

»Keine Ahnung. Haben wir einen gläubigen Muslim im Büro – Yilderim? Frag ihn mal, ob ihm was einfällt.«

»Nein, ich frage lieber Rafi. Du kennst doch Yilderim, bei ihm läuft es doch nur wieder auf diesen elenden Türkischen Honig hinaus – bäh!«

»Das ist wirklich bäh – he!« Der Zug setzte sich wie eine riesige, graubraune Raupe mit einem bunten Streifen in Bewegung. Ich legte den ersten Gang in Daves Wagen ein, und wir schnurrten los, ein bißchen vorneweg, doch mit der gleichen Geschwindigkeit wie der Zug.

»Fährt er auf der Strecke, die dein Freund geplant hat?«

»Sieht so aus. Aber darüber mache ich mir keine Sorgen.«

»Du vielleicht nicht, aber ich. Ich finde, er hört sich an wie ein Verrückter. Die sind alle verrückt, und dieses Kneipenmädchen ist die schlimmste von allen. Ich verstehe immer noch nicht, wie ein Kerl wie du sich mit solchen Verlierertypen einlassen kann. Kartenlegen und Teeblätter und Tischrücken und dieser ganze blöde New Age-Kram. Wahrscheinlich endet noch alles damit, daß wir nackt um ein Freudenfeuer tanzen und dafür eingelocht werden. Oder diese schrägen Gestalten, die uns verfolgt haben, schlagen uns vorher den Schädel ein!«

Ich betrachtete Dave mit einer Mischung aus Bewunderung und Erstaunen. Genau der Prozeß, vor dem mich Jyp gewarnt hatte, setzte bei ihm jetzt ein, ein Prozeß, dessen Wurzeln ich auch schon in mir gefühlt hatte; aus irgendeinem Grund hatten sie sich jedoch nie richtig ausbreiten können. In den Wochen nach seinem ersten, hysterischen Streifzug durch die Ränder der Spirale war es Dave gelungen, alles Übernatürliche herauszufiltern, alles, was nicht fest im Kern verwurzelt war. Was nicht dazu paßte, hatte er vergessen. Inzwischen hatte er unser Abenteuer bereits in eine Zechtour durch die Kneipen unten an den Docks verwandelt, die Bündler in eine Horde bösartiger Schläger, und schon bald würde auch das nur noch eine undeutliche Erinnerung sein. Ich erinnerte mich an meine eigenen Erfahrungen, wie ich am Morgen danach krank und voller Entsetzen aufgewacht war – mit einem fürchterlichen Kater. Da ich nicht in der Lage gewesen war, diese Erinnerungen zu akzeptieren, waren sie recht schnell verblaßt, hatten sich wegrationalisieren lassen. Als hätte ich unbewußt gefühlt, daß es da etwas gab, das ich brauchte, sehr dringend sogar, hatte ich jedoch nicht vollständig losgelassen. Dave und Leute wie er, die kein Bedürfnis nach erweiterten Erfahrungen verspürten oder sich keinen Nutzen davon versprachen, traten einfach einen Schritt zurück, geistig gesehen, und ließen los. Ich hingegen …

Die Einsicht schlug mir wie ein frostiger Wind ins Gesicht, das Bewußtsein, wie nah ich dem Vergessen gewesen war, wieviel mir schon zwischen den Fingern zerronnen und beinahe aus meinem Leben entschwunden war – jetzt bot sich vielleicht die letzte Chance zur Veränderung.

Ich beschleunigte, fuhr dem Zug davon und bog in eine schon sehr ländliche Seitenstraße ein, die zu dieser nächtlichen Stunde leer war. Vor uns tauchte eine Brücke auf, ich bremste und hielt am Straßenrand. »Jetzt bis du dran, Dave!« Ich nahm ein in Stoff gehülltes Bündel vom Rücksitz. »Danke fürs Mitnehmen!«

»Keine Ursache. Und paß auf dich auf, zwischen diesen ganzen Verrückten!«

»Worüber machst du dir denn Sorgen?« lachte ich. »Dann übernimmst du doch meinen Posten – wer sonst?«

Er schüttelte den Kopf. »Aber nicht so! Ich warte lieber, bis du Barry ablöst. Wir brauchen dich, Mann! Komm bald wieder zurück.« Er klopfte mir auf die Schulter, rutschte auf den Fahrersitz und brauste mit einem letzten Quäken seiner kränkelnden Hupe davon. Ich schaute ihm nach. Man konnte bei so einer Geschichte nicht jedem Untergebenen trauen, ob er sie nun verstand oder nicht. Nicht einmal jedem Freund. Doch jetzt blieb nicht mehr viel Zeit. Ich warf mein Bündel über den rostigen Zaun am Ende der Brücke, kletterte hinterher und ging vorsichtig an den Brückenpfeilern entlang durch das hohe Gras hinunter. Das Gelände war ziemlich unappetitlich, voller Plastikflaschen, Abfall und anderem Dreck, doch ich verspürte trotz allem eine gewisse Erregung.

Unter meinem Bergsteigeranorak trug ich den strapazierfähigen Freibeuteranzug, der die ganze Zeit hinten in meinem Schrank gelegen hatte. Ursprünglich war es Jyps bester gewesen, doch er hatte ihn mir zum Andenken geschenkt. Ich hatte fast vergessen, wie er sich anfühlte: ein weicher, schwarzer Stoff, dick, leicht pelzig, unglaublich fest und ganz nach Bedarf warm oder kühl, und trotzdem atmungsaktiver als alle luftdurchlässigen Stoffe, aus denen mein Anorak gearbeitet war. Jyp hatte behauptet, es sei Seepferdhaut. Eines schönen Tages würde ich mich erkundigen, welcher Stoff es wirklich war. Mit jedem Schritt stürzten verschwommene Erinnerungen auf mich ein, das Donnern einer Seeschlacht, das Rauschen eines nächtlichen, sturmgepeitschten Waldes, die Stimmen und Gesichter von Freunden. Das Büro war Lichtjahre entfernt. Ich hörte Jyps trockenes Lachen, spürte Malls Lippen auf meinem Mund – und den brennenden Biß ihres Schwertes. Ich fühlte mich wieder lebendig.

Aber sie waren nicht bei mir. Ich vermißte sie schrecklich. Ich lebte zwar eindeutig auf, doch ich war allein. Selbst Katjka verließ die Taverne nur kurzzeitig, vielleicht konnte sie nicht anders. Also blieben nur ich und Ape. Und er war nach wie vor ein unsicherer Kandidat. Einigermaßen verträglich, doch immer noch beunruhigend, wie es diese Zauberer nun mal an sich haben. Er half mir, weil es ihm gefiel, doch ich hatte das Gefühl, daß er mich einfach sitzenlassen würde, sobald ich einen falschen Schritt unternahm oder das Projekt sich – wie auch immer – als nicht völlig korrekt herausstellte oder ihm sonst etwas nicht paßte. Katjka hielt ihn für weniger mächtig als Stryge – doch ich war mir da nicht so sicher. Vielleicht weniger bösartig. Vielleicht.

Der Zug kam auf den Gleisen vor mir um die Kurve. Ein

Stück hinter der Brücke teilten sich die Schienen, und die Signale standen auf *langsam*, genau wie Ape es vorausgesagt hatte. Der Zugführer nahm Geschwindigkeit zurück, und ich sah, wie er im schwach erleuchteten Führerhaus in sein Stabmikrofon sprach. Ich duckte mich ins Gras und ließ ihn und die dunklen Segmente der Schlange, die hinter ihm herratterte, vorüberrollen. Als ich den Container-Wagen entdeckte, spannte ich sämtliche Muskeln, rannte den Abhang hinab, warf mein Bündel auf das Wagendach und machte einen Sprung über den Schotter. Ich landete direkt über der Kupplung, holte mir einige Schrammen an öligen Metallstücken und suchte hastig nach einem Halt. Ein aus Fingern gebildeter Haken streckte sich mir entgegen und hievte mich ohne Anstrengung auf die kleine Plattform am Ende des Containers. Die kauernde Gestalt ließ sich mit einem zufriedenen Grunzen und einem metallischen Klappern zurückfallen. Ich blickte grimmig auf die Flut von Sprühdosen, die aus seinem Rucksack herausschauten und die Taschen seiner Matrosenjacke ausbeulten.

»War diese Aktion denn wirklich nötig?« fragte ich ihn grußlos.

Ape schaute mich mürrisch an. »Kann sein, daß du es nach Mitternacht herausfindest«, antwortete er.

»Sie wollten es doch unauffällig machen, Herrgott noch mal! Jetzt sieht es aus wie ein verdammter Faschingswagen!«

Der zusammengekauerte Mann schnaubte verächtlich. »Unauffällig für andere Augen als für deine, *Knul*! Und selbst dafür reicht es vielleicht nicht aus.«

»Ich möchte nicht mehr in die Lage kommen, etwas Derartiges erklären zu müssen, nie mehr! Wir waren doch nur ein paar Minuten weg – wie haben Sie das überhaupt so schnell geschafft?«

Über dem rhythmischen Klicken der Schienen ertönte ein Kichern. »Immer mit der Ruhe, *Jongetje*! Ich mache das auf meine Art.«

Ich sagte nichts mehr und beschäftigte mich mit meinem Bündel. Als ich mein Schwert auswickelte, klapperte es gegen die Containerwand, und ich stellte mein kleines Päckchen mit belegten Broten und einer Kanne neben mich. Der Zug beschleunigte jetzt zur Hauptstraße hin und näherte sich seiner Höchstgeschwindigkeit. Ich erhob mich, noch etwas unsicher, und überprüfte meine Beinstellung, während ich probeweise mit dem Schwert einige Hiebe gegen die Schatten um uns führte. Ape betrachtete das Geschehen interessiert. »Herrliche Waffe!« sagte er anerkennend. »Wo hast du sie gekauft, hä?«

»Die habe ich nicht gekauft, hä. Ich habe sie gewonnen. Im Tausch gegen ein Enterbeil. Das habe ich beim letzten Besitzer des Schwertes zurückgelassen. Es war ein verflucht großer Wolf, ein Freibeuter.«

»So einem würde ich nicht einmal ein Beil überlassen.«

»Ich schon! Ich ließ es in seinem Schädel stecken!«

Ape machte ein Geräusch, das beinahe wie ein anerkennendes Grunzen klang. »Tatsächlich? In dem Fall hast du wahrscheinlich ein gutes Geschäft gemacht! Denn das hier ist keine Wolfsarbeit. Soweit ich es erkennen kann, ist es alt, alt und stark wie die Zeitalter.« Doch dann kehrte seine Skepsis zurück. »Selbst eine hervorragende Waffe ist nur so stark, wie der Arm, der sie führt, nicht meisterlicher als ihr Herr. Ist denn ein Junge wie du in der Lage, so ein Ding zu führen?«

Ich schluckte meinen Groll hinunter und antwortete: »Man hat es mir beigebracht. Außerdem habe ich vor einigen Jahren Unterricht im Säbelfechten genommen, leider habe ich es inzwischen etwas verlernt. Den ersten Unterricht erhielt ich jedoch von jemandem draußen in der Spirale. Sie hätte mir fast die Haut abgezogen, das vergißt man nicht so schnell.« Ich schlug nach oben und trennte einen Zweig von einem regennassen Ast, woraufhin wir kräftig geduscht wurden. »Und daß sie auf sich aufpassen können, das weiß ich. Was mir wirklich Sorgen bereitet –«

»Was denn?«

Ich starrte in die Nacht hinaus. Es war bewölkt, doch hier und da blinzelte der Mond durch Wolkenlöcher hindurch. »Ein rein materieller Angriff – ich meine, das, was man im Kern darunter versteht. Sie haben vorgeschlagen, daß wir mitfahren, falls diese mysteriösen Mächte eine Attacke wagen, und ich habe zugestimmt. Doch wir haben beide an magische Kräfte gedacht, an Erscheinungen und solche Sachen. Wenn sie aber so mächtig sind, warum überraschen sie uns nicht einfach mit einem herkömmlichen Angriff? Gedungene Schläger, Terroristen oder ehemalige Geheimpolizisten – es gibt jede Menge davon, die sich über jeden Auftrag freuen. In diesem Fall würden wir ziemlich dumm aus der Wäsche gucken – ich meine, was soll ich mit diesem Schwert gegen eine Uzi ausrichten? Wenn Sie wissen, was das ist …«

»Klar weiß ich das«, gab Ape gelassen zurück. »Sie werden sich nicht auf einen solchen Angriff verlassen. Selbst wenn – auch dagegen könnte ich so einiges unternehmen. Du wohl auch. Diese Klinge vermag mehr, als du vermutest. In den richtigen Händen.«

Auch diese Kröte schluckte ich. Er hatte nicht ganz unrecht, der alte Schurke. »Ich weiß, was Sie meinen. Die Frau, die mich trainiert hat … ich habe gesehen, wie sie eine Pistolenkugel im Flug zerteilt hat. Aber das war eine Steinschloßpistole, einschüssig. Eine Uzi oder Ingram auf Dauerfeuer, das ist wie eine Dusche mit dem Gartenschlauch, nur aus Blei. Ich weiß nicht, ob sogar Mall oder Jyp gegen so einen Feuerstoß etwas ausrichten könnten.« Ich ging wieder in die Hocke und schlang die Arme um die Knie. »Ich hätte sie jetzt gerne hier bei mir – wenigstens einen, oder noch besser alle beide.«

»*Mall*?« fragte Ape. »Sie war deine Lehrerin?«

»Klar. Mad Mall Frith. Sie ist wohl überall bekannt, wie ich sehe. Auch von Jyp, dem Navigator, habe ich eine Menge gelernt. Weil ich ihm geholfen habe, bin ich überhaupt hereingekommen. Herrje, ich vermisse die beiden sehr!«

»Du weißt so gut wie nichts!« schnaubte Ape. »Du darfst dich ruhig ›von‹ schreiben, wenn einer von diesen Leuten sich dein Freund nannte, wenn auch nur für kurze Zeit; und dann gleich zwei! Sogar jenseits des Kerns sind sie nicht leicht zu finden, diese Leute, man trifft sie nicht einfach an jeder Straßenecke!«

»Komisch, daß Sie es gerade so ausdrücken«, lachte ich. »Denn genau so bin ich ihnen in die Arme gelaufen, erst dem einen, dann der anderen!«

Ich spürte, wie sich Ape in der Dunkelheit zur mir herüberbeugte, spürte seinen Atem auf meinem Gesicht. Es war keine angenehme Erfahrung, doch ich fühlte mich auch nicht bedroht.

»Wirklich?« murmelte er. »Wirklich? Und das bei einem wie dir …«

»Ich weiß, ich weiß! Leer. Ausgebrannt. Sparen Sie sich die Worte. Ich habe erlebt, wie man sich als ganze Person fühlt – wenn auch nur für kurze Zeit.«

»Dann hast du mehr erlebt, als die meisten anderen in ihrem ganzen Leben!« sagte Ape ernst. »Aber das habe ich nicht gemeint. Es wird ja immer interessanter … jedoch nicht zufällig, das ist unwahrscheinlich. Haben diese Freunde von dir nicht mehr verraten? Auf irgendeine Besonderheit in Verbindung mit dir angespielt?«

Ich überlegte. »Naja … vielleicht schon. Ein oder zweimal. Ich habe dem damals nicht viel beigemessen, ich hatte andere Sorgen. Le Stryge machte Andeutungen, doch er rieb mir immer unter die Nase, was mit mir nicht stimmte.«

»Das sieht ganz nach dem alten Gauner aus«, sagte Ape und klang diesmal nicht so überheblich. »Um andere Dinge kümmert er sich kaum, es sei denn, sie stehen ihm im Weg. Dabei gibt es so viel anderes – mehr als du selbst bisher erfahren hast. Falls du lange genug lebst, findest du das vielleicht noch heraus.«

Der Zug raste ratternd weiter und folgte seiner festgelegten

Route durch die Nacht. Noch klammerte sich die Dämmerung an den Himmel, doch das leuchtende Blau wurde bereits von einer riesigen Hand aus schwarzen Wolken überlagert, die sich vom Horizont her bis zu uns erstreckte. Nur in den Lücken zwischen ihren klobigen Fingern schimmerte der hellere Hintergrund durch, so daß sie von den Lichtern der City rötlich angestrahlt auf halber Höhe zu schweben und dabei graue Regenschleier über die dazwischenliegenden düsteren Hügel hinter sich herzuziehen schien. Darunter eilten noch dunklere Wolkenfetzen dem Wind davon, als fürchteten sie, von ihm gepackt und ausgepreßt zu werden. Der aufgehende Mond verwandelte sie in leuchtende Lichtbögen, während sie über uns hinweghuschten. Dabei leuchteten sie in einem merkwürdigen Rosa, als versuchten sie, lebendig zu werden. Die Zeit verging, die Schienen ratterten unter uns dahin. Wir fuhren durch verlassene kleine Bahnhöfe, wo sich auf den schlecht beleuchteten Bahnsteigen nur wenige einsame Gestalten aufhielten. Wir duckten uns zitternd in die Schatten und erkannten auf Leuchttafeln und kleinen viktorianischen Standuhren, wie langsam die Stunden vergingen. Mitternacht kam und ging, über uns schossen noch dickere schwarze Wolken vorbei, und der leuchtende Hintergrund war vollends verschwunden. Ich wrang den letzten Tropfen Kaffee aus der Thermoskanne und genoß den Brandy, der sich auf dem Boden abgesetzt hatte; die Brote mit Lachs und Kräuterquark hatte ich schon längst gegessen. Kälte und Monotonie nagten an meiner Aufmerksamkeit, doch auf diesem engen Waggon war nicht einmal genug Platz zum Dösen. Dann fing es ganz leicht zu regnen an.

Ich spürte, wie der Zug langsamer wurde, doch meine Uhr sagte mir, daß wir noch einige Stunden vom Ziel entfernt waren; nur wieder ein Bahnhof. Ich sah ihn vorübergleiten, verlassen und gesichtslos. Die wenigen, im Nieselregen von blauen Lichtkreisen umhüllten Lampen spiegelten sich auf dem glitschig schimmernden Bahnsteig. Nichts bewegte sich, bis auf das äußerste Ende des Bahnsteigs, wo unter einer flackernden Laterne der Postsack hing. Ich hörte das leise Poltern, als er automatisch auf den letzten Wagen geschwungen wurde.

»Seit wir den Zug geentert haben, ist das das erste Ding, das an Bord gekommen ist«, sagte ich zu Ape, der ungerührt zwischen den Fingern Nüsse knackte und sie in den Mund schob.

»Was ist?« murmelte er.

»Ein riesengroßer Postsack, auf den Waggon des Zugbegleiters. Gerade eben.«

Ape grunzte desinteressiert. Plötzlich spuckte er eine Gischt von Nußstückchen aus und stemmte sich auf die Füße. »Was hast du da gesagt? Ist das hier vielleicht ein Postzug? Und welcher Zugbegleiter? Der existiert überhaupt nicht! Nur eine zweite Zugmaschiene! Außerdem wird heutzutage die Post nicht mehr automatisch aufgeladen, jedenfalls nicht so!«

Wir sahen uns einen Augenblick lang an. Dann starrten wir gemeinsam die lange Reihe der Waggons entlang, die jetzt wieder merklich Fahrt aufnahm.

Nur undeutlich erkannte ich den großen, rundlichen Klumpen, der auf dem Dach lag und halb über die Seite des letzten Waggons herabhing, wie eine vom Baum gefallene, halbverfaulte Frucht. Der Vergleich war nicht schlecht, denn der Klumpen schien zu gären, sich an den Rändern aufzulösen, kleine Stücke lösten sich von ihm und krochen von ihm fort, eine krabbelnde Plage, die sich rasch über die Waggons ausbreitete.

Womöglich sah Ape mehr als ich, denn er sog zischend die Luft zwischen seinen zuckenden Lippen ein. *»Kuro-i! Het smakt slecht, jongen!«*

»Was, zum Teufel, ist das?«

Er ließ ein leises Knurren vernehmen. »Ärger! Willst du noch mehr wissen?«

»Ich meine, ist das etwas Menschliches, oder ...?«

»Wenn du es nicht zu genau nimmst, ja, irgendwie schon. Fiese kleine *Stinkeners*. Willige Diener eines größeren Gegners.«

»Was haben die Ihrer Meinung nach vor?«

Er betrachtete die herankriechenden Kreaturen. Die ersten waren nur noch zwei Waggons entfernt, wo sie mühelos über den Metallrand eines Selbstentladewagens eilten. »Die wollen nach oben, wie es aussieht. Also werden sie versuchen, den Container loszuschneiden, damit er weggetragen werden kann –«

»Was? Von einem fahrenden Zug herunter?«

»Willst du hier herumstehen und mit mir streiten, während sie ihn uns unter dem Arsch wegziehen?« knurrte Ape. »Wenn wir nicht aufpassen, werden wir gleich mit überrollt. Los, rauf aufs Dach, *Jongetje*! Dann werden wir ja sehen, ob du deinen Wolfspiekser wirklich wert bis, *nee*? Ha!«

Rauf aufs Dach – leichter gesagt als getan. Es gab keine von diesen praktischen Seitenleitern, wie man sie im Kino immer sieht; nur die gerippten Wände des Containers. Dabei rasten wir nicht gerade über einen besonders ruhigen Streckenabschnitt. Der Zug ruckelte und bockte wie ein junges Pferd, und bei jeder Kurve und jeder Verbindungsstelle wurden wir von einer Seite auf die andere geschleudert. Trotzdem arbeiteten sich diese Dinger immer näher heran, wie Blattläuse auf einem Zweig, und die Vorstellung, sie könnten sich wie Spinnen auf meinen Kopf fallen lassen, war schier unerträglich. Ich schob das Schwert in einem sicheren Winkel hinter den Gürtel und suchte am schlüpfrigen Metall der letzten Rippe des Containers, die seine Tür schützte, einen Halt. Apes noch klebrige Farbschmierereien halfen ein bißchen, und ich schwang einen Fuß hinauf auf den Schloßflansch. Zu hoch – der Zug ruckte, mein Gewicht verlagerte sich auf das gebeugte Bein, die Muskeln spannten sich vor Schmerzen an, bis ich fast geschrien hätte. Dann kippte der Zug wieder in die Ausgangslage, ich nutzte diese Chance, zog mich hinauf und streckte mein Bein in bester Klettermanier. Mein Kopf befand sich jetzt auf Höhe des Daches; ich warf einen Arm wie einen Greifhaken über die glitschige Plastikplane und krallte mich panisch an einer der nächsten Rippen fest. Wenn ich nicht Bergsteiger und – einmal zumindest – Ausguck im Mast gewesen wäre, hätte ich es wohl nicht geschafft; der Zug vollführte erneut einen brutalen Schlenker, und für einen Moment befand ich mich wieder im schwankenden Mastkorb, die Beine baumelten über einem endlosen Abgrund. Dann zog ich mich schwitzend und zitternd auf die Plane, sicherte mein Schwert, bevor es etwas Wichtiges zerschneiden konnte, und kroch über das regennasse Plastik, um Ape eine Hand zu reichen.

Ich hätte es besser wissen müssen. Er zog sich einfach an einer der Planenschnüre Hand-über-Hand herauf, und zwar mit einer Technik und Geschwindigkeit, die einem erstklassigen Speed Climber gut zu Gesicht gestanden hätte. Ohne das geringste Anzeichen von Anstrengung tauchte sein Grabsteingrinsen über dem Rand der Plane auf. Er schwang sich mit einer Hand herauf, in der anderen hielt er einen kleinen Stock. Ich stellte mich aufrecht hin, versuchte auf der wankenden Oberfläche das Gleichgewicht zu halten und hoffte, daß es keine Tunnels oder andere tiefhängende Hindernisse auf der Strecke gab. Dabei bemühte ich mich, nicht allzu offensichtlich vor den über meinem Kopf hinwegzischenden Hochspannungsleitungen zu erschrecken; ich sah die Abnehmer an der Spitze und am Ende des Zuges in einem schwachen Regen aus Funken und Ozon an ihnen entlanggleiten. Dahinter, am Himmel darüber, erkannte ich zwei oder drei Vögel, die ihre Kreise zogen, wie Krähen, die eine Schlacht und damit fette Beute wittern. Irgend etwas stimmte mit ihnen nicht, doch auf diese Entfernung konnte ich nicht genau sagen, was. War etwas mit der Perspektive nicht in Ordnung? Vielleicht …

Doch Apes gellender Ruf brachte mich wieder auf die Erde zurück.

»Mein Gott!« Mein Mund fühlte sich sehr trocken an, und der Kaffee hatte es direkt auf meine Nieren abgesehen.

Auf dem Dach des Waggons hinter uns stapelten sich die *Kuro-i.* Sie stapelten sich – es gab keinen anderen Ausdruck dafür. Sie kletterten schnatternd einer auf den anderen, wie die Lemuren, denen sie auch nicht unähnlich waren – sowohl den Primaten in einer ihrer gruseligen nächtlichen Arten wie auch den griechischen Dämonen. Ihre verschrumpelten, knopfäugigen Gesichter – riesige Walnüsse, die rein zufällig menschlich aussahen – fixierten uns mit manischer Intensität. Sie trugen formlose Säcke aus einem sehr rauhen Stoff, und ich sah, daß sie kleine Waffen mit sich schleppten, Schäfte mit Speer- und Pfeilspitzen und so etwas wie Steinäxte, so spitz und winzig wie Bienenstachel. Wenn ich nicht vor Schreck verstummt wäre, hätte ich bei dem Anblick ihrer glotzenden Gesichter laut losgelacht. Das machte mich plötzlich wütend.

»Na?« brüllte ich hinüber. »Mit uns habt ihr wohl nicht gerechnet? Los, haut schon ab – aber dalli! Ihr habt hier nichts verloren! Verzieht euch!«

Ape, der seinen Stecken – nein, einen kurzen Schlagstock – kreisen ließ, knurrte zustimmend. Die *Kuro-i* ließen sich nicht beeindrucken. Sie glotzten uns nur weiter mit aufgerissenen Augen an. Dann blinzelten sie, alle im gleichen Moment, was einen widerlichen Effekt ergab. Ihre Lippen entblößten gelbliche Nagezähne, die feinen Barthaare in ihren Mundwinkeln zuckten – dann schrien sie mich an, ein lautes, schrilles Rattengekreische, das mir das Blut in den Adern gefrieren ließ. Plötzlich war die Luft voller kleiner Speere – und sie sprangen.

Einen Speer schlug ich zur Seite, ein zweiter ging knapp vorbei, und ein dritter streifte mein Ohr so haarscharf, daß ich den Stich kaum spürte. Ich zögerte noch, mein Schwert gegen diese grotesken kleinen Wesen einzusetzen, trat statt dessen mit dem Stiefel nach dem ersten, der vor mir landete. Doch der kleine Kerl glitt wie Quecksilber über die Kante, hielt sich mit einem kurzen Arm dort fest, während er sich mit dem anderen mit einer Kraft, die ich niemals für möglich gehalten hätte, in meinem Schuh verkrallte. Er versuchte, seine Zähne in meinen Knöchel zu schlagen, doch kurz bevor er zubeißen konnte, krachte Apes Stock auf seinen Schädel und fegte ihn schreiend und zuckend in die schwarze Leere, die uns umgab. Der Stock sauste erneut nieder, erwischte zwei weitere noch im Flug und drosch sie wie beiläufig beiseite. Die drei nächsten jedoch duckten sich unter seinem Schlag, ergriffen seine Beine und warfen ihn um, direkt an der Kante des Containerdachs. Sie huschten über ihn hinweg und erhoben die Speere mit den Steinspitzen, die plötzlich nicht mehr so amüsant wirkten. Mein Schwert zuckte, die Speere zersplitterten, und ihre Träger fielen schreiend in die Dunkelheit – doch fast wäre ich ihnen gefolgt, denn ich rutschte inmitten einer wütend angreifenden Masse kreischender, kratzender, stinkender kleiner Teufel über das Dach.

Damit waren meine Bedenken endgültig beseitigt. Wie ein Berserker zerhackte und zerstückelte und zerfetzte ich ringsum alles, was sich bewegte, und befürchtete nur, daß sich eines der davonfliegenden Stücke als etwas von mir entpuppen würde, das ich nur noch nicht vermißte. Doch ich war noch völlig heil, zog meine baumelnden Füße wieder herauf und schaute mich verzweifelt nach Ape um. Er hatte selbst einige Schwierigkeiten, denn die kleinen Biester wimmelten auf ihm herum wie Ameisen auf einem Ameisenhaufen und schlugen mit Äxten und Ketten nach ihm. Er konnte nicht viel mehr tun, als einen nach dem anderen regelrecht abpflücken, wobei der freie Platz sofort wieder vom nächsten Angreifer besetzt wurde. Ich stürmte mit singendem Schwert mitten in die Flut der *Kuro-i*, und das verhalf Ape zu der so dringend benötigten Sekunde. Als die kleinen Biester mich überfluteten, duckte er sich, warf seinen Stock in die Luft – und fing den großen Stab auf, den ich vorher schon bei ihm gesehen hatte.

Er warf sich herum und berührte mit einer abgerundeten Goldspitze eine ölige Pfütze auf der Plane. Es gab eine dumpfe Explosion, gefolgt von einem sausenden Geräusch, und als er den Stab jetzt herumschwang, befand sich an seiner Spitze ein brennender Feuerball. Er hieb damit nach allen Seiten, teilte kraftvolle Schläge aus, deren glühende Feuerstreifen im Wind rings um uns fauchten. Flammen fuhren brüllend auf die *Kuro-i* nieder, die schreiend auseinanderliefen. Links und rechts von mir stiegen Feuerstrahlen auf, und ich war frei.

»Ich halte sie am Wagenende auf!« rief mir Ape zu. »Alles was dennoch herüberspringt, zertrittst du!«

Leichter gerufen als getan. Einige von ihnen kamen an den Seiten entlang und stiegen an den Halteklammern hoch. Einer der kleinen Kerle holte aus und wollte mich mit einem Dreschflegel attackieren; ich machte ihn nieder und sah schon den nächsten, der einen dieser kleinen Speere auf einen langen, gekehlten Stab schob. Er holte weit hinter seiner Schulter aus – und ließ ihn dann losschnellen.

Ein verwischter Farbfleck, ein Zischen, dann riß etwas bissig an meinem Anorak und stach mir in die Seite. Ein *Woomera*, ein *Atlatl*, in den richtigen Händen beinahe so schnell wie Pfeil und Bogen. Hätte ich nicht schon einmal im Film eine Speerschleuder gesehen, hätte ich mich wahrscheinlich nicht rechtzeitig genug bewegt und die Waffe ins Herz bekommen. So verfehlte sie mich um wenige Zentimeter, und auch mein Hieb verfehlte ihn, als er über das Dach flitzte. Er blieb stehen, zielte erneut und verschwand dann in einem fauchenden Feuerstrahl, der ihn wie einen Meteor vom Zugdach in die Lücke zwischen den Waggons fegte. Eine Axt mit Steinschneide, die von unterhalb des Containerrands geschleudert worden war, traf mich an der Schläfe; eine andere schlug nach meinem Bein, verfehlte es, doch der Stiel schrammte schmerzhaft an meinem Schienbein entlang. Ich schlug jetzt wie wild nach links und rechts, vergaß jegliche Taktik und drosch auf die brodelnde Masse ein, als wollte ich einem widerlichen Alptraum entrinnen. Jedesmal wenn der Zug ruckelte, rutschte ich auf Blut und Innereien aus und kämpfte verzweifelt um mein Gleichgewicht, denn wenn ich erst zu Boden gegangen wäre, hätten mich sofort Hunderte von Stichen und Hieben dort festgehalten, ohne die geringste Chance, mich jemals wieder zu erheben. Mein Blut würde sich mit dem der anderen vermischen, meine Innereien von trampelnden Füßen zermatscht werden. Und was war mit Ape?

Mein kurzer Blick zur Seite war ein Fehler. Ein harter Kopf rammte sich mir in den Unterleib, so daß ich fast vom Wagen gestürzt wäre – was sicher geschehen wäre, wenn er besser gezielt hätte. Verdutzt krümmte ich mich und packte den kleinen Widerling am Hals; Zähne gruben sich in meinen Oberschenkel, ich riß ihn los und hielt ihn kreischend und strampelnd wie einen Schild vor seine Kumpane, während ich mich auf das Schwert stützte, um kurz zu verschnaufen. Sie ließen mir nicht viel Zeit. Dicht an meinem Arm wurde der *Kuro-i* von Speeren aufgeschlitzt, Axthiebe trafen seinen Köprer rund um meine Finger, sie versuchten alles, um mich zu erwischen. Er strampelte und schrie; ich benutzte ihn wie eine Keule gegen seine mörderischen Artgenossen und schleuderte ihn dann mitten unter sie. Sein Körper wurde vom Sog zwischen die Waggons gerissen, wo er mit einem vibrierenden Gongschlag gegen einen metallenen Einfülltrichter knallte. Als hätten sie auf dieses Signal gewartet, zogen sich die bösartigen Zwergendinger zurück und huschten davon.

In ihren Fußstapfen flammte Feuer auf, ein spinnwebartiger Sprühregen, der sich an jedem, der hinfiel, festbiß und ihn sofort verzehrte. In wilder Panik fluteten und hüpften die *Kuro-i* zurück, krallten sich ineinander, und ich sank auf der besudelten Plane keuchend in die Knie.

Eine schwere Hand legte sich mir auf die Schulter, und ich sah das Licht einer feinen Flamme, die jetzt wieder auf der Spitze eines viel kleineren Stocks tanzte. »Sie ziehen sich zurück – aber vermutlich nur für einen Moment. Bist du verletzt, hä?«

Ich schluckte eine wütende Antwort hinunter und schüttelte statt dessen den Kopf. Dann holte ich tief Luft. »Ungefähr fünf Zentimeter weiter oben, und ich hätte nie wieder Cello gespielt. Sonst ist alles klar.«

»Du spielst Cello?«

»Schon gut. Der Rest sind nur Schnitte und Schrammen.« Etwas stach mich an der linken Seite in die Rippen. Ich faßte in meinen schlimm zugerichteten Anorak und zog den Speer heraus, der mich getroffen hatte; der aufgeblähte Anorak hatte ihn soweit gebremst, daß sich die gemeinen Widerhaken nicht hatten festbeißen können.

Ape warf einen Blick darauf und schleuderte ihn dann weg. »Nicht vergiftet! Meistens tauchen sie sie in Gift, doch der Regen hätte es wieder abgewaschen – jedenfalls soviel, daß es nicht mehr tödlich gewesen wäre. Schlimmer sind ihre widerlichen Bisse!«

»Toll. Davon habe ich jede Menge abgekriegt. Sagten Sie nicht, die Biester seien menschlich?«

»Nicht so kleinlich! *Homo sapiens,* deine Spezies, sind sie nicht gerade. Dachtest du denn, das ist die einzige menschliche Rasse, die es gibt?«

»Eigentlich nicht. Auch die Wölfe zum Beispiel sind eine Mutation –«

»Und es gibt noch viel mehr. Diese hier, ihre Vorfahren, waren ein wilder Stamm, Kopfjäger, deren bedauernswerte Nachbarn sich zusammenschlossen, um sie in die tiefsten Tiefen des Dschungels zu treiben. Dort haben sie viel erlitten, sind vielleicht deshalb geschrumpft, denn es ist kein Ort, an dem sich Menschen aufhalten sollten. Vielleicht war dort auch noch etwas anderes; es hat sie aus dem Kern herausgeführt, auf die Spirale. Jetzt kehren sie zurück als …«, er machte eine gleitende Bewegung mit den Fingern, »… etwas anderes.«

»Großer Gott. Wie die Wölfe?«

»Nicht so korrupt; aber schrecklich bösartig, schwer zu

kontrollieren. Dort, wo es noch welche von ihnen gibt, werden sie von den richtigen Menschen gefürchtet, denn sie hassen sie und lieben es, sie zu quälen. Und sie sind immer dabei, wenn es gegen einen Feind derer geht, von denen sie respektiert werden …« Seine Stimme klang leer und düster, plötzlich nicht mehr so selbstsicher. Ich hielt mich fest, als der Waggon unter uns in eine Kurve ratterte, und bekam einen freien Blick auf die Seitenflächen der Waggons hinter uns.

»Da kommen sie wieder«, sagte ich. Die Worte purzelten mir vor hoffnungsloser Erschöpfung einfach so aus dem Mund.

Ape grunzte, sah sich überall auf der besudelten Plane um. »Siehst du noch einen Rest Benzin? *Nee? Verdom!*«

»So eine kleine Pfütze kann doch keine so große Flamme hervorbringen!«

»Wir sind hier im Kern! Ich brauche Licht, um es zu schüren; Kraft schürt Kraft! Jetzt ist nur noch wenig übrig, ich brauche mehr. Ich wollte die Spraydosen benutzen, das Zeug brennt gut, doch sie sind herausgefallen, und der Rest ist eingetrocknet.«

Ich suchte die Plane ab. »Beim letzten Mal haben sie uns beinahe überrannt. Es wäre ihnen auch gelungen, hätten sie hier oben mehr Platz gehabt. Sie konnten uns nicht schnell genug erwischen, jedenfalls nicht mehr, als Sie am Wagenende standen. Dann hat uns das Feuer gerettet. Es muß noch etwas anderes geben!«

»Dort ist nasses Gekröse«, sagte er bedauernd und blickte sich weiter fieberhaft um, »aber das darf ich nicht verbrennen. Halte dich bereit, *Jongen*! Wir tun, was wir können!«

Dann rauschte der Regen mit unerbittlicher Gewalt auf uns herab. Über die Böschung des Durchstichs, den wir gerade durchfuhren, schien ein nachtgrauer Vorhang gezogen worden zu sein, der sich mit dem Rasseln einer Stahlkette über den Zug senkte, auf den Stromabnehmern zischte und dampfte, in die Kohlewagen trommelte und auf den Einfülltrichtern tanzte. Wie eine Lederpeitsche zog er über unsere Rücken und drückte sie mit seinem Gewicht nieder. Überall stieg spritzende Gischt wie Rauch auf, durch die die *Kuro-i* schnatternd und wild herausstürmten.

Apes Stab wirbelte mit einer Leichtigkeit in seinen kräftigen Fingern, um die ihn jede Majorette beneidet hätte. Er schlug die Gnom-Biester aus der Luft und schleuderte sie auf die Schienen, während mein Schwert alles aufspießte und niedermähte, was sich zwischen seinen Hieben wegduckte. Diejenigen, die nachrückten, wichen vor den herabstürzenden Körpern zurück; das verschaffte uns eine kurze Verschnaufpause. Auch daß der Regen die Plane abspritzte, war ein Gewinn. Über Apes Muster strömte dunkles Blut.

»Wasserfeste Farbe!« brummte er. *»Der da! Da drüben! Achtung!«*

Ich trat mit den Beinen und riß fluchend das Schwert hoch, um ihn wegzuschlagen. Ich duckte mich wütend, gerade rechtzeitig. Als der Zug aus dem Durchstich herauskam, senkte sich ein Schatten aus dem Regen herab, ein riesiger Flügel, der meinen Angreifer beiseite wischte und mich fast mit beiläufiger Leichtigkeit vom Dach gefegt hätte. Es waren die Vögel – doch beim Anblick dieses schwarzen, im flammenden Licht irisierenden Gefieders wollte ich meinen Augen kaum trauen; vor Zorn funkelnde Augen starrten mich über einem beeindruckenden Haken von einem Schnabel an. Apes Feuer flackerte auf, und das Monster schwang sich mit einem krächzenden Schrei wieder in die Lüfte; es hörte sich an, als ob Kreide über eine Tafel kratzte, nur zehnmal lauter.

»Das war der letzte!« brummte Ape.

Die anderen begleiteten uns mit majestätischen Flügelschlägen, die sie auf der Geschwindigkeit des Zuges hielten, so daß sie wie Turmfalken neben uns schwebten. Falls es den kleinen Saukerlen gelingen sollte, den Container loszuschneiden ... »Ich kann's nicht fassen«, schrie ich, »die sind ja so groß wie kleine Düsenjäger!«

»Ein *Garudah*!« lachte Ape schroff. »Draußen auf der Spirale gibt es noch weit Schlimmeres und Unglaublicheres als das!«

»Ich weiß, verdammt nochmal, ich habe schon viele davon gesehen! Dort draußen, klar, da würde ich mich nicht besonders wundern! Wir sind hier aber im Kern – wie *können Dinger von dieser Größe hier fliegen*?«

Ape starrte mich eine Sekunde lang an. Daraufhin brandete eine neue Welle des Zwergenhorrors gegen den Waggon, doch Ape schlug sie mit energischen Schlägen wieder in die Flucht. Es war nicht mehr als eine kleine Finte, um uns zu beschäftigen. Die Hauptstreitmacht hielt sich außerhalb der Speerreichweite an den Seiten des Waggons, während immer noch mehr herbeikamen, um sich ihnen anzuschließen. Vorhin hatten sie zu früh angegriffen, doch die Massen, die sich jetzt sammelten, würden uns ohne Apes Flammen wie eine Flutwelle überspülen. Er kauerte sich hin und starrte die Vögel an.

»Du hast recht! Damit die hier fliegen können, müssen wir uns direkt an der Grenze zwischen Kern und Spirale befinden! Sie so nahe zu halten, das ist eine schrecklich schwierige Sache, doch es verleiht den Monstern die nötige Kraft zum Fliegen«.

»Wir können also nichts tun?«

Er grinste. »Du vergißt eins, *Jongen*! Je näher sie an mich herankommen, desto näher bin ich bei ihnen! Auch ich bin einer aus der Spirale, und wo sie mich berührt, habe auch ich mehr Macht!« Sein Grinsen verschwand, und er trommelte seine Worte mit dem schimmernden Schaft seines Stabes auf das Waggondach: »Aber – trotzdem – brauche – ich – *Kraft*!«

Mein Mund war trockener als je zuvor, meine Nieren arbeiteten auf Hochtouren. »Rings um uns herum ist Kraft«, sagte ich ihm. »Sie müssen nur die Stärke haben, sie zu nutzen!« Ich hob den Zeigefinger, und sein Gesicht verzerrte sich vor Wut und Verzückung.

Allerdings hatte er nicht mehr viel Zeit. Noch waren die

Kuro-i außer Speerwurfweite; statt dessen sangen stark gekrümmte Bogen ihr schauerliches Lied und ließen rings um uns Bambuspfeile niederprasseln. Ape sprang brüllend auf, schwang seinen Stab hoch in die Luft, und die fürchterliche Welle setzte sich in Bewegung. Im letzten Moment erkannte ich, was er vorhatte. »Nicht nach unten! Nicht zur Erde! Sonst verbrutzeln wir alle gemeinsam! Zu den Str ...«

Das Wort ging in einem ohrenbetäubenden Spratzeln und Kreischen unter, als ein dicker Funke von den Drähten über uns auf eines der goldenen Enden von Apes Stab übersprang. Der Stab wirbelte in seinen dicken Fingern, so daß das andere, abgerundete Ende einen Bogen in die Luft malte, auf gleicher Höhe mit den heranhuschenden *Kuro-i*.

Der Blitzschlag, der den Zug entlangsprang, fächerte sich wie ein Flußdelta auf, gabelte sich in eine Million haardünner Fasern, in denen strahlendste Energie floß. Genau dort hinein sprangen die *Kuro-i* mit lemminghafter Entschlossenheit. Der Blitz fraß sich mitten durch ihre Angriffswelle, ein fürchterliches, unaufhaltsames Gewebe blauweißen Feuers, das am hinteren Stromabnehmer selbst zur Erde sprang. Ich weiß nicht, weshalb nicht sofort jede einzelne Sicherung des Zuges heraussprang; ich sah, wie die Lichter im Führerhaus wild flackerten und die rauchenden Kontakte der mißbrauchten Abnehmer. Für unsere kleinen Angreifer war es jedoch absolut verheerend. Sie krümmten sich, kreischten schrill auf, hüpften umher oder sanken in diesem einzigartigen höllischen Blitz zusammen, tanzten wie durchgedrehte Puppen an funkensprühenden Fäden. Fast noch höllischer war die augenblickliche Blindheit danach, der tosende Glutofen der Abbilder auf der Netzhaut, der Gestank von Rauch und verbranntem Fleisch und die Angst vor dem, was noch immer hindurchbrechen könnte, um sich auf unsere Blindheit zu werfen.

Doch nichts dergleichen geschah. Dieser einzelne Blitzschlag hatte der Attacke das Rückgrat gebrochen, und sobald ich wieder aus meinen blinzelnden, tränenden und schmerzhaft zuckenden Augen sehen konnte, erkannte ich, daß das Dach des Waggons gegenüber versengt und mit noch qualmenden Fetzen übersät war, von allem Kriechenden gesäubert, bis auf einige wenige, die sich an das andere Waggonende klammerten und uns mit Blicken ohnmächtigen Hasses musterten. Sie mußten gut die Hälfte ihrer Angreifer verloren haben; der Rest zog sich entsetzt und geschlagen in sichere Stellungen auf die Waggons weiter hinten zurück.

Doch der gleiche Schlag mußte …

Ape hatte sich nicht in eine Bratkartoffel verwandelt. Er war noch nicht einmal angekokelt. Er stand da, breitbeinig, mit erhobenem Stab, um ganz nach Wunsch noch einen dieser Donnerschläge loszulassen, und schnaufte wie ein gut gefütterter Ofen. Ich blickte ihn ehrfurchtsvoll an. »Mehr Kraft!« keuchte ich. »Wollten Sie mich auf den Arm nehmen?«

Sein grimmiger Gesichtsausdruck verschwand noch nicht. »Ich habe keinen derartig starken und hinterhältigen Gegner wie diese Dinger hier erwartet, nicht im entferntesten! Draußen auf der Spirale habe ich selbst genug Macht; diese funkensprühenden Mätzchen, mit denen ihr eure Rappelkiste von der Stelle bewegt, benutze ich nicht gerne – es ist zu gefährlich! Ich habe Glück gehabt, das ist alles, und du mit mir! Aber wir haben es noch nicht geschafft. Sie werden sich noch etwas einfallen lassen.« Er schaute zu den Vögeln hinauf. Konnte er auch einen von ihnen so einfach rösten? Womöglich ja. Zwei waren jedoch schon schwieriger, und dort oben flatterten mindestens vier von den Biestern, wie Aasgeier aus einem Alptraum.

Noch eine andere Furcht beschlich mich. Die Zugführer waren zwar weit genug entfernt, daß sie nichts von alledem hier gehört haben konnten, doch sie mußten bemerkt haben, daß sich die hintere Einheit abgemeldet hatte, ihre Anzeigen mußten unter dem gewaltigen Stromanstieg durchgeschlagen sein, und sie mußten mit fehlerhaften Kontakten oder Schlimmerem rechnen – warum hatten sie nicht angehalten? Und was würde geschehen, wenn sie anhielten? Plötzlich stieg in mir eine Vermutung auf, und ein Blick auf die Uhr bestätigte sie: »He, die kleinen Schurken haben nicht mehr viel Zeit! Wir müssen schon bald am Flughafen sein, es sind nur noch wenige Minuten!«

Noch während ich sprach, ertönte ein Knall, und ich taumelte seitwärts. Die Plane ruckte wild unter unseren Füßen, lockerte sich und rutschte gegen das gewellte Dach des Containers.

»Sie kappen die Halteleinen!« sagte ich, wahrscheinlich schrie ich eher. Auf Apes Gesicht bemerkte ich den gleichen Ausdruck, den er bei mir sehen mußte – die Vision eines heftig flatternden, um sich schlagenden schweren Plastikstoffes, der sich plötzlich losriß, um uns wickelte und uns zur Hölle schickte.

»Runter!« brüllte er. »Runter – und verarbeite sie zu Gulasch! Sonst sind wir verloren!«

Auf seinen Stab gestützt blickte er sich zu den *Kuro-i* um und sah tatsächlich ziemlich unmenschlich aus. Doch gerade, als ich meine Beine über die Kante schwang, sah ich, wie die Vögel abdrehten und sich plötzlich im Sturzflug fallen ließen. Ape und ich erstarrten. Hier oben konnte er vielleicht mit den Vögeln umgehen, doch er hatte niemanden, der ihm den Rücken freihielt. Das galt auch für mich, wenn ich erst wieder dort unten auf der schmalen Kante des Waggons stand. Die *Kuro-i* würden es mit mir allein zu tun haben. Es gab keine andere Lösung. Sie hatten uns erwischt. Wir waren verloren. Und die Zeit, die wir brauchten, um uns dieser Tatsache bewußt zu werden, hatten wir nicht. Schon waren die Vögel über uns, mit ihrem markerschütternden Gekreische. Ape wollte den Stab wieder an die Oberleitung halten, als er von einer gekrümmten Klaue über das Dach des Containers geschleudert wurde. Ich sprang auf, stolperte, als der Zug bremste, und schlug nach dem Ansatz des grausamen Schnabels, der auf Ape einhacken wollte; heißes Blut ergoß sich über die Federn, und das riesige Vieh flatterte schreiend davon. Ich keuchte erleichtert. Zwar würde er sogleich wieder zurück sein, aber –

In der Hitze des Gefechts hatte ich ganz vergessen, daß es noch mehr von ihnen gab. Apes Augen weiteten sich, er gestikulierte verzweifelt, öffnete den Mund, um zu schreien; so müde und abgekämpft ich auch war, ich reagierte und schnellte herum nur um zu sehen, wie der heller werdende Himmel von einer weiteren schwarzen Schwinge verdunkelt wurde. Sie erwischte mich mit der Wucht einer Tür, die einem ins Gesicht geschlagen wird. Betäubt taumelte ich rückwärts, fiel über die Kante des Containerdaches hinunter in das dunkle Nichts.

Wirbelndes Durcheinander –

Der Aufprall durchzuckte mich wie ein Blitz. Ich lag rücklings in einem Wirrwarr von Ästen, einen brennenden Schmerz in Seiten und Rücken, und rang in panischer Angst nach Luft. Ich konnte wieder atmen und rollte mich zur Seite, wobei ich versuchte, nicht laut zu japsen. Ich hatte mein Möglichstes gegeben, um so zu landen, wie ich es beim Bergsteigen gelernt hatte, zusammengerollt, aber entspannt, dabei Kopf und Beine schützend. Das Unterholz hatte den Sturz weiter abgebremst. Es hatte schon Männer gegeben, die aus Hunderten von Metern ohne Fallschirm aus dem Flugzeug in dichtes Gestrüpp gefallen waren und überlebt hatten.

Aber der Zug! Ich hatte erwartet, ihn am Horizont entschwinden zu sehen; statt dessen rollte der Waggon gerade mal vierzig Meter entfernt auf den Schienen und wurde immer noch langsamer, bewegte sich jetzt kaum noch mit Schrittgeschwindigkeit. Auch das mußte mir den Hals gerettet haben. Sobald ich mich rühren konnte, tastete ich nach meinem Schwert. Ich lag an einem steilen Abhang, und als ich unter den Sträuchern suchte, sah ich die Klinge ein Stück weiter unten auf dem Schotterstreifen neben dem Bahndamm im grauen Morgenlicht schimmern. Ich schluckte; ich hatte es wirklich gut getroffen, war mehr oder weniger vom Dach des Containers ganz oben auf den Hang geschleudert worden. Wäre ich so weit hinuntergestürzt, hätte es mich garantiert schlimmer erwischt. Ich rutschte hinunter, hob das Schwert auf, schwang es durch die Luft – es hatte nicht einmal einen Kratzer!

Das graue Licht wurde immer heller. Die großen, geflügelten Schatten kreisten noch immer über dem Zug, doch ich sah, wie sie plötzlich aufstiegen und auseinanderstrebten. Ich dachte an Ape, der sich allein mit ihnen herumschlagen mußte. Ich konnte ihn nicht einfach im Stich lassen. Mit schmerzenden Rippen humpelte ich hinter dem Zug her und sah bei jedem schleppenden Schritt Sterne.

Als ich wieder etwas klarer sah, erkannte ich, daß sich der Durchstich weiter vorne öffnete, der Schotter verbreiterte sich zu einem größeren Netzwerk aus Schienensträngen, die von links und rechts herankamen. Kein Wunder, daß der Zug abgebremst hatte. Wir mußten schon ganz in der Nähe des Luftfracht-Terminals sein – dort wo es hell und sicher war. Wenn wir doch nur eine Minute länger ausgehalten hätten!

»*Jongen!*«

Ich hätte ihn beinahe über den Haufen gerannt, als ich um die Ecke schoß. Er war mir entlang der Gleise entgegengekommen und packte mich jetzt an den Schultern. »Du bist doch nicht verletzt, *nee*?«

»*Nee* – ich meine, nicht schwer! Und Sie?«

»Ein Kratzer, eine Schnabelwunde – *gezond*! Ich habe gar nicht gesehen, wie du heruntergestürzt bist, war zu sehr beschäftigt – aber plötzlich lassen sie ab, und ich sehe, du bist nicht mehr da; ich springe ab, marschiere zurück, um zu sehen, ob wir dich verloren haben!«

»Was meinen Sie mit: Sie ließen ab? Haben Sie … hast du das nicht veranlaßt?«

»Wenn ich das könnte, hätte ich es schon früher getan!«

»Dann –« Keuchend schaute ich zum Zug hinüber. Ein Schwarm geduckter kleiner Gestalten strömte an den Waggons herunter auf den Pfad neben den Gleisen und bewegte sich auf uns zu. Ape schleuderte mich ins Gebüsch, beinahe so hart wie beim ersten Mal, und warf sich hinterher. Ein Schrei zerriß die Luft, große, gelbe Klauen rissen an den Büschen. »Auf die Beine!« brummte Ape, und ohne meine Reaktion abzuwarten, zog er mich hoch. »Und jetzt renn wie der Teufel, *Jongen*! Die haben es nicht auf deine Ladung abgesehen – sondern auf *dich*!«

Ich ließ mich auf keine Diskussionen ein. Keuchend und humpelnd arbeiteten wir uns die steile Böschung hinauf, durch dornige Ranken, Unterholz und Tüten mit zerbrochenen Flaschen. Einen Großteil der Strecke legten wir auf allen vieren zurück, was Ape um einiges leichter fiel. »Ganz hinauf!« rief er. »Wenn ich nahe genug an die Drähte komme …«

Doch kurz vor der Kuppe hörte das Unterholz auf. Wir zögerten eine Sekunde und stürzten dann wie besessen hinaus ins Freie – zu spät. Auf der Kuppe der Böschung marschierte eine lange Reihe kleiner Gestalten mit halbgespannten Bögen und schußfertigen Speerschleudern; andere duckten sich entlang des Bahndamms und tauchten etwas weiter vorne ins Gebüsch. Sie wollten uns einkreisen. Zwischen uns und ihnen gab es keine Deckung mehr; und über uns, unter den grauen Regenwolken, senkten sich die Umrisse der Raubvögel herab.

Ape wirbelte wieder den Stab in seinen Fingern. »Vielleicht war etwas in diesen Flaschen – Alkohol, Benzin, Kerosin, ich hätte nachschauen sollen.«

»Hm. Tut mir leid, daß ich dich da mit hineingezogen habe, Ape.«

»Nein, mir tut es leid. Mir können sie nicht viel anhaben. Meine Aufgabe besteht darin, dich und deine Fracht zu beschützen, und das kann ich jetzt nicht mehr. Hätten wir sie nur eine Minute länger aufgehalten …«

»Dann was?« Sie kamen immer näher, drohende Schatten vor einem hellgrauen Himmel.

»Sonnenaufgang. Aber noch ist die Sonne nicht am Himmel.«

»Ape, wir sind in einem *Durchstich*!«

Er überlegte einen Moment, lachte laut auf – und schleuderte dann seinen Stab hoch in die Luft. Er kreiselte wie in Zeitlupe, doch als er höher stieg, glitzerten und funkelten die goldenen Enden wie Spiegel, entflammt von den ersten, leicht rosafarbenen Strahlen der Morgensonne über dem Horizont. Dieses Licht schleuderten sie vervielfältigt um sich, ließen es auf die *Kuro-i* regnen, die kreischend zurücktaumelten, von tausendfach gebrochenen, in jedem Tropfen des nebligen Nieselregens irisierenden Strahlen geblendet.

Geflügelte Schatten glitten über sie und uns hinweg. Ich zuckte zusammen, blickte hinauf und sah – nichts mehr. Bis auf vier davoneilende Fetzen dunkler Gewitterwolken, die am unteren Rand schon rosa aufgehellt wurden. Sie trieben in der frischen, kühlen Brise davon, über den riesigen schwarz-goldenen Archipel, den die Morgenröte auf die Wolken malte. Weder auf dem Hang noch dem unteren Pfad oder auf den Waggons waren noch Gnome zu sehen, nur etwas, das wie verdorrtes Laub aussah, trocken und federleicht. Etwas, das vom aufkommenden Wind hochgewirbelt und davongetragen wurde.

Erschöpft schlichen Ape und ich am Bahndamm entlang in den bescheidenen Windschatten eines verlassenen Stellwerks und schauten zu, wie die Güterwaggons langsam in Richtung Luftfracht-Terminal rollten. Dort würde Dave sie in Empfang nehmen, den Container abladen lassen und ihn rasch durch die Formalitäten lotsen.

»Glaubst du, daß der Container jetzt in Sicherheit ist?« fragte ich.

Ape nickte auf seine eigenartige orientalische Weise. »Mehr als je zuvor. Sie ziehen sich jetzt zurück, diese Mächte aus der Spirale. Sie haben mehr aufgeboten, als ich für möglich gehalten hätte, und sie haben nichts erreicht. Dadurch sind sie für eine längere Zeit geschwächt. Und das alles ...« Er warf mir einen scharfen Blick zu. »Das alles nur deinetwegen. Kein Gift an den Speeren und Pfeilen; angreifen, aber nicht töten. Den Container – ja, wenn möglich; aber als sie wählen mußten, haben sie sich für dich entschieden. Weißt du, was das heißt?«

Ich konnte vor Müdigkeit kaum mehr sprechen, geschweige denn denken. »Keine Ahnung!«

»Sie glauben, daß sie mit deiner Hilfe auch den Container kriegen, vielleicht sogar mehr – das heißt es. Sie müssen damit rechnen, daß sie eine gewisse Kontrolle über dich ausüben können – daß sie dich irgendwie dazu bringen können, das zu tun, was sie wollen; daß, wenn sie dich kriegen, sie dich haben – *so*!«

Sein Stab stieß auf eines der vorübertreibenden Blätter und nagelte es auf dem Schotter fest. Ich betrachtete es – lang und dünn, beinahe schon völlig vertrocknet, aber noch zu erkennen, ein Blatt von einem Riesenbambus.

Kapitel 4

Der Angestellte an der Rezeption kannte mich noch vom letzten Aufenthalt. Es gelang ihm, die elegante *Saweddee*-Geste nach Art der Inder zu vollführen und trotzdem meine Schlüssel sowie die für mich eingetroffenen Nachrichten auf die Theke zu legen, bevor ich ihn erreicht hatte. Ein magerer Page kam mit einem Handwagen herbeigetrottet und fing an, mein Gepäck aufzuladen, doch ich hielt ein langes, schmales Paket, das mit Aufklebern wie ZERBRECHLICH und ANTIK übersät war, zurück und nahm es selbst in die Hand. Ich hatte damit gerechnet, daß es beim Sicherheits-Check am Flughafen eine Menge Ärger mit dem Schwert geben würde, doch es ist immer wieder erstaunlich, was man so alles unbeanstandet mit sich führen kann, solange es in ordinäres Kaufhauspapier eingepackt ist.

Wie bei vielen jungen Thais täuschte die schwächliche Erscheinung des Pagen. Er wirbelte meine Koffer und Taschen wie Federgewichte herum, schenkte mir einen Drink ein, überreichte mir die Einladung für ein unglaublich obszönes Kabarett und fügte stolz hinzu, daß er am Abend sein erstes Engagement in einem Thai-Boxing-Club antrete, und zwar nicht als Kellner. Ob ich nicht vorbeischauen und auf ihn wetten wolle?

Mit einem ordentlichen Trinkgeld konnte ich mich von ihm befreien, und sobald sich die Tür hinter ihm geschlossen hatte, blätterte ich die Umschläge durch. Ein Willkommensgruß von unserem Agenten in Bangkok, ein Fax aus dem Büro, das besagte, es gäbe momentan nichts wirklich Faxenswertes, Daves Bestätigung, daß er mich vom Flugzeug aus angerufen habe und der Container sicher angekommen sei – sonst nichts. Ich lehnte mich zurück und genoß mein Bier, schluckte es in einem Zug hinunter und holte mir ein zweites aus der Zimmerbar. Soweit war alles in Ordnung, doch derjenige, um den ich mich am meisten sorgte, war nicht hier. Keine Nachricht von Ape.

Er hatte mir versichert, daß ich im Flugzeug außer Gefahr sei. »Momentan haben sie den Container aus den Augen verloren. Also halten sie sich an dich – *klopt*? Das letzte, was sie jetzt wollen, ist, dich umbringen.« Er kicherte in sich hinein. »Sicher? *Jongetje*, dein Arsch ist in Watte gepackt. Wenigstens solange, bis du in Bangkok bist.«

»Ach, wirklich?« Seit er aus diesem Zug hinter mir hergesprungen war, hatte ich mehr Vertrauen zu ihm; allerdings gab es noch immer eine Menge Dinge, die ihn betrafen und die ich nicht verstand – seine Motive beispielsweise, und das wahre Ausmaß und die Verläßlichkeit seiner Fähigkeiten. »Warum fliegst du dann nicht mit mir?«

Er zuckte die Achseln, setzte seine allerbeste beleidigte Miene auf und fiel ins Holländische zurück: »*Reis niet so graag met de vliegtuig, hoor – het is niks voor mij!* Ich suche mir lieber ein Schiff, das mich ein Stück Wegs mitnimmt, nach Ophir.«

Ich blinzelte. »Ophir?«

»Klar. Bei Tartessos und Askalon.«

»Ach so, wie dumm von mir, wo auch sonst? Vermutlich mit einer Ladung Elfenbein, Affen und Pfauen.«

Ape grunzte und bedachte mich mit einem sehr mitleidigen Blick. »Elfenbein ist tatsächlich dabei: Walroß, Mammut, *Eenhorn*. Da du nicht mitfährst, haben wir keine Pfauen an Bord.«

»*Touché*!« sagte ich dankbar – wie im Thurber-Cartoon. »Wie kommst du von dort wieder weg? In Ophir hängst du doch bestimmt fest.«

»*Nee*, das ist eine uralte Handelsroute in den Osten. Und wenn nicht, kann ich mich immer noch bis Bagdad durchschlagen und von dort aus weiter. Ich möchte mich schon vor meiner Ankunft in Bagdad nach einem Schiff umsehen.«

Trotz Generationen von Geschichtenerzählern und Filmemachern liegt Bagdad Hunderte von Meilen vom Meer entfernt und hat keinerlei Verbindung zu einem Seehafen – jedenfalls das Bagdad, das ich kenne; doch ich hielt meinen Mund. Das Bagdad, von dem Ape sprach, war ein langer Schatten, den sowohl die Geschichte als auch die Legende warf. Es basierte mindestens zu gleichen Teilen auf Überlieferung wie auf Realität – und konnte ebensogut die Quelle jener Überlieferung sein. Die Wahrheit war in der Spirale eine zweischneidige Angelegenheit.

»Aber das ist doch ein ziemlicher Umweg«, gab ich zu bedenken. »Wie lange soll ich denn in Bangkok sitzen und Däumchen drehen?«

»Hast du noch nie vom Hasen und dem Igel gehört? Es könnte gut sein, daß ich vor dir dort unten bin, *Knul*! Und mich bereits umgesehen habe. Du bleibst brav in deinem Hotel und wartest. Wenn du nichts von mir hörst, kommst du, wenn es an der Zeit ist, zu dieser Adresse. Und nur auf diesem Weg!« Er schleuderte mir ein abgegriffenes Stück Papier entgegen – das bedruckte Etikett einer Sardinenbüchse, die Ränder noch unbeschnitten, was bedeutete, daß es nie auf einer Büchse geklebt hatte. Es war mit den wunderschönen Buchstaben einer gestochen scharfen Handschrift übersät. »Ein Ort wie die Taverne, in einem Randbezirk der Spirale. Wenn ich dort nicht bin – dann kannst du anfangen, dir Sorgen zu machen! Vor allem hältst du dich von dem Container fern, *hoor*? Sehr fern!«

Demnach konnte ich also hier nichts anderes tun als herumsitzen und in die Landschaft starren – und darauf warten, daß Ape auftauchte, falls das jemals geschehen sollte. Ich schlenderte zum Panoramafenster meiner Chef-Suite hinüber – vierzigstes Stockwerk, fast so gut wie ein Penthouse – und ließ meinen Blick mißmutig über die Skyline aus Glas- und Betontürmen schweifen, die nur von den Spitzen des nahen Grand Palace unterbrochen wurde. Hinter dem Glas hing, sogar in dieser Höhe, ein feiner Nebel aus Staub und Abgasen in der tropischen Luft, und das Echo von Hitze und Lärm drang sogar bis in mein vollklimatisiertes Refugium durch. Noch ein paar Tage blieben mir bis zu meinem Treffen mit Ape, falls er nicht schon früher auftauchte. Was sollte ich solange tun? Ich war schon oft genug hier gewesen. Manchmal – nicht immer – hatte ich sogar Zeit gehabt, Tourist zu spielen. Es gab nichts Neues für mich zu entdecken. Um ein Haar hätte ich den Fernseher eingeschaltet, aber ganz so verzweifelt war ich denn doch nicht.

Ein diskretes Klopfen unterbrach meine finsteren Gedankenspiele. Zweifellos wieder dieser aufdringliche Page mit der Karte für eine Klitsche namens Thigh Bar – wie in Thighland. Aber er händigte mir einfach nur einen weiteren Umschlag aus. Ich riß ihn ungeduldig auf, doch er war nicht von Ape. Auf dem Papier prangte das Logo des Projekts Aquarius: Die Stiftung hatte von Dave erfahren, daß ich hier war, und ihr Repräsentant in Bangkok wollte mich in Kürze aufsuchen, um mir als persönlicher Verbindungsmann für die Organisation des Transports nach Bali zur Verfügung zu stehen. Wenn es denn so sein sollte – von mir aus.

Ich seufzte. Sehr aufmerksam von ihnen, doch einen persönlichen Verbindungsmann brauchte ich so nötig wie ein Loch im Kopf. Ich konnte mir schon lebhaft vorstellen, wie ich einem engagierten Helfer erklärte, auf welche Weise ich ihre wertvolle Computerausrüstung verschiffen wollte; von einer spanischen Galeone bis zu einem dieser riesigen melanesischen Auslegerkanus war so ziemlich alles möglich. Wahrscheinlich war es noch etwas viel, viel Schlimmeres. Allein der Gedanke daran rief den Jetlag in mir hervor. Ich schleppte mich ins Schlafzimmer und ließ mich mit ausgestreckten Armen und Beinen auf das riesige Bett fallen. Wenn es so war, schaute ich doch lieber Thai-TV.

Dann schlug der Hunger zu. Ich hätte mir etwas aufs Zimmer bestellen können, erinnerte mich jedoch daran, daß das Restaurant im Erdgeschoß ein besseres Angebot hatte. Gerade als ich, von einem erfreulichen *Satay* und *Kaeng Keow Wan Kai* plus einiger weiterer Gläser einheimischen Biers bis zum Rand abgefüllt, zum Lift schlenderte, erwischte mich der Empfangschef. Mit einem diskreten Hüsteln informierte er mich darüber, daß einige Herren aus Bali um ein Interview gebeten hätten; so drückte er es jedenfalls aus. Sie warteten bereits in der East Lounge. Die örtlichen Repräsentanten waren also schon angerückt. Innerlich aufstöhnend gab ich zu, daß ich sie bereits erwartet hätte. Ich wunderte mich noch, weshalb der Empfangschef daraufhin ein so erstauntes Gesicht machte. Fast hätte ich eine Runde Drinks bestellt, da fiel mir ein, daß sie ebensogut Muslime sein könnten. Ich zog mir ein Minzbonbon aus dem Korb auf der Theke, um meine Bierfahne zu kaschieren, rückte den Schlips zurecht und marschierte so nonchalant in die Lounge, als wäre mir momentan nichts angenehmer, als mit neugierigen Klientenvertretern ein kleines Schwätzchen zu halten.

Was ich dann erblickte, verschlug mir einigermaßen die Sprache. Die Männer in indisch anmutenden Kostümen, die sich bei meinem Eintritt aus den Sesseln erhoben, sahen nicht gerade wie Vertreter eines internationalen Großprojektes aus. Hinsichtlich ihrer Kleidung, ihrer Gesichter, überhaupt ihrer ganzen Erscheinung, schienen sie in dieser Hochburg westlicher Wertvorstellungen ausgesprochen fehl am Platze. Mir kam es vor, als hätte ein Stück des wahren Ostens eine knorrige Baumwurzel aus dem Holz vom Untergang bedrohter Wälder mitten durch das gewienerte Mahagoniparkett gestoßen. Der Ausdruck knorrig traf die Herren recht gut, denn keiner von ihnen war auch nur annähernd jung. Es handelte sich vielmehr um ernste, verantwortungsbewußt aussehende Männer in weißen oder dunkelblauen Baumwolljackets und – nein, nicht Hosen, sondern elegant gefalteten *Sarongs* aus Baumwolle oder Seide. Unter ihren hübschen weißen Kappen lugte kaum noch ein dunkles Haar heraus. Die weißen oder eisgrauen Haare waren streng nach hinten gekämmt, was die kantigen Gesichtszüge und Kopfformen noch betonte, und auf dem Schädel oder im Nacken in kleinen Knoten zusammengebunden. Einige trugen gepflegte Backenbärte oder kurze Kinnbärte, und einer der ältesten von ihnen führte einen langen, weißen Schnurrbart spazieren, der sich wie störrische Federn vor seinem faltigen Gesicht sträubte. Ihre Haut war brauner als die der Thais, ihre Gesichter runder. Es handelte sich eindeutig um Balinesen.

Sie verbeugten sich gleichzeitig wie auf Kommando, eine sehr tiefe Verbeugung, bei der die rechten Arme ausgestreckt waren, um die kurzen Stöcke, die sie ausnahmslos mit sich führten, vom Körper weg zu halten, und so anmutig ausgeführt, daß ich sie einfach erwidern mußte. Das wiederum versetzte den älteren Herrn in die Lage, das Gespräch zu eröffnen.

»*Selamat malam!* Guten Abend! Sie sind *Tuan* …« Er zögerte. »*Fie-sha*? Richtig. Ich bin *I Pemangku* Wayan Sadja. Ich bin sehr erfreut, *Tuan*, daß Sie geneigt sind, uns zu empfangen.«

Da er alles so eigenartig wie meinen Namen aussprach, dauerte es einen Moment, bis ich registrierte, daß sein Englisch eigentlich sehr gut war. Jetzt konnte ich mir keinen Rückzieher mehr leisten; ich murmelte die üblichen Nichtigkeiten und bestellte eine Runde Erfrischungsgetränke. Die meisten wählten Coca Cola, einige Singha Bier und Mekong Whisky, eine furchtbare Lauge, die auf der Basis von Zuckerrohr hergestellt wurde. Nur einer von ihnen, hochgewachsen und graumähnig, der entspannt und in sich ruhend mitten auf einem Sofa saß, während die anderen sich dekorativ auf die Sessel verteilt hatten, bestellte ein Guinness. Als er sich zum Dank verneigte, beantwortete er meinen Blick mit einem ironischen Lächeln – was nach indonesischen Gepflogenheiten in etwa das gleiche war, wie mir in die Augen zu spucken. Dann lehnte er sich wie ein träger Löwe in seinem Sofa zurück. Sein stahlgraues Haar umrahmte harte Gesichtszüge mit hohen Wangenknochen, einen getrimmten Schnurrbart und ein Ziegenbärtchen, und seine tiefliegenden, gelblichen Augen wurden von buschigen Brauen überschattet. Ich hielt ihn sofort für einen Brahmanen, vermutlich war er auch ein Aristokrat, der Verwandte irgendeines *Rajas* oder der Sohn eines Sultans, der damit angeben mußte, wie gut er sich mit westlichen Sitten auskannte. Ganz sicher war er der Anführer dieser Abordnung hier.

Wir nippten an unseren Getränken und betrachteten uns gegenseitig in höflichem Schweigen. Schließlich ergriff ich die Initiative: »Nun, äh, meine Herren – Sie haben keinen Anlaß, mir zu danken, denn bislang weiß ich weder, wer Sie sind, noch, was Sie zu mir führt.«

»Liegt das nicht auf der Hand, *Tuan*?« entgegnete der weißhaarige Sprecher. »Wir sind Priester von unserer Insel. Wir kommen nach Bangkok als Delegation einer Zusammenkunft aller Priester. Aller Priester – nicht nur der *Pedandas*, der Brahmanen, sondern auch der *Pemangku*, wie ich einer bin und die in Tempeln dienen, und *Sungguhu*, die die Priester einer niedrigeren Welt sind. Viele von ihnen sind sogar *Balians Usada* und *Dalangs*, die aus dem einfachen Volk stammen. Vor allem jedoch viele *Klian Subaks*, die Priester des Wassers.«

Ich nickte höflich, obwohl mir die Sache nicht so recht gefiel. »Ich habe von ihnen gehört. Was kann ich für Sie tun?«

Der alte Mann stemmte sich aus seinem Sessel hoch. »Wir wurden unseres Alters und unseres Ranges wegen ausgesucht, aber auch, weil wir mit den Arbeitern an diesem Bewässerungsprojekt in *Englisch* sprechen können, damit sie uns verstehen. Wir bitten Sie, sich das anzuhören, das zu sagen wir den ganzen Weg bis hierher zurückgelegt haben.«

Ich spreizte höflich die Hände. »Vielen Dank. Natürlich höre ich zu, wenn Sie mir etwas zu sagen haben. Aber vielleicht hätten Sie sich die Reise sparen können, wenn Sie sich vorher mit mir in Verbindung gesetzt hätten. Ich werde selbst schon bald nach Bali kommen.«

Der alte Mann verbeugte sich erneut. »Ich danke Ihnen! Das ist uns bekannt. Jetzt sollten Sie uns anhören. Es ist wichtig, sehr, sehr wichtig. Nie zuvor hat es eine solche Priesterversammlung gegeben. So viele sind zusammengekommen, um das zu schützen, was uns so kostbar ist. Dieses Wasserprojekt muß – auf jeden Fall – und wir sind hier, um Sie darum zu bitten, nein, Sie anzuflehen, *Tuan* – wir wollen, daß es auf jeden Fall eingestellt wird!«

Er betonte die Worte nicht besonders, er sang sie beinahe in seinem sanften, perligen Akzent. Dennoch fielen sie wie Messer zwischen uns zu Boden und blieben zitternd stecken.

Ich setzte mich aufrecht hin und widerstand der Versuchung, nach den Gründen zu fragen. Bei dieser Sache mußte man sehr diplomatisch vorgehen. »Dann verstehe ich nicht, meine Herren, weshalb Sie sich überhaupt die Mühe gemacht haben, mich aufzusuchen. Ich bin kein Mitarbeiter des Projekts, meine Firma ist nur einer der Vertragspartner. Ihre Regierung, die Stiftung, das Personal des Projekts selbst –«

Der Alte machte eine Geste mit seinem Stock. »Wir haben uns schon viele, viele Male an die Regierung in Java gewandt. Sie tun so, als würden sie uns zuhören, aber es stimmt nicht. Dann das Projekt, die Stiftung: sie hören zu, kümmern sich aber nicht um unsere Wünsche. Doch wir haben gehört, daß sie die Maschinen, die sie brauchen, nicht bekommen, und uns gefreut. Dann kommen Sie und wollen die Maschinen doch liefern. Ohne Sie sind sie hilflos. Also liegt es an Ihnen.«

»Das sehe ich ganz anders«, sagte ich forsch. Der Einwand war so scharf formuliert, daß er gerade noch als höflich durchging. »Meine Firma könnte sich zurückziehen, sicher, mit einem gewissen finanziellen Verlust durch Konventionalstrafen – doch das wäre nicht so furchtbar tragisch. Der größere Verlust würde mich selbst betreffen, mein Ansehen, das meiner Firma. Und ich weiß, wie wichtig Ansehen, Ehre, Gesicht, egal wie wir es nennen wollen, in Ihrer Kultur sind. Sie werden das verstehen. Um eine derartige Strafe auf mich zu nehmen, brauche ich einen sehr guten Grund. Bis jetzt haben Sie mir noch keinen einzigen geliefert. Nicht einmal eine Begründung, weshalb Sie dem Projekt überhaupt so ablehnend gegenüberstehen. Wir haben uns doch nur dafür engagiert, weil wir es für eine so hervorragende Sache hielten.«

Sie schauten sich stumm an, tauschten einige brummelnde Bemerkungen aus, die zu leise und zu schnell gesprochen waren, als daß ich etwas hätte verstehen können. Jedenfalls hatten sie mich verstanden. Das Gesicht des Alten verzog sich unglücklich. Gerade, als er etwas sagen wollte, beugte sich der große Mann abrupt nach vorne und stieß seinen Knotenstock auf den Fußboden. Wie bei einem oder zwei der anderen Stöcke saß auf seinem Knauf eine kleine Kugel aus durchsichtigem Glas; diese hier wurde jedoch von einer reich verzierten Goldfassung gehalten: vier spitze Klammern, die wie eine stilisierte Klaue aussahen. Auch seine eigene Hand wirkte wie eine Klaue. Die erstaunlich langen Fingernägel zeichneten den noblen Herrn aus, der nicht arbeiten mußte. Mir wurde klar, daß er ein *Pedanda* sein mußte, einer der Hohepriester der eigenwilligen balinesischen Hinduismus-Variante, und so wie er aussah, ein sehr reicher obendrein. Wayan und die anderen verstummten sofort.

Der alte Mann erhob sich und verbeugte sich vor mir, aber so steif, als wollte er damit ausdrücken, daß ich seine Verbeugung eigentlich nicht verdiente. Vielleicht wollte er mich auch nur ein wenig einschüchtern. Er war so groß wie ich, also sehr groß für einen Balinesen, und sein Gesicht war länger und schmaler als das der meisten seiner Landsleute, als würde das Blut der uralten indischen Herren von Bali in seinen Adern reiner fließen als bei den meisten Adligen. Sein Gesicht war hart geschnitten, lang und mit einem energischen Unterkiefer versehen, die Nase erinnerte an eine schmale, gebogene Messerklinge; an seinen großen Ohren, halb versteckt im zusammengebundenen Haar, baumelten kleine Schmuckstücke aus Gold, doch sie schienen eher religiöse als dekorative Zwecke zu erfüllen. Ein hartes, regungsloses, faltenloses Gesicht, von Zweifeln oder anderen starken Gefühlen völlig unbelastet, wie bei einem wilden Tier – das Gesicht eines Fanatikers. »Ich bin *Ida Pagus Mpu* Bharadah«, sagte er. Trotz seines starken Akzents war sein Englisch noch besser als das Wayans, kalt, knapp und präzise. »Wollen Sie damit sagen, daß Sie die wahren Hintergründe dieser guten Sache, die Sie zu unterstützen behaupten, nicht kennen? Daß es sich mehr oder weniger um die Vernichtung unserer Insel handelt?«

Seine Stimme war betont ruhig. Wer in diesem Teil der Erde seine Wut offen zeigt, verliert sein Gesicht. Aber die offene Beleidigung war fast genauso ungewöhnlich, selbst von einem *Raja* gegenüber einem Straßenkehrer. Jetzt mußte ich mich zwingen, gelassen zu bleiben. »So wie ich die Dinge sehe, Sir, wird Ihre Insel vernichtet, wenn das Projekt fehlschlagen sollte. Meiner Meinung nach ist sein einziges Ziel, die kostbaren Wasser-Ressourcen aufzufangen und gerecht zu verteilen.«

»Auffangen! Gerecht verteilen!« schnaubte er verächtlich. »Sie sagten doch, Sie hätten von unserem althergebrachten *Subak*-System gehört! Seine Tempel haben unsere Insel jahrhundertelang in göttlichem Gleichgewicht gehalten; und jetzt soll es in ein oder zwei Jahren beiseite gefegt werden – von Maschinen, die Sie über das Meer bringen! Doch nicht nur die *Subak*-Tempel werden verschwinden, sondern alles andere mit ihnen! Die gesamte heilige Ordnung und das Gleichgewicht unseres Insellebens, all unsere Bindungen zu den Göttern und unseren heiligen Vorfahren – alles wird achtlos weggeworfen! Ersetzt durch Kontrolle von außen, durch die korrupten Handlanger einer fremden Regierung, die seit jeher versucht, Bali nach dem Muster des abtrünnigen Java umzuformen!«

Zustimmendes Gemurmel ringsum. Wir befanden uns eindeutig auf vermintem Territorium. Wie schon Mr. Adhan von der Güterbahn gesagt hatte, war der größte Teil von Indonesien – auch der kleine Teil, den ich kannte – und damit seine Zentralregierung absolut islamisch geprägt. Bislang hatte sie die balinesischen Religionen auf vernünftige Weise toleriert, doch man munkelte, daß fundamentalistische Gruppen alles grundlegend ändern wollten. Offensichtlich war die Intoleranz nicht allein auf einer Seite zu finden. Ich wählte meine Worte sehr vorsichtig: »Wenn das so ist, tut es mir sehr leid, doch es steht nicht in meiner Macht, mich in diese Angelegenheiten einzumischen. Das müssen Sie selbst mit der Regierung ausmachen. Aber ob Sie es wollen oder nicht – die Welt verändert sich nun einmal ständig. Wenn Bali überhaupt überleben soll, muß es zu einigen Kompromissen bereit sein, ein wenig Platz für Neues, für den Fortschritt schaffen –«

»Muß es das?« Sonst antwortete keiner. Der Raum war groß und leer, doch die Persönlichkeit dieses Bharadah schien ihn von einer Wand zur anderen auszufüllen. »Alles Neue ist böse. Die Hand der Regierung greift von *Kelod* aus nach uns, vom Meer, dem Nährboden alles Bösen. Ihre verfluchten Schulen lehren Bahasa-Indonesisch, damit unsere Kinder nicht mehr die hohen und niederen Sprachen lernen, die Kasten und ihre korrekten Anredeformen nicht mehr kennen. Im besten Falle sprechen sie eine bastardisierte Mittelsprache, die keinem gefällt und alle beleidigt. Man bringt ihnen bei, ihre Körper schamhaft zu verhüllen, wo sie doch einst unserem Klima entsprechend in lockerer Kleidung oder nackt umhergehen durften. Man bringt ihnen bei, ihre Vorfahren zu vergessen und nur noch in der Gegenwart zu leben, die Weisheit der Vergangenheit zu verabscheuen und der unsicheren Wissenschaft von heute zu huldigen. Sie wissen nicht mehr, wo ihr Platz ist. Die Heiligkeit des *Desa,* des Gemeinschaftslebens, ist zerrissen.« Er warf seinen Kopf voller Abscheu nach hinten, eine eigenartig vertraute Geste. Erinnerte mich das an … an Ape?

»Ihnen als Kind einer gesichtslosen, unmenschlichen Großstadt mag das nicht viel bedeuten. Hätten Sie unser Land jedoch gesehen, noch bevor Sie über richtig und falsch entschieden haben, dann wäre Ihnen eine angemessenere Weisheit zuteil geworden. Unsere Tempel sind wie unser ganzes Land in Miniaturausgabe, vom *Candi Bentar,* dem geborstenen Tor, also dem Meer, zum Schrein von Gunung Agung im äußersten Nordosten, unserem heiligen Großen Berg. Ebenso ist jedes Dorf und jeder Haushalt ein Makrokosmos der menschlichen Körper, die darin wohnen. Das ist richtig, das ist gerecht, und es hat so schon seit undenklichen Zeiten unverändert funktioniert.« Er lächelte kalt und ging zum Fenster hinüber, hinter dem Bangkok unter dem riesenhaften orangefarbenen Schirm der untergehenden Sonne dampfte und schwärte. Er hob seinen Stock in einer Geste der Ablehnung. Das Licht fing sich in der Glaskugel und wurde blitzend in meine Augen geworfen. »Das dort draußen, das ist das Neue, das ist der *Fortschritt*. Verlangen Sie wirklich von uns, daß wir unsere alten Lebensweisen aufgeben und *dafür* Platz machen sollen?«

»Natürlich nicht!« protestierte ich und versuchte, die feurigen Lichtblitze wegzublinzeln. »Aber – eine wachsende Bevölkerung, Touristen, Massenkommunikation, das Klima… Es geht nicht um dieses oder irgendein anderes Projekt. Die Welt verändert sich, ob es Ihnen gefällt oder nicht. Sie brauchen die andere Seite, die bessere Seite des Fortschritts, die Ihnen bei der Anpassung hilft – eine moderne Medizin, ein modernes Erziehungswesen, moderne Bewässerungsmethoden –«

»Wir brauchen diese Dinge nicht!«

»Dann werden Sie unter Mißernten leiden, unter Hungersnot, Krankheiten, und so weiter! Ihre Leute werden sterben!«

»Für den Menschen gibt es Schlimmeres als einfach nur zu sterben!« fuhr er mich an, doch dann besann er sich wieder auf seine Würde. Er senkte den Stock und malte damit einen undeutlichen Umriß auf das Parkett. »Einst mieden wir das Meer, es war die Dunkelheit, in die von den Höhen unseres Landes herab alles Schlechte gespült wurde. Wir wandten unsere Augen von ihm ab und zur höchsten Reinheit hin, dem Sitz unserer Götter. Und nun, nun haben Touristen unsere Kinder dazu gebracht, daß sie sich ihrer eigenen Sitten schämen, daß sie die Fremden nachäffen und ihre Zeit und ihre Kraft damit vergeuden, auf den unsauberen Wellen zu reiten.«

»Ach so, Surfer?« lächelte ich. »Ja, ich habe davon gehört. Sie haben diese Mode von den Aussies übernommen, glaube ich. Zugegeben, ein ziemlich lautes und hirnloses Hobby, aber so schlimm ist es auch wieder nicht.«

»Wirklich nicht? Wenn sie betteln und stehlen und ihre Körper verkaufen, nur um die abgelegten Anzüge und gebrauchten Bretter der Touristen aus Australien oder Amerika kaufen zu können, und Radios, die in den Augen der Japaner billiger Schrott sind? Wenn sie die alten Tänze und die zeitlosen Riten in kastrierter, mundgerechter Form vor den Touristen tanzen wie dressierte Affen? Ist dieses Leben als Hure für die Welt dort draußen ein Leben, auf das sie stolz sein sollen?« Er lehnte sich auf seinen Stock, und sein Gesicht war ausdruckslos und hart.

»Weiß *Tuan* Fisher auch, was das Wort *Puputan* bedeutet? Ich werde es Ihnen sagen. Vor nicht einmal zweihundert Jahren, zu Beginn des neunzehnten Jahrhunderts, als die Armee der *Orang Blanda*, der Holländer, unser größtes Königreich Badung überrannte, ging ihnen der *Raja*, gemeinsam mit seinen Erben, Frauen, Höflingen, Dienern und all ihren Familien und Hausangestellten entgegen. Im Angesicht der Eindringlinge erstachen sie sich gegenseitig gemäß dem Ritual mit ihren heiligen *Kris*-Dolchen: der Sklave den Herrn, der Vater den Sohn, der Mann seine Ehefrauen. Ebenso taten es die *Rajas* von Tabanan und Klungdung, nicht lange danach. Allein in Badung töteten mehr als dreitausendfünfhundert Menschen einander innerhalb einer oder zwei Stunden. Das, genau das ist *Puputan* – das ehrenvolle Ende.«

Er machte eine kleine Pause, um seine Worte wirken zu lassen. »*Tuan* Fisher, es gibt viele Menschen, ganze Dörfer und Gemeinden, die ein solches Schicksal der Tatsache vorziehen würden, daß ihre alte Kultur, ihr lebendiges Erbe aus den Händen der uralten Götter Balis gerissen und in die gierigen, gefühllosen Hände einiger dahergelaufener Regierungsbeamter gelegt wird. Es könnte sich auch heute wiederholen.« Noch einmal blitzten die Reflexionen des Glasknaufs in meine Augen. »Möchten Sie die Verantwortung für etwas derart Schreckliches übernehmen?«

Mich hat noch nie jemand beschuldigt, zuviel Phantasie zu besitzen; aber wer viel reist, sieht eine Menge Dinge – abgerissene Gliedmaßen nach einem Bombenattentat der IRA, von Maschinengewehrsalven zerfetzte Körper am Strand nach einem Putsch in Afrika. Und ich erinnerte mich jetzt nur zu deutlich an den Wolf mit dem abgetrennten Arm, der mir schreiend vor die Füße fiel, an das dunkle Blut, das über ein breites, geschwärztes Schiffsdeck spritzte; wie es dampfte und auf meinen eigenen nackten Armen brannte, als wir uns den Weg freihackten; und das Hauen und Schreien auf dem Containerdeckel während jener wahnsinnigen Mitternachtsfahrt. Der Horror in meinem Inneren blühte förmlich auf, ein monströser Leichenberg, ausgestreckte, zuckende, stinkende Körper, sämtliche Schrecken, die ich je mitansehen mußte, um ein Hundertfaches oder mehr verstärkt. Darüber rollten die Lastwagen mit dem Aquarius-Emblem und zerquetschten alles wie bei einem Triumphzug unter ihren Rädern. Und immer saß ich am Steuer …

Ich schlug auf die Armlehne des Sessels. Die anderen Priester machten vor Schreck einen Satz zur Seite, als hätte sie die gleiche Vision wie mich gefangengehalten. Dieser Bharadah war ein mächtiger Sprecher, doch er setzte die einfachsten Mittel emotionaler Erpressung ein. Ich verabscheute diese Methoden, egal, wo ich sie antraf, ich verabscheute sie bodenlos, ob in der Werbung, in Predigten oder geschäftlichen Verhandlungen. Es war eine Art von Invasion, von Manipulation und Vergewaltigung der eigenen Gefühle, beinahe eine Inbesitznahme. Ich schmeckte die Abscheu auf meiner Zunge und hielt dem *Pedanda* mit eisigem Blick stand. Auch sein Blick wich nicht aus, und nur in diesen erbarmungslosen Augen glomm ein winziger Hinweis auf das Feuer, das dahinter loderte.

Es fiel mir nicht leicht, und obwohl man beinahe die Luft zwischen uns klirren hörte, parierte ich Gelassenheit mit Gelassenheit. »Verantwortung? Was soll das heißen? Ich weiß, worin meine Verantwortung liegt – darin, die Klienten meiner Firma zu unterstützen. Es sei denn, Sie könnten beweisen, daß sie etwas Schlechtes tun. Sie haben es noch nicht einmal richtig versucht. Statt dessen treiben Sie die guten alten Zeiten und die guten alten Sitten in einem Aufwasch zum Ausverkauf, ohne einen einzigen Gedanken daran zu verschwenden, ob sie heute noch taugen, Ihr Volk am Leben zu erhalten, oder nicht. Sie lassen kein einziges Zeichen von Verständnis oder Kompromißbereitschaft erkennen. Sie beleidigen die Integrität vieler Menschen, die nur helfen wollen, ohne auch nur den Fetzen eines Beweises anzuführen. Und Sie lassen sich zu plumpen Drohungen hin –«

Ich hatte mich tatsächlich in einen Wutanfall geredet. »Tja, mein Freund, wenn Sie glauben, sie könnten Ihr Volk zu einer hirnrissigen, großen Geste aufstacheln, dann liegt die Verantwortung allein bei Ihnen – und bei den Leuten, die verrückt genug sind, auf Sie zu hören. Deshalb rate ich Ihnen dringend, daß Sie sich zunächst einmal ganz ruhig hinsetzen und darüber nachdenken, ob Sie sich wirklich um Ihr Volk sorgen oder vielmehr um Ihren eigenen Machtverlust! Falls Ihnen dieser Begriff etwas sagt.«

Ich erhob mich und kämpfte gegen diesen gelblichen Blick wie gegen eine physische Bedrohung an. Ich sah mich nach den anderen Priestern um, doch es war genau so, wie ich es erwartet hatte: sie hatten sich zuerst um den alten Mann geschart, doch selbst der starrte jetzt Bharadah unsicher an.

»Nicht daß ich Ihre Ansichten nicht verstehen würde«, sagte ich mehr zu ihnen als zu ihm. »Ich stimme Ihnen in gewisser Weise sogar zu. Mir gefällt auch nicht alles, was in der modernen Welt vor sich geht. Andererseits bin ich auch kein großer Anhänger von Hungersnot und Tod. Ich wäre der letzte, der andere Leute im Namen irgendwelcher Dogmen dazu überreden würde, wie wertvoll sie auch sein mögen. Soviel zu mir persönlich. Was die Firma angeht, so kann ich nur eine Antwort geben: Dem Projekt wurde offiziell zugestimmt. Damit ist das Ganze eine Angelegenheit zwischen den Bewohnern der Insel und der Regierung, in die wir uns gefälligst nicht einzumischen haben. Trotzdem ermächtigen uns die Statuten des Vertrags, jederzeit davon zurückzutreten, falls wir Beweise für Korruption oder andere böse Absichten haben; bringen Sie uns diese Beweise – legale Beweise natürlich! – und wir werden es ernsthaft in Betracht ziehen. Das können Sie auch schriftlich haben, wenn Sie uns die Adresse einer Organisation der Kampagne geben. Vielen Dank, daß Sie uns Ihre Ansichten mitgeteilt haben.«

Mpu Bharadah warf wieder ärgerlich den Kopf zurück. Die Haut über den Wangenknochen schien sich vor Wut zu spannen, die Lippen zogen sich in einem breiten Knurren zurück. Die Hand umfaßte den Stock so fest, daß er zitterte, als wollte er mir jeden Moment damit den Schädel einschlagen, und seine langen Fingernägel sahen jetzt erst recht wie Klauen aus. Der Groll in seiner Stimme war jetzt nicht mehr zu überhören: »Sie betreiben Haarspalterei, um Ihren Bedürfnissen gerecht zu werden. Sie mischen sich sehr wohl in diese Angelegenheit ein! Sie ergreifen Partei gegen die Priesterversammlung und gegen das unkorrumpierte Volk von Bali! Bereiten Sie sich darauf vor, die Konsequenzen dafür zu tragen!«

»Mpu Bharadah, meine Firma ist schon oft bedroht worden; und wie immer wird sie alles daran setzen, ihren Verpflichtungen nachzukommen. Aber wenn ich noch einmal in eigener Sache sprechen darf: Ich lasse mir nicht drohen – nicht – ein – winziges – verdammtes – Stück!« Ich spürte, wie sich mein Lächeln fast zu einem Zähnefletschen verzerrte, als ich ihn erneut anblickte. »Ebensowenig, wie Sie es tun würden, da bin ich sicher. *Bukan adat kami*! Das ist alles. *Maaf, saya harus pergi sekarang*!«

Sie hatten nicht damit gerechnet, daß ich Bahasa-Indonesisch sprach. Das brachte ihnen jetzt einen gewissen Gesichtsverlust ein, und nachdem ich angekündigt hatte, daß ich gehen wollte, konnten sie mich nun nicht mehr aufhalten, ohne noch mehr an Gesicht zu verlieren. Die alten Männer erhoben sich automatisch und verneigten sich höflich, und ich mußte die Verneigung erwidern. Bharadah blieb stocksteif stehen und kochte vor Wut. Da er offensichtlich so an die westlichen Gepflogenheiten gewöhnt war, konnte ich mir nicht verkneifen, ihm zum Abschied ein »*Selamat siang*!« zuzurufen, was soviel heißt wie: »Schönen Tag noch!«

Ich rannte fast zum nächsten Fahrstuhl, der sich als Außenmodell mit gläsernen Wänden herausstellte, langsam und mit guter Aussicht, einer der Lifts, die ich in diesem Hotel noch nie benutzt hatte. Nicht daß ich an Höhenangst litt, ich fand ganz einfach das Panorama von Bangkok nicht sonderlich berauschend. Doch was ich jetzt zu sehen bekam, überraschte mich. Zunächst wurde die Aussicht von der neonverkrusteten Beton-Skyline und die Straßen überspannenden Reklametafeln à la Tokio beherrscht, die ich so verabscheute. Dann jedoch fielen einem die älteren Gebäude ins Auge, die Tempel mit ihren weißen Türmen und den vergoldeten Dächern, die Hallen und Pavillons des Großen Palastes mit seinen sorgfältig gepflegten Gartenanlagen, die luftige Eleganz der viktorianischen Gebäude aus dem neunzehnten Jahrhundert, das ›Haus der Geister‹ am Fuße eines jeden gläsernen Bürogebäudes. Sie stießen durch den Beton wie jene Wurzeln, zuerst nur hier und dort, bis einem auffiel, wie viele es davon gab, und wie oberflächlich diese glitzernde Welt des Modernen eigentlich war. Wurzeln oder Schößlinge? Würden diese Überreste weiterleben und wachsen, bis sie die moderne Kruste zerbrechen und wieder aufblühen konnten?

Es schien dort draußen unerträglich heiß und anstrengend zu sein, der Staub des Bodens eines schon lange verschwundenen Waldes setzte sich in einer feinen, ungesunden Wolke ab, die über der Stadt hing. Hier drinnen umgab mich die Klimaanlage natürlich mit einem Kokon aus kühler, sauberer Luft; leider konnte sie nicht das gleiche für meinen Geist tun. Gedankenverloren stand ich einfach da.

Ein neues herrliches Durcheinander – die örtlichen Ayatollahs mischten sich ein. War in dem, was diese ehrfurchtgebietenden alten Männer behauptet hatten, nicht doch ein Funken Wahrheit? Ich war erst einmal in Indonesien gewesen, noch bevor die jetzige Regierung an die Macht gekommen war. Wenn es nicht direkt den Handel betraf, kannte ich mich mit der Innenpolitik nicht besonders aus, hatte jedoch gehört, daß es zwischen den örtlichen Verwaltungen und der Zentralregierung große Spannungen gab. Was bei einem der bevölkerungsreichsten Staaten der Erde mit rasanter Wachstumsrate nicht sonderlich verwunderte. Wirtschaftliche Faktoren, unterschiedliche Religionen … Und natürlich Terroristen. Trotz meiner mutigen Worte hatte ich mir schon so manches Mal den Kopf über sie zerbrochen. Gab es da möglicherweise eine Verbindung? Vielleicht nicht mit all diesen Priestern, nicht mit dem alten Knaben, nahm ich an. Mit einem gräßlichen alten Unruhestifter vom Schlage eines Mpu Bharadah könnte das sehr gut möglich sein. Eine Tatsache ließ sich jedoch nicht beschönigen: Ohne das neue Bewässerungssystem müßte sich Bali auf eine schreckliche Dekade, vielleicht sogar noch länger, gefaßt machen. Vielleicht würde es sich nie wieder erholen. Wie auch immer, ich mußte mit dem Repräsentanten des Projekts darüber reden, sobald er auftauchte.

In meiner Suite angelangt, schloß ich mit einem Gefühl der Erleichterung die Tür zur Außenwelt hinter mir ab. Ich war viel zu nervös zum Schlafen, also plünderte ich die Minibar und suchte nach etwas einigermaßen Genießbarem in den Satellitenprogrammen. Nachdem ich ungefähr eine Stunde lustlos durch die Kanäle gezappt hatte, blieb ich bei einem uralten Hollywoodschinken von ungefähr 1933 hängen. Der Held mit dem kantigen Kinn hangelte sich gerade maulfaul durch eine Liebesszene an Deck eines alten Frachters, als das Telefon klingelte. Ich stürzte mich förmlich darauf, doch es war nicht Ape. Es war schon wieder der Empfangschef, der mir verkündete, der Repräsentant des Projekts warte auf mich. Ich stöhnte innerlich auf, doch ich mußte mich wohl oder übel mit ihm treffen – und zwar hier oben, falls die Sunshine Boys sich immer noch unten aufhielten. Ich bat den Mann an der Rezeption, ihn heraufzuschicken, und wunderte mich, daß er dieses Mal amüsiert klang. Vielleicht verlangten es die guten Manieren, daß ich hinunterfuhr und ihn abholte. Mir war das herzlich egal. Ich brauchte ein wenig Zeit, um mir das Jacket und den Schlips überzustreifen sowie die im Zimmer verstreuten Socken und Bierflaschen eiligst ins Schlafzimmer zu schieben. Gerade als ich damit fertig war, klopfte es auch schon. Ich hatte mich wieder einigermaßen erholt und fühlte mich recht gut. Bis ich die Tür öffnete.

Zu einem anderen Zeitpunkt – beinahe zu jedem anderen Zeitpunkt – wäre ich unglaublich cool geblieben. Vielleicht unerträglich cool. Doch heute abend hatte man mich schon mit zu vielen Überraschungen konfrontiert, als daß ich noch eine weitere mit Nonchalance gemeistert hätte. Ich glaube nicht, daß ich wie ein Idiot aus der Wäsche guckte, sondern wahrscheinlich einfach nur ausdruckslos. Auf Jacquies Gesicht war mit Sicherheit überhaupt nichts abzulesen. Die schrägen Augenlider, das einzig eindeutig Uneuropäische an ihr, zuckten nicht einmal.

»Guten Abend, Stephen«, sagte sie ruhig. »Darf ich hereinkommen?«

»Selbstverständlich«, sagte ich und fühlte – was fühlte ich? –, wie sich sechzehn Jahre Schicht um Schicht von mir abpellten; Zwiebelringe angesammelter Erfahrung, wasserdicht konstruierte Verteidigungsreden, aufgerollter Stacheldraht, gutsortierte Minenfelder und tief ausgehobene Gräben, die ein Dutzend oder mehr beendete Affären hinterlassen hatten. Ganz abgesehen von den verstreuten Reißzwecken von weiß Gott wie vielen flüchtigen Geschichten. Was blieb noch übrig, wenn sie alle von mir abgefallen waren?

Verdutzt murmelte ich einige Nettigkeiten, betrachtete sie, wie sie an mir vorbeischritt: der gleiche wiegende Gang, die gleiche schlanke Figur wie damals – nein, vielleicht ein bißchen voller, oder kräftiger. Sie sah attraktiv aus, wach, in ihrem kleinen Schwarzen, Versace vielleicht oder eine gute Kopie vom Chatuchak-Markt, und dem weiten Ausschnitt ihrer cremefarbenen Seidenbluse. Nicht mehr die losen, fließenden Sachen, die sie früher immer getragen hatte. Sie ließ sich elegant auf einem der Sessel nieder, lehnte sich zurück und kreuzte die in seidigen Schimmer gehüllten Beine, schüttelte das zum Pagenkopf geschnittene Haar nach hinten, die gleiche aschblonde Mähne wie früher, doch jetzt deutlich domestiziert. Sie lächelte mich erwartungsvoll an, und fast wäre ich in die Routine verfallen, ihr höflich einen Drink anzubieten. Dann wurde der Druck zu groß, meine Zunge löste sich aus ihren Fesseln und geriet einfach außer Kontrolle.

»Herrje, Mädchen! Das ist doch nicht zu fassen!«

Sie hob eine ihrer pedantisch gezupften Augenbrauen. »Wie bitte?«

»Das hier! Du erwartest doch nicht von mir, daß ich glaube ... ich ... meine Güte, ich kann das einfach nicht glauben! Daß du einfach so auftauchst! Das kann doch kein Zufall sein!«

»Natürlich nicht!« antwortete sie schroff und blickte mich dabei finster an, wobei sie plötzlich sehr chinesisch klang. »Ich sah deinen Namen in der Broschüre, fand heraus, daß es sich tatsächlich um dich handelte, und fragte, ob nicht ich deine Kontaktperson sein könnte. Ich mußte sowieso einige Geldgeber in Bangkok aufsuchen. Das ist alles.«

Ich war noch verblüffter als zuvor. »Du hast gefragt? Jacquie, ehrlich gesagt ...« Ich wußte nicht, wie ich es besser ausdrücken sollte. »Ehrlich gesagt, es erstaunt mich, daß du das freiwillig getan hast.«

Sie zuckte die Achseln und verschränkte die langen Finger mit ihrer Doppelreihe anmutig geformter, pfirsichfarbener Nägel. »Warum nicht?« Förmlicher und geschäftlicher ging es wirklich kaum noch. Als würde sie einen unbedeutenden Vertragspartner abfertigen. Glatt, elegant, wunderschön, wie damals als Studentin – und sie ließ mich einfach abblitzen. »Wir haben uns wie zwei erwachsene Menschen getrennt, oder nicht? Wir wollten sogar Freunde bleiben. Also, möchtest du mir keinen Drink anbieten? Ich hätte gerne einen Wermut mit

Tonic, mit Soda bitte, französisch, falls diese Hotelbars so etwas führen.«

Freunde? So hatten wir die Lüge, die wir uns gegenseitig vorspielten, genannt. Mir war es recht gut gelungen, all die Jahre daran zu glauben, bis Mall sie mir unter die Nase rieb und mir klar machte, daß sich Jacquie bestimmt nicht davon hatte täuschen lassen. Oder? Ich brachte mein malträtiertes Gehirn mühsam auf Touren, genug jedenfalls, um ein normales Verhalten an den Tag zu legen. »Chamberry? Das bekomme ich immer, wenn ich hier bin; sie wissen, daß ich es am liebsten mag.«

»Wunderbar, danke schön. Ja, das paßt zu dir.« Sie lächelte unterkühlt. »Freunde bleiben, ja. Schade, daß du es nie geschafft hast, in Singapur vorbeizuschauen, wie du versprochen hast.«

Ich schüttete mir einen steifen Gin Tonic ein. »Ja, wirklich schade. Es hat einfach nie geklappt, mit den Geschäften und so weiter. Eine Schande, eigentlich.«

Ich bin oft in Singapur gewesen, meine Dame, aber das mußt du nicht unbedingt wissen.

Der Schock, ihr zu begegnen, war schlimm genug, besonders nach den anderen Aufregungen, die ich an diesem Abend schon hatte durchmachen müssen. Aber diese harte Persönlichkeit, an der ich wie an Glas abprallte, die kaum noch Ähnlichkeit mit dem fröhlichen, sprudelnden, offenen Mädchen von damals hatte – das war schrecklich. Leute verändern sich im Lauf der Zeit, sicher, aber was hatte sie so verändert? War sie jetzt immer so knallhart? Wenn ja – was hatte sie dazu gebracht? Ich etwa?

»Eine Schande«, wiederholte sie. Schwang da Ironie mit, oder war sie wütend auf mich? Jacquie war zu einem Viertel Chinesin und zu drei Vierteln Skandinavierin, und wenn sie wollte, konnte sie so hundertprozentig unergründlich sein wie wahlweise die eine oder die andere Linie ihrer Vorfahren. »Kein Grund, weshalb wir jetzt nicht zusammenarbeiten sollten.« Sie lächelte ein leises, wohlkalkuliertes, beiläufiges Lächeln, so niedlich wie eine bemalte Maske und ebenso bedeutungslos. »Oder?«

Ich ließ mich in den Sessel fallen und starrte in meinen Gin Tonic. Zu spät, oh Gott, zu spät. »Keinesfalls«, sagte ich und merkte selbst, wie erschüttert ich klang.

Jacquie legte den Kopf leicht schräg. Klang ihre Stimme nicht doch ein bißchen verändert? »Steve – geht es dir nicht gut?«

Ich zog eine Grimasse. »Ich habe nicht getrunken, falls du das meinst – das heißt, nur ein paar Bier, um den Flug zu kompensieren. Es ist – also, es liegt wohl vor allem an diesen elenden Priestern …«, murmelte ich.

»*Priester?*« kicherte sie verwundert.

Ich erzählte ihr die ganze Geschichte, ganz offen, und zwischendurch nippte ich immer wieder an meinem Drink. »Du – ich meine die Leute vom Projekt – ihr solltet das wissen. Dieser geschwätzige Typ ist ein ausgemachter Fanatiker, der könnte mit seinem religiösen Eifer glatt einen Ayatollah in die Flucht schlagen!«

»Mmmhmm.« Sie nickte abwesend, als wäre sie tief in Gedanken; doch sie beobachtete mich.

»Hör mal!« fuhr ich auf und setzte mich gerade hin. »Ich habe mir das nicht im Alkoholrausch oder sonstwie aus den Fingern gesogen! Du brauchst mich also nicht wie einen Sozialfall zu analysieren!«

Sie lächelte und senkte den Blick. »Tut mir leid. Ich weiß, daß du dir das nicht ausgedacht hast. Ich bin mitverantwortlich für die Öffentlichkeitsarbeit, und habe schon oft mit ihnen geredet – meistens mit Wayan Sadja, dem kleinen alten Mann. Er ist wirklich sehr nett, oder? Die Bekanntschaft dieses Mpu Bharadah habe ich noch nicht gemacht, doch ich erinnere mich an seinen Namen … vielleicht habe ich ihn schon einmal gesehen.« Sie zuckte leicht mit der Schulter. »Nein, ich habe nur … ich habe dich angesehen. Bevor ich hierherkam, habe ich über so manches nachgedacht. Ich hatte schon von anderen Leuten aus der Transportbranche einiges über dich gehört. Natürlich war ich neugierig, was aus dir geworden ist. Ob du dich verändert hast, und in welche Richtung.« Jetzt schien ihr Lächeln menschlicher, wärmer zu sein, wenn auch vorsichtig, gemischt mit einer Spur Zynismus und noch etwas anderem – aber alles in allem wohlwollend. »Gib's schon zu – dir ging's ähnlich!«

Ich betrachtete sie voller Erstaunen. »Ich habe mir nie vorgestellt, daß du dich verändern könntest. Es ging nicht. Aber ich habe mich gefragt, ob du noch immer so schön bist. Das bist du. Noch schöner, wenn das überhaupt möglich ist.«

Das Lächeln breitete sich über ihr Gesicht aus. »Du warst schon immer ein Verkäufertyp. Gehst du mit allen Klientinnen so um?«

»Ich wollte dir keinen Honig ums Maul schmieren«, sagte ich gereizt. »Es ist lediglich eine Feststellung, weiter nichts. Nichts für ungut.«

Sie ging nicht weiter darauf ein, sondern stützte ihr Kinn auf den Handrücken – eine altvertraute Geste. »*Du* hast dich verändert«, sagte sie mit kritischem Blick. »Ich bin mir noch nicht so sicher, inwiefern. Aber du hast dich eindeutig verändert.«

Jetzt setzte ich ein Lächeln auf. »In eine bestimmte Richtung?«

»Hmm, als ich dich damals kannte ... Ich glaube nicht, daß dich damals ein Haufen Priester so auf die Palme gebracht hätte!«

Jetzt war ich dran. Ihre Stimme klang tiefer. Jacquie hatte sich einen ungeduldigen, schneidenden Ton zugelegt. Sie imitierte jemanden. Wen nur? »Oh, äh, kann schon sein. Und, äh ... du? Wie geht's deinem Mann?«

Als ob er mich die Bohne interessierte, der kleine Schwachkopf.

»Keine Ahnung«, sagte Jacquie gleichgültig, jetzt wieder so glatt wie Glas. »Es ist mir auch egal. Du weißt also nicht, daß wir geschieden sind? Offensichtlich nicht. Schon zwei Jahre nach der Hochzeit. Es war meine Idee. Deshalb ging ich nach Asien zurück, zu meiner Familie. Und so kam ich auch zu dieser Arbeit.« Sie schaute in ihr Glas und lächelte kaum wahrnehmbar. »Apropos …«

»Ach ja, richtig, die Zeit vergeht. Äh – soll ich dir nachschenken? Nochmal das gleiche? Gut.« Peinlich berührt raffte ich alle meine Gedanken zusammen, um die Bemerkung doch nicht aus meinem vorlauten Mund fallen zu lassen, die dann womöglich abgeschmackt, peinlich und hohl im Raum gestanden hätte – wie leid mir das alles tue oder etwas in der Richtung. Der Mann ohne Empfindungen schlägt wieder zu. Sie war mir freundlicherweise zuvorgekommen und hatte mich an die geschäftliche Seite unseres Treffens erinnert. Entweder hatte sie es absichtlich getan, oder sie vermied es selbst ganz unbewußt, tiefer in dieses Thema abzugleiten. Wie auch immer …

Wie auch immer, mir fiel jetzt die heikle Aufgabe zu, ihr zu erklären, was wir da eigentlich geplant hatten. Also, es ist so, dieser haarige Zauberer, mit dem ich zusammenarbeite, hat euren Auftrag auf der *Marie Celeste* gebucht, aber keine Bange, wir haben hervorragende Verspätungsklauseln in unseren Verträgen …

Das klang zwar ziemlich albern, war aber die reine Wahrheit. Oder kam es nur darauf an, wie man sie erzählte?

»Also, momentan sieht es folgendermaßen aus«, begann ich. »Ich sollte vorausschicken, daß wir mit dieser ersten Ladung die gleichen Schwierigkeiten haben wie die anderen Agenturen, und noch einige mehr. Aber ich habe die Sache mehr oder weniger selbst in die Hand genommen, sämtliche Probleme aus dem Weg geräumt, und inzwischen scheint es zu laufen. Die Ladung ist sicher hier angekommen und liegt jetzt in einem Lagerhaus draußen in Don Muang bereit.«

»Aha«, nickte sie. »In dem neuen Komplex? Da soll doch alles absolut abgesichert sein, oder? Hochelektronisch. Und dann? Willst du die Sachen per Flugzeug weitertransportieren?«

»Äh ..., nein, sieht nicht so aus. Wir machen es per Schiff, und zwar nicht auf der direkten Route. Damit wollen wir die Probleme ausschalten, die die anderen damit hatten. Einer unserer Experten vor Ort hat das ausgetüftelt. Ich warte momentan darauf, daß er sich bei mir meldet.«

»Schön. Teilst du uns mit, wen wir kontaktieren müssen?«

»Ist nicht nötig. Ich werde die Fracht bis zum Bestimmungsort begleiten.«

Sie riß die Augen auf. »Du? Der große Zampano höchstpersönlich? Du bietest uns wirklich etwas für unser Geld, das muß man dir lassen. Ich habe schon gestaunt, daß du dich eigens hierherbemüht hast. Hast du sonst nichts zu tun?«

Ich zuckte die Achseln. »Es geht. Das Büro läuft im Augenblick auch ein, zwei Wochen ohne mich. Und wenn nicht, gibt es immer noch den ganz großen Zampano, Barry. Er freut sich, wenn er wieder einmal ein paar Dinge selbst in die Hand nehmen kann. So wie ich mich darüber freue, wieder einmal draußen im Einsatz zu sein. Es gibt nichts Schöneres als eine nette kleine Seereise.«

»Das stimmt«, seufzte sie verzückt. »Nachdem man einige Wochen hier in diesem verdammten Bangkok festsitzen mußte ... mmh.« Sie streckte sich und schloß die Augen, doch dann blinzelte sie und setzte sich abrupt auf, als wäre ihr plötzlich ein Gedanke durch den Kopf geschossen. »Steve! Glaubst du, man könnte noch eine Kajüte auf dem Schiff buchen? Mit diesem ersten Container, meine ich. Ich würde gerne mitkommen ... um alles besser kontrollieren zu können.« Sie mußte in meinem Gesicht gelesen haben, denn sie plauderte nach einer kurzen Pause munter weiter. »Ich muß sowieso bald wieder nach Bali zurück. Selbstverständlich würde ich die Überfahrt und alles bezahlen.«

Ich massierte meinen Nacken, wo sich ein netter Kopfschmerz eingenistet hatte. Alles besser kontrollieren? Das gefiel mir nicht recht. »Hör mal, ich habe nichts dagegen … ich würde es begrüßen, wenn du mitkommen würdest, alte Freunde und so weiter, aber … Es könnte eventuell rauh zugehen auf diesem Schiff. Ein alter Dampfer, eine Mannschaft von Halsabschneidern, so etwas in der Preisklasse. Da gibt es keine schicken Kabinen, auch kein Sonnendeck und solchen Schnickschnack.«

Sie sah mich eisig und durchdringend an. »Du hast dich doch nicht völlig verändert! Glaubst du, ich hätte mich noch nie irgendwo durchschlagen müssen? Bei einem der letzten Projekte haben sie mich drei Tage mit einem abgerissenen alten Leichter und einer Crew von Trobriandern auf die Reise geschickt! Nette Jungs, diese Trobriander! Haben mich immer wie einen Gast behandelt. Ich habe sogar die Maschine repariert, als die Ölpumpe ausfiel; ich kenne mich gut mit Motoren aus.«

Wie würde sie mit scharfzähnigen Homunkuli und steinernen Pfeilspitzen umgehen? »Tut mir leid, das kam wohl etwas zu väterlich rüber. Dabei habe ich Frauen kennengelernt, die viel ungemütlicher werden konnten, als ich selbst!« Und die mir beinahe die Kehle durchgeschnitten hätten, als ich sie geküßt habe. Jedenfalls eine. »Aber … äh, es kommt ganz auf die Leute an, mit denen Ape, äh, mein Agent verhandelt. Was sie davon halten. Du weißt, daß uns keines der üblichen Frachtunternehmen haben wollte, egal wie groß sie sind. Wir müssen womöglich auf ziemlich, äh, unorthodoxe Typen zurückgreifen.«

»Oh.« Ihr Gesichtsausdruck verdüsterte sich erneut vor Mißtrauen. »Du meinst – Schmuggler … oder Waffenhändler?«

»Das habe ich nicht gesagt. Ich weiß selbst noch nichts. Mein Agent –«

»Hoffentlich kannst du ihm trauen.« Sie strahlte jetzt kühle Ablehnung aus. »Drogen – du weißt, daß man in dieser Gegend dafür gehängt wird!«

Ich breitete beschwichtigend die Hände aus. »Ich bitte dich! Die Sache ist sauber, das kannst du glauben. Halt nur … ein bißchen hinten herum.«

Sie schüttelte beinahe sorgenvoll den Kopf. »Sei vorsichtig, Stephen. Es gibt da einige wirklich schlimme Burschen. Wenn wir uns mit denen zusammentun, erweisen wir dem Projekt keinen guten Dienst – deiner Firma garantiert auch nicht. Aber das ist deine Sache, das mußt du selbst wissen. Läßt du uns die voraussichtliche Ankunftszeit zukommen? Wir müssen das wissen, weil, also, es gab da einige … Drohungen.«

»Die Terroristen?«

Sie seufzte und blickte zur Decke empor. »Hast du es schon gehört?«

»Nur Gerüchte. Aber so wie du reagiert hast, war es nicht schwer zu erraten.«

»Wenigstens weißt du von ihrer Existenz. Naja, es ist halb so schlimm.« Sie rieb ihre Handfläche am Schenkel, wieder eine Geste, die die Jahre zurückschnurren ließ. Umgekehrt schien sie jedoch nichts dergleichen festzustellen. »Nur ein paar javanische Extremisten, die sich bei der Inselbevölkerung Sympathien erwerben wollen, die übliche Robin-Hood-Masche, Rächer der Unterdrückten – du kennst das ja.«

»Rächer der –« Ich sprang auf. »Hör mal, was ist bloß mit diesem elenden Projekt los? Ich habe mich jahrhundertelang damit befaßt und keinen einzigen Grund dafür gefunden, weshalb jemand Einwände dagegen haben könnte! Dann diese Priester, und jetzt erzählst du mir, daß es tatsächlich einen Grund gibt?«

»*Nein*!« Jetzt war ihr Ton gepreßt, gehetzt; vielleicht verrutschte die Maske jetzt ein wenig. »Keinen einzigen! Jedenfalls keinen triftigen Grund. Ich glaube nicht, daß du ihn überhaupt wahrnehmen, geschweige denn als solchen anerkennen würdest.«

»Aha. Aber du?«

Sie zuckte die Achseln, immer noch eine einstudierte, beherrschte Geste. Ich war jedoch überzeugt, hinter der Maske wirklich Unruhe zu spüren. »Ich weiß auch nicht. Als ich dazukam, schien alles so wunderbar, so notwendig – das ist es noch immer, sonst wäre ich nicht mehr dabei! Aber es heißt, für den Fortschritt muß immer ein Preis gezahlt werden. Ich stimme mit diesen Priestern nicht überein, aber ich frage mich trotzdem ... Die Terroristen behaupten, das Projekt sei nur ein Vorwand für die Regierung, ihre imperialistischen Bestrebungen auf Bali auszudehnen. Das ist natürlich Quatsch, denn zu diesem Zweck wurde das Projekt nicht ins Leben gerufen. Was aber letztendlich dabei herauskommt ... ich habe da so meine Zweifel. Es könnten neue Möglichkeiten geschaffen werden – nicht so sehr für die Politiker, aber für die Verwaltung, die Bürokraten, die kleinen Fische. Das sind fast alles Javaner.« Sie pfiff leise aber ungeduldig durch die Zähne. »Andererseits gibt es keinen anderen Weg! Dürre, Auslaugung des Bodens, Hungersnöte – das wäre schlimmer, ein viel größeres Leid, Kinder müßten sterben ...« Sie schüttelte den Kopf, als wollte sie eine allzu deutliche Vision verscheuchen.

»Trotzdem sind die Inselbewohner nicht sehr begeistert?«

Jacquie blinzelte. »Ich habe nicht erwartet, daß du das verstehst ... ja.«

Ich hob die Schultern. »Ich habe solche Dinge schon oft erlebt. Es geht nicht ohne Abstriche. Wart's ab.« Ich streckte mich und stöhnte. Ich hatte gehofft, mir eine Last von den Schultern zu nehmen, doch jetzt sah es ganz danach aus, als würde mich eine noch schwerere Last, die immer drückender wurde, zerquetschen. Ich hatte die Nase voll. »Wie auch immer«, verkündete ich entschieden. »Das ist nicht mein Problem. Wir erledigen das, wozu uns der Vertrag verpflichtet, richtig? Ich werde euch unsere voraussichtliche Ankunftszeit mitteilen, sobald ich sie selbst weiß – und jawohl, ich werde ganz besonders vorsichtig sein.«

Jacquie nickte und schaute auf die Uhr. »Menschenskind! Schon so spät. Steve, ich muß los.« Pfirsichkrallen ließen eine

Karte über den Couchtisch wirbeln. »Du kannst mich in meinem Hotel erreichen, wenn es Neuigkeiten gibt.«

»Alles klar, aber hör doch mal, es ist Zeit zum Abendessen, und ich verhungere gleich – wahrscheinlich der Jetlag. Weiter unten an der Sukhumvit oder in der Silom Road gibt es einige hervorragende Restaurants.« Ich sah, daß sie zögerte. »Ich könnte auch etwas heraufbringen lassen …«

Sie lächelte – schon wieder dieses undurchdringliche Lächeln – und schüttelte den Kopf. »Ich muß wirklich gehen.«

»Und einen alten Freund allein zu Abend essen lassen?«

»Armer Stephen!« Sie lachte hell auf und fügte dann freundlich hinzu: »Wir sind doch hier in Bangkok. Ich bin sicher, du wirst nicht lange allein bleiben.«

Dann streichelte sie mir die Wange. Freundschaftlich? Freundlich? Schwer zu sagen. »Ich muß los. *Sawaddee kha*!«

Sie schien wie auf unsichtbaren Schienen an mir vorüberzugleiten. Die schwere Außentür fiel hinter ihr ins Schloß. Ich legte die Handflächen auf das kühle Holz und drückte die Stirn dagegen. Ich hatte verzweifelt etwas sagen wollen – aber was nur? Ich wußte es nicht. Vielleicht war die Zeit, überhaupt etwas zu sagen, schon seit sechzehn Jahren vorüber. Welcher Idiot hatte damals meinen Körper bewohnt? Wenn überhaupt – falls das möglich war –, dann war sie heute noch schöner als zuvor, mit diesem alterslosen orientalischen Einschlag, die Unsicherheiten der Jugend wie weggebügelt. Eventuell etwas zu sehr weggebügelt; diese schreckliche Glitzerfassade … Doch sie war nicht immer da, von Zeit zu Zeit fiel sie wie eine Maske ab. Offensichtlich setzte sie sie bewußt ein. Weshalb? Um Männer abzuschrecken?

Dieser Gedanke löste ein schrecklich deprimierendes Gefühl aus. Sie hatte sich bei einigen meiner Geschäftspartner über mich erkundigt, wie sie sagte. Es war nicht schwer zu erraten, was die so erzählt hatten; gute Freunde und schlechte Verlierer, einer wie der andere. Vielleicht hatten sie dabei nicht einmal so unrecht. Vielleicht paßte das Bild, das sie von mir malten, nur zu gut zu dem Stephen Fisher, den sie einmal gekannt hatte. Sie war neugierig auf mich gewesen, nervös, unsicher. Deshalb hatte sie diese Mimikri aufgesetzt, dieses Image zur Schau getragen, diese Manieren an den Tag gelegt – sozusagen zu meinem Besten. Eine Fassade, die mich beeindrucken, vielleicht sogar ködern sollte. Demnach war alles, was mich an ihr gestört hatte, eigentlich ich selbst.

Was mich noch mehr ärgerte, war die Tatsache, daß ich – hätte ich sie nicht schon früher gekannt, hätte ich nicht jemand anderen erwartet – garantiert auf diese geschliffene Glasfassade hereingefallen wäre; und daß ich nie darauf gekommen wäre, daß die Reflektion in jeder Facette niemand anderer war als ich selbst.

Ich brauchte einen Drink. Außerdem mußte ich etwas essen. Mein erstes Treffen mit Ape war für heute abend zwischen zehn und elf Uhr angesetzt. Ich schaute auf die Uhr und warf mir das Jackett über. Unten in der Hotel-Snackbar würde ich bestimmt etwas bekommen, bestimmt nichts Großartiges, halt der Gesellschaft entsprechend. Ich würde mein Abendessen mit der Person einnehmen, mit der ich jetzt am allerwenigsten allein sein wollte, nämlich mit mir selbst.

Beim Essen las ich erneut Apes Wegbeschreibung, doch je intensiver ich sie betrachtete, desto klarer wurde mir, daß es sich um alles andere als um eine Wegbeschreibung handelte. Es gab keine Straßennamen, nur Abzweigungen und Gebäude, und die Abzweigungen kamen mir nicht besonders logisch vor. Aber was blieb mir anderes übrig, als ihnen zu folgen? Ich kritzelte die Nummer meiner Suite auf die Rechnung, warf ein paar *Baht* extra auf den Anteil für die Bedienung, und schon seufzte die Glastür ihr künstliches Bedauern, als ich hinaus in den heißen Atem der Nacht trat.

Es dauerte nicht lange, bis meine Zweifel sich als berechtigt erwiesen. Apes Route führte mich mitten hinein in einen überlaufenen nächtlichen Straßenmarkt. Gerade als ich aufatmend am anderen Ende des schwitzenden, wimmelnden

Getöses herauskam, dirigierte mich das verdammte Stück Papier schnurstracks wieder zurück, und erneut mitten durch die Drängler, Taschendiebe, Zuhälter und anderen Typen. Der Weg war nicht umsonst auf das Etikett einer Sardinenbüchse gekritzelt worden, dachte ich mir. Diesmal mußte ich jedoch an einer anderen Stelle abbiegen, in eine kleine Gasse, die ich hinter dem ungewöhnlich aufdringlich riechenden Trockenfischstand zuerst beinahe nicht gesehen hätte. Genau der richtige Ort für einen kleinen Straßenraub oder Schlimmeres. Ich wünschte, ich hätte mein Schwert dabei, obwohl ich es eigentlich nicht gern offen mit mir herumtrug. Vielleicht konnte ich es ja bei Bedarf wieder herbeizitieren – oder auch nicht. Das Geschnatter des Marktes wurde hinter mir immer leiser; die Gasse war unerwartet lang, mit einer ganzen Reihe von Winkeln und Kurven. Ich dachte bereits an Nebelwolken, als ich plötzlich auf der Mauer vor mir ein rosafarbenes Licht aufflackern sah. Plötzlich erinnerte ich mich an die rotäugige Maske, an schwere Lider, die sich blinzelnd öffneten …

Ich ging weiter. Ich folgte Apes Weg, einen anderen gab es für mich nicht. Doch schob ich mich dabei mit dem Rücken an der Wand entlang, jedenfalls so dicht, wie ich mich an das verdreckte Mauerwerk heranwagte. Dann spähte ich um die Ecke. Als ich sah, woher dieses Licht kam, mußte ich laut lachen. Nach einem Blick auf Apes Beschreibung verstummte ich wieder. Hier?

Warum auch nicht. Es schien nur natürlich, daß es an den Rändern der Spirale verschiedene Orte gab, ebenso wie es alle möglichen Sorten von Leuten gab. Auch die Taverne hatte ihre Eigenheiten – eine davon war Katjka. Aber das hier …

Selbst an Bangkoks Maßstäben gemessen war die Kneipe heruntergekommen, absolut heruntergekommen. Ich konnte nichts Zeitloses an ihr entdecken, nichts außer dem alterslosen Gestank des Lasters. Ich lehnte mich an die Bar, weil sie sauberer schien als die Hocker, und trank ein Bier, nicht weil es billiger als die harten Sachen gewesen wäre, sondern weil es wenigstens aus verschlossenen Flaschen kam, die ich selbst öffnen durfte. Zwischendurch wehrte ich die beinahe pausenlosen Aufmerksamkeiten minderjähriger Barmädchen ab, ignorierte ihr Geschwätz und versuchte verzweifelt, nicht an Jacquie zu denken. Auch was hier lächerlicherweise als Kabarett dargeboten wurde, half nicht viel – die Kunststückchen als Sex-Show zu bezeichnen, hätte es jedoch ebensowenig getroffen. Sogar die fettbäuchigen Deutschen in ihren abgeschnittenen Jeans, die hin und wieder eines der Barmädchen auf den Knien schaukelten, schauten nur ab und zu hin, süchtig nach neuen Verrenkungen, einem neuen Winkel, einem neuen Zigaretten- oder Bananentrick. Momentan ging es um Rasierklingen. Ein alter Kassettenrecorder dudelte billigen Rock von ausgeleierten Bändern, die verschwitzte Meute um mich herum wankte vor sadistischen Gelüsten, und ich fühlte mich Lichtjahre von der menschlichen Rasse entfernt. Nicht gerade die gesündesten Voraussetzungen zum Nachdenken, schon gar nicht mit Jacquie im Kopf.

Das allein war schon verrückt genug. Sie war schließlich nicht jemand, den ich gerade kennengelernt hatte. Sie war meine Vergangenheit, ein abgeschlossenes Kapitel – eines, das ich selbst abgeschlossen hatte, dazu noch ziemlich heftig. Was bedeutete sie mir jetzt also noch? Warum sehnte ich mich so nach ihr?

Vielleicht weil nach ihr nichts mehr so richtig zu funktionieren schien, jede Beziehung sich als Sackgasse erwiesen hatte? Als hätte ich einen lebenswichtigen Abschnitt meiner Entwicklung übersprungen, einen Hinweis übersehen, wie man bestimmte Dinge regelte und wie Gefühle funktionierten. Ich war innerlich erfroren. Je weniger ich wirklich beteiligt war, je inhaltsloser die Beziehung war, desto besser schien ich mich damit zu arrangieren, bis es mehr als zwei Jahre lang nur noch Liebeskontakte für eine Nacht gegeben hatte, praktisch anonym. Und das logische Ende dieses Prozesses? Vielleicht hatte ich es hier gefunden.

Ich verfolgte das Kabarett. Zwischen den einzelnen Darbietungen traten Oben-ohne-Tänzerinnen auf, die in einer widerlichen Parodie von Erregung mit Plastikstückchen herumwackelten. Viel abgestumpfter konnte man nicht mehr werden. Eigentlich müßte mir das gefallen. Womöglich hätte ich auch so geendet, wenn nicht – warum auch immer – Mall und Clare gemeinsam einen unerwarteten Funken Wärme in mir angefacht hätten. Doch von Anfang an hatten Clare und ich gewußt, daß unsere Geschichte nicht von Dauer sein würde. Wir mochten uns, wir arbeiteten noch immer gerne zusammen, doch wir waren viel zu gute Freunde, um ein dauerhaftes Liebespaar abzugeben; und sie war nicht besonders tiefgründig. Auf gewisse Weise konnte sie ebenso abgestumpft und karrieresüchtig sein wie ich. So nah wir uns auch kamen, wie Parallelen konnten wir uns nie richtig berühren. Mit Jacquie war es irgendwie anders. Nur war es mit ihr auch zu spät.

Ich sah sie immer wieder vor mir – und hinter ihr, wie einen lockenden, verführerischen Schatten, das Mädchen namens Rangda. Denn genau hier, in dieser Spelunke, die Ape ausgesucht hatte, war ich ihr begegnet. Zu jener Hintertür hatte man mich vor einigen Monaten durch den Nebel gejagt.

Kapitel 5

Ich stürzte mein Bier hinunter und bestellte gleich noch eins. Vielleicht würden die Kopfschmerzen nachlassen, vielleicht würden meine Gedanken endlich aufhören, sich pausenlos zu verknoten. Wenn Ape heute abend hier nicht auftauchte, mußte ich morgen abend und am folgenden Abend wieder hier aufkreuzen. Ich wußte nicht, ob ich das durchstand. Jetzt begann die nächste Nummer. Ich machte die schmerzenden Augen zu ... Und riß sie bei dem plötzlich losbrechenden Lärm wieder auf, einem beinahe außerirdischen, tierischen Fauchen. Eine Gruppe Männer drängte sich durch die Tür zur Bar, sie grölten zur Bühne hin, warfen Tische um, stießen andere Trinker zur Seite und schnappten sich Hostessen, die schon bei anderen Kunden saßen. Es waren sechs oder sieben, die meisten ziemlich kräftige Burschen und dem Akzent nach Aussies. Sie überragten den kleinen Kellner um mehrere Köpfe, und als der sie lautstark zurechtwies, klatschte ihm einer seine Schinkenfaust so hart ins Gesicht, daß er in die Ecke purzelte. Gläser splitterten, Tänzerinnen und Hostessen kreischten, die Menge um mich herum zog sich wie ein lebendiges Tier zurück, bereit zum Sprung.

Ich machte einen Schritt zurück und blieb an der hinteren Wand stehen. Es war nicht die erste Kneipenschlägerei, in die ich geriet. Im Fernsehen lacht man darüber, wenn man jedoch selbst zufällig hineingerät, ist es weniger lustig; besonders dann, wenn es keine Möglichkeit zur Flucht gibt. Fäuste flogen, zunächst ungezielte kleine Knuffe, die kaum Schaden anrichteten, die Schlägerei jedoch ausweiteten. Tische fielen um, Gläser und Bierflaschen flogen auf Schweifen abgestandener Drinks durch die Luft, explodierten wie Meteore an den Wänden und zerschlugen das Stroboskoplicht mit einem ohrenbetäubenden Knall, woraufhin ein Schauer aus Rauch und heißen Splittern niederging. Andere Flaschen wurden gegen die Theke geschlagen, um Stichwaffen aus gezacktem Glas daraus zu machen. Das war für meinen Geschmack ein bißchen zu direkt und tödlich – mir ist es lieber, wenn ich in Sachen töten und getötet werden eine gewisse Wahlmöglichkeit habe. Ich probierte einen der Tische aus – zu zerbrechlich und zu umständlich; dann schnappte ich mir einen Barhocker. Er war so konstruiert, daß er so ziemlich jeden breiten europäischen Hintern aushielt, also müßte er auch für einen Aussie-Schädel ausreichen. Eine brüllende Gestalt kam auf mich zu, und ich ließ den Stuhl niedersausen; ein Krachen, er taumelte nach hinten und wurde wieder vom Getümmel aufgesogen. Doch plötzlich bewegte sich die ganze Meute wirr kreiselnd auf mich zu und schnitt mir den Weg zur Tür vollends ab. Das kämpfende Untier streckte seine formlosen Tentakel nach mir aus und zog mich in seinen chaotischen Bauch.

Ich landete direkt vor einem Aussie und erschrak mordsmäßig: Er trug einen riesigen Bart, einen Überrock, ein grobgemustertes Tuch um den Hals und eine eingedellte Melone mit hoher Krempe. Er sah aus, als wäre er einer alten Fotografie vom Yukon oder aus Kalgoorlie entsprungen. Sein Schlag hätte mich beinahe niedergestreckt, wurde jedoch vom Chromfuß des Barhockers abgelenkt, welchen ich dann nach oben riß, ihm damit das Ohr zerquetschte und in seinen Magen rammte. Der Hut blieb fest sitzen, der Riese jedoch heulte auf und sackte zusammen. Ich machte einen Satz an ihm vorbei in Richtung Tür, doch sie lag außerhalb jeglicher Reichweite. Eine Reihe kleiner, dunkler Gestalten versperrte mir den Weg. Ich wirbelte herum, schlug mit dem Hocker um mich, doch sie waren vor mir, hinter mir, neben mir: ein Kreis, der rasch enger wurde. Ein Messer blitzte auf, wie zur Antwort wurden noch mehr gezogen, dunkle, gezackte Klingen, die von seltsamen, kreisförmigen Mustern überzogen waren. Das war kein Metall, sondern Obsidian, rasiermesserscharfes vulkanisches Glas. Blitzschnell hatten mich die *Kuro-i* umzingelt.

Von Panik ergriffen riß ich den Hocker erneut hoch, eine der Gestalten ging zu Boden. Ich sprang durch die Lücke, ein Hieb pfiff an meinem Bauch vorbei, der Hocker krachte auf ein zerfurchtes, grinsendes Gesicht – dann waren sie über mir, traten mich, drehten die Beine unter mir weg, keine Messer mehr, sondern schlagende Fäuste, Zähne, alles, womit sie mich umwerfen konnten. Ich taumelte, kippte, krachte mit einem Dutzend an mir hängender Gewichte auf das schmierige Linoleum, landete hart und wälzte mich herum. Kalte, knochige Hände umschlossen meine strampelnden Glieder. Große, blutunterlaufene Augen blickten mich durch lange, schwarze Haarsträhnen mit hämischer Boshaftigkeit an. Aus dünnen, dunklen Lippen tropften Speichelfäden in die spärlichen braunen Barthaare, die die dreckigen, pockennarbigen Gesichter bis zu den Wangenknochen bedeckten. Derjenige, der auf meiner Brust saß, machte eine rasche Bewegung und ein kalter, scharfer Glaszacken ritzte eine feine Linie quer über meinen Adamsapfel. Es gab schon Momente in meinem Leben, die länger dauerten, aber nicht sehr viele.

Dann ertönte ein Pfeifen, ein scharfes, singendes Pfeifen, und die bösartige kleine Kreatur über mir verschwand, als hätte sie ein Wirbelsturm weggerissen. Kurz darauf klatschte etwas wie eine berstende, überreife Melone. Eine weiße Gestalt huschte über mich wie eine vorbeieilende Wolke, wirbelte hierhin und dorthin. Die anderen *Kuro-i* wichen schnatternd vor der ehrfurchtgebietenden Gestalt mit der tückischen, schrecklichen, bemalten Maske zurück; sie sah aus wie poliertes, von unzähligen Linien überzogenes Mahagoni. Sie rollte mit den Augen, ließ eine bemalte Zunge hin und her schnellen, und dann schien die Luft wieder zu singen, was in einer Reihe dumpfer Schläge endete, die einem den Magen umdrehen konnten. Etwas glitzerte auf, eine dunkel funkelnde Klinge, über und über mit phantastischen Schnitzereien und Schnörkeln verziert. Es blieb über mir stehen, aber nicht bedrohlich, sondern eher zum Schutz, und als der Tumult sich legte, erkannte ich im trüben Licht, daß es nicht eigentlich eine Klinge war – eher eine scharfkantige Keule aus dunklem Holz, in die eine Skulptur hineingeschnitzt worden war. Die dunkleren Flecken um die Kanten herum, die bestimmt nicht zum Dekor gehörten, verrieten den häufigen Einsatz der Waffe. Die *Kuro-i* hielten sich noch im Hintergrund, starrten herüber und fauchten unverständlich. Die Schwertkeule pfiff einen kurzen, gemeinen Ton, einmal hin, einmal her, und sie stoben schreiend in alle Richtungen davon.

Eine Hand streckte sich zu mir herab. Eine gewaltige Pranke, die ebenfalls aus Mahagoni hätte sein können und mit den gleichen Tätowierungen überzogen war, die dem Gesicht diesen maskenhaften Ausdruck verliehen. Meine Hände sind nicht gerade klein, doch dieser Griff verschluckte sie wie ein altmodischer Boxhandschuh und zog mich ganz locker auf die Füße. Die weiße Gestalt raschelte. Ein riesiger, steifer Umhang breitete sich über etwas, das wie T-Shirt und Jeans aussah, derbe Seemannsklamotten; ein ganz normaler Mann, falls man diese Größe als normal bezeichnen wollte. Ein Paar große, feuchte Augen, so sanft wie die einer Kuh, schaute mich an.

»Heiliger Strohsack! Das war knapp, keine Frage. Alles klar, Kumpel? Nichts gebrochen?« Die Stimme hörte sich an, als käme sie aus einem hohlen Berg, die Worte selbst jedoch waren eigenartig hoch und nasal.

»Mir geht's gut, danke. Ein paar Schrammen, das ist alles ... ich danke Ihnen! Die hatten mich wirklich am Wickel!«

»Ach was, keine Ursache, Kumpel! Ich kann nicht zusehen, wenn einer auf diese Weise fertiggemacht wird. Außerdem war es in gewisser Weise mein Fehler.«

Ich erstarrte. »Ihr Fehler?«

Er zuckte die Achseln. »Tja, irgendwie schon. Du bist doch Steve Fisher, hab ich recht?«

»Nie von ihm gehört. Wer sind Sie denn? Ziemlich weit weg von zu Hause für einen Maori, oder nicht? Selbst für einen mit Queensland-Akzent.«

Wenn man sich einen Frosch in einer Regentonne vorstellt, hat man eine ganz gute Vorstellung von seinem glucksenden Lachen. »Hast'n gutes Ohr, Kumpel. Mein Kampfname ist *Toa te Kiore*. Du kannst mich Ted nennen«, fügte er ohne Begeisterung hinzu.

»Ich bleibe bei – *te Kiore*?«

»Toa te Kiore. Heißt soviel wie Champion Buschratte – und bevor hier dumme Bemerkungen fallen: Das ist ein sehr ehrenhafter Titel. Er bedeutet ›Vorhut eines Kriegstrupps‹, klar? Diejenigen, die wie die Teufel kämpfen und trotzdem nicht den Überblick verlieren, alles auskundschaften. Genau das sollte ich tun – ein Auge auf dich haben, meine ich. Wurde allerdings ein bißchen abgelenkt – die Show, du weißt schon! Und dann der Bluey. Man muß in dieser Kaschemme sehr vorsichtig sein – was nicht heißen soll, daß diese kleinen Gummilutscher groß gefährlich werden könnten. Eine Ohrfeige – zack! – und schon rennt der Rest wie die Kaninchen. *He kai na te ahi*!« Wieder der lachende Frosch. »Weißt du, was das heißt? *Früher hätten sie Dresche gekriegt*!«

»Dafür ist es für die hier wohl ein bißchen zu spät«, sagte ich und ließ meinen Blick über die sehr toten Gnome zu meinen Füßen schweifen. Die Schwertkeule des Maori hatte ihre Schädel ziemlich zermatscht, was mir nicht im geringsten leid tat. Was mir mehr zu schaffen machte, war die Art und Weise, wie sich ihre Körper veränderten; sie schwollen an, blähten sich auf und färbten sich widerlich gelbgrau, worauf sie sich rasch und ziemlich ekelerregend zersetzten.

»Sieht so aus, als hätten sie ihr Verfallsdatum überschritten«, pflichtete mir te Kiore bei. Im gleichen Moment platzte die Haut am Arm eines der Gnome mit einem kleinen Knall auf, Gas entwich, und wir beide sprangen würgend zurück. »Pfui Teufel!« Te Kiore schlug in die Hände, was einem kleineren Erdbeben gleichkam. »He, Jungs!« Die kleinen drahtigen Rausschmeißer, die gerade damit fertig waren, die Australier in die Dunkelheit hinaus zu befördern, liefen herbei und blieben angeekelt stehen. »Räumt das weg – am besten durch die Hintertür, ja?« Sie schleiften die Leichen in einer alten Plastiktischdecke weg, die vermutlich zu diesem Zwecke angeschafft worden war. »Das wäre erledigt! Dann sollten wir uns wohl auf den Weg machen.«

Ein riesenhafter Arm legte sich um meine Schultern, doch

ich blieb stur stehen. »Wohin denn? Wer hat Sie eigentlich beauftragt, auf mich – auf diesen Fisher aufzupassen?«

Er schlug sich mit einer Wucht an die Stirn, die mich ins Krankenhaus gebracht hätte. »Oh, Scheiße, ich meine heiliger Strohsack, das hätt ich dir sagen müssen, da hast du recht. Der Skipper war's; und dein Kumpel Ape. Sie sitzen dort hinten und saufen sich die Birne mit Arrak zu.«

»Der Skipper? Sind Sie Seemann?«

»Klar! Du brauchst doch ein Schiff, oder? Also unseres. Komm schon, wir gehen zu ihnen!«

Ich schaute ihn an. Er grinste zu mir herunter, was offensichtlich aufmunternd wirken sollte. Sein riesiger Mund sah jedoch eher aus wie die Eingangstür zur Geisterbahn und hätte sowohl mich als auch so ziemlich alles andere verschlingen können; doch das lag hauptsächlich an den Tätowierungen. Dieser nette Kerl hatte mir wahrscheinlich das Leben gerettet. Und wenn es wirklich darauf ankam, mußte er mich nicht überreden; er würde mich einfach unter den Arm klemmen und losmarschieren.

»Gehen Sie voran, te Kiore«, sagte ich.

»Das ist mein Beruf«, grinste er und schob mich zum schummrigen Ende der Bar. »Erster Maat, Steuermannsmaat und Steuermann, alle drei in einer Person. Außerdem der Oberste Friedensrichter auf dem Schiff.«

»Solange Sie nicht auch noch der Koch sind«, sagte ich, und er stieß ein dröhnendes Lachen aus.

»Nur wenn die Vorräte knapp werden – und die wirst du ja bezahlen! Also besser nicht zu knausrig sein, klar?«

»Sonst frißt mich mein Verbündeter am Ende noch auf, was? Schön, ich werd's mir merken.« Wir betraten einen dunklen Korridor, der mir bekannt vorkam, dann gingen wir jedoch an den Treppen, die Rangda mich hinuntergeführt hatte, vorbei und in einen noch dunkleren Korridor hinein, der unzählige Seitengänge zu haben schien. »Der reinste Kaninchenbau«, kommentierte ich.

»Da hast du recht«, grunzte der Maori, dessen steifer Umhang bei jedem Schritt an beiden Seitenwänden entlangkratzte. »Ich dachte immer, eines Tages treffe ich mich selbst auf dem Rückweg. Aber mit mir bist du hier sicher – obwohl ich mich hier noch nicht allzuviel umgesehen habe, hier nicht und anderswo auch nicht.«

»Tatsächlich? Ist ein Maori im finstersten Thailand nicht ein bißchen fern der Heimat?«

»Das denkst du«, sagte er verächtlich. »Wir sind ziemlich weit herumgekommen, sogar mit unseren alten Auslegerkanus. Wir haben nur nichts Besseres gefunden, als das gute alte Neuseeland, das ist alles.«

»Und warum bist du von dort weggegangen?«

»Zu viele verdammte *Pakahes*, deshalb, soll aber nicht persönlich gemeint sein, verstehst du? Hab zwei elende Jahre als Schafhirte in den verregneten Raukumaras verbracht, und als ich sechzehn war, sagte ich mir, zum Teufel damit, lief davon nach Tauranga und ab aufs Meer, so war das.«

»Hast du den Akzent von dort?«

»Ach was.« Er hustete leise. »Bin gestrandet. Hab mein Schiff verloren, verstehst du?«

»Auf einem Riff?«

»Ich? Ach was! Bei einer Sauftour. Hab total vergessen, wo ich es abgestellt hatte, oder wie es überhaupt hieß. Als ich endlich in einem Kittchen in Brisbane wieder zu mir kam, war es schon längst ausgelaufen. Ein anderes war nicht zu finden, also trabte ich ins Landesinnere und verbrachte zwei Jahre beim Schafehüten im Darling Country und anschließend nochmal fünf in der Diamantina. Dann ein paar Jahre als Rettungsschwimmer auf Bondi. Danach hatte sich der Akzent ziemlich festgesetzt. Kann trotzdem keine Garnelen ausstehen – also, hier ist er, Boß!«

Ohne seinen Schritt zu verlangsamen, hatte der riesige Mann eine Tür aufgestoßen und mich hindurchgeschoben. Die Luft drohte mir den Hals zuzuschnüren, meine Augen tränten sofort, dennoch gelang es mir, eine Art Herrenzimmer oder Salon auszumachen, der so ähnlich wie Rangdas Zimmer eingerichtet war: billige Rattanmöbel und genau das Gegenteil der hohen Kunst der Salonausstattung. Im roten Licht einer chinesischen Laterne hockte eine Gruppe von Gestalten um einen Tisch herum, der mit leeren Flaschen und Zinnaschenbechern, aus denen Zigarrenstummel quollen, übersät war. Einer von ihnen hatte seine Stiefel auf den Tisch gestreckt, enorme Stiefel. Er lehnte sich auf seinem Stuhl nach hinten und winkte mich mit einer fetten, glühenden Zigarre heran.

»*Dag, Jongetje*! Wie du siehst, treffen wir uns ohne Probleme wieder, *nee*?«

»Schön wär's!« sagte ich aufgebracht. »Ich wurde gerade von einem Haufen dieser *Kuro-i* angefallen, direkt hier in dieser vermaledeiten Spelunke! Hattest du nicht gesagt, sie wollten mich nicht umbringen, solange sie nicht wissen, wo der Container ist? Wenn mich te Kiore nicht herausgehauen hätte ...«

Ape sah mich überrascht an, nickte dann jedoch grimmig mit dem struppigen Kopf. »Hier wandelst du auf der Grenze zwischen dem Kern und ihrem Einflußbereich. Hier können sie leichter zuschlagen. Ich hatte nicht damit gerechnet, aber sicher ist nichts. Deshalb habe ich te Kiore losgeschickt, um auf dich aufzupassen. Gefahren lauern überall, hä? Ich sag's ja, oder nicht? Also. Sie wollten dich kidnappen, das ist alles, nicht dich töten. Das bringt ihnen momentan nichts –«

»Von wegen! Sie hätten mir fast die Kehle aufgeschlitzt!«

Apes Augenbrauen zuckten, und er blickte den Maori scharf an, der zur Antwort nickte. »Die haben Ernst gemacht, Boß. Der Anführer dieser kleinen Stinker fuhr gerade mit einem Kris in Richtung Schlagader. Zum Glück hat er nicht gleich reinen Tisch gemacht, sonst hätte ich ihn womöglich nicht mehr rechtzeitig erwischt. Ein fieser Trick.«

Ape stieß eine Wolke abscheulichen gelben Rauches aus.

»Verstehe ich nicht! Es sei denn ...« Er legte die Stirn in Falten. »Wenn sie dich hier umbringen, sehr vorsichtig, vielleicht würde ihnen dein Tod dann etwas einbringen. Sie könnten dich anschließend immer noch dazu bringen, ihnen den Weg zum Container zu zeigen – ich bin mir nicht sicher, aber möglich ist es.«

»Du meinst, wie ein Zombie ... herrje!« Ich hatte bereits mit Zombies zu tun gehabt, mehr als mir lieb war, ganze Horden lebender Toter, Männer und Frauen, einige davon hatte ich vorher sogar gekannt. Allein bei dem Gedanken daran, daß ich auch so enden könnte, brach mir der Angstschweiß aus allen Poren.

»Das ist nicht gut«, sagte Ape zustimmend. »Aber auch für sie nicht. Zu riskant, zu unsicher. Es steht zuviel auf dem Spiel. Als ob ... gerade als ob du sie beleidigt hättest, aus der Fassung gebracht. Sonst ergibt es keinen Sinn«, wiederholte er und fuhr raschelnd mit einem runzeligen Daumen durch den Bart. Dann setzte er sich auf.

»Wie auch immer!« bellte er. »Er hat dich herausgehauen, und ich habe ein Schiff besorgt, wie versprochen.« Er schob mir mit den Füßen einen Stuhl hin. »Setz dich, trink einen Schluck Arrak, schön stark. *Tuan Kiap* Batang Sen, ich habe die Ehre, dir *Mijnheer* Stephen Fisher vorzustellen, der vielleicht nicht so grün hinter den Ohren ist, wie er aussieht, und obendrein ein gefürchteter Feind der Wölfe ist – unter anderem.«

Hinter dem Tisch erhob sich ein kleiner alter Mann, dessen Gesicht wie eine eingelegte Walnuß aussah, und betrachtete mich argwöhnisch. »*Selamat datang*!« piepste er.

Als ich ihm mit »*Selamat malam*!« antwortete und mich auf indonesische Weise tief verbeugte, grinste er mich mit von Betel fleckigen Zähnen an, ergriff meine ausgestreckte Hand in westlicher Weise und schüttelte sie kräftig. So alt konnte er noch nicht sein, ging es mir durch den Kopf, während ich meine Knöchel wieder in die richtige Position massierte. Noch mehr verblüffte es mich, daß er in einer wirklich guten Imitation eines altmodischen Oxford-Akzents hinzufügte: »Freut mich riesig, alter Knabe! Feinde der Wölfe sind hier immer gern gesehen. Einen Schluck Arrak?« Er goß ein großes Glas voll und schob es mir herüber. Eigentlich verabscheute ich das Zeug – ein höllisch brennender Reisschnaps, der mittels Palmsaft fermentiert wird –, aber ich hielt es für geschickter, das Angebot nicht auszuschlagen. Hier handelte es sich um eine wichtige Sache, Brot und Salz sozusagen.

»*Tuan* Batang ist wohlbekannt«, grummelte Ape und nippte an seinem eigenen Glas. »Ehrlich gesagt hatte ich gehofft, daß ich ihn finde. Er kommt auf allen Wassern dieser Gegend mit den üblichen Schonern herum, den *Prahus* –«

»Mach mal halblang«, unterbrach ich ihn und verschluckte mich fast am Arrak. »Es dreht sich doch um einen ausgewachsenen Container? Ich habe noch keine *Prahu* gesehen, die über die Kapazität, den Laderaum oder auch nur ein entsprechendes Deck dafür verfügte.«

»Stimmt«, grinste Ape. »Er ist aber im Besitz eines größeren Schiffes.« Er beugte sich nach vorn und flüsterte so bühnenreif, daß man es wohl noch im angrenzenden Raum hörte: »Am besten, du erkundigst dich nicht nach den näheren Umständen. Der Kapitän ist ein Bogeymann.«

»Wie bitte?«

Te Kiore lachte scheppernd. »Er lauert nicht unter Kinderbetten! Butzemann – Bogeyman – Boegiemann, kapiert? Schon mal von den Boegies gehört?«

Ich schnippte mit den Fingern. »Ja doch, richtig! Inselbewohner, großartige Seeleute und Händler, befahren den gesamten Malaiischen Archipel. Händler und –« Ich hielt inne. Fast hätte ich *Piraten* hinzugefügt.

»Und Piraten, richtig!« ergänzte Batang Sen kichernd. »Die englischen Seeleute fürchten uns, erschrecken ihre Kinder mit Geschichten über uns. Sagen ihnen, wenn ihr nicht brav seid, holt euch der Boegiemann, der Butzemann!« Er kicherte wieder und füllte mein Glas auf. Anscheinend gefiel er sich in der Rolle. »Aber kein Boegiemann hat ein so gutes Schiff wie ich, alter Scherzkeks. Die *Ikan Yu* wurde in Massachusetts gebaut, eine Schonerrigg mit zusätzlichem Dampfantrieb. Plus vier Kanonen. Riesiger Laderaum, Ladebaum aus Stahl, kann einen, vielleicht auch zwei Container aufnehmen. Tipp-topp, auf mein Wort!«

Das hörte sich an wie ein Grand Banks-Schoner, obwohl er zweifellos schon eine Menge mitgemacht haben mußte. Ich warf Ape einen fragenden Blick zu, woraufhin er heftig nickte. »Hört sich ja vielversprechend an. Wie sind die preislichen Vorstellungen?«

Ape warf mir ein fettverschmiertes Stück Papier zu. »Keine riesigen Summen. Du hinterlegst eine Bürgschaft für den Fall des Verlusts, das ist alles.«

Und zwar eine ziemlich saftige; doch selbst wenn man den Goldstandard, der dort draußen zu herrschen schien, als Grundlage nahm, kostete die ganze Angelegenheit, inklusive Frachtkosten, nicht mehr als einige tausend, und paßte somit gut zu unserem Budget. »Prima. Wo muß ich unterschreiben?«

Batang Sen erhob sich und verbeugte sich höflich, eher auf europäische als auf indonesische Weise. »Sir, das ist nicht nötig. Sie sind ein Gentleman, Sie hinterlassen Bürgschaft bei Anteilnehmern hier, für den Rest genügt unser Gentleman's Agreement.«

Ich war so erstaunt, daß ich nur aufstehen und mich ebenfalls verbeugen konnte, obwohl meine Verletzungen heftig protestierten. »Das ist sehr liebenswürdig von Ihnen, *Tuan Kiap*. Und sehr schmeichelhaft. Sie sind ebenfalls ein Gentleman.«

Noch eine Verbeugung, und wieder goß er mein Arrakgals voll. »Ich war einst in den Diensten eines großen englischen Gentleman, des Rajah von Sarawak. Ich habe mein gutes Englisch von ihm gelernt.«

»Rajah von – ja, richtig!« Ich mußte kurz nachdenken. »Das

muß doch … Augustus Brookes gewesen sein?« Selbst wenn er dort als Kind gedient hatte, müßte er jetzt schon weit über achtzig sein. Die letzten Vertreter der Familie Brookes, die ›weißen Rajahs von Sarawak‹, müssen ungefähr zur Zeit des Zweiten Weltkriegs geherrscht haben.

Er schüttelte den Kopf und sagte mit schelmisch blinkenden Augen: »Nicht Augustus. *Tuan* Harry. Der erste, nicht der letzte.«

Ich kippte meinen Arrak in einem Zug hinunter. Harry Brookes war der Begründer der Dynastie gewesen, ungefähr in der Mitte des neunzehnten Jahrhunderts. Demnach … Das würde so manche viktorianische Redewendung in Batang Sens Sprache erklären. Auf der Spirale mußte man sich an solche Dinge gewöhnen. Jedenfalls behaupteten alle, ich würde mich daran gewöhnen. Ich war mir nicht so sicher.

»*Goed dan*«, brummelte Ape. »Du kümmerst dich darum, daß der Container in den Hafen geliefert wird, an diese Adresse. Morgen abend, bei Sonnenuntergang, treffe ich dich wieder hier. Bis dahin hältst du dich von ihm fern, hörst du?«

»Wie gehabt«, antwortete ich. »Was machst du?«

»Ich werde das Schiff, so gut ich kann, schützen. Könnte sein, daß neugierige Augen umherschweifen.«

»Toll. Und was ist mit mir?«

»Schnell wieder in den Kern zurück, wie ein geölter Blitz! Sobald du hier draußen bist, haben sie weniger Macht, um dir etwas anzutun, und auch nichts mehr dadurch zu gewinnen. Geh auf dem Weg, den ich dir aufgezeichne habe, zum Hotel zurück. Bleib dort, bis die Nacht vorüber ist, dann dürfte eigentlich nichts mehr passieren. Te Kiore, du begleitest ihn zur Tür, ja? Ruf sofort, falls es Ärger gibt. Und schau dich gut draußen um, bevor du ihn losgehen läßt!«

»Kein Problem!« Der riesige Mann stand auf, und der steife Umhang legte sich in Falten um ihn. »Bist du mit deinem Arrak fertig, Kumpel?«

Der blinde Dämon des Machismo ließ mich das letzte Glas

austrinken. Es vertrug sich nicht allzu gut mit den vielen Bieren, und ich hatte zu kämpfen, daß mir beim Aufstehen nicht die Beine wegsackten.

»Alles klar«, nuschelte ich, während sich meine Gedärme anfühlten, als würden sie brennen. Wenigstens waren meine Verletzungen hinreichend anästhesiert. Mir gelang noch eine wacklige Verbeugung in Richtung des Skippers. »Dann sehen wir uns alle morgen. *Sch – Selamat tidur*!«

Bevor er mich hinausließ, warf te Kiore einen Blick in den Korridor, hob den Mantel mit einem Arm an, damit er darunter seine Schwertkeule aus dem Gürtel ziehen konnte. »Nichts zu sehen!«, sagte er gutgelaunt. »Komm, wir kratzen die Kurve!«

Wir latschten durch die dunklen Korridore des alten Freudenhauses zurück. Wie verwinkelt sie auch verliefen, te Kiore war sich des Weges immer sicher. Er schien genau zu wissen, wohin er wollte. Vielleicht war auch er ein geborener Navigator wie mein Freund Jyp, mein erster Führer und Beschützer auf den gefahrvollen Pfaden jenseits des Kerns. Tatsächlich erinnerte er mich an Jyp, obwohl te Kiore so klobig und Jyp eher quecksilbrig war, doch er strahlte die gleiche gutgelaunte Leichtigkeit aus. Hin und wieder, wenn man von vorne Stimmen hörte, hielt er mich mit einem massigen Arm zurück, doch sobald wir zur nächsten Ecke kamen, war niemand mehr zu sehen. Einmal jedoch riß er mich heftig in die Dunkelheit unter einer Treppe und wartete angespannt ab, bedeutete mir, absolut still zu sein, und hielt selbst beinahe den Atem an. Einen Moment lang herrschte prickelnde Stille. Schritte näherten sich, die leichten, raschen Schritte eines Mädchens, gefolgt von einem langsameren, schwereren Tritt, der sich beinahe sumpfig anhörte. Als sie vorübergingen, ertönte ein helles, perlendes Lachen, dann ein tiefes, blubberndes Brummen. Als wieder Stille herrschte, winkte mich te Kiore weiter. Doch über unseren Weg, von einem dunklen Seitenkorridor zum anderen, verlief eine lange, feuchte Spur, begleitet von einem leichten Geruch nach abgestandenem Salzwasser, wie an einem verschmutzten Strand. Die nackten Füße des Mädchens zeichneten sich deutlich darin ab, doch daneben, mit einem fast doppelt so langen Schrittabstand, waren breite, annähernd dreieckige Formen zu sehen, an deren vorderem Ende sich eindeutig punktförmige Klauenabdrücke abzeichneten. Ich tippte Kiore an den Arm und zeigte sie ihm, doch er schüttelte nur energisch den Kopf, erschauerte und zog mich weiter. Als wir um die nächste Ecke gebogen waren, wechselte ich das Thema.

»Ein schöner Umhang«, sagte ich leise. »Zuerst hielt ich es für eine Art Fließstoff, doch als ich ihn anfaßte ... Sind das wirklich echte Federn? Alles? Der ganze Umhang?«

»Ganz richtig«, gab er nur wieder freundlicher zurück. »Hat mich so einige Anstrengungen gekostet, ihn zu kriegen. Ein echter Tanaraki, dort werden die allerbesten gefertigt.«

»Woraus ist er denn genau gefertigt? Kiwi-Federn oder was?«

»Fast. Moa-Federn, Albino, auf einem Futter von *Taniko*-Flachs. Absolut phantastisch.«

»*Moa*? Aber die sind doch schon ewig lange ausgerottet ...«

»Ganz richtig! Die gibt's heute nicht mehr. Ich hab doch gesagt, daß es mich einige Anstrengungen gekostet hat. Du kannst dir nicht vorstellen, wie schwierig das war.«

Inzwischen hatten wir wieder die Vordertür erreicht. Er öffnete sie vorsichtig und schaute sich einige Minuten aufmerksam um, ehe er mich gehen ließ. »Kein Schwanz zu sehen«, grinste er erfreut. »Aber paß mal auf, Seemann. An deiner Stelle würde ich so schnell wie möglich Leine ziehen. Meiner Meinung nach ist dein Kumpel Ape ein bißchen zu selbstsicher. Könnte gut sein, daß wer auch immer hinter dir her ist, ein gemeineres Spiel spielt, als ihm bisher klargeworden ist.«

Ich schaute ihm ins Gesicht. Normalerweise schließe ich nicht schnell Freundschaften, doch ich hatte das starke Gefühl, daß ich diesem Riesenkerl vertrauen konnte. Er erinnerte mich tatsächlich an Jyp, als wäre dieser Charakter eine Art Markenzeichen von Leuten mit untrüglichen Instinkten für den jeweils richtigen Weg. Und wenn Jyp sich bei einer Sache nicht wohlfühlte, dann war es angeraten, auf seinen Ratschlag zu hören; er hatte eine Menge mehr Verstand, als man auf den ersten Blick vermuten würde. Vielleicht traf das auf diesen Kerl auch zu. »Warum sagst du das?«

»Wenn sie dich so frontal angreifen, dann ergibt das keinen Sinn, wie er sagt, es sei denn, sie könnten dadurch etwas gewinnen. Oder aber sie wollen verhindern, daß jemand anderer etwas gewinnt. Er ist ein richtiger Fuchs, dieser Ape, doch auf diesen Gedanken ist er noch nicht gekommen.«

»Worauf, zum Teufel, willst du hinaus?«

»Tja, er hat uns ja nicht viel verraten, aber soviel schon, daß es mehr als einen Feind gibt, der nach deinem Hemdzipfel schnappt.« Wieder schaute er sich sondierend um. »Wahrscheinlich sogar Feinde, die sich gegenseitig nicht besonders grün sind. Nimm einmal an, eine Partei hat dich irgendwo geschnappt, hat einen Weg gefunden, sich den Container mit deiner Hilfe unter den Nagel zu reißen. Wären dann die anderen nicht sauer genug, daß sie versuchen würden, dich zu töten? Nur um ihre Rivalen zu bremsen, diese Neidhammel!«

Plötzlich war mein Mund sehr trocken, meine Schrammen zogen sich zusammen. Ich sah die düsteren Schatten, die Apes eigenartiges Feuer an die Wand geworfen hatte, jetzt aber waren sie viel länger, reichten bis um den halben Erdball herum. Diese mysteriöse dritte Macht – wer hatte da seine Hand im Spiel? Wer waren ihre Handlanger? »Ein guter Gedanke«, sagte ich. »Du hast ein Gespür für derlei Dinge.«

Er winkte ab. »Ist in den Genen. In den alten Zeiten der Maoris konnte ein Krieger nichts Geschickteres tun, als seine Feinde zu einem Friedensfest einzuladen – Waffen am Tor abgeben, all so was – und ihnen dann zum Aperitif die Schädel einzuschlagen. Da hätte Al Capone noch etwas lernen können, wirklich. Von daher weiß ein kleines Gen tief drinnen, wie diese Art von Geschichten ablaufen kann.«

»Vielen Dank auch«, sagte ich. »Dann werde ich mal für heute Leine ziehen. Trotzdem fahre ich mit euch, egal, ob es regnet, hagelt, ob Dacoits oder Halbmenschen im Anmarsch sind!«

Te Kiore wackelte mit dem Kopf. »Alles klar, Seemann! Dann bis morgen abend – hoffe ich!« Wieder quakte der Frosch in der Regentonne, und die Tür fiel hinter ihm ins Schloß.

Ich blieb noch einen Augenblick stehen, bereit, jederzeit zurück in die Sicherheit hinter jener Tür zu springen. Momentan stand niemand auf der Schwelle, ich sah nichts außer fettigem Hamburgerpapier und anderem Müll, der im warmen Wind herumwirbelte. Te Kiore hatte sich bei den drei oder vier Mädchen weiter unten auf dem Gehsteig nichts gedacht; ein paar andere standen drüben beim Rikschah-Cola-Stand oder patrouillierten unter den Laternen auf und ab. Das ging in Ordnung. Diese Art von Gefahr war mir bekannt. Ich suchte nervös in meinen Taschen nach Apes Wegbeschreibung, doch gerade als ich sie herauszog und auseinanderfaltete, wurde sie mir von einem plötzlichen, heißen Windstoß aus der Hand gerissen und quer über das schmutzige Pflaster geweht. Ich bückte mich unsicher nach dem Blatt, wobei mir klar war, daß ich damit die Aufmerksamkeit auf mich lenkte. Unweigerlich bewegte sich kurz darauf ein Paar klackender Absätze in meine Richtung. Ich nahm das Papier an mich, richtete mich wieder auf – und blickte in Jacquies Gesicht.

Doch es war nicht Jacquie.

»*Sawaddee*!« Die Stimme war weicher, schnurrender. Ja, auch das Gesicht war brauner, orientalischer, die ganze Gestalt etwas feingliedriger – wenn auch weniger, als ich in Erinnerung hatte; doch es war nicht nur das Gesicht, das dichte, blonde Haar, das es einrahmte. Die schmalen Schultern, die vollen Brüste und schlanken Hüften, die leicht arrogant anmutende Schrägstellung des Kopfes – mir war nicht aufgefallen, wie stark die Ähnlichkeit doch war.

»Guten Abend, Stephen!« sagte das Mädchen namens Rangda. »Ich freue mich sehr, dich wieder in der Stadt zu sehen. Bist du gekommen, um dein Versprechen einzulösen?«

Sie nahm mich bei den Händen. Ihre steckten in langen schwarzen Seidenhandschuhen. Ich konnte nichts sagen. Das war Jacquie. Sogar der Duft, den sie verströmte, war sehr ähnlich – oder handelte es sich lediglich um ein gewöhnliches Parfum – plus Eigengeruch? Sie trug einen chinesischen *Cheongsam* aus schwarzer Seide, der all das betonte, was Jacquies kleines Schwarzes überspielt hatte. Er schimmerte und funkelte wie Hafenwasser unter greller Reklame, und doch wurde die Ähnlichkeit dadurch nur noch unterstrichen. Das hier war Jacquie, aber eine verfügbare, vor Verlangen brennende Jacquie; eine Jacquie, die mir ebenso zu Willen sein würde, wie jedes andere kleine Geschöpf in diesem verdammten Kabarett. Jedenfalls solange mein Geld reichte. Na und? Wo war da der Unterschied, jetzt, da ich die richtige Jacquie für immer verloren hatte? War nicht diese Jacquie aus meiner Welt, nach meinen Wertvorstellungen geschaffen?

Ich schwankte angetrunken. Ich wollte das Original, dessen Bild mich den ganzen Abend über gequält hatte, schon während dieser bestialischen kleinen Travestie einer Sex-Show. Aber welche Aussichten hatte ich darauf? Bestand überhaupt die Chance, einen vor sechzehn Jahren begangenen Fehler wiedergutzumachen? Damals war ich davon überzeugt gewesen, Jacquie ein für allemal aus meinem Leben entfernt zu haben, aus Gründen, die mir damals sehr wichtig waren. Ich hatte sie nicht unfreundlich, nicht kaltschnäuzig abserviert, redete ich mir jedenfalls ein: ganz eindeutig, abgeklärt, wie unter Erwachsenen üblich, keine Spielchen, keine Tränen. Ein korrektes, stufenweises Abkühlen, eine langsame Trennung, ein schmerzloses Sich-voneinander-Entfernen. Vielleicht nicht ohne Bedauern, aber alles zum Besten, nur zum Besten für alle Beteiligten. Und dann, Jahre später, weckte mich eine schreckliche, wundervolle Frau wieder auf, so wie einen mitten in der Nacht ein plötzlicher Mondstrahl, der über die Augenlider gleitet, wecken kann. Und sie zeigte mir mit furchtbarer Klarheit, was ich wirklich war, was ich wirklich getan hatte.

Nur eines hatte sie für mich übriggelassen; das Schlimmste, das Absurdeste sollte ich selbst entdecken: daß ich mich eigentlich nie hatte von Jacquie trennen wollen. Daß ich, egal, wie sehr ich *sie* auch verletzt hatte, mir selbst einen zehnmal größeren Schaden zugefügt hatte. Und aller Erfolg, aller Stolz und aller Machismo der Welt konnte das nicht aufwiegen, genausowenig, wie noch soviel Alkohol es ertränken konnte. Und die Gründe dafür? Jugendlicher, aufgeblasener, eingebildeter Unsinn – sinnlos, für mein weiteres Leben irrelevant, so wie ich es schon damals hätte voraussehen können. Das war der absurde Aspekt an der Sache, ein grausamer Streich, den ich mir selbst gespielt hatte.

Angeschlagen, angetrunken, von Bedauern, Scham und blanker Lust hin und her gezerrt, riß ich eine Mauer aus Hemmungen und Skrupeln wie lose aufeinandergeschichtete Backsteine ein, spürte, wie sie in einem wilden Durcheinander zusammenfielen. Ich verfügte weder über eine Verteidigung noch über Hoffnung; nur das Netz bitterer Entfremdung, das dieses Kabarett über mich geworfen hatte. Wenn ich mich schon selbst betrogen, mir selbst nur die schlimmsten Überreste dessen, was hätte sein können, überlassen hatte, wenn ich noch nicht einmal diesem emotionalen Mahlstrom entkommen konnte, dem sie mich aussetzte, nur weil sie mir ihr verdammtes Gesicht zeigte – wenn ich Jacquie nicht haben konnte, vielleicht konnte ich meine Plagegeister auf diese Weise doch noch austreiben.

»*Sawadee Krup*, Rangda«, sagte ich und grinste. »Du hattest recht, die Show war wirklich lausig. Um so mehr freue ich mich, dich zu sehen.«

»Darauf sollten wir einen trinken«, gab sie verführerisch lächelnd zurück. »Laß uns feiern.« Noch immer lächelnd, ergriff sie meine Hand und legte sie um ihre Schulter, stützte mich und ging mit mir auf die Tür der Bar zu. So betrunken war ich nun auch wieder nicht.

»Rangda ... nicht wieder dort hinein!«

Wieder lächelte sie, ein wenig traurig jetzt, schaute zu mir mit großen, klugen Augen auf. Seen, in denen ein verzweifelter Mann versinken konnte. Sie zog meine Hand zwischen ihre Brüste und drückte sich sanft an mich. »Rangda, nein!« protestierte ich heiser. »Ich muß in mein Hotel zurück ...« Dieser Duft umhüllte mich wie eine betäubende Wolke. »Aber ... wir können auch dort einen Schluck trinken. Wenn du mitkommen willst ...«

Sie preßte sich an mich und strich mit einem Finger zart über meine Lippen, als wollte sie den Weg für einen Kuß ebnen. Auf diesen Fingern fand sich kein Hauch von Pfirsichfarbe, sondern ein brillantes, frisches Blutrot.

Aus dem Nichts winkte sie ein Taxi heran, einen richtigen geschlossenen Wagen, kein *Samlor*, und schon rasten wir Richtung Hotel davon, während wir uns wie zwei Teenager auf dem Rücksitz küßten und kuschelten und kaum die Hände voneinander lassen konnten. Sie war sofort erregt, hemmungsloser als alle Mädchen, die ich bisher gekannt hatte; animalisch wand sie sich unter meinen verzehrenden Fingern, ließ ihre eigenen wandern, in einem Moment verhalten und streichelnd, im nächsten ausgesprochen fordernd. Ich glitt mit meinen Fingern um ihr Knie, schob sie dort auf und ab, jedes Mal ein Stückchen weiter, kletterte den glitschigen Pfad nach oben, bis –

Rauch. Hitze. Aneinandergepreßte Körper, wallende Glieder. Rasierklingen –

Ich verbannte die Vision aus meinen Gedanken, schloß die Finger über der feuchten, spitzenbesetzten Baumwolle, streichelte darüber, als sich ihre Schenkel fest an meine Hand preßten, dann schob ich den Stoff beiseite und schlüpfte darunter. Ihre Finger waren mit meinem eigenen Schenkel beschäftigt, packten fest zu, spielten daran wie ein Flötenspieler und packten dann wieder zu. Ich vergrub mein Gesicht in ihrem Nacken, sah ihre Brustwarzen, die sich in die schwarze Seide bohrten. Wir merkten kaum, daß wir am Hotel angekommen waren, taumelten am betont zur anderen Seite blickenden Empfangschef vorbei durch die leere Halle und rieben uns im Lift beinahe aneinander wund. Meine Hände zitterten so stark, daß ich kaum die Karte ins Türschloß bekam. Doch die Tür sprang schließlich auf, und wir huschten hinein, meine Hände rissen schon an der festen Seide ihres enganliegenden *Cheongsam*. Mit der Kraft eines Panthers schüttelte sie mich ab, duckte sich kurz und richtete sich wieder auf, das alles in einer einzigen schlängelnden Bewegung, mit der sie die schwarze Seide wie eine Haut abstreifte, bis sie nur noch in kleinen Fetzen schweißbefleckter Spitze vor mir stand, die allein dazu geschaffen waren, um von mir weggerissen zu werden.

Ich keuchte beinahe ehrfürchtig. Die Welt um mich herum fiel von mir ab, ich schien nur noch im Widerschein dieser Vision zu existieren. Ich machte einen Schritt auf sie zu, spürte, wie sie sich in meinen Kleidern festkrallte. Ihre Augen waren klare grüne Seen, deren Frische ich auf ihren Lippen schmeckte. Ich wollte in sie hineinspringen, in ihnen aufgehen, ertrinken, was kümmerte mich alles andere. Ich küßte ihre Brüste, tauchte meinen Kopf in ekstatischer Anbetung zwischen ihre Schenkel, fand dort Gnade und Vergessen, wie unter dem prasselnden Regen auf grünen Blättern. Wir wälzten uns auf sauberen, kühlen Laken, ich fühlte mich in sie hineingesogen, ganz tief hinein. Ich zog sie an mich, so wie sie es wollte, hielt sie fest, hielt nichts zurück, bis unsere Haut zu schmelzen und sich miteinander zu vermischen schien wie Wachs in einem Glutofen. Meine letzte klare Erinnerung ist ein Bild von ihr, wie sie über mir sitzend in einem kurzen, atemlosen Moment, bevor sich unsere Schenkel wieder umeinander schlossen, flüstert: »*Mein Name – mein Liebster – mein richtiger Name – ist Kala'narang*!«

Der Rest ist Samt. Und Klauen.

Als ich, eine ganze Welt später, meine Augen wieder öffnete, kam mir alles wie Sack und Asche vor; Sackleinen, von kleinen feurigen Stichen durchsetzt, und Asche, die tief drinnen noch glühte. Meine Augen schmerzten. Mein Kopf pochte so sehr, daß sich die Schläfen vor Schmerz nach außen wölbten, jedenfalls fühlte es sich so an. Ich hatte einen widerlichen Geschmack nach Erbrochenem im Mund, als wäre mir mehrere Male schlecht gewesen und ich hätte es immer wieder hinuntergeschluckt. Ich war steif, kalt wie Blei, sämtliche Muskeln schrien bei der kleinsten Bewegung auf. Doch es war viel zu kalt, um einfach liegenzubleiben, und dieser *Krach* –

Er zerriß mich wie eine Bandsäge. Ich zwang mich, die Augen trotz dieses schrecklichen grauen Lichts zu öffnen. Der große, mittlere Fensterflügel stand zum Hohn sämtlicher Hinweise auf die Klimaanlage weit offen, und obwohl wir über vierzig Stockwerke hoch waren, drangen das mechanisierte Geheule und Gebrumm sowie die Gerüche, die sich zu einem neuen Bangkok-Tag zusammenfanden, bis hier herauf. Ich stöhnte, hielt mir die Hand an den Kopf und versuchte auf die Uhr zu schauen. Halb sechs. Na wunderbar …

Dann dämmerte es mir. Ich lag quer auf dem Bett. Einen anderen Körper konnte ich nirgendwo ertasten. Ich hob den Kopf, schaute zum Badezimmer. Niemand. Ich drehte mich um. Auch die Tür zum Wohnzimmer stand offen. Sie hätte flach auf dem Sofa liegen können, oder außerhalb meiner Sicht; doch ich wußte, daß sie nicht mehr da war. In der Suite herrschte diese gewisse Stimmung, diese Ruhe, die mehr ist als einfach nur Stille. »*Jacquie*«, krächzte ich und korrigierte mich sofort erschrocken: »Rangda?« Doch ich wußte, daß ich nur meine Zeit verschwendete.

Ich versuchte, mich auf die Ellenbogen zu stützen – dann schrie ich auf und fiel zurück. Nachdem der Schmerz, der *daraufhin* einsetzte, abgeklungen war, entdeckte ich, daß die Ellenbogen aufgekratzt und blutig waren, mit Schmutz und allem möglichen verklebt und verkrustet. So hatten sie zum letzten Mal ausgesehen, als ich als kleiner Junge mit dem Fahrrad hingefallen war. Es war grauenvoll, kein schöner Anblick für jemanden mit einem derart verkorksten Magen. Mein Gott, was hatte ich letzte Nacht nur getrieben? Ich konnte mich nur noch an die Intensität, das Animalische erinnern, ein Gedanke, der noch mehr Übelkeit hervorrief. Ich fühlte mich benutzt, mißbraucht, verschlungen, irgendwie erniedrigt. Ausgenutzt und erniedrigt – fühlten sich Huren so? Und sie war nicht einmal geblieben …

Eine Welle von Zorn überflutete meine Schwäche. Vor neuerlichen Schmerzen japsend, fingerte ich auf dem Nachttisch herum. Ein kleiner Stapel aufgerissener Plastikfolien fiel herunter; wenigstens in dieser Beziehung hatte mein Verstand nicht ganz ausgesetzt. Auch meine Uhr war noch da – und die war weit mehr wert, als alles, was sich in meiner Brieftasche befand. Brieftasche? Ich rollte auf die andere Seite – und japste wieder auf. Meine Knie waren genauso übel zugerichtet wie die Ellenbogen, wenn nicht noch schlimmer. Komischerweise waren auf dem Laken, auf dem ich geschlafen hatte, so gut wie keine Blutspuren zu sehen. Keuchend lehnte ich mich aus dem Bett und zog die achtlos auf den Boden geworfene Jacke heran. Da war die Brieftasche, Bargeld und Kreditkarten schauten deutlich sichtbar heraus, dahinter fand ich die Schecks und den Paß. Soweit ich sehen konnte, fehlte nichts. Ich war den Umständen entsprechend zufrieden, wenn auch einigermaßen verwirrt. Sie war einfach auf und davon gegangen und hatte nichts mitgenommen.

Meine Haut glänzte und spannte vor Schweiß und anderen angetrockneten Körpersäften. Meine Innereien waren im wahrsten Sinne des Wortes instabil. Die Luft wurde bereits warm und ungesund. Das Bett stank, das Zimmer stank, ich stank. Unter diesen Bedingungen hatte es keinen Zweck, wieder einzuschlafen. Unsicher schwankend brachte ich meinen protestierenden Körper auf die Beine und wagte einige Schritte. Das Fenster war zu weit weg, ins Bad könnte ich es jedoch schaffen, Schritt für Schritt, wenn ich mich dabei an der Wand abstützte. Nach den dringlichsten Erledigungen gelang es mir, die Dusche aufzudrehen, und nachdem ich in einer schmerzhaften Prozedur meine Schnitte und aufgescheuerten Stellen gesäubert hatte, fühlte ich mich etwas besser. Ich stand unter dem heißen Strahl und ließ ihn allen Schmerz und allen Schmutz wegwaschen, den äußeren wie auch den inneren.

Gerade als ich mein inneres Gleichgewicht einigermaßen wiedergefunden hatte, klingelte natürlich das Telefon. Fluchend drückte ich den Lautsprecherknopf. Wenn mir jetzt der Bursche vom Empfang dumm kam ... Es war ein Anruf von draußen, eine aufgeregte Thai-Stimme brabbelte auf Englisch: »*Khun* Fisher?« verstand ich gerade noch. »Captain Souvanaphong, Flughafensicherheit, Don Muang! Ein Container hier für Weiterverschiffung? War auf Ihre Firma in den Papieren registriert, ja?« Dann spulte er eine nicht enden wollende Auftragsnummer ab.

»Ja, richtig«, bestätigte ich. Und dann: »Was heißt hier *war*?«

»*Khun*, würden Sie bitte gleich herkommen, ein Auto ist unterwegs, wird Sie gleich abholen! *Khun*, er wurde gestohlen!«

Ich taumelte und fluchte, als hätte mir das Telefon einen Schlag versetzt, dann stieg ich immer noch fluchend aus der Dusche und suchte ein Handtuch. Die ungefilterte Luft legte sich stickig auf mich, und ich ging zum Fenster. Auf dem Fensterbrett bemerkte ich Flecken und abgeschabte Stellen. Um Himmels willen, wir hatten es doch wohl nicht *da* getrieben! Im vierzigsten Stock! Doch im Augenblick mußte ich mich um andere Dinge kümmern. Rangda? Konnte sie etwas gestohlen haben, einen Ausweis oder ein Dokument, das man benutzen konnte, um an den Container heranzukommen? Aber nein, so etwas hatte ich gar nicht erst bei mir gehabt. Alle Details befanden sich im Computer im Büro unserer hiesigen Agentur; man konnte nicht einfach so auftauchen und etwas verlangen, egal mit welchen Ausweisen man auch herumwedelte ... Mein Kopf pochte jetzt wie ein Schmiedehammer.

Daran hatte sich auch zwei Stunden später draußen am Flughafen nichts geändert. Die Fahrt – beim vollen Klang der Sirene – nach Don Muang trug das ihre dazu bei, ebenso wie die beiden schlanken, energischen Beamten in schlichten Uniformen, die mich mit Fragen hinsichtlich des Containers, seines Inhalts, des Projekts, überhaupt allem bombardierten. Sie trugen die Abzeichen der Fremdenpolizei, doch nach einer Minute war ich sicher, daß das nur als Deckmantel für ihr gutes Englisch diente. Ebenfalls nicht gerade als Vorteil erwies sich die Tatsache, daß ich das Projektbüro in die Liste derer aufgenommen hatte, die im Notfall benachrichtigt werden sollten. Als ich mit rotunterlaufenen Augen in die Dienststelle der Sicherheitspolizei wankte, schoß eine winzige Rappelkiste von Taxi heran, aus dem sich Jacquie in Jeans, Leinenjacke und gestreiftem Jersey schälte und mich mit einer neuen Breitseite von Fragen bombardierte, was natürlich erneut die Bullen auf den Plan rief.

Wir fanden uns alle im Büro des Captain ein, der uns auf der anderen Seite des Schreibtisches gegenübersaß, während die »Fremdenpolizei« sich mißmutig an die Wand dahinter lehnte. »Unsere Sicherheitsvorkehrungen gehören zu den besten der Welt«, eröffnete uns der Captain mit einem protestierenden Blick nach hinten. »Die Regierung besteht darauf, sowohl als Schutzeinrichtung für den Handel, als auch als Waffe im Drogenkrieg. Um drei Uhr achtzehn heute morgen registrierte unser zentrales Überwachungssystem eine Störung – ich weiß nicht über alle Details Bescheid, doch Infrarot schien etwas nicht genau Definierbares zu melden, womöglich einen Mann. Sofort wurde über Funk ein bewaffneter Wachmann zur Überprüfung losgeschickt, und als dieser Alarm auslöste, kam ihm ein Beamter zu Hilfe. Der Beamte wurde von hinten niedergeschlagen und kann sich an überhaupt nichts erinnern. Als weitere Sicherheitskräfte eintrafen, war die Tür aufgebrochen und der Container verschwunden – nur dieser eine. Es war so wenig durcheinandergebracht worden, daß wir die Listen durchgehen mußten, um festzustellen, daß überhaupt etwas fehlte. Der Wachmann …« Er zögerte. »Vielleicht wurde auch er niedergeschlagen, allerdings läßt sich nicht die geringste Verletzung feststellen. Er ist jedoch total verwirrt, wie nach einem Schock. Er brabbelt wirres Zeug vor sich hin … seltsame Wesen, ich kann es nicht wiederholen.«

Wieder verspürte ich dieses flaue Gefühl im Magen. Ein einziger Pappbecher mit unvollständig aufgelöstem Schnellkaffee und Milchpulver hatte nicht viel gegen die Verheerungen der letzten Nacht ausrichten können. Ich wollte nicht wissen, welchen Eindruck ich hier hinterließ. »Dieser Wachmann – spricht er Englisch? Ich würde mir die Geschichte gerne anhören. Kann ich mit ihm reden?«

Der Captain trommelte mit den Fingern auf den Schreibtisch. »Wir haben seine Befragung vorläufig abgeschlossen. Er braucht ärztliche Behandlung. Ein Krankenwagen ist schon unterwegs.« Er erhob sich. »Aber warum nicht? Vielleicht erinnert er sich an ein anderes Detail. Kommen Sie, bitte.« Er nahm einen kleinen Cassettenrecorder mit und geleitete uns auf einen Korridor hinaus. Das Zimmer war offensichtlich ein Krankenzimmer, doch hielt ein Beamter davor Wache, ein zweiter saß im abgedunkelten Zimmer. Auf dem Feldbett lag ein Mann, in Fötushaltung zusammengekrümmt. Der Captain schüttelte ihn sanft. »Tran!«

Ein Stöhnen war die einzige Antwort.

»Sprich englisch, Tran. Der Herr, dem die gestohlenen Waren gehören, möchte wissen, was mit dir passiert ist …«

Ich beugte mich über ihn. »Wenn es Sie nicht zu sehr anstrengt –«

Er warf sich herum. Die Augen leuchteten. Auf den Lippen stand Schaum, der aufgerissene Mund entblößte das Zahnfleisch. Mir fiel plötzlich die Beschreibung eines Amokläufers ein, die ich einmal irgendwo gelesen hatte.

Er stieß einen Schrei aus, der einem das Blut in den Adern gefrieren ließ. »*Poo 'chai farung! Farung bpleu'ay bah*!«, und danach wäre er beinahe mit einem einzigen Satz aus dem Bett gesprungen und zum Fenster gerannt. Der Beamte hielt ihn fest, und er taumelte gegen die Jalousie, wo er brabbelnd, schluchzend und schäumend stehenblieb.

»Westler!« sagte Jacquie ruhig und schaute mich an. »Das heißt ›verrückter nackter Westler‹!«

»Das stimmt«, sagte der Captain gewichtig, als wir uns wieder in seine Plastiksessel lehnten. »Der Kernpunkt seiner verrückten Geschichte ist immer diese idiotische Sequenz mit einem Zug voller Geister und Spukwesen, die von einem Europäer angeführt werden, einem bleichgesichtigen, steifen Europäer, der wie ein wandelnder Toter umhergeht. Ach ja, splitternackt war er auch. Diese Kreaturen griffen ihn an und machten sich an ihm zu schaffen, während der Europäer eigenhändig die Apparaturen des Lagerhauses bediente und den Container auf einen quietschenden alten Tieflader, einen Anhänger sozusagen, umlud. Als sie abfuhren, rannte er hinter ihnen her –«

Was ihn aus meiner Sicht zu einem sehr mutigen Mann machte.

»– bog um eine Ecke und verlief sich plötzlich im Nebel. Wir befinden uns hier auf einem internationalen Flughafen, *Khun* Fisher. In der vergangenen Nacht gab es hier keinen Nebel. Mehr hat er uns nicht gesagt. Doch er hat noch ein weiteres Detail hinzugefügt.«

»Was denn?«

»Er identifiziert Sie, *Khun* Fisher, als den Europäer.«

Die nächsten Stunden waren nicht sehr angenehm. Natürlich war ich der erste Europäer, den der Mann seit dem Zwischenfall zu Gesicht bekommen hatte, das gab auch der Captain zu. Trotzdem, und schon allein im Interesse der Untersuchung, wäre es hilfreich, wenn ich erklären könnte, was ich zu jener Zeit gemacht hatte …

Die Drogenpolizei wurde herbeizitiert, und Jacquie strahlte tiefstes Mißtrauen aus. Sie schien jetzt die allermieseste Meinung von meinem Charakter und meinen Motiven zu haben. Sie hätte die Polizisten nicht mehr ermutigen können, wenn sie mit dem Finger auf mich gezeigt und gerufen hätte: »Du machst diese ganze Geschichte nur, weil du in irgendein dreckiges Geschäft verwickelt bist!« Und ich sah exakt wie so ein heruntergekommener Typ aus, der zu derartigen kriminellen Taten fähig war. Ich mußte schrecklich viele schreckliche Fragen beantworten und sah schon vor mir, wie sie mich zu einer ihrer Veranstaltungen mit Gummiknüppeln und Elektroden wegkarrten, als jemand auf die glorreiche Idee kam, in meinem Hotel nachzufragen.

Doch jetzt wurde die ganze Geschichte erst recht auf den Kopf gestellt. Jawohl, der Nachtportier hatte *Khun* Fisher so gegen Mitternacht zurückkommen sehen, ziemlich äh, angeregt und – allein. Ja, er sei gleich nach oben gefahren, und ja, er sei nicht wieder heruntergekommen. Ob sie da absolut sicher seien? Absolut. Sie hatten einen strikten Sicherheitsdienst eingerichtet, der über jeden Buch führte, der durch den einzigen Haupteingang herein- oder herauskam. Die ganze Zeit über liefen Videokameras. Nach Mitternacht ging *Khun* Fisher weder noch einmal weg, noch kam er von irgendwoher zurück.

»Es sei denn«, krachte es aus dem Telefonlautsprecher, »er ist vom vierzigsten Stockwerk heruntergeklettert – haha!«

»Hahaha!« lachten die Bullen dröhnend, sichtlich erleichtert, daß sie nicht gezwungen waren, diesem einflußreichen ausländischen Geschäftsmann die Seele aus dem Leib zu prügeln. Man wußte ja nie, welche Schwierigkeiten das nach sich ziehen konnte.

»Haha«, stimmte ich ein und hatte die schwindelerregende Vision, wie ich in den frühen Morgenstunden splitternackt an der Fassade des Hotels hinabkletterte. Mein Gott, vielleicht sogar kopfüber! Und wieder hinauf. King Kong, gedoubelt von einem abgezogenen Hasen. Die Pflaster und Verbände, die ich auf meine Knie und Ellbogen verteilt hatte, brannten schuldbewußt vor Schweiß.

Der Captain schüttelte den Kopf. »Entschuldigung, *Khun*. Sie müssen verstehen ...« Er spreizte die Finger. »Ganz offensichtlich war der Mann im Delirium, total verwirrt durch den Schock. Und dann seht ihr Europäer auch alle gleich aus. Wir müssen also hoffen, daß er bald bessere Auskünfte geben kann. Inzwischen führen wir unsere Untersuchungen fort.«

»Tun Sie das«, sagte ich zustimmend. »Der Mann wollte unser Frachtgut beschützen. Ich möchte, daß er die allerbeste Behandlung bekommt. Jemand soll sich um seine Familie kümmern, falls er eine hat. Meine Firma kommt für alle Kosten auf. Bitte regeln Sie das Übliche noch heute mit unserem Agenten.«

Der Captain nickte dankend. »Sie sind sehr großzügig. Leider hat Sie diese Angelegenheit von Ihrem Frühstück abgehalten, *Khun* wenn nicht von Wichtigerem. Ein Wagen wird Sie gleich zu Ihrem Hotel zurückbringen –«

»Vielen Dank, aber ich nehme ein Taxi. Ich muß in dieser Angelegenheit gleich meinen, äh, Hauptpartner aufsuchen – und zwar sofort.« Falls ich ihn vor der verabredeten Zeit auftreiben konnte.

»Aber selbstverständlich«, entgegnete der Captain und wandte sich an Jacquie. »Und Sie, Miss Kven-Svensen?«

»Ich«, verkündete sie, und ihr Mund war dabei nurmehr ein dünner Strich, »ich gehe mit Mr. Fisher. Wir sind seine Auftraggeber und haben auch ein Wörtchen mitzureden. Und bisher bin ich nicht im mindesten zufrieden. Wo auch immer er hingeht, um wen auch immer zu konsultieren – ich werde ihn begleiten. Und Sie, meine Herren, sind Zeugen, falls ich, aus welchem Grund auch immer, nicht wieder zurückkehren sollte. Hörst du mich, Stephen? Ich möchte jetzt ein paar *Antworten* haben!«

Dazu konnte ich nicht viel sagen. Ich konnte ihr hier und jetzt unmöglich alles erklären, und, was noch schlimmer war, in ihrer Begleitung würde ich wahrscheinlich niemanden finden. Mit Dave hatte es zwar geklappt, allerdings war da viel Glück mit im Spiel gewesen, oder war es einfach die Tatsache, daß ich ein gutes Gefühl für den Weg entwickelt hatte? Darauf konnte ich mich hier nicht verlassen, und auch auf sonst nichts. Morgens und abends war die beste Zeit, um in die Spirale überzuwechseln, von der Nabe auf das Rad. Vielleicht, weil im Zwielicht die Abgrenzungen zwischen dem, was man sehen konnte und was nicht, nicht so eindeutig waren; doch das war nur ein rationaler Erklärungsversuch. Jetzt herrschte sowieso sonnenheller Tag, der es einem schwer genug machte, in die City zurückzugelangen, ganz abgesehen von weit ungewöhnlicheren Passagen. Ich kreuzte zwei Stunden mit einem Taxi hin und her, konnte die Bar jedoch nicht finden; auch der Taxifahrer hatte den Namen noch nie gehört. Also entschied ich mich dafür zurückzufahren, mir eine Ruhepause und etwas zu essen zu gönnen und es später noch einmal zu Fuß zu versuchen.

Die ganze Zeit über saß Jacquie wie eine Bombe mit Zeitzünder neben mir, auch die Einladung zum Essen nahm sie nur mit einem kurzen Nicken an. Als ich ihr mitteilte, daß ich mich einen Moment hinlegen wollte, blaffte sie nur: »Ich komme mit!« Ich lachte amüsiert, doch ihr Blick traf mich wie eine Ohrfeige. Sie folgte mir zur Suite hinauf, die inzwischen wieder in ihren gewöhnlichen unbefleckten Zustand zurückversetzt worden war. Jacquie ging durch alle Zimmer, schaute sich überall um und verkündete dann, sie werde sich im Wohnzimmer ausstrecken und mir das Bett überlassen. Da lag ich nun, starrte an die Decke und verfiel immer wieder ins Dösen, ohne richtig einzuschlafen. Ich war todmüde, doch die

Sorgen und das Chaos in meinem Kopf ließen nicht an richtigen Schlaf denken.

Glücklicherweise waren die aufgerissenen Plastikfolien entfernt worden. Der kleine Stapel bereitete mir einiges Kopfzerbrechen. Ich konnte doch unmöglich so weggetreten gewesen sein, daß ich mich an absolut überhaupt nichts mehr erinnerte. Der Empfangschef behauptete, ich sei allein zurückgekommen, und das nicht aus übertriebenem Taktgefühl. Ich hätte wetten können, daß auch das Videoband nichts anderes zeigte als mich, wie ich durch die Hotelhalle torkelte und den Arm um jemanden legte, der nicht da war. Außerdem gab es keine Kamera, die das Hotel von außen überwachte. Was hatte mich dazu veranlaßt, etwas zu tun, das kaum möglich und obendrein ziemlich verrückt war? Warum fühlte ich mich so schlecht? Es war weniger der Alkohol als eine Art Vergiftung, sowohl psychisch als auch physisch – kein heimtückisches Nervengift, eher eins von der elisabethanischen Sorte: durchschlagend, brennend und ätzend. Als hätte es die Hälfte meiner Innereien weggebrannt und mich so hohl wie einen unplombierten Zahn zurückgelassen. So ausgewaschen, als ob …

Ich setzte mich auf. Als ich mich das letzte Mal so gefühlt hatte, hatte jemand sich kurz zuvor in meinem Körper breitgemacht, sich seiner bedient, ihn sozusagen besessen. Man hatte mich auch davor gewarnt, daß ich in dieser Hinsicht weiterhin verwundbar sei, wenn ich mich wieder auf die Spirale hinauswagte. Damals war es mir hinterher schon schlimm genug ergangen, aber nicht so schlimm wie diesmal. Damals war diese Besessenheit zumindest teilweise mit meiner Einwilligung geschehen und hatte mich aus einer furchtbaren Klemme gerettet. Hier war ich jedoch gegen meinen Willen zu etwas gezwungen worden, das dem gesunden Menschenverstand, dem Selbsterhaltungstrieb und allem, was meine Persönlichkeit eigentlich ausmachte, widersprach. Ich erschauerte, und meine Kehle schnürte sich zu. Kein Wunder, daß die

Nachtschicht am Empfang nichts gesehen hatte. Was letzte Nacht mit mir ins Hotel gekommen war, war eine Macht aus der Spirale, die so manche Ziele verfolgt haben mochte, zuallererst jedoch ihre eigenen. Also hatte sie mich geködert, verführt, wie in einem Buch in mir gelesen und mich zielsicher an meiner schwächsten Stelle gepackt. Indem sie mich verführte, setzte sie mein Alarmsystem außer Kraft, sie kroch in mich, direkt unter meine Haut. Ich ließ mich in die kühlen Kissen sinken. Alles mit Hilfe von Sex. Ausgenutzt. Mißbraucht. Tatsächlich. Ich war vergewaltigt worden.

Die Tür flog auf. Da stand Jacquie. »Was ist los? Was hast du gesagt?«

Ich konnte nur müde blinzeln.

»Ich dachte ...«, sagte sie langsam, »... ich dachte, ich hätte dich schreien gehört ...« Sie schaute mich an, und ich konnte ihre Gedanken förmlich arbeiten sehen. Nein, gerissene Kerle wie Stephen schreien nicht. Sie machte die Tür wieder zu und riß sie gleich darauf wieder auf, als sie mich aus dem Bett steigen hörte. »Wo willst du hin?«

»Mich noch mal duschen!« sagte ich kurzangebunden, da ich splitternackt vor ihr stand. Nichts, das sie nicht schon vor langer Zeit gesehen hätte, doch ich hielt sehr viel von Intimsphäre. »Wenn du erlaubst.«

Sie hielt den Atem an. »Deine Arme ... und deine Beine ...« Sie starrte auf die Verbände, die an mehreren Stellen blutige Flecken aufwiesen. Dann wanderte ihr Blick zum Fenster hinüber. Von dort wieder zurück, mit weit aufgerissenen Augen; vierzig Stockwerke. Gerissene Kerle tun so etwas auch nicht, jedenfalls nicht sehr oft.

»Wenn du Antworten suchst«, sagte ich, »dann mußt du dich auf einige ziemlich unmögliche Dinge gefaßt machen. Das erste ist, daß ich keine krummen Sachen mache.«

»Das denkst du vielleicht«, fauchte sie. »Nur gute Geschäfte, nehme ich an. Versicherung wahrscheinlich. Ein geschickter Coup, damit kannst du vor deinen Saufkumpanen herrlich angeben. Vermutlich sollte ich es dir nicht vorhalten, man hält auch einem Tauben nicht vor, daß er nichts hört. Du verstehst sowieso nicht, daß sich jemand für eine Sache wie diese wirklich einsetzt, oder?«

»Glaubst du das wirklich?«

Sie folgte mir wutentbrannt ins Badezimmer. »Ich hätte es ihnen gleich sagen sollen, als ich deinen Namen las – wenn er sich dieser Sache annimmt, obwohl es sonst keiner tun will, dann hat er seine Gründe dafür, irgendwelche persönlichen Vorteile. Aber ich dachte mir, warum nicht, Hauptsache der Job wird erledigt. Warum soll er nicht mitnehmen, was nebenbei für ihn herausspringt, ist ihm doch zu gönnen. Das ist nun mal seine Art, es gibt schlimmere Typen – dachte ich jedenfalls!« Ich antwortete nicht, was hätte ich auch sagen sollen? Ich drehte die große Mischbatterie in der Duschkabine auf und seufzte wohlig. »Ich dachte, vielleicht hat er sich ein bißchen verändert, ich war neugierig! Und falls nicht, geht es schon in Ordnung, solange ich dabei bin und ein Auge auf ihn habe! Als ich dich dann traf, warst du noch viel ...« Sie schüttelte den Kopf. »Beinahe hätte ich geglaubt, daß du dich verändert hast. Doch als mir klarwurde, daß du niemals vorhattest, die Ladung durchzubringen –«

Sie verstummte, als ich in einer Wolke aus Schaum aus der Dusche herausstürmte und sie bei den Armen packte. Das heiße Wasser hatte die Verbände und mit ihnen meine Selbstbeherrschung aufgeweicht. »Jetzt hör mir mal gut zu! Hast du irgendwelche Beweise für deine Vermutungen?« Ich schüttelte sie und zerschnitt mit der flachen Hand die Luft zwischen uns. »Keine! Welchen Grund hast du überhaupt für diese Vermutungen? Weil ich dich vor vielen Jahren hab sitzen lassen? Die Geschichte, die du von Geschäftsfreunden über mich gehört hast? Herrje, was könnte ich dir nicht alles über sie erzählen – ohne zu übertreiben! Und dann kommst du ...« Mir fehlten die Worte. Ich schüttelte sie noch einmal. Dann sah ich in ihr Gesicht und las alles ab, was es dort zu lesen gab: Wut und Zweifel und Sorge, eine schreckliche, brodelnde Mischung. Vielleicht hatte sie damit nicht unrecht. Vielleicht wußte ich wirklich nicht, was es bedeutet, wenn sich jemand für eine Sache wirklich einsetzt.

»Alles, was ich tue«, sagte ich etwas freundlicher, »dient dem einzigen Zweck, den Container mit der Computerausrüstung zur Insel zu schaffen, wenn möglich rechtzeitig. Und danach alle anderen. Vielleicht glaubst du mir jetzt nicht, aber ich hoffe, daß du es bald tun wirst. Wenn du bei mir bleiben willst, in Ordnung, aber versuche bitte, mir zu vertrauen, oder fälle dein Urteil zumindest momentan im Zweifel für den Angeklagten. Das macht es mir etwas leichter.« Ich schaute hinaus zur Sonne. »Nachmittag. Bis zum frühen Abend können wir nichts ausrichten. Wir sollten die Zeit nutzen und eine ordentliche Mahlzeit zu uns nehmen.« Ein dünner roter Faden rann aus dem Verband an meinem linken Ellbogen in die sich auflösende Seife auf den Arm. Ich zuckte zusammen. »Und nach der Dusche möchte ich als erstes diese blöden Verbände wechseln. Das braucht eine gewisse Zeit.«

»Solange auch nicht«, sagte Jacquie. »Ich helfe dir.«

Unser Waffenstillstand hielt eine ganze Weile. Ich fand das bekritzelte Stück Papier noch in meinem Jackett. Rangda hatte es nicht bemerkt, oder es war ihr gleichgültig gewesen. Diesmal folgten wir gemeinsam meinen Schritten, nur daß die Straße, die ich heraufkam, nicht mehr die gleiche war, die ich hinuntergegangen war. »Als ob die räumlichen Relationen konstant blieben, aber nicht das, was sie ausfüllt …«

»Was redest du da bloß?« erkundigte sich Jacquie. Oder hing es damit zusammen, daß ich mit jemandem unterwegs war, der nicht einsehen würde, warum man den gleichen Weg wieder zurückging? Jemand, der nicht daran glaubte?

»Hab nur vor mich hingebrabbelt«, antwortete ich und suchte mir den Weg durch die vielfältigen Unannehmlichkeiten, die diese gewundene Gasse säumten. »Es muß hier irgendwo sein …«

»Großartig!« sagte Jacquie sardonisch. »Ich bewundere den Geschmack deines Freundes. Ich meine, in dieser Gegend würde man nicht unbedingt Gauner vermuten, oder?«

»Immer mit der Ruhe. Wir probieren es weiter drinnen.«

Doch nach einer Weile fragte ich mich, ob Jacquie nicht mein Mühlstein war. Die Bar war so schmierig wie immer, nur gab es zu dieser Tageszeit keine Spezialvorführungen, statt dessen nur ein paar gelangweilte Mädchen, die mit den Hinterteilen wackelten. Die Schatten im hinteren Teil des Raums waren lediglich Schatten, die Türen fest verschlossen. Meine Versuche, den einsamen Barkeeper zum Sprechen zu bringen, schlugen fehl, selbst als ich ihm außergewöhnliche Schmiergelder anbot. »Die beste Lebensversicherung in diesem Viertel ist ein versiegelter Mund«, klärte er mich freundlich auf. »Besser als das Blaue Kreuz.«

Als wir es leid wurden, weiter zu warten, gingen wir wieder hinaus, trieben uns an den Docks herum, doch überall bekam ich die gleiche Antwort; bis ich mich direkt nach Batang Sen erkundigte. Der Reaktion zufolge hätte ich mich ebensogut nach dem Fliegenden Holländer erkundigen können. Jacquie wurde natürlich immer ungeduldiger, verfiel immer mehr in ihr höhnisches chinesisches Verhalten. Ich schaute mich bei den *Prahus* um; Boegies gab es dort jede Menge, nette kleine Schiffe mit langem Bugspriet und toplastig vor lauter Segeln, und sie glitten weiß und schnell wie Möwen über das kabbelige Wasser der Flußmündung. Von größeren Schonern war allerdings nicht das geringste zu sehen, schon gar nicht einer von der Größe eines Grand Banks-Modells mit ausreichend Platz für einen Container, geschweige denn zwei. »Das ist ja alles höchst interessant«, bemerkte Jacquie. »Aber wenn ich dich daran erinnern darf: Allmählich bricht die Nacht herein, und wir befinden uns nicht im gesündesten Stadtteil für umherstreunende Europäer oder einen Mischling wie mich! Warum gehen wir nicht wieder in dein nettes, sauberes Hotel, und du probierst es mit einigen Antworten, hm?«

Ich schaute mich überall auf den verlassenen Molen um, die die Docks säumten und zu alten, hölzernen Kais hinabführten. Die Sonne stand jetzt auf dem Horizont und schickte lange Strahlen quer über das Wasser. Die Schatten wurden länger und tiefer. Hier und dort blinkten die ersten Hafenlichter auf, kleinere Boote liefen ein. »Zurück zu dieser verdammten Bar! Ich habe ihnen versprochen, daß ich den Container bis heute abend herbringe, und ich habe es nicht geschafft! Ich muß sie finden und ihnen berichten, was geschehen ist, Hilfe suchen – Hilfe, die wirklich etwas ausrichtet!«

Jacquie schloß geduldig die Augen. »Steve ...« hub sie an, und dann flogen sie wieder auf, um etwas anzustarren, das sich hinter mir befinden mußte. Ich drehte mich um und sah die drei Jugendlichen, die aus einer Seitenstraße auftauchten. Sie grinsten. Kaugummikauende Kiefer mahlten über grellbunten amerikanischen oder italienischen Shorts und Hemden. Einer von ihnen streckte mir die Hand entgegen, als wollte er mir etwas anbieten, doch als er die Finger öffnete, ertönte das Klicken eines Schnappmessers.

Er hatte sich den falschen Zeitpunkt ausgesucht und verließ sich zu sehr auf das Messer, das jeden gewöhnlichen Touristen zu Tode erschreckt hätte. Ich jedoch hatte die Nase gestrichen voll, packte ihn am Handgelenk und knallte ihm voller Wut und Enttäuschung die Faust mitten ins Gesicht. Das Messer fiel durch die Planken des hölzernen Stegs. Die beiden anderen stürzten sich auf mich, wobei einer von ihnen gleich heulend und mit schmerzverzerrtem Gesicht wieder abließ. Jacquie hatte ihm mit voller Wucht gegen das Schienbein getreten und eine saubere Links-Rechts-Kombination auf den Mund hinterhergeschickt. Sie konnte nicht soviel Gewicht wie ich einsetzen, doch als ihr Kandidat aufheulte, verpaßte ich dem dritten ebenfalls einen Schlag, packte dann einen nach dem anderen an Kragen und Hosenboden und schleuderte sie ohne viel Federlesens in den schlammigen *Klong*.

Der erste kam aus der Hocke hoch, wie bei einem Rugby-Angriff, und schleuderte uns beide auf der anderen Seite über den Rand des Stegs auf den kurzen Abhang darunter. Ich packte ihn an der Kehle, drehte mich um die eigene Achse und rammte sein Gesicht ins flache Wasser am Ende des Abhangs. »*Kiap Batang Sen*!« brüllte ich ihn an, während ich ihn an den Haaren hielt. »Wo finde ich ihn? Hier? Oder wo? Red schon!«

Er konnte nur ein wenig blubbern. Gerade als ich ihn noch einmal eintauchen wollte, fiel mein Blick über das Wasser, vorbei an seinen mühsam herumpaddelnden Freunden. Die Sonne ging gerade unter, und sofort, obwohl der Himmel noch golden leuchtete, erstrahlten die Hafenlichter vor einer grauen, papiernen Düsternis. Und in den Wolken erblickte ich Landzungen und Halbinseln, helle Wolkeninseln mit goldgesäumten, glänzenden Stränden, Buchten mit zerklüfteten Felsen – ein Archipel in einem Meer aus Feuer, das sich bis in die Unendlichkeit ausdehnte. Das Feuer ergoß sich über die spiegelnden Wellen, über die ganze See bis hierher zu uns, eine breite Spur, die sich erst in den plätschernden Kreisen brach, in denen die kleinen Gauner erschöpft an Land wankten. Doch in den Schatten zu beiden Seiten des Feuerstrahls spiegelte ein dunkles Meer die Lichter des Hafens mit zunehmender Deutlichkeit.

Ich ließ den rudernden Körper fallen, schwang mich wieder hinauf auf den Gehweg, packte Jacquies Arm und zog sie hinter mir her. Wir rannten, unsere Schritte polterten über die Planken, während die Abenddämmerung rasch einsetzte. Die Planken schienen rauher zu werden, schon halb verrottet, als hätte man diesen Teil der Docks nie renoviert. Nicht weit entfernt, vielleicht zwei, drei Kais weiter, hielt ich vor einem halbverfallenen Tor an und deutete mit dem Finger.

»Was …« keuchte Jacquie mit trockener, zitternder, unsicherer Stimme. »Waren sie hinter uns her? Kamen noch mehr?«

»Nein! Die? Ich bin nicht vor ihnen weggerannt! Sieh nur!«

Ihr Blick folgte nicht meinem ausgestreckten Zeigefinger, sondern konzentrierte sich auf mich. »Was … was siehst du da, Steve?«

»Nicht ich – was siehst du, dort, im Wasser? Was spiegelt sich dort?«

»Ich weiß nicht, Lichter vielleicht«, murmelte sie verwirrt. »Zu viele Lichter, als würde da etwas hoch über dem Wasser reflektiert, aber da ist nichts –«

»Doch! Nein, nicht hochschauen, noch nicht – schau ins Wasser, genauer, noch genauer! Siehst du es?«

»Da ist etwas … zwei, drei … ich weiß nicht, was. Und Lichter.«

»Ich weiß, was es ist. Zwei Masten, nein drei – oder ist das ein Schlot? Takelage, mit Laternen … mein Gott, sieh nur, wie groß es ist! Das ist es. Komm jetzt!«

Ich zog sie hinter mir her und schritt durch die klaffenden Torflügel, hinaus auf den Kai. Plötzlich betraten meine Füße nicht mehr wurmzerfressenes Holz, sondern klappernde Steinplatten. Ich hörte, daß Jacquie einen Schrei ausstieß und spürte, wie sie an meinem Arm zerrte; doch in den dichten, weißen Nebelwirbeln, die um uns wogten, konnte ich sie nicht mehr sehen.

Kapitel 6

Die Stille umfing uns wie ein Käfig. Nur noch Jacquies überwältigtes Stöhnen und ihr keuchender Atem waren zu hören. Ich packte sie fest am Arm und zischte eine Warnung.

»Was du auch tust, nicht –«

»Laß mich los«, fauchte sie und hämmerte einen gut gezielten Schlag auf meinen Bizeps, einen von denen, die man in Selbstverteidigungskursen lernt. Wahrscheinlich hätte er keinen Vergewaltiger abgeschreckt, mich traf er jedoch völlig unerwartet. Sie wand ihren Arm aus meinen vom Schlag prickelnden Fingern, und ihre Schritte entfernten sich dumpf hallend im Nebel hinter mir.

Ich folgte dem Geräusch und fluchte vor mich hin – meinetwegen, nicht ihretwegen. Daß sie so reagierte, konnte ich ihr nicht vorwerfen. Ich hatte ihr genug Gründe geliefert, mich für verrückt zu halten, und jetzt das noch. Natürlich mußte sie annehmen, daß es etwas mit mir zu tun hatte. Also war sie in die Richtung davongelaufen, die ich auch gewählt hätte, nach links. Es war die falsche Richtung, denn hier wurde der Nebel nicht gerade dünner, und die Schuhe gingen noch immer über festen Steinboden. Ein gedämpftes Geräusch und ein Ruf von weiter oben ließen mein Herz schneller schlagen, trappelnde Schritte folgten; sie war über etwas gestolpert. Das wäre mir kurz darauf auch beinahe passiert – eine Stufe, eine breite Steinstufe, auf der irgendein Stoff lag, feucht und glitschig. Eine Treppe! Eine Treppe, die über diesen Nebel hinausführen oder einfach im Nichts enden konnte. Ich stieg vorsichtig, eine Hand vor mir ausgestreckt, hinauf und hoffte, daß auch Jacquie aufpaßte. Aus Angst vor Pfeilen traute ich mich nicht zu rufen, außerdem hätte ich sie dadurch wohl nur noch weiter verjagt.

Die Treppe führte steil nach oben, und schon nach wenigen Minuten konnte ich die Stufen vor mir erkennen, sowie undeutliche Flecken im Nebel, die um mich herum und über mir aufragten, riesenhafte Schattenformen, die an Säulen und Kuppeln erinnerten. Plötzlich tauchte ich auf, wie ein Schwimmer in einem brodelnden Meer aus Milch. Als ich meinen Blick hob, blieb ich vor Erstaunen stehen. Die Treppe stieg noch weiter an, zu Türmen und Galerien; in einen leuchtend blauen Himmel ragten von Steinmetzarbeiten überzogene Spitzen aus bräunlichem Stein und glockenförmige Kuppeln aus Ranken und Flechten hoch hinauf, umschlossen dunkle, in Stein gehauene Figuren, die in Säulen aus Dampf verharrten, während die Sonne in ihrem Zenit den Nebeltau wie eine Opfergabe von ihnen leckte. Im Zenit! Die Hitze legte sich wie eine schwere Hand auf meinen Nacken. Ein Schritt, ein Tor hatte uns vom Abend zum Mittag befördert.

Ein paar Stufen weiter oben stand Jacquie, regungslos wie die Statuen rings um sie, und blickte in die Ferne, ohne ein Anzeichen dafür, daß sie mich gesehen hatte. Noch bis zur Hälfte im Nebel stehend drehte ich mich um und folgte ihrem Blick; und genau wie sie war ich wie gelähmt.

Der Nebel lichtete sich. Er hatte sich nur um dieses riesige Bauwerk aus kühlem, von Alter und Flechten verkrustetem Stein so dicht gehalten. Dahinter zogen nur noch geisterhafte Fetzen zwischen den Baumspitzen eines endlosen Dschungels dahin, ein wogender Ozean aus leuchtendem Grün, der sich, so weit wir in der klaren Luft blicken konnten, bis zu einem Horizont rollender Hügel erstreckte.

Ich drehte mich wieder um und rannte die Stufen hinauf. Jacquie wich vor mir zurück, doch nur eine oder zwei Stufen; ihr Mund stand offen, ihre Augen flackerten zwischen mir und dieser unmöglichen Landschaft hin und her.

»Ich nicht!« keuchte ich und nahm sie schon wieder beim Arm. »Ich habe damit nichts zu tun! Jemand, der das Projekt nicht mag, glaube ich – aber wie das möglich ist, darfst du mich nicht fragen! Oder warum, oder wo –«

Jacquie schüttelte mich ab, jedoch nur, um sich geistesabwesend umzuschauen. Hinter uns erhob sich eine weitere Galerie, und plötzlich zeigte sie auf die riesigen, in Stein gehauenen Friese: »Sieh nur!«

Sie waren stilisiert und sehr verwittert, trotzdem konnte ich sehen, was Jacquie so beeindruckte. Wie in einem Breitwandkino wirbelte über die von der Zeit dunkel abgesetzten Steine das Epos einer eleganten menschlichen Gestalt, die in einem Kampf mit einer Menge monströser, fast nur aus Reißzähnen und glotzenden Augäpfeln bestehender Figuren verstrickt war. Ich dachte an dieses Masken-Ding und erschauderte. Es war das heidnische Gegenstück zu einem Schrein. Jacquie schien davon wie hypnotisiert zu sein.

»Das kenne ich!« sagte sie verwirrt. »Sieh nur, es ist die Geschichte von Buddha – er wird von den Armeen des Dämons Mara angegriffen – und darunter, das ist eine *Jakata*, ein buddhistisches Volksmärchen – das hier ist das Märchen vom Affenkönig, so ähnlich wie Hanuman im *Ramayana* –«

»Du meinst, das Epos? Woher kennst du nur all dieses Zeug?«

»Ach, das habe ich schon vor vielen Jahren gelesen.« Sie lächelte noch immer etwas verwirrt. »Auf der Suche nach meinen orientalischen Wurzeln. Und hier unten, wo sich Buddhismus und Hinduismus überlagern, stolpert man immer wieder über die Buddha-Geschichten und das *Ramayana*. Das gehört hier zur Allgemeinbildung, es lebt in Tänzen, Puppentheatern und so weiter fort.«

»Und Tempelmauern, verstehe. Du erinnerst dich nicht zufällig daran, welche Tempelwände in der näheren Umgebung von Bangkok von der Lebensgeschichte Buddhas geziert werden?«

Sie lachte. »In der Nähe von Bangkok gibt es nichts annähernd Großes –« Dann schlug sie den Handrücken vor den Mund. »Großer Gott –«

»Ja.«

»Ich muß übergeschnappt sein. Ich hätte nie …«

»Du standest ziemlich unter Schock.« Ich starrte diese Reliefs noch immer an, als wollten sie mir etwas verraten. Taten sie aber nicht. »Mach dir keine Vorwürfe. Es hat mich genauso überrascht. Mir passiert andauernd so etwas, seit ich mich mit diesem verdammten Projekt beschäftige.«

»Dir? Andauernd? Aber … wo sind wir hier?«

Ich hörte ein Geräusch, einen Schlag, entfernt und doch ganz deutlich, ein leises Dröhnen durch den Stein. »Egal, wo – wir sollten uns nicht zu lange hier aufhalten.«

Ich machte einen Schritt und blieb wie erstarrt stehen. Im

Nebelmeer unter uns schwamm etwas wie ein riesenhafter Fisch. Schuppen glitzerten unter der Oberfläche. Langsam stieg es herauf, bis zu den Stufen, und eine scharf umrissene Haifischflosse brach durch die Oberfläche. Jetzt fiel mir auf, daß es sich um den gleichen glitzernden Hügel handeln mußte, den ich schon einmal über dem Nebel gesehen hatte. Die Form auf seinen Rücken war breit und solide, wie ein Türmchen. Das war kein Fisch, eher ein Unterseeboot mit einem Kommandoturm. Dann, wohl an der unteren Stufe angekommen, wurde der Kopf durch den Nebel sichtbar, eine funkelnde, mit einer schuppigen Rüstung überzogene Masse, die sich hin- und herbewegte, und an deren Seiten sich tatsächlich so etwas wie Flossen bewegten. Nein, keine Flossen, sondern Ohren! Und unter der Rüstung schwang etwas durch den Nebel, und zwei große, gebogene, leuchtendweiße Zinken kamen zum Vorschein, jeder mit einem gezackten Stahlpfeil versehen, wie ein gigantischer Speer. Den gekrümmten Rücken hinunter schimmerte noch mehr Rüstung, eine gezackte Rückenplatte lief in einer Kaskade spitzer, stachliger Schuppen und reich verzierter Kettenglieder aus, die im Gleichklang mit den massiven, steinerschütternden Tritten klirrten und klingelten. Das Ding auf seinem Rücken war ein Käfig aus Metallplatten, achteckig, von dichter Perforation durchbrochen und mit einem wehenden Banner obenauf.

Ein Kriegselefant. Die ultimative Vernichtungswaffe der Hindu-Eroberer von Südasien – mit Abstand der größte Elefant, den ich je gesehen hatte, ein gigantisches Vieh, das jeden Zoo-Elefanten zum Zwerg degradierte, in voller, schreckenerregender Kriegsausrüstung. Die Ohren wedelten, als er wie eine alptraumhafte Erscheinung aus dem Nebel auftauchte; sie waren ebenfalls von großen, aus Silberdraht gefertigten Platten geschützt, von denen wiederum, schaukelnd und tanzend, Ohrringe aus mit Juwelen besetzten Schädeln herabhingen. Es war eine einzigartige Erscheinung, ein Symbol des

Wohlstands und der Macht, und in seinem erhabenen, majestätischen Herannahen schrecklicher anzusehen als ein Panzer. Aus der bemannten Howdah auf seinem Rücken zischten jetzt lange Pfeile mit bunten Federn, die rings um uns her auf den Steinen landeten.

Einer fauchte an meinem Ohr vorbei, nicht gefährlich nahe, aber doch alarmierend genug. Ohne ihn wäre ich wahrscheinlich noch länger staunend stehengeblieben, bis es zu spät gewesen wäre. Was ging hier vor? Auf diese Entfernung hätten sie uns inzwischen mit Pfeilen spicken können. Sie schossen absichtlich vorbei, um uns lebend zu fangen. Ich riskierte einen Blick die Treppe hinauf. Dort schloß sich zumindest noch eine weitere Ebene an, doch glaubte ich, zwischen den Kugeln eine Bewegung gesehen zu haben. Sofort summte ein weiterer Pfeil über unsere Köpfe und knallte weiter oben gegen die Stufen. Ich hatte begriffen: Sie könnten bei Bedarf auch genauer zielen. Wie auch immer, wenn es eine Chance zur Flucht gab, dann lag sie irgendwo dort unten im Nebel. Hinter dem näherkommenden Elefanten tanzten jetzt hohe Speere auf und ab, hier und da auch die Spitze eines Langbogens. Die Treiber zogen sich zusammen, um der Beute den Fluchtweg abzuschneiden. Damit blieb uns nur eine Möglichkeit, und die mußten wir rasch nutzen. Jacquie stand noch immer mit weit aufgerissenen Augen da, sie keuchte und gurgelte, als würde sie jeden Moment ertrinken. Sie stand kurz vor einem hysterischen Zusammenbruch, kein Wunder. Ich faßte sie am Arm und sie starrte mich an.

»*Runter*!« schrie ich, vielleicht kreischte ich auch. Dann hastete ich, sie hinter mir her ziehend, so schnell die Stufen hinab, daß ich beinahe das Gleichgewicht verloren hätte; und weiter taumelten wir in wilder Flucht, immer kurz davor, endgültig die Stufen hinunterzufallen. Keine andere Aktion hätte uns retten können. Die Bogenschützen reagierten schnell, ihre Pfeile zischten und zersplitterten auf den Stufen, die wir gerade hinter uns gelassen hatten. Unsere wilde

Flucht führte uns genau zu der Stelle, die sie mit ihren Pfeilen nicht beschießen konnten – direkt vor ihren Elefanten. Doch der war für derlei Aktionen gut abgerichtet; der massive Kopf duckte sich, um das Schußfeld zu vergrößern, die mit Stacheln bewehrten Stoßzähne schlugen wild nach links und rechts aus, der Rüssel erhob sich zu einem herausfordernden Trompeten. Noch ein paar Schritte, zwei, einer – ich warf mich zur Seite, zog Jacquie hinter mir her. Sie stolperte, dann schrie sie auf und duckte sich. Der Rüssel drosch über ihren Kopf hinweg und schlug seitlich gegen die Treppe; lange Stacheln glitzerten an einem riesigen, gepanzerten Bein, das sich hob und niederstampfte, wobei es zur Seite schwang, um uns doch noch zu erwischen und zu zertrampeln. Aber wir waren schon vorbei, wichen einem Speer aus, den ein *Mahout* von oben herunterschleuderte. Daraufhin bearbeitete er den Elefanten mit einem hakenbewehrten Stock, doch auf der Treppe konnte er sich mit diesen steifen, säulendicken Beinen nicht schnell genug drehen. Der Mann fing an zu brüllen, der Elefant trompetete wütend, und wir tauchten im Nebel unter. Eine schattenhafte Gestalt versperrte uns den Weg, stieß eine Drohung aus und senkte einen Speer, doch ich war bereits an seiner Spitze vorbei, ließ Jacquie los und schlug mit beiden Fäusten auf das verschwommene Gesicht ein. Er kippte nach hinten und stürzte schreiend und klappernd die Treppe hinunter; ein anderer fiel über ihn. Plötzlich spürte ich keine Stufen mehr unter den Füßen, nur noch flache Steinplatten. Ein weiterer Mann kam heran, wollte sich auf mich werfen, sprang jedoch vorbei und prallte mit einem gequälten Aufschrei am Fuß der Treppe auf. Jacquie biß sich neben mir auf die Lippe und humpelte; sie hatte ihm ein Bein gestellt. »Gut gemacht!« sagte ich, hob sie in meine Arme und beeilte mich, so gut es ging, hinaus auf die Terrasse zu gelangen, ungefähr in die Richtung, aus der wir gekommen waren. Hinter uns schwoll das Rufen und Schreien beängstigend an.

Doch fast gleichzeitig baute sich ein weiterer klobiger Schatten vor uns auf, groß und scharf umrissen in den wirbelnden Nebelwolken, so nah schon, daß wir mehr oder weniger hineinrannten. Einen schrecklichen Moment lang dachte ich, die graue, einer Schieferplatte ähnliche Seite gehörte ebenfalls zu einem Elefanten, doch meine ausgestrecken Hände berührten sie, und als ich sie zurückzog, waren sie mit abgeblätterten Farbflocken bedeckt. Die Erkenntnis war fast noch schlimmer. »Es ist der verdammte Container!« schrie ich laut.

Er stand auf einem altersschwachen Tieflader, offensichtlich ein verrostetes Relikt aus den zwanziger Jahren, ein Typ, den ich noch nie gesehen hatte. Er sah eigentlich nicht so aus, als könne er das Gewicht bewältigen. Ich lief um das Führerhaus herum und riß die Tür auf. »Kein Schlüssel! Weiß der Teufel, wie man so eine Kiste kurzschließt – wahrscheinlich hat sie nicht einmal einen elektrischen Anlasser!«

»Was – was sollen wir jetzt tun?« schrie Jacquie.

»Was wir tun sollen? Wir können dieses Ding nicht allein hochheben – nicht einmal dieses verdammte Untier von Elefant wäre dazu in der Lage.« Als hätte ich es herbeizitiert, spürte ich, wie die Steinplatten unter meinen Füßen im Rhythmus rascher Schritte erzitterten, so schnell wie ein Elefant eben zu rennen vermochte. Sie hatten uns entdeckt.

»Schnell weg!« rief ich und wollte Jacquie schon wieder mitreißen. Sie riß sich los und lief allein weiter, um den Container herum und hinein in den sich auflösenden Nebel. Ich erwartete, jeden Augenblick in Gestrüpp zu geraten, peitschende und schlingende Ranken und Wurzeln um die Füße zu spüren, die mich in den Pfad dieser erbarmungslosen Tritte zurückzerren würden. Statt dessen spürte ich eine federnde Weichheit, bei der es sich unmöglich um feuchte Erde handeln konnte. Unsere Schritte trommelten und quietschten auf hölzernen Planken. Im gleichen Moment flammte der Nebel in einem blendenden, rosafarbenen Leuchten auf, ein sengendes Zischen und Knistern, wie ein explodierendes Holzscheit in einem gigantischen Scheiterhaufen. Ich suchte nach Jacquie, fand ihre Hand – dann stolperte ich und fiel, zog sie mit mir hinunter, rollte mit ihr über splitterndes Holz. Über uns, wo die Mittagssonne erst vor wenigen Augenblicken über dem Nebel aufgeblitzt war, erstreckte sich ein klarer Himmel voller Sterne. Davor ragte eine Säule empor, doch sie war aus Holz und mit Farbflecken bedeckt; ihre Spitze war zu Splittern geborsten, die noch in diesem eigenartigen rosa Feuer glommen und rauchten. Es waren die Überreste des alten Torbogens. Seine herabrieselnden Splitter versengten mir die Haut an den Händen. Ich blickte mich um; die andere Seite sah genauso aus, zerschmettert und versengt. Keine Spur vom Querbalken. Das Tor war nur noch ein rauchender Stumpf.

Jacquie stützte sich blinzelnd auf einem Ellbogen auf. Ape kam mit geschultertem Stab in seinem rollenden Seemannsgang den Holzsteg herunter. »Seht euch das an!« grölte er. »Die Farbe von abgestandenem *Advocaat*!«

»Wa – was?«

»Eure verdutzten Gesichter!«

Ich atmete tief und erleichtert durch. Ich hatte keine Explosion gehört, doch noch immer schien die Luft im Nachhall zu beben. »Keine Angst«, beruhigte ich Jacquie. »Er ist auf unserer Seite.«

»Da bin ich aber erleichtert«, antwortete sie trocken. Sie tat ihr Bestes, nicht die Nerven zu verlieren, doch ihre Mundwinkel zitterten verräterisch. »Und was genau ist unsere Seite?«

Ich holte noch einmal tief Luft, doch dann kam Ape mit zornigem Blick angetrampelt, das Gesicht fleckig vor kaum unterdrückter Wut. »*Nou, Mijnheer Idioot?* Was gedenkt Ihr jetzt zu unternehmen, nachdem Ihr alle unsere Anstrengungen und bescheidenen Erfolge zunichte gemacht habt, hä? Und als Dreingabe hätten sie dich beinahe noch höchstpersönlich gekrallt.« Er schnaubte verächtlich, wie ein wütendes Kutschpferd. »Ich habe dich rein zufällig gefunden, weißt du das? Du bist nicht aufgetaucht, und der Container auch nicht. Ich mache mir Sorgen, schaue mich im Hafen um, und was finde ich da?« Er räusperte sich und spuckte ausgiebig aus, daß es nur so auf die Planken klatschte. »Du hast ihnen den Container auf dem Tablett serviert und dich selbst als Nachspeise! Ich sollte dich in deiner eigenen Dummheit schmoren lassen! Beim nächsten Mal mache ich das vielleicht auch!«

»Aufhören!« rief Jacquie mit versagender Stimme. »Es war nicht Steves Schuld!«

Ich starrte sie an. Das waren ja ganz andere Töne als die, die sie den ganzen Tag über angeschlagen hatte. Ape legte den Kopf zur Seite und betrachtete sie. »*Wat*«, fragte er herablassend, *»is deze?«*

Sie warf den Kopf zurück.

»Das ist Jacquie«, sagte ich hastig. »Sie arbeitet für das Projekt.«

Ape wurde etwas zugänglicher. »Aha«, meinte er nachdenklich. Dann legte er einen schwieligen Finger an sein verzotteltes Stirnhaar. »*Dag, Mevrouw.* Nicht seine Schuld, sagen Sie, und doch ist er daran beteiligt. Ich finde, hier sind einige Erklärungen fällig, *nie*?« Er schleuderte seinen Stab in die Luft, und ein einziger rosafarbener Lichtblitz prasselte durch den Himmel. »Te Kiore und seine Leute suchen dich auch. Ich rufe sie zurück. Wir gehen zum Schiff und nehmen einen Drink oder sechs, ihr seht ganz so aus, als könntet ihr das gebrauchen.«

»Zum Schiff?« erkundigte sich Jacquie argwöhnisch und stand auf.

Ape zeigte nach hinten. Sie drehte sich um und hielt den Atem an. Der Hafen hatte sich jetzt in einen leuchtenden Vorhang aus farbigem Licht verwandelt, der sich im dunklen Wasser spiegelte. Doch darüber, wie eine Flechte aus Schatten, ragte das Takelwerk eines riesigen Segelschiffs empor. So schroff sie ihn noch vor einem Moment abgelehnt hatte, so entschieden klammerte sich Jacquie jetzt an meinen Arm. »Das ...« stammelte sie. »Das hast du gesehen ... als ich es nicht ... sehen konnte ... oder wollte ...«

»Wie der Herr schon sagte, jetzt sind einige Erklärungen fällig.«

Sie schüttelte den Kopf, nicht aus Ablehnung, sondern vor Verwunderung, und als sie sich an mich lehnte, spürte ich, wie sie zitterte. Sie schaute mich mit großen Augen an und nickte. Ich wußte,wie es ihr jetzt ging. Genau wie ich damals und genau wie Dave, hatte sie die Schwelle zu einer weiteren Welt überschritten und spürte jetzt den kühlen Schauder bis in die Tiefen ihrer Seele. »Ja, allerdings«, sagte sie, nur noch ein wenig zitternd. »Aber zuerst ...«

»Ja?«

»Dieser Drink.«

Dann blickte sie über meine Schulter, und ihr Gesicht erstarrte. Te Kiore kam über den Steg getrottet. An einer Seite schaukelte die Schwertkeule, und er brüllte eine ganze Reihe absolut unverständlicher Begrüßungen. Da er seinen Federmantel nicht trug, waren die Verzierungen auf Brust und Hals deutlich sichtbar. Im trüben Licht der weit auseinanderstehenden Hafenlampen, die auch nicht alle brannten, verwandelten ihn die Tätowierungen in eine Art spitzenbesetzte Spukgestalt mit Kindersprache.

»Heiliger Strohsack, alter Kumpel, wir haben die ganze Bude auf den Kopf gestellt, um dich zu finden! Hast uns ja 'nen ganz schönen Schrecken eingejagt! Und wo ist deine zu groß gewordene Konservenbüchse gelandet?« Erst jetzt fiel sein Blick auf Jacquie, und er blieb stehen. »Oh, ah, He! Wer ist denn diese hübsche Lady? Guten Tag, Miss, kommen Sie mit uns an Bord? Sehr schön! Das Beiboot liegt gleich hier – wenn Sie hinunterhüpfen würden, bringen wir Sie schneller weg von hier als Spucke von einer heißen Herdplatte!«

»Mir wären Drinks lieber«, korrigierte ihn Jacquie matt.

Eine multinationale Crew schnatternder Halsabschneider

geleitete uns zum Beiboot und hievte uns mehr oder weniger per Hand an Bord. Doch trotz ihres abstoßenden Äußeren bemerkte ich, daß sie praktisch ohne Gerangel auf ihre Plätze an den Rudern glitten, und sobald te Kiore die Fangleine losgemacht hatte und an Bord gesprungen war, legten sie in perfektem Gleichschlag ab.

»Erfahrene Matrosen«, flüsterte ich ihm zu, als das Beiboot einen sich rasch verbreiternden Pfeil ins ruhige Hafenwasser schnitt.

Er betrachtete mich einen Augenblick. »Ganz recht! Aber du bist auch nicht gerade eine Landratte, oder?« Er wandte sich im Bug um. »Ah, da vorne liegt sie! Ist sie nicht eine wahre Schönheit?«

Während wir im Bogen seitlich an ihn heranfuhren, nahm der hoch über uns aufragende Schatten feste Formen an. Jacquie neben mir stieß ein atemloses Kichern aus. »Ich kann es kaum fassen!«

Auch ich staunte nicht schlecht. Es war, als würde ein Stahlstich aus den Seiten eines alten Buches aufsteigen. Ich schätzte sie auf gut fünfundvierzig Meter: langgestreckter, schlanker Rumpf, beinahe wie bei einem alten Klipper, und bis auf die kleine Achterhütte und das Ruderhaus fast ohne Aufbauten; eine überdimensionale Luke verdeckte den Laderaum – groß genug, um mindestens einen Container aufzunehmen. Die drei Masten waren in der Art eines alten Schoners getakelt, doch zwischen dem Fockmast und dem Hauptmast war soviel Zwischenraum, als hätte sich einst an dieser Stelle ein vierter Mast befunden. Statt dessen erhob sich dort ein hoher, schlanker Schornstein, schwarzglänzend, mit Goldverzierungen überzogen und von einem völlig absurden orientalischen Postamentwürfel gekrönt, wie sie auch die ersten Dampflokomotiven zierten. Genau auf der Höhe des Schornsteins unterbrach ein abgerundeter, niedriger Kasten die klare Linie des Rumpfes, fast wie der Kotflügel eines Oldtimers. Darunter befand sich, halb verborgen, etwas, das wie ein mit vielen Schaufeln versehenes Mühlrad aussah. »Ein Raddampfer!« keuchte Jacquie. »Mein Gott, ist das Ding denn sicher? Es muß mindestens hundert Jahre alt sein!«

»Darauf würde ich nicht wetten. Es ist auch kein Dampfer – die Schaufeln sind zu klein. Wahrscheinlich sind es nur Behelfsräder, nachträglich an das Segelschiff angebaut. Habe ich recht, te Kiore?«

»Klar!« brummte er zustimmend. »So wie wir es lieben, der alte Batang und ich. Den Wind gibt's kostenlos, Treibstoff nicht. Die alten Schaufeln bringen sie nicht gerade übers Meer, doch es reicht, um jeden Hafen ohne die Hilfe eines Schleppers zu verlassen, sie aus jeder Windstille herauszubugsieren und auf stürmischer See im Gleichgewicht zu halten. Oder einem Piratenschiff davonzufahren. Das ist in unserem Gewerbe Gold wert.«

Jacquie schüttelte ungläubig den Kopf. »Aber ... Schaufeln? Dampf? Warum nicht Diesel und eine Schraube?«

Te Kiores Tätowierungen zuckten lustig durcheinander. »Weil es keinen Dieselhändler in Tir nan Og gibt, auch nicht in Arcadia oder in Terra Australis oder in Tar-Shish. Weil Prester Johns Taucher keine gebrochene Schraube heraufziehen können und man so etwas erst in Nibelheim reparieren lassen kann, oder in den Zyklopenschmieden, und deren Preise sind gesalzen. Aber ein neues Schaufelblatt kann man zur Not mit den eigenen Händen in ein, zwei Stunden selbst herstellen, egal ob östlich oder westlich des Sonnenuntergangs. Deshalb, meine Hübsche!«

Jacquie schaute entsetzt von ihm zu mir. »Arcadia? Prester John? Zyklopen? Um Gottes willen, wollt ihr beide mich total wahnsinnig machen? Falls ja, dann bekommt ihr Schurken –«

»Erklärungen!« unterbrach ich sie krass. Das Boot drehte leeseitig bei. Über uns erhob sich ein elegant geschwungener Schiffskörper, ganz anders als die dickbäuchigen Walrosse, die ich vor einiger Zeit – und das unter feindlichem Beschuß – geentert hatte. »Ob es dir gefällt oder nicht, Jacquie, diese Welt ist eigenartiger und großzügiger als es sich die meisten Leute in ihren kühnsten Träumen vorstellen – geschweige denn wirklich sehen können.« Auf te Kiores Ruf hin wurde quietschend eine lange Bootsleiter heruntergelassen. »Sie hat sich mir, vor einigen Jahren schon, geöffnet. Seitdem war nichts mehr wie vorher.«

Ich half ihr aus dem Boot auf die Plattform der Treppe. Das Schiff machte rundum einen überaus luxuriösen Eindruck, überall poliertes Mahagoni mit Messinggeländer, wie bei einer viktorianischen Yacht – was es höchstwahrscheinlich auch einmal gewesen war. »Nichts«, wiederholte ich. Sie blickte mich kurz an und dann hinüber zur Küste. Sie war nicht sehr weit entfernt, doch bereits in ein unbestimmtes Licht getaucht, in dem konturenlose Schatten schwammen, unerreichbar. Dann kletterte sie ohne ein weiteres Wort die Leiter hinauf.

Der Salon der *Ikan Yu* war eine gelungene Überraschung. Ich hatte den rauhen Komfort eines malaiischen Piratenschiffes erwartet, statt dessen saß Batang Sen halb zusammengerollt in einem enormen, mit reichlich Brokat verzierten Armsessel und rauchte eine lange Meerschaumpfeife, die auf einem silbernen Untersatz ruhte. Zwischen uns standen auf einem arg mitgenommenen Rosenholztisch eine geschliffene Glaskaraffe mit Arrak und eine Kupferschale mit in Blättern gewickelten Betelnüssen und sauren Limetten. Unter unseren Füßen lagen ein abgetretener Perser, und die Wandbehänge mit Batikmustern verdeckten herrliche Ahornvertäfelungen, die auf einen Ursprung nicht mehr als hundert Meilen von Newport, Rhode Island, entfernt schließen ließen. Daran hingen in Abständen entseelt aussehende Hirschköpfe, ein staubiges kleines Krokodil und ein paar verblaßte Landschaftsbilder. In Silber eingefaßte Lampen schaukelten leicht in der Dünung der Flußmündung, und das Öl, das sie verbrannten, roch nach süßen Kräutern. Ihr Licht verwandelte Jacquies

Haar in mattes Gold. Sie hatte sich in einen abgenutzten, aber eleganten Hängemattenstuhl gesetzt, der vielleicht einmal für die Frau eines Ostindienkaufmanns oder die eines seiner Kapitäne angefertigt worden war, und drehte ihren zweiten Gin Sling in den langen Fingern. Die Gin Slings waren ausgezeichnet. Batang Sens Steward hätte den Barkeepern in Harry's Bar oder bei Raffles noch den einen oder anderen Trick verraten können. Jacquie sagte jedoch nichts und summte nur vor sich hin, den Blick träumerisch ins Nirgendwo gerichtet.

Das beunruhigte mich. Ich versuchte, ihr etwas über die Spirale zu erzählen, und nach einigen Minuten atemloser oder wütender Ungläubigkeit schien sie es endlich zu akzeptieren. Dann erinnerte ich mich, wie Clare auf diese Tatsachen reagiert und sich einfach in eine traumartige Trance der Verantwortungslosigkeit zurückgezogen hatte. In diesem Zustand hatte sie Dinge getan, die so gar nicht zu ihrem kerngesunden englischen Charakter paßten – jedenfalls nicht an der Oberfläche. Andererseits war Jacquie etwas älter und wahrscheinlich ein ganzes Stück klüger. Doch die Erlebnisse dieses Tages konnten unmöglich spurlos an ihr vorübergegangen sein. Sie hatten mich das Fürchten gelehrt, und ich hatte immerhin eine gewisse Ahnung von dem, was hier überhaupt vor sich ging.

Sie hörte einfach zu, wie ich Ape alles erzählte, eine Prozedur, die alles andere als angenehm war. Da sie dabeisaß, spielte ich die Geschichte mit Rangda so gut es ging herunter. »Halt eins von diesen Barmädchen, das ich schon damals nach dem Zwischenfall mit den Dacoits kennengelernt habe.«

»Und in keiner Sekunde dämmert es dieser getrockneten Erbse in deinem Hohlschädel, daß sie möglicherweise ein Köder sein könnte?« knurrte Ape mißmutig.

»Nein! Ich war sowieso schon ... sauer. Ich war verprügelt worden, die Priester überschütteten mich mit ihren Zweifeln an der ganzen Angelegenheit, ich war ein bißchen betrunken, und ... es gab noch andere Gründe. Ich war sauer.«

»Da gehst du los und besorgst dir was zum Bumsen!« konterte Ape angewidert. »Da hättest du ihnen gleich die Schlüssel in die Hand drücken können!«

»Ich habe mir nichts besorgt! Sie war einfach da! Sie hat mich aufgerissen! Glaub nur nicht, ich wäre mit jeder kleinen Nutte nach Hause gegangen! Sie –« Ich hielt inne.

»Ja?« hakte Ape nach. »Was denn? Was ist denn so Besonderes an dieser hier, daß du sämtliche Vorsicht sausen läßt?«

Ich funkelte ihn an. »Damit du dich daran weiden kannst?«

Er schlug mit seiner verwitterten Hand auf den Tisch. »Ich? Ich weide mich an nichts, und daran schon gar nicht! Ich versuche zu verstehen, was mit dir geschehen ist! Damit ich dich schützen kann, vielleicht sogar zurückverfolgen, was du wie ein Idiot hast entwischen lassen! Also raus mit der Sprache! Oder ich kehre dieser ganzen Geschichte den Rücken – und dir auch!«

Der wütende Zorn in diesen seltsam verschleierten Augen ließ mich zurückschrecken. »In Ordnung! In Ordnung! Ich habe sie schon einmal getroffen, sie war unheimlich nett zu mir! Ich wußte, daß sie scharf auf mich war, jedenfalls schien es so. Am meisten lag es jedoch daran, daß, äh, … daß sie jemandem sehr ähnlich sah, das ist alles.« Ich warf einen verstohlenen Blick auf Jacquie, doch sie stierte noch immer leise summend ins Nichts. Ich konnte unmöglich sagen: Ich wollte diese Frau, weil sie wie Jacquie aussah und weil ich Jacquie nicht kriegen konnte. Aber das war die Wahrheit. »Jemand, den ich früher kannte. Jemand, den ich immer mehr vermisse, immer stärker. Da stand sie plötzlich, und den Container glaubte ich in guten Händen.«

»Und du hast ihn nicht davor gewarnt«, fügte te Kiore hinzu.

»Ich habe ihm auch nicht gesagt, daß er seinen Kopf auf keinen Fall in einen Fleischwolf stecken soll!« blaffte Ape zurück. »Oder einen anderen Körperteil! Hätte ich wohl tun sollen!« Er fuhr sich mit seinen Wurstfingern durchs Haar und beruhigte sich wieder. »Aber das genügt mir schon. Dieses Mädchen wußte, wo du angreifbar warst, kannte den Teil von dir, der noch immer leer ist. Dort hat sie sich hineingezwängt – und den Weg für etwas geöffnet, das dich ausgefüllt hat, deinen Willen und dein ganzes Wissen bezwungen hat, um seinen Absichten zu dienen. Welchem Ding dieses Mädchen auch gehorcht, es hat dich dazu gebracht, den Container, den du unter allen Umständen schützen wolltest, herauszugeben.« Seine Hand schnellte vor und er stieß mir den Fingernagel des Zeigefingers zwischen die Rippen. »Auf Veranlassung dessen, was in dir war, bist du nackt vierzig Stockwerke hinuntergeklettert – und später wieder hinauf. Ja, und du hast eine Horde von Gott weiß welchen minderwertigen Kreaturen angeführt. Der Wachmann hat es gesehen und die Wahrheit gesagt. Du warst besessen.«

Mir wurde es regelrecht schlecht, als würden mir Schnecken durch die Adern kriechen, als wären meine Gedärme mit langen Schlangen aus bitterem Schleim gefüllt. »Ich hätte es wissen müssen! Diese kleine Hexe ...«

»So menschlich war sie wahrscheinlich nicht«, meldete sich Betang Sen zu Wort und sog an seiner Pfeife.

»Besessen!« krächzte ich und preßte mir die Hand vor den Mund, um das Würgen zurückzuhalten. »Herrje, allein die Vorstellung macht mich krank ... Ich könnte kotzen –«

»Zweifellos«, nickte Ape. »Denjenigen, die nicht verwundbar sind, macht es nicht viel aus. Ist es dir nicht schon einmal passiert?«

»Nicht gegen meinen Willen, jedenfalls zum Schluß nicht!«

»Weil du anderen damit helfen wolltest, stimmt's?« Seine Stimme verlor etwas an Schärfe. »Doch auch das hier hast du gewollt, obwohl es dir nicht bewußt ist. Sie hat sich die Leere zunutze gemacht, diese Einsamkeit in deinem Leben.«

Hinter mir quietschte plötzlich der Stuhl. »Ihr Weg zu dir führt über dein Verlangen. Auf diese Weise unterläuft sie deine Skrupel, deine Verteidigung.« Er seufzte. »Ich glaube eigentlich nicht, daß sie eine so große Kontrolle über dich ausübt, sonst würde ich bessere Vorkehrungen treffen. Sie ist keine Hexe, dieses Mädchen, eher so etwas wie eine trojanische Hure, im Auftrag welcher Mächte auch immer! Das können wir momentan aber noch nicht herausfinden.«

»Mich wundert vor allem«, sagte te Kiore in die bedrückende Stille, die jetzt eintrat, »daß diese Saubande ausgerechnet einen verdammten Tieflader benutzte, um den Container wegzukarren. Dabei haben sie doch diese *Garuda*-Vögel und alles andere – eh?«

Ape sah nicht minder abwesend und entgeistert als Jacquie aus. »Die Vögel? Das war eine andere Attacke, aus einer anderen Richtung. Erinnere dich: Es gibt mehr als nur einen Feind, der gegen uns antritt. Der eine scheitert daran, uns den Container mit Gewalt abzunehmen, der andere versucht es daraufhin mit Arglist und Täuschung.« Er zuckte vehement die Schultern. »Scheint so, als hätte der zweite mehr Erfolg gehabt.«

Ich setzte mein leeres Glas betont vorsichtig, um es ja nicht zu zerbrechen, auf dem Tisch ab. Ich würgte die Übelkeit hinunter, an deren Stelle jetzt Wut in mir aufstieg, bis mir die Schläfen pochten und sich ein roter Schleier über die Augen senkte. »Ich will dir eins sagen, Ape! Welche Mächte das auch sein mögen – und wenn sich die Mächte der Hölle selbst mir in den Weg stellen –, ich kriege diesen Container wieder zurück!«

»*Bonzer*!« feuerte mich te Kiore an und klatschte in die Hände. Batang Sen jedoch beugte sich nur ein wenig nach vorne und spuckte einen roten Strahl Betelsaft in den verzierten silbernen Spucknapf neben seinem Sessel.

»*Tuan* Stephen«, sagte er mit ausgesuchter Ernsthaftigkeit, wobei sich sein verwittertes Gesicht besorgt in Falten legte, »Sie bezahlen uns für unsere Dienste mit Gold, und wir sind nicht diejenigen, die von einem Geschäft zurücktreten. Welche Gefahren sich uns auch entgegenstellen werden, wir werden ihnen gemeinsam entgegentreten! Aber da Sie von den Mächten der Hölle sprechen – genau die, und keine geringeren, könnten hier im Spiel sein.«

Mit einem Ruck kam Jacquie zu sich. »Oh, Steve, warum läßt du es nicht einfach sein? Sie werden den Container knacken und alles kurz und klein schlagen, bevor jemand anderer wieder herankommen kann. Wer sollte sie davon abhalten?«

Jetzt entblößte Ape sein Findlingsgebiß bis zum Zahnfleisch. »Ich, *Mevrouw*, ich bin derjenige! Solange meine Zeichen auf dem Container sind, können sie ihn nicht beschädigen. Schon ihn zu transportieren fällt ihnen schwer! Vermutlich haben sie deshalb den Laster eingesetzt. Und darum lassen sie ihn dort stehen, wo er sich jetzt befindet, damit der Nebel und der Regen des heiligen Ortes die Zeichen nach und nach herunterwaschen. Bis dahin, selbst wenn sie ihn ins Meer werfen, wo er oben schwimmt, kann er gefunden werden! Wenn es darauf ankommt, mit Mitteln, die nur mir bekannt sind!« Er funkelte mich unter buschigen Augenbrauen an. »Ist es dir ernst damit? Willst du sie noch einmal herausfordern? Na schön, dann gebe ich dir noch eine Chance! *Steward*!«

Auf sein Gebrüll hin kam der kleine dicke Inder herbeigerannt. Ape trat gegen den Spucknapf des Kapitäns. »Bring mir einen davon, eine Schüssel, von mir aus einen Pisspott, solange er sauber ist! Und Wasser, viel Wasser! *Maar en schiet op, we hebben hast*! Oder du erlebst schon bald deine Wiedergeburt als lausiger Pavian!«

Der Steward zwinkerte uns anderen zu und trottete davon. Offensichtlich nahm er Apes Drohungen nicht allzu ernst. Als er zurückkehrte, brachte er eine atemberaubend verzierte Silberschüssel auf einem ebenso blumigen Tablett und einen Krug. Die Beschriftung der Schüssel war praktisch nicht zu entziffern, bis auf etwas, das wie ein Schiffsname aussah, *Quedagh Merchant*, in einer an das achtzehnte Jahrhundert erinnernden Schrift. Ich warf dem Kapitän einen Blick zu, woraufhin er seraphisch lächelte: »Ein Geschenk von einem alten Freund, inzwischen verstorben.«

»Kann ich mir vorstellen – he!« Apes Finger hatten sich fest um meine beiden Handgelenke geschlossen.

»Hast du ganz bestimmt den Container angefaßt?« grummelte er.

»Ja, hier, sieh mal, ich habe immer noch Farbe unter den Fingernägeln! Na und?«

Er nickte. »Dann wirst du uns verraten, wo er sich befindet!« Er hielt meine Gelenke immer noch mit einer Hand fest, goß mit der anderen etwas Wasser in die Schüssel und gestikulierte dann murmelnd eine gute Minute lang darüber.

»Was meint er mit ›du‹?« flüsterte Jacquie hinter meinem Rücken.

»Weiß ich auch nicht. Ich habe mal gesehen, wie der alte Le Stryge etwas Ähnliches –«

»Schh!« zischte Ape unwirsch und fuchtelte von neuem. Dann zog er meine Hände über die Schüssel, nahm den Krug in seine andere Hand und sagte: »Denk nach! Wo du warst, was du dort als erstes gesehen hast – und an den Container!« Während er ein besänftigendes, zischendes Wort aussprach, goß er langsam das restliche Wasser über meine Finger. Ich versuchte krampfhaft nachzudenken, mich an den Schock der Erkenntnis zu erinnern, den Übergang in den Nebel. Zunächst geschah überhaupt nichts, dann beugte sich Ape plötzlich mit einem ungeduldigen, spuckenden Knurren über die Schüssel und blies heftig in das Wasser. So kräftig, daß es zu kochen anfing. Dampf trieb über seine Oberfläche, und plötzlich fiel mir wieder dieses bedrohliche, formlose Weiß ein, das uns verschluckt hatte. »Streng dich an!« keuchte Ape, von dessen eigenen Brauen der Schweiß tropfte. »Streng deinen Grips an, bis es quietscht! Noch mehr!«

Mir schien es, als würde ich gegen etwas ankämpfen, bis mein ganzer Körper vor Anspannung zitterte; als wäre ich nur ein Schauplatz für widerstreitende Energien, deren Kampf in mir hin und her wogte.

Ein Schweißtropfen rann hinter meinem Ohr hinab und fiel in das kochende Wasser. Über die Oberfläche raste etwas wie ein sich ausbreitender Ölteppich, die Nebel klarten auf, und ich sah ganz deutlich unter mir, nicht den Boden der Schüssel, sondern die wogenden Baumwipfel eines Waldes, die unter dem peitschenden Regen eines Gewitters dampften, und am Rand der Vision gerade noch eine Ecke stumpfen, grauen Steins, über den sich aus dem spuckenden Mund eines steinernen Dämons ein pladdernder Wasserstrahl ergoß. Das Rieseln des kalten Wassers über meinen Fingern veränderte sich abrupt, es wurde siedend heiß und lief dann schräg an meiner Hand vorbei, neigte sich noch weiter zur Seite, bis der Strahl in einem unmöglichen Winkel über den silbernen Rand der Schüssel lief, wo er zischend in kleinen Tropfen verdampfte.

Das Bild entschwand. Ape stieß meine Hände von sich, schob mich weg und lehnte sich in seinem eigenen Stuhl zurück. Ein Dampfstrahl schoß aus der Schüssel und klatschte gegen die Kajütendecke. Nachdem er sich verflüchtigt hatte, spähte ich vorsichtig über den Rand der Schüssel: sie war trocken und leer.

»Vorsicht!« rief Jacquie aus. »Sie muß kochend heiß sein!«

Ape grinste sie einmal mehr an, packte mein Handgelenk mit seinem unerbittlichen Griff und preßte meine Handfläche gegen den Schüsselrand. Er war angenehm kühl. Ape strich mit ihr am Schüsselrand entlang; an einer Stelle hingen noch einige Tröpfchen. Er warf te Kiore einen Blick zu. »Da. In dieser Richtung. Was sagst du, Steuermann? Süd-Südost?«

Te Kiore hob die Schultern. »Eher Südosten. Indonesien. Vielleicht sogar Bali. Ging's nicht ein bißchen näher?«

Ape ließ meine Hand los. »Frag unseren *Mijnheer* Stephen. Er hat es aufgespürt. Sie wehren sich mit allen Mitteln gegen unliebsame Späher. Aber diesmal hat es ihnen nichts genutzt.«

»Ja, hab ich mitgekriegt«, stimmte ihm der Maori zu und

blickte zu dem feuchten Fleck an der Zimmerdecke hinauf. »Da haben wir aber Glück gehabt, daß du nicht in Eingeweiden gelesen hast, was? Nach Südosten, meiner Meinung nach. Was, zum Teufel, gibt's da unten, auf das deine Beschreibung paßt? Mit Tempeln sieht's da ziemlich mau aus.«

»Nicht, wenn es um diesen geht«, meldete sich Jacquie mit grimmiger Miene zu Wort. »So riesig, so verlassen – ich dachte an Angkor Wat, doch da bin ich schon gewesen, es war ganz anders, sogar der Stil. Südöstlich ...«

Sie akzeptierte alles, was sie gerade erlebt und gesehen hatte, einschließlich Wahrsagerei und Magie. Sie ging mit einer Einstellung an die Geschichte heran, die weder der Daves noch Clares entsprach. Was würde sie mit der Spirale anfangen – oder sie mit ihr?

Batang Sen hatte sich geräuschlos aus seinem Sessel erhoben und war auf die andere Seite des Salons zu einem Schränkchen geschlurft. Als er zurückkam, hielt er etwas in den Händen, das wie zwei verzierte Stöcke mit geschnitzten Köpfen aussah; einen davon ließ er mit einer schwungvollen Geste über den Tisch rollen. Zwischen uns entrollte sich eine riesige Karte des Südostasiatischen Meeres, ein viktorianisch anmutendes Exemplar mit holländischer Beschriftung. Wir beugten uns alle darüber. Südöstlich von Bangkok ...

Die drei Stimmen erklangen simultan, wie ein unheiliger Akkord – Jacquies Kreischen, te Kiores aufbrausender Schrei und Apes zufriedenes Grunzen. Drei Finger stießen auf die Karte hinab, Jacquies Fingerchen zwischen zwei massigen Pranken. Sie blickten einander an und sagten im Gleichklang: »*Java!*«

»Viele Tempel«, nickte Batang Sen. »Buddha-Tempel, Shiva-Tempel, Borobodur, Prambanan, Ratu Boku –«

»*Borobodur*!« keuchte Jacquie. »Der Tempelhügel! Das wäre möglich! Ich habe darüber gelesen, war aber noch nicht dort. Könnte gut sein. Das, wo Steve und ich gewesen sind, war auf alle Fälle sehr groß. Und es hatte *Stupa* – ihr wißt schon, diese

Glockendinger, die normalerweise Buddha-Statuen bedecken. Doch es war ringsum von Dschungel umgeben … Nein, das kann nicht sein. Verdammt nochmal. Heutzutage gibt es keine dermaßen überwucherten Stätten mehr auf Java.«

»Heutzutage?« wiederholte Ape, wobei seine gutturale Stimme einen weichen, beinahe lyrischen Klang annahm. »Das Jetzt währt kürzer als eine Fliege im Mai, und nur die Vergangenheit ist ein Ganzes. Viele Jahrhunderte lang haben Regenwälder die Hügel-*Stupa* eingeschlossen, bevor sie von Fremden entdeckt und vom Wald befreit wurden. Deshalb ist sein Wesen, sein ewiges Selbst, der Schatten, den es weit in die Spirale hineinwirft, noch immer von Wäldern umschlossen. Von Wäldern … und manch anderen Dingen. Borobodur ist seit jeher ein Ort des Nebels. Oft sogar am hellichten Mittag.«

»Moment mal.« Jacquie beugte sich wieder über die Karte. »Borobodur. Java …« Ihre Stimme klang ein wenig unsicher. »Java ist eine Insel. In Indonesien. Sie liegt Hunderte von Meilen entfernt – ungefähr auf halber Strecke nach Bali, stimmt's? Wollt ihr mir erzählen, daß wir vor einer oder zwei Stunden … dort herumgelaufen sind? Und jetzt wieder hier sitzen?«

Ich nickte. »Sieht ganz so aus.«

Sie wich vom Tisch zurück, ließ sich in ihren Stuhl fallen und legte ihre leicht zitternden Finger an die Lippen. »Kann das … kann das jeder tun? Hier … hier draußen?«

»Nein. Ape hat ja gesagt, wieviel Kraft dazu nötig ist.« Ich lehnte mich an ihre Stuhllehne, schaukelte sie sanft und strich ihr mit einer Hand übers Haar. Sie schien es kaum wahrzunehmen. »Er könnte es vielleicht.«

Ape hob den zottigen Kopf. »Das mußt du nicht glauben! Der Borobodur ist ein Ort großer« – er machte eine Geste, als würde er einen Tiefschlag ansetzen und stieß ein tiefes, bösartiges Grunzen aus – »*Mmmmphh*! Die letzte Zufluchtsstätte alten Glaubens, abgesehen von Bali. Sowohl Hinduismus als auch Buddhismus, und noch so einiges, das älter als diese beiden Religionen ist, etwas, das noch von den Ahnen stammt. Wer es wagt, den Tempelhügel derartig zu mißbrauchen, dem ist nicht so leicht beizukommen; auch ihr *Mmmmphh*! muß sehr groß sein. Doch noch nicht einmal ihre Kraft reicht aus, um dich einfach so von da, wo du gerade sitzt, wegzuholen. Sie müssen Tore für dich aufstellen, durch die du gehen mußt, und zwar Tore, die sowieso schon Tore sind, und sie können es nicht beliebig oft tun. Was mich betrifft, so liegt dergleichen bei weitem nicht in meiner Macht.« Er sah düster aus. »Sie ist begrenzt. Sowohl räumlich als auch zeitlich. Wir müssen uns beeilen.« Er beugte sich wieder über die Karte.

Ich fragte mich, welcher Art Apes Begrenzungen wohl waren. Alle hatten damals davon geredet, wie mächtig Le Stryge sei; doch wenn ich mich an seine Wahrsagerei erinnerte und sie mit der von Ape verglich, dann war die Apes wesentlich beeindruckender. Außerdem hatte ich nicht gesehen, daß der alte Stryge je etwas so Konkretes bewerkstelligt hätte, wie die Zerstörung dieses Tores. Ich war wirklich davon überzeugt, daß Ape ein überaus mächtiger Zauberer war, jedenfalls im Vergleich zu Stryge – oder hatte ich Stryges Macht nie in voller Größe erlebt? Wieder lief mir ein Schauer über den Rücken.

»Uns beeilen? Aber ... was sollen wir denn tun?« fragte Jacquie.

»Dorthin fahren, natürlich«, antwortete ich. »Dann holen wir uns den vermaledeiten Container zurück.«

»Wir?« Sie legte den Kopf argwöhnisch zur Seite. »Soll das heißen du? Und ich natürlich?«

Ape warf uns einen wilden Blick zu. »Ja, wenn ihr lebensmüde seid! Jetzt, wo sie den Container haben, nutzt ihnen ein lebender *Mijnheer* Fisher nichts mehr. Niemand will ihre Blockade mehr durchbrechen, also werden sie ihn töten, sobald sich die Gelegenheit dazu bietet. Platsch! Platt wie Fliegendreck!«

»Du kannst einem wirklich Mut machen«, entgegnete ich. »Was gibt's sonst Neues?«

»Steve!« zischte Jacquie. »Es ist ihm ernst damit.«

»Genau. Und nicht nur, was Steve angeht. Ihr macht euch am besten beide rar, *haastens*. Sie werden auch dich umbringen, wenn sie erfahren, daß du etwas mit dem Projekt zu tun hast.«

Jacquies Augenlider flatterten, und sie blickte kurz auf die Tischplatte. »Ist mir egal.«

»Jacquie, hör zu –«

»Ist mir egal!« schrie sie jetzt. »Du bist erst vor einem oder zwei Monaten zu diesem Projekt gestoßen, und ich weiß immer noch nicht, was du dir davon versprichst –«

»Davon versprichst?«

»– aber ich arbeite schon seit anderthalb Jahren daran! Ich war auf Bali, ich liebe diese Insel, und für diesen kleinen Zwischenfall auf Java habe ich noch einiges gut, und wenn es etwas gibt, weshalb du bereit bist, deinen kostbaren Hals zu riskieren, dann müßte es für mich gleich eine ganze Menge guter Gründe dafür geben, oder nicht? Also?«

»Die Wellen schlagen ziemlich hoch, eh?« raunzte te Kiore in die klirrende Stille, doch es half nichts.

»Na und?« gab Jacquie bissig zurück. »Wenn wir unbedingt so schnell nach Java gelangen müssen, dann sollte allmählich jemand die Organisation in die Hand nehmen! Ich kümmere mich sofort um einige Flüge, klar? Oder chartere eine kleinere Maschine – ich könnte sogar eine Düsenmaschine aus Kai Tak bekommen, wenn dein Vorschuß dafür ausreicht, Steve.«

»Welcher verdammte Vorschuß – oh, hör doch mit dem Unsinn auf, Jacquie!« Eben noch massive Unterstützung, jetzt schon wieder die übliche zynische Breitseite. Ich wußte nicht, was ich von ihr halten sollte, und gerade jetzt konnte ich einfach nicht mehr ertragen. »Du verstehst nicht. Mich nicht, überhaupt nichts – noch nicht. Das hier«, ich stampfte mit dem Fuß auf, »hiermit kommen wir auf dem schnellsten Weg nach Java! Von hier aus!«

Mit einemmal fühlte ich mich erschöpft und hatte ziemliche Angst. Ich wandte mich an den Kapitän: »*Tuan* Batang, Sie sagten, Sie stünden zu unserer Abmachung. Wir haben uns einigen Ärger aufgehalst, richtig? Aber um diesen Container zurückzuholen, müssen wir an Land, ins Landesinnere. Es ist gut möglich, daß wir bei dieser Sache angegriffen werden, daß es unter Umständen einen ziemlich blutigen Kampf gibt.«

Batang schenkte mir das Lächeln einer weisen Schlange und spuckte rosaroten Betelsaft in den Spucknapf. »Wäre nicht der erste, Sportsfreund. Geschäft ist Geschäft.«

»Aber die Mannschaft? Was ist mit den Leuten?«

»Ist'n Haufen abgebrühter Desperados«, meinte te Kiore gutgelaunt. »Gegen die entsprechende Bezahlung machen die alles. Egal, gegen wen. Die schneiden sich für zehn Prozent vom Reingewinn selbst den Kopf vom Hals, da habe ich keine Zweifel.«

»Darauf bin ich vorbereitet«, grinste ich. »Ich habe meinen Freund Dave auf dem Goldmarkt herumgeschickt, er ist recht gut in solchen Sachen. Mit dem, was er in meinem Hotelsafe deponiert hat, könnte noch ein wenig mehr als zehn Prozent herausspringen.«

»Sag's ihnen selbst«, schlug der Maori vor. »Halte ihnen das Geld unter die Nase. Gibt nichts Besseres, um die alten Schurken auf Trab zu bringen! Am besten erledigst du es gleich, denn wenn wir diese Saukerle noch einholen wollen, müssen wir noch vor Sonnenaufgang die Segel setzen – stimmt's, Skipper?«

Ich stand auf. »Dann bringt uns schnell an Land. Irgendwo, wo wir ohne viel Aufsehen wieder in den Kern überwechseln können. Und ohne verdammte Tore! Ich gehe in mein Hotel und tauche in ungefähr vier Stunden wieder an der Küste auf, in Ordnung? Komm schon Jacquie, wir setzen dich unterwegs ab.«

Sie erhob sich langsam. Ihre Augen zogen sich zu schmalen Schlitzen zusammen, die Lippen preßten sich aufeinander. Ihre Stimme war kalt und fest, und sie sah unglaublich orientalisch aus. »Habe ich mich nicht klar und deutlich ausgedrückt, Stephen Fisher? Ich bleibe bei dir, bis du den Container wieder hast. Egal, um welche Welt es sich hier handelt, egal, in was du da hineingerutscht bist, egal, ob Götter oder Teufel oder Zauberer, und egal, wie dein kleines Geschäft hier läuft. Denn ich kannte dich damals und ich kenne dich jetzt, und ich weiß, daß du immer ein kleines Spielchen laufen hast!«

Überraschenderweise hielt sie einen Moment die Luft an; ihre Lippen zitterten. »Vielleicht ist es mies, vielleicht ist es auch gut. Oder wenigstens ein Teil davon – oder zumindest harmlos. Oder vielleicht hältst du es auch nur für gut. Doch jetzt spielst du mit dem Leben einer ganzen Insel, eines Volkes, einer Kultur. Ich bin vielleicht nur die PR-Frau dieses Projekts, eine Macherin, eine kleine Verwaltungsangestellte – doch ich bin die einzige, die hier und jetzt dieses Projekt vertritt. Also rücke ich dir nicht von der Pelle, bis du unser Eigentum wieder zurückgeholt hast. *Ist das klar,* Mr. Fisher?«

»Da hast du erst mal dran zu kauen, Kumpel«, meinte te Kiore freundschaftlich und rollte seine Massen in Richtung Kabinentür. »Hör auf meinen Rat: Sag kein Wort und tu, was die Lady sagt. *Mannschaft! Auf die Beine, ihr miese Affenbande! Zwei an Land!*« Er grinste über die Schulter zurück, eine gespenstische Maske im trüben Licht der Laterne. »Und wenn ich nicht total neben der Spur laufe, dann kommen auch zwei wieder an Bord zurück! So, das wär's!«

Die Nacht war wieder heiß und feucht, und die Straßenlaternen brannten in einem erstickenden Dunst, als das einsame Taxi langsam die Straßen des Hafengebiets entlangfuhr. Der lose Auspuff klapperte über den unebenen Straßenbelag. Der Fahrer warf den Kopf zurück und grinste uns mit einem Zucken an, das einem Angst einjagen konnte. »Soll ich schneller fahren? Es ist hier sehr gefährlich!«

Ich schob meine abgegriffene Reisetasche, die mir das Blut im Bein abdrückte, zur Seite. »Es ist nicht mehr weit. Ich möchte die richtige Stelle nicht übersehen. Danach können Sie so schnell fahren, wie Sie wollen.«

Er schlug mit einer Hand auf das Steuerrad, mit der anderen wedelte er protestierend. »Hier nicht aussteigen! Sie sind Touristen, Sie wissen nicht! Hier gibt es Räuber, Rauschgiftleute, Verrückte, alles! Ich bin rauher Bursche, aber ich steige hier nicht aus! Hier keine Mädchen, keine Spiele, keine Musik, nichts – ich bringe Sie zu netter Bar, absolut sicher! Ist von Freunden von mir, gute Preise! Nicht so wie–«

»Hier«, wies ich ihn an. »Genau an dieser Ecke.«

Er bremste scharf, packte mich jedoch am Arm, als ich ihm einen angemessenen Geldschein hinhielt. »*Khun*, ehrlich! Ich habe Frau und Kind, wie soll ich heute abend schlafen, wenn ich Sie und die Lady hier an diesem schlimmen Ort lasse? Ich fahre woanders hin, gleiches Geld, okay?«

Er meinte es offensichtlich ernst, und ich war gerührt. Jacquie auch, ich konnte es an ihrem Gesicht ablesen. »Wir wissen, was wir tun«, sagte sie. »Trotzdem vielen Dank. Fahren Sie ruhig nach Hause und machen Sie sich keine Sorgen.«

»Genau«, fügte ich hinzu. »Nein, nein, kein Wechselgeld. Alles in Ordnung.«

Er zögerte, sah uns verzweifelt mit wild flackernden Augen an. »Nicht nur böse Menschen hier«, sagte er dann widerstrebend, als erwartete er, daß wir ihn auslachten. »Auch andere Dinge, sehr, sehr böse.«

Ich lächelte und bückte mich zu meinem Gepäck hinunter, grub die Finger in das Papier des langen Päckchens und riß es mit einem Ruck ab. Ich hielt das Schwert hoch, es glitzerte, viel heller als das im Licht der entfernten Straßenlampen eigentlich möglich war; es glitzerte und funkelte im kalten Licht von Sternen, die niemals an diesem Himmel geleuchtet hatten. Jacquie blickte entsetzt zu mir herüber und hielt den Atem an, und aus den Augen des Fahrers sprachen Schrecken und Verwirrung.

»Sie haben gehört, was die Lady gesagt hat«, erklärte ich ihm freundlich und schwang die große Klinge ein-, zweimal mit einem leisen Singen durch die Luft. »Wir wissen, wohin wir wollen. Wir sind von hier – obwohl Sie sich das vielleicht nur schwer vorstellen können.«

Zu meiner großen Verwunderung schien ihm das einzuleuchten. Sein Mund stand einen Moment lang offen, doch seine Augen nahmen einen entspannten, entrückten Ausdruck an, als blickte er in weite Fernen, oder in lang vergessene Erinnerungen. Dann nickte er verständnisvoll.

»Fahren Sie zu Ihrer Frau und Ihrem Kind«, forderte ihn Jacquie auf. »Schlafen Sie in Frieden. Machen Sie sich keine Sorgen. *Sawaddee kha*!«

Wieder nickte er, dann legte er den ersten Gang ein und staubte mit protestierend klapperndem Auspuff davon. Wir schauten ihm nach. Ich fragte mich, welche vergrabenen Erinnerungen wir wohl in ihm wachgerufen hatten, welche Bilder von seltsamen Passagieren mit noch seltsameren Zielen, die rasch wieder in der Vergessenheit versunken waren und nur noch ein dunkles, unruhiges Gefühl hinterlassen hatten. Dann schaute sich Jacquie nach der schwarzen Einmündung der Gasse hinter uns um. »Tja, jetzt wo wir dem Mann beteuert haben, wir wüßten, was wir tun«, sagte sie, nur ein wenig zitternd, »sollten wir es auch wirklich tun.«

Wir hoben unser kleines Gepäck auf, blickten uns vorsichtig nach allen Seiten um, bereit, beim kleinsten Anzeichen eines dichteren Nebels beiseite zu springen, und traten in die trübe Dunkelheit des Gäßchens ein. Bei jedem Schritt schnitt mir der Riemen der bleischweren Reisetasche in die Schulter; ich hoffte nur, daß er lange genug hielt. Um uns herum waberte süßlicher Abwassergeruch; ich hörte, wie Jacquie würgte, doch ihre Gedanken waren wohl mit anderen Dingen beschäftigt.

»Du … als du vorhin dieses Schwert hochgehalten hast –«

»Ja?«

»Du hast ausgesehen wie … ich weiß auch nicht. Nicht unbedingt anders. Beinahe mehr wie du selbst. Als ob du das wärst, wonach du eben ausgesehen hast … ein Meister. Ein – ein Paladin.«

Jetzt war es an mir, den Atem anzuhalten. Ich hatte einmal selbst jemanden, halb im Spaß, so bezeichnet, jemanden, den ich sehr bewunderte, jemanden, zu dem ich mich sehr hingezogen fühlte. Und sie hatte sich damals sehr geschmeichelt gefühlt. Es jetzt auf mich bezogen zu hören, und dann noch von … Allein die Intensität des Gefühls löste das Verlangen aus, es sofort wieder abzustreifen. »Meinen ehrerbietigsten Dank für die freundlichen Worte, schöne Jungfer.«

»Oh.« Ich konnte förmlich sehen, wie sich ihre Lippen vor Ungeduld spitzten. »Keine Bange. Ich weiß, daß es nur so aussah. Trotzdem wäre es schön, wenn du versuchen würdest, diesem Bild hin und wieder zu entsprechen … Ist das dort vorne nicht der Hafen?«

Eben war er noch nicht zu sehen gewesen, aber jetzt lag er anscheinend direkt vor uns. Vielleicht hatte ich auch nur nicht genau hingesehen. Doch die Übergänge zwischen Kern und Spirale waren voller Tricks. Die Dunkelheit am Ende der Gasse veränderte sich nicht wahrnehmbar; es gab keinen plötzlichen Übergang von Schwärze zu blinkenden Lichtern. Es war eher so, als seien diese Flecken vor den Augen, dieser schwache dünne Schimmer weggeblinzelter Feuchtigkeit, schon immer das Abbild ferner Lichter und des sich unter feinem Dunst kräuselnden Hafenbeckens gewesen. Vielleicht war es so, man konnte es unmöglich genau sagen. Eine Sekunde später spürten wir das Holz unter unseren Schuhen und sahen das Boot, das am Ende des Kais auf uns wartete. Vom Wasser her kam ein schwaches Schnaufen, und zwischen den Masten konnte man das dumpfe Glühen roterleuchteten Rauches erkennen. Die *Ikan Yu* feuerte den Kessel an.

Wir winkten dem Boot zu, und innerhalb weniger Sekunden waren wir mitsamt unserem Gepäck an Bord verstaut. Batangs Bootsmann, ein kräftiger Eingeborener aus Neuguinea namens Walan, warf einen alarmierten Blick auf mein blankes Schwert und von da auf den dunklen Kai. »Du hast Ärger, *Kiap*?«

»Nein. Ich war nur darauf vorbereitet.«

»Aha. Ablegen, Leute!« Als wären die Ruder mit Schalldämpfern versehen, legten wir geräuschlos ab und glitten über den grauen Teich, der sich zwischen uns und dem dunkleren Schatten des Schiffes erstreckte.

Te Kiore und Batang Sen warteten auf dem Achterdeck, als wir die Leiter heraufgeklettert kamen. Sie wurde hinter uns eingezogen und das Boot rasch auf die Davits gehievt. Der Käpt'n lehnte noch immer rauchend auf dem schweren, in Messing eingefaßten Kompaßhaus, an dem außer dem Kompaß das Steuerruder, die Sprachrohre und der Telegraph des Maschinenraums befestigt waren, während sich der Maori-Maat von der Ruderbank löste und quer über das Deck auf uns zukam, um uns zu begrüßen. »Gerade rechtzeitig, Seemann! Wir haben uns eben überlegt, ob wir den alten Ape wieder auf dich ansetzen sollen!« Er kam ein Stück näher und fügte leise hinzu: »Bin froh, daß das nicht nötig war. Dein Kumpel sieht selbst nicht so aus, als wär' er auf'm Damm.«

»Ape? Was soll denn mit ihm sein?«

»Ach, halb so wild. Er ist nur irgendwie, naja, niedergedrückt. Enttäuscht und ungeduldig, alles zugleich, als hätte er etwas total Wichtiges zu erledigen und kommt nicht recht damit voran, und das wurmt ihn. Wie bei einem Aborigine. Wenn bei denen das Walkabout-Fieber ausbricht, müssen sie los, und wenn das nicht möglich ist, weil sie im Gefängnis oder sonstwo festsitzen, dann werden sie richtig krank.« Er schüttelte den Kopf. »Viele von denen sterben im Gefängnis des weißen Mannes, weißt du? Nein, dein Kumpel wird nicht gleich sterben, aber er …« Er zuckte die massigen Schultern.

»Ich werde gleich einmal mit ihm reden. Wann segeln wir los?«

»Bald!« warf der Käpt'n ein und streckte die Nase in den Dunst. »Schon bald hell! Dann bringt uns Lady Ushas unseren Wind!«

»Haben wir noch genug Zeit, um alle Leute auf Deck zu versammeln?«

Te Kiore tauschte einen Blick mit dem Käpt'n. »Klar.« Dann nahm er eine metallene Flüstertüte zur Hand und bellte. »*Alle Mann*! *Alle Mann zum Achterdeck!* Dalli, ihr verlausten Schwammlutscher! Ich lasse eure Dochte teeren und zünde sie als Laternen an! Zum Achterdeck mit euch!«

Der Teil der Mannschaft, den ich bereits kennengelernt hatte, sah schon schlimm genug aus. Aber was sich jetzt unter der Brücke des Achterdecks versammelte, machte einen absolut angsteinflößenden Eindruck. Jacquie zuckte bei dem Anblick ihrer zukünftigen Reisegefährten zusammen, und ich konnte es ihr nicht einmal übelnehmen. Da waren Malaien in grellbunten Hemden und Pumphosen, deren Haar mit allem möglichen – von Lumpen bis zu Goldringen – zusammengebunden war, es gab Polynesier in *Lavalavas* und Mitglieder der verschiedensten indonesischen Volksgruppen in *Sarongs*, die mit zu Dolchen gefeilten Zähnen zu uns heraufgrinsten; dann ein ganzer Haufen Neuguineaner wie Walan, schwarzhäutig und filzhaarig, die alles mögliche – von verzierten Hemden und Reithosen aus dem achtzehnten Jahrhundert bis hin zu einfachen Grasschurzen – trugen. Es gab Inder in Lendenschurzen und mit goldener Körperbemalung, Japaner in rauhem, bedrucktem Baumwollstoff, und es gab sogar einige westlich aussehende Matrosen, obwohl sie sich kaum von der restlichen Horde unterschieden, denn ihre Haut war braungebrannt wie die Rinde knorriger Eichen, ihre Kleidung nicht minder wild zusammengewürfelt. Jeder einzelne von ihnen trug mindestens ein Schwert und eine ganze Palette unterschiedlicher Messer am Gürtel, von denen sich ihre Hände nie sehr weit entfernten. Einige hatten nach Art der Chinesen kleine Bögen über den Rücken geschlungen; ein grimmiger Westerner lehnte sich auf den Schaft eines Langbogens, und hinter seinem Rücken lugte ein ganzes Bündel Pfeile hervor. Einige der Männer aus Neuguinea waren mit langen Spießen ausgerüstet, und hier und da sah ich eine gute alte Steinschloßpistole, obwohl Feuerwaffen in der Spirale – ebenso wie Dampfmaschinen – nur recht schwer einsatzbereit zu halten waren, da in ihren Weiten keine nennenswerte Industrie gedeihen konnte.

Aber egal, ob weiß, schwarz, braun oder gelb, welche Schattierung ihre Haut auch haben mochte, ihre Gesichter hatten alle etwas gemeinsam. Etwas, das mir nicht gefiel. Es war ein Ausdruck, der aus Falten und Narben entstand, den Spuren der falschen Erfahrungen, die einfach zu gut zu diesen Waffen paßten. Dazu gehörte auch die katzenhafte Haltung, allzu gierig darauf, jederzeit zuzuschlagen, dabei allzu bedacht darauf, nicht selbst etwas abzubekommen. Sie entsprachen te Kiores Beschreibung nur zu gut – ein Haufen abgebrühter Desperados. Ich war froh, daß sie auf unserer Seite waren, und das sollte möglichst auch so bleiben. Ich empfand nicht die geringste Lust, mir vorzustellen, was geschah, wenn man diese Spießgesellen gegen sich aufbrachte. Nur einmal angenommen, sie brachten Gegenargumente zur Sprache – mit Pfeilen.

Ich war jedoch darauf angewiesen, daß sie voll hinter mir standen. Sie riskierten ihr Leben, aber das gehörte hier draußen ganz einfach dazu; man konnte sehr, sehr lange leben, doch mußte man auch hier essen, und das Geld reichte nicht ewig. Wenn sie also ihr Leben aufs Spiel setzten, sollten sie wenigstens wissen, wofür und für welchen Lohn. Wenn man ernsthaft darüber nachdachte, war es ein Management-

Problem wie andere auch; im Prinzip nichts anderes, als die Belegschaft eines Büros zu motivieren oder die Verkaufsabteilung bei Laune zu halten. Tatsächlich schoß mir durch den Kopf, daß diese Jungs hier so manches mit dem einen oder anderen Verkaufshai gemeinsam hatten. Man weiß erst, was ein echtes Raubtier ist, wenn man eine Stunde mit einer Gruppe auf Provisionsbasis arbeitender Verkäufer in einem Raum überlebt hat.

Auf Batangs Nicken hin trat ich vor. Das Schwert war noch immer in meiner Hand, und als ich es auf die Reling legte, hörte der Tumult schlagartig auf. »Jawohl!« rief ich laut. »Ich bin auf Kampf eingestellt. Irgendein Halunke hat sich die Fracht, die ihr transportieren solltet, unter den Nagel gerissen. Eine Fracht, die über Leben und Tod eines Inselvolkes entscheiden kann – Inselbewohner, wie die meisten von euch. Und mit diesem Diebstahl hat er mich lächerlich gemacht! Es ist eine Sache der Ehre, dieses Gut zurückzuholen, darauf habt ihr mein Wort. Doch ich brauche Hilfe – eure Hilfe! Es wird nicht einfach werden. Unsere Feinde sind sehr mächtig, es geht gegen Schwerter und Zauberer. Ursprünglich gehörte das nicht zu unserer Abmachung, die ich mit eurem Skipper getroffen habe – deshalb wird jeder, der uns trotzdem beisteht, extra belohnt. Mit einem Bonus!« Ich öffnete die Reisetasche, riß das sich darin befindliche Paket auf und ließ die Münzen sichtbar durch meine Finger gleiten: Zechinen und Taler, Kronen und Gulden, spanische Unzen und kleine chinesische Barren, ein wunderbar klimpernder Goldregen. »Einen Bonus in Gold!«

Die Mannschaft wurde von einem anschwellenden Scharren der Erregung wie von einer Woge überlaufen, als sie näher herantrat, um genauer hinzusehen.

»Jeder Mann, der mit auf dieses Abenteuer kommt, erhält seinen Anteil doppelt! Jeder Mann – vom Skipper zum einfachen Matrosen!« Ein unterdrücktes Gemurmel begleitete meine Worte, dann wurde ich selbst von einer Welle der Begeisterung mitgerissen. »Und wenn wir uns unsere Fracht zurückerobert haben«, schrie ich jubelnd, »und sie wohlbehalten in ihrem Bestimmungshafen abliefern, dann gibt es noch einmal soviel. Schaut nur her!«

Ich füllte beide Hände mit dem unglaublich schweren Zeug, vielleicht zweitausend englische Pfunde wert oder noch mehr, und hielt sie wie ein Versprechen hoch über meinen Kopf. Ich sah die Flamme, die plötzlich in den Augen der Männer aufloderte, durch ihre Köpfe schoß und ihre Herzen und Arme befeuerte, nicht nur wegen der Bezahlung an sich, sondern auch, weil nur derartige Herausforderungen und Belohnungen ein längeres Leben hier draußen lebenswert machten. Es funkelte und glitzerte in meinen erhobenen Händen, ein Leuchtfeuer, auf das der erste Vorbote der rasch heraufziehenden tropischen Morgendämmerung fiel.

»*Ushas*!« rief Batang Sen, preßte seine faltigen Hände wie im Gebet zusammen und erhob sie, wie ich die meinen. Dann ließ er sie herunterfallen und schlug auf das metallene Kompaßhaus wie auf einen großen Gong; danach stieß er mit seiner brüchigen Altmännerstimme schrille Befehle aus: *»Alle Mann an ihre Plätze, bei Jove! Mister Maat, Anker lichten! Voller Dampf!«*

»Ankermannschaft!« brüllte te Kiore, wobei er auf der Brücke auf und ab marschierte. *»Klar machen zum Anker lichten! Toppgasten hinauf, Heizer hinunter, aber dalli! Oder ich stopfe euch in die Kessel und koche meinen Reis in eurem Sud! Die Stangen flott reingesteckt, Ankermannschaft! Flott, verdammt! Jetzt ansetzen, und hievt! Hievt!«*

Der Lärm war wirklich beeindruckend: gebrüllte Befehle, dröhnende Schritte auf den blankgeschrubbten Planken, die das Deck unter unseren Füßen erbeben und erzittern ließen. Die Ankerkette wickelte sich klirrend und rasselnd um den Kranbalken. Der schlanke Schornstein schien sich zu räuspern und rülpste plötzlich eine Wolke aus Ruß und Asche heraus, glücklicherweise so weit in die Höhe, daß sie von der Morgenbrise erfaßt wurde und nicht direkt über uns auf das Deck niederging. Eine Glocke ertönte, und der Telegraph vom Maschinenraum schwang zur Seite.

»Volle Dampfkraft, Skipper!« rief te Kiore. Batang Sen schrie etwas, schnappte sich einen Strick, der am Kompaßhaus herabhing und zog daran. An der Krone des Schornsteins stieß eine Dampfpfeife ohrenbetäubenden Lärm aus. Jacquie, die sich die Ohren zuhielt, wäre beinahe umgefallen, als das Schiff sich mit einem Ruck in Bewegung setzte. Ich erwischte sie gerade noch, hielt sie fest in meinen Armen, und das tat gut; die eine oder andere Erregung aus alten Zeiten durchflutete mich. Dann verwandelte sich das Stampfen unter unseren Füßen in ein tiefes Tuckern, an den Seiten wirbelte der Dunst auf, und plötzlich kam zuerst das Backbord-, dann das Steurbordrad in Bewegung und begann sich zu drehen. Ich hörte, wie die Schaufeln auf das Wasser einschlugen und es durchwühlten, doch von ihren erhobenen Blättern rannen lediglich lange Ströme des Frühnebels herab. Langsam und behäbig fing der große Schoner an, sich zu drehen, einmal um die eigene Achse, um den Bug ins Licht zu bringen. Richtung Sonnenaufgang, als ob dort eine Hafenstraße hinführen würde.

Ich hielt Jacquie fest umschlossen, ihr Rücken schmiegte sich an mich, meine Arme umfaßten ihre schlanke Taille; das Pulsieren der Schaufeln durchfuhr uns wie eine Einheit. Der Bug tauchte hinunter, hob sich, tauchte tiefer hinab, hob sich höher hinauf, und wir glitten auf den Wogen der endlosen Gezeiten aus dem Hafen hinaus, wurden Teil des uralten Rhythmus der Meere der ganzen Welt und darüber hinaus. Wir brachten den Bug in Richtung offenes Meer, diesen einzigartigen, grenzenlosen Ort, der alle anderen in seinem Bann hält. Dort, wo sich Himmel und Wasser trafen, nahm eines die Farbe des anderen an, sich ineinander spiegelnde Spiegel, bis sich jegliche Grenze zwischen ihnen im Glühen der Morgendämmerung aufgelöst hatte.

Dann sah ich – die Segel waren noch immer gerefft – wie

sich vor unserem Bugspriet am Schnittpunkt von Meer und Himmel die Prachtstraße in die Wolken öffnete, dieser Archipel aus Inseln und feurig leuchtenden Kanälen dazwischen. Es waren nicht der gleiche Archipel, nicht die gleichen Inseln, durch die ich schon einmal gesegelt war; sie waren blasser, auch heller, nicht so grau, eine ganze Palette tropischer Pastelltöne vor einem leuchtenden Saphirblau, das einen regelrecht blendete. Das goldene Licht verwandelte die Wolkenränder in goldene Strände, an denen sich tosend die Brandung brach, mit ganzen Schwärmen schwebender, kreischender Meeresvögel darüber. Die Brise, die uns umwehte, wurde wärmer, schwere Gerüche von Zedernholz und Zimt umfingen uns, der Duft von Kardamom und Gewürznelken, Pfeffer, Ingwer, Gelbwurz und Tamarinde, der verführerische Moschusgeruch der Orchideen, der scharfe Nachgeschmack staubiger Straßen und zerbröckelnder Erde. Jacquie erstarrte in meinen Armen, ihre weit aufgerissenen Augen konnten dieses Wunder kaum fassen. Ich erinnerte mich daran, wie dieser Anblick einst mich bewegt hatte, die einschüchternde Unermeßlichkeit aller Dinge, die Faszination grenzenloser Möglichkeiten, der kühle Wind, der aus der Unendlichkeit herüberwehte, durch sämtliche Knochen blies und dabei einen ängstlichen Schläfer zu hellwachem Leben erweckt hatte. Ich erinnerte mich an die Worte, die Jyp geschrien hatte. Jetzt wiederholte ich sie, und mit mir te Kiore und so mancher andere aus der Mannschaft. Wie lange ein Mensch auch lebte, nie würde er den Zauber des Augenblicks vergessen, wenn sich das Deck immer höher erhob und jedesmal weniger weit hinabtauchte, als es gestiegen war – getragen auf den luftigen Gezeiten des Lichts, den Wegen der Sonne, in einen Ozean aus Azur hinein, in die Unendlichkeit der Spirale.

»Über die Morgenröte! Über die Lüfte der Erde! Wir sind unterwegs!«

Wie zur Antwort entfaltete sich die knatternde Leinwand an Fock- und Hauptmast, die Segel fielen herab, füllten sich mit

Wind und blähten sich mit einem jähen Ruck, der das ganze Schiff durchfuhr. Am Besanmast stieg eine Gaffel hinauf und ein dreieckiges Stützsegel wurde aufgezogen, dessen Weiß sich leuchtend von der Rauchfahne abhob, die hoch oben dem Schornstein entströmte und im Wind rasch zerstob. Ich fühlte mich beinahe so leicht, so körperlos, als könnte mich die nächstbeste Brise vom Deck blasen. Doch Jacquie preßte sich an mich, bei jedem tiefen Atemzug bewegten sich alle ihre Muskeln und Knochen, die zerbrechliche Festigkeit einer in Seide gewandeten Koralle. Plötzlich wand sie sich wie eine protestierende Katze, zog meine Hände auseinander und riß sich los. Sie umklammerte die Reling und atmete schwer; gerade als ich sie an der Schulter berühren wollte, legte sich eine schwere Hand auf meine.

»Schönen Gruß vom Skipper«, brummte te Kiore, »ob ihr nicht ein Glas oder zwei mit ihm auf eine profitable Reise trinken wollt, sobald euch der Steward eure Kabinen gezeigt hat?«

Ich fing Jacquies Blick auf und nickte. Zeremonien und Rituale konnten hier draußen sehr wichtig sein, und gute Manieren helfen einem schließlich überall.

Sie lächelte schwach. »Richten Sie ihm bitte aus, daß wir sehr gerne kommen, einen Augenblick noch. Ich könnte gut einen Schluck gebrauchen – aber bitte keinen Arrak, wenn's geht!« Sie strich sich die Bluse glatt, zog die Jeans herauf und glättete die Frisur, wobei sie vermied, mir in die Augen zu sehen. Wir beide hatten sehr viel miteinander zu reden, aber nicht hier, nicht jetzt.

Auf der ausladenden Heckgalerie war ein Klapptisch aufgestellt, an dem Batang, der Maori und natürlich auch Ape saßen. Als Jacquie erschien, erhoben sich die beiden ersteren und verneigten sich. Batang in der formellen Art der Malaien, te Kiore auf eine so viktorianische Art, daß ich mich unwillkürlich fragte, wo er seine Erziehung genossen hatte. Nur Ape schaute kaum auf und murmelte etwas vor sich hin, das entweder holländisch oder sonstwas war. Sein Verhalten stand in so krassem Widerspruch zu seinem sonst vor Energie übersprudelnden Auftreten, daß ich zunächst dachte, er sei seekrank. Doch als Jacquie sich besorgt zeigte, kam immerhin soviel Leben in ihn, daß er jeden Gedanken an Krankheit weit von sich wies. »*Gezond bin ik!* Ein Zeitpunkt rückt immer näher, das ist alles, ein gewisser Zeitpunkt, an dem ich wieder zurück sein muß!«

»Wir bringen dich schon rechtzeitig hin«, sagte ich. »Mach dir keine Sorgen.«

»Ich weiß«, nickte er. »Doch ich denke mehr und mehr darüber nach und stelle mir vor, wie diese Heimkunft sein wird. Ich bin schon viel zu lange fort. Außerdem wartet doch eine Aufgabe auf mich. Ich kann mir nicht aussuchen, ob ich mir darüber Sorgen machen will oder nicht.«

Er sagte nichts mehr; doch von da an riß er sich wenigstens zusammen und lebte etwas auf, so daß wir seine trübe Stimmung bald vergaßen. Als erstes lenkte uns Jacquie ab, die plötzlich aufsah, vor Schreck die Hand vor den offenen Mund hielt und hervorstieß: »Es wird dunkel!«

Te Kiore wies mit dem Daumen zum Heck. »Das ist, soviel ich weiß, meistens so, wenn die Sonne untergeht. Wenn Sie sich darüber beschweren wollen, wenden Sie sich bitte an die dafür verantwortlichen Stellen.«

»Oh … aber natürlich … wenn die … aber es war doch eben noch früher Morgen, als wir … das ist keine Stunde her … *lacht ihr mich etwa schon wieder aus*?«

»So ist es mir beim ersten Mal auch ergangen«, prustete ich. Ich konnte einfach nicht anders. Batang kicherte wie ein auf frischer Tat ertappter Leichendieb, und sogar Ape schnaubte und prustete in seinen Bart hinein. »Und damals habe ich die gleiche Antwort erhalten. Östlich der Sonne und westlich des Mondes, erinnerst du dich? Über die Morgendämmerung, hinein in eine andere Nacht. Doch es hat keinen Sinn, dir alles zu erklären, bevor du es nicht mit eigenen Augen gesehen hast. Du hättest es ebensowenig geglaubt wie ich!«

Jacquie stürzte den Rest ihres letzten Gin Sling mit einem Schluck hinunter und erhob sich dann betont würdevoll. »Meine Herren, ich glaube, ich bekomme Kopfschmerzen. Daher werde ich mich in meine Kabine begeben und mich hinlegen. Und egal, auf welcher Seite des Universums wir uns gerade befinden – ihr seid ein typischer Haufen verdammt von sich selbst eingenommener Männer. Mehr möchte ich zu dieser Versammlung nicht sagen.« Ihre Schultern hoben sich in einem unterdrückten Schluckauf, dann bahnte sie sich sehr vorsichtig einen Weg vom Achterdeck hinunter. Ich folgte ihr, um sicherzugehen, daß sie nicht die Treppe hinabstürzte, doch sie schritt bereits durch den Salon. Die Tür zu den Gästekabinen schlug mit einem Knallen zu, das ihr mehr weh getan haben mußte als mir.

»Tja«, meinte te Kiore, wobei er sich ausgiebig streckte, »jedenfalls hat sie recht. Noch einen? Steward!«

»Wenigstens ist sie gut untergebracht. Diese Kabinen –«

»Sind sie nicht schick? Muß den Typen, der sie gebaut hat, eine schöne Stange Geld gekostet haben, oder zwei. Nicht sehr groß, aber wirklich extravagant, die Marmorköpfe und alles. Er hat sein Geld trotzdem gut angelegt.«

»Was soll das denn heißen?«

Batang grinste wieder dieses Grinsen, das mir nicht besonders gefiel. »Te Kiore hat mir einen eurer Sprüche beigebracht: *Man kann es nicht mitnehmen!* Alles klar?«

»Oh«, sagte ich bedächtig. Sehr bedächtig. »Alles klar.«

Im Lauf der Nacht frischte der Wind auf, und nach einiger Zeit wurden die Schaufelräder abgestellt und die Maschine verstummte. Wir kamen gut voran, und Batang sparte Treibstoff für später. Ich hatte keine Lust, zu Bett zu gehen, hatte viel zu viel damit zu tun, von neuem dieses herrliche Gefühl zu genießen, den knarrenden Gesang der Takelage, die Sterne über uns – die fremdartigen Wolkenformationen um uns herum, halb im Schatten unter einem strahlenden Mond versunken. Und unter unserem Rumpf erstreckte sich bis zum unendlichen Horizont ein Ozean, so formlos wie eine Vision, eine ruhig wogende Nebelfläche. Womöglich befand sich dicht darunter spiegelglattes Wasser, vielleicht segelten wir wirklich durch die Lüfte. Der Anblick verstörte mich nicht mehr so sehr wie damals. Es kam mir so vor, als müsse diesmal Jacquie das Wundern und Staunen für mich mit übernehmen, wohingegen ich die Realität der Dinge akzeptieren mußte, die in mir verblaßt waren, wie die dunkle Erinnerung an ein ehemaliges Lieblingsbuch. Es war die Nacht, die hinter jeder Morgendämmerung lag, der Schatten eines jeden neuen Tages, der ihn um die Erde verfolgte; die Schatten aller Tage, die man – wenn man nur die Fähigkeit dazu besaß – durchqueren konnte, von einem zu irgendeinem anderen wechselnd. Es war der Schatten der Zeit selbst, der unendliche Seeweg der Spirale.

Walan stand am Steuerruder und sang leise vor sich hin; ein Lied von den Trobriand-Inseln, wie er mir verriet, das von ihrer sagenumwobenen Urmutter Imbeduya handelte.

Imbeduya, Imbeduya, kwanuwedi bakenu
Avila yokwai e! yegu Yolina
Laula o la Neamu, laula o la nebwogegu
Newa wegu kesaie, nemtamatawowogu,
Imbeduya, Imbeduya!

Imbeduya, laß mich an deiner Brust ruhen,
Ich bin die Mitternachtssonne,
Gepeitscht von den Wellen des Meeres,
Ich vergehe,
Bei Tag und bei Nacht sehne ich mich nach dir, Imbeduya!

Ich stützte mich auf die Reling und dachte daran, wie es wohl gewesen wäre, wenn ich draußen auf der Spirale geblieben und erst später, wenn überhaupt, zurückgekehrt wäre – was dann wohl aus mir geworden wäre. Ich war so tief in Gedanken versunken, daß ich zusammenzuckte, als sich jemand neben mir an die Reling lehnte.

»Oh, du bist's«, sagte ich und war wieder einmal atemberaubend originell. »Ich wußte nicht, daß du noch wach bist.«

Jacquie seufzte tief. »Diese verdammten Schaufelräder! Zuerst konnte ich bei dem Radau nicht einschlafen. Doch dann habe ich mich an das Dröhnen gewöhnt, es lullte mich sogar in den Schlaf. Kurz darauf stellen sie die Dinger ab, und ich wurde davon wieder wach. Jetzt kann ich überhaupt nicht mehr einschlafen.«

»Hier draußen an der frischen Luft bist du sowieso besser dran. Es ist wunderschön, findest du nicht?«

Diesmal klang ihr Seufzen etwas anders. »Doch doch, wenn auch reichlich verwirrend. Ich kann immer noch nicht glauben, daß jemand wie du ... nein, das ist nicht sehr nett. Ich meine nur ... ich hätte dir nicht zugetraut, daß du ein Auge für derlei Dinge hast. Du bist nicht der Typ dafür – dachte ich jedenfalls.«

»Ich auch nicht. Anscheinend haben wir uns beide getäuscht.«

»Ich frage mich ...«, sagte sie dann überraschend scheu. »Hör mal, Steve, auch wenn es sich blöd anhört, aber ... hast du nicht gesagt, daß alles hier draußen, außerhalb der Nabe oder des Kerns oder wie auch immer, mit *Schatten* von Orten angefüllt ist?«

»Schatten ist nur der Versuch einer Erklärung. Man könnte es auch Projektionen nennen, die Bilder, die der Kern in die Zeitlosigkeit wirft. Eins über das andere, deshalb findet man alle möglichen Zeiten nebeneinander oder auch durcheinander. Ich bin mit einem Kapitän aus dem siebzehnten Jahrhundert gesegelt, der Auto fahren konnte – jedenfalls hat er das behauptet.«

Sie schüttelte den Kopf. »Das klingt alles so verwirrend und unausgegoren.«

»Das ist es nicht, auch wenn ich noch kaum etwas gesehen

habe. Der Schatten kommt einem oft viel wirklicher vor als der reale Ort, hat man mir erzählt.«

»Wahrer, meinst du?«

»Du kapierst es schneller als ich damals. Ja, eine Art Destillation seiner besonderen Qualitäten. Was ihn zu dem macht, was er ist. Die Vorstellung davon, der Archetypus des Ortes. Selbst von einem, der nie wirklich existiert hat.«

»Das paßt«, sagte sie nachdenklich. »Weißt du, ich habe mich schon gefragt – könnte das nicht auch auf uns zutreffen? Auf Leute, die hier herauskommen? Du – ich sehe etwas davon in dir. Du kannst zwar der hartherzigste Schuft aller Zeiten sein – «

»Ich weiß. Du mußt es nicht immer wieder betonen. Das liegt alles Jahre zurück. Ich bin nicht mehr derselbe, genauso, wie du dich verändert hast.«

»Ich meinte nicht nur mir gegenüber. Trotzdem hattest du auch andere Seiten, oder warum, glaubst du, habe ich mich in dich verliebt? Was ich hier draußen sehe, ist immer noch der gleiche Steve, aber in gewisser Weise verschoben, hier etwas mehr, dort etwas weniger ... Oh, Sch ... Scheibenhonig.« Sie stützte die Ellbogen auf die Reling und rammte das Kinn in die Handflächen. »Nein, es ist überhaupt nicht so, nicht so einfach. Aber je mehr ich es auf den Punkt bringen will –«

Ich hob eine Augenbraue. »In Spirale Veritas, meinst du?«

Sie schleuderte mir beinahe ihre blonde Mähne ins Gesicht. »Da haben wir's. Auch zu Hause hätte dir so etwas einfallen können, doch du hast dich einfach nicht darum gekümmert.«

»Sei dir da nicht so sicher«, widersprach ich und spürte dabei eine seltsam mahlende Turbulenz tief in mir, als hätte jemand die Schaufelräder wieder angeworfen. »Ich habe mich verändert, ich weiß es, seit wir ... zum Teufel. Seit ich dich fallen ließ. Andererseits ist das doch normal, inzwischen sind – wie viele? – sechzehn Jahre vergangen, wer verändert sich da nicht? Könnte natürlich schon sein, daß mich die Spirale auf den richtigen Weg gebracht, mir beigebracht hat, mich ein bißchen mehr um andere Leute zu kümmern. Andererseits bin ich ja überhaupt erst auf die Spirale geraten, weil ich mich sehr um jemanden gesorgt habe.«

Ihr Haar glänzte wie silberne Wellen im Mondlicht. Verständige Augen blickten mich von der Seite her an. »Weißt du, Steve, mein Lieber, ich habe nicht die geringste Ahnung, wovon du eigentlich redest.«

Ich holte tief Luft. »Worauf ich hinaus will, ist ... Vielleicht hast du recht. Hier draußen verändert man sich, man intensiviert sich, man verwandelt sich in sein grundsätzliches Selbst. Ich habe gesehen und erlebt, wie das passiert ist, in beide Richtungen. Wenn dem also so sein sollte, dann darf ich vielleicht etwas sagen, das du mir glaubst. Etwas, das ich anderenfalls niemals gesagt hätte.«

Achselzucken. »Kann ja nicht schaden.«

»Na schön! Ich ...« Ich schluckte. Komm schon, Junge, raus mit der Sprache! »Ich muß total behämmert gewesen sein, als ich dich damals im Stich ließ. Ich weiß das schon sehr lange, vielleicht sogar schon seit damals. Doch ich habe es nie zugegeben, wollte mich nicht selbst als ausgemachten Schwachkopf sehen. Also habe ich es vermutlich rationalisiert. Bis ich beinahe jedes kleinste Gefühl aus meinem Leben wegrationalisiert hatte. Ich hab's vermasselt und wäre dabei beinahe erstarrt. Ich habe dich schrecklich verletzt und mir dabei selbst die Finger verbrannt. Beinahe hätte ich jedes Gefühl für Berührungen verloren.«

Sie lehnte noch immer an der Reling, das Gesicht von mir abgewandt. Sie senkte den Kopf, so daß die Haare über ihr Gesicht fielen. Instinktiv streckte ich die Hand aus, um darüberzustreichen. »Ich bitte dich nicht um Verzeihung oder etwas in der Art. Was geschehen ist, ist geschehen. Aber ...« Wieder glitt meine Hand instinktiv über ihr weiches Haar, in ihren Nacken, über die Schulterblätter, ihr Rückgrat. Plötzlich richtete sie sich auf, und meine Hand fiel auf ihre Hüfte. Sie ließ zu, daß ich sie näher an mich heranzog, heute bereits zum zweiten Mal; von Angesicht zu Angesicht blickte sie zu mir empor, atmete meinen Atem. Blasses Haar, blasse Haut, weißes Seidenhemd; in diesem juwelenbesetzten Licht verwandelte sie sich in eine Schneeskulptur. Doch ihre Brüste drückten sich sanft an mich, die Wärme ihres Körpers drang durch die seltsame Haut, die ich trug, und schien sich auszubreiten. Meine Hand ruhte locker auf dem Gürtel ihrer Jeans; mein Griff festigte sich, ich zog sie näher an mich heran und strich ihr mit der anderen Hand die Haarsträhnen aus dem Gesicht, von den leicht geöffneten Lippen. Ich zog sie ganz nahe heran, sie sträubte sich nicht, drängte ihre zarten Rundungen an mich, und ihre Arme schlangen sich um meinen Nacken. Ich preßte meine Lippen auf ihren Mund, spürte das Zucken ihrer Zunge.

»*Deck! He, Deck! Segel ahoi! Segel!*«

Wir flogen erschrocken auseinander und blickten uns um. Doch es blieb keine Zeit, um nach Worten zu suchen. Von überall her schienen die Seeleute an Deck zu quellen. Keiner hatte die Dringlichkeit in diesem Ruf überhört.

»*Was meinst du mit Segel?*« gellte Walan.

»*In unserem Kielwasser! Drei Segel, vielleicht vier – eins mehr.*«

»Alle Wetter, der Taugenichts hat recht«, sagte te Kiore erregt und brachte sein Fernrohr in Stellung. »Von hier unten sehe ich mindestens zwei, vielleicht noch ein weiteres. Glasklar, bei diesem Licht. Zwei Masten, Ketsch-Takelung mit Toppsegeln, drei verdammte Klüver, heiliger Strohsack, ich weiß, was das bedeutet! Was meinen Sie, Skipper?«

»Verdammtes Pech, meine ich!« bellte der alte Batang, noch kürzer angebunden als sonst. »Siehst du *Pinisi*!«

»Äh – was?«

»*Pinisi*!« beharrte Batang wütend auf seiner Wortwahl und hielt Jacquie das Teleskop vor das Gesicht. »*Boegies! Pinisi*!«

Te Kiore hustete. »Er meint, daß es sich bei diesen Segeln hinter uns um ortsübliche Schoner handelt, *Prahus*. Aber nicht die ganz gewöhnlichen; es sind alles Boegie-*Prahus,* schnelle Modelle, die sie *Pinisi* nennen, stimmt's?«

»Oh«, entgegnete Jacquie. »Er hatte mir schon einen Schrecken eingejagt. Aber die Boegies sind doch die eigenen Leute des Kapitäns, wenn ich mich recht entsinne.«

»Allerdings! Und genau das könnte das verdammte Problem sein. Zum einen sind die meisten von ihnen Muslime, doch Batang ist noch altmodisch – und zwar schon seit ungefähr sechshundert Jahren. Er ist immer noch Hindu.«

»Großes, großes Problem!« nickte Batang. »Könnte ein Cousin sein, könnte ein Freund sein. Könnte ein ganz fieser Piratensaukerl sein. Von da draußen, östlich des Sonnenaufgangs, könnten es auch alte Boegies aus der schlimmen Zeit sein. Wenn sie uns folgen, ist vielleicht Zufall. Vielleicht nicht.«

»Aber das dort sind winzige Bötchen, verglichen mit unserem«, warf ich ein. »Können Sie sie nicht einfach abhängen, oder versenken, falls es soweit kommen sollte?«

»Vielleicht sind viele Männer an Bord, viele Kanonen.«

Ich nickte und erzitterte unter einer Doppeldosis Adrenalin. »Können Sie ihnen keinen Warnschuß vor den Bug setzen, oder zwei, damit sie uns vom Hals bleiben? Natürlich nicht, ohne herauszufinden, ob –«

Ein dumpfer Knall wehte durch die Brise an unsere Ohren. »Das ist uns vielleicht gerade eben gelungen.«

Doch dann zerbarst etwas über uns mit lautem Krachen und verschwand gleich darauf über Steuerbord, »Feuerwerkskörper!« blaffte Batang.

»Ein SOS?« fragte te Kiore erstaunt.

»*Deck ahoi!*« schrie der Ausguck von oben. »*Notruf von Steuerbord! Pinisi, ohne Segel.*«

Sobald wir die Richtung kannten, konnten wir es beinahe mit bloßem Auge sehen, einen weißen Flecken vor einem leeren, grauen Himmel.

»Die anderen sind bestimmt unterwegs, um ihm zu Hilfe zu kommen!« rief Jacquie.

»Sieht so aus!« räumte te Kiore ein.

»Aber wir sind doch näher dran – könnten wir nicht eher dort sein?«

»Genau, mit Volldampf. Dachte gerade auch daran – Skipper?«

Der Käpt'n kaute ungeduldig an seiner Unterlippe. »Ape? Du hast einen Zauberer, frag ihn!«

Ape watschelte neben mich und stöhnte und grummelte irgend etwas von unterbrochenem Schlaf. Als ich ihn über die *Prahus* aufklärte, starrte er stumpf in die leicht aufgehellte Dunkelheit und nahm in der Brise Witterung auf. »Irgend etwas stimmt da nicht – aber auch sie reisen östlich des Sonnenaufgangs, das muß beachtet werden. Keine starke Magie – mehr kann ich nicht sagen.«

Batang dachte nach, aber nur einen Moment lang. Dann schnappte er sich eine Flüstertüte und legte die Hand auf den Telegraphen. »Dampf machen! Wir sehen es uns an, in Ordnung. Aber äußerste Vorsicht!«

Als die Schaufelräder zu neuem Leben erwachten, drehte Walan langsam das Steuerruder, und über unseren Köpfen knarrten die Rahen im frischen Morgenwind, als sie herumgebracht wurden. Jacquie und ich standen dicht beieinander, meist schweigend, verstrickt in ein Gewebe aus persönlichen Gefühlen und allgemeineren Sorgen, und beobachteten, wie die lädierte *Prahu* immer deutlichere Formen annahm. Es sah wirklich aus, als hätte sie Probleme. Ein Mast hing schief, und sie krängte selbst in dieser sanften Dünung, als wäre der Ballast verrutscht oder Wasser eingedrungen. Es wurde heller, und plötzlich erinnerte ich mich sehr lebhaft an diesen wankenden Übergang, diesen Sprung von einem Schiff zum anderen, als sich die Unendlichkeit unter meinen Füßen ausdehnte, und dann doch nur Meer war.

Ich fühlte mich immer unsicherer, bis meine Hand über Jacquies Schulter strich und ich ihr sagte, sie solle warten, und unter Deck verschwand. Dafür gab es zwei Gründe: Ich wollte mein Schwert holen, doch das war nur die halbe Wahrheit. Wenigstens hatten hier die Gästekabinen eigene und innenliegende Toiletten, ebenso luxuriös ausgestattet wie alles andere. Auf dem Rückweg, das Schwert schlug bereits beruhigend gegen meinen Schenkel, traf ich te Kiore, der seine polierte Schwertkeule am Gürtel befestigte. Wir tauschten ein recht verstohlenes Grinsen aus, wie zwei Partygäste, die nach dem Hinterausgang suchten. »Nur ein leichter Anfall von Muffensausen«, sagte er entschuldigend. »Trotzdem, eine gute Klinge hat noch nie geschadet, was?«

Ich pflichtete ihm bei, und gemeinsam stiegen wir wieder an Deck. Es wurde allmählich immer heller, der Himmel war grau, der Nebel kräuselte sich in seltsam ausgefransten Fetzen. Jetzt konnten wir die anderen Segel deutlich erkennen, riesige, topplastige Formen wie Haifischflossen, die mit großer Geschwindigkeit auf uns zukamen. Der einzige an Bord, den das alles nicht aufzuregen schien, war Ape. Er saß noch immer an die Reling gelehnt mit gekreuzten Beinen auf dem Achterdeck, die riesigen Stiefel in einer Art Lotosposition auf die Knie gezogen, wie eine abstruse, haarige Buddha-Parodie; doch sein vergilbter Bart vibrierte unter einem sehr unmeditativen Schnarchen. Batang stand jetzt selbst am Ruder und schnatterte unverständliche Befehle; er schien erst eine Wende ausführen zu wollen, manövrierte uns in einem Halbkreis in den Windschatten des beschädigten Schiffes. Es schaukelte fürchterlich, und die Gestalten, die sich am Schanzdeck festklammerten oder in der Takelage hingen, winkten und schrien uns zu, sobald wir nahe genug herangekommen waren.

Auf Batangs Befehl hin wurden die Maschinen gedrosselt, und einige Matrosen kamen mit Leinen angelaufen. Wieder rief Batang etwas, und ich spürte ein vertrautes Rumpeln unter den Füßen. »Was ist das denn?« wunderte sich Jacquie.

Ich zeigte auf das Deck hinunter. Eine lange Lafette, grellbunt mit roten und gelben Flammen auf grünem Grund bemalt, wurde von der Reling zurückgezogen; das Rohr bestand aus grünlicher Bronze und war mit vergoldeten Schuppen verziert, an der Seite ragten zwei flügelförmige Griffe heraus, und die Mündung sah aus wie ein großes, aufgerissenes Reptilienmaul. Rings um die Kanone herrschte rege Betriebsamkeit. »Die gehen mit ihren Verwandten wohl kein Risiko ein?«

»Der Käpt'n geht wahrscheinlich von sich selbst aus. Da, wir sind schon dicht dran. Aber warum nur gegen den Wind? So werden wir jedenfalls – halt dich fest!«

Wir stiegen schwerfällig auf einer plötzlichen Dünung hinauf; die Männer mit den Leinen schwangen die beschwerten Ankereisen.

Dann brach die Hölle los.

Der Krach war ohrenbetäubend. Einen Moment lang dachte ich, die Kanone wäre vorzeitig losgegangen; dann sah ich sie auf der Seite liegen, unter ihr einen schreienden Mann, und vom darunterliegenden Deck stieg dicker Qualm auf. Die Männer, die eben noch hilflos in der Takelage gehangen hatten, schwangen sich jetzt mit dämonischem Kreischen an Enterleinen auf unser Deck, schwappten einer menschlichen Springflut gleich mit stählernem Rasseln und dem Knallen von Pistolen zu uns herüber. Eine Flut von Boegie-Männern, wie konnte es auch anders sein: ein Fleisch gewordener Alptraum.

Jacque schrie auf, te Kiore stieß einen erstaunlichen Fluch aus. Vielleicht rief ich auch etwas, und Batang Sen zog an der Leine für die Signalpfeife. Er tat jedoch noch etwas anderes: Er drehte nämlich das Ruder mit aller Gewalt herum, brachte damit das Schiff in einen leicht veränderten Winkel, woraufhin der Wind sofort in unsere Segel fuhr und uns antrieb. Die Dünung trug uns empor, und wir bewegten uns in einer rasanten Drehung von dem angeschlagenen Schiff weg. Enterleinen zerrissen knallend, und die Hälfte der Angreifer erreichte uns auch mit ihren todesmutigen Sprüngen nicht mehr. Es war ein brillantes Manöver, eines, das er vermutlich schon im Hinterkopf hatte, als er gegen den Wind beidrehte. Schlachtgebrüll verwandelte sich in Schreie des Entsetzens, als die Boegies abstürzten – wohin? Der Morgen brach über uns herein, über eine weite, glitzernde, unbestreitbar blaue See, ohne eine einzige Spur von Nebel. Die Schaufelräder näherten sich der Höchstgeschwindigkeit und schleuderten zischende Gischtwolken in die Luft.

Ohne diesen klugen Schachzug hätten sie uns innerhalb weniger Minuten überwältigt oder zumindest solang beschäftigt, bis die anderen uns eingeholt hätten. Auf dieser *Prahu* mußten hundert oder noch mehr Boegies gewesen sein, genug, um diese List überaus überzeugend aufzuführen, schon allein dadurch, daß sich alle Männer unter dem Schanzdeck versammelt hatten. Trotzdem hatten wir mindestens die Hälfte von ihnen mitgenommen. Unser Deck verwandelte sich in ein viel zu unübersichtliches Schlachtfeld. »Wenn sie die Stagen zerschneiden oder die Ruderblätter durchbohren, sind wir schlachtreif!« schrie te Kiore gellend. »Los, komm mit!«

Gemeinsam rannten wir zur Achterdeckreling, doch die Boegies überfluteten sie bereits, wild um sich schießend. Ich schrie Jacquie zu, sie solle sich unter Deck verstecken, zückte mein Schwert und streckte drei der Banditen nieder, die sich mir in den Weg stellten. Dann beugte ich mich über das Geländer und hieb auf die Köpfe unter mir ein. Te Kiore erreichte die Treppe und bahnte sich den Weg hinunter mit weit ausholenden Keulenschlägen. Die mit eingelegtem Stein verstärkten Kanten seiner Keule zerschmetterten jede leichtere Metallwaffe, die sich ihr entgegenstreckte, in einem Funkenregen. Er erreichte das Deck, die Boegies wichen zurück, und ich sprang über das Geländer, auf den Platz, den sie geräumt hatten. Kaum gelandet, mußte ich schon wieder nach links und rechts ausholen. Es war zwar nicht gerade die hohe Schule der Fechtkunst, doch auf jeden Fall brachte ich sie in Bewegung. Te Kiore pflügte sich mit gewaltigen, dumpf dröhnenden Schlägen durch die Meute, wischte ihre Entermesser wie Strohhalme beiseite, zerschmetterte Glieder und Köpfe und schuf eine breite Gasse quer über das Deck. Mit heiserem Gebrüll versammelte er die versprengte Mannschaft zu einem immer breiter werdenden Keil hinter sich, wie eine Woge, die sich unterwegs immer mehr vergrößerte. Vielleicht hätten ihn Pistolen aufhalten können, doch die waren fast alle gleich in der ersten Phase des Überraschungsangriffs abgefeuert worden. Zum Laden fehlte die Zeit. Ich gesellte mich neben ihn, schlug wie wild nach beiden Seiten und sah plötzlich, wie ein Boegie, der in unserer Takelage hing, auf te Kiore zielte, doch im gleichen Moment wurde er von einem sirrenden Pfeil, der von irgendwo hinter uns kam, heruntergeholt. Der hochgewachsene Langbogenschütze erklomm die Treppe des Achterdecks und suchte sich sein nächstes Ziel, als ein schreiender Boegie ihm sein Enterbeil in den Bauch hieb und er zusammenklappte.

Dann sah ich Jacquie, die noch immer auf dem Deck stand, mit beiden Händen eine Pistole hielt und sie auf den angreifenden Mann mit der Axt richtete. Beide Läufe gingen los, und die Pistole flog ihr aus der Hand; doch der Waffenrock des Axtmannes explodierte, er drehte eine kleine Pirouette und fiel zu Boden. Ich hörte Batangs hyänenhaftes Lachen. Zu meinem Entsetzen machte sich Jacquie, die lädierten Hände schüttelnd, auf den Weg die Leiter hinunter, mitten ins Handgemenge. Ich drehte mich um und wollte ihr zu Hilfe eilen, da griff mich ein Boegie mit einem Entermesser an. Ich parierte einmal, zweimal, trat ihm dann gegen die Kniescheibe und stieß ihm die Klinge durch die Kehle. Jacquie hob den Langbogen auf.

»Laß ihn liegen, du Idiotin!« schrie ich. »Das kann man nicht wie eine Pistole benutzen –«

In einer einzigen, flüssigen Bewegung legte sie einen Pfeil ein, plazierte ihn auf dem Daumen, zog die Sehne auf einer Linie mit Nase und Kinn durch und ließ los. Ein Pirat stürzte mit einem gurgelnden Schrei von der Luke des Laderaums herunter; aus seinem Hals ragten die Federn eines Pfeilschaftes. Einem anderen, der auf sie zugerannt kam, schlug ich die Beine weg. Den nächsten, der sich gerade zur Flucht umdrehte, streckte sie mit einem weiteren Pfeil nieder.

Dann umrundete te Kiore mit seinem menschlichen Keil die Luke und kam dahinter wieder hervor, trieb die Piraten vor sich her zur Steuerbordseite des Decks, bis sie nur noch die Reling und das Meer im Rücken hatten. Aus dem Wasser würden sie vielleicht aufgefischt werden – hier an Deck wurden sie mit tödlicher Sicherheit in Stücke gehauen. Die meisten ergriffen die Chance, drehten sich um und sprangen um ihr Leben.

Leider – oder auch nicht – hatten sie das Schaufelrad vergessen. Das mahlende Geräusch veränderte sich, die Schreie erstarben in dumpfen Schlägen, dann beschleunigte es wieder zum gleichmäßig kräftigen Rhythmus wie zuvor. Jacquie zuckte zusammen, ließ den Bogen sinken und mußte sich ohne Vorwarnung an Ort und Stelle übergeben.

Ich zog sie zurück und versuchte sie in die Arme zu nehmen. Sie schüttelte den Kopf, doch ich ließ sie nicht los. »Jacquie! Bist du verletzt? Du – ich wußte nicht, daß du mit Pfeil und Bogen umgehen kannst!«

»Es ist auch schon einige Jahre her«, antwortete sie, noch immer gegen Angst und Ekel ankämpfend. »Ich habe noch nie auf etwas anderes als auf eine Zielscheibe geschossen. Auf weniger als vier Meter, man konnte nicht vorbeischießen. Aber so … einfach so in den Hals …« Sie schüttelte den Kopf wie in Panik, doch ich hielt sie fest. Sie schloß einige Sekunden die Augen, und ein heftiger Schauer durchzuckte sie. Sie atmete kaum und fühlte sich steif und leicht an, wie eine Schnitzerei aus Balsaholz.

Kräftige Hände legten sich auf unsere Schultern und trennten uns. »Tut mir leid, wenn ich das glückliche Stelldichein stören muß«, sagte te Kiore. »Gute Arbeit, Miss, die Sie da mit ihrer einsaitigen Harfe geleistet haben. Vielleicht sollten Sie sie behalten. Dem guten alten Gamble Gold wird sie nicht mehr viel nützen. Aber Ihnen vielleicht. Wir sind noch nicht ganz aus dem Schneider. Schaut mal nach hinten!«

Drei hohe Silhouetten mit überdimensionalen Segeln wie weiße Haifischflossen holten zusehends auf. Durch unser überstürztes Wendemänover waren wir in ihre Reichweite geraten, und auch der »lädierte« Schoner hatte in Windeseile seinen Mast wieder in Ordnung gebracht und sich der Verfolgungsjagd bereits angeschlossen. Plötzlich zogen wir alle die Köpfe ein, als etwas zwischen den Masten aufkreischte und eine Sturmböe unsere Haare erfaßte; über die sonnenbeschienenen Wellen wehte ein dumpfes Klatschen und ein Zischen zu uns herüber.

Te Kiore stieß einen schrecklichen Fluch aus. »Sie sind schon heran! Geschützmannschaft!«

Doch es gab keine Geschützmannschaft mehr. Eine Kartätsche, aus nächster Nähe von schräg unten abgefeuert, hatte die Lafette zerfetzt, ebenso den Geschützführer und die Hälfte der Mannschaft; die Kanone war auf die andere Hälfte geschleudert worden. Zerquetscht und blutig wurden sie darunter hervorgezogen, doch selbst mit den Heilkräften, die hier draußen zur Verfügung standen, sah ihr Schicksal nicht sehr rosig aus. Eine tiefe Abscheu kam in mir hoch. Diese Männer, die vielleicht schon vier- oder fünfmal so lange lebten wie ich, wurden einfach so dahingeschlachtet – und wofür? Für mich, für den guten Namen meiner Firma? Oder für die balinesischen Reisfelder, die grünen Wälder und die uralte, fein ausbalancierte Kultur, deren Grundlage sie waren?

»Okay!« brüllte der Maori. »Backbordwache, vier Mann! Bringt die verdammte Backbordkanone herüber, und befestigt sie an der Besanluke!«

»Backbordkanone? Ihr habt nur zwei Kanonen? Und ich dachte damals, die *Defiance* wäre etwas schwach bestückt!«

»Wir sind ein Frachtschiff, kein verdammter Freibeuter!«

funkelte mich te Kiore an. »Zwei Zwölfpfünder plus Schwenkgeschütze an Bug und Heck, das ist für ein solches Schiff schon ganz ordentlich. Diese *Prahus* müssen bis zum Schanzdeck vollgeladen sein! Aber egal, wir bereiten ihnen einen heißen Empfang!« Er winkte einige Leute zu sich heran. »Wutai – ja, du! Du spielst den Geschützführer! Und Shortass Chen, Bag O'Nails, Rukuni … einer noch …«

»He!« sagte ich zögerlich. »Ich habe schon ein-, zweimal eine Kanone bedient!«

»Beim alten Pierce? Prima, du bist dabei! Also, nicht so faul herumgelungert, ihr Pockenhirne! Einfahren, laden, feuern! Und haltet euch nicht zu lange mit den Formalitäten auf! Toppgasten, rauf in die Wanten, Reffe lösen, gebt uns mehr Leinwand! Bootsmann, runter und die Musketen austeilen! *Dalli, ihr eitrigen, widerwärtigen Pestbeulen!*«

Das mußte er uns nicht zweimal sagen. Inzwischen sausten die Kanonenkugeln links und rechts vorbei, und eine Ladung Streumunition prasselte wie Hagel durch das Stützsegel über dem Achterdeck. Kaum daß wir die Kanone an Ort und Stelle hatten, schnappte ich mir den Stopfer, und noch während sie ausgerichtet wurde, stopfte ich eine Pulverladung in den aufgerissenen Drachenschlund, schob einige rauhe Fetzen, die wie Orangenhaut aussahen, hinterher, und darauf setzte jemand eine Kugel. Noch mehr Stoffetzen, und der alte chinesische Geschützführer mit dem ledrigen Gesicht zielte mit der Kanone auf den ersten unserer Verfolger, öffnete sein Pulverhorn und war gerade dabei, einige Körnchen in das Zündloch zu füllen, als er plötzlich herumwirbelte und über die Kanone fiel. Ich fing das Horn auf, sah, wie er sich an die Brust faßte und auch schon Blut hustete. Der Wind wehte ein entferntes Krachen herüber.

»Musketen!« murmelte der rundliche Bag O'Nails und schnappte sich den Stopfer.

»Auf diese Entfernung?«

»Wenn sie Scharfschützen haben. Und so wie ich sie kenne,

brauchen sie sich nicht nur auf ihre Augen zu verlassen. Köpfe einziehen, Leute!«

Wutais Zündstock, ein Stück glühende Lunte, wehte über das Deck davon. Ich fing sie ein, blies darauf und wedelte sie hin und her, damit sie nicht ausging. Wieviel Pulver mußte noch in dieses Zündloch? Ich blickte die anderen an, doch die wollten freiwillig auch nichts dazu sagen. Ich ließ noch ein wenig hineinrieseln und hielt den Atem an, als ich versuchte, das Auf und Ab der beiden Schiffe miteinander zu koordinieren. Als ich die Position für günstig hielt, berührte ich das Zündloch leicht mit dem glühenden Ende der Schnur.

Eine Stichflamme schoß in die Höhe und hätte mir beinahe die Augenbrauen versengt. Den Kanonenschuß spürte ich eher, als daß ich ihn hörte, eine Erschütterung der Luft, und so verwirrt wie ich war, sah ich nichts vom Flug der Kanonenkugel. Dann kam vom Heck her ein Wummern, als würde eine riesenhafte Hand gegen ein Scheunentor schlagen, und ich sah durch den Qualm, wie ein Hauptsegel mit gekappten Leinen vom Fockmast der *Prahu* flatterte. Das gelbliche Schiff drehte sich mit lose wehenden Segeln hart in den Wind, und der ehemalige Lockvogel, der ihm am nächsten war, kam knapp hinter seinem Heck vorbei und überholte ihn. Doch rasch war das getroffene Segel aufgefangen und eingeholt, und sie waren uns wieder auf den Fersen. Dann ertönte plötzlich ein Pfeifen, ein Krachen und eine Wolke aus Holzsplittern spritzte auf; einer davon traf Chen ins Bein, und er fiel schreiend zu Boden. Der Rest unserer Geschützmannschaft wich der Kanone aus, die sich aus ihrer Verankerung losgerissen hatte und jetzt wie ein blutrünstiger Götze quer über das Deck schlingerte, immer mehr Fahrt bekam und auf die Luke des Laderaums zuhielt. Bag O'Nails warf sich als erster auf das Haltetau, ich folgte seinem Beispiel, und laut schreiend wurden wir über das Deck gezogen, während sich noch weitere Seeleute an das Seil hängten. Wenn die Kanone mit ihrem Gewicht in den leeren Laderaum stürzte …

Walan schnappte sich den Stopfer und rammte ihn zwischen Lafette und Rad, wie die Bremse bei einer Kutsche, und die Kanone kam quietschend kurz vor dem Rand des Laderaums zum Stehen, zu langsam, um ihn noch zu durchbrechen. Wir atmeten erleichtert auf, das Schiff senkte sich, und wir konnten gerade noch aus dem Weg springen, als die Kanone wieder zurückgerollt kam. Die Geschützmannschaft warf sich ihr mit Keilen entgegen, doch ich hatte genug davon; mit schlotternden Beinen wankte ich auf das Achterdeck zu.

»Wenn wir das Ding noch einmal abfeuern, geht es direkt durch die Steuerbordseite ab!« rief ich zum Käpt'n und te Kiore hinauf. »Oder durch den Schiffsboden!«

Der Maori blickte den Käpt'n an. »Wie lange dauert es, mehr Bolzen anzubringen?«

»Um die Kanone zu befestigen? Zwei Stunden, bei Gott!« Batang kaute an seinem strähnigen Schnurrbart. »Uns bleibt nicht einmal eine! Seht nur, sie kommen!«

»Das wär's dann gewesen«, murmelte te Kiore. »Noch ein feiger Angriff, diesmal jedoch von zwei Seiten! Und die Verstärkung ist auch nicht weit! Ich wünschte, ich wäre ein Schlangenmensch!«

»Warum das denn?« fragte Jacquie, die noch immer ihren Bogen in der Hand hielt.

»Damit ich meinen Hintern zum Abschied küssen könnte. Mir fällt nämlich nichts mehr ein.«

Batang Sen gab etwas von sich, das höchstwahrscheinlich unglaublich obszön war.

»Sie wollen doch nicht einfach aufgeben?« rief Jacquie. »Wir müssen doch noch etwas tun können, wenigstens versuchen – hat denn keiner mehr eine Idee?«

Ein langanhaltendes, zufriedendes Schnarchen drängte sich zwischen uns. Alle drehten sich um. Hinter uns, noch immer in seinem derangierten Lotossitz, saß Ape, schlief friedlich wie ein Baby und schnaubte sanft in seinen Bart. Jacquie warf sich mit einem Aufschrei auf den alten Mann und schüttelte ihn. Te Kiore und ich packten ihn mit militärischer Präzision links und rechts an der Schulter und zogen ihn auf die Beine. Was sein Schnarchen nicht beeinträchtigte, schließlich hatte er schon seit der Schlacht und während des Beschusses an Deck geschlafen. Mit unerwarteter Kraft hob Batang Sen den Wassereimer des Steuermanns hoch und schüttete den gesamten Inhalt in Apes breites Gesicht. Er riß erschrocken die Augen auf, so wie es auf manchen Bildern der Hindu-Malerei zu sehen ist: schieläugig, mit Hasenzähnen und voller Boshaftigkeit; er beugte die Arme, und te Kiore und ich, die beide größer waren als er, fielen krachend auf die Planken.

»*Dood ok ondergang!*« brüllte er. »Was habt ihr lausigen Darmflöhe –«

»Nein!« kreischte Jacquie. »Sehen Sie doch! Da hinten!«

Apes blasse Augen weiteten sich und erfaßten die nahenden Segel, die zerschmetterten Bordwände und das blutverschmierte Deck auf einen Blick.

»Aha!, brummte er. »Und was erwartet ihr jetzt von mir?«

»Kannst du ihnen nicht den Wind aus den Segeln nehmen, oder etwas in der Art?« fragte ich.

Er schaute mich mit blitzenden Augen an. »Wenn du mir verrätst, wie ich das tun soll, gerne.«

»Le Stryge konnte es! Aber vielleicht war er ja ein richtiger Zauberer!«

»Ein richtiger Sonstwas!« spuckte Ape. »Wenn er dir lieber ist, dann hol ihn doch! Ich erledige die Dinge auf meine eigene Art!« Damit drehte er sich um, verschwand ganz ruhig den Niedergang hinunter und ließ uns staunend stehen.

Dann ertönte aus dem Salon unter uns ein Krachen und Poltern, das Geräusch umstürzender Stühle sowie heisere Flüche und schließlich eine Art zufriedenes Grunzen. Ich schlich mich vorsichtig an den Rand der Luke und schaute hinunter. Ich vernahm schnelle Schritte, ein Trampeln auf dem Niedergang, und Apes massige Gestalt schoß aus der Luke wie ein wildgewordendes Nilpferd, das mich einfach beiseite rannte.

Ich lag flach auf dem Rücken, und er raste wie ein Irrer auf das Heck zu, brüllte vor Aufregung und fuchtelte mit etwas über seinem Kopf herum. Es sah aus, als wollte er es mit unseren Verfolgern eigenhändig aufnehmen, nur mit – was war das eigentlich? – bewaffnet. Mir gelang es gerade noch, einen ungenauen Eindruck von etwas Braunem, Zusammengeschrumpftem zu erhaschen, bevor er noch einmal weit ausholte und es in hohem Bogen in unser Kielwasser schleuderte. Ich befürchtete schon, er würde hinterherspringen, doch er klammerte sich nur an der Reling fest und lehnte sich mit einem Ausdruck gespannter Erwartung weit hinaus. Natürlich scharten wir uns alle um ihn, nur um uns gleich darauf tief zu ducken, als rings um uns Musketenkugeln vorüberpfiffen und sich ins Holz fraßen, begleitet von einem wild aufheulenden Chor und höhnischem Gelächter. Nur Ape blieb regungslos in Wind und Kugelhagel stehen; dann streckte er wie in Zeitlupe seinen langen Arm aus und zeigte auf etwas.

Da war tatsächlich etwas in den brodelnden, grünen Wellen am Rande unseres Kielwassers, etwas, das gerade unterhalb der schaumigen Wellenkronen trieb. Etwas langes, sehr langes, mit einer geriffelten, gezackten Oberfläche, die immer wieder kurz zwischen den Wellen aufblitzte; etwas, das sich bewegte, eine träge, schlangenhafte Bewegung, die trotz allem eine enorme Kraft verriet. Die führende *Prahu* sah es offensichtlich sehr viel besser als wir, denn Gejohle verwandelte sich in Alarmschreie, und der Hauptmast legte sich zur Seite, als das Ruder im verzweifelten Versuch, dem Hindernis auszuweichen, herumgerissen wurde. Es war wohl einen Versuch wert, aber sie schafften es nicht ganz.

Wir sahen den Aufprall deutlich, als der schneidende Bug das Ding im Wasser zur Seite schob, sahen, wie sich die Masten bogen, die Erschütterung in Wellen die Segel hinauflief, dann ertönte ein mahlendes Dröhnen von den Planken des Schiffsrumpfs. Unter der Oberfläche entstand eine plötzliche Konvulsion, und das nun nicht mehr träge sich schlängelnde

Ende erhob sich wie eine Peitsche und schlug auf die Schiffsflanke ein, die es gerammt hatte. Die splitternden Geräusche waren so laut, daß sie keine Zweifel zuließen. Das Wasser mußte durch ein Dutzend geborstener Planken eingedrungen sein, unaufhaltsam wie eine Sturzflut, und den Kielraum gefüllt haben. Die *Prahu* schlingerte einen Moment, dann krängte sie, diesmal in echter Seenot. Doch unter vollen Segeln konnte sie diesen Winkel nicht lange halten; die topplastige Takelage brach zusammen, neigte sich zum Wasser hin und zog das ganze Schiff mit. Schreiende und heulende Männer wurden in die tosende See geschleudert, fast direkt auf dieses monströse Ding, das ihnen das Leck geschlagen hatte. Es stürzte sich mit weit aufgerissenem Rachen, in dem Zähne wie Speerspitzen aufgereiht standen, mitten unter sie, wo es zuschnappte, das Maul wieder aufsperrte, wieder zuschnappte, sich um die eigene Achse zu drehen schien, immer wieder zubiß und das Wasser zu rosafarbenem Schaum quirlte. Erst dann sahen wir deutlich, um was es sich handelte.

»Bujang Senang!« schrie Batang Sen. *»Bujang Senang Raja!«* Seine runzligen Züge wurden ungewöhnlich käsig, und er fiel auf die Knie und fing an, die Stirn gegen das Deck zu schlagen.

Der nächste Verfolger, nur Sekunden hinter dem ersten, konnte unmöglich gesehen haben, was geschehen war. Vielleicht dachten sie, wir hätten das Flaggschiff mit einem Kanonenschuß versenkt, denn sie brachten das Steuerruder hart herum, gerade soweit, um an dem Wrack vorbeizukommen und gleichzeitig die eigenen Kanonen in Position zu bringen. Dann sahen sie, was sich da im Wasser abspielte, und offensichtlich völlig geschockt drehten sie in den Wind, die einfachste Art, einem Segelschiff die Fahrt zu nehmen. Doch sie waren so schnell, daß sie nicht genug an Fahrt verloren; der Schwung trieb sie weiter, direkt in dieses Spektakel hinein, eine Kollision mit dem gekenterten Schiff war unausweichlich. Die Erschütterung mußte das Ding im Wasser alarmiert haben, denn es schlängelte sich jetzt mit beachtlicher Geschwindigkeit und klaffendem Maul auf das zweite Schiff zu. Die zweite *Prahu* wurde vom Zusammenprall erschüttert, der Fockmast bäumte sich auf und brach, als wäre er zerschossen worden, dann rutschte er auf das Deck. Wieder wurden Männer schreiend in die aufgepeitschte See geschleudert. Vom Heck knatterten Musketen, doch das war eindeutig ein Fehler. Mit Bleikugeln konnte man diese warzigen Schuppen höchstens zerkratzen. Die monströsen Kiefer klappten auf und zu, ein schreckliches, knirschendes Geräusch war zu hören; das Biest zuckte fast beiläufig mit dem Kopf und biß ein großes Stück aus dem Holz von Deck und Rumpf. Jetzt konnte ich direkt sehen, wie das Wasser hineinsprudelte. Die zweite *Prahu* begann zu kentern.

»Ich kann's einfach nicht glauben!« war ungefähr das Intelligenteste, was ich sagen konnte. Jede Seeschlange wäre leichter zu akzeptieren gewesen als das monströse Ding, das dort im Wasser wütete.

»Das solltest du aber, Seemann«, sagte Te Kiore mit zitternder Stimme. »In diesen Gewässern gibt es den alten Salty, ich habe schon einige gesehen. Aber keinen, der so verdammt groß gewesen wäre!«

»Salty?« hauchte ich entsetzt.

»*Crocodylus porosus*«, sagte Jacquie heiser. »Das Salzwasserkrokodil. Gibt es überall zwischen Nord-Australien und Sarawak. Eins hat letztes Jahr vor der Küste von Queensland den Querbalken am Heck eines Fischerbootes durchgebissen, aber das war nur sechs Meter lang. Ich habe es in der Zeitung gelesen. Das größte, das jemals gemessen wurde, brachte es auf zwölf Meter, und offensichtlich wurden sie wesentlich größer, als sie sich noch nicht mit Menschen und Gewehren herumschlagen mußte.«

»Das glaube ich dir«, sagte ich. »Ich glaube dir wirklich.« Wir entfernten uns jetzt immer rascher, doch die dritte *Prahu* hielt auf den Ort des Geschehens zu, dicht gefolgt von der vierten. Entweder sorgten sie sich wirklich um das Schicksal ihrer Spießgesellen, oder sie nutzten jede Entschuldigung, um es nicht mit einem Gegener aufnehmen zu müssen, der sich derart vehement zur Wehr setzte.

»Wie, um Himmels willen, haben Sie so schnell eines herbeirufen können?« wollte Jacquie von Ape wissen. »Nein – ich weiß schon! Die ganze Zeit über, als Sie so taten, als schliefen Sie, haben Sie schon danach gerufen!«

Ape grinste überheblich. »*Zoals je segt, Mevrouw.* Genau wie Sie sagen!«

Das zweite Schiff versank immer tiefer im Wasser, obwohl jemand schlau genug gewesen war, die Rahen zu kappen, bevor sie das ganze Schiff kentern ließen. Jetzt versuchten sie, ein Beiboot zu Wasser zu bringen, doch wie auf dem Köderschiff waren viel zu viele Männer an Bord. Sie kämpften allem Anschein nach mit Zähnen, Fäusten und Messern um die wenigen Plätze, und als das Boot endlich ablegte, war es so überladen, daß es gleich bei der ersten Welle umschlug. Mir lief ein Schauer über den Rücken, als ich sah, wie die ganze Ladung Boegies in das blutige Wasser stürzte. Der rosafarbene Fleck weitete sich aus, und inzwischen waren dort auch andere Zähne bei der Arbeit, zumindest würde es nicht mehr lange dauern. Wie die meisten größeren Schiffe hatten auch wir ein kleines Rudel Haie um uns geschart, und schon bald konnten wir andere Rückenflossen sehen, die aus allen Richtungen die Wellen zum Ort des Geschehens hin durchpflügten. Ich war froh, daß wir uns so schnell entfernten.

Dann dröhnte hinter uns ein dumpfer Schlag über das Wasser, und noch einer. Qualmwolken stiegen auf, und instinktiv zogen wir die Köpfe ein. Doch der Schuß kam nicht in unsere Nähe; die beiden anderen *Prahus* blieben zurück und feuerten auf das Monsterkrokodil.

»Das wird ihm den Garaus machen«, sagte Jacquie bedeutsam.

»Glauben Sie?« Te Kiore schüttelte den Kopf. »Ich setzte auf das Kroko. Die Biester sind so gut wie nicht umzubringen. Zehn zu eins, daß es die ganze Flotte versenkt, bevor es sich zu Damenhandtaschen verarbeiten läßt.«

»Keiner hält dagegen«, sagte ich. »Die Frage ist ohnehin, wie lange es dauert, bis das Wasser zu den Sägespänen durchdringt.«

»Was?« platzte Jacquie heraus.

»Die Sägespäne«, wiederholte ich. »Ich gehe mal davon aus, daß es damit gestopft ist. Vielleicht aus Stroh oder Kapok, in dieser Gegend hier. Soweit ich mich erinnere, nimmt man jedoch meistens Sägespäne.«

Jacquie schüttelte den Kopf. »Wovon redest du da eigentlich? Nimmt man wofür?«

»Um ein Krokodil auszustopfen, natürlich. Das aus dem Salon unten. Das hat Ape doch ins Wasser geworfen – obwohl ich es zuerst nicht erkannt habe. Deshalb sagte ich doch, ich könne es nicht glauben.«

»Oh Gott«, sagte Jacquie mit schwacher Stimme. »Aber das war doch höchstens einen halben Meter lang. Ein Baby! Du willst mir doch nicht erzählen, daß er es … dazu gebracht hat …«

»Vielleicht hat er nur eins herbeigerufen, wie er gesagt hat«, meinte te Kiore.

»Und das kleine nur als Symbol benutzt? Glaube ich nicht.«

Te Kiore warf einen Blick auf Batang Sen, der noch immer seine Stirn auf die Planken schlug und vor sich hin brabbelte. »Ich habe so ein Gefühl, daß er es erraten hat, und ich bin fast geneigt, mich ihm anzuschließen.«

Ich schaute Ape an, der noch immer an der Heckreling lehnte und vor sich hin summte, eine unbestimmte, ziemlich schräge kleine Melodie. »Das war ziemlich beeindruckend, Ape. Vielen Dank. Aber wie hast du nur –«

Er schnaubte verächtlich. Die Falten hatten sich tiefer in sein Gesicht gegraben, er sah niedergeschlagen aus. »Geh und frag Le Stryge, wenn du ihm das nächste Mal über den

Weg läufst«, sagte er leise. »Aber wenn ich du wäre, *Jongetje*, was ich glücklicherweise nicht bin, dann würde ich diesen eigenartigen Kauz so lange es geht in Ruhe lassen. Alles klar jetzt?«

Und ohne auf eine Antwort zu warten, schlurfte er mit eingezogenen Schultern davon, die Stufen zum Hauptdeck hinunter. Niemand folgte ihm. Doch später, als wir erschöpft vom Saubermachen und Reparieren unter Deck wankten, fanden wir ihn dort; die Stiefel wieder auf den Oberschenkeln, die Hände auf den Knien, die rosafarbenen Handflächen nach außen gekehrt, saß er schnarchend mitten auf dem Tisch im Salon.

Kapitel 7

In diesem nieseligen Nebel geschah alles plötzlich und unvorhersehbar. Alles schien uns anzuspringen. Ein halb umgestürzter Baum schwebte bedrohlich über unseren Köpfen, eine herabbaumelnde Ranke oder Luftwurzel schaukelte schlangengleich quer über unseren Weg.

Genau so war es. Den ganzen Weg hierher hatte das Unterholz unsere Füße behindert und uns stolpern lassen.Jetzt, wo wir nur noch krochen, fand es besonderen Gefallen daran, sich ganz um uns zu winden und uns festzuhalten. Dabei mußten wir mit unseren *Parang*-Hieben sehr vorsichtig sein; da wir uns auf allen vieren vorwärts bewegten, und das Schulter an Schulter. Halb unter dem glitschigem Grünzeug verborgen, war es leicht möglich, daß die schweren Dschungelmesser mehr als nur störende Fangarme abschlugen. Wir kamen also nur erbärmlich langsam voran, schwitzten wie noch nie zuvor, und der Nieselregen fraß sich durch eine Kleiderschicht nach der anderen, nistete sich dort ein und saugte die Körperwärme ab. Es war erstaunlich, wie sehr man inmitten dieses dampfenden Nebels frieren konnte. Die Salbe, die uns der Dyak zum Einreiben mitgegeben hatte, löste sich auf und rann in klebrigen Rinnsalen in jede Pore und Spalte der Haut, ein unglaublich unangenehmes Gefühl. Nach der frischen Meeresluft war diese feuchtwarme Suppe hier kaum zu atmen. Doch es half alles nichts; wir waren schon fast am Ziel, jedenfalls laut te Kiore, und mußten dicht am Boden bleiben.

»Versuch's mal mit positivem Denken!« flüsterte der Maori und mühte sich redlich, Jacquie bei der Beseitigung einer Dornenranke zu helfen. Seit ihm aufgefallen war, daß wir uns die Kabine nicht teilten, legte er ein auffälliges Interesse für sie an den Tag. Ich versuchte, mich nicht darüber aufzuregen – warum auch? Er legte einen massigen Arm um sie, vorgeblich, um die Pflanze aus dem Weg zu räumen. »Wenigstens ist es so kalt, daß die Moskitos nicht rauskommen.«

»Ja«, murmelte Jacquie gereizt und räumte den Arm mit einer Bewegung, die der seinen nicht unähnlich war, aus dem Weg. »Die sind schlauer als wir. Was ist mit Blutegeln?«

Te Kiore schien nicht im geringsten entmutigt. »Ach, keine Bange, so tief unten gibt es die nicht. Die warten in diesem Teil der Welt erst oberhalb von dreihundert Metern auf einen. Und dann haben wir ja noch diese Dyak-Paste, die wird auch mit all den anderen kleinen Mistviechern im Erdboden fertig, mit Hautfressern und all so was.«

Ich spürte, wie Jacquie sich leicht schüttelte, als ihre Schulter meine berührte. »*Larva migrans?* Die hält es ab? Was ist denn in dem Zeug drin?«

»Frag lieber nicht. Sonst sind dir vielleicht doch die Blutegel lieber – *he!*«

Der leise Ruf elektrisierte uns förmlich und ließ uns sämtliche Egel und Larven vergessen. Vorsichtig richteten wir uns auf und spähten nach vorne. Einen Moment lang, während unsere Augen noch mit der Helligkeit kämpften, schien es so, als ob te Kiore sich nur etwas eingebildet hätte. Dann schälten sich allmählich hellgraue Formen aus dem grellen Licht, Formen, die zu groß waren, um sie sofort richtig einzuordnen. Wir hatten ein Gebäude erwartet, ein sehr großes sogar, schließlich waren Jacquie und ich schon darauf herumgeklettert. Aber wenn man nach einem Gebäude Ausschau hält und einen ganzen Berg vorfindet, ist man zunächst versucht, darüber hinweg- oder drumherum zu sehen. Die Nebelschwaden, die langsam um diesen steinernen Hügel kreisten, offenbarten uns hier einen Turm, konisch und mit Bildhauereien überzogen, dort eine Flucht steinerner Blöcke, eine halb unter Efeu begrabene eingestürzte *Stupa,* einen verwitterten Friesabschnitt, eine Statue ohne Hände. Sie schienen hier und da aus dem grauen Dunst herauszugleiten, als wollte uns ein geisterhafter Scherzbold mit diesem bruchstückhaften Schauspiel verwirren. Doch sobald klar war, daß sie alle zu einem Gebäude gehörten, erkannte man die Symmetrie des Entwurfs, den Umriß, die Ausmaße. Der Hügel selbst *war* das Gebäude.

Ohne Vorwarnung aus dem nebligen Nichts aufgetaucht, erhob sich der Borobodur über uns. Da die untere Terrasse nicht zu sehen war, schien er wie eine übernatürliche Insel im Nebel zu schwimmen, eine gigantische, von der Zeit geschwärzte Steinmasse. Türme und Türmchen erhoben sich über ihm, wie Bäume auf einem natürlichen Berg, ein symmetrischer Steinwald, der den Blick hinauf zur im Nebel verschwindenden nadelfeinen Spitze des Hauptturms führte. Schon der Anblick dieser Masse war einschüchternd genug, als könnte dieser riesige Schatten jeden Moment über uns herfallen, uns unter seinem erdrückenden Gewicht begraben und für alle Zeit der Vergessenheit anheimgeben. Trotzdem war das Gebäude selbst bei aller Massigkeit nicht bedrohlich. Es hatte nichts von der glänzenden Schwerfälligkeit des World Trade Center oder der brutalen Nüchternheit der Kremlmauern; es strahlte nichts als verhaltene, kontemplative, göttliche Gelassenheit aus, wie die steinernen Buddhas, die auf dieses wirbelnde weiße Meer hinabblickten. Mir kam es so vor, als wären wir es, die wie eine vorwitzige Welle gegen diese versteinerte Erhabenheit brandeten, unsere Nöte und Ängste und kleinen Sorgen der Indifferenz des Nirvana entgegenschleuderten und uns dabei allein durch unsere eigene Energie zugrunde richteten. Diese Anlage war erbaut worden, damit der Mensch vor Ehrfurcht erstarre, und genau diese Wirkung übte sie auf uns aus. Selbst ohne die möglicherweise hinter diesen Mauern lauernde Gefahr hätten wir geflüstert, hätten wir uns benommen umgesehen. Diesem Ort wohnte eine Kraft, eine unglaubliche Macht inne.

»Das ist es, oder nicht?« flüsterte ich Jacquie ins Ohr. »Hierhin haben sie uns entführt.«

»Ja! Ja! Ich hatte es mir gedacht, doch jetzt bin ich ganz sicher. Schon die Ausstrahlung ...«

»Stimmt genau!« unterbrach sie te Kiores nicht ganz so leises Flüstern. »Erinnerst du dich an Einzelheiten? An einen Anhaltspunkt, der uns verrät, wo ihr wart?«

Ich ließ den Blick hin- und herschweifen, wobei ich auf das geringste Anzeichen einer Bewegung gefaßt war. Doch wenn es hier etwas Lebendiges gab, dann mußte es sich dicht am Boden aufhalten. »Kann sein, doch in diesem Dunst bin ich mir nicht sicher. Könnten wir vielleicht auf der anderen Seite gewesen sein?«

»Auf keinen Fall. Du sagtest doch, du hättest über flachen Dschungel geblickt. Auf der anderen Seite sind Hügel. Also muß es irgendwo hier sein.«

»Richtig. Wir rannten eine schmale Treppe hinunter, um an dem Elefanten vorbeizukommen. Dann kam eine breite Terrasse, breiter als die weiter oben gelegenen, dann eine größere Treppe, richtig breit.«

»Mmmh. Mit einem Torbogen darüber, und darauf war so etwas wie ein Gesicht?«

»Ist mir nicht aufgefallen. Aber in dem Nebel ...«

»Ja, hört sich ganz nach dem Haupttor an, das muß dort

drüben sein. Am besten stolpern wir nicht blindlings hinein, wenn sie wirklich so mächtig sind, wie ihr sagt. In wenigen Minuten wird die Sicht besser sein –«

»Aber damals war es Mittag«, sagte Jacquie unsicher. »Und trocken.«

»Es ist nicht mehr lange bis zur Mittagszeit«, entgegnete te Kiore. »Der Regen hat schon ein gutes Stück nachgelassen, seit wir unterwegs sind. Hört wahrscheinlich in einer Viertelstunde oder so ganz auf. Wir ruhen uns einen Moment aus und halten die Augen offen.«

Wir drängten uns aneinander, starrten zu dem gigantischen Bauwerk hinüber und versuchten uns daran zu erinnern, an welcher Stelle wir es betreten hatten. Doch immer wenn der Nebel sich bewegte, schien er einen anderen Abschnitt eines labyrinthischen Terrassensystems freizugeben, alles symmetrisch, alles ähnlich, außer an den Stellen, wo ein grüner Fleck die überwachsene Kante einer eingestürzten Terrasse markierte, oder ein Busch oder Strauch aus den zersprungenen Fliesen ragte. Graue Flechten bedeckten die Oberflächen und leuchteten kränklich aus dem Dunst. Doch hier und dort sah ich zwischen den Reliefs einzelne Stellen hellerer Farbe, Gelb und Karmesinrot und ein verblaßt wirkendes Purpur; sie waren einst bemalt gewesen. Der Anblick ließ mich an die Farben auf dem Container denken. Wie lange mochten sie wohl halten? Oder waren Apes Zaubersprüche schon gebrochen?

Jacquie schüttelte verwirrt den Kopf. »Ich kann das alles nicht mit den Büchern und Bildern, die ich kenne, in Einklang bringen. Die Anlage ist schon vor Jahren restauriert worden. Aber das hier?«

»Das ist der Geist davon, erinnerst du dich? Es ist ihr zeitloses Selbst, ihr Schatten. Genauso wie das Surabaja, in dem wir angelegt haben, nicht das von heute ist …«

Hölzerne Kais, staubige, ungepflasterte Straßen, hohe Mauern aus trockenen Lehmziegeln und außer unseren nur einige wenige rosafarbene Gesichter: ein aufgeblasener Holländer und seine Frau in einer europäischen Kutsche, die sich mühsam ihren Weg durch das schnatternde Marktgedränge bahnten und die Nasen über die lebhaften, in den farbenfrohen *Sarongs* barbusig gehenden Frauen rümpften. An den Gebäuden keine Spur von Europa, nur steinerne Tempel und Holzhütten. Trotzdem wies der riesige Ochsenkarren, den wir gemietet hatten, Stahlachsen und eine Art Federung auf, rauh aber durchaus wirkungsvoll, und das Geschirr zeugte eindeutig von europäischem Einfluß, auch wenn es wie Wajang-Puppen mit allerlei Schnörkeln verziert war. Ein früheres und ein späteres Java trafen hier aufeinander und verschmolzen die Essenz beider Zeitalter miteinander. Wenn man nur wüßte, um welche Ecken man zu gehen hatte, konnte man womöglich auf ein Java stoßen, das es noch gar nicht gab.

Jacquie nickte. »Ja. Eigenartig. Ich dachte ... er wäre noch intakt, noch in Gebrauch. Andererseits haben sie ihn damals einfach verlassen, kaum daß er fertiggestellt war. Also ist das hier die Originalversion, so verlassen und überwachsen wie einst. Oder noch schlimmer als überwachsen; es kommt mir vor ...«

Sie beendete ihren Satz nicht. »Ja?«

Sie richtete ihre schmalen Augen auf mich. »Lach nicht. Es kommt mir vor, als würde es hier spuken.«

»Ich lache nicht, das kannst du mir glauben. Wann wurde Borobodur überhaupt erbaut? Und von wem?«

»Wann? Ach so, im neunten Jahrhundert. Von den Saliendra-Prinzen. Buddhisten, die dem alten Hinduismus, der sich vorher schon mit älteren Religionen vermengt hatte, einen neuen Glauben hinzufügten. Ungefähr zur gleichen Zeit, als die Vorfahren meines Vaters aus Schweden aufbrachen, um die britische Küste zu plündern und zu verwüsten.« Sie grinste plötzlich. »Und womöglich deine Vorfahren bei Lindisfarne niedermetzelten.«

»Die meiner Mutter vielleicht. Die meines Vaters müßten zu der Zeit irgendwo auf der zivilisierten Seite des Rheins gelebt haben. Wahrscheinlich verkauften sie allen möglichen Ramsch, löchrige Stiefel und schartige Waffen an die Armee Karls des Großen. Sie kamen erst mit George I. aus Deutschland herüber, vielleicht etwas früher.«

»Oh, das wußte ich gar nicht. Zu Zeiten Karls des Großen wurde so etwas in Europa aber noch nicht gebaut, oder? Die großen Kathedralen kamen erst später; und sie waren nicht so groß wie das hier.«

Ich lächelte in mich hinein. Jacquie hatte sich doch nicht so sehr verändert. Schon immer hatte sie »ihren« Orient herausgestellt, sobald sich die Gelegenheit dazu bot, als wollte sie dadurch ihr orientalisches Blut aufwerten. »Nein. Und nicht so gruselig! Aber unsere Kathedralen werden noch immer genutzt. Warum haben diese Prinzen alles wieder verfallen lassen? Es muß sie doch ein ziemliches Vermögen gekostet haben.«

»Das weiß keiner. Sie taten es einfach.«

Dieser Gedanke legte einen Schleier der Stille über uns. Nur noch das Rauschen und Zischen des Nieselregens war zu hören. Steinerne Dämonen, häßlicher noch als die westlichen Modelle, spuckten Wasser auf fleckige und ausgewaschene Steine hinab; sie mußten das schon sehr, sehr lange tun.

Der Nebel sprühte geisterhafte Ranken über meine Wangen. Bewegte sich da die Luft? Wenigstens ließ das Nieseln nach. Plötzlich raschelte etwas im Unterholz, dürre Ärmchen und Beinchen schlugen um sich. Batang Sen kroch mit der Geschwindigkeit einer aufgescheuchten Spinne zu uns herauf. Unterwegs hatte ich mich noch gewundert, wie jemand in seinem Alter den anstrengenden Marsch überstehen konnte. Jetzt sah er mit seinem borstigen Schnurrbart und den kleinen, lebhaften schwarzen Augen frischer aus als ich. »Der Wind dreht sich!« zischte er. »Ape, er sagte, hier ist etwas nicht ganz geheuer. Paß auf, Sportsfreund!«

Ich nickte angespannt. Ape war unsere Nachhut, falls es unangenehme Überraschungen geben sollte. Wir anderen waren mit Waffen beladen, doch er trug nichts – außer, zweifelsohne, seinen Zauberstab. Und er hatte recht behalten mit dem Wind. Der Nebel wogte jetzt hin und her wie eine verführerische Tänzerin, drehte sich, zog sich von den oberen Teilen des Tempels zurück, von den kreisförmig angelegten Terrassen, die den Mittelpunkt seines *Mandala*-Plans darstellten, und von der hohen *Stupa* in ihrem Zentrum. Plötzlich wurde die Nadelspitze des Turms sichtbar, gut vierzig Meter über dem Erdboden, und dahinter, für einen kurzen Augenblick, ein Stück leuchtend blauen Himmels. Dann brodelten die schwereren Nebel von unten wie dicker Schleim herauf und verhüllten ihn wieder. Dafür gaben sie jedoch ein Stück der unteren Terrasse frei. Jetzt sah ich die Strecke, die wir entlanggelaufen waren, die Wasserpfützen und die glitschigen Steinfliesen, und hinter ihnen, über der Treppe den halb eingestürzten Torbogen, dessen jetzt schräg hängendes Dämonengesicht unergründlich wie eine Cheshire-Katze grinste.

»Der *Kala*, der alles verschlingende Dämon!« rief Jacquie. »Das Tor ist sein Maul – wenn du eintrittst, verschlingt es dich! Dadurch kannst du geistig wiedergeboren werden –«

»Ja, das hat er auch mit uns getan. Und dort sind wir wieder hinausgerannt, als Ape das Tor in die Luft jagte – also genau davor – *dort*!«

Ein Nebelfetzen hatte ihn verborgen. Jetzt stand er einsam und völlig unpassend auf den feuchten Steinplatten, kaum mehr als die Länge eines Football-Felds von uns entfernt – ein uralter, halb zusammengebrochener Lastwagenanhänger. Darauf stand der Container; die bunten Farben waren zwar verdreckt und lösten sich an verschiedenen Stellen schon, leuchteten jedoch immer noch grell unter dem feuchten Taufilm.

Wir hatten uns darüber verständigt, daß es am besten wäre, rasch zuzuschlagen – hineinrennen, den Lastwagen schnappen und ihn mit schierer Gewalt wieder aus dem Tempel heraus auf den Dschungelpfad bringen. Was uns auch immer auflauerte, würde außerhalb der Tempelmauern deutlich schwächer sein, wie unsere Flucht gezeigt hatte. Das wiederum würde uns ermöglichen, den Container besser zu verteidigen. Sollte sich der Lastwagen nicht starten lassen, könnten wir immer noch die Ochsen davorspannen. Doch direkt in der Aura dieses unheimliches Ortes, unter seiner schieren, erdrückenden Masse, war keiner so recht erpicht darauf, den ersten Schritt zu wagen. Batang Sen kauerte halb am Boden, zog die Stirn kraus und kaute aufgeregt an seinen Schnurrbartenden; te Kiores Gesichtsmuskeln arbeiteten ohne Unterlaß, und sein Blick wanderte von Batang zu mir, dann zu Jacquie. Gerade wollte ich einen Befehl geben, als alle bei einem plötzlichen Krachen in den Bäumen hinter uns herumfuhren. Muskeln spannten sich an, Hände flogen zu den Waffen; dann erkannten wir Ape, der seinem Namen alle Ehre machte und halb durch das Dickicht rannte, sich halb hindurchschwang. Seine langen Arme bahnten ihm einen Weg durch das Gestrüpp, als wären es Spinnweben.

»Na?« rief er uns entgegen. »Worauf wartet ihr? Bis die Nüsse vom Baum fallen? Vorwärts! *Ayang!*«

Er wirbelte wie ein haariger Komet zwischen uns, packte mit einer Hand mich am Hemdkragen, mit der anderen te Kiore, und setzte uns mit einem kräftigen Schubs in Bewegung. Wir stolperten beide mit rudernden Armen los. Wäre da ein Abgrund im Weg gewesen, wir hätten nicht bremsen können. So konnten wir schlimmstenfalls in die eigenen Schwerter fallen, also rannten wir los, bis unsere Beine uns eingeholt hatten. Die Männer hinter uns, durch Apes erstaunliche Energie angefeuert, sprangen auf und kamen mit lautem Gebrüll und Geschrei hinter uns her, mitten unter ihnen der hüpfende und kichernde Batang Sen. Um den Adrenalinspiegel hochzupeitschen, gibt es nichts Besseres, als der Gefahr ins Auge zu blicken. Nach diesem Motto legten wir die gut dreißig Meter in rekordverdächtiger Geschwindigkeit zurück, setzten über lose Steine und kamen als keuchende Masse am Ziel an.

»Heiliger Strohsack, das ist ja ein alter Holden!« schnaufte Kiore und kletterte auch schon in die Kabine. »Mit diesen Dingern bin ich aufgewachsen! Die Kurbel, wo ist die verdammte Startkurbel?« Sie steckte dort, wo sie hingehörte, direkt unterhalb des Kühlergrills; ich versuchte, sie zu drehen, und hätte mir dabei fast die Bandscheiben verrenkt. Die Maschine hustete, stotterte und gab den Geist wieder auf. Te Kiore schob mich zur Seite und wirbelte die Kurbel so kräftig herum, daß er beinahe den ganzen Laster umgeworfen hätte. Jetzt nieste der Motor asthmatisch, ging jedoch erneut aus. Te Kiore trat gegen den Grill.

»In Ordnung! Alle nach hinten und den Haken losmachen!«.

Hände machten sich am Abschlepphaken zu schaffen, hämmerten mit Entermessern und Keulen auf die alte Bremse ein. Mit einem protestierenden Kreischen löste sich der Anhänger. Wir schlangen Stricke darum und zurrten sie fest; Männer stemmten ihr Gewicht dagegen, und das schwere Gefährt drehte sich allmählich von der Zugmaschine weg, Richtung Dschungel und Freiheit. Doch als es auf den Steinen entlangknirschte, entstand ein plötzlicher Wirbel im Nebel, beinahe eine Konvulsion. Ein leiser Schauer lief mir den Rücken hinunter. Wir spürten es alle und fuhren wie schuldbewußte Kinder zusammen – sogar Ape –, ließen alles fallen und blickten auf, als erwarteten wir strafend niederfahrende Donnerkeile. Doch es war nur ein feuriger Sonnenstrahl, den die wogenden Nebel beinahe zu bündeln und zu dirigieren schienen. Ein Speer aus Licht, der den Stein der zentralen *Stupa* traf und daran hinunterglitt, an der noch immer im Schatten liegenden Vorderfront des Tempels entlang, quer über die Terrasse und die Stufen herab auf die Steine zu, auf denen wir standen.

Ein Sonnenstrahl. Doch es hätte ebensogut eine schreckliche Superwaffe sein können, ein haarfeiner Laser- oder Partikelstrahl, der ohne weiteres durch Steine hindurchschnitt, ohne Rauch oder andere Rückstände zu hinterlassen. Denn als er über die Mitte dieses riesigen Gebäudes spielte, folgte ihm eine Lichtspur, ein Faden, ein Saum, der Turm und Treppe und Tor exakt in der Mitte durchtrennte, entlang der Mediane dieses gesamten, immensen Tempels. Ein Geräusch erklang, ein scharfes, steinernes *Krack*! Doch dann herrschte Stille.

Mit der wuchtigen Schwerkraft von Höllentoren trennte sich die gesamte Vorderseite des Tempels exakt an dieser Linie und glitt zur Seite. Die Lichtspur verbreiterte sich. Wenn jetzt Flammen emporgelodert wären, um uns zu umzingeln, hätte mich das nicht im geringsten verwundert. Doch was dort aus diesen dunklen Tiefen heraus glühte, war blendendes Tageslicht, das Licht eines anderen Ortes, eines anderen Himmels, klar und wolkenlos, ohne den geringsten Nebelfetzen.

Abgesehen von einer Stelle, einem dunstigen, violetten Hügel, von dessen weißem Gipfel ein dünner Rauchfaden aufstieg. Ich kannte diesen Berghang, auch wenn ich ihn noch nicht in Wirklichkeit, sondern nur auf Fotografien gesehen hatte. Ihrem erstickten Schrei nach zu urteilen, kannte Jacquie ihn ebenfalls. Er war berühmt, unverwechselbar, ein Heiligtum der Eingeborenen, eine Attraktion und eine Strafe für ambitionierte Touristen: Gunung Agung, der Nabel der Welt, heiliger Berg und schlafender Vulkan. Doch nicht hier, nicht in dieser Gegend. Nicht einmal auf Java. Gunung Agung lag im Herzen des Gebietes, das uns so entschlossen verweigert wurde, war der heilige Berg der Insel Bali. Und Bali war über zweihundert Meilen entfernt. Und doch erstreckte sich Gunung Agung und das ganze Land zu seinen Füßen direkt hinter dem gespaltenen Tor von Borobodur.

Trotz des Schocks, den dieser unglaubliche Anblick auslöste, wurden unsere Hoffnungen wie trockene Blätter in einem Freudenfeuer entfacht, flammten kurz auf und zerfielen dann rasch wieder. Denn es gab keine Chance, durch dieses Tor hindurchzugehen. Es öffnete sich vor uns wie eine Versuchung, eine Finte, eine Herausforderung. Hinter ihm erstreckte sich hoch über den in der Ferne verschwimmenden Landschaften eine weitere steinerne Terrasse, auf der uns eine Armee in Schlachtordnung entgegenschritt, eine mächtige Flutwelle, die über die Stufe hinwegschwappte. Die helle Sonne brannte auf wehende Seidenbanner nieder, blitzte von zahllosen Speerspitzen und Brustplatten, verzierten Helmen und bemalten Schilden. Generäle in Dämonenmasken mit weißschimmernden Schnurrbärten blickten über ihre Truppen: ein glitzernder Zaun aus Speeren und Schilden, Bogenschützen mit bereitgehaltenen gefiederten Pfeilen, und in der ersten Reihe, in blauen Gewändern mit roten Schärpen, unübersehbare Horden von Dacoits, jeder einen gewellten Kris, ein Schwertmesser, in der Faust. Hoch über allen Köpfen balancierten bewehrte Howdahs auf den gepanzerten Rücken riesiger Kriegselefanten, die ihre Rüssel angriffslustig zwischen Stoßzähnen mit aufgesetzten Klingen einrollten.

»Ich kenne diese Banner!« stieß Ape neben mir hervor. »Mataram! Und Warmadewa! Uralte, widerliche Sippen, *Rajas* sowohl von Java als auch von Bali. Die blutrünstigen Geister von Krieg und Tyrannei, die diese Insel einst heimsuchten, sind erwacht, sind wieder auferstanden, um erneut Krieg zu führen!« Seine Stimme schwoll vor Zorn an. »Wer steckt dahinter? Wer *wagt* es, so etwas zu tun?«

Ich hörte ihn kaum. In der ersten Reihe der Dacoits hatte ich eine geduckte Gestalt entdeckt, unbedeutend, beinahe nicht zu erkennen in diesem bedrohlichen Tableau, eine schlanke Gestalt mit unverkennbar blondem Haar. Sie richtete sich auf, und über diese riesige Entfernung hin trafen sich unsere Blicke. Es war Rangda.

Meine Hand krallte sich in Apes Schulter. »Das ist sie! Das kleine Barmädchen – der Köder! Diese Schufte, sie haben sie gleich in die erste Reihe gestellt!«

Langsam, widerstrebend, wie mir schien, löste sich Rangda

von den Männern ringsum, mit ausdruckslosem Gesicht, den Blick jedoch fest auf mich gerichtet. Sogar in dieser angespannten Situation ließ ihr Anblick mich ein bißchen schneller atmen. Ihr Haar glänzte, und die Sonne schimmerte golden auf ihrer Haut, denn sie trug fast nichts auf dem Leibe, abgesehen von einem leichten, schlicht weißen *Sarong*, einem schweren Perlenhalsband, das ihr in mehreren Schlingen über die festen Brüste und den Bauch fiel, sowie einem weißen Band um den Hals. Und ich erinnerte mich daran, daß bei den rituellen Tötungen der *Puputan*, selbst bei den Morden nach dem Putschversuch von 1965, sowohl die Opfer als auch die Täter in zeremonielles Weiß gekleidet waren. Auf welcher Seite stand sie?

Neben mir hörte ich ein Schlucken. »Das? Das ist sie? Das Barmädchen, das du...« Jacquie ließ den Blick zwischen mir und Rangda hin- und herwandern. Ein heftiger Wutanfall färbte ihre Wangen rot, und sie verpaßte mir eine brennende Ohrfeige, die es in sich hatte. »Du ... du widerlicher, schleimiger Schuft!«

Im College hatte Jacquie in Kunstkursen nackt Modell gestanden – auch das ein Anlaß für unsere Streitereien. Sie hatte sich nicht nur in Spiegeln gesehen, sondern auch in den Augen Hunderter von Künstlern und Fotografen, die sie mit ihren Blicken abgetastet und beurteilt hatten. Sie wußte besser als die meisten von uns, wirklich ganz genau, wie sie aussah.

Und wenn man diese beiden Frauen zusammen sah, im gleichen unbarmherzigen, leuchtenden Licht von einer zur anderen schaute, war die Ähnlichkeit wirklich frappierend, geradezu unheimlich. Auch den anderen fiel es auf, und sie starrten mit offenen Mündern. Doch Ape, der den Blick nicht von dem Mädchen nahm, packte mich so derb am Kragen, daß er mich beinahe erwürgt hätte, und fragte bebend:

»*Das* ist deine kleine *Kutje? Die da?*«

Ich fing schon an zu röcheln, das Blut rauschte mir in den

Ohren, und ich bohrte die Fingernägel in seine Hände. »*J-ja! N-na und? Was ist denn? T-Todsünde oder was?*«

Er lockerte seinen Griff. Dann lachte er kurz und dröhnend auf. »Das darf doch nicht wahr sein! Unmöglich! *Idioot*, weißt du denn nicht, wer das ist?«

»Ich weiß, wie sie heißt –«

»Du weißt nichts! *Niks*! Sie kommt aus Bali, wurde aber nicht dort geboren. Barmädchen nennst du sie? Sie ist … sie war eine Prinzessin –Mahendradatta, eine Eroberin, die – wie alles Schlechte – der Ozean an den Strand von Bali spülte. Eine Kriegerprinzessin an der Spitze eines Heers von Feinden! Eine Hexenkönigin, eine kriegerische, zerstörerische Macht aus alter Zeit! Jetzt weißt du's!« Seine kleinen Augen verengten sich. »Andererseits ist sie wenigstens ein Mensch!«

»Was meinst du damit – Prinzessin? Ein Mensch? Natürlich ist sie ein Mensch!«

»Also, was ist sie nun wirklich?« Die gespannte Stille schien seine Stimme austrocknen zu lassen, bis sie nur noch so dünn wie ein Faden war. »Sie wurde in die Wildnis verbannt und auf den bösartigen Ozean! Sie ist alles Negative, alles, was austrocknet, alles, was die Ordnung in Frage stellt und sich von Zwietracht nährt, alles Verschlingende und Zerstörende. Sie ist der Geist des trockenen Landes! Sie ist die gesprungenen Fladen des getrockneten Schlamms im Bett des versiegten Flusses! Sie ist die trockenen Blätter an einem toten Baum, der heiße Windstoß, der sie vom Ast weht! Sie ist das Röcheln verdurstender Kinder!«

»Du bist verrückt!«

Apes Augen funkelten. »Wirklich? Kann sein. Aber ich teile mein Bett nicht mit *so was*! Vor langer Zeit verließ sie das, was war, und wurde ein Teil dessen, was werden könnte. Sie war Mahendradatta, bis sie ihre Schritte in die Spirale lenkte, sich von krankhaft zu wirklich böse und darüber hinaus veränderte. Sie ist Kala'narang, die Zauberin! Sie ist Rangda!«

»Ja! Sie sagte mir, wie sie heißt! Na und?« Ich wurde allmählich wütend.

Ape war kaum zu bremsen. »Dann hat sie dich wenigstens nicht angelogen! Sie lernt, ist weise, denn dort, wo man mit Lügen nicht weiterkommt, liegt weitaus mehr Kraft in der Wahrheit! Denn wisse eines, du Kind der Welt: Von allen Kräften, die sich gegen dich verschworen haben, ist sie gewiß die gefährlichste!«

Er schrie jetzt so laut, daß sie ihn hören konnte. Ich sah, wie sie den Kopf amüsiert neigte, als lausche sie Komplimenten. »*Sie ist die Herrin der niederen Welt, die Prinzessin der Untoten und selbst die Tochter von Shiva, dem Zerstörer. Sie ist die Hüterin des Friedhofs! Sie ist die Königin der Nacht! Sie, der weißhaarige, weißknochige Dämon!*«

Mir begann zu dämmern, wie dieses aschblonde Haar auf orientalische Augen wirken mußte. Doch Rangda warf lediglich den Kopf zurück und lachte, ein dünnes, durchdringendes, orientalisches Kichern. Vielleicht hätte ich in ihr Lachen eingestimmt, wenn ich nicht solch ein Lachen schon einmal aus der Kehle einer Frau gehört hätte, und ich spürte sofort die Kraft, die dahintersteckte. Kein Lachen erscholl zur Antwort, weder aus ihren Reihen noch aus unseren. Unsere Leute standen noch immer wie betäubt mit offenen Augen und Mündern gaffend da. Das grausige Gelächter ließ die *Stupas* erklingen, sprang wie splitterndes Glas über die verfallenen Terrassen, wurde immer lauter und lauter, bis es schien, als könne dieser schmächtige Hals nicht länger seine Quelle sein. Die Glassplitter stachen in unsere Ohren, wurden zu schmerzhaften Nadelstichen heißer Pein, so daß wir uns die Ohren zuhielten und wie besessen die Köpfe schüttelten, unfähig zu denken oder zu handeln. Von diesem anschwellenden, freudlosen Gelächter wie festgenagelt, sahen wir, wie sich das schmächtige blonde Mädchen zu verändern begann.

Sie wuchs. Sie streckte sich nicht auf unnatürliche Weise,

sie wuchs, wie alle Lebewesen wuchsen, in den richtigen Proportionen. Als wäre der Körper eines Erwachsenen in den eines Kindes eingesperrt, so wuchs sie; aber schneller, seltsamer. Als würde sie sich ausdehnen, aus verkrampfter Eingeschlossenheit zu ursprünglicher Größe entfalten. Während sie hoch aufschoß, fiel ihr Haar in blassen Wellen über sie, legte sich um die Kurven ihres Körpers, verhüllte ihr Gesicht. Der *Sarong* rutschte von ihren Hüften, dehnte sich und schrumpfte zugleich zu einem winzigen Lendentuch unterhalb ihres weichen Bauches, das kaum die wenigen hellen Haarbüschel verdeckte. Die gebräunte Haut spannte sich stramm über kräftige Sehnen, die schlanken Beine wurden fester und muskulöser, wie die einer Tänzerin. An ihren Armen standen die Adern hervor, und ihre Finger öffneten und schlossen sich. Die Perlenschnüre hüpften schwer gegen ihre festen Brüste und schlugen hohl aneinander. Es waren alte, vergilbte Menschenschädel, an denen noch einzelne Fetzen getrockneten Fleisches hingen; doch der Strick, an dem sie aufgefädelt waren, glänzte frisch und klebrig rot – ein Strang von Eingeweiden.

Sie stand da, doppelt so groß wie ein Mensch, mit hängendem Kopf und verhülltem Gesicht, und doch immer noch fast so wohlgeformt wie das Barmädchen, das sie einmal gewesen war – trotzdem war sie jetzt eine schreckliche Vision von Macht und Bedrohung, die mir das Herz in die Hose rutschen ließ. Ich ertappte mich dabei, daß ich darum betete, daß sie ihr Gesicht nicht zeigte, die Augen nicht öffnete. Doch der bleiche Haarvorhang bewegte sich, rutschte zur Seite, und dahinter offenbarte sich der schlimmste Schock. Da war kein Gesicht, nicht das, was man sich gemeinhin unter einem Gesicht vorstellt. Durch den Vorhang schob sich eine lange Tierschnauze, bleiche Haut, die Augen darüber riesig und starr, dunkel umrandet, blutunterlaufen, mit großen, stumpfen, schwarzen Pupillen – abstoßend und nicht mehr menschlich. Das Maul darunter gehörte einem Untier. Schwarze Lippen entblößten gelbliche Fänge, zwischen denen eine lange, spitz zulaufende Zunge spielte.

Ich wollte schreien, davonlaufen, meinen Kopf gegen die Bäume schlagen, um diesen fürchterlichen Anblick auszulöschen. *Rangda!* Dieses Ding, diese abscheuliche Ausgeburt eines Monstrums! Doch was die besondere Widerwärtigkeit dieses Gesichts ausmachte, war, daß es immer noch halb menschlich war, irgendwie an einen Menschen erinnerte. Am ehesten glich es noch den blasphemischen Gesichtern der *Ai-Ais*, der Nachtlemuren auf Madagaskar. Es hatte eine gruselige, hexenhafte, doch völlig monströse, eigenartige Anmut, wie die einer eigenen Spezies; andererseits war es ein schattenhafter Verwandter des menschlichen Antlitzes. Auch das spiegelte sich in ihm und machte es so schrecklich – als wollte es uns eine monströse Wahrheit aufdecken, eine Tendenz bis ins fürchterliche Extrem steigern.

Doch vor allem drückte diese Fratze Macht aus – selbstbewußte, strahlende, alles beherrschende Macht. Denn nichts anderes hätte mich sonst dort zurückgehalten, da meine sämtlichen Glieder nach Flucht schrien und mein Schließmuskel so ziemlich der einzige war, den ich noch unter Kontrolle hatte; und auch da war ich mir nicht mehr ganz so sicher. Keiner von uns schrie. Keiner lief davon. Dieser Blick nagelte uns dort, wo wir standen, fest.

Die Kreatur stand da, breitbeinig, mit herabhängenden Armen, in der Haltung eines eingeborenen Tänzers; dann flogen die geballten Fäuste auf. Aus den Fingerspitzen schnellten lange, glänzende Nägel, entfalteten sich wie silberne Sprungfedern, bis sie steif und zitternd aufragten: lange metallische Klauen, die in der Sonne von Bali glänzten und blitzten. Dann machte die Kreatur inmitten dieses klaren Lichts des ewigen Mittags einen großen, demonstrativen Schritt vorwärts, dann noch einen. Unter ihren Füßen dröhnte und erzitterte die Terrasse, als würde Stein auf Stein prallen. Die Elefanten warfen die Köpfe hin und her und trompeteten vor Angst, doch hinter ihnen setzten sich die leicht geneigten Banner in Bewegung.

Wie ein Tänzer kam die Kreatur näher, wiegte sich auf gespreizten Beinen nach unhörbaren Rhythmen. Unter ihren Füßen knirschte der Stein, jeder Schritt war lauter als der der Elefanten, und die Stufen brachen und splitterten. Hinter ihr formierten sich die Truppen zögernd zu einem Angriffskeil, als fürchteten auch sie, ihrer Anführerin zu nahe zu kommen. Die metallischen Klauen an ihren Füßen schlugen Funken aus den Treppenstufen. Eine Buddhastatue kippte von einer *Stupa* und fiel auf das lächelnde Angesicht. Ich bemerkte, wie ich unkontrolliert zitterte, vor Angst, vor Wut, vor dem schrecklichen Anblick ihrer schieren Präsenz. Das war das Wesen, das mich verlockt, verführt und besessen hatte – und allein der Gedanke daran brachte mich beinahe dazu, mich zu übergeben. Ich fühlte mich besudelt, innerlich und äußerlich, erniedrigt, in jeder Hinsicht entmenschlicht. Sie hielt auf den Container zu. Waren inzwischen genug von Apes Zaubersprüchen und Zeichen abgewaschen? Vielleicht. In diesem Falle könnte ihn das Monstrum wahrscheinlich einfach packen und damit verschwinden – oder ihn gleich in diesen Armen zerdrücken. Seine Wände einschlagen, die wertvolle elektronische Ladung aus der stoßfesten Verpackung herausreißen und wie Unkraut über den Erdboden verstreuen und mir die zerdrückten Reste vor die Füße werfen. Oder ins Gesicht, wie mir plötzlich mit Schrecken bewußt wurde; denn sobald die Ladung zerstört war, standen nur noch wir ihr im Weg. Auch das war ihr mit meiner Hilfe gelungen.

Dieser Gedanke machte mich so wütend, daß die nackte Angst einen Moment in den Hintergrund gedrängt wurde. Wenn ich sie in die Finger gekriegt hätte, hätte ich der kleinen Rangda in diesem Augenblick die verlogene Kehle aus dem Hals gerissen. Ich konnte sie noch immer in diesem Körper erkennen, der mich jetzt mit seiner verzerrten Ähnlichkeit zu Jacquie verhöhnte. Irgendwie half mir dieser Gedanke ein wenig, meine Glieder aus ihrer Erstarrung zu befreien – mir Rangda als Menschen vorzustellen, unvollkommen, fehlbar, sogar zerbrechlich. So, wie ich sie gekannt hatte, so, wie sie womöglich einmal gewesen war. Schlank, klein, so zart und ungefähr so gefährlich wie ein Schmetterling. So einfach zu zerquetschen –

Die starren Augen richteten sich auf mich. Aber sie kamen zu spät. Ich hatte mich aus ihrem Zauber befreit. Wo ich vor wenigen Minuten noch Hals über Kopf die Flucht ergriffen hätte, brüllte ich jetzt die Wut und den Abscheu, die in mir steckten, laut heraus. Und ich riß das Schwert aus dem Gürtel, sprang zwischen sie und den Container, forderte sie auf näherzukommen, führte bedrohliche Schläge in die Luft und gegen die höhnisch glitzernden Sonnenstrahlen.

Dann schien es mir, als hätte ich wirklich etwas getroffen und durchtrennt, etwas, das lautlos und mit der Kraft eines gespannten Kabels zurücksprang, daß die Luft vibrierte. Direkt hinter mir fiel Jacquie mit einem Aufschrei auf die Knie. Ape machte einen stolpernden Schritt vorwärts und rieb sich wie benommen die Augen. Doch von der Mannschaft und sogar von te Kiore kamen Schreie des Entsetzens. Der Anblick der Hexenkreatur und ihrer Horden, die sich mit hundertfacher Überlegenheit über die Treppenstufen ergossen, war einfach zuviel. Unsere Leute zogen sich zurück, versammelten sich an der Rückseite des Lastwagens, bereit, jederzeit wegzurennen; ich konnte es ihnen nicht im geringsten verdenken.

Ape fuhr sie an, als hätte er auch an seinem Hinterkopf Augen. »*He! Waar zouden ju'gaan, hoor?* Ihr wollt vor etwas weglaufen? Dann werde ich euch etwas geben, bei allen Teufeln!«

»*Aduh! Orang bebal!*« krächzte Batang Sen und zupfte mich am Ärmel. »Total verrückt! Du kannst nicht kämpfen! Nicht gegen das da!«

»Du mußt ihn da wegziehen!« sagte te Kiore heiser. »Es hat keinen Sinn, sich einfach zerquetschen zu lassen! Und das Mädchen! Du auch! Los, macht schon!«

»Nein!« gab Jacquie ebenso heiser zurück. »Es ist unsere letzte Chance! Wir können nicht einfach –«

»Bleibt stehen!« sagte Ape mit unmotiviert lauter Stimme. Sogar die Banner auf der Treppe schwankten, schienen wild um sich zu schlagen, als hätte sich der Wind plötzlich gedreht. Dann kam ein Pfeil aus den Reihen dahinter in einem täuschend langsamen Bogen auf uns zugezischt – nicht auf mich gezielt, sondern auf Ape. Münder wurden aufgerissen, um ihn zu warnen, doch der Pfeil hatte ihn schon erreicht. Ape riß eine Hand hoch – mehr konnte ich nicht sehen, es ging zu schnell –, stieß ein kurzes Wort aus, und in seiner Handfläche drehte sich etwas. Der Pfeil prallte wie Licht von einem Spiegel zurück und surrte in die hinteren Reihen der Feinde zurück. Ein Geräusch wie von klappernden Teekesseln ertönte, und ein Körper rollte hinter Rangda die Stufen herunter; einer der Anführer in voller Rüstung. Seine Glieder baumelten lose um ihn herum, dann fielen Arme und Beine ganz ab, rollten alleine weiter; Teile der Rüstung lösten sich klirrend, und als er scheppernd zu Füßen der Hexenkreatur liegenblieb, hüpfte auch sein Helm davon. Darunter fiel ein verschrumpelter Schädel heraus, an dem nur wenige Haarsträhnen hingen, rollte ein Stück weiter und blieb dann mit einem dümmlichen Grinsen liegen.

Ape frohlockte. »*Niet zo gezond,* Ihre Kohorten, was, Prinzessin? Nicht mehr die jüngsten, hä? Sie sollten sie besser füttern!«

Ich faßte neuen Mut und mußte sogar kichern, worauf unsere Leute ebenfalls zu lachen anfingen, ein Geräusch, das vom dumpfen Klirren gezückter Schwerter und *Parangs* abgelöst wurde. »Fallen die alle so schnell auseinander?« erkundigte sich te Kiore.

»Je fester du daran glaubst!« antwortete Ape leise. »Sie zeigt uns, was sie einst waren; was aus ihnen geworden ist, müssen wir selbst sehen!«

Ich strengte meine Augen an, starrte in diese schimmernden Reihen und versuchte, die rostigen Löcher darin zu entdecken, den nackten Knochen, der den Fahnenschacht umklammerte. Augenlose Gesichter unter schreckenerregenden Masken, das letzte Grinsen der Ewigkeit auf bösartigen Lippen. Ich wollte sogar die Elefanten als verschimmelnde Knochenkäfige sehen, kaum in der Lage, das Gewicht der rostigen Rüstungen zu tragen, erbärmliche, traurige Überreste, die man niemals in ihrer Ruhe hätte stören dürfen ...

Und ich sah, wie sich die erste Veränderung ihrer bemächtigte, wie die leuchtenden Banner verblaßten, zerfransten und zerfressen wurden. Rangda hatte es offensichtlich ebenfalls bemerkt und wußte, daß sie sich beeilen mußte. Ein gräßlicher Schrei, ein Wort mit einer klauenbewehrten Hand – und wie eine Flutwelle rollte diese ganze Riesenarmee einer vergangenen Epoche erneut die Stufen herunter auf uns zu. Rostige Pfeile wurden in schimmelzerfressende Bogen eingelegt, die Sehnen von knochigen Fingern gespannt und in Wölkchen fliegender Federreste abgeschossen. Speere wurden an verweste Flanken gedrückt. Te Kiore brüllte einen Befehl, und die Mannschaft schwenkte zu uns herüber, wo sie einen engen Kreis um uns bildete, gerade noch rechtzeitig, bevor die erste Angriffswelle über uns hereinbrach.

Wenn sie vollständig und lebendig gewesen wären, hätte es keinen langen Kampf gegeben. Wir wären in wenigen Sekunden untergegangen. Doch diese knochigen Vogelscheuchen waren trotz ihrer verrottenden Pracht keine Kämpfer. Viele von ihnen fielen schon bei der ersten Berührung auseinander oder zerhackten sich in ihrer unsicheren Hast gegenseitig. Andere waren jedoch fester, und bald steckten wir mitten in einem verbissenen Hauen und Stechen, bei dem wir sie nur daran hindern mußten, daß sie uns durch ihre schiere Übermacht erdrückten. Rings um uns stapelten sich die auseinandergefallenen Toten, aber hin und wieder fanden ein rostiger Speer oder eine schartige Streitaxt ihr Ziel und streckte einen der unsrigen nieder. Sobald es ging, zogen oder schoben wir sie einfach nach hinten, sonst wären sie mit Sicherheit unter der Masse der gefallenen Untoten erstickt. Doch je mehr eingeschlagene Schädel und mit Fleischfetzen behängte Knochen wir erblickten, um so leichter fiel es, an sie zu glauben, und um so schwächer wurden die gegnerischen Kämpfer. Ich kreuzte mit einem Heerführer die Klingen, den ich noch vor wenigen Minuten in schimmernder Rüstung gesehen hatte; jetzt kämpfte er wie ein aufgezogener Spielzeugritter, ohne die nötige Kraft, um effektiv abzublocken und zuzuschlagen. Die rostigen Kanten seiner Brustplatte beulten sich immer mehr ein, denn selbst meine leichteren Schläge fanden meist ihr Ziel. Rechts, quer, parieren – dann rammte ich meinen Faustschutz einfach in die Dämonenmaske hinein. Sie wurde eingedrückt, er taumelte und klappte wie ein Häufchen Sperrholz zusammen. Ein anderer, noch etwas frischer wirkender Krieger, sprang mit wirbelnder Keule über ihn hinweg, doch noch bevor ich reagieren konnte, schloß Jacquie die Lücke und schlug ihm mit einem einzigen Schlag ihres *Parang* den Kopf von den Schultern. Kein Zweifel, wir würden gewinnen. Jedenfalls glaubten wir das zu jenem Zeitpunkt.

Durch die Masse der Untoten glitten die Dacoits, und so sehr ich mich auch bemühte, ich konnte sie nicht als etwas anderes sehen. Sie waren noch ziemlich unversehrt, vielleicht lebten sie sogar. Sie hatten einen stärkeren Willen, das war deutlich zu erkennen. Sie rannten nicht einfach herbei, sondern benutzten die alten Truppen als Deckung. Ape packte mich und Batang bei der Schulter. »Paßt jetzt auf. Das ist ihre Leibwache, ihre Ergebenen, so wie die Terroristen unserer Tage, aber wesentlich gefährlicher. Es wird Zeit, gegen *Sie* selbst vorzugehen! Seid bereit, wenn ich ein Zeichen gebe!«

Er wirbelte einen kleinen Stock durch die Luft und hatte plötzlich einen langen Stecken in beiden Händen, mindestens vier Meter lang, mit abgerundeten, mit goldenen Kappen besetzten Enden. Er wirbelte ihn wieder in einer Hand, bis er zu summen anfing – dann schlug er damit auf einen herbeistürmenden Krieger ein, der bei dem Treffer förmlich explodierte. Ape machte einen Schritt nach vorne, aus unserem Verteidigungsring heraus. Ein Dacoit sprang ihn an, wurde von einem Ende des rotierenden Stockes erwischt und ging zu Boden. Ape schwang den Arm über seinen Kopf, eine der Goldspitzen fällte einen der überwachsenen alten Kenari-Bäume am Rande des Waldes und riß die Spitze eines Zweiges los. Das war nicht zufällig geschehen; Ape fing den Zweig direkt in seiner Mitte auf, berührte ihn mit den Lippen und schleuderte ihn mit der ihm eigenen, erstaunlichen Kraft auf Rangda. Er flog wie ein Wurfspeer, senkte sich jedoch kurz vor ihr und fiel klappernd auf die Steinfliesen zu ihren Füßen. Enttäuscht blickte ich Ape an, doch der ließ erneut seinen Stock kreisen, diesmal langsamer, und stieß ihn dann mit einem Ende vor sich auf den Steinboden.

Einen Augenblick lang erwartete ich, daß irgendwelche Schlangen oder Würmer heraufkriechen würden. Aus jeder Ritze, jedem Spalt zwischen den verwitterten Steinen wanden sich unglaubliche Mengen irgendwelcher Lebewesen heraus. In der gleichen Sekunde sah ich, was es war: Pflanzen, Schößlinge, die explosionsartig wuchsen und direkt von dort, wo Apes Stock den Boden berührt hatte, auf Rangda und die Stelle, an der der Zweig gelandet war, zuwucherten. Der Zweig selbst sprang förmlich vom Boden bis halbe Höhe, so rasend schnell wuchsen seine Wurzeln unter ihm, Zweige und Ranken schossen wie Sprungfedern aus ihm hervor. Er sprang direkt vor Rangda in die Luft, und schon im nächsten Augenblick wickelte sich sein Blattwerk eng um sie, immer weiter, in rasender Geschwindigkeit knospend und treibend. Sie schrie auf und schlug um sich.

»*Jetzt!*« gellte Ape, und sein Stock wies uns den Weg. Mit den übelsten Mordgedanken im Kopf rannte ich hinter ihm her, an ihm vorüber. An meinen Fersen klebten Batang, te Kiore und die anderen, die unsere erlahmenden Angreifer beiseite fegten; wir stürmten auf unsere eingewickelte Feindin zu. Doch gerade als ich sie erreicht hatte, sah ich, wie dieses bestialische Maul sich öffnete und die Zunge herausrollte, und im nächsten Augenblick stürzte ein Schwall von Eiseskälte über mich hinweg, so kalt, daß ich kaum die Zeit fand, meine Augen mit der Hand zu schützen. Unter der vorgehaltenen Hand gefror mein eigener Atem auf der Oberlippe zu Eis; dann ließ die Kälte etwas nach. Ich blickte auf und sah, wie ihre silbrigen Fingernägel an den Blätterfesseln rissen, die jetzt so grau und brüchig waren wie Glas und mit abspringenden Eiszapfen überzogen. Sie hatte das Blattwerk mit ihrem Atem gefrieren lassen.

Ein Arm schlängelte sich frei, darüber lag ihr langes weißes Halstuch. Es schien über mich hinzuwehen wie Rauch im Wind, und ich erblickte die seltsamen Figuren, die darauf gemalt waren, obwohl es weiß auf weiß war. Doch als das Tuch sich vollends entrollt hatte, knallte es wie eine Peitsche; und dieser Knall schien die Welt zu erschüttern.

Mein Schwert gebärdete sich wie wild in meiner Hand, es zuckte und wand sich, wie ein Lebewesen, das sich aus meinem Griff befreien wollte. Ich mußte sogar einen Satz zur Seite machen, sonst hätte es mich ins Schienbein geschnitten. Ich stolperte und versuchte, meine Waffe wieder unter Kontrolle zu bekommen, und aus den Augenwinkeln sah ich, daß die anderen mit dem gleichen Problem zu kämpfen hatten. Meine ganze Welt war erfüllt von dem bedrohlichen Ding, das da auf Armlänge von mir entfernt darum kämpfte, sich mir zu widersetzen; es war so, als hielte man eine Kobra an der Kehle gepackt, und zwar eine wütende. Nur daß meine Augen mir sagten, daß das Schwert sich überhaupt nicht bewegte; es verhielt sich starr und ruhig wie immer. Meine Finger waren es, die diese Bewegungen und Zuckungen verursachten, als hätten sie plötzlich ein Eigenleben gewonnen.

Ganz plötzlich, als hätte es die ganze Zeit lediglich darauf gewartet, sich in diese Position zu manövrieren, drehte sich das Schwert in meinen Händen. Oder sie drehten es, nur daß es sich bestimmt nicht so anfühlte. Es schlug einfach um und zielte direkt auf meine Brust. Selbst mit einem unsichtbaren Basil Rathbone dahinter hätte es nicht bösartiger und unmißverständlicher agieren können. Eben noch hielt ich es in den ausgestreckten Armen, da fing es schon an, meine Haut zu ritzen. Eine Unaufmerksamkeit, und es würde mich glatt durchbohren. Ich wankte in die eine, dann in die andere Richtung, während ich versuchte, die Macht, die es dirigierte, abzuschütteln, die unsichtbare Hand abzustreifen – vergeblich. Kein Wunder, daß meine Arme vor Anspannung zitterten, daß die Muskeln zuckten und bebten. Sie zogen sich gleichzeitig auseinander und zusammen. Ich schrie vor Schmerz laut auf. Ich kämpfte gegen mich selbst.

Gerade als mir das klarwurde, bauschte sich ein großer weißer Vorhang zwischen mir und der äußeren Welt auf, sogar zwischen mir und mir. Ich war verloren, isoliert, wütete mit blindem Haß gegen eine formlose Wand. Irgendwo dort drinnen, irgendwo dahinter war der Schurke, der mir diesen Schlamassel eingebrockt hatte –

– der mich in dieses Netz schrecklicher Gefahren verstrickt hatte …

– der die Hälfte meines Lebens vergeudet und dem Rest den Sinn gestohlen hatte …

– der mich mit billigem Gelegenheitssex abgespeist und mir anstelle einer wahren Beziehung schnöden Erfolg geboten hatte …

– der mich auf den Weg des Versagens gezogen hatte … *Irgendwo dort drinnen.*

Und alles, was ich je gewollt hatte, alles, was mir noch zu wollen geblieben war, wollte nach ihm ausholen, ihn niederstrecken. Die Hälfte meines Selbst war irgendwo dort drinnen, die Fassade, die ich aufgebaut hatte, die Schwächen, die sie verbarg, all die Eigenschaften, die ich bei jedem anderen verabscheut hätte. Ich wußte, daß ich es war, und ich wollte es durchbohren, zerstören, töten, zum Schweigen bringen, das verhaßte Ding auslöschen, darauf spucken, unter der Ferse in den Staub treten …

Ich konnte mich selbst schreien hören, und andere Stimmen mit mir. Ich schlug wild um mich, wollte mich aus dem wallenden Weiß befreien, das meinen Geist spaltete. Etwas traf mich schmerzhaft im Rücken, und ich sah wieder ein bißchen klarer. Einer unserer Leute hatte mich angerempelt, während er heisere malaiische Flüche ausstoßend gegen die eigene *Parang*-Klinge ankämpfte, die ihm den Hals aufzuschlitzen drohte. Eine seiner vor Anstrengung zitternden Hände stieß sie Richtung Hals, die andere hielt sie mit der bloßen Handfläche, aus der Blut quoll, zurück. Ein anderer unserer Leute ging in die Knie, das eigene Entermesser bis zum Heft im Bauch; dann fiel er zuckend um. Batang hatte sein Entermesser in einen Baum geschlagen, versuchte jedoch krampfhaft, es wieder freizubekommen. Te Kiore drehte sich in einem alptraumhaften Tanz und wehrte seine Schwertkeule ab, die immer wieder auf seinen Körper, seine Brust und sein Gesicht einschlug. Jacquie wälzte sich auf den Steinfliesen, schrie vor Wut und Angst, während ihr *Parang*, den sie mit beiden Händen festhielt, immer wieder auf ihren Hals zustieß. Ape sprang unbeeindruckt heran und schlug ihr mit einem Stockhieb die Klinge aus der Hand; sie rutschte klirrend über den Boden, doch Jacquies Hände stießen weiter zu. In den Klingen waltete keinerlei Magie, wir taten uns das alles selbst an.

Ein Schatten verdeckte die Sonne. Rangda, die sich inzwischen von den Pflanzenfressern befreit hatte, türmte sich vor uns auf. Sie ließ sogar den von Menschenhand geschaffenen Berg hinter sich winzig erscheinen. Ape, kalt erwischt, schlug mit seinem Stock zu, doch ihre Klaue fing den Hieb ab. Der Schlag ließ sie nach hinten taumeln, schleuderte jedoch auch Ape quer über den Boden. Verzweifelt versuchte ich, mein Schwert wieder umzudrehen, doch statt dessen verlor ich fast vollständig die Kontrolle darüber. Meine Hände zogen sich zusammen, und seine Spitze drang mir ungefähr einen Fingerbreit in die Brust. Ich schrie vor Schmerz und Angst, riß sie wieder heraus und ging in die Knie, wobei ich spürte, wie warmes Blut aus der Wunde sickerte. Das Schwert schlug auf den Boden, doch ich war nicht mehr in der Lage, es aufzuheben. Vom Schock geschwächt fiel ich Rangda vor die Füße. Sie trampelte an mir vorüber, an die fünf Meter groß, als wäre ich nicht mehr als ein Insekt auf dem Dschungelboden. Und doch: Sogar als dieses grauenvolle Ding, in das sie sich verwandelt hatte, vorüberschritt, sah ich darin den geschmeidigen Körper des Barmädchens, wie er sich in jener Nacht der nebligen und verräterischen Erinnerungen über mir gekrümmt hatte. Die Qual der Erinnerung ließ mich laut aufheulen, ein wirres Gemisch aus Verlangen, Ekstase, Scham und Entsetzen.

Jetzt stand nur noch Ape zwischen ihr und dem Container. Konzentriert und breitbeinig stand er da und wirbelte den Stab in seinen massigen Fingern, als handelte es sich um einen federleichten Baton. Sie zögerte einen Moment, rollte eigenartig den Kopf, als würde sie Ape genau betrachten – und der sprang sie plötzlich an. Doch so schnell er auch war, die große Hand bewegte sich beinahe noch schneller. Eine rosarote Flamme ergoß sich über die Steine, ein Regen heißer Funken zischte und prasselte auf die Bäume nieder, die silbernen Klauen versprühten einen regelrechten Feuervorhang. Die Attacke erwischte Ape mit unverminderter Wucht, riß ihn regelrecht von den Füßen und schleuderte ihn über das Ende des Lastwagens. Wie ein klobiger Meteor fiel er krachend in die erste Străucherreihe.

Ich packte mein Schwert und kam mühsam auf die Beine. Obwohl der Schock allmählich durch Wut ersetzt wurde, zitterte ich noch immer. Ein paar rasche Schritte, ein Hieb – wenn es doch nur gelingen würde. Mit schweren Augenlidern richtete ich mich auf, doch sie war beinahe schon am Container angekommen. Dann trat eine andere Gestalt hinter dem Container hervor. Einen Moment lang dachte ich, es sei Ape, der sich rasch erholt hatte, doch als ich erkannte, wer es tatsächlich war, blieb ich verblüfft stehen. Ein großer, älterer Mann in weißem Hemd und weißen Hosen, mit Ziegenbärtchen und gekämmtem Schnurrbart, das stahlgraue Haar sauber zusammengeknotet – und in der Hand den mit Kristallen besetzten Stock, den er schon im Hotel zum Einsatz gebracht hatte. Rangda blieb stehen und beäugte den alten Mann – Mpu Bharadah, so lautete sein Name. Er hob den Stock in den klauenartigen Fingern, und ich erwartete, daß er plattgetreten würde.

Doch er gestikulierte nur. Eine scharfe, unmißverständliche Geste: *Zurück – laß die Finger davon!*

Das war alles. Nach all dem Schrecken und der Hysterie der letzten Minuten wirkte das alles sehr beeindruckend. Noch eindrucksvoller kam jene seltsame Bewegung seines Kopfes zur Geltung. Es war das orientalische Kopfschütteln, wie das von Ape, eine Ablehnung, eine Weigerung; doch es steckte noch etwas mehr dahinter, etwas sowohl Aggressives wie Absolutes. Erst dann fiel mir die plötzliche Stille auf, die das Keuchen der geschundenen Kämpfer unnatürlich laut erscheinen ließ. Die Waffen bekämpften ihre Eigentümer nicht mehr. Über die verschmierten Steine kamen keine Krieger und keine Dacoits mehr gestürmt.

Rangda bewegte sich noch immer nicht. Ich jedoch humpelte an sie heran und holte, halb fallend, zu einem wuchtigen Schwerthieb gegen sie aus. Sie wirbelte herum, ich verfehlte sie und kämpfte taumelnd um mein Gleichgewicht, bevor sie mir den Kopf von den Schultern schlagen konnte. Sie versuchte es noch nicht einmal. Statt dessen stieß sie einen Schrei der Wut und Enttäuschung aus, drehte sich um und marschierte mit großen, energischen Schritten über die Steine zurück, mitten durch die Reihen ihrer Gefolgschaft, die sie wie Grashalme durcheinanderwirbelte. Der Rest rannte hinter ihr her, wie Ameisen, die in ihren Bau zurückkehren. Sie strömten wieder die Stufen hinauf, über verrostete Fragmente in eine Staubwolke hinein. Noch als sie vorübergingen, war plötzlich ein Rumpeln und Knarren im Stein zu hören. Langsam aber unerbittlich bewegten sich die Seiten des zerrissenen Borobodur erneut und verbargen das mittägliche Sonnenlicht Balis vor unseren Augen, als hätte man eine Kerze ausgepustet. Dabei knirschten sie so leise, als würden sie auf schweren Marmorwalzen laufen. Der Spalt schloß sich wie eine klaffende Wunde. Die beiden Hälften trafen sich und schlossen sich mit einer Gewalt, die die letzten Nebelfetzen in den dunstigen Himmel über Java scheuchte. Die graue Steinmasse wies weder eine Bruchstelle noch einen Riß auf.

Wir waren allein.

Wir standen im gleißenden Licht eines strahlenden Mittags auf den uralten Steinen von Borobodur. Die Berge verrottender Leichen waren verschwunden, ebenso die Unmengen an Rüstungen und Waffen. Die steinernen Buddhas lächelten erhaben von ihren *Stupas* herab – bis auf den einen, der umgestürzt auf dem Gesicht lag, als wolle er allein die Gewalt, die hier gewütet hatte, bezeugen. Mehrere unserer Leute lagen stöhnend, vermutlich mit ernsten Verletzungen, am Boden. Mindestens zwei rührten sich nicht mehr; aus dem Bauch des einen ragte starr der Griff seines Entermessers. Fast alle anderen, auch Jacquie und ich, bluteten aus kleineren Wunden. Doch sie raffte sich erleichtert auf und humpelte auf den Container zu, an dessen zerbeulten und eingedellten Seiten die Farben von Apes Zauberzeichen herabrannen.

»Tja«, sagte sie strahlend, »wir haben ihn wieder.«

Mein Kopf dröhnte noch immer. Diese Kreatur … die Nacht, die ich mit ihr verbracht hatte … Mit ihr, mit diesem Ding, mit wem auch immer. Meine Güte, mit wem oder was hatte ich in jener Nacht nur geschlafen? Ich konnte mich kaum noch daran erinnern, doch die wenigen Fragmente reichten aus: verschwitzte, verflochtene, umrankende Dinge, ein salziger, sinnlicher Geschmack auf meiner Zunge. Was war bloß geschehen? Mir brach der kalte Schweiß aus allen Poren. Hoffentlich hatte ich mir nicht einen dauerhaften Schaden zugefügt. Vielleicht sollte ich rasch einen Arzt aufsuchen. Beinahe dankbar registrierte ich das ablenkende Stechen meiner Wunde. Sie tat weh, doch ich hatte schon schlimmere Schmerzen kennengelernt; die Rippen hatten ein tieferes Eindringen der Klinge gerade noch verhindert, und jetzt verschloß ein häßlicher Klumpen den Schnitt. »Wie geht es den anderen?« fragte ich te Kiore. Die Symmetrie seiner Tätowierungen wurde durch ein blühendes Veilchen empfindlich gestört.

»Zwei Tote. Zwei weitere werden es wohl nicht schaffen, bevor wir Hilfe erreichen. Ungefähr fünfzehn könnten Nadel und Faden gebrauchen – du auch, wie ich sehe.«

»Ist nicht so schlimm, wie es aussieht. Aua, verdammt!«

Er zuckte die Achseln. »Deine Kiste haben wir jedenfalls wieder. Und die meisten von uns sind ganz gut dabei weggekommen. Was dieser Schal auch war, den sie gegen uns eingesetzt hat, unsere Männer haben sich wacker geschlagen.«

»Das *Anteng*«, grollte eine Stimme hinter uns. Ape kam um den Container gehumpelt, betastete seinen Nacken und seinen Kiefer und rieb sich den massigen Rücken.

»Du hast dir ja eine schöne Ohrfeige eingefangen«, rief ihm te Kiore mitfühlend entgegen. »Hast Glück, daß noch alles dran ist, was? Und *was* war das für ein Ding?«

»Das *Anteng.*« Ape lachte sein seltenes schnatterndes Lachen, ein schauderhaftes, humorloses Geräusch. »Die einzige Waffe, die Rangda selbst einsetzt; sie braucht allerdings auch keine andere. Der Geistesbrecher, die Wiege allen Zaubers. Der Name bedeutet soviel wie ›Tragetuch für ein Baby‹.«

»Schönes Baby«, grunzte der Maori. »Geistesbrecher, eh? Interessant. Die beiden, die gestorben sind, deren Geist war sowieso schon halb hinüber, würde ich sagen. Die hatten so einige Probleme. Auch die beiden Schwerverwundeten waren schwarze Schafe – Typen, die nie zufrieden waren. Sich selbst die größten Feinde, könnte man sagen.« Er warf mir einen skeptischen Blick zu. »Und du hattest auch ziemlich zu kämpfen, was? Miss Jacquie ebenfalls. Ist ja lustig. Wir Raufbolde sind mit ein paar Kratzern davongekommen. Der Skipper war schlau genug, sein Messer gleich in einen Baum zu rammen, und unserem alten Ape hat das alles überhaupt nichts ausgemacht. Wie ich schon sagte – sehr interessant.« Er grinste, obwohl es ihm offensichtlich weh tat. »Kommt schon, Kopf hoch. Macht euch deswegen keine Vorwürfe! Wir wußten alle, was auf dem Spiel steht, volles Risiko! Gold ist eine tolle Salbe für so kleine Kratzer; außerdem gibt's dort unten Medizin, die man sonst nirgends findet. Wir müssen nur wieder zurückgehen, das ist alles.« Sein besorgter Blick streifte den Lastwagen. »Hat wohl nicht viel Sinn, wenn wir die Dame nach dem Schlüssel fragen, oder?«

»Nein. Können wir ihn hinter dem Wagen anbinden?«

»Das ist zu schwer, der Lastwagen und alles, es würde länger als eine Woche dauern. Wir müssen ihn mit einer Winde hochkurbeln. Da bleibt nicht viel Platz für den Rest von uns. Alle außer den Schwerverwundeten müssen auf eigenen Beinen zurück nach Yogja. Achtzehn Meilen.«

»Wir könnten jemanden vorausschicken, der einen zweiten Karren herbeischafft!« Ich schnippte mit den Fingern. »Dieser Priester – er muß irgendwie hierhergekommen sein. Vielleicht hat er einen Karren oder einen Wagen oder etwas in der Art! Wo ist er denn hin?«

»Welcher Priester?« erkundigte sich te Kiore.

»Aber ... hast du ihn denn nicht gesehen? Ein Eingeborenen-Priester in ganz normaler Baumwollkleidung. Derselbe, der mich im Hotel aufgesucht und regelrecht bedroht hat. Er stand plötzlich direkt vor Rangda und versperrte ihr den Weg zum Container, trieb sie zurück. Ich wüßte nur zu gerne, wie er das geschafft hat!«

»Ich dachte, du hättest das geschafft!« sagte er. »Oder vielleicht Apes kleiner Party-Trick – ich bildete mir ein, sie hatte vielleicht Angst davor, daß Ape noch einmal zurückkommt und ihr endgültig den Garaus macht. Ich hab genau hingesehen, denn ich hatte mich schon wieder unter Kontrolle. Ich habe keinen Priester gesehen!«

»Aber …« Ich sah Jacquie an, dann Batang, dann Ape.

Apes Augen waren eingefallen, wie verschleiert, doch aufmerksamer als je zuvor. Er zuckte nur mit den Schultern.

Kapitel 8

Die Nacht legte sich wie ein schwerer Vorhang über unsere Gesichter. Es war, als würde man langsam erstickt, jeder Atemzug war eine Qual. Die Moskitos hatten ihre summenden Angriffe vor einiger Zeit eingestellt, doch die Zikaden veranstalteten aus jedem Strauch in der Nähe der Werft ihr höllisches Konzert. Seltsame Motten schlugen sich das bißchen Hirn, das sie hatten, an unseren matt schimmernden Lampen zu Brei. Das Land war unseren Blicken entzogen; die Planke der Gangway ruhte auf einem soliden Schatten, aus dem entfernte, seltsame Geräusche zu uns herüberwehten, wie vernachlässigte Erinnerungen. Aus dem Laderaum drangen fast noch seltsamere Geräusche herauf; dort erneuerte und ergänzte Ape geschäftig seine schützenden Zaubersprüche auf dem Container. Hin und wieder roch es auch höchst merkwürdig, dann erhellte ein rosafarbener Blitz die skeletthafte Takelage und schreckte die Wachen auf, die, Pistolen und Bögen fest an sich gedrückt, unruhig dösten. Bei Tagesanbruch wollten wir in See stechen, doch der Morgen war noch Stunden entfernt.

Für mich konnte er nicht früh genug kommen. Erst dann war es mir möglich, Jacquie zu entkommen, denn jetzt konnte ich allein den Gedanken an meine stickige Kabine oder den verrauchten Salon nicht ertragen. Wir waren angewiesen, das Schiff nicht zu verlassen, hauptsächlich deswegen, damit am

Morgen alle rechtzeitig an Bord waren. Mir brauchte man das nicht zweimal zu sagen. Sobald ich von Bord ginge, würde Jacquie mir folgen, und dann wäre mein Handlungsspielraum noch enger bemessen. Also schlenderten wir auf dem Deck auf und ab und schnappten wie wütende Haie nacheinander. Sie war mindestens so gereizt wie ich – und sie konnte einfach nicht aufhören.

»Du!« zischte sie. »Und ich dachte schon, du hättest dich ein bißchen geändert! Du bist immer noch der gleiche glatte, egozentrische Hund wie vor fünfzehn Jahren! Damals dachte ich auch, du wärst so toll! Oh, Sch –!« Sie erstickte das Wort, indem sie wütend den Handrücken gegen den Mund preßte. Schon damals hatte sie es nicht gemocht. »Du hast mir weh getan, weißt du das?«

Ich hatte mir vorgenommen, überhaupt nichts zu sagen, doch hin und wieder mußte ich ihr einfach widersprechen. »Wie? Wie habe ich dir weh getan? Jetzt etwa? Hör doch auf, die Sache liegt fünfzehn Jahre zurück. Habe ich dich denn gefragt, mit wem du schläfst? Du hättest mir gesagt, daß mich das einen Dreck angeht, und du hättest recht damit gehabt! Wir haben keinerlei gegenseitige Besitzansprüche, wir bedeuten uns heute nicht mehr – genau das hättest du gesagt, oder irre ich mich?«

»Genau!« fauchte sie. »Ich würde jedenfalls niemandem hinterhersteigen, nur weil er so aussieht wie du!«

»Woher soll ich das wissen? Ich habe diese Rangda schließlich nicht gesucht – sie hat mich gefunden, und jetzt weiß ich auch weshalb! Es war nicht meine Schuld!«

»Wahrscheinlich bist du laut schreiend davongelaufen, als du sie gesehen hast!«

»Weißt du, was? Genau das habe ich beim ersten Mal getan!«

»Beim ersten Mal! *Beim ersten Mal?* Einmal hat wohl nicht gereicht? Dabei hast du es doch eigentlich überhaupt nicht gewollt! Mannomann, du kannst wirklich nicht genug kriegen, wenn es um Strafe geht, was?«

»Hör mal zu, ich bin einmal mit ihr ins Bett gegangen, nur einmal, kapiert? Und ich habe dir schon hundertmal gesagt, daß auch das nur passiert ist, weil ich betrunken war.« Ihr Grinsen zeigte mir, wie flau diese Entschuldigung klingen mußte. »Betrunken, durcheinander, schockiert und … sie hat mich mehr oder weniger aufgelesen.«

»Klar! Und du hast dich mit Händen und Füßen gewehrt!« Sie warf mir ein kleines, metallisches, sehr chinesisches Lachen vor die Füße. »Das kann ich mir lebhaft vorstellen!«

Ich drehte mich rasch um und packte sie an den Schultern. »Nein! Natürlich habe ich das nicht getan, verdammt noch mal! Ich weiß nicht einmal genau, was alles passiert ist, aber Sex war auf jeden Fall im Spiel!«

Wieder dieses enervierende Lachen. »Und sie hat dich an deinem schwächsten Punkt getroffen!«

»Und wenn? Was, wenn es so gewesen ist? Vielleicht habe ich dir damals übel mitgespielt, das mag wohl sein. Es tut mir leid, doch das gibt dir nicht das Recht, jetzt über mich zu richten! Ich muß dir nicht Rede und Antwort stehen! Nicht jetzt!«

Sie schaute mir durch die Dunkelheit fest in die Augen. »Du hast mich geküßt.«

»Danach, verdammt nochmal! Hinterher! Als ich dachte, du … als …«

»Danach. Nachdem du bekommen hattest, was du von *ihr* wolltest! Leider war es mehr, als du erwartet hast.«

»Meine Güte! So war es doch gar nicht! Sieh mal, wahrscheinlich fühlte ich mich noch immer ein bißchen zu dir hingezogen – hast du mich denn in irgendeiner Weise ermutigt, mir gezeigt, daß du für mich noch etwas empfindest? Du bist doch hier nur dabei, weil du glaubst, ich würde dich und euer blödes Projekt für andere Dinge benutzen! Stimmt das etwa nicht? Du willst mich nicht aus den Augen lassen, hast du gesagt! Was ich auch immer später getan habe, bis zu diesem Zeitpunkt war das alles, was ich von dir gehört hatte. Oder etwa nicht?«

Sie zuckte die Achseln und trat ein loses Tauende zur Seite. »Kann schon sein. Das gibt dir wohl das Recht, dich genauso aufzuführen wie früher – du erwartest, daß das Mädchen, das du vor sechzehn Jahren abgeschoben hast, bei deinem Anblick sofort willig auf den Rücken fällt, kaum daß sie –«

»Jacquie!«

»Und dann spielst du den heulenden Betrunkenen, weil du dich zurückgestoßen fühlst, du armer Kerl! Armer Kerl!«

»Jacquie, du denkst dir da etwas aus –«

»Besser als das, was du dir ausgedacht hast! Und als ich dich abblitzen ließ, ziehst du einfach los und verschaffst dir mit … *so etwas* Trost und Ablenkung!«

»Ich habe dich doch gar nicht gefragt!«

»Doch, hast du! In deiner Phantasie schon!« Sie seufzte und atmete zischend durch die Zähne ein; ein sehr orientalisches Geräusch, um Ablehnung und Verachtung auszudrücken. »Ein anderes Mädchen so zu … zu benutzen … Sie zu einem Ersatz zu machen … einem bloßen Gefäß … Und auch mich hast du benutzt! Mein Gott, auf die gleiche Art, wie Männer Spindfotos benutzen!«

Damit brachte sie mich wirklich zur Weißglut. Ich spürte förmlich, wie mir das Blut aus dem Gesicht wich und nur noch schneidende Kälte zurückließ. Meine Haut fühlte sich an, als wäre sie anstelle meiner Wangenknochen über eisiges Metall gespannt. »Du mußt es ja wissen«, gab ich mit brutaler Lässigkeit zurück. »Du warst ja auf so einigen abgebildet!«

Ich verschränkte die Arme und wartete darauf, daß sie mich erneut ohrfeigte. Statt dessen gab sie plötzlich mit tonloser Stimme zurück: »Nur auf einem. Die anderen waren Nachdrucke. Ich dachte, du wärst stolz darauf.« Dann duckte sie sich unter mir weg, bevor ich reagieren konnte. Einer der Männer im Ausguck stieß einen warnenden Ruf aus. Leichtfüßig und lautlos hüpfte Jacquie auf die Gangway und verschwand mit ihrem hellen Haar, das für einen Augenblick wie ein Kometenschweif hinter ihr her leuchtete, in der Dunkelheit. Ich rief ihren Namen. Leise Schritte entfernten sich. Ich rief ihr nach, sie solle sich nicht so kindisch benehmen. Nichts.

Der Groll hielt mich einen Moment zurück. Sie war gewarnt worden. Sollte sie doch selbst die Konsequenzen tragen. Dann zerbröckelte mein Starrsinn und fiel von mir ab. Man hatte ihr gesagt, sie würde es womöglich nicht mehr rechtzeitig an Bord schaffen, doch das kümmerte sie momentan wahrscheinlich nicht sonderlich. Niemand hatte ausdrücklich erwähnt, daß da draußen auch noch andere Gefahren lauern könnten; warum auch? Seit meinem ausgedehnten nächtlichen Ausflug in New Orleans wußte ich das nur zu gut. Aber wir hätten *Jacquie* warnen sollen! Wenn überhaupt jemand dafür verantwortlich war, dann ich.

Ich blickte mich verzweifelt um und rannte zur Planke. Die Ausgucke suchten bereits die Kaimauern ab. »Wohin?« rief ich. Sie hoben die Schultern. Ich rannte zum Ende der Gangway hinab und schaute mich unentschlossen um. Ein rosafarbener Blitz aus dem Laderaum blendete mich; hinter den schimmernden Salonfenstern schaukelte eine Gestalt hin und her. Ein Ruf, die Erklärungen – das würde alles viel zu lange dauern! Wenn ich sofort hinter ihr herlief, bestand vielleich noch eine Chance ... Außerdem waren wir hier nicht in New Orleans. Ich wußte jetzt, was ich zu tun hatte. Ich hatte mein Schwert dabei und ich sprach die Landessprache, zumindest ein wenig. Die Wachen riefen wieder etwas, doch ich sprang von der Planke und machte mich auf in die Dunkelheit. Wenn es jemand auf Jacquie abgesehen hatte, mußte er zuerst mit mir fertig werden.

In der Nacht nähern sich die Dinge und ihre Schatten einander an, die Grenzen zwischen Kern und Spirale verschwimmen. Die Flut des Andersartigen schwappt an die Gestade der gefestigten Zeit und spült das Strandgut hin und her, erst in die eine, dann in die andere Richtung, von einer Welt in die andere. Ich rannte geradeaus, in die Richtung, von der ich annahm, daß Jacquie sie eingeschlagen hatte – nicht den Weg, der an den Werften entlangführte. Zumindest kam Jacquie so näher an den Kern heran, wo sie sicherer war. Ohne Geld, Papiere und eine zufriedenstellende Erklärung für ihren Aufenthalt unterwegs zu sein – na ja; aber immer noch sicherer als dort draußen. Ich trabte in die wahrscheinlichste Richtung, dorthin, woher die Geräusche und Lichter einer modernen Stadt zu kommen schienen. Das hatte sie sicher angelockt. Hier und dort sah ich in trüben Pfützen oder den Scherben eingeschlagener Fensterscheiben die Spiegelbilder hoher, beleuchteter Gebäude und sogar eine Neonreklame. Unter meinen Füßen ersetzten schon bald Pflastersteine den alten Gehweg aus Planken und Bohlen, und als ich um eine Ecke bog, die Jacquie sicherlich auch genommen hatte, sah ich in der Entfernung eine Straßenlaterne leuchten. Der Sog unserer alltäglichen Welt ist sehr stark. Als ich das glitzernde Strahlen von Neonlichtern und bunten Dächern sah, das Brüllen des Verkehrs hörte, verspürte ich so etwas wie Freude und Schrecken gleichzeitig, ein zerrissener Eindruck – als würde ich mit Gewalt in beide Richtungen gezogen.

Ich blieb zögernd an der Einmündung der Gasse stehen, holte tief Luft und rief: »Jacquie! *Jacquie!*« Eine Horde von Schulmädchen kam kichernd an mir vorüber, sie hatten einander untergehakt und betrachteten mich amüsiert von Kopf bis Fuß. Ich konnte mir denken, was sie in mir sahen: einen dieser Westler, die die Indonesier sowohl faszinieren als auch zutiefst abstoßen. Hippies mögen überall auf der Welt eine vom Aussterben bedrohte Gattung sein, doch in Indonesien gab es noch jede Menge frei herumlaufender Exemplare. Da stand ich nun: stoppelbärtig, von oben bis unten in Leder gekleidet, und das Stirnband aus Goldbrokat, das mir Mall geschenkt hatte, ließ mein Haar in feuchten Stacheln abstehen. Außerdem trug ich ein Schwert, doch das würde ihnen wahrscheinlich erst dann auffallen, wenn ich ihre Aufmerksamkeit darauf lenkte. »Jacquie! Antworte mir! Es ist ziemlich gefährlich da draußen! Komm endlich zurück! Es tut mir leid!«

Doch die Straßen waren belebt, Autos hupten, Leute drehten sich nach mir um, der Lärm erstickte meine Worte. Nicht weit von mir entfernt stieß ein Fußgänger mit einem anderen zusammen. Einer von beiden ließ eine Tüte fallen, deren Inhalt sich über den Gehsteig ergoß. Sofort fingen sie an, einander wütend zu beschimpfen, dann zeigten sie auf mich. Das wiederum zog noch mehr Fahrer an; Autos wurden herumgerissen, Rufe und Flüche schwirrten durch die Nacht. Von überall her drängten Leute herbei, die wissen wollten, was geschehen war, und der Gehsteig füllte sich. Zumindest überragte ich die ganze Meute, aber von überall her gut zu sehen und rief: »Jacquie!« Doch auch diesmal kam keine Antwort – bis auf einen in Khaki gekleideten Polizisten von der anderen Straßenseite. Er kam heran und brach ein Gespräch über Vorfahrt vom Zaun, doch alle Autoinsassen zeigten auf mich. Seine Mandelaugen weiteten sich bei meinem Anblick, dann kam er energisch durch den Verkehr auf mich zugeschritten, wobei seine Finger ganz professionell die Klappe seines Hüftsholsters aufknöpften. Die verrückten Westler waren hier bei der Polizei nicht sehr beliebt. Ich gab mich geschlagen und verschwand flugs in die Dunkelheit einer Seitengasse. Sollte dieser Bulle mich allzuweit verfolgen, würde er heute abend wohl noch so manches wundersame Abenteuer erleben.

Wo ich auch auftauchte und nach einer blonden Eurasierin fragte, es war überall das gleiche. Ein oder zwei Typen erboten sich, mich zu Orten zu führen, wo ich jede Menge Mädchen mit jeder beliebigen Haarfarbe finden würde, doch ich lehnte dankend ab. Abgesehen von allem anderen schien dies die Chance zu erhöhen, Rangda über den Weg zu laufen. Falls Jacquie je hier entlanggekommen war, so schien sich niemand an sie zu erinnern. Es war entmutigend. Surabaja war eine brodelnde, moderne Hafenstadt mit über einer Million Einwohnern, und Eurasierinnen, selbst hübsche und blonde, waren hier keine Seltenheit. Vielleicht hatte es auch etwas damit zu tun, daß wir aus der Schattenwelt kamen. Ich hatte keinerlei Anhaltspunkte, und ohne sie konnte ich hier monatelang erfolglos suchen. Außerdem wollte ich mich nicht zu weit vom Hafen entfernen, denn selbst wenn ich Jacquie fand, kamen wir vielleicht nicht mehr rechtzeitig zurück. Ich zermarterte mir das Hirn, doch das Brausen und Blinken des Verkehrs und das aufgeregte Gewimmel der feierabendlichen Menge lenkten mich immer wieder ab. Ich entdeckte eine dunkle, kühle Seitenstraße, nicht zu laut, und zog mich langsam und müde vor mich hintrottend in sie zurück. Zu meinem Erstaunen verbreiterte sie sich am Ende zu einem sehr europäisch anmutenden kleinen Platz – vermutlich holländisch, wie das alte Jembathan Merah. Er war menschenleer, und die Geräusche der City erreichten ihn nur noch als tiefes, recht erträgliches Brummen. Ich lehnte mich an ein verziertes Gitter, spürte das kühle Eisen an meinem gequälten Hinterkopf und versuchte, noch einmal nachzudenken.

Kein einziger brauchbarer Gedanke wollte sich einstellen, doch nach einer Weile bemerkte ich, daß neben dem Verkehrsgebrumm noch ein anderes Geräusch zu hören war, ein leises, regelmäßiges Klopfen, verbunden mit helleren, klingelnden Tönen. Zuerst dachte ich an eine Karosseriewerkstatt oder einen ähnlichen Kleinbetrieb, doch als mein Gehör den Rhythmus ausgemacht hatte, wurde mir klar, was das sein mußte, und zum ersten Mal seit dem Beginn meiner Suche regte sich so etwas wie Hoffnung. Ich verließ den Platz und kam auf einer breiteren Straße heraus, inmitten einer langen Reihe großer Häuser, die bis zu ihren hohen Giebeln hinauf eindeutig holländischen Ursprungs waren. Das Geräusch schien hier etwas lauter zu sein, doch noch immer war ich nicht nah genug. Es schien über die Dächer heranzuwehen. Ich ging ein Stück weiter, wandte mich nach links und dachte schon, ich hätte mich in einen privaten Garten verlaufen, denn plötzlich stand ich unter einer Baumreihe. Hohe, ausladende, europäisch anmutende Bäume. Dahinter erhoben sich weitere Häuser, einige davon ziemlich heruntergekommen, doch noch immer sehr würdevoll und von guter Substanz. Auf manchen ihrer von Säulen getragenen Vordächer waren Fahnenmasten aufgepflanzt, von denen in der Windstille schlaffe Fahnen herabhingen, deren Farben und Muster nicht erkennbar waren. Die Anwesen erstreckten sich über die gesamte Länge der Straße, und auf der anderen Seite, hinter den Bäumen, verlief parallel dazu eine zweite Häuserreihe. Es mußte sich hier um ein beinahe feudales Viertel handeln, voller offizieller Residenzen, Konsulate, kleinerer Botschaften sogar – deshalb die Fahnenmasten. Doch selbst in Indonesien hätte man nicht in nächster Nachbarschaft eine Schlosserei oder etwas Ähnliches zugelassen. Ich blieb stehen, lauschte erneut, hörte schrilles Gelächter und wußte, daß ich auf dem richtigen Weg war. Vom anderen Ende der Straße her schimmerte trüber Lichtschein. Das Geräusch kam von dort, und ich marschierte entschlossen darauf zu.

Das Pflaster war rauh, die Steine zersprungen und uneben. Es war leichter, auf dem federnden Erdboden unter den Bäumen zu gehen. Außerdem blieb ich so im Schatten verborgen, was mir nur recht sein konnte. Vor Botschaften standen normalerweise Wachen, und die würden angesichts meines jetzigen Aussehens womöglich mißtrauisch werden. Ich ging lautlos unter den Bäumen entlang, vom warmen Licht und dem leisen, unaufhörlichen Geräusch wie eine Motte angezogen. Es klang, als würde man einen plätschernden Fluß in Bronze gießen. Eine hohe, dünne Stimme erklang zitternd, und die Stimmen lachten wieder – sowohl Kinder als auch Erwachsene. Dabei hörte es sich so heimelig an, daß ich nicht im geringsten darauf vorbereitet war, was als nächstes passierte. Mein Atem stockte, mein Herz vollführte einen Satz: Inmitten des gelben Scheins sprang etwas Dunkles auf, schnell wie eine Kobra schien es mit unmöglicher Geschwindigkeit auf mich zuzurasen, ein formloses Ding aus wirbelnden Mustern und skeletthaften Gliedern.

Ich sprang zur Seite, ergriff mein Schwert, stolperte über eine Wurzel und fiel keuchend auf ein Knie. Doch ein weiteres spinnenartiges Wesen sprang auf und rannte los, die hohe Stimme heulte, das Dröhnen verstärkte sich und Holzklötzchen klapperten. Die Stimmen quietschten vor Vergnügen. Über meine mißliche Lage lachend, rang ich nach Atem. Jetzt hatte ich den Klang des *Gamelan,* des indonesischen Perkussions-Orchesters erkannt. Zuerst hatte ich das Dröhnen des doppelten Gongs vernommen, dann das Scheppern von *Demung* und *Ketuk,* der Bronze-Xylophone und Schüsseln, für Metallarbeiten gehalten. Das hatte seinen Grund, denn was sich hier abspielte, war nicht das verfeinerte *Gamelan,* das ich kannte. Es war dramatisch, schwoll zu raschen Höhepunkten an, die durch das Hämmern der *Kendang*-Trommel angedeutet wurden. Was ich jedoch absolut nicht erwartet hatte: Die Musik begleitete eine *Wayang Kulit*-Aufführung, eines der überaus beliebten Schattenspiele, und das gelbe Licht, das von einer zischenden Laterne auf ein zwischen zwei Bäumen gespanntes Leintuch geworfen wurde, war die Leinwand.

Ich hatte noch nie zuvor ein *Wayang* gesehen und war von der Lebendigkeit der Schattenfiguren überrascht, die aus Leder ausgeschnitten und mit dünnen Stäben aus Büffelhorn bewegt wurden. Sie gingen mit lebhaftem Geschnatter aufeinander los, und der Puppenspieler gestaltete ihre individuellen Charaktere mit hoher, stilisierter Stimme. Die Sprache, die er dazu benutzte, war so altertümlich, daß ich nur hin und wieder ein vereinzeltes Wort verstand; vielleicht soviel, wie ein Javaner mit einigen Brocken Englisch von Shakespeare verstehen würde. Doch das hier war eindeutig populärer als Shakespeare. Kinder und Erwachsene hockten in dem vom Licht gebildeten Halbkreis und folgten freudig erregt den uralten Geschichten auf der Leinwand.

Ich blieb, an einen knorrigen alten Baum gelehnt, im Schatten stehen und schaute zu. Dafür gab es mehrere Gründe: Je mehr ich über Jacquie nachdachte, um so unwahrscheinlicher kam es mir vor, daß sie in ihrer momentanen Stimmung in Richtung der hellen Lichter gegangen war. Vielleicht hatte sie einen Blick darauf geworfen, doch dann gespürt, daß sie am falschen Ort war. Ich sah sie förmlich vor mir, wie sie wieder in die Dunkelheit zurückkehrte, um allein zu sein. Die laute *Gamelan*-Musik des Puppentheaters mußte weithin hörbar sein. Wenn sie hier irgendwo durch die Gassen irrte, konnte ich mir nichts vorstellen, was sie wohl mehr angezogen hätte, als dieses Schauspiel.

Abgesehen davon war es eine hervorragende Vorstellung.

Zuerst bekam ich so gut wie nichts mit, doch allmählich merkte ich, daß ich etwas mit dem, was dort vor sich ging, anfangen konnte. Trotz der comichaften Stilisierung konnte ich die schneidigen Helden mit ihrem kühnen Auftreten von den bedrohlich wirkenden Dämonen unterscheiden. Es mußte sich um eins der östlichen Epen handeln – nicht, daß ich mich jemals ausführlich damit beschäftigt hätte, doch Jacquie hatte sie mir damals alle lang und breit erzählt. Als ich daran dachte, fiel mir eine Gestalt auf, die ich wiedererkannte. Er war einer der Lieblinge der Kinder, die jeden seiner Auftritte mit Jubeln und Klatschen begrüßten – ein buckliger Typ mit langen Armen, der mit Kopf und Schwanz wackelte und mit einem eigenartig rollenden Gang über die Leinwand schritt. Der Puppenspieler begleitete seine hüpfenden Aktionen mit viel Geschnatter und Gebrummel. Also handelte es sich wohl um das *Ramayana* mit seinem verzweifelten Helden Rama und seiner Frau, der virtuosen Sita, die von ihren dämonischen Gegenspielern, den *Rakasha,* entführt wurde. Und da war Ramas ungleicher Verbündeter *Hanuman,* der Affenkönig, der seinen Schwanz opferte, um Feuer an die Festung der Dämonen zu legen. Schon bald war ich wie die anderen Zuschauer von dem Spiel gefangen, teilte ihre Freude an Hanumans respektlosen Schelmenstücken, erschauerte vor Entsetzen beim Anblick der monströsen, riesenhaften Gestalten der *Rakasha.* Diese Archetypen der Sagenwelt kennt jeder Indonesier von klein auf, es sind so mächtige Ikonen wie im Westen vielleicht James Bond oder Superman. Im Halbdunkel jenes Abends spürte ich ganz deutlich das Ringen zwischen Gut und Böse, dessen Auf und Ab auch dadurch nicht weniger schrecklich wurde, daß man den Ausgang der Geschichte kannte.

So sehr ich auch im Bann des Geschehens war, fiel mir allmählich noch etwas anderes auf. Die warme Nachtluft schien fast nur aus Motten und Musik und Gelächter zu bestehen, erfüllt mit dem Geruch von Gewürzen und Schweiß – sonst nichts. Im nächsten Moment jedoch schien noch etwas anderes präsent zu sein, ganz deutlich. Und es wurde stärker – wie ein fremder Blick, der einem im Nacken brannte. Nur daß ich bei diesem Blick nicht die geringste Lust verspürte, mich umzudrehen, egal, welche Konsequenzen das nach sich zog. Ich hatte Angst, mich zu bewegen, so sehr ich mir auch einredete, daß nichts schlimmer war, als nicht zu wissen, was mich anstarrte. Ich wußte es sehr wohl, doch meine Glieder bewegten sich nicht. Es schien, als würde mich ein kalter Hauch umwehen, jedes Härchen auf meinem bloßen Nacken und den Armen schien sich aufzurichten. Ich spürte, wie die Muskeln in meinem Rücken zuckten, als wollten sie um jeden Preis dem entkommen, was nur noch wenige Zentimeter entfernt sein konnte. Meine Hand lag auf dem Gürtel, dicht neben dem Schwertgriff. Natürlich griff ich nicht danach. Soviel Verstand besaß ich noch. Aber wenn ich nur – wenn ich es nur schaffen würde, mich blitzschnell herumzudrehen und im gleichen Moment zu ziehen …

Es gelang mir nicht, den Kopf mehr als eine Vierteldrehung zu bewegen. Dort stand jemand, rechts von mir, jemand, den ich kannte. Dieses Wiedererkennen war ein ziemlicher Schock. Ich schluckte, einen Moment atemlos, weil mein Herz einen Schlag aussetzte. Als der Atem schnaufend wieder einsetzte, war der Bann gebrochen, vielleicht war auch nur die Spannung umgewandelt. Ich drehte mich zur Seite und betrachtete die Gestalt, die auf ihrem mit einer gläsernen Spitze verzierten Stock lehnte und die Vorstellung mit scharfen, kritischen Augen verfolgte.

»Gefällt Ihnen die Aufführung, *Tuan* Fisher? Ich hätte Sie nicht für einen Kenner gehalten.«

Ich mußte noch einmal tief Luft holen und legte mir dabei die Worte, die ich entgegnen wollte, zurecht: »Das bin ich nicht, Mpu Bharadah. Ich habe so etwas noch nie gesehen. Doch es gefällt mir sehr gut. Es lebt förmlich.«

Seine dünnen Lippen verzogen sich zu einem schiefen Lächeln. »So ist es mit den meisten Dingen, die man zum richtigen Zeitpunkt und am richtigen Ort erfährt. Dies hier ist auf seine Art recht gelungen. Doch auf Bali haben wir noch bessere. Auf Bali haben wir überhaupt viele bessere Dinge.

Auch mein Lächeln muß ziemlich gequält ausgesehen haben. »Abgesehen von jeder Menge Probleme.« Ich war versucht, diese Liste um seinen Namen zu ergänzen, doch etwas in seinem Blick verriet mir, daß er meine Gedanken gelesen hatte. »Hören Sie – dort in Borobodur …«

»Ja, *Tuan?*«

»Ich habe gesehen, wie Sie Rangda verjagt – oder was auch immer Sie dort getan haben. Glauben Sie bitte nicht, ich sei undankbar, aber … warum haben Sie das getan? Weshalb haben Sie sich eingemischt? Hat Rangda nicht genau das im Schilde geführt, was Sie sich zum Ziel gesetzt haben? Was Sie mir damals angedroht haben?«

Ich erwartete, daß der *Pedanda* seine Drohungen abstreiten würde, um nicht das Gesicht zu verlieren. Doch er schüttelte den Kopf auf sehr westliche Weise: »Nein. Sie wollte sich der Dinge, die Ihre Metallkiste enthält, bemächtigen und sie … infizieren. Kontrollieren, für ihre eigenen Zwecke einsetzen, so wie sie Sie in jener Nacht kontrolliert hat und mit Ihnen wie mit einer *Wayang*-Figur umgesprungen ist. Wer die Verteilung des Wassers kontrolliert, kontrolliert die herrliche Insel Bali – und genau das versucht Rangda schon seit uralten Zeiten.«

»Und Sie? Welche Absichten verfolgen Sie? Oder sollte ich besser nicht danach fragen?«

Unbeeindruckt fuhr Bharadah mit einem knochigen Finger über den eisgrauen Schnurrbart, der militärisch kurz gehalten war. »Selbstverständlich dürfen Sie danach fragen. Viele Jahrhunderte lang haben ich und andere meiner Art Rangda stets bekämpft, so, wie es sein mußte. Sie ist ein Geschöpf von *Kelod*, der Küste und des Meeres, wohin alles Böse fließt. Und von jenseits des Meeres hat sie schon seit jeher das Böse auf dieses Land, das sie so sehr begehrt, herbeigerufen. Einst war Bali nur ein kleiner Teil ihres Reiches – oder ihrer Begehrlichkeit. Alle Inseln in dieser Region wurden zu ihrer Perlenschnur, das Gold des Sonnenaufgangs ihr Schatz und die Röte des Sonnenuntergangs ihr Glanz. Um ans Ziel ihrer Wünsche zu gelangen, hat sie schon immer Fremde auf unsere Insel gelockt: Briten, Holländer, Japaner, die diesen Ort besetzten – immer zu unserem Schaden, oft auch zum Schaden Rangdas. Doch sie ließ nie davon ab. Die Herrschaft über uns ist noch immer ihr größter Wunsch.«

Ich warf ihm einen verächtlichen Blick zu. »Sie hingegen beabsichtigen etwas völlig anderes, oder?«

Er reagierte mit einem wilden Flackern in den Augen, das mich einen Schritt zurückweichen ließ. »Was ich beabsichtige? Sie ignoranter Barbar, wie können Sie es wagen, zu vermuten, was ich beabsichtige? Wie können Sie nur auf diesen Gedanken kommen? Was ich will, verdorbenes Kind des verdorbenen Westens, sind die vergangenen Tage und die alten Sitten, von denen sie erfüllt waren – den Traum eines uralten Landes, unbehelligt von all diesem Durcheinander, ein Land, dem die Zeit nichts anhaben kann. Wenn ich nach Kontrolle strebe, dann zum Wohle der Menschen und des Lebens, das sich auf natürliche Weise entwickelt hat, im Einklang mit der Natur.« Er betrachtete mich mit einer Art verwunderter

Skepsis, und seine Stimme wurde milder: »*Tuan,* Sie haben mir eine Frage gestellt. Jetzt werde ich Sie etwas fragen. Sie sind ein Mensch, den ich als Kapitalisten bezeichnen würde. Was ist Ihnen lieber: eine Ordnung der Dinge, die sich natürlich und durch allgemeine Übereinstimmung entwickelt hat, oder eine Veränderung, die von außen aufgezwungen wird?« Trotz seines engelhaften Lächelns blieb sein Blick streng auf mir haften.

Ich starrte vor mich hin. Das wäre selbst für einen angehenden Politiker eine verdammte Fangfrage gewesen – aber genau deshalb mußte ich in der Lage sein, damit umzugehen. Irgend etwas sagte mir, daß es besser war, ihm die Frage zu beantworten. Auf Parteiversammlungen war es jedoch nie so heiß und stickig wie hier. Dort war ich weder so müde noch so hungrig, auch klingelte dort weder *Gamelan*-Musik in meinen Ohren, noch das aufgeregte Gezwitscher der Puppenspieler. Ich hatte nicht gerade mit einer intellektuellen Herausforderung gerechnet. »Tja, das ist wohl Kapitalismus gegen Marxismus, stimmt's? Oder Sozialismus. Niemand hat sich an den Schreibtisch gesetzt und sich ein System namens Kapitalismus ausgedacht; die Welt funktioniert einfach so, und das in fast jedem Kulturkreis. Zugegebenermaßen läuft er, wie jedes andere von Menschenhand geschaffene System, hin und wieder aus dem Ruder, oder er geht zu weit, oder er wird von anderen Dingen in der Welt beeinflußt. Dann müssen regulative Maßnahmen eingeleitet werden. Wenn möglich von innen, das ist immer das beste. Wenn nicht, könnten Veränderungen –«

»Wenn es aber nicht diejenigen innerhalb des Systems sind, die es verändern wollen? Und wenn diese Veränderungen das ganze System zu zerstören drohen?«

»Dann ...« Ich wand mich ein wenig und spürte, wie mir der Schweiß den Rücken hinunterrann. Er ließ mir keine Chance, meinen Einwand näher auszuführen, sondern hakte in wilder Leidenschaft sofort ein, wobei er, um einzelne Punkte zu unterstreichen, den Kopf herrisch nach hinten warf, dabei jedoch nie seinen Blick von meinen Augen wandte.

»Veränderungen, Regulative, Maßnahmen, das ist eine Sache; Anarchie eine andere. Die natürlich entstandene Ordnung, die althergebrachten Wege müssen doch, bei allen Mängeln, die sicherlich auch ihnen innewohnen, um einiges besser als das sein, oder nicht? Veränderungen sollten wohl bedacht sein, im Zaum gehalten und vorsichtig gegen den Schaden, den sie anrichten können, abgewogen werden – finden Sie nicht auch?«

Ich merkte, wie ich nickte, im Einklang mit dem Gebimmel des *Gamelan,* und hörte sofort wütend damit auf. Was er sagte, klang durchaus plausibel, und doch wollte ich ihm nicht beipflichten. Nicht daß ich ihm direkt widersprochen hätte, es war eher so, als gäbe es da noch reißende Wirbel einer unterschwelligen Bedeutung, die mich wegzuspülen drohten.

»Sie werden doch wohl zugeben«, er legte den Kopf höflich zur Seite, »daß gelegentlich, unter gewissen Umständen, ein gewisses Maß an Fortschritt unvermeidbar ist. Um katastrophale kulturelle Umwälzungen zu vermeiden, ist es gewiß angebracht, daß die Neuerungen erst durch die abwägende Hand der alten Ordnung gefiltert werden.«

Ich schüttelte ablehnend den Kopf, doch ich hatte nichts zu sagen. Mir fielen eine Menge Dinge ein, die ich ihm hätte entgegnen können – Stagnation und Rituale, Zerfall und Repression. Doch ich war müde, verwirrt und mehr als nur ein wenig durch dieses vor Selbstbewußtsein strotzende Wesen eingeschüchtert. Die Worte wollten einfach nicht Gestalt annehmen. Er führte seine These jetzt zur letzten Schlußfolgerung.

»Ist es nicht besser, wenn diejenigen, deren Lebensweise auf dem Spiel steht, selbst darüber entscheiden? Ist es nicht besser – sofern sie weise genug sind, die Notwendigkeit einer Veränderung einzusehen –, daß die dafür erforderlichen Mittel in ihre Hände gelegt werden?«

Ich schluckte. Darauf war schwer zu antworten – doch die Konsequenzen … Er hatte mich in die Enge getrieben, so daß ich nur noch mechanisch nicken konnte. Seine Züge wurden etwas milder. »Glauben Sie nicht, daß ich von Grund auf gegen Sie eingestellt bin, *Tuan*«, sagte er ernst. »Ich weiß, in welch schwieriger Lage Sie sich befinden, eingeklemmt zwischen Mächten, deren Interessen Sie nicht verstehen. Wie sollten Sie auch? Die Harmonie, die wir geschaffen haben, um mit der Natur, miteinander und vor allem mit unserem Innersten im Einklang leben zu können – das alles haben Sie niemals kennengelernt. Haben euch draußen im Westen euer materieller Reichtum, eure riesige Anhäufung von Wissen je zu einem solchen Gleichgewicht verholfen? Andererseits liegt gerade darin das Heilmittel für viele Krankheiten, die euch befallen haben: Unzufriedenheit, Angst, das verzweifelte Suchen nach innerer Ruhe, die abgestumpften Herzen und leeren Seelen.« Seine Stimme war nur noch ein Flüstern, und die mit Gold eingefaßte Kristallkugel glitzerte zwischen seinen Fingern. »Auch Ihnen wurde diese Frage einst gestellt. *Was nutzt es dem Menschen, wenn er die ganze Welt gewinnt und dabei doch die eigene Seele verliert?*«

Sein Blick hielt den meinen gefangen. Die *Gamelan*-Klänge trudelten wie Glühwürmchen durch meinen Kopf, und über uns kreiste eine große Fledermaus in hypnotischen Spiralen zwischen den Zweigen. Die Lichter verblaßten, die Aufführung schien irgendwie leiser, entfernter, mitsamt ihren Stimmen, dem Gelächter und den Stabfiguren. Es gab nur noch mich und diesen entschlossenen alten Mann im Schatten des Baumes, seinen funkelnden Blick und die spröde Präzision seiner Stimme. »Ich habe in Ihnen gelesen, wie sehr Sie sich nach einem solchen Leben sehnen. Ihr ganzes Leben haben Sie nur eines gesucht, und das in Ihrer Arbeit. Wo hat sie das hingeführt? Allein, überdrüssig, für alle Außenstehenden ein Mann des Erfolgs, und doch in Ihrem eigenen Herzen, Ihrem Zuhause, ein kläglicher Versager. Sie haben keine Frau, keine Kinder, keine Familie. In unserem Volk würde man Sie zutiefst bedauern, als einen Menschen, der seiner Wurzeln und seines Selbstverständnisses beraubt wurde. Sie spüren diesen Verlust, doch Sie können noch nicht verstehen, wie groß er tatsächlich ist. Sie können oder wollen denen nicht helfen, die unsere ureigene Lebensweise zerstören möchten. Möchten Sie nicht uns – mir – Ihr Herz öffnen und erleuchtet werden?«

»*Steve!*«

Das war Jacquies Stimme.

Sie zerschnitt die Nacht, diesen durchbohrenden Blick und meine eigenen Gedanken. Die Welt machte einen Satz vorwärts. Es entstand eine Diskontinuität, eine Verschiebung, ein rauhes Erwachen. Ich stand nicht mehr unter einem Bann und argumentierte mit einem Priester; ich stand schwitzend mit dem Rücken an den Baumstamm gelehnt, das Schwert mit beiden Händen hoch über den Kopf erhoben, wo es vom unwahrscheinlichen Druck des Stockes mit der Kristallspitze zurück- und heruntergedrückt wurde. Einige Meter entfernt, zur Hälfte von der plötzlich ziemlich weit weg liegenden *Wayang*-Leinwand golden angestrahlt, stand Jacquie mit aufgerissenen Augen und starr vor Schrecken. Doch der Schrecken, der in mir selbst heraufkroch, war weitaus furchtbarer, eine tiefsitzende, würgende Übelkeit, die ich inzwischen nur zu gut kannte. Der viel zu spät ins Grab gefahrene Don Pedro hatte versucht, meine beruflichen Ambitionen gegen mich einzusetzen; er war gescheitert. Rangda hatte es mit Sex versucht und in gewisser Hinsicht Erfolg gehabt; oder hatte sie eine andere, tiefer sitzende Wunde aufgerissen? Und jetzt versuchte dieser alte, gerissene Teufel auf dem Weg über meine Überzeugungen in mich zu dringen – und sich ebenfalls meiner Schwächen zu bedienen. Er mußte ein Teufel sein, denn ich wollte nicht glauben, daß jemand, der noch einen Rest Menschlichkeit in sich spürte, je versuchen würde, mich auf diese Weise zu besitzen. Doch im Kampf gegen Don Pedro hatte ich Hilfe gefunden, die mir erlaubte, mich auf zwei Ebenen zugleich gegen ihn zur Wehr zu setzen. Es schien ganz so, als hätte ich nicht vergessen, wie das funktionierte. Es kam wie ein Geistesblitz über mich – aus diesem Grund hatte er seine Angriffstaktik auf Freundlichkeit und Vernunft umgestellt! Nur auf dieser Ebene war ich verwundbar.

»*Du – elender Schuft!*« schrie ich, laut genug, um das Orchester und das heulende Stottern des Puppenspielers verstummen zu lassen. Bei allem Ekel, der sich in meinen Eingeweiden angesammelt hatte, richtete ich mich auf und, jetzt wieder bei klarem Verstand, rammte ihm das Knie in den hageren Bauch und schlug fest zu. Der Schlag warf ihn rücklings gegen den gegenüberliegenden Baumstamm, und zwar so hart, daß einige Blätter herabfielen. Sein Stock wirbelte aus seinen Fingern und flog in hohem Bogen ins Gehölz. Sofort raffte er sich wieder auf und bückte sich, um ihn aufzuheben. Mit einem unartikulierten Wutgeheul holte ich zu einem gewaltigen, beidhändigen Schwerthieb gegen ihn aus. Die Klinge bohrte sich tief in den Stamm einer alten Zeder und ließ meine Arme zittern.

Eine zischende Stimme ertönte, fast direkt an meinem Ohr: »*Berhati, hati, orang pemboros!* Sieh dich vor, Beschmutzter, Vergeuder! Noch bist du nicht an den Grenzen meines Gebietes angelangt, und es hat mehr Barrieren als nur eine!« Doch als ich mich wütend umdrehte, war niemand zu sehen. Er schien sich in Rauch aufgelöst zu haben.

Jacquies Schritte kamen rasch über den weichen Blättermulch auf mich zu, und sie drückte mich an sich. Es gelang ihr, meinen Namen zu hauchen, mir, den ihren, mehr brachten wir nicht zustande. Wir zitterten. Der Schock hielt uns noch gefangen, mich der meines Erlebnisses und sie der des Umherstreifens.

»– wollte nur weg –«

»–mich übernehmen, direkt in meinen Geist –«

»– eigentlich nicht sehr weit –«

»– wollte nicht –«

»– habe mir den Weg eingeprägt, doch er veränderte sich –«

»– hatte das Gefühl, dich verjagt zu haben –«

»– dich gesucht –«

»– dich gesucht –«

»– Stunden vergingen, und ich dachte schon –«

»–du Närrin –«

»– verzeih mir –«

»Mir, ich meinte, verzeih mir! *Mir!*«

»Ja, verzeih du mir auch ...«

Da standen wir in der Dunkelheit und stützten einander, während eine ganze Menge Kruste und Harnisch abbröckelten – ungefähr das, was sich in sechzehn Jahren angesammelt hatte. Die Dunkelheit trug ihren Teil dazu bei – man braucht keine Masken, alle Katzen sind grau und alle Gesichter gleich verloren. Es blieb uns nichts anderes übrig, als uns zu berühren, Jacquies heiße Wange an meiner, die zärtliche Berührung ihrer Lippen an meinem Ohr. Ich beugte mich hinunter und küßte die zarte Vertiefung zwischen Schulter und Hals, spürte die plötzliche Spannung in unseren Körpern.

Jacquie gelangte zuerst wieder in den Besitz ihrer Zurechnungsfähigkeit. »Wir sollten von hier verschwinden«, murmelte sie. Ich blickte mich alarmiert um. Die Vorstellung war noch nicht zu Ende. Doch *Wayang*-Aufführungen dauerten manchmal die ganze Nacht.

»Du hast recht«, keuchte ich. »Dort entlang ... glaube ich ...« Immer noch zitternd und einander stützend wankten wir durch den kleinen Park. Ich hielt auf ein Wäldchen zu, weil ich dahinter die breite Straße vermutete, durch die ich hiergekommen war, doch sicher war ich mir nicht mehr. Wieder schlossen sich die Schatten um uns, und die Geräusche des *Wayang* wurden immer schwächer. Die Nacht war so still, daß uns das Geraschel unserer eigenen Schritte fast in den Ohren weh tat. Plötzlich sprang etwas direkt vor uns mit einem heiseren Krächzen auf und flatterte durch das Geäst davon. Es war nur ein Vogel, hatte jedoch auf unsere angeschlagenen Nerven die gleiche Wirkung wie eine Kobra. Wir hielten uns fest umschlungen, spürten die Schauer, die unsere Körper durchliefen, streichelten uns und murmelten beruhigende Worte. Obwohl der Schrecken rasch vergangen war, hörten wir einfach nicht mehr damit auf, bis uns einige unmißverständliche Reaktionen deutlich machten, was genau wir da eigentlich taten.

»Mein Gott!« stieß Jacquie atemlos aus, doch sie hörte nicht auf. Meine Hände wanderten unter ihr zerknittertes Hemd, streichelten ihren Bauch, fuhren weiter hinauf, umschlossen ihre Brüste, während ihre Hände an meinem Gürtel nestelten.

»Das können wir jetzt nicht tun!« sagte ich erschrocken. »Ich meine ... nicht hier ... wir könnten ...«

»Dann hör sofort damit auf!« murmelte sie. »Oh Gott, hör damit auf!« Ich hörte damit auf. Sie rieb sich so sehr an mir, daß mir keine andere Wahl blieb.

»Hör du auch auf!« stöhnte ich. Sie hörte auf, doch sie ließ nicht los.

»Ich muß so bleiben«, murmelte sie. »Ich kann nicht aufstehen ...«

Meine Hände glitten an ihr hinab, um sie zu stützen, und gelangten so zu ihrem Hintern, und warum auch nicht? Schließlich waren wir keine Teenager mehr, wir würden einfach noch ein wenig länger bleiben und dann rasch zum Schiff zurückgehen. Ihre Jeans störten noch, es war also nichts dabei, wenn ich – ihr Gürtel war zu stramm. Ich verlagerte meinen Griff, fummelte den Gürtel auf, spürte, wie ihr Gewicht sich von einem Bein aufs andere verlagerte. Ihr Kopf lag an meiner Brust, ihre halb geöffneten Lippen atmeten heiß durch mein Hemd. Ihr Reißverschluß gab nach, ihre Jeans rutschten herunter, dann rutschte ihr Höschen über meine Finger. Ihre Wärme und ihr Duft lagen offen vor meinen Händen; ich faßte um sie herum, hinunter, spürte die Grübchen fester Muskeln, glitt hinunter und streichelte sie am Ansatz der ersten zarten Haarbüschel. Sie stieß einen kleinen Schrei aus und rutschte nach unten, als würden ihre Beine nachgeben – aber wenn sie so verdammt hilfslos war, wie konnte sie dann derart in meiner Hose herumfingern – und wo war mein Schwert, wenn das so weiterging, würden wir noch drauf fallen …

Es ging aber nur noch in eine einzige Richtung. Sie fiel nicht, sondern zog mich hinunter auf sich, und der feuchte Untergrund aus Blättern erwies sich als herrlich weich, als wir mit halb heruntergerissenen Kleidern und ineinander verhakten Gliedern hinabsanken. Ein betäubender Cocktail aus alten Erinnerungen und verhüllender Dunkelheit wischte alle unsere Bedenken beiseite. Gefahr oder Sicherheit spielten jetzt keine Rolle mehr. Wir versenkten uns und unsere Sinne ineinander und ließen das, was darunter zum Vorschein kam, geschehen. Für mich schien die Welt voller Jacquie zu sein, als ich in den warmen Fluß ihrer Haut eintauchte, nichts anderes existierte mehr, es gab nichts mehr, vor dem man Angst haben mußte. Nur noch einmal tauchten wir daraus auf, und das wohl nur als bewußte Verzögerung, um unsere Erregung auszudehnen, die Erfüllung möglichst lange auszukosten, vor dem allerletzten Eintauchen.

»War es … damals schon … so gut?« keuchte sie in die Nacht hinaus.

Ich wandte den Kopf, um ihre Knöchel zu küssen, die links und rechts neben meinem Hals in die Luft ragten. »Nein …« Mehr brachte ich nicht heraus. »Damals wußte ich nicht … möglich … soviel verloren …« Ich legte mich wieder auf sie, ihre Hände packten meine Hüften, und die Dunkelheit explodierte in funkelndem Licht.

Irgendwann später fielen wir auseinander, zur Seite; natürlich dauerte der Zustand nicht ewig. Auf einmal fühlten wir uns verschwitzt, es war stickig, an allen unangenehmen Stellen klebten Blätter und Zweige. Meine Ellenbogen waren aufgeschürft, ich hatte einen schlechten Geschmack im Mund,

und ein scharfer Stein mußte irgendwann die Haut über meiner linken Kniescheibe aufgeritzt haben.

»Wenn du glaubst, du hast Probleme«, sagte Jacquie schaudernd. »Ich nehme weder die Pille noch sonst etwas.«

»Oh. Äh. Hör mal ...«

»Du kannst ja nichts dafür. Mach dir keine Gedanken, das geht schon in Ordnung. Warum, glaubst du wohl, habe ich mich nicht beeilt, gleich wieder zu heiraten? Es gab da in dieser Hinsicht nicht viele Aussichten.«

»Oh«, sagte ich und schloß sie fest in die Arme.

»Vielen Dank«, sagte sie. »Ich mache mir nicht sonderlich viel daraus. Nicht direkt.«

Wir blieben einige Augenblicke schweigend sitzen. Schwacher Mondschein schimmerte durch das Blätterdach und überzog unsere weißen Körper mit einem krankhaften Glanz. Ihre Hüfte fühle sich neben der meinen kühl an, und sie zitterte. »Es ist nicht mehr so warm«, beschwerte sie sich.

»Nein. Kommt mir ganz so vor, als hätte sich der Wind gedreht.« Ich verstummte. Der Wind! Und der Mond! Die Bewölkung riß auf. Wenn der Morgen bereits nahte ...

»Herrje! Wir müssen zurück zum Schiff!«

Sie quietschte und versuchte aufzuspringen, stolperte über ihre Hosen, die noch immer um einen Knöchel hingen, und fiel über mich. Da mir in etwa das gleiche passiert war, kugelten wir in einem fluchenden Haufen auf der Erde.

»Wie zwei blöde Teenager!« grollte ich, fummelte an meinem Gürtel und wünschte mir inniglich, jetzt keine Kleider über eine Haut ziehen zu müssen, die sich anfühlte wie der Fußboden in einem New Yorker Taxi. »Wir müssen total verrückt sein!«

»Nicht zu fassen! Einfach ... einfach so übereinander herzufallen wie zwei Straßenköter – und, und – ach, verdammt, dieser Geschmack in meinem Mund – ich habe Haare zwischen den Zähnen –«

»Ich auch!« Plötzlich schauten wir uns beide zögernd an.

Dann spürte ich, wie sie vorsichtig ihre Hand auf meinen Arm legte. Ich sagte nichts mehr, sondern zog sie nur an mich und umarmte sie.

»Es war schon ziemlich blöd«, sagte sie und schaute sich um. »Wenn er zurückgekommen wäre – dieser alte Mann – und uns entdeckt hätte –«

»Er hätte einen Schock gekriegt. Aber er ist ja nicht gekommen. Und weißt du was? Hier draußen auf der Spirale wirkt die Macht der Gefühle nicht weniger stark als andere Kräfte, wenn sie stark genug ist. Das hat mir jedenfalls jemand erzählt. Die Liebe selbst kann ein sehr starker Schutz sein.«

»Die Liebe?«

Einige Sekunden lang sagte ich überhaupt nichts mehr und tastete auf dem Boden nach meinem Schwert. Zuerst wollte ich es gleich in die Schlaufe am Gürtel schieben, behielt es dann jedoch lieber in der Hand. »Wir machen uns besser auf die Socken. Siehst du die Giebel da drüben? Da müßte es sein.«

»Dann bist du vorhin in die falsche Richtung gelaufen.«

Ich warf ihr einen Blick zu, doch ihr Gesicht verriet nicht, was in ihr vorging. »Kommst du jetzt mit oder nicht?«

»Jetzt noch nicht«, kicherte sie albern. »Liebe ist es also. Gott allein weiß, welche Art von Liebe das sein soll, Steve. Na schön, laß uns gehen.«

Ich nahm sie bei der Hand und schlenkerte ausgelassen damit herum, genau so, wie wir es als Studenten immer getan hatten. Hatte ich das wirklich getan? Ich war immer sehr darauf bedacht gewesen, mein cooles Image nicht mit kindischen Verhaltensweisen zu ruinieren – so ein eingebildeter Schwachkopf war ich gewesen. »Welche Art? Eine gebrauchte Liebe. Neu belebt. Aufgemöbelt.«

Sie lachte. »Neugewoben. Umgemodelt. Runderneuert – aufgefrischt? So gut wie neu.« Ein kleiner Seufzer. »Das gibt es wohl nicht. Man wird die Kratzer und Beulen immer sehen.«

»Das beweist nur, daß jemandem etwas an einer Reparatur lag, statt die Kiste gleich ganz wegzuwerfen.«

Sie antwortete nicht. Doch sie hielt weiterhin meine Hand fest, die ganze lange Straße hinunter und zurück durch das Gäßchen, das uns wieder hinaus auf den kleinen Platz führen mußte. Doch vor uns tat sich eine weitere Allee auf, die offensichtlich im rechten Winkel dazu verlief. »Vielleicht sind wir vorbeigelaufen«, sagte ich und versuchte, meine Angst zu verbergen. »Eine der anderen Seitenstraßen …«

»Wir müssen uns beeilen«, sagte Jacquie tonlos. »Der Mond ist schon fast untergegangen. Die Nacht muß bald vorüber sein.«

»Ich weiß! Ich weiß!«

Wir drehten um und gingen auf die Einmündungen zu, an denen wir schon vorbeigelaufen waren. Eine sah aus wie die andere – und vorhin war es noch wesentlich dunkler gewesen. War es diese hier – oder die nächste? Oder noch eine Ecke weiter?

»Genau dasselbe ist mir vorhin passiert«, sagte Jacquie mit einem leichten Anflug von Panik in der Stimme. »Ich wollte nicht weit gehen, ich habe mir den Weg sehr genau eingeprägt – doch er veränderte sich! Er *veränderte* sich!«

»Weiß ich!« sagte ich kurz angebunden und suchte dabei in den Seitenstraßen nach einem Anhaltspunkt. »Ist mir auch schon so ergangen. Aber woanders.«

»Wirklich?« Sie atmete erleichtert auf. »Ich dachte schon, ich wäre … Wie bist du wieder … herausgekommen, oder was hast du damals unternommen?«

»Ich hatte Hilfe. Vielleicht hätte ich es auch allein geschafft. Vielleicht auch nicht.«

»Steve, was werden Ape und die anderen tun? Einfach davonsegeln und uns hier –«

Ihre Fingernägel gruben sich tief in meine Handfläche, und sie stieß einen kleinen Schrei aus. Es wäre nicht nötig gewesen, denn ich hatte sie bereits gesehen: riesige, verzerrte

Schatten, die über die mit Stuck verzierten Wände huschten, so hoch wie drei Stockwerke oder noch größer. Massige, verzerrte Körper, monströs und trollartig, die ein paar Schritte vorwärts gingen und dann wie abwartend stehenblieben.

Diese Art von Anhaltspunkt hatte ich nicht gesucht. »Zurück!« sagte ich. »Unter die Bäume, schnell! Weiß der Himmel, was –« Ich rannte los. Dann hörte ich, wie ein Lachen aufgluckste. Jacquie erstarrte vor Entsetzen. »Sieh dir das an«, stieß sie hervor. »Sie sind nicht fest – siehst du? Und wie sich ihre Glieder bewegen! Die *Wayang*-Aufführung – es sind nur *Wayang*-Puppen, die auf die Wand projiziert werden! Nur ausgeschnittenes und angemaltes Leder! Da muß irgendwo noch eine Vorstellung stattfinden!«

Jacquie schluckte erleichtert. »Ja, ganz bestimmt! Nur ...« Sie schaute sich um. »Wo ist die Musik? Auf diese Entfernung müßten wir das Orchester hören! Und die Stimme des *Dalang* ...«

Sie hatte recht. Wir blieben stehen, lauschten. Es war unheimlich still. Dann bewegte sich eins dieser monströsen Dinger, drehte sich halb herum und streckte einen Arm aus. Es war eines dieser spindeldürren *Wayang*-Gliedmaßen, zweifellos. Dann fiel mir auf: es hatte sich umgedreht! Der Schatten hatte sich verschoben, ganz deutlich seine Form und Perspektive geändert. Dieses Ding war kein Stück bearbeitete Büffelhaut; so unmöglich es auch aussah, es mußte trotz allem dreidimensional sein. Diese Kreaturen hier waren feste Körper – und sie mußten beinahe so groß wie die Bäume über uns sein.

Auch Jacquie hatte es gesehen. Wir wechselten erschrokkene Blicke und wären im nächsten Moment weggewesen. Nur zeigten sich gerade jetzt noch mehr riesenhafte Schatten, die sich entlang der breiten Allee im blassen Mondlicht vor den Stuckfassaden der Villen bewegten. Obwohl nichts zu sehen war, das diese Schatten hätte werfen können, kamen sie unaufhaltsam näher.

Dann ertönte die Stimme.

»Ihr braucht nicht davonlaufen. Die Kalas sind trotz ihrer Größe sehr schnell.« Es war die Stimme des alten Priesters Mpu Bharadah, doch seltsam verändert. Sie schrie nicht, schien jedoch von sehr weit her zu kommen, von unten, als würde er aus der Erde zu uns heraufrufen. *»Außerdem findet ihr in den Büschen keinen Schutz. Denn ich werde Banaspati Raja genannt, der Herr des Waldes.«*

Vor uns wehten und zitterten plötzlich die Äste, als würde sich etwas Großes durch sie hindurchbewegen. Ich konnte jedoch immer noch nichts sehen, nur Äste und schwarze Schatten, die sich um uns zusammenzogen, während der schwache Mond endgültig unterging.

»Du mußt keine Angst haben. Sag mir nur, wo sich dieser Behälter mit deiner Ausrüstung befindet und wie er bewacht wird, und du bist sofort frei. Dir und dem Mädchen wird nichts geschehen.«

»Und wenn wir das nicht tun?« schrie Jacquie durch den aufkommenden Wind. »Auch wenn du uns umbringst, wird das Projekt nicht verhindert!«

»Es wird aber empfindlich gestört und gefährdet, das reicht mir. Und es wird andere von eurer verabscheuungswürdigen Sorte abschrecken, die sich an den Knochen derer, denen sie zu helfen vorgeben, sattessen!«

Eine Drohung und eine Beleidigung auf einmal, das war zuviel. Ich sah Jacquie an, die ihr Leben für ein Volk aufs Spiel setzte, das sie kaum kannte; ich dachte daran, wie einfach es für mich gewesen wäre, in meinem Büro zu bleiben und dort einen Haufen einträglicher, problemloser Geschäfte zu tätigen, und ich dachte daran, wieviel meine Zeit die Firma kostete. Das Gewicht des Schwertes war beruhigend, doch gegen diese Monster würde es wohl nicht viel mehr ausrichten als eine Stricknadel. An seiner Klinge hielt sich noch immer der harzige Geruch des Zedernsaftes; das würzige Aroma brachte mich auf eine Idee. Worte können verdreht werden, und auch Macht kann man mit einem kleinen geschickten Bluff aushebeln.

»Den Bäumen scheinst du ja einen gehörigen Schrecken einzujagen«, schrie ich in die rauschende Nachtluft. »Doch zur Hölle mit dem Herrn des Waldes! Weißt du, wer der wahre Herr des Waldes ist? Der Mensch! Und hier und jetzt heißt das: ich! Seit wir gelernt haben, auf zwei Beinen zu gehen, haben wir auf der ganzen Welt den Kampf gegen die Natur aufgenommen – und wir haben sie in die Knie gezwungen! Auch ich verfüge über viel Macht, Priester! Du hast mich einen Kapitalisten genannt – denk mal darüber nach! Über stinkende Chemikalien, die deinen prächtigen Bäumen die Blätter an den Zweigen verfaulen lassen! Über kreischende Kettensägen, die ihre Glieder zersägen, über riesige Traktoren, die das Wurzelwerk herausreißen, bevor alles abtransportiert und zu Brei zerstampft wird! Über braune Erde, die austrocknet und vom Wind weggeweht wird, bevor wir zurückkehren und unsere Wurzeln aus Stahl und Beton in den ausgelaugten Boden pflanzen! Nun, Priester? Was willst du mit deinen Drohungen dagegen ausrichten?«

Die Stimme schwieg. Die riesenhaften Schatten rückten näher. Jacquie blickte erst sie an, dann wieder mich, doch sie sagte nichts. Ich schaute mich um und versuchte, mich an all die finsteren Dinge zu erinnern, deren Zeuge ich schon geworden war, die Taten, die Leute vollbracht hatten, die Rituale, mit denen fremde Mächte herbeigerufen worden waren. Das war Le Stryge, der mit einem Zauber einem Schiff den Wind aus den Segeln genommen hatte – die schockierende Brutalität des Rituals war mir noch lebhaft bewußt …

Ich riß das Schwert aus dem Gürtel und schlug auf den Baum neben mir ein, tief in die runzlige alte Rinde. Die Klinge gab einen singenden Ton von sich. Ich riß sie wieder heraus und schlug erneut auf die gleiche Stelle, hackte einen Keil aus dem Holz, als wollte ich auf der Stelle den Baum fällen.

»Hörst du das, Priester?« schrie ich und versuchte, meine Stimme nicht in Verzweiflung umschlagen zu lassen. Wieder schlug ich zu. »Dieser Baum oder irgendein anderer! Dieser oder alle anderen! Alle Bäume auf deiner miesen kleinen Insel!« Ich ging einen Schritt zurück und schlug wild mitten in die Äste und Blätter über mir. Ich hatte vor, eine Menge Blätter und Zweige herabregnen zu lassen, nicht mehr, doch ich spürte, wie die Klinge auf einen großen Ast traf. Es krachte und raschelte, und ich konnte gerade noch zur Seite springen, als ein riesiger Ast herabstürzte und zwischen mir und Jacquie donnernd auf dem weichen Boden landete. Der Wind, der eben noch durch die Bäume gerauscht war, verebbte sofort zu einer sanften Brise, und zwischen den Ästen schien etwas zu schnattern und zu zwitschern.

Jacquie öffnete erschrocken den Mund, sagte jedoch nichts. Ich stieß sie heftig an und zeigte auf die Schatten, die sich nicht mehr bewegten! Dann hob ich den Ast auf, schwenkte ihn so gut es ging und brüllte meinen Hohn in die Nacht hinaus: »Dämonen, Giganten, was auch immer ihr sein mögt! Ihr seid von den Bäumen! Dann könnt ihr auch mit ihnen fallen! Und genau das wird mit euch geschehen, wenn ihr euch nicht sofort zurückzieht!«

Ich hob das Schwert vor das Gesicht, murmelte ihm etwas zu, wie ich es Le Stryge und andere hatte tun sehen – irgendeinen Unsinn, darunter ein paar Verse eines Gedichts aus dem Ersten Weltkrieg, das mir vor ein oder zwei Wochen in einer Ausgabe der *Times* aufgefallen war, und das mir jetzt irgendwie passend erschien:

> Drei Leben hat ein jedes Leben.
> Eisen, Honig, Gold;
> Gold und Honig sind dahin,
> Was bleibt, ist hart und kalt.

Dann zielte ich auf den Baum und holte weit aus. »Hört ihr?« rief ich. »Dieser Baum – alle Bäume!«

»*Stopp!*« Das waren zwei Stimmen. Eine kam aus der Erde, die andere war Jacquies. Sofort schienen die Schatten in sich zusammenzusinken, als würde die dunkle Substanz aus ihnen herausfließen. Der Wind flüsterte und ließ ganz nach, eine Welle der Dunkelheit rollte über die Baumwipfel hinweg und verschwand. Die Wände waren kahl, die Mündung der Nebenstraße gähnend leer. Ich packte Jacquie am Handgelenk.

»Lauf um dein Leben!« Die ersten Schritte mußte ich sie fast ziehen, doch dann kam sie auf Trab und riß sich los. Gemeinsam schlitterten und stolperten wir in das Sträßchen hinein, hinunter zu dem kleinen Platz und weiter, stießen in der engen Passage zusammen und kamen in einer anderen Nebenstraße heraus, die zwar tief im Dunkeln lag, doch keinerlei Bäume aufzuweisen hatte. Wir hielten erst an einer Ecke an, die mir bekannt vorkam, und lehnten uns keuchend an die Wand.

»Wir müssen... weiter ...«, hustete ich.

»Eine Minute«, entgegnete Jacquie mit pfeifendem Atem und beugte sich nach vorne wie eine Olympialäuferin. »Sonst muß ich mich übergeben –«

»Erwähne das bloß nicht!«

Sie richtete sich wieder auf, hielt sich die Seite und lehnte sich neben mich an die Wand. »Was hast du da eben bloß veranstaltet?« fragte sie, halb erleichtert, halb anklagend.

»Woher soll ich das wissen?«

»Du wolltest doch nicht wirklich ... du kannst doch nicht ...«

Ich explodierte wütend. »Habe ich uns rausgehauen oder nicht? Na also! Obwohl«, fügte ich etwas ruhiger hinzu, »ich nicht besonders stolz auf mich bin. Aber ich hatte einfach die Schnauze voll davon, daß mich hier jeder als Profitgeier und Halsabschneider hinstellt, oder als Umweltsünder oder sonstwas! Ich bin Frachtexperte, verdammt nochmal! Ich habe dieses blöde Projekt nicht erfunden, ich versuche lediglich, ein bißchen behilflich zu sein!«

»Ich weiß«, sagte Jacquie leise.

»Das ist nett. Ich dachte nur, es könnte vielleicht ganz wirkungsvoll sein, wenn ich mich wie die Inkarnation des Bösen aufführe und ihnen dabei weismache, daß ich auch zaubern kann. Dieser Priester wollte nur zu gern daran glauben – seine schlimmsten Befürchtungen hätten sich bewahrheitet! Natürlich habe ich nicht gemeint, was ich da sagte! Ich mag Bäume, ehrlich! Ich habe mich sogar als Sponsor dafür eingesetzt, daß vor unserem Bürogebäude einer gepflanzt wurde. Ich kann auch keine Zauberkunststückchen, was immer ich auch gesagt habe! Ich bin doch nicht Ape! Ich bin kein verdammter Zauberer!«

Jacquie zog den Kopf zwischen die Schultern. »Dieser Ast ... wieso kam er herunter?«

Ich zuckte die Achseln. »Er muß schon angebrochen gewesen sein. Vielleicht weiß ich auch bloß nicht, wie stark ich wirklich bin.«

Vielleicht weißt du es wirklich nicht«, sagte sie sanft. »Du hast ihn dir nicht genau angesehen. Die Blätter waren alle noch grün, er muß einige Minuten zuvor noch gelebt haben. Doch das Ende war, bis hin zur Rinde, beinahe flüssig. Verfault.«

Ich sagte nichts mehr. Wir eilten weiter, blickten oft über die Schulter zurück, doch dort war nichts zu sehen. Die Straßen machten uns Platz, als wären sie froh, uns endlich loszuwerden. Die Dunkelheit war noch immer tiefschwarz, als von vorne eine heisere Stimme ertönte, die uns zusammenzucken ließ. Es war Ape, der mit te Kiore und einigen anderen an der Straßenecke stand. Wir liefen auf sie zu und sahen in einiger Entfernung bereits die Lichter des Schoners blinken.

»Weiter als bis hierher gehe ich nicht!« brummte Ape. »Keinen Schritt weiter, nicht, wenn wir solche Feinde im Nacken haben. Ich habe meinen Verstand noch beisammen! Ihr jedoch«, schnaubte er in unsere Richtung, »ihr könnt froh sein, daß ich nicht genug Zeit habe, euch zu sagen, was ich denke, und auch nicht die richtigen Worte. Doch wenn einer von euch nur noch einen winzigen Schritt ohne meine Erlaubnis von diesem Schiff tut, dann seid ihr mich los! Dann werde ich mich nämlich nach einem anderen guten Zweck umsehen, bei dem vielleicht mehr als zwei Gehirnzellen im Spiel sind und etwas weniger zwischen den Beinen – *Goed begripten? Goed zo.* Also, was ist passiert?«

Auf dem Weg zum Schiff erzählten wir unsere Geschichte, immer wieder von den erstaunten Ausrufen te Kiores und der Mannschaft unterbrochen. Als wir zu der Stelle mit den Erscheinungen kamen, blieb der Maat wie vom Blitz getroffen stehen. »*Kalas?* Ach du meine Scheiße!« Er blickte sich so rasch um, daß er sich fast den Halswirbel gebrochen hätte. Die Seeleute scharten sich dicht um uns.

»Kommen sie bestimmt nicht hinter euch her?« murmelte der Dyak-Bootsmann. »Sind ganz schlimme Typen, die trampeln einen platt, einfach so. Kommen sie bestimmt nicht?«

»Sie kommen nicht, ganz sicher.«

»Das hätte ich gespürt«, ergänzte Jacquie mit ganz dünner Stimme.

»Aber wie seid ihr ihnen überhaupt entwischt?« grübelte Ape.

Ich hatte keine Lust, es ihm zu sagen, bevor wir alle sicher an Bord waren. Dort hörte er mir schweigend zu, den Rücken an die Reling gelehnt. Dabei rieb er sich mit der Hand über den ausgeprägten Kiefer und ließ den Bart knistern, während sein Gesichtsausdruck immer düsterer und grimmiger wurde.

»*Dood ok ondergang!*« murmelte er, als ich fertig war. »Habe ich gesagt, daß mir diese Mächte Angst einjagen? Dich, mein Junge, und Menschen wie dich fürchte ich noch tausendmal mehr!«

»Hast du denn nicht zugehört, oder was? Ich habe schon zweimal gesagt, daß ich diese Drohung nicht so gemeint habe, sie nie ausführen würde, mal ganz abgesehen davon, daß ich es überhaupt nicht könnte!«

»Es sei denn, du hieltest es für notwendig?« deutete Ape leise an. »Und wahrscheinlich mit den allerbesten Absichten.

Hast du denn zu denken aufgehört – du, der du alles einen Bluff nennst, der dein eigenes, kostbares Leben retten sollte? Hast du nicht mehr daran gedacht, was du womöglich tust, indem du dieses Projekt unterstützt?«

Ich blickte ihn verdutzt an. »Ape, ich dachte, du hättest deine Vorurteile inzwischen abgelegt. Jedenfalls hast du uns die ganze Zeit über geholfen!«

Seine tiefliegenden Augen schauten mich schräg an, ein unangenehmer Blick. »Weil eine Macht wie diese Schachtel voller Tricks besser in den Händen des Projekts aufgehoben ist, als bei den bewahrenden Mächten von Bali. Denn ich weiß jetzt, wer deine Gegenspieler sind, und sie sind sehr mächtig – beide. Es sind die Geister der Insel, sowohl die des Landes, als auch die des alten Glaubens und der Religionen, die sie verbinden. Obwohl sie sich heute vor einem fremden Glauben auf eine einzige Insel zurückgezogen haben, sind ihre Helfer doch überall noch sehr einflußreich und stark, so wie ihr Bild noch in den Herzen der Menschen fortlebt. Einst, vor langer Zeit, vielleicht schon lange bevor die Hindu-Gottheiten lachend in ihren glänzenden Streitwagen durchs Land zogen, bevor Sita gestohlen oder das fatale Wüfelspiel gespielt wurde, waren sie noch einfache Männer und Frauen, diese Mächte. Vor allem diejenigen, die auch heute noch diese Gestalt mit großer Leichtigkeit annehmen können. Von Rangda erzählt man sich, sie sei damals die böse Prinzessin Mahendradatta gewesen; andere halten sie für die Hexe Kalon Arang, andere für Dunga, das Eheweib Shivas, des Zerstörers. Vielleicht ist sie tatsächlich eine dieser Gestalten. Oder alles auf einmal. Denn im Wirbel der Spirale können sich auch Persönlichkeiten und Seelen vermengen.«

»Das brauchst du mir nicht zu erzählen«, sagte ich schaudernd und erinnerte mich, welche Pläne Don Pedro mit mir gehabt hatte.

»Also. Aber wer sie auch sein mögen, vor langer Zeit sind sie in die Randbereiche abgedrängt worden und haben sich dort verändert. Oder sind verändert worden, von äußeren Mächten, die sich nach innen ausdehnten. Wie auch immer, sie stammen jedenfalls aus diesem Land, mit diesem Land sind sie gewachsen; es wurde nach ihrem Willen gestaltet, und in der Spannung zwischen ihnen liegt seine Stabilität. Sie sind seine Balance, gewalttätig gegen beschaulich, anarchisch gegen reaktionär. Womöglich noch immer Prinzessin gegen Priester.«

»*Kelod* und *Kaja*«, warf Jacquie müde ein. »So nennen es die Balinesen. Genaue Anweisungen, in welche Himmelsrichtung ein Tempel ausgerichtet werden muß, jedes Haus, jedes Gebet, sogar wie die Menschen im Bett zu liegen haben. Und alles ist auf das Wasser bezogen, das vom Herzen des Landes zum Meer hin fließt – alles was hereinfließt ist böse, was hinausfließt ist gut. Wasser – alles dreht sich ums Wasser!«

»*Agama Tirta*«, nickte Ape. »Die Religion des Wassers – so heißt ihr Glaube in ihrer eigenen Sprache. Doch diese Balance darf nicht ausgeglichen sein. Es muß mehr hinaus- als hereinfließen. Die ruhigere Seite muß die stärkere sein; doch die wildere Seite hält ihren Geist am Leben. Da kommt auf einmal dieses große, hochherzige Projekt daher – was nun? Jetzt wird der Fluß des Wassers nicht mehr von den *Subaks* der Dörfer bestimmt, sondern in die Verantwortung irgendwelcher Maschinen von der anderen Seite des Ozeans gelegt. Beide Seiten versuchen natürlich, solche Maschinen nicht hereinzulassen. Aber wenn das nicht mehr möglich ist, was dann, was dann? Dann versucht eine Seite die Kontrolle über die andere Seite zu erlangen. Sobald eine Seite die Kontrolle über die Maschinen erlangt, liegt eine weit größere Macht in ihnen, als sie jemals zuvor hatten. Die erstarkte Seite setzt nun diese Macht gegen die andere Seite ein – sie kann gar nicht anders, da sie selbst ein Gefangener dieses Systems geworden ist, das sie vor langer Zeit mitentwickelt hat. Und die andere Seite? Was bleibt ihr anderes übrig, als früher oder später Vergeltung zu üben? So wird allmählich ein Bruderkrieg in den Herzen der Menschen gezüchtet und die Zukunft der Insel verspielt.

Diese Banditen, diese Guerillas, die jetzt auf Bali umherziehen, wo sie nie zuvor gewesen sind – sind sie nicht das erste Anzeichen dafür?«

Jacquie wrang buchstäblich die Hände. »Aber das beabsichtigt doch niemand in unserem Projekt! Nichts dergleichen! Wir … wir möchten nur helfen, das ist alles! Den Alten und den Kindern helfen, die bei einer Dürre als erste sterben werden … Kann man denn dieses System nicht zu etwas Gutem nutzen?«

Ape erhob sich und war plötzlich, als sich seine Schultern strafften, kaum kleiner als ich. »Ich wüßte nicht, wie. Ich kann so etwas auch nicht in die Wege leiten. Nicht einmal, wenn wir erfolgreich wären. Falls wir die Blockade durchbrechen, falls wir unsere Fracht vor beiden konkurrierenden Mächten schützen können – trotzdem wird es Veränderungen geben. Das neue Maschinendenken übernimmt das Kommando, die alten Traditionen erscheinen wertlos, und die Jungen wenden sich von ihnen ab. Eine Einheitskultur breitet sich aus, und das genügt, um die Insel weiter aus dem langen Schatten ihrer Jahre gleiten zu lassen, der sie zu dem macht, was sie ist. Sie bindet sich enger an die Masse dicht an dicht gedrängter menschlicher Schicksale, die du den Kern nennst, und aus dem immer weniger hervorgeht, in den weniger und weniger eindringt. Die Insel jedoch wird dann weiter von Gut und Böse entfernt sein; und die alten, kräftigen Farben ihres Lebens verblassen allmählich zum allgemeinen Einheitsgrau, das man überall antrifft. Mit der Zeit entwickelt sie sich zu einem Ort wie alle anderen auch – hast du so etwas denn noch nie beobachtet? Den Leuten geht es vielleicht besser, wenn ihnen Maschinen aus einem anderen Land ihre Teller, Autos und Kleider waschen und ihnen vielleicht den Hintern sauber putzen, und wenn das Wasser nicht mehr angebetet wird. Besser geht es ihnen, materiell gesehen; spirituell jedoch – pfui! – ganz, ganz mies. Von dem uralten Spiel der Kräfte, das sie zu dem machte, was sie sind, das ihnen ihre Identität und eine eigene

Zukunft gab, sowohl innerhalb des Kerns als auch darüber hinaus, auf den transzendenten Armen der Spirale, sind sie dann abgeschnitten. Dann teilen sie lediglich das Schicksal aller anderen.« Er schürzte die Lippen und stieß ein angewidertes Schnauben aus, gefolgt von einem tiefen, glucksenden Seufzen. »Doch das ist wohl besser, als zu verhungern, oder in einem Bürgerkrieg zerrissen zu werden. Wenn es so kommen muß, dann muß es eben so kommen.«

»Muß es denn wirklich so sein – entweder oder? Das sind doch Extreme! Schon seit jeher haben die Menschen verstanden, sich mit Veränderungen auseinanderzusetzen – können sie sich denn hier nicht irgendwie anpassen?«

Ape zuckte müde mit den Schultern. »Ich habe es euch schon gesagt: nicht, daß ich wüßte. Ich verstehe nicht viel von euren automatisierten Gehirnen, weiß nicht, was sie können und was nicht. Diese Antworten liegen in den Händen von Menschen, die das beurteilen können. Und wenn ich die Zeichen richtig lese, könnten diese Hände die deinen sein.«

Ich scheute zurück. »Meine? Was zum Teufel soll das denn schon wieder heißen? Ich war noch nie in meinem Leben an diesem Ort! Herrje! Warum kriege ich immer alles aufgehalst? Ich bin nicht einmal in der Lage, mit derlei Dingen umzugehen – du warst so liebenswürdig, mich darüber aufzuklären, du müßtest es also am besten wissen! Was soll ich denn tun? Sind denn dieser Aufwand und meine ganzen Anstrengungen letztendlich zu irgend etwas gut? Hätte ich das Projekt boykottieren sollen, wie alle anderen auch? Denn soviel hätte tatsächlich in meinen Händen gelegen! Sollen wir den Container einfach über Bord werfen, auf den Grund des Meeres schicken, und dann wieder nach Hause fahren?«

Jacquie sah böse und rebellisch aus. Ich sah, daß sie mit den Tränen kämpfte, und schaute weg. »Vielleicht sollten wir das tun. Vielleicht! Wenn das alles ... all diese Hoffnungen und die harte Arbeit, all diese überzeugten Arbeitsgruppen – wenn sie diese Insel letztendlich nur auseinanderreißen und die armen

Balinesen so oder so zermalmt werden ... Dann blast die ganze Sache ab! Zum Teufel mit allem, mit den Ingenieuren und den Computerleuten, und zum Teufel mit den Konstrukteuren! Sie sollen alles stehen und liegen lassen und einfach nach Hause gehen und den Dreck vor ihrer eigenen Haustür wegkehren und nie mehr auf den Gedanken kommen, irgend jemand anderem helfen zu wollen!«

»*Cultivons notre jardin!*« zitierte Ape unerwartet, und noch unerwarteter legte er eine seiner Schinkenhände auf Jacquies Schulter. »Aber nein, dem stimme ich nicht zu!«

Sie schaute ihn an. »Nein?«

»*Welnie.* Wäre ich sonst wohl so weit mit euch gekommen? Bali ist eine Insel im Strom sowohl der Zeit als auch des Raums, doch dieser Strom kann nicht immer an ihr vorüberfließen. Früher oder später muß eine solche Veränderung stattfinden. Besser so, wenn wir ein wenig steuern und beeinflussen können, als völlig blind und nach einer Menge Leid.« Von der Brücke her erscholl ein Ruf. Das Deck dröhnte und bebte unter den Füßen der Mannschaft. Wir blickten hinauf. Die Mastspitzen waren gegen den heller werdenden Himmel klar zu erkennen, ein Himmel ohne Farbe und ohne Freude, eine Welt ohne Unterschiede, Ungleichmäßigkeiten und Ungerechtigkeiten; und wer wollte sagen, auf welcher Seite er stand? Die Gangway wurde ratternd eingezogen, und wir sprangen auf, mußten uns sogleich wieder ducken, als der Großsegelbaum über unsere Köpfe geschwungen wurde. Ape klopfte Jacquie zart auf die Schulter. »Mach weiter. Folge deiner Vision des Guten, wie du es tun mußt, denn es liegt viel Wahrheit darin. Doch nur auf der Spirale findet man absolut Gutes und absolut Böses nebeneinander, und auch davon gibt es nicht sehr viel. Für normale Menschen ist das kein Ort, an dem man sich lange herumtreiben sollte. Innerhalb des Kerns gibt es nur die Wahl zwischen Ja und Nein. Diese Wahl hat mehr oder weniger Gewicht, je nachdem, in welchem Zusammenhang – und von wem – sie getroffen wird. Du hast eine gute Wahl hinsichtlich der Balance getroffen. Verteidige sie, so gut du kannst, und auch wir werden das tun. Doch vielleicht ist es nicht genug. Wir müssen um eine noch bessere Wahl kämpfen – oder die Konsequenzen dafür tragen.« Er drehte sich um und schwang sich den Niedergang hinunter, wobei er seinem Namen alle Ehre machte.

Der Wind verfing sich in den knatternden Segeln, ein donnerndes, unheimliches Geräusch. Er trug uns weg von der Werft und den Gefahren, die an Land lauerten, der Bug hob sich immer höher, doch meine Laune hob sich nicht. Zwei widerstreitende Mächte gegen uns – und was war mit der geheimnisvollen dritten? Ich schaute mich nach Ape um, doch der war schon unter Deck verschwunden. Die Morgenröte wurde zu einem tropischen Glühen, und das Grau verschwand im flammenden Rot. Das große Archipel breitete sich vor uns in dieser Fanfare aus Licht aus; doch anstelle der goldenen Strände schien jede Insel von blutbefleckten Küsten umrandet zu sein, und Feuer schien auf ihren Gipfeln zu lodern. Und nicht nur mir kam es so vor. Jacquie, die neben mir stand, faßte meine unausgegorenen Gedanken in Worte:

»Wie wird es uns vorkommen, wenn wir wieder in einem bequemen Büro sitzen, Steve? Wenn wir auf der anderen Seite der Welt die Morgenzeitung aufschlagen und darüber lesen, daß irgendwo wieder ein kleiner Bürgerkrieg entflammt ist? Nur diesmal werden wir wissen, daß wir ihn irgendwie – irgendwie! – hätten verhindern können.«

Kapitel 9

Die Wölfe standen vor dem Tor. Die Fahrt von Surabaja nach Bali, kaum mehr als hundert Meilen, hätte eigentlich nicht lange dauern dürfen. Doch Batang Sen ging kein Risiko ein. Er wußte, daß viele Augen unser Auslaufen beobachteten, Menschenaugen genauso wie die von weniger menschlichen Kreaturen, und so wählte er einen Kurs, der uns in einem weiten Bogen hinaus in die Java-See brachte. In der Hoffnung, seine Verwandten, die Boegies – und andere üble Gauner, die dort womöglich lauerten – zu umschiffen und alle anderen abzuschütteln, segelte er um die Nordküste Maduras herum. Leider ist nicht jede kluge Idee von Erfolg gekrönt.

»Diese elenden Hunde!« fluchte te Kiore beim Anblick der weißen *Pinisi*-Segel, die backbord in Fahrtrichtung aufgetaucht waren. »Geben die denn nie auf? Sie müssen die ganze Zeit vor dem Hafen auf der Lauer gelegen haben! Die ganze Zeit!«

»Oder sie haben weise Männer an Bord!« murmelte Batang Sen bedeutungsvoll und warf einen Seitenblick auf Ape, der schweigsam und mürrisch ans Ruderhaus gelehnt saß und die langen Arme um die Knie geschlungen hatte. »Weise Männer können einem nützliche Hinweise geben – manchmal jedenfalls!«

Jacquie balancierte linkisch te Kiores langes Messingteleskop. »Seht euch das an! Es müssen mindestens ein Dutzend Schiffe sein!«

Der Maat nickte. »Sieht ganz so aus, als hätte ihnen jemand was gesteckt – diese Zauberin vielleicht, oder euer Charlie Chan-Typ.«

»Genau. Oder wer auch immer diese dritte Macht sein mag.« Ich ließ meine Hand über die von der Zeit glattpolierte Reling gleiten. »Sie schneiden uns den Weg ab; drängen uns von unserem Kurs ab.«

Te Kiore blickte zu Batang Sen hinüber. »Tja, oder auch nicht«, sagte er rätselhaft. »Wir könnten versuchen, sie aufs Kreuz zu legen und weiter nach Norden –«

»Und hinaus in die Mündung der Makassar-Straße« widersprach Batang Sen, »südlich der Insel Sulawesi. Das ist meine Heimat. Das ist Boegie-Meer. Hier ist ein Dutzend Schiffe hinter uns her, dort sind es gleich hundert. Tolle Idee!«

»Na wunderbar! Was fangen wir sonst mit ihnen an?«

»Also gut, vielleicht können wir sie abhängen«, überlegte der Maori. »Direkt ab durch die Sunda-Straße und die Insel südlich umrunden. Das ist zwar ein riesiger Umweg, aber nicht unmöglich.«

»Solange wir innerhalb der nächsten drei Wochen dort ankommen!« verkündete Ape düster von seinem Sitzplatz aus. Niemand schenkte ihm viel Aufmerksamkeit.

Batang Sen zeigte seine fleckigen Zähne. »Mutig ist der, der kämpft.«

Ich starrte ihn ungläubig an. »Wir hatten schon genug Probleme mit drei oder vier *Prahus*! Wie sollen wir es mit einem Dutzend aufnehmen?«

Sein Grinsen spaltete sein Gesicht wie eine Walnuß. »Ich sagte, wer mutig ist; nicht, wer schlau ist. Ich bin lieber schlau, Sportsfreund. Ganz recht!« Damit wandte er sich an den Bootsmann am Steuerruder. »*Sebelah kanan kapal!* Wir machen uns aus dem Staub!«

Jacquie schob das Teleskop mit einem Klacken zusammen. »Er hat schon seinen eigenen Kopf, unser Käpt'n.«

So nahmen wir Kurs weg von Bali, hielten wie besprochen auf die Meerenge zwischen Madura und der Hauptinsel Java zu, drehten dann jedoch wieder nach Westen, um Tandjung Pangkah herum und an der Küste entlang, manchmal mit direktem Kurs auf die Insel, dann wieder aufs offene Meer – immer ganz unerwartet, um die drohenden Segel hinter uns abzuschütteln. Mehr als einmal verloren wir sie aus den Augen, doch stets – manchmal innerhalb weniger Stunden, manchmal nach einem Tag – waren sie wieder da und stiegen beharrlich am Horizont auf. Nachts schimmerten sie unter dem tropischen Mond, während wir versuchten, sie irgendwo auf den unendlichen Ozeanen der Spirale abzuschütteln, die an die Küsten einer Milliarde von Wirklichkeiten brandeten. Doch bei Sonnenaufgang sahen wir sie wieder, oft näher als uns lieb war; wie bleiche Haiflossen kamen sie immer näher.

Endlich gelangten wir in Sichtweite der Insel Teluk Banten und der Hauptinsel von Merak, jagten wie ein gehetzter Fuchs, der die letzten grünen Hügel auf dem Weg zu seiner sicheren Höhle hinter sich läßt, um sie herum hinein in die Sunda-Straße. Wir eilten zwischen der Landzunge Sumatras, die wie eine Speerspitze ins Meer ragte, und dem Schild Javas hindurch, hinaus in die Weiten des Indischen Ozeans. Die Winde in der Spirale blasen in die gleiche Richtung wie im Kern. Hier waren sie also gegen uns, und wir kamen nur sehr mühsam kreuzend voran, oftmals in gefährlicher Nähe von Untiefen und zackigen Riffen, um die jeweils beste Route einzuschlagen. Eine ganze Weile sah es so aus, als hätten uns die weißen Segel der Verfolger ein für alle Mal verloren, doch schon im nächsten Morgengrauen erschienen ihre wie tödliche Pfeilspitzen in Rot getauchten Segel erneut, und unsere Mannschaft brach bei ihrem Anblick in fürchterliche Flüche aus. Dann spielte Batang Sen seinen letzten Trumpf aus: die Größe und Seetüchtigkeit der *Ikan Yu*. Wir rauschten aus der Meerenge hinaus, ließen Tanjung Waton hinter uns und hielten direkt nach Südwesten in die blauen Wellen hinein, immer weiter weg von der Küste. Wir hofften, daß den *Pinisi*, falls sie wieder sehr viel Besatzung an Bord hatten, schon bald die Lebensmittel ausgehen oder sie auf hoher See wenigstens ihre Jagdlust verlieren würden. Doch sie blieben uns auf den Fersen, kamen sogar näher, langsam aber sicher. Jetzt blieben sie immer in Sichtweite, außer im grauen Zwielicht der Abend- und Morgendämmerung. Und mit jedem Tag entfernten wir uns weiter von unserem Ziel.

Ape schien sich dessen schmerzhaft bewußt zu sein. Nur noch selten zeigte er sich bei den Mahlzeiten, und selbst da vergaß er manchmal, die Speisen und Getränke, die vor ihm standen, zu sich zu nehmen. Hin und wieder verschwand er in seiner Kabine, doch die meiste Zeit verbrachte er im Schneidersitz auf seinem Lieblingsplatz auf dem Achterdeck, wo er sich in den Anblick seiner Füße versenkte oder etwas ähnlich

Interessantes betrachtete, wie etwa die Fugen zwischen den Decksplanken. Von Zeit zu Zeit blickte er zur Sonne hinauf, und nachts starrte er mit einem Ausdruck unaussprechlicher Sehnsucht in den Sternenhimmel. Wenn er sich unbeobachtet fühlte, hörte man ihn leise seltsame Weisen singen und summen; ansonsten gab er sich schweigsam, in sich zurückgezogen und mürrisch.

Als ich ihm am zweiten Abend zur Essenszeit sein Tablett hinaufbrachte, zupfte ich ihn am Bart. Er bedankte sich höflich, zeigte sich jedoch wenig gesprächig. »Komm schon!« versuchte ich ihn aufzumuntern. »Was hast du denn? Diese Boegies sind noch zu weit weg, um ihretwegen Trübsal zu blasen! Oh, ich weiß, du hast es eilig, nach Hause zu kommen. Aber ein Tag mehr oder weniger ist doch jetzt auch egal, oder nicht?«

»Egal!« brach es mit soviel Bitterkeit aus ihm heraus, daß ich regelrecht erschrak. »Wie wollen du und deinesgleichen wissen, was egal und was nicht egal ist? Wo eine Reise endet und wo sie beginnt?« Seine riesenhafte Hand schoß hoch, packte mich am Kragen und zog mich rücklings auf das Deck.

»Hör gut zu, du Kind einer begrenzten Welt, eines unverrückbaren Horizonts! Einst packte mich Lord Amaitreya so, wie ich dich jetzt packe! Nur kleiner – so! Ein Fliegendreck! Dann sah er mich mit so einem strengen Blick an, daß ich Angst bekam und davonlief. Bis zum Ende aller Zeiten floh ich vor diesem Blick, über die Wolken der Spirale und die Ozeane der Nacht. Nach vielen Mühen, vielen Abenteuern, kam ich bis zu den Säulen, die die Welt tragen, und niemand wagte mir zu folgen. Dort habe ich Buddha verhöhnt und auf die höchste Säule meinen Namen in Holzkohle geschrieben und auf ihren Fuß – gepißt. Dann wandte ich mich um, wollte wieder gehen – und dort, über diese unendliche Weite, blickte das Gesicht Buddhas regungslos auf mich herab. Ich drehte mich um und stieß Beleidigungen aus – denn befand ich mich nicht jenseits Seines Tadels und Seines Zorns? Könnte ich Ihm und Seinen dummen einschränkenden Gesetzen nicht immer entgehen? Da schüttelte Er langsam seinen Kopf und indem Er an mir vorbeiblickte hob Er Seine erlauchte Hand. Und Er lächelte ein vollkommen freundliches Lächeln und zugleich vollkommen schrecklich; und obwohl ich tausend Jahre unter einem Berg verbracht habe, kann es doch keinen schlimmeren Moment als jenen geben. Denn dort, auf dem Mittelfinger, knapp über der Handfläche, waren die Buchstaben meines Namens hingeschmiert. Und darunter, auf der Handfläche, befand sich eine kleine Pfütze aus Pisse. All mein Streben, die ganze Bandbreite der Existenz, die ich unter solchem Aufwand an Zeit und Anstrengungen durchlebt hatte, hatte mich gerade von einer Seite dieser mächtigen Hand zur anderen geführt.«

Er schnaubte in seinen Schnurrbart hinein und rappelte sich auf. »Also kein Wort mehr von Ankommen und Wegfahren. Man ist immer dort, wo man zu sein hat, wo man einen bestimmten Zweck erfüllen muß. Ohne diesen Zweck ist ein Ort so gut wie der andere. Wie weit man auch flieht, seinem Schicksal … kann man niemals entkommen.«

Dann schurfte er quer über das Deck zur Treppe und verschwand in Richtung seiner Kabine. Das Tablett hatte er nicht mitgenommen, das wußte ich genau. Doch als es mir wieder einfiel, war es verschwunden. Ich verbrachte die halbe Nacht damit, diese kleine Parabel zu verstehen, doch als der Morgen graute, war ich keinen Deut weiser geworden. Danach gab ich es auf, ihn zu etwas überreden zu wollen.

Am nächsten Tag hätte ich selbst ein paar gute Worte vertragen können. Wir befanden uns jetzt auf hoher See, und die weißen Bluthunde näherten sich Tag um Tag, waren klar und deutlich im hellen Licht zu sehen. Ich sah, wie die Bugspriete der vordersten Schiffe hinter uns auf- und niedergingen, und stellte mir vor, wie sie bereits ihre Kanonen auf unser Heck ausrichteten.

»Diese Flucht bringt uns überhaupt nichts!« beschwerte ich mich.

»Das liegt nur daran, daß der Wind nachläßt«, antwortete te Kiore, der gerade Wache hatte. »Schon seit Sonnenaufgang.«

»Na prima. Und was tun wir jetzt?«

Te Kiore machte eine vieldeutige Geste. Ich blieb stur.

»Können wir sie denn nicht irgendwie ausmanövrieren oder so etwas?«

»Hast du eine bestimmte Idee?« brummte te Kiore. »Wir würden liebend gerne hören, wie man zwölf Segler ausmanövriert, von denen uns jeder einzelne zu schaffen machen würde, und vier oder fünf gute von ihnen uns einmachen könnten.« Er blickte mich argwöhnisch an und justierte das Teleskop. »Vielleicht sind's auch dreizehn. Dahinten ist etwas, das wie ein weiteres Segel aussieht; und groß, vielleicht so groß wie unseres. Der Käpt'n will das Risiko nicht eingehen und ich auch nicht!«

»Aber sie sind doch kleiner, viel leichter als wir. Wenn wir ihnen davonsegeln wollen und der Wind flaut ab, dann können sie viel länger segeln!«

»Ja! Aber wir brauchen nur den geringsten Fehler zu machen, und sie haben uns noch schneller eingeholt. Jetzt ist nicht der richtige Augenblick für irgendwelche komischen Experimente! Bete einfach zu wem auch immer, daß der Wind noch eine Zeitlang bläst.«

Vielleicht war es reiner Zufall, doch genau in diesem Augenblick ließ der Wind vollends nach. »Verrat mir, wen du anbetest«, murmelte te Kiore, »und ich spucke ihm ins Weihwasser.«

»Stell dich hinten an«, entgegnete ich ihm. »Vielleicht ist es ja nur eine vorübergehende Windstille.«

»Könnte sein –« fing der Maori an, doch Jacquie schnitt ihm das Wort ab.

»Von wegen! Schaut mal nach vorne!«

»Was gib's denn da zu sehen?« grinste te Kiore. »Eisberge?« Dann brummte er etwas Unverständliches und schnappte sich sein Fernrohr. Er stellte es scharf, stand einige Sekunden lang regungslos, dann rannte er quer über das Deck und schrie etwas zu Batang Sen hinunter, der in seiner Hängematte döste.

»*Kapten! Juragan Batan! Ara-ara,* und verdammt schnell! Dort kommt Nebel auf!«

Inmitten des allgemeinen Geschreis schnappte ich mir das Fernrohr und spähte nach vorne. Nein, an diesen wattigen, bauchigen Schwaden, die sich dort wie Schlangen über einen zunehmend glasigeren Ozean schoben, war nicht zu zweifeln. Wenn wir nicht mitten hineinfahren wollten, mußten wir um die Nebelbank herumsegeln und damit den kleinen Vorsprung, den wir noch hatten,verlieren. Weiß vor uns, weiß hinter uns, das eine lieferte uns dem anderen aus. Und dahinter – noch mehr Weiß?

»Wenigstens sind die auch nicht besser dran«, seufzte Jacquie und verknotete nervös ihre Finger im Schoß. »Der Wind flaut zu schnell ab. Seht nur, sie kommen zwar näher, doch sie holen uns nicht ein.«

»Aber sie sind schon fast auf Schußweite heran – und das ist noch nicht alles! Seht mal dort hinten, hinter ihnen! Dieser schräge Streifen – seht ihr? Über der letzten Mastspitze, der mit dem großen Segel. Ich habe es beobachtet, es muß ein Stützsegel sein. Sie sind nicht vom Wind abhängig, oder von seinem Ausbleiben. Erkennt ihr es nicht? Unsere Feinde haben tatsächlich den Einsatz erhöht. Sie haben uns ein Dampfschiff auf die Fersen gehetzt!«

Batang Sen versteifte sich und spähte über das Deck hinaus. Seine alten, rotumrandeten Augen sahen müde aus, doch er machte keine Anstalten, sein eigenes Fernrohr zu benutzen. Er blickte mich an und nickte. »Es ist Dampf, ja, *Tuan Fisher.* Hat sehr viel Kraft, bei soviel Dampf. Wir haben keine Wahl.« Er schaute auf die sich rasch nähernde Nebelwand und legte den Kopf schief. »Kein Feind mehr; guter Freund. Mister Bootsmann, vorwärts, so schnell es geht!« Jetzt schnappte er sich die zerbeulte Flüstertüte. »Alle Mann! Fertig zum Segel losmachen!«

»Ja, mehr können wir nicht tun«, stieß te Kiore gepreßt hervor. »Wir lassen uns einfach hineintreiben und versuchen, den Boegies zu entwischen. Aber mir gefällt die Sache überhaupt nicht!«

»Warum nicht?« erkundigte sich Jacquie. »Befinden wir uns in gefährlichem Gewässer? Untiefen oder sowas?«

Er verschränkte die Arme und rieb seine Tätowierungen, als der erste kühle Kuß des herannahenden Nebels unsere Haut berührte. »Nein, die Karte zeigt zumindest keine an. Der Skipper ist ja nicht völlig plemplem! Aber es könnte uns das eine oder andere erwarten, was noch auf keiner Karte verzeichnet ist – weil noch kein armer Schlucker es überlebt hat, um es weiterzuerzählen!«

»Riffe oder sowas?«

»Ja, vielleicht. Aber wir sind hier auf der Spirale, vergeßt das nicht. Hier draußen kann eine Wolke einiges mehr als nur Felsen verbergen.«

Batang Sen schaute konzentriert hin und her, ganz offensichtlich rechnete er. Dann schnippte er mit den Fingern und rief: »Mister Maat!«

»Aye-aye, Skipper!« gab te Kiore zurück und griff sich die mitgenommene Flüstertüte. »Alle Mann! *Kendur layar!* In die Takelung und aufpassen! *Tukang api!* Heizerteam unter Deck und schaufeln! In fünf Minuten stimmt der Druck, oder ihr fliegt selbst in den Kessel! Falls wir«, fügte er nicht gerade sehr ermutigend hinzu, »falls wir noch fünf Minuten Zeit haben. Denn wir sind verdammt knapp dran!«

Schweigend sahen wir zu, wie die dünnen Fetzen in der Luft sich zu Fingern verdickten, zusammenballten und um die Leinen wickelten, sich in den Segeln verfingen, als wollten sie das Boot in sich hineinsaugen, wie eine Seeanemone, die einen kleinen Fisch mit ihren Fangarmen zu sich heranzieht. Die Toppgasten hingen schweigend, ohne ihr übliches Geschnatter, in der Takelage. Unter Deck erklang das rhythmische Scharren und Klappern der Heizer, dazu ein rauher Gesang, unterbrochen von grunzendem Keuchen, als hätten sie nicht genug Luft zum Husten, und dem hellen Scheppern der Schaufeln, die an den Kesselrand schlugen.

»Wieviel Brennstoff haben wir an Bord, te Kiore?« fragte Jacquie.

»Ich hatte gehofft, daß keiner danach fragt. Ein bißchen mehr als gewöhnlich, weil wir außer dem Container keine Fracht haben. Trotzdem ist es nicht die Welt.«

Wieder Schweigen. Batang Sen summte eine unheimliche kleine Melodie vor sich hin und trommelte dazu mit den Fingern auf die Reling. Inzwischen regte sich fast kein Lüftchen mehr. Die Segel hingen schlaff herab, und auf der metallenen Einfassung des Kompaßhauses formten sich Tautropfen. Plötzlich spie der schwarze Schornstein eine ungleichmäßige Rauchsäule aus; sie wankte hin und her, fiel in sich zusammen, streckte sich wieder und schoß dann noch höher hinauf, schnurgerade in die immer dicker werdende Luft.

»Das ist der unangenehme Teil«, brummte te Kiore. »Sie können das sehen –« Er hatte kaum ausgesprochen, da erfolgte auch schon eine dröhnende Explosion. Nicht von unten, sondern hinter uns, gefolgt vom singenden Pfeifen einer Kanonenkugel. Wir verkrampften uns und starrten in den Dunst hinein, als könnten wir den daraus heranzischenden Tod mit unseren Blicken abwenden. Dann ertönte ein geradezu lächerliches Platschen irgendwo weit hinten, und wir entspannten uns mit dem verlegenen Lachen von Leuten, die gemeinsam eine Situation der Angst durchlebt haben. Batang Sen hob die Hand, und sofort trat die erwünschte Stille ein. Weiter draußen im Nebel schienen einzelne dunklere Flecken heranzutreiben. Von dort kamen gedämpfte Stimmen, schrill und wütend; das Knarren von Tauen und Rahen. Die *Prahus* versuchten auf ihre Weise, mit der plötzlichen Flaute fertigzuwerden. Anscheinend dachten sie nicht daran, weitere Schüsse abzugeben, sondern glitten langsam, nervenzerfetzend langsam, vorüber. Wenn bloß nicht noch weitere in unmittelbarer Nähe gewesen wären – jeden Augenblick könnte eine aus dem Nebel auftauchen und uns frontal rammen …«

Batan Sen wippte mit den Füßen, ganz die Geduld und Schicksalsergebenheit des Ostens. Doch als plötzlich das Sprechrohr schrillte und losplapperte und der Messingtelegraph klingelte, sprang er vor Schreck ebenso in die Luft wie wir anderen. Dann tauchte auch noch ein Kopf aus einer Luke auf und redete auf uns ein. Batang Sen heulte etwas in das Rohr und rammte den Telegraphen energisch zurück. Das Schiff vibrierte, und von der anderen Seite erklang das langsame Platschen des Schaufelrades. Te Kiore brüllte die Toppgasten an. Die Segel wurden rasch festgemacht, aber so, daß sie bei der leichtesten Brise sofort wieder heruntergelassen werden konnten; nur noch der Besan blieb zum Stabilisieren gehißt. »Heiliger Strohsack, das ist schon besser!« schnaufte er, als uns die Schaufelräder auf einen neuen Kurs brachten und die Matrosen wieder aus den Wanten herunterkamen. »Jetzt haben wir wieder eine kleine Chance!«

»Wann können wir sicher sein, daß wir sie abgehängt haben?« wollte Jacquie wissen.

Der Maori hob die Schultern. »Wir müssen eine Weile Zickzack fahren – vielleicht eine Stunde. Mit etwas Glück haben wir bis dahin einen kleinen Vorsprung herausgeholt und stoßen weiter östlich auf freies Wasser. Falls uns diese Aasgeier inzwischen nicht gerammt haben und das andere Dampfschiff uns nicht eingeholt hat.«

Es wurde eine sehr lange Stunde. Ape verbrachte sie so, wie er auch alle anderen verbracht hatte: als meditierender Haarklumpen an die Heckreling gelehnt. Batang Sen zündete sich einen ekelerregenden Stumpen an und qualmte vor sich hin, als sei ihm der Nebel noch nicht dicht genug. Te Kiore, der immer ungeduldiger wurde, brach plötzlich in einen stummen *Haka* aus, einen klassischen Maori-Kriegstanz. Er hüpfte mit rollenden Augen, wilden Grimassen und allerlei Sprüngen und Figuren auf dem Deck herum und wackelte dabei mit seiner riesigen, tätowierten Zunge. Unter anderen Umständen hätte das vielleicht lächerlich gewirkt; hier, inmitten dieses frostigen Nebels, in dem uns einige Bootsladungen voller Boegiemänner auflauerten, strahlte er eine eher alarmierende, ursprüngliche Kraft aus, die uns alles andere als belustigend vorkam. Jacquie und ich versuchten uns im Salon auszuruhen, denn die schlaflose Nacht an Land steckte uns noch immer in den Knochen. Doch nach einer unruhigen halben Stunde, in der die Dampfmaschine ununterbrochen unsere Stühle vibrieren ließ, standen wir wie verabredet gleichzeitig auf und begaben uns wieder an Deck. Wir lehnten uns an die Reling, Seite an Seite, denn darin lag, selbst wenn man nicht Händchen hielt oder sich anders berührte, eine immense körperliche Beruhigung.

Te Kiore war noch immer nervös, doch Batang Sen blieb ruhig wie der Ozean. Er hatte sich am Ruder postiert, lauschte und wies gelegentlich dem grimmig dreinblickenden Bootsmann Kursänderungen an. Unsere Dampfkraft, so schwach sie auch sein mochte, verschaffte uns in dieser Flaute die nötige Geschwindigkeit und Beweglichkeit. Andererseits konnte man uns dadurch hören. Wir wagten nicht, einen geraden Kurs zu fahren; die Gefahr, daß jemand auf das Geräusch hin in unsere Richtung feuerte, war zu groß.

Gerade als wir dachten, wir hätten es geschafft, als die Stunde vorüber war und die Anpassung allmählich wich, sah ich, daß wir tatsächlich beschossen wurden. Plötzlich leuchtete ein feuerroter Punkt im Nebel auf, und Sekunden später ertönte ein Geräusch, als hätte jemand die Tür zu einem Hochofen aufgerissen und gleich wieder zugeknallt. Etwas flog kreischend durch den Nebel an uns vorüber – etwa fünfzehn Meter vor unserem Bug. Das war recht knapp. »Ich habe ihn mir gemerkt!« brummte te Kiore wütend. »Skipper? Wir könnten ihnen zur Antwort direkt einen in ihr Kanonenrohr zurückballern.«

»Nein!« Batang schüttelte den Kopf. »Nicht schießen! Wenn wir antworten, verraten wir unsere Position. Genau das bezwecken sie doch.«

»Aye-aye, Skipper«, willigte der Maat enttäuscht ein. Er wollte noch etwas hinzufügen, als der nächste rote Fleck im Nebel aufflammte, dann noch einer, und krachender Donner wirbelte den trägen Nebel zu wilden Spiralen auf. Dann ein splitterndes Krachen, diesmal vermischt mit Schreien und hysterischem Kreischen. Noch mehr Blitze, noch mehr Kanonendonner bugwärts, doch das Zischen der Kugeln kam nicht in unsere Nähe.

Batang Sen stieß ein bösartiges Lachen aus und tanzte von einem Bein aufs andere. »Hihihihi! Verdammte Narren, verdammte Narren! Sie beschießen sich gegenseitig, sie beschießen sich gegenseitig!«

Plötzlich erscholl ein tieferes Grollen und ein fürchterliches Krachen, gefolgt von einem hohen, schrecklichen Schrei. »Zur Hölle!« entfuhr es te Kiore, und er unterbrach einen weiteren Kriegstanz. »Das war keine Boegie-Kanone! Das sind Achtzehnpfünder, eine ganze Reihe, oder ich will *Papa te Pakahe* heißen!«

»Das Dampfschiff!« rief Walan heiser.

»Gott sei Dank hat es *uns* nicht erwischt!« sagte Jacquie aufgeregt.

Der Käpt'n nickte grimmig und blinzelte zum Kompaß hinüber. Dann erteilte er dem Bootsmann einen kurzen Befehl. Er drehte das Steuerruder herum, und der Tumult blieb allmählich hinter uns zurück.

Wir hielten jetzt östlichen Kurs, doch der Nebel schien kein Ende zu nehmen. Entweder handelte es sich um eine ungewöhnlich lange Nebelbank, oder sie reiste mit uns; weder der einen noch der anderen Erklärung konnte ich besonders viel abgewinnen. Jacquie und ich gingen früh zu Bett – noch immer getrennt, trotz eines gewissen Maßes an gegenseitiger Versicherung draußen im engen Korridor. Wir waren beide ohnehin zum Umfallen müde und uns einer Menge Dinge schrecklich unsicher, am meisten unserer selbst.

Trotzdem schlief keiner von uns gut, und schon fünf Stunden später wurde ich geweckt – vielleicht durch eine Veränderung im Ton der wummernden Maschine. Sie schien sich nur noch langsam zu drehen, und die Luft unter Deck, wo es immer recht stickig war, roch wie in einer Wäscherei. Ich streifte meine Kleider über und stolperte benommen an Deck. Dort herrschte der gleiche dichte Nebel wie zuvor. Die Mannschaft lag wie nach einem Massaker über das Deck verstreut, jeder dort, wo er vor Erschöpfung eingeschlafen war. Der Skipper und te Kiore berieten sich angeregt auf dem Achterdeck, und sogar Ape signalisierte ein gewisses Interesse. Ein langer Schlauch erstreckte sich von der Hauptluke bis zur Reling; man konnte sehen, wie er pulsierte. Wasser wurde durch ihn über die Bordwand gepumpt. Von unten stiegen Dampfwolken auf.

»Was ist los?« erkundigte ich mich.

»Hol's der Teufel!« gab te Kiore zurück. »Inklusive den Dampf. Uns geht die Kohle aus, das Holz gibt zuviel Hitze ab, die Heizer dort unten sind halbtot, und der Kessel kotzt wie ein – er leckt wahrscheinlich wie ein rostiger Schafstrog. Wir haben gerade noch so viel Druck, daß sich die Räder drehen. Aber du kommst gerade recht zum Kaffee – hier, schluck das runter.« Er kratzte sich nachdenklich am Rücken. »Ach ja, da ist noch eine andere kleine Sache – der Nebel. Er hat uns zwar aus einer Gefahr errettet, doch jetzt wird er allmählich selbst zu einer, wenn er sich nicht bald auflöst. Wir haben nicht die geringste Ahnung, wo wir uns befinden. Jetzt könnten wir deinen alten Kumpel, den Navigator, gut gebrauchen.«

»Bist du nicht selbst so etwas wie ein Navigator?« fragte ich taktlos. Der riesige Mann sah mich mürrisch an und ließ den Kopf hängen.

»Na ja, ich weiß im Prinzip, wie's geht, das schon; ein bißchen Instinkt besitze ich auch. Aber hier draußen, wo wir keinen festen Anhaltspunkt haben, muß man sich ausschließlich auf seinen Instinkt verlassen. Gib mir ein wenig Sicht, gib mir ein Stückchen Land, an dem ich mich orientieren kann – dann bringe ich dich an Orte, wo dir die Augen überquellen. Aber jetzt …« Er trank seinen Kaffee mit einem Schluck aus und schenkte sich noch eine Tasse aus der zerbeulten Silberkanne nach. »Der Skipper kann's nicht. Dein Freund Ape kann's auch nicht. Und ich – ich bin gerade mal so viel Navigator, daß es mir begründete Angst macht. Wir wollen weg von hier, soviel ist klar. Aber in welche Richtung?« Er hob schwerfällig die mächtigen Schultern. »Aber wartet nur ab. Ich rieche eine aufkommende Brise, da täusche ich mich selten. Und dann sehen wir auch wieder etwas.«

»Großartig.« Zu einem ausführlichen Kommentar sah ich mich nicht in der Lage. Der Kaffee schmeckte nach gemangeltem Segeltuch. Die Luft auch. Mehr konnte ich nicht wahrnehmen. Ich blickte auf das bißchen Wasser, das ich sehen konnte, nicht besonders viel. »Vielleicht stranden wir ja in Shangri-La«, murmelte ich resigniert.

»Das wäre aber wirklich eine herausragende navigatorische Leistung«, meinte Jacquie trocken hinter mir. »Shangri-La lag hoch oben im Gebirge, falls du dich nicht mehr daran erinnerst.«

»So wie unsere Lage jetzt aussieht, würde mich gar nichts mehr wundern.« Ich zeigte zum Wasser hinab. »Sieh dir das an! Sechs Meter unter uns, und doch könnte dort die Unendlichkeit beginnen. Wahrscheinlich ist das sogar der Fall.«

»Ich weiß. Die Spirale. Warum nennt ihr sie alle so?«

»Nicht alle. Einige Philosophien nennen sie ›Das Rad‹ mit der Nabe, nicht dem Kern, im Zentrum. Ein Rad, das sich dreht. Ich habe auch von anderen gehört, die in Sphären, konzentrischen Kreisen denken. Die zentrale Sphäre ist der Kern, die anderen teilen sich sein Herz, werden jedoch verwischter, weniger konkret, je weiter sie sich von ihm entfernen – nach außen, oder, wie manche meinen, nach innen. Bis man die Gefilde des Absoluten erreicht, den Rand, oder wie auch immer. Doch bis dorthin hat man sich selbst schon sehr verändert. Ich habe von niemandem gehört, der diese Grenzen erfahren hat – jedenfalls von keinem, der zurückgekehrt ist. Was allen diesen Konzepten gemeinsam zu sein scheint, ist dieses Ideal der Bewegung. Die Spirale ist kein statischer Ort. Je mehr man sich in ihr bewegt, um so unwahrscheinlicher wird es, daß man wieder in den Kern zurückgesaugt wird.« Ich seufzte. »Es gibt Zeiten, da könnte ich ganz gut damit leben.«

Jacquie legte einen Arm um meine Schulter. Sie strömte ein warmes Aroma aus, das der muffigen Feuchtigkeit widerstand, ein Geruch von Schlaf und Geheimnissen und weichem Haar, der Geruch einer Frau, die gerade aufgestanden ist. Ein winziger, kühler Luftstrom ließ meine Haarspitzen erzittern; es kam mir fast vor, als hätte te Kiore recht. »Du wirst dich noch erkälten«, sagte ich.

»Glaube ich nicht. Nicht da, wo ich hingehe. Te Kiore! Du sagtest doch, die Heizer sind fix und fertig!«

»Allerdings! Warum – willst du deine Hilfe anbieten?«

»Sonst kann ich doch sowieso nichts Nützliches tun.«

»Da hast du recht – ich auch nicht. Aber warte mal – spürst du das?«

Jetzt bestand kein Zweifel mehr daran – eine frische Brise kam auf. Zuerst konnte man sie im Nebel erkennen, in dem sie wie in einem Kochtopf herumrührte, den sie dann mit kräftiger Faust hochob und von der Wasseroberfläche wegzog; feines Gekräusel überzog die glatte See. Ein kräftiger Windstoß fuhr plötzlich in das schlaffe Stützsegel und blähte es mit einem lebendigen Knattern. Das Schiff schaukelte, und der schläfrige Bootsmann fluchte, als das Ruder unter seinen Händen wild ausschlug, das erste Lebenszeichen seit Stunden. Ich kam ihm zu Hilfe, und gemeinsam stülpten wir die schweren Tauschlingen über die Speichen, die das Ruder gerade hielten. Er grinste ein knochiges Grinsen, den Mund voller gefeilter Zähne, und hob die Nase witternd in den

Wind. »*Aduh!* Sehr bockig, der Wind! Schlecht zu segeln, weißt du, wie ein Elefant, dem man in den Hintern gekniffen hat!«

»Ein gutes Bild!« lachte Jacquie. »Haben Sie schon einmal daran gedacht, in die Werbung zu gehen?«

Das plötzliche Aufklaren sorgte bei allen für gehobene Stimmung; gerade so, als hätte uns der Nebel vorher erstickt. Nur Ape schien dagegen immun zu sein, obwohl er sich nicht mehr brütend zurückzog. Er schaute sich aufmerksam um, als hörte er etwas; auch der Käpt'n hielt beim Anzünden eines neuen Stumpens inne und legte den Kopf zur Seite, als lausche er. Dann warf er mir einen alarmierten Blick zu.

»Hören Sie auch? Wie eine Trommel? Ein langsamer Trommelschlag?«

»Jetzt, wo Sie es sagen …« Der tiefe und sanfte Klang war gerade eben noch wahrnehmbar; langsame, dröhnende Schläge, die gegen die Geräusche des Meeres selbst anschlugen. Auch Jacquie lauschte nickend. Fast instinktiv rückte sie dichter an mich heran und nahm meinen Arm. »He«, sagte ich, »Augenblick mal. Ist das … Brandung?«

»Genau!« antwortete te Kiore. »Das dachte ich auch gerade.«

»Ein derartiges Donnern … Und überhaupt kein Rauschen wie an einem Strand.«

»Nein. Hört sich ganz so an, als würden sich die Wellen an einem Riff brechen.«

Wir standen einige Sekunden schweigend da und spürten, wie der Wind jetzt gewaltig an unseren Rücken zauste, als mit einem Mal der Nebel durchsichtig wurde. Die weißen Wände blieben hinter uns zurück, und das Schiff hob sich auf der ersten Woge einer anschwellenden Sturmflut.

Te Kiore blies in die Pfeife; Batang Sen biß auf das Ende seines Stumpens und hustete ganz fürchterlich. Ich weiß nicht mehr, wer zuerst zugriff, doch Jacquie und ich hielten uns entschlossen aneinander fest. Wie ein wildes Tier sprang das

Land vor uns auf, eine plötzlich aufgetauchte Landschaft, als wäre sie erst vor einer Sekunde aus den Tiefen des Meeres emporgestiegen. Sie erhob sich vor uns wie ein drohender Wächter, erschreckend groß – und auch erschreckend nahe. Keine normale Landschaft – riesig, erdrückend, zu groß, um auf den ersten, erschrockenen Blick erfaßt zu werden.

Jetzt, wo der Nebel verschwunden war, klangen die Brecher plötzlich viel näher. Wir konnten sie sehen, eine weiße Linie zwischen uns und der Insel dahinter, ein Gischtfontänen speiendes Meeresungeheuer, der ultimative Leviathan. Batang Sen bellte einen Befehl, und der Bootsmann nahm die Taue vom Ruder. Das war mir nur recht, denn das Schiff war schon unangenehm nahe, und der Wind war jetzt so böig, daß kaum Spielraum zum Steuern blieb. Wenn überhaupt, dann trieb uns der Sturm auf das Riff zu. Zum Glück hatten wir noch genug Dampf für die Schaufelräder. Der nebelumflorte, gebirgige Anblick schwenkte am Bug vorüber und wir drehten bei; dann kam er langsam wieder in unser Gesichtsfeld. Der Bootsmann stieß eine Reihe von Flüchen aus und legte das Ruder hart herum.

»Das wär's dann!« rief Jacquie mit leicht zitternder Stimme. »Das Schiff läßt sich nicht drehen, stimmt's?«

Batang Sen schleuderte seinen Stumpen auf die Planken und trampelte darauf herum; dabei stieß er eine Flut von Befehlen aus. Te Kiore verstärkte sein Gebrabbel, packte den Messinghammer der Schiffsglocke und schlug wie besessen auf das Metall ein. Im Handumdrehen waren die wie leblos über das Deck verstreuten Körper auf den Beinen und eilten in disziplinierter Konfusion in die Wanten. Ich sah die Fockstangen langsam am Himmel entlangkriechen. »Stimmt. Jedenfalls nicht schnell genug. Vielleicht können wir ...« Dann sah ich, was der Käpt'n gesehen hatte. »Oh nein, wir werden hineingezogen! Seitlich! Bestimmt eine Strömung!«

Te Kiore kam über das Deck gelaufen. »Du wolltest doch helfen, Kumpel ...«

»Ich komme!«

»Ich auch!« keuchte Jacquie, die hinter uns die Kajütstreppe hinunterhastete.

»Du?« staunte te Kiore und blieb erstaunt stehen. »Auf keinen Fall, Lady! Vielen Dank, doch hier geht es um harte Arbeit!«

»Na und?« entgegnete Jacquie. »Ich habe Bodybuilding trainiert! Und selbst wenn ich nur zehn Minuten aushalte, sind das immer noch zehn gewonnene Minuten!«

Te Kiore wollte ihr entschiedener antworten, bemerkte dann jedoch den warnenden Blick, den ich ihm zuwarf. »Also gut!« stöhnte er. »Wir haben keine Zeit, uns lange herumzustreiten! Wenn du schon ein bißchen für dein Nachleben trainieren willst, dann ist das hier der richtige Ort!«

Ein Blick die Leiter hinunter sagte überdeutlich, was er meinte. Es gab keinen eigentlichen Maschinenraum, nur eine Art Plattform mit Wänden, die quer auf dem Balken des ehemaligen hinteren Laderaums befestigt war, direkt über dem Kielraum. Der war zwar ziemlich trocken, trug jedoch seinen Anteil zu dem Gestank bei, der mit den Dampfwolken aufstieg. Das einzige Licht kam aus dem offenen Kessel, dessen roter Schein auf die Gestalten fiel, die sich bückten und streckten wie Altardiener, die einem hungrigen Gott opferten. Ihre Haut war von Schweiß und Staub bedeckt. Die überhitzten Balken wurden aus einem Schlauch ständig mit Wasser besprenkelt; auch hier stiegen Dampfschwaden auf. Hin und wieder sprang eine der Gestalten unter diesen spärlichen Duschstrahl, ließ sich einen Moment lang berieseln und nahm dann wieder die Schaufel in die Hände. Alles in allem ging das sehr gut als Vision der Hölle durch. »*Manawa-nui!*« rief te Kiore auf dem Weg nach unten. »Aber wir brauchen mehr Druck, rasch!«

Die vier Männer starrten zuerst mich an, doch bei Jacquies Anblick wollten ihnen schier die Augen aus dem Kopf fallen. Ohne Ausnahme setzten sie zu einem Protestgeheul an, doch te Kiore schob sie mehr oder weniger aus dem Weg und warf uns zwei Schaufeln vor die Füße. Wir schnappten sie uns und fanden allmählich in den Rhythmus und keuchten und husteten, als erneut eine Dampfwolke über uns hinwegzischte. Te Kiores gewaltige Schultern gingen auf und nieder und schleuderten gut gehäufte Schaufeln voller Koks und etwas, das wie minderwertige Braunkohle aussah, in den Schlund des Feuerlochs. Ich strengte mich an, um so gut es ging mit ihm mitzuhalten; Jacquie versuchte es erst gar nicht, schaufelte jedoch kleinere Mengen in einem schnelleren, schwereloseren Rhythmus hinein, mit dem sie fast ebensoviel schaffte. Es dauerte nicht lange, da versuchte ich es ihr nachzutun.

»Muß ich schon zugeben!« schnaufte der Maori. »Einige der *Vahines* bei uns zu Hause … die konnten mehr schleppen als die meisten Männer im Dorf. Meine eigene Mama, Arme wie ein Schafscherer, sie hat …«

Eine Hitzewelle nach der anderen überrollte uns, als der Kessel allmählich auf Touren kam, und ab und zu ließ uns eine beißende Rußwolke unter den Schlauch springen. Jacquie knotete ihr feuchtes Hemd unter der Brust fest, wodurch ein gutes Stück ihrer Hüfte sichtbar wurde, was wiederum te Kiores Augenbrauen und Zunge zu wilden Zuckungen veranlaßte. Ich sagte nichts dazu, es ging einfach nicht; das wußte der Schurke nur zu genau. Trotz des Dampfes verklebte mir jeder Atemzug die Kehle, und Salzwasser half da nichts. Die ganze Zeit über wummerte und ächzte der Kessel bei jeder Unregelmäßigkeit der Maschine. Kleine Dampffontänen kamen aus den unwahrscheinlichsten Ecken und Winkeln. Wir verdoppelten unsere Anstrengungen, doch die Druckanzeige bewegte sich nach wie vor zitternd im unteren Bereich. In meiner Vorstellung wurde das Riff immer bedrohlicher, Felsen oder Korallen reckten Zähne wie die eines monströsen Hais nach den zerbrechlichen Planken, nur wenige Meter über meinem Kopf. Schließlich ließ te Kiore seine Schaufel mit einem unverständlichen Fluch fallen.

»Dieser verdammte Kessel ist im Eimer!« spuckte er. »Wir haben dreimal soviel Brennstoff für ein Viertel des Drucks verfeuert! Da muß irgendwo ein Leck in der Brennkammer sein! Ibrahim!« fuhr er den Ersten Heizer an. »Hör auf zu schaufeln, bring den Schlauch an die Tür! Nicht auf den Brenner, paß auf! Abdullah, schwing deinen Arsch rauf und sag dem Skipper Bescheid!«

»Was sollen wir denn jetzt tun?« fragte ich. Der Maat kramte hinten in der riesigen Werkzeugkiste herum und kehrte triumphierend mit einem riesigen Knäuel öliger Lappen zurück, aus denen er eine faulig aussehende Knetmasse auspackte.

»Tun? Reinsteigen und zukleben, das tun wir.«

»Reinsteigen? *In den Brennraum?* Du bist wohl völlig durchgedreht, Mann!«

Er schaute mich wieder mit diesem gehässigen Seitenblick an. »Bin ich das, *pakahe?* Willst du mitkommen?«

Bevor ich richtig begriff, was vor sich ging, hatten uns die anderen Heizer in große Fetzen feuchtes, stinkendes Sackleinen gehüllt. Sie waren nur angefeuchtet, damit sie kein Feuer fingen; zuviel Wasser hingegen würde die Hitze weiterleiten. Der Schlauch spritze unaufhörlich Wasser über die weitgeöffnete Luke, und die Männer streckten ihre Schaufeln hinein, um die brennenden Kohlen zur Seite zu schieben. Staunend sah ich, daß das Feuer nur ungefähr bis halb in die Kammer hinein brannte, dahinter herrschte eine Dunkelheit, aus der nur Dampf und leises Zischen kamen.

»Was habe ich dir gesagt?« brummte te Kiore und warf die Knete von einer Hand in die andere. »Spritzt den Boden ab, Jungs … gut so!«

Zuerst hüpfte das Wasser in perlenden Tropfen über das heiße Metall und schien sich zu weigern, an einem bestimmten Punkt liegenzubleiben; doch dann kam es zur Ruhe und verdampfte. Te Kiore wickelte noch ein, zwei Lappen um seine Stiefel und schnippte mit den Fingern. Wir stapften zur

Ofentür hinüber. Jacquie biß sich auf die Unterlippe und schaute angespannt zu. Ich wußte, daß sie, sobald einer von uns zu Boden ging (vor allem, falls es mich treffen sollte, hoffte ich), wie ein geölter Blitz hinterherspringen würde.

»Alles klar?« erkundigte sich te Kiore. »Rein, das Leck finden, wieder raus – wenn einer fällt, zieht ihn der andere heraus, *aber bloß nicht das Metall anfassen!* Bin froh, daß du mitkommst«, fügte er hinzu und knetete die ekelhafte Masse in seiner riesigen Hand. »Sonst wäre es ein bißchen zu aufregend. Fünf Minuten, dann sind wir wieder draußen, repariert oder nicht – klar?«

Der Heizer Abdullah kam die Leiter heruntergepoltert und rief: »Ihr habt keine fünf Minuten! Der Skipper sagt, wenn die Räder nicht in fünf Minuten laufen, sitzen wir in zehn Minuten auf dem Riff!«

Te Kiore sah mich an, zuckte die Achseln und duckte sich ohne ein weiteres Wort durch die Ofentür. Von drinnen kam ein angsteinflößendes Zischen, und Ibrahim spritzte hinter ihm mit dem Schlauch ins Ofeninnere. Ich schnappte mir eine Schaufel und ging einfach durch den Wasserstrahl hindurch, was ich kaum bemerkte. Meine Füße zertraten rauchende Kohlen. Ich schwankte unsicher und spürte, wie die Hitze wie ein wildes Tier nach mir krallte.

Weiter drinnen war etwas mehr Platz, und die glühenden Kohlen sorgten notdürftig für Licht; wenigstens mußten wir uns nicht bücken. Trotzdem richteten wir uns nicht ganz auf. Wir waren beide recht groß, und eine einzige Berührung mit dem heißen Metall hätte unser Haar in Flammen aufgehen lassen. Wasser spritzte hinter uns her, und wir tappten weiter ins Innere, in den schlammigen Kohlehaufen im hinteren Teil der Brennkammer. Keine dieser Kohlen war mehr als halb verbrannt. Te Kiore nickte und zog dann panisch den Kopf ein, als sein lockiger Schopf eine Nietverbindung berührte und ein warnendes Zischen von sich gab. Ich spritzte etwas Wasser darauf, er winkte und zeigte auf die Rückseite des Kohlehaufens. Ich stieß die Schippe hinein, schaufelte ein paar Ladungen zur Seite und sah, daß die Kohlen hier auf der linken Seite ganz schwarz und klebrig waren. Ich schaufelte weiter, schaffte die heißen Kohlen auf der Oberfläche beiseite und sah, daß aus einer Bodenfalte ein winziges Dampffähnchen ins Nichts heraufzischte.

Das genügte. Te Kiore riß ein Stück von dem Klumpen ab, quetschte es mit seinen kräftigen Händen platt, und nachdem ich die Stelle mit der Schaufel noch etwas gesäubert hatte, knallte er die Masse mit aller Kraft auf den Boden, wo offensichtlich eine Schweißnaht gerissen war. Wir warteten einen atemlosen Augenblick lang, der Maori stemmte die Hände in seine feuchten Lumpen, doch es trat kein Dampf mehr aus. Dann nickte er mir zu, ich schaufelte die Kohlen wieder zurück, und dann machten wir uns schlitternd auf den Rückweg. Te Kiore, der vor mir das Ende des Kohlehaufens erreicht hatte, rutschte plötzlich aus, richtete sich reflexartig auf, duckte sich wieder, um nicht an die Decke zu stoßen – und fiel auf die Knie. Die feuchten Lumpen zischten, und er schrie vor Schmerz auf. Ich warf meine Schaufel zur Luke hinaus, schnappte ihn am Kragen und am Hosenboden seiner Mumienlappen und zog ihn hoch. Ich hatte so viel Angst, daß ich sein Gewicht kaum spürte. Mit einem großen Schritt hatten wir die Tür erreicht, wo sich uns schon Hände entgegenstreckten, die zuerst ihn, dann auch mich herauszogen. Noch als meine Fersen über die Schwelle rutschten und ein Zipfel meiner Lumpen kurz aufflammte, schleuderten andere Hände bereits einen Eimer glühender Kohlen hinein, der zu diesem Zweck beiseite geschafft worden war, und scharrten die noch immer heißen Kohlen wieder in die Mitte.

»Drei Minuten!« schrie Abdullah triumphierend. »Jetzt Dampf! Dampf!«

Ibrahim hielt den Schlauch auf te Kiores Beine, während Jacquie die Lappen herunterriß; einen Moment erübrigten sie auch dafür, mich zu löschen. Ich hatte schon fast erwartet, daß sich mit der letzten Hülle te Kiores Kniescheiben gleich mit ablösen würden, aber so schlimm war es zum Glück nicht; nicht mehr als kräftig verbrüht, schmerzhaft, aber zu kurieren. Einige Männer trugen ihn zum Deck hinauf, der Rest machte sich wieder an die Arbeit. Auch ich schloß mich ihnen wieder an, doch ich zitterte so sehr, daß ich meine erste Kohlenladung überall hin verstreute und mit der Schaufel beinahe Ibrahim niedergestreckt hätte. Jacquie befahl mir, mich an Deck zu begeben, doch sie mußte mir dabei helfen. Oben klappte ich mehr oder weniger zusammen, doch ich war noch soweit bei Bewußtsein, daß ich erschrak, als ich sah, wie nah der Felsen schon vor uns aus dem Meer ragte. In meiner aufgewühlten Phantasie sahen die Schatten an seinen Flanken wie ein großer, grinsender Totenkopf aus, dessen Zähne die Riffe sein mußten.

Zu meinem Erstaunen war te Kiore bei Bewußtsein und lag an das obere Ende der Kajütentreppe gelehnt, während ihm einige Seeleute die Beine einsalbten und verbanden. Er winkte mir freudig zu. »Hervorragend, Stevie! Da drüben ist eine Lücke im Riff, da kommen wir bestimmt durch! Noch ein Stück hin, und dann zischen wir durch wie ein Lachs!«

In diesem Augenblick klingelte der Telegraph und die Schaufelräder erwachten zögernd zu neuem Leben. Natürlich brach die gesamte Mannschaft in Jubel aus. Walan riß das Ruder mit kurzen Bewegungen mal nach links und mal nach rechts und pfiff dabei tonlos durch die Zähne. Das Schiff schaukelte und schlingerte unangenehm, als es gegen den Strom ankämpfte und sich der Winkel, in dem wir die Wellen durchpflügten, veränderte. Gischtfontänen spritzten direkt vor unserem Bug auf, glitten dann zur Seite, als die nächste grüne Wasserwand unter dem Schiffskörper hindurchraste, ihn anhob und uns von der Küste wegdrehte. Wir waren jetzt fast auf der Höhe der ersten Felsenriffe. Ringsum toste der Donner der sich brechenden Wellen. Wie sich das unter Deck anhören mußte, wollte ich gar nicht erst wissen. Plötzlich hatte sich die See von dem glatten, ruhigen Spiegel, über den wir geglitten waren, in ein wütendes Untier verwandelt, das mit ungezähmter Energie bockte und brüllte und sich auf die einst lebendigen Felsen stürzte, die es vom Land trennten.

Eine Welle schlug gegen den Bug, brach sich mit einem explosiven Knall und überschütte das Deck mit Gischt. Dann waren wir in der schmalen Durchfahrt, die Schaufelräder kamen immer mehr in Fahrt, und wir zwängten uns zwischen den aus dem Wasser ragenden Ausläufern des Riffs hindurch. Die Lücke war ziemlich groß, groß genug jedenfalls für ein Schiff, das voll unter Dampf stand; doch wir konnten bestenfalls unbeholfen mit den Schaufeln jonglieren, die eine oder andere anhalten oder zurückdrehen, um das Ruder zu unterstützen. Es war ungefähr so, als wollte man mit einem Panzer einen engen Feldweg entlangfahren – oder einen Bergpfad, mit einem Abgrund auf beiden Seiten. Mehr als einmal hörten wir, wie die Korallen wie mit Fingernägeln an der schlanken Schiffshülle kratzten, und Batang Sen krümmte sich jedesmal, als würde ihm selbst die Flanke aufgerissen. Doch er behielt die Nerven, und wir kämpften uns durch, manchmal Zentimeter um Zentimeter.

Was dann passierte, war nicht sein Fehler. Niemand hätte es verhindern können. Der Wind steigerte sich mehr und mehr zu wütenden Böen, und gerade im entscheidenden Moment, als der Bug sich aus der Lücke herausarbeitete, traf uns ein besonders kräftiger Windstoß. Eine niedrige grüne Wasserwand krachte mit solcher Wucht auf das Riff hinter uns, daß sie direkt darüber hinwegfegte und uns dabei erfaßte. Das Schiff schlingerte und krängte stark, ein Schaufelrad ragte wild rotierend in die Luft. Das andere Rad konnte nicht schnell genug gestoppt werden, pflügte wild durch das Wasser und drehte uns energisch herum. Dann ließ die Welle nach und warf uns direkt auf die Zacken des Riffs.

Ein reißendes Krachen. Ein fürchterlich hohles, schmatzendes Geräusch. Dann war die Welle vorüber und unser Gewicht riß uns wieder los. Das ganze Schiff wurde am Bug herumgeschleudert, und die nächste Welle schob uns mit sanfter Gewalt in die dahinterliegende Lagune. »Dampf ablassen, Skipper!« gellte te Kiore. »Wenn das Wasser in den Kessel eindringt –«

Zu meinem Entsetzen schüttelte der Käpt'n jedoch energisch sein weißes Haupt und riß mit einem wütenden Aufschrei den Telegrafen von »Rückwärts« auf »Volle Kraft voraus«, daß es metallisch schepperte. Gott allein wußte, was die Heizercrew im Bauch des Schiffes jetzt dachte, doch jemand dort unten hatte noch soviel Verstand, ihn zu hören. Die Schaufelräder rotierten beinahe brüllend los und trieben uns in diesem ruhigen Gewässer mit Volldampf voran. In tieferem, rauherem Wasser hätte ein solcher Trick leicht den Bug unter Wasser gedrückt, doch hier funktionierte es. Batang Sen schlug das Ruder hart ein, worauf die angeschlagene Seite sich aus dem Wasser hob, und dann hielten wir direkt auf den Strand zu. Nur wenige Sekunden später warf ich Jacquie auf das Deck und fiel über sie. Gerade noch rechtzeitig. Das Wasser war schon flacher als erwartet, und wir liefen ein gutes Stück vor dem Strand auf Grund.

Unter uns knirschte das Deck, sämtliche Fugen sprangen auf. Die Takelage summte wie eine Gitarre, ein Toppmast knallte wie eine Peitsche, stürzte wie ein gigantischer Wurfspieß aufs Deck und riß ein Gewirr aus Seilen und Tauwerk mit sich herab. Batang Sen hielt sich am Sprechrohr fest und brüllte etwas hinein – ich konnte mir denken, was. Das urtierhafte Kreischen von unten, das von einem explosiven Zischen aufgelöst wurde, gab mir recht. Das Wasser der Lagune verwandelte sich seitlich von der Ikan Yu in einen brodelnden Sud, aus dem hinteren Laderaum drangen dicke Dampfwolken, dichtauf gefolgt von Ibrahim und der Heizercrew. Sie waren die Helden der Stunde, hatten jedoch keine Zeit, sich lange beglückwünschen zu lassen, sondern rutschten direkt über das schräge Deck und über Bord in das kühlende Wasser der

Lagune. Von unten drang ein lauteres, tieferes Zischen, dann ein massives, zerstörerisches Rasseln und Krachen herauf, als würde ein Riese Rüstungen zerschmettern. Der Kessel implodierte, als das Meer heftig an seine heißen Außenwände schwappte. Wenigstens flog er nicht tausend Stücke – und das Schiff mit ihm. Batang Sens kaltblütige Aktion hatte sich ausgezahlt. Er hatte sein kostbares Schiff an Land gebracht und dabei noch rechtzeitig Dampf abgelassen.

Vorsichtig kletterte ich von Jacquie herunter. Sie streckte mir keuchend die Hände entgegen. Ich führte sie zur Laderaumluke, wo sie sich setzen konnte, und arbeitete mich rutschend zum Achterdeck vor. Batang Sens schwielige Hand half mir die schräge Kajütstreppe hinauf. »Alles klar?« fragte ich den alten Mann, und er dachte natürlich, ich meinte das Schiff.

»Schlimm«, sagte Batang Sen kurz. Er schwang sich zur Backbordreling auf und winkte mich zu sich. Ich blickte hinab und sah, daß das Schiff in ungefähr drei Meter tiefem Wasser gestrandet war; vielleicht war es auch noch flacher. Die Schräglage hielt das Leck gerade über der Wasseroberfläche, so daß nur relativ wenig Wasser eindrang. In der schlanken Flanke des Schiffs klaffte ein übles Loch. Auf einer Länge von ungefähr drei Metern waren die Planken in zwei Streifen von etwa dreißig Zentimetern Breite herausgerissen, die Ränder waren gezackt und zersplittert.

Ich blickte ihn an: »Das können wir doch bestimmt innerhalb einer Woche oder so flicken?«

»Keine Frage – falls ich Planken kriege. Aber woher?«

Te Kiore betastete seinen Nacken und sah aus, als wüßte er nicht genau, wie fest er noch auf den Schultern saß. »Und selbst wenn – das Schiff wieder vom Sand wegzuziehen ist kein Kinderspiel, das geht auch nicht mit den Segeln alleine. Sieht ganz so aus, als könnten wir etwas Hilfe gebrauchen, falls es hier Hilfe gibt.«

Ape, der nicht viel zerzauster als sonst aussah, kletterte in die Wanten und blickte über das Land, das sich vor seinen Augen erstreckte.

»Wo sind wir hier bloß?« hörte ich ihn murmeln.

»Wo auch immer«, klärte ich ihn auf, »wir hängen jedenfalls fest.«

Er wandte sich um und bedachte mich mit einem Blick, der mich bedauern ließ, den Mund aufgemacht zu haben. »Ich hätte mich am besten nie auf diese Sache eingelassen«, sagte er grimmig und hinter jedem Wort loderte kaum gezügelter Zorn. »Deine verdammte Sache. Am besten schlage ich mich allein zur Insel durch. Jetzt bleiben uns nur noch wenige Tage. Wie soll ich noch halbwegs rechtzeitig dort ankommen?«

Ich streckte hilflos die Hände aus. »Tut mir leid, Ape. Du hast schon so viel für uns getan. Wenn ich irgend etwas tun kann, sobald wir hier wieder raus sind …«

Erst jetzt wurde ich auf die Aussicht aufmerksam und starrte fasziniert hinüber.

»Wo sind wir hier?« wiederholte Ape, dessen Verwunderung seine Wut vertrieben hatte. »*Verbaast me* … Ich habe keine Ahnung, nicht die geringste …«

»Schließlich kannst du ja nicht alles kennen, oder?« bemerkte Jacquie von der Treppe her.

Sein stumpfes Gesicht verzog sich zu einer verdrossenen Grimasse. »In diesen Gewässern wohl. Aber das hier kommt mir absolut unbekannt vor … mit diesem Berg, ich müßte ihn doch kennen …«

»Es ist schon eigenartig«, wagte ich zu sagen, »aber mir kommt es fast so vor, als hätte *ich* ihn schon einmal gesehen.«

»Du warst doch auf Java«, meinte Jacquie. »Vielleicht ist es dort irgendwo. Steve, mein Lieber, es war ja wirklich sehr mutig von dir, dich so auf mich zu werfen, aber ehrlich gesagt, war es fast schlimmer … Ich dachte schon, ich hätte mir ein paar Rippen gebrochen …«

»Tut mir leid«, sagte ich geistesabwesend. »Nein, das habe

ich beim letzten Mal auf Java nicht gesehen. Ich bin sowieso kaum aus den Städten herausgekommen.«

»Dann vielleicht auf einem Bild? Eine der anderen Inseln?«

»*Hoezo?* Das ist nicht Java«, sagte Ape ungeduldig. »Nicht Timor, nicht Sulawesi, keine der größeren Inseln. Und keine der kleineren ... und doch hat es etwas von Flores, von Komodo ... Weshalb das so ist, weiß ich allerdings auch nicht. Keine von ihnen hat einen solchen Berg in der Mitte, mit solchen Klippen – beinahe wie ein Gesicht, wie ein totes Gesicht. *Hoe kan dat nou? Wat freemd, freemd ...*« Er brummelte auf holländisch weiter, dann schüttelte er wild den Kopf. Er schien zugleich fasziniert und verwirrt zu sein. Eigenartigerweise ging es mir genauso.

»Als wäre ich schon einmal hier gewesen«, sagte ich langsam. »Vor langer Zeit ... vielleicht sogar als Kind.«

»In deiner College-Zeit bist du nie über Frankreich und Spanien hinausgekommen«, sagte Jacquie bissig. »Vielleicht hast du viel über diesen Ort gelesen, wie ich über Borobodur.« Sie blickte die Hänge hinauf auf die Vögel, die über ihnen kreisten. Große Vögel, vermutlich Albatrosse. Sogar das kam mir seltsam vertraut vor.

»Nein«, sagte ich mit eigenartiger Bestimmtheit. »Es kommt mir vor, als sei ich selbst hiergewesen. Und doch hast du recht. Es ist einfach unmöglich.«

»Es sei denn«, bemerkte Jacquie düster, »da wir uns hier, wie du unermüdlich betonst, auf der Spirale befinden ...«

»Ja, genau.« Te Kiores Stimmes ließ uns zusammenzucken. Er beugte sich weit über die tiefer liegende Reling und suchte die Küste ab. »Ich unterbreche eure Ratespielchen nur ungern, doch wir müssen jetzt allmählich zu praktischen Überlegungen übergehen. Ohne fremde Hilfe kriegen wir das alte Mädchen nicht mehr flott und erst recht nicht vom Fleck – und es gibt nur einen Ort, wo wir fremde Hilfe finden könnten: an Land.«

»Meinst du?«

»Ich bin ganz gut beim Raten.« Er wies mit dem Daumen zur Küste und grinste. Jetzt, wo er auf sie zeigte, waren sie gegen den dunkleren Waldstreifen am Fuße des Berges, unterhalb der steilen Felswände, die dahinter aufragten, deutlich zu sehen:

langgestreckte Behausungen, mit dem gelbgrünen Farbton trockener Laubdächer. »Ich hoffe nur, daß es keine buntbemalten Wilden sind«, ergänzte te Kiore und wackelte mit seiner tätowierten Zunge.

Ich fühlte mich sehr geschmeichelt, um nicht zu sagen überrascht, als Batang Sen vorschlug, daß ich das Landungsunternehmen anführen sollte. Trotzdem war ich sehr erleichtert, als Ape sich bereit erklärte, mitzukommen. Auch Jacquie konnte niemand zurückhalten, obwohl ihre einzige Begründung darin lag, daß sie bei ihrem Job den einen oder anderen Dialekt aufgeschnappt hatte. Da ich nicht mit ihr streiten wollte, erinnerte ich sie nur daran, den Langbogen mitzunehmen. Sie erschrak jedoch, als te Kiore angehumpelt kam, während wir versuchten, die Boote hinunterzulassen. Sie fand, daß er nicht einmal aufstehen durfte, doch ich hatte schon so manches Beispiel für die Heilkräfte hier in der Spirale kennengelernt. Außerdem hatte ich nicht die geringste Lust, mich mit einem Maori von zwei Meter zehn anzulegen, selbst wenn er steife Knie hatte. Also halfen wir ihm ins Beiboot und gaben ihm die Ruderpinne, damit er beschäftigt war. Mit griffbereiten Pistolen und *Parangs* legten wir von der überhängenden Reling ab und tauchten unsere Ruder in das ruhige Wasser der Lagune.

Im diesigen Nachmittagslicht sah alles so friedlich aus, daß ich mich, als ich von meinem Platz im Bug nach hinten schaute, darüber wunderte, daß te Kiore aufmerksame Blicke über das Wasser und nicht über die Küste schweifen ließ.

»Du erwartest doch hier draußen nichts mehr, oder?«

»Vielleicht nicht. Aber auf den Aru-Inseln, unten in der Arafura-See – und das ist praktisch nebenan –, habe ich in Lagunen wie dieser Seepferde gesehen.«

»Seepferde?« Ich blickte an meinem enganliegenden Anzug hinab; ich trug Seepferdhaut. »Wo liegt das Problem?«

Er zuckte die Achseln. »Tja, sie werden so groß wie Pottwale, nur sind sie nicht ganz so gutmütig. Sie haben einen längeren Hals und natürlich einen schmaleren Kiefer. Mit dieser Form, eher wie Seehunde, können sie sich natürlich bequem in flachen Gewässern tummeln.«

»Natürlich«, gab ich dumpf zurück.

»Aber solange man sie nicht erschreckt, lassen sie einen in Ruhe. Allerdings erschrecken sie ziemlich leicht. Schließlich müssen sie immer auf der Hut vor dem *Taniwha* sein ...«

»Dem was?«

»Riesentintenfisch, du weißt schon«, antwortete er, bewegte die Arme wie Tentakel und verblüffte mich dann, indem er ergänzte: »*Architeuthis monachus.* Die werden manchmal ganz schön schlau, die großen jedenfalls, die Dreißigtonner. Augen so groß, wie du reinlaufen kannst. Bei Flut liegen sie im tiefen Wasser direkt vor dem Riff und führen ihre Fangarme in der Lagune spazieren, um sich schlafende Seepferde zu schnappen. Dabei entwickeln sich manchmal tolle Ringkämpfe.«

Ich schluckte. Ich wußte nicht, ob er mich auf den Arm nahm oder nicht. Es klang eigentlich nicht so. Meine Kleidung fühlte sich plötzlich anders an, seitdem ich wußte, daß sie von einem zwanzig Meter großen Seelöwen oder dergleichen stammte. Das brachte mich auf eine Idee. »Seepferde – ich glaube nicht, daß man ihnen jemals einen wissenschaftlichen Namen gegeben hat, oder?«

»Von wegen«, sagte er sanft. »*Halshippus olai-magni* Heuvelmans. Wir sind gleich am Strand.«

»Richtig«, sagte ich, dankbar dafür, daß ich einige recht unangenehme Vorstellungen fürs erste abschütteln konnte. »Ihr drei, ihr richtet eure Musketen auf die Bäume vor uns. Aber erst schießen, wenn ich es sage! Die anderen machen sich klar zur Landung.« Ich warf einen Blick ins Wasser, um mich zu versichern, daß es nicht mehr zu tief war, dann schwang ich mich über den Bug in die rasch flacher werdenden Wellen, setzte den Fuß gleich auf Grund und zog das Boot mehr oder weniger in den Sand. Die Mannschaft schwärmte hinter mir aus, die Pistolen auf die bewaldete Barriere vor uns gerichtet. Jeder Vogel, der unerwartet aufflog, riskierte, in tausend Stücke geschossen zu werden. Nichts rührte sich, und ich winkte das zweite Boot heran. Sobald es auf dem Strand lag, kam Ape zu Jacquie und mir herübergelaufen.

»Keine Anzeichen von den Bewohnern?«

Ich schob die überhängenden Blätter beiseite. »Ein Pfad. Wie es aussieht, schon sehr lange in Gebrauch.«

»Aber in letzter Zeit nicht mehr benutzt«, brummte Ape. »Vielleicht gehen diese Leute nicht so oft zum Meer.«

»Ja, wie die Balinesen«, nickte te Kiore, der über den Sand humpelte.

»Ich glaube, wir sollten sie wissen lassen, daß wir hier sind«, entschied ich. »Ja, ich weiß, daß das ein Risiko ist, doch das Risiko ist wahrscheinlich größer, wenn wir uns ohne Vorwarnung einfach so anschleichen.«

»Hört sich vernünftig an«, sagte te Kiore zustimmend. »Geben wir ihnen den guten alten Salut?«

Ohne weitere Warnung legte er die Hände an den Mund und stieß ein markerschütterndes, jodelndes Hallo aus, dessen Echo aus dem sich auflösenden Nebel zurückgeworfen wurde. Einen Augenblick lang herrschte unerträgliches Schweigen, dann kam die Antwort in Form einer grellen Explosion krächzender und kreischender Farben und Formen, als ein Schwarm bunter Vögel in panischer Flucht aus den Bäumen ringsum emporflatterte. Das war alles. Wir warteten, doch keine Antwort kam, nichts regte sich.

»Wundert mich nicht«, sagte Jacquie trocken. »Nach dieser kleinen Soloeinlage sind sie wahrscheinlich immer noch auf der Flucht.«

»Sieht ganz so aus, als hätten sie es nicht eilig, uns kennenzulernen«, grinste ich. »Vier Mann bleiben bei den Booten – na schön, du nicht, te Kiore. Ich habe jedenfalls nichts dabei, um dich anzuketten. Der Rest stellt sich auf, macht die Klappe zu und die Augen auf. Pistolen entspannen – nein, besser halb spannen; aber nicht gleich beim ersten Pieps losballern. Denkt immer daran, wir wollen hier Freunde gewinnen …«

»Sieht ganz so aus«, kommentierte te Kiore kurz darauf, »als hätte das jemand anderes nicht vorgehabt.« Ich blickte unglücklich auf den zerstörten Haufen, der uns den Weg versperrte. Es war nicht schwer zu erkennen, daß es sich um den verzierten Dachbalken eines Langhauses der Eingeborenen handelte; ringsum auf dem Pfad verstreut lagen die Stützbalken und die halbverrotteten Palmwedel, die das Dach gedeckt hatten.

Ich sah ihn und Ape an. »Was glaubt ihr beiden? Ein Taifun?«

»Gut geraten«, sagte der Maat. »Doch er hat noch mehr umgeblasen. Sieh mal!« Er teilte die gelben Fransen und ein scheußliches Grinsen wurde sichtbar. Einige unserer Männer sprangen fluchend zurück und machten geheimnisvolle Schutzzeichen. Ich schluckte. Jacquie zuckte zusammen und wandte sich ab. Unter dem langen Balken lagen Leichen; allem Anschein nach zwei Männer. Es waren dunkelhäutige Melanesier, vom Typ her Papuas; obwohl sich schon Ameisen und andere Aasfresser an ihnen gütlich getan hatten, waren sie unangenehm gut erhalten. Mir wären blanke Knochen lieber gewesen. Es war offensichtlich, wie diese beiden gestorben waren: einer lag zerschmettert unter dem Dachbalken, der andere war buchstäblich platt gedrückt worden. Vorsichtig, um nicht auf andere Leichen zu treten, suchten wir uns einen Weg durch das Werk der Zerstörung und kamen in das dahinterliegende Dorf.

Es bot einen schrecklichen Anblick. Es mußte einmal recht

groß gewesen sein, mehr als nur eine Ansammlung baufälliger Unterkünfte. Die Hütten der Eingeborenen verteilten sich über ein größeres Gebiet jeweils in kleine Gruppen unter den Bäumen. Sie sahen angenehm luftig und offen aus, die meisten standen auf erhöhten Plattformen, wie die Dyak-Häuser, aber schmuckloser. Doch jetzt lag eine Atmosphäre der Zerstörung über dem ganzen Ort und eine bedrückende Stille. Der Grund dafür lag auf der Hand.

»Mein Gott!« rief Jacquie aus. »Die armen Leute.« Ich nahm ihre Hand und drückte sie. Der gleiche, schreckliche Anflug von Sympathie schüttelte auch mich.

Mitten durch das Dorf zog sich eine Spur der Vernichtung, ein breiter Korridor der Zerstörung, Bäume waren entwurzelt, Dächer abgedeckt und durch die Luft geschleudert, Wände umgeworfen und Plattformen wie Kartenhäuser umgestürzt worden. Das halbe Dorf war zerstört – und wie viele seiner Bewohner getötet? Wie viele Tote lagen hier noch verstreut?

Unter einem Podest ohne Wände – vielleicht die Baustelle einer neuen Hütte – fanden wir vier oder fünf Leichen; auf dem Platz direkt daneben einzelne Glieder eines anderen Menschen. Hier waren die Aasfresser eifriger am Werk gewesen, doch noch immer waren die Überreste von Kleidung zu erkennen: Grasröcke, hohe Federkronen und Muschelhalsketten. Auf der verschrumpelten Haut sah man noch Reste von Farbmustern, hier und da ragten zersplitterte Speere aus den Ruinen.

»Das waren Krieger«, dachte te Kiore laut. »Wie ich. Als wollten sie auf das Podest hinaufklettern – aber wieso? Um zu kämpfen? Um was zu bekämpfen? Das Wetter? Nein, das ist zu blöd.« Plötzlich schaute er mich an.

Ich nickte. »Ist es dir auch aufgefallen? Ich habe gerade das gleiche gedacht. Das muß ein verdammt komischer Taifun gewesen sein, der eine so verheerende Schneise mitten durch das Dorf schlägt und die übrigen Häuser stehen läßt.«

»Und die Bäume ringsum!« ergänzte te Kiore meine Beobachtungen, als wir vorsichtig weitergingen.

Jacquie sah verwirrt aus. »Aber … aber könnte denn ein Wirbelwind so etwas anrichten? Ein kleiner? Manchmal gibt es …«

»Vielleicht. Aber mir kommt es immer noch vor –«

Te Kiore fiel mir ins Wort: »He! Seht mal dort!«

Noch ein Skelett. Mehr oder weniger. Es lag halb im matschigen Boden neben einer der größeren Hütten vergraben, eingesunken, aber nicht auseinandergerissen; doch es war in einem weit schlechteren Zustand als die anderen.

»Armer Kerl! Was ist bloß mit ihm passiert?«

»Herrje, sieh ihn dir doch an! Der Brustkorb! Total eingedrückt! Es sieht aus, als wäre jeder einzelne Knochen in seinem Körper zerbrochen!«

Ich schluckte. »Vielen Dank für den Hinweis. Und?«

»Wie kann so etwas passieren? Ich sehe hier nichts, das auf ihn gefallen sein könnte. Keine Bäume, keine Dachbalken, nichts!«

»Vielleicht ist es wieder weggeweht worden«, schlug die bestürzte Jacquie vor.

Ich schaute sie an. »Und diese Hütte hier ist stehengeblieben?«

»Äh … vielleicht ist er von da heruntergefallen. Nein, das ist albern. Dabei hätte er sich nicht so schlimm verletzen können. Was aber dann?«

»Weißt du was?« fragte ich. »Ich habe ganz den Eindruck, daß das alles hier nicht das geringste mit einem Taifun zu tun hat.«

»Womit dann?«

»Keine Ahnung. Doch mir kommt es vor, als hätte ich auch das schon irgendwo gesehen. Du kannst ruhig darüber lachen.«

»Ich lache nicht«, gab sie ruhig zurück. »Ich … mir kommt es inzwischen auch so vor.«

»Und mir«, verkündete te Kiore, »geht das alles verdammt auf den Senkel. Als würden meine Knie nicht genug wehtun. Warum suchen wir nicht jemanden, den wir fragen können?«

Ich blickte mich um. »Es ist schon eine Zeitlang her. Ich habe nicht viel Hoffnung, daß wir noch jemanden finden. Aber wir sollten es versuchen.«

Langsam durchquerten wir diese Städte des Grauens, spähten in jedes Gebäude, das annähernd so aussah, als könnte man noch darin wohnen. Doch außer einigen bunten Dschungelvögeln, die zwischen ihren ehemaligen Käfigen brüteten und herumpickten, fanden wir nichts. Überall lagen zerbrochene, zurückgelassene Gegenstände herum. Einige davon mußten für die Besitzer recht wertvoll gewesen sein: große, bemalte irdene Töpfe und Schmuckstücke aus gehämmertem Kupfer, Streifen gefärbter Fellstücke.

»Weißt du, wie lange man braucht, um so etwas herzustellen?« fragte te Kiore. »Diese Leute sind Hals über Kopf geflohen. Ich bin mir ziemlich sicher, daß niemand mehr hier ist, sonst hätten sie sich diese Sachen später geholt – das hier bedeutet Reichtum! Es ist so, als würde man aus der Bank rennen und den vollen, offenen Safe zurücklassen.«

»Geflohen!« grunzte Ape kurz angebunden und schaute sich mit einem Ausdruck von Abscheu um. »Aus Angst!«

»Ich habe auch schon an eine Krankheit gedacht«, nickte ich. »Doch Seuchen zerschmettern keine Häuser. Oder Knochen. Es muß die Angst gewesen sein. Aber ... wovor? Wir kommen nicht weiter. Ich würde es wirklich zu gerne wissen!«

Ape zuckte gleichgültig mit den Schultern. Mir gefiel das nicht. Ich erinnerte mich daran, wie er mir Gefühllosigkeit vorgeworfen hatte. Was zum Teufel führte er jetzt selbst auf? Doch ich sagte nichts.

»Vielleicht sind sie an einen anderen Ort auf der Insel umgezogen«, schlug ich vor. »Wenn wir weiter hinaufsteigen, sehen wir bestimmt mehr – Rauch, oder sonst etwas. Warum probieren wir es nicht mit der Klippe hinter dem Dorf?«

Doch auf dieser Insel war nichts so, wie es schien. Je weiter wir durch den Dunst vordrangen, desto offensichtlicher wurde, daß es sich weder um eine Klippe, noch um eine andere natürliche Formation handelte. Mir kam wieder Borobodur in den Sinn; das hier sah mindestens ebenso einschüchternd aus. Achtzehn, vielleicht zwanzig Meter hoch erstreckte sich rund um diesen Ausläufer der Insel eine riesige Mauer.

»Das hat uns gerade noch gefehlt!« entfuhr es Jacquie.

Ich verstand nur zu gut, was sie meinte. Die Mauer war schon schlimm genug; doch um die ganze Sache abzurunden, befand sich genau in ihrer Mitte ein Tor von enormen Ausmaßen. Inzwischen hätte mir sogar der Anblick eines normalen Drehkreuzes die Nackenhaare zu Berge stehen lassen, doch das hier war wirklich entsetzlich. Das Tor war riesig, beinahe so hoch wie die Mauer selbst, mit ungefähr vier Meter messenden Plattformen auf jeder Seite. Als noch alle Riegel verschlossen gewesen waren, mußte es unüberwindbar gewesen sein. Jetzt hingen die beiden riesenhaften Türflügel schief in ihren uralten Scharnieren, wie es schien von der gleichen Kraft eingebeult und zertrümmert, die auch das Zentrum des Dorfes zerstört hatte. Der gigantische Riegel, der sie gesichert hatte und von den Plattformen aus zu bedienen gewesen war, lag in zwei Teile zerbrochen darunter.

»Alle Wetter!« grummelte te Kiore. »Was kann das nur gewesen sein? Eine Elefantenherde?«

Sämtliche Vorstellungen von Taifunen verschwanden aus meinem Kopf. Ich fing an, mir eine mittelalterliche Belagerungsmaschine vorzustellen, ein gewaltiges, unaufhaltsames Monster mit der Wucht einer ganzen Armee hinter sich. Nur daß eine großzügig angelegte Treppenflucht zum Tor hinaufführte, große Stufen in Abständen, die jedem Preisboxer das Herz aus dem Leibe trainiert hätten; wie konnte »es« diese Stufen bewältigt haben? Und wenn es ihm schon gelungen war – wo war es jetzt?

Als wir die ersten Stufen erklommen hatten, verwarf ich auch diese Idee. Hinter den Toren lauerte nichts als Dunkelheit. Ein Dschungel, üppiger und dichter als der Wald diesseits der Mauer, ein verwobenes Dickicht, das sich rings um den Fuß des Gebirges erstreckte. Keine Maschine und auch keine Armee waren hier durchgekommen. Was war es also gewesen? Als hätten die Berge selbst ihre felsigen Hände ausgestreckt, um die menschliche Heimsuchung von der Insel zu wischen …

Doch von hier betrachtet sah die Mauer ganz so aus, als könne sie sogar einen solchen Angriff abwehren. Sie war aus riesigen, behauenen und dicht an dicht gefügten Steinblöcken erbaut; und sie war unglaublich dick, mindestens zehn Meter am Tor, dort wo die Plattformen herausragten. Selbst wenn es sich nur um eine Steinverkleidung für eine Mauer aus Lehm gehandelt hätte – wie bei den Inkas –, wäre sie schon eindrucksvoll genug gewesen; doch diese hier bestand aus massiven Steinen, ein Meisterwerk, das sich durchaus mit den Pyramiden messen konnte. Von dem gigantischen Schlußstein über dem Tor glotzte ein Gesicht auf uns herab, mit hervorquellenden Augen, spitzen Zähnen im aufgerissenen Maul und der Andeutung einer Mähne – beinahe wie diese Löwenmaske, die mir so viele Rätsel aufgegeben hatte. Jacquie war sich da nicht so sicher.

»Sieht fast südamerikanisch aus, die abgeflachten Gesichtszüge, die ausgeprägten Diagonalen …« Sie kicherte. »Vielleicht hatte Heyerdahl doch recht mit seiner Osterinsel, und die Inkas haben wirklich den Pazifik überquert!«

»Natürlich hatte er recht!« fuhr te Kiore dazwischen.

»Die meisten Anthropologen sind da anderer Meinung«, widersprach Jacquie.

»Zum Teufel mit den Anthropologen«, meinte der Maat freundlich. »Keiner von ihnen ist auf die logischste Idee gekommen.«

»Und die wäre?«

»Sich einfach mal von den alten Inkas mitnehmen zu lassen.«

Ich hustete. »Was ist denn das dort oben? Sieht fast aus wie ein Galgen.«

Jacquie reckte den Hals. »Eine Art Gong?«

»Genau«, pflichtete ihr Te Kiore bei. »Komischer Platz für die Türklingel.« Er blickte über die zusammengebrochenen Stapel dicker Balken, die oben auf den Plattformen lagen. »Würde sagen, auf dieser Stelle war das der einzige Weg, dort hinaufzugelangen, oder warum hätte man sie sonst bauen sollen? Vielleicht auf der anderen Seite ...«

»Warte!« unterbrach ich ihn heftig. »Es handelt sich doch um ein Tor, oder? Ape, was meinst du, sind wir in Sicherheit?«

Er warf mir einen durchdringenden Blick zu, als hätte ich ihn aus den schönsten Träumen gerissen; dann hob er die Nase schnüffelnd in die Luft, zögerte einen Moment und zuckte dann die Achseln. »Da lauert nichts, jedenfalls nicht auf dich. Vielleicht irgendeine Gefahr, aber nicht von dieser Art. Was es genau ist ... schwer zu sagen. Außer, daß es von hier stammt ... es gehört hierher.«

»Das will ich gerne glauben. Ich bleibe auf der Hut!« Ich schaute ängstlich nach oben, als wir unter dem drohenden Schlußstein durch das Tor traten. Ich suchte nach Jacquies Hand. »Allmählich krieg' ich wirklich Schiß.«

»Ich auch.« Wir flüsterten, als hätten wir uns abgesprochen. »Und so wie es aussieht, geht es Ape auch nicht anders!«

Das stimmte. Er starrte hierhin und dorthin, die Finger seiner großen Hände spreizten sich und ballten sich wieder zu Fäusten, und er murmelte pausenlos vor sich hin. Vorsichtig streckten wir die Köpfe um die Ecke des Tores; doch kein Nebelvorhang umfing uns. Nur noch ein dünner Streifen lag um einen überwachsenen Hügel auf der anderen Seite der Lichtung, eine Felsnase aus verwitterten grauen Steinen mit eigenartigen weißen Flecken. Genau dorthin starrte Ape jetzt mit einem überaus neugierigen Gesichtsausdruck. Erst dann fielen auch mir die Details auf, wie bei einem Röntgenbild, und das Blut wollte mir in den Adern gerinnen. Weitere Stufen, eine Plattform, viel höher als ein Mensch, eine Säule – nein zwei, eine war zerbrochen –, alles aus diesem verwitterten Stein und von gezackten Reliefs bedeckt. Die weißen Flecken waren aus anderem Material: es waren Schädel. Einer grinste uns aus einer Vertiefung im Stein an, weiß und sauber; er mußte sehr viel älter sein als die anderen Überreste, die wir hier gefunden hatten. Auf ungefähr anderthalb Metern Höhe baumelten von jeder Säule Stricke herab, und die Haken, an denen man sie festmachen konnte, verrieten ihren Zweck. Mir lief ein Schauer über den Rücken.

»Hier ist sowas wie ein Pfad!« rief te Kiore. »Ein Wildpfad vielleicht, aber ziemlich ausgetreten. Und häufig benutzt … Ob die Eingeborenen …«

Ich hielt den Atem an und sah zu den anderen Seeleuten zurück, die hinter uns durch das Tor kamen. »Vielleicht, vielleicht auch nicht. Wir riskieren einen kurzen Blick, mehr nicht. Und diesmal könnt ihr die Finger etwas lockerer an den Abzug legen, Jungs!«

Das mußte ich ihnen nicht zweimal sagen. Zuerst schlichen wir uns einen Schritt nach dem anderen auf die Lichtung hinaus, wie Meerestiere, die jederzeit bereit waren, wieder unter ihre Felsen zu huschen. Die Gewehre waren entsichert. In meinem Gürtel steckte ein Paar Pistolen, doch ich ließ sie dort stecken. Irgendwie verschaffte mir das Schwert, das mir gegen den Schenkel schlug, ein größeres Gefühl der Sicherheit. Jacquie legte einen Pfeil in ihren Bogen ein, eine recht harmlose Vorkehrung gegen das erdrückende Gewicht dieses Urwalds, ein so dunkles und dichtes Gestrüpp, daß es beinahe farblos wirkte. Ich nahm zwei dschungelerfahrene Männer mit an die Spitze, ein kurzgewachsenes, düsteres Duo: einen Ukit mit Namen O'Halloran – dazu gab es auch eine Geschichte – und einen Iban mit noch dichteren Tätowierungen als te Kiore und erstaunlich langgezogenen Ohrläppchen. Doch auch sie hatten etwas Vergleichbares noch nicht gesehen. Te Kiore teilte ich der Nachhut zu, zusammen mit einer Gruppe von Eskimos, die ihn stützen konnten, falls es Ärger gab; er beschwerte sich nicht im geringsten. Ape trottete irgendwo in der Mitte mechanisch mit, als wäre er mit seinen Gedanken meilenweit entfernt.

Halb geduckt, jeder so gespannt wie Jacquies Bogensehne, schlichen wir den Pfad entlang. Er war tatsächlich recht breit. Eine Elefantenstampede schien mir jetzt schon vergleichsweise angenehm. Die Waldleute deuteten wiederholt auf abgebrochene Äste und umgeknickte Bäumchen, doch keine dieser Spuren schien frisch zu sein. Das einzig Sonderbare, was wir entdeckten, war ein großer Abdruck im getrockneten Schlamm, als hätte dort etwas Riesiges gelagert. Ansonsten war es nur langweilig, bis auf das Geraschel kleinerer Tiere im Unterholz und die krächzenden Rufe einiger ausgesprochen unmusikalischer Vögel. Der Pfad stieg stetig und unverkennbar an. Durch die wenigen Lücken im dichten Dschungelvorhang konnte ich einige Abschnitte des Berghanges und des schäumenden Wasserfalles, der dort herabstürzte, erkennen. Es gab nicht das geringste Anzeichen von menschlichem Leben, nirgendwo schien der Dschungel sich zu lichten. Ich wollte schon den Befehl zum Umkehren geben, dann erlag ich doch der Versuchung, noch um die nächste Biegung des Pfades herumzugehen. Vor uns öffnete sich eine Art Lichtung – und O'Halloran und der Iban blieben so unvermittelt stehen, daß wir anderen alle aufeinanderprallten. Jacquie hätte mich beinahe mit dem eingelegten Pfeil aufgespießt, und ich befürchtete, daß sich ein Schuß lösen könnte. Ich war jedoch groß genug, um über die Köpfe unserer Scouts hinwegzusehen, und vergab ihnen sofort. Sie mußten mich nicht am Ärmel zupfen und mir erklären, auf was wir da gestoßen waren.

Zuerst dachte ich, es handelte sich um die Überreste weiterer Hütten, mit einem aus blanken Stangen gefertigten Käfig mittendrin. Doch weit gefehlt. Zwar war schon einiges von

Aasfressern auseinandergerissen worden, doch die größten Knochen lagen noch dort, wo sie hingefallen waren; auf der Seite, von ledrigen Sehnenbündeln zusammengehalten. Ein Käfig, ein großer Korb war es wohl: ein Brustkorb. Ich hätte ohne weiteres – falls ich das Bedürfnis danach verspürt hätte – darunter durchlaufen können. Vorsichtig stocherte ich mit dem Schwert in den umherliegenden Knochenhaufen herum und drehte einige Exemplare um. Es fiel schwer zu glauben, daß sie alle von einem einzigen Skelett stammen sollten. Es waren enorm breite Knochenplatten und längliche Spieße darunter, große Verbindungsstücke sowie riesige Klumpen verschrumpelter, mit warzigen Knoten besetzter Haut. Im zertrampelten Unterholz konnte man noch immer den Umriß des Untiers erkennen, an den Knochen und am schwärzlichen Gras, wo sein Fleisch verwest war. Es mußte fast so groß wie die gesamte Lichtung gewesen sein. »Was, um Himmels willen, war das für ein Ding?« fragte, vielmehr flüsterte ich. »Ein richtiges Monster – was meinst du, Ape?«

Er betrachtete den Ort mit einer seltsamen, entrückten Intensität – nicht unbedingt die Knochen, einfach die ganze Szene. Als ich meine Frage wiederholte, schüttelte er nur den Kopf und grunzte etwas Unverständliches. Te Kiore zuckte theatralisch die Achseln und hielt sich die Nase zu. Jacquie wand sich Haarsträhnen um die Finger. »Diese Knochenplatten – ich weiß nicht. Ich habe sowas schon mal gesehen. Es könnte eine Art … also eine Art Dinosaurier sein. Ein Stegosaurus. Nur ist das hier viel zu groß dafür.«

»Zu groß? Ich dachte immer, die Viecher seien so … egal. Ein Saurier. Jedenfalls groß genug, um diese Orgie der Vernichtung unten im Dorf anzurichten.«

»Er«, folgerte Jacquie messerscharf, »oder das, was ihn getötet hat.«

Ich spürte einen Schauer, der mir wie ein verirrter Eiswürfel langsam die Wirbelsäule hinunterglitt. Gerade als ich etwas sagen wollte, fiel mir auf, daß Ape uns intensiver als je zuvor anstarrte. Der Anblick des Untiers hatte mir nicht die Haare zu Berge stehen lassen, doch dieser Blick schaffte es mühelos. Ich ging einen Schritt auf Ape zu. Sein Blick veränderte sich nicht. Er konzentrierte sich ganz auf Jacquie.

»Ape!« entfuhr ihr ein irritiertes Flüstern. »Was ist denn los? Spürst du etwas?«

Ape schüttelte zögernd den Kopf, dann schaute er plötzlich wieder zum Dschungel hinüber, als schwankte er zwischen Faszination und Widerstreben. »Ich ... ich werde von etwas angezogen«, murmelte er durch seine großen Zähne. »Als hätte dieser Ort ... so etwas wie einen Anspruch auf mich – als würde ich irgendwie hierher gehören – als würde das von mir erwartet ...«

»Also, das ist absoluter Quatsch!« unterbrach ich ihn. Mir reichte es jetzt allmählich. »Ich bin verantwortlich für dieses Kommando, und ob Anspruch oder nicht, wir gehen wieder zurück. Oder glaubt ihr, wir finden noch einen lebenden Dorfbewohner, wenn hier solche Urviecher herumlaufen?«

Ape warf mir einen stumpfen Blick zu. »Dann geh. Ich bleibe!«

»Spinnst du?« zischte te Kiore.

»Alles deutet darauf hin, daß es hier gefährlich ist!« sagte ich eindringlich und nahm ihn am Arm. »Du kannst nicht bleiben –«

»Ich will nicht hierbleiben!« Er schlug meine Hand recht sanft zurück, doch es kam wie ein brennender Schlag, und er schickte ein zorniges Fauchen hinterher, das alle einen Schritt zurückweichen ließ. Er reckte seinen Rücken gerade und funkelte uns wütend an. Er richtete sich auf, die Schultern nicht mehr gebeugt, was ihn beinahe zu meiner Größe aufragen ließ. »Ich ... ich muß herausfinden, was das alles bedeutet! Etwas zieht mich weiter. Etwas sagt mir, daß ich hier dringend gebraucht werde. Daß hier eine andere Pflicht zu erfüllen ist, *anders die erg belangrijk ist...*«

Sein Akzent wurde immer breiter, je aufgeregter er wurde,

bis ich kaum noch verstehen konnte, was er sagte. »Was meinst du mit wichtiger? Worauf willst du hinaus? Es ist sehr gefährlich hier, das ist wichtig!« Er warf den Kopf widerstrebend hin und her und drehte sich zur Seite. Ich packte ihn an der Schulter. »Verstehst du mich denn nicht, verdammt nochmal? Nicht *belangrijk*, sondern ausgesprochen *gevaarlijk*, du Idiot!«

Er schlug zu. Wenn er so hart zugeschlagen hätte wie damals auf dem Zug, hätte er mich wohl zu Boden gestreckt. Trotz aller Entschiedenheit war es jedoch ein schwerfälliger, nur halbherziger Knuff, dem ich leicht ausweichen konnte. Er hatte ihn auch falsch eingeschätzt, als ob er dachte, sein Arm sei beträchtlich länger – obwohl er in dem dunstigen Licht lang genug wirkte.

»*Laat me met rust!*« knurrte er und fletschte die Zähne. »Ich muß zum Ursprung dieses ...« Er blickte uns mürrisch an, atmete schwer, das Kinn auf der gewölbten Brust, die Lippen über den breiten Zähnen zurückgezogen. Die Wut in diesem Gesicht konnte einem schon genug Angst einjagen, doch wenn man daran dachte, zu was er alles fähig war... Die Mannschaft dachte offensichtlich genau daran, denn sie zog sich langsam auf den Pfad zurück. Ich mußte an Le Stryge denken, rührte mich jedoch nicht von der Stelle.

»Wir können dich hier nicht einfach allein zurücklassen, Ape. Was ist denn in dich gefahren? Ich kenne dich kaum wieder!«

Er fauchte wieder etwas Unverständliches und verpaßte mir noch einen leichten Schlag. Dann bedeutete er uns, abzuhauen, drehte sich um und ging mit schweren Schritten den Pfad hinauf. Und immer noch murmelte er vor sich hin. »... auf den Berg, *misschien* ...«

»Ape!« rief ich ihm hinterher. »Laß mich wenigstens mitkommen! Ich bin dir noch was schuldig! Und du hast uns so weit gebracht –«

Plötzlich drehte er sich um. Einen Augenblick lang dachte

ich schon, er wollte sich auf mich stürzen. Dann riß er seine schmalen Augen auf und verdrehte sie zuckend zur Seite. »Du!« Er grunzte. »Nein! *Du* … du darfst mitkommen!« Er starrte Jacquie an. »Könnte sein … müssen etwas … besprechen …«

»Von wegen!« explodierte ich. Er ignorierte mich einfach und humpelte auf sie zu. Sie wich aus, doch sein Arm schnellte vor, unerwartet weit, und seine riesige Hand packte sie am Arm. Ziemlich zum ersten Mal, seit ich sie kannte, schrie Jacquie richtig auf. Ich hechtete auf Ape zu, doch sein Knurren ließ mich beinahe mitten im Sprung erstarren. Wieder ließ er nur einen lässigen, verächtlichen Schlag los, nicht mehr als eine harmlose Rückhand; diesmal jedoch traf er.

Hätte er mich im Nacken getroffen, wäre ich wohl auf der Stelle tot umgefallen. Er erwischte mich aber an der Brust und schleuderte mich mitten in den grausigen Haufen der Verwesung hinein. Ich rollte zwischen die Knochen, verletzt und nach Atem ringend, und ruderte mit den Armen, um wieder auf die Beine und an mein Schwert zu kommen, falls er noch einmal auf mich losgehen würde. Statt dessen machte er sich mit großen, hüpfenden Sprüngen davon, wobei er beide Handgelenke Jacquies mit einer Hand festhielt. Ihre widerspenstigen Tritte und Schreie zeigten dabei ebenso wenig Wirkung, wie sie es auf ein Gespann wilder Pferde gehabt hätten. Te Kiore machte einige wacklige Schritte, doch die anderen blieben wie angewurzelt mit offenen Mündern stehen. Ape hastete den Dschungelpfad entlang, knickte in seiner Eile Zweige und Äste und entschwand unseren Blicken.

Ich zog mich an einem Felsbrocken hoch, doch er rollte im Gras davon. Es war ein sauber abgenagter Schädel – riesig, wie der eines Pferdes oder noch größer, doch für dieses Untier hier kam er mir wiederum nicht groß genug vor. Über einer der großen Augenhöhlen klaffte ein sauberes kleines Loch; dahinter, direkt am Gelenkhöcker, sah ich ein zerschmettertes

Durcheinander. Zweifellos das Ein- und Austrittsloch eines Geschosses ins Gehirn.

Ich starrte den Schädel einige Sekunden lang an und dann, schreckerfüllt, den Pfad vor mir. »Wir müssen ihn aufhalten!« schrie ich. »Sobald er auf der Bergspitze angelangt ist, kriegt ihn keine Armee wieder von dort weg!«

Te Kiore schaute mich verwundert an. »Weißt du denn, wo er hin will?«

Meine Reaktion war so instinktiv gewesen, daß es mich einige Anstrengung kostete, mir noch einmal ins Gedächtnis zurückzurufen, was ich gesagt hatte und was es bedeutete. Erst in diesem Moment wurde mir alles klar, und der Schrecken traf mich mit voller Wucht.

»Los, weg von hier!« schrie ich ihn an. »Geht nicht weiter! Zurück zum Dorf! Diese Insel ist – großer Gott, sie ist gefährlich! Gefährlicher als ihr euch vorstellen könnt!« Natürlich blieben sie einfach nur stehen und glotzten. Ich kam mit einiger Mühe wieder auf die Beine, doch meine Brust fühlte sich an, als stünde sie in Flammen. »Ich verfolge die beiden! Hört ihr nicht, was ich sage, ihr dummen Kerle? Geht wieder auf die andere Seite der Mauer und wartet dort! *Los, beeilt euch!*«

Jetzt war es an mir, sie mit offenem Mund stehenzulassen. Ich holte tief Luft, keuchte vor Schmerz und rannte dann hinter Ape her.

Seit meiner Zeit bei den Pfadfindern hatte ich keine Spuren mehr gelesen, doch um Ape zu verfolgen, mußte man kein Genie sein. Seine massigen Füße hinterließen im feuchten Dschungelboden gut erkennbare Abdrücke, die sich mit irgendeiner Flüssigkeit füllten. Er rannte wie ein wildgewordener Mähdrescher durch den Wald, durch kleine Äste und Farngestrüpp und herabhängende Ranken, die ihn wie Peitschen treffen mußten. Entweder war seine Haut ungewöhnlich dick, oder es machte ihm nichts aus, getroffen zu werden. Auf dem einen oder anderen Blatt sah ich Blutspuren und hoffte nur, daß sie nicht von Jacquie stammten. Hier und da konnte ich Schleifspuren im feuchten Waldboden entdecken, und aus der Ferne hörte ich ihr Schreien und Kreischen. Immerhin etwas; wer schreit, ist noch am Leben. Doch wenn ich mich nicht irrte – und ich war mir so sicher, daß ich kaum noch klar denken konnte – mußte ich rasch dafür sorgen, daß es auch so blieb. Denn schon bald würde Ape in ernste Schwierigkeiten geraten, und er war nicht darauf vorbereitet. Nicht direkt. Noch nicht.

Als ich über einen Hügel kam, sah ich beide weiter unten in dem kleinen Fluß. Er zog sie halb, halb trug er sie, wobei sie seine Beine mit Tritten und seinen Kopf und die Schultern mit bloßen Fäusten, kleinen Ästen und allem, was sie sonst im Vorübergehen in die Finger bekam, traktierte. Ihre Selbstverteidigungs-Lehrerin wäre stolz auf sie gewesen. Jeder normale Vergewaltiger hätte längst aufgegeben, doch auf Ape machte ihre Gegenwehr, soweit ich das beurteilen konnte, nicht den geringsten Eindruck. Jacquie hielt sich an Büschen und Zweigen fest, doch er wurde kaum langsamer, riß sie ohne Mühe los und hastete weiter. Während ich atemlos hinter ihnen herrannte, fiel mir ein, daß er fast sicher sein konnte, daß ihn niemand verfolgte. Wahrscheinlich hätte es ihm aber auch nicht viel ausgemacht. Er versuchte nicht, mir oder jemand anderem zu entkommen. Er bewegte sich mit dieser Geschwindigkeit, weil er daran gewöhnt war, oder weil sie von ihm erwartet wurde.

Sie erklommen die andere Seite des Tales. Ich hätte eigentlich spätestens am Fluß, den ich mit großen Schritten durchwatete, erschöpft sein müssen; doch vielleicht veränderte dieser Ort auch mich. Das permanente Dröhnen in meinen Ohren, das singende Rauschen meines Blutes in den Schläfen und der Atem in meiner Kehle waren nicht mehr als eine drängende Musik, die mich vorantrieb. Doch jetzt waren die beiden schon fast auf dem Kamm angekommen, wo der Pfad in einer Kerbe die Bergwand durchschnitt. Dahinter bauten sich erneut drohend die Dschungelbäume auf, sogar noch dichter als auf dieser Seite und von geisterhaften Nebelfahnen durchzogen. Ape erreichte den Scheitelpunkt, kämpfte einen Moment mit Jacquie, klemmte sich die strampelnde Frau regelrecht unter den Arm und verschwandhinter der Kerbe.

Kurz darauf kam auch ich dort oben an und mußte mich taumelnd festhalten, denn der Boden schien gleich hinter dem Einschnitt steil abzufallen. Erdbrocken und kleine Steine kollerten den Hang hinab, in eine undeutliche graue Masse hinein. Die Bäume hier waren noch größer, als sie von weitem ausgesehen hatten, ihre Wurzeln krallten sich in einen Steilhang, die Seitenwand eines flachen Tals zwischen zwei Ausläufern des Berges – ein Tal voller Nebel. Von der anderen Seite schimmerte Wasser herüber, Pfützen und Tümpel sowie eine größere Fläche. Die schwere, feuchte Luft stank nach Sumpf. Die Erinnerung riß mich aus meiner Erstarrung. Ich rutschte den glitschigen, matschigen Pfad hinab. Der Dunst umfing mich wie ein klammer Mantel. Es wurde tatsächlich gefährlich; Ape mochte hier vielleicht durchkommen, doch ich war mir ziemlich sicher, daß sich hinter den Bäumen ein überwucherter Sumpf mit wogenden Schilfinseln und modrigen Baumstümpfen erstreckte, feucht und schleimig. Weiter hinten öffnete er sich wahrscheinlich zu einem See, spiegelglatt und still, bis auf vereinzelt zwitschernde Sumpfdrosseln. In welche Richtung war Ape gegangen? Ich hörte Jacquie etwas rufen, doch im Nebel war die Richtung kaum auszumachen. Ich holte tief Luft und hoffte, daß mir die Stimme nicht versagte.

»Jacquie !« rief ich. »Halte ihn auf! Nur noch eine Minute!«

Meine Stimme weckte eine kreischende Kakophonie aus Gurgeln, Schreien, Zwitschern und hämischem Geheul, als schrien mir sämtliche Kleintiere dieser Insel offen ihre Feindschaft ins Gesicht. Und dahinter erhoben sich tiefere Töne, schreckliche Geräusche wie zischende Blasebälge, widerhallendes Grollen, das aus höhlengroßen Kehlen und Lungen wie Brennöfen zu kommen schien. Draußen im See durchbrach ein gekrümmter Rücken die Oberfläche, grauglitzernd wie nasser Schiefer, und in einem schimmernden Tropfenregen erhob sich ein langer Schwanenhals, der sich sogleich suchend hin und her bewegte. Plötzlich erblickte ich auch Ape, nicht so weit von mir entfernt, wie ich befürchtet hatte. Er platschte schwerfällig durch die ersten Tümpel, weil Jacquie ihm noch immer wie verrückt zusetzte. Ich rannte zwischen Röhricht und Gestrüpp hindurch und, über abgebrochene Äste springend, hinter ihnen her. Die stinkende Brühe spritzte links und rechts auf, und kleine Lebewesen schlängelten sich rasch zur Seite. Erst jetzt, glaube ich, dämmerte Ape, daß ich ihn verfolgte. Er warf einen Blick über die Schulter, dann drehte er sich um. Sein Anblick allein hätte mich fast mitten im Lauf gestoppt.

Die Verwandlung war schrecklich. Es war keine Täuschung, die man mit dem diffusen Licht des Nebels erklären konnte. Er war gewachsen, maß jetzt fast zweieinhalb Meter, und selbst während er sich umdrehte, schien er weiter zu wachsen, als würde ihn die Wut, die sich auf seinem Gesicht spiegelte, förmlich aufblasen. Seine Schultern schwollen, und seine Muskeln sprengten die Nähte seiner Jacke. Der helle Haarmop um sein Gesicht war dunkel geworden, die Züge hatten sich vergröbert. Der mürrische Ausdruck manifestierte sich in einem angsteinflößenden Knurren, das ein Maul voller riesiger gelber, unmenschlich langer Zähne entblößte.

Jacquie warf einen Blick in dieses Gesicht und fing panisch zu schreien an. Fast hätte ich es ihr gleichgetan. Fast hätte mich der Schock zu lange aufgehalten, denn eine riesenhafte Pranke löste sich von Jacquie und schoß auf mich zu. Ich konnte mich gerade noch rechtzeitig ducken, sie grabschte an mir vorbei, erwischte einen zerbrochenen Ast, riß ihn aus dem Sumpfboden und schleuderte ihn nach mir. Ich rettete mich stolpernd ins hohe Schilf. Mit einem zufriedenen Grunzen drehte Ape sich wieder um, atmete schwer und hob Jacquie mit der einen Hand, die sie noch festhielt, einfach hoch. Sie schrie und strampelte wie wahnsinnig. Er wollte weiter, tiefer ins Wasser hinein, doch sie krallte sich in seine Haut, wollte ihm die Augen auskratzen. Das lenkte ihn ab, er stolperte, und ich war über ihm.

Ich hatte mein Schwert gezogen und wirbelte damit herum. Ape entfuhr ein donnerndes Brüllen. Er wollte mir die Klinge aus der Hand schlagen. Sein Hieb traf ins Leere, ich riß den schweren Goldgriff hoch und rammte ihn genau unter seinen großen, kinnlosen Unterkiefer.

Der Treffer war weithin hörbar und hätte jeden normalen Mann niedergestreckt. Ape heulte auf und taumelte. Obwohl sich innerlich alles dagegen sträubte, holte ich erneut aus und plazierte einen schnellen Schlag hinter sein Ohr. Er rollte mit den Augen, wankte, und ich zielte noch einmal, schlug diesmal mit beiden Händen zu. Er starrte Jacquie an, doch sein Blick konnte sich nirgendwo mehr festhalten. Als Ape nach vorne wankte, knallte sie ihm noch einen harten Karate-Fußstoß an die Schläfe. Er verdrehte die Augen und kippte mit einem tiefen Stöhnen vornüber. Jacquie ging mit ihm zu Boden, doch ich konnte sie gerade noch auffangen. Einen herrlichen, atemlosen Moment lang hielten wir uns aneinander fest, die Arme umeinandergeschlungen, preßten die zerkratzten, brennenden Wangen aneinander. Dann schob ich sie keuchend weg.

»Wir sind noch nicht in Sicherheit! Möglicherweise wirkt es auch, wenn er bewußtlos ist!«

»Was wirkt?« fragte Jacquie irritiert und zitternd. »Vielleicht könntest du mir – bevor ich anfange zu sabbern und mir die Haare auszureißen – einen winzigen Hinweis geben, was hier –«

»Diese Insel!« Vom See her ertönte ein Platschen, und zwar ein ziemlich heftiges, und ich schaute mich ängstlich um. »Weiß Gott, was wir alles mit diesem Krach aufgeweckt haben! Die Ranken dort … und dein Gürtel …«

Mit allem, was zur Hand war, schnürten wir Apes Hände

und Füße zusammen. Dann machten wir uns daran, ihn den Hang hinaufzutragen, wobei wir uns ständig zum See und zum Unterholz umschauten. Sein Gewicht machte uns ziemlich fertig. Meistens zogen wir ihn mehr als daß wir ihn trugen. Als wir es endlich bis zur Kerbe in der Bergwand geschafft hatten und ihn hinüberschoben, war das einer der glücklichsten Momente in meinem Leben. Zwar bot auch das noch keine absolute Sicherheit, doch zunächst mußten wir einige Minuten verschnaufen, bevor wir uns daran machten, ihn den ganzen Hang hinunterzutragen. Das ging etwas leichter und ohne nennenswerte Zwischenfälle, doch als wir auf der Lichtung mit den Knochen ankamen, waren wir restlos ausgepumpt. Te Kiore und die anderen hatten meinem Befehl Folge geleistet, doch zum Glück daran gedacht, an der Mauer einen Ausguck auf einem der Bäume zu postieren; sobald sie uns entdeckt hatten, kamen sie uns entgegen. Wir schafften den noch immer besinnungslosen Ape in den Schutz der Mauer. Unsere Männer hatten einen der Flügel geschlossen und den anderen angelehnt, so daß wir zumindest die Illusion von Sicherheit genossen.

»Und jetzt, verehrte Schiffskameraden«, sagte te Kiore mit eiserner Selbstkontrolle, als wir unsere stöhnende Last neben der kleinen Feuerstelle abluden, »jetzt wäre es wohl an der Zeit uns zu verraten, *was zum Teufel auf dieser verdammten Insel eigentlich vorgeht!*«

»Schau bloß nicht mich an«, stöhnte Jacquie.

»Wir haben ihn gerade noch rechtzeitig herausgeholt«, keuchte ich. »Es hatte ihn schon fest im Griff … Er veränderte sich, wurde immer größer … unglaublich schnell. Er trug Jacquie schon unterm Arm. Doch er wollte den Sumpf schnell durchqueren, und es war gefährlich! Und dann etwas bekämpfen, etwas Großes und Gefährliches, wenn ich mich recht entsinne. Wie dieses Biest auf der Lichtung, nur noch schauerlicher. Aber dazu war er noch nicht groß genug. Obwohl er wirklich … man konnte zusehen, wie er …«

Ich konnte es selbst kaum fassen. Ich hatte ihre ungeteilte Aufmerksamkeit. Ich blinzelte. »Wollt ihr wirklich sagen … keiner von euch hat … ihr habt wirklich *keine Ahnung?* Also dann …«

Gerade als ich mir überlegte, wo ich anfangen sollte, kamen neue Probleme auf uns zu. Die Luft schien zu dröhnen, dann erklang ein einzelner, dumpfer Ton, wie ein titanisches Aufstampfen. Doch der kam nicht aus unserer Nähe oder von der anderen Seite des Tores, sondern vom Meer her. Wir sprangen auf. Im Stehen konnten wir von hier aus das Riff sehen – und den Streifen weißen Wassers, der die Passage in die Lagune markierte. Genau dort zeichnete sich der schlanke, dunkle Umriß eines großen Dampfschiffes ab. Der hohe Schornstein rauschte, die gewaltigen Schaufelräder drehten sich wie rasend, und von der Steuerbordseite stieg der Rauch einer schweren, soeben abgefeuerten Kanone auf.

»Alle Teufel!« brüllte ich. »Los, auf! Wir müssen Ape zum Strand bringen! Vielleicht kommt er dort wieder zu sich und kann noch etwas unternehmen, bevor sie landen! Das ist unsere einzige Chance!«

»Du hast recht!« nickte te Kiore zustimmend. »Dann auf sie mit Gebrüll, Jungs!«

Wir erreichten den Strand im Dauerlauf. Jacquie war fast am Ende, mir ging es auch nicht besser, und te Kiore humpelte mühsam. Ape war nicht mehr als ein stöhnendes Wrack auf einer Behelfstrage, sah sich jedoch schon wieder viel ähnlicher. Am Strand sahen die Dinge nicht ganz so aus, wie wir sie uns vorgestellt hatten. Der große Schaufelraddampfer verließ gerade die Ausfahrt des Kanals und machte nicht die geringsten Anstalten zu landen – oder uns zu beschießen. Statt dessen drehte er wieder in tieferes Gewässer, direkt hinter unserem gestrandeten Schoner, der im Vergleich zu ihm wie ein Zwergenschiff aussah. Der fremde Dampfer war mindestens einhundert Meter lang, wirkte elegant und wuchtig zugleich. Von dieser Position aus konnten sie unser Schiff und den Strand mit Kartätschen bestreichen, doch es sah nicht so aus, als gingen sie in Feuerposition; es wurden auch keine Beiboote abgesetzt. Statt dessen öffnete sich die nächstgelegene Geschützpforte, ein Knall ertönte, und eine weiße Rauchwolke stieg auf. Kein Kreischen, kein Einschlag, nur das verzerrte Quäken eines Megaphons in gutem Englisch. Nun ja – relativ gutem Englisch.

»Ahoi! He, ihr Jungs dort am Strand, was treibt ihr da eigentlich? Macht euch verdammt nochmal aus dem Staub, hört ihr? Los, in die Boote und dann ab! Diese Insel ist ein absolut ungesundes Pflaster!«

»Die meinen, in den Booten können sie uns besser treffen«, murmelte te Kiore mißtrauisch.

»Nein«, widersprach ich ihm. »Das glaube ich nicht. Und eins kannst du mir glauben: jede Minute, die wir noch länger hier bleiben, könnte eine zuviel sein! In die Boote, Männer!«

Ich war der erste an Land gewesen; jetzt war ich der letzte, der das Boot wieder in die Wellen schob, dann schwang auch ich mich hinein. »Und jetzt?« erkundigte sich te Kiore, der wieder an der Ruderpinne saß. »Zurück zum Schoner?«

»Nein. Halte auf den Dampfer zu.«

Die Ruderer schrien wie auf Kommando auf mich ein. Ich wußte nicht, ob ich in diesem Augenblick meiner ersten Meuterei ins Auge blickte. Te Kiore brüllte sie nieder, dann wandte er sich an mich: »Der verdammte Dampfer – herrje, du hast doch nicht etwa vor, ihn zu entern?«

»Nein, natürlich nicht. Aber … sieh mal, sie haben uns doch am Arsch gepackt, oder? Was bleibt uns also anderes übrig? Womöglich ist es nicht so schlimm wie du denkst. Ihr Gruß klang jedenfalls nicht direkt unfreundlich.«

»Wenn es so schlimm ist, wie ich denke, dann sind wir Hackfleisch«, meinte er. »Aber du hast hier das Sagen, Kumpel. Ich bin schon lange mit meinem Latein am Ende, aber ich habe das dumpfe Gefühl, du noch nicht.«

»Nein«, sagte ich und wunderte mich selbst über meine

Worte. »Irgendwie ... glaube ich das auch. Und hier draußen auf der Spirale ist es fast das erste Mal ... Los, rudert! Rudert!«

Die alten Piraten murrten zwar, doch sie legten sich auf mein Kommando hin in die Riemen. Wir glitten durch das ruhige Wasser der Lagune und hatten innerhalb kurzer Zeit den Schatten des groben Schiffes erreicht. Es war auf seine Art ebenso schön wie unser Schoner, ja, es sah ihm mit seinen höheren und längeren Ausmaßen nicht unähnlich. Der Bug war hochgezogen und lief spitz zu, die Holzplanken waren durch einen starken Stahlstreifen verstärkt. Darüber sah man niedrige Aufbauten, kleine Masten und ein Stützsegel, das beinahe symbolisch einem herrlichen Schornstein Platz machte, der meerblau glänzte und in einer gezackten Goldkrone endete. Die Brücke lag offen hinter den riesigen Schaufelradkästen, die im Vergleich zu den nachträglich angebrachten des Schoners beinahe natürlich aus beiden Seiten des Schiffskörpers zu wachsen schienen.

»Eine richtige Schönheit!« entfuhr es te Kiore, als wir beidrehten. »Flach drehende Schaufeln, siehst du? Die Stangen sitzen radial auf einer Nocke, damit jedes Paddel gedreht wird, sobald es auf das Wasser trifft. Man braucht weniger Umdrehungen für eine wesentlich bessere Leistung. Das heißt: Das Ding ist *schnell*!«

Die Abdeckungen der Schaufeln waren wie der Schornstein bemalt und mit vergoldeten Leisten verziert, und die Reling, die um jeden dieser Kästen lief, war so verschnörkelt wie ein Balkon in New Orleans und ebenfalls vergoldet. Über einen davon beugte sich eine Gestalt, und als wir angelegt hatten, ratterte eine messingverzierte Strickleiter zu uns herab.

»Weiter hinten haben wir auch eine richtige Treppe, Jungs, aber ihr seht nicht so aus, als könntet ihr nicht mehr richtig klettern! Nicht einmal Ihr, edler Herr, es sei denn, Ihr hättet Eure alten Tricks allesamt vergessen! Damals habt Ihr Euch recht gut angestellt, für einen, der zum ersten Mal ein fettes Handelsschiff kapert! Macht Ihr es immer noch so – ohne eine Kanone als Deckung, oder mein Schwert?«

Ich starrte mit offenem Mund zu der hochgewachsenen Gestalt hinauf, die wie ich ganz in Schwarz gekleidet war. Über die nackten Schultern, die mindestens so breit wie meine waren, ergoß sich eine Welle blonder Locken. Trotz allem wirkte diese imposante Gestalt eindeutig und auf anmutige Weise weiblich.

»*Mall?*« krächzte ich.

Ein Ausbruch gespielter Begeisterung. »Ach du Schreck, einen ausgemachten Schnellmerker haben wir hier, einen, der einen Mühlstein erblickt und schreit: ›Vor welchem billigen Spiegel hat der sich denn heut' morgen rasiert?‹ Nun, mein werter Herr, habt Ihr wohl die Liebenswürdigkeit, zu mir heraufzukommen?«

Ich wollte mich schon auf die Leiter stürzen, als ich die in Gold gekleidete, große Gestalt hinter ihr sah, die sich auf das Außengeländer der Brücke stützte. Ich erinnerte mich der guten Manieren und rief: »Wache! Bitte an Bord kommen zu dürfen, Sir!«

Der Offizier schickte mir einen schneidigen Gruß herunter. Ich grinste die anderen an. »Alles klar, Jungs. Folgt mir – du zuerst, Jacquie. Schaffst du's, te Kiore?«

»Du machst wohl Scherze, Kumpel. Aber was soll denn diese Geschichte schon wieder bedeuten?«

»Frag mich nicht. Wir werden es herausfinden.«

Ich führte Jacquie vorsichtig zur Leiter, doch sie kletterte mit der ihr eigenen Eleganz behende hinauf. Nicht ein einziges Mal rutschte ihr Fuß aus, was man von mir nicht gerade sagen konnte. Mall schaute mit amüsiertem Grinsen zu, hob Jacquie mehr oder weniger über die Reling und packte auch mich herzlich am Kragen. Da standen wir nun, nur wenige Zentimeter zwischen uns, und grinsten uns an – was mich betraf ziemlich atemlos.

»Nun, wie geht es Euch, Ihr Kontur-Matrose?« erkundigte sie sich.

»Und Sie, Sie …«

»Aye?«

»Schon gut. Ich fühle mich sicherer so. Aber was …«

»Und wer ist diese Schönheit, die Ihr da mit Euch herumschleppt, armer Kerl?«

»Äh«, erklärte ich. Mall hatte mir schon vor langer Zeit die Geschichte meines Liebeslebens entlockt, sozusagen mit einer in Seide gehüllten Kneifzange.

»Äh … das ist Jacquie.«

Daraufhin hob sie natürlich die Augenbrauen. »*Die* Jacquie? Aha, daher also weht der Wind. Aber klar doch.« Jacquie sah aus, als wolle sie gleich explodieren, doch Mall packte sie ganz unerwartet an den Schultern. »Meine Dame, wir haben es hier mit einer außergewöhnlich delikaten Situation zu tun. Er hat mir nur erzählt, daß Ihr sehr schön seid, doch er hat Euch nicht in einem Sonnett besungen, wie es Euch nur zu gerecht würde. Seid mir herzlich willkommen!« Sie gab ihr einen schmatzenden Kuß auf die Wange. »Jetzt kommt, selbst auf einem Schiff ist das hier kein Ort zum Verweilen! Ihr anderen dort unten: kommt herauf ohne Angst, und freut euch auf Erfrischungen!«

Sie führte mich und eine ziemlich verdutzte Jacquie um die Galerie herum auf das Hauptdeck,wo eine kleine Karaffe – offensichtlich die Erfrischung – von grinsenden Turbanträgern befingert wurde. »Wir nehmen die unsere mit dem wachhabenden Offizier zu uns«, sagte Mall. »Er kann es kaum noch erwarten, Euch zu begrüßen.«

»Mall«, sagte ich übereifrig, »ich freue mich wirklich, Sie wiederzusehen, aber wie zum Teufel –«

»So jedenfalls nicht«, knautschte eine vertraute Stimme von der obersten Stufe der Treppe zur Brücke herunter. »Viel zu weit abseits aller Routen, sogar für mich.«

Ich starrte auf die kräftige Gestalt in Dunkelblau, mit goldenen Litzen und Knöpfen an der Uniform, hastete die Stufen hinauf und packte die ausgestreckte Hand. »Jyp! Jyp, alter Kupferstecher! Das ist ja wirklich der Gipfel! Was machst du denn hier, herausgeputzt wie der große Zampano? Erzählt mir vielleicht endlich mal jemand, wie zum Teufel ihr hergekommen seid, ihr beiden, oder muß ich mich dafür extra aufs Deck werfen?«

Jyps schmales, gefurchtes Gesicht verzog sich zu einem Grinsen. »Tja, was die Uniform betrifft: du sprichst gerade mit dem Steuermann und Ersten Offizier des bewaffneten Handelsschiffs Ihrer Kaiserlichen Majestät *Sapphire of Hangchow,* und der Skipper erwartet das nun mal von seinen Offizieren. Er ist ein bißchen steif, absolut britisch – da müßte dir doch das Herz aufgehen … naja, wenigstens wirst du einigermaßen begeistert sein.« Als er meine Reaktion sah, fingen seine Augen an zu funkeln. »Und was den Rest angeht – hast du denn überhaupt nicht mit uns gerechnet, Steve? Schließlich hast du Katjka, die Gute, damit beauftragt, nach uns zu fahnden.«

Ich streckte überwältigt die Hände aus. »Ja, schon, aber ihr wart weit weg, und … es ist alles schon so lange her …«

»Aber eines müßt Ihr doch wissen, mein guter Stephen«, schaltete sich Mall ein, und ihre grünen Augen glitzerten. »Wir würden uns sogar aus dem eisigen Griff des Grabes erheben, wenn Ihr nach uns ruft.«

»Wäre ein toller Trick, wenn wir das hinkriegten.« Jyp lachte auf. »Aber abgesehen davon, Steve, Mall hat recht. Nach allem, was wir gemeinsam durchgemacht haben, konnten wir dich nicht im Stich lassen. Schließlich verdanken wir dir unser Leben, falls du dich erinnerst.«

Er sah, daß ich sprachlos war. »Außerdem«, fuhr er fort, »macht es uns sowieso keine großen Umstände. Wir waren in den östlichen Meeren, ich ohnehin schon auf dem Heimweg. Also schloß sich Mall mir an, und wir handelten mit dem Skipper einen kleinen Umweg aus. War schließlich nicht allzu schwierig, deine Fährte aufzunehmen, nach dem ganzen Theater in Bangkok. Euch einholen war schon etwas aufwendiger. Um ein Haar hätten wir euch in Surabaja gehabt, dann hörten wir von einer Meute Boegies, die dort herumlungerten, haben 'rausgekriegt, was sie vorhatten, und sind dann hinter ihnen her. Doch ihr wart schnell, und sie auch; und gerade als wir bis auf Schußweite heran waren, seid ihr im Nebel verschwunden.«

Jacquie hatte die ganze Zeit über mit offenem Mund zugehört und diese eigenartigen Leute angestarrt. Jetzt platzte sie heraus: »Also haben Sie geschossen?«

»Aber sicher doch, meine Dame«, grinste Jyp. »Wir haben sie sozusagen ziemlich entmutigt – mit Kanonen und Rammsporn. Vermutlich sind sie noch immer vor uns auf der Flucht!« Ich dachte an den hohen, messerscharfen Bug und zuckte zusammen; aber nur ganz leicht. »Und jetzt«, schloß Jyp seinen Bericht, »jetzt sind wir hier.«

Ich konnte noch immer kaum sprechen. »Ich ... weiß nicht, wie ich euch danken soll, Freunde ... wir waren ziemlich am Ende, verloren ... und ihr–«

»Verloren«, wiederholte Jyp, und sein Lächeln verschwand. »Das wart ihr allerdings und seid es noch. Wir werden sehen, was wir tun können.« Er strich sich mit dem Daumen über das Kinn. »Am besten unterhalten wir uns darüber mit dem Skipper. Er ist schon drüben und unterhält sich mit eurem Käpt'n. Wie es aussieht, Steve, haben wir etwas Zeit übrig, um euch zu helfen, aber nicht sehr viel. Wir sind unterwegs von Cathay nach Lyonesse mit einer Fracht Gewürze, fünf verschiedene Sorten, und – tja, man könnte sagen, verderblicher Ware.« Er zuckte angewidert mit den Achseln. »Muß nach Rye geliefert werden. Und zwischen dir, mir und dem Großmars, alter Schiffskamerad, ist ihnen der Hafen von Rye willkommen. Je früher, desto besser. So –«

Jacquie packte ihn am Arm. »Entschuldigen Sie, Mister ... äh, Jyp, aber ich glaube nicht, daß ... ich meine, *Rye?*« Sie kicherte leicht hysterisch auf. »Das würde ich wirklich gern sehen. Ich meine, wie Sie dort anlegen. Es liegt drei Meilen vom Meer entfernt.«

Ich grinste und machte die beiden miteinander bekannt. »Wie auch immer«, fügte ich hinzu, »Wir sind hier auf der Spirale, erinnere dich. Rye war einer der großen europäischen Häfen, damals zu Malls Zeiten oder noch ein bißchen früher.«

»Das ist richtig«, nickte Mall, und ihre Haarmähne fiel über ihren spektakulären Brustansatz. »Und sein Schatten erstreckt sich weiter, als man vermuten würde. Das Rye, das wir ansteuern, ist *wieder* eine vielgefragte Hafenstadt!« Sie schlug mit der Hand auf ihren Schwertknauf, warf den Kopf zurück und lachte leise. Malls Lachen, auch wenn es unterdrückt war, hörte sich so verstörend wie immer an.

»Wieder?« wunderte sich Jacquie. »Wieder? Was könnte denn jetzt das Meer wieder nach Rye bringen?«

Ich zuckte vielsagend mit den Schultern. »Keine Ahnung. Ein Ansteigen des Meeresspiegels? Oder sackt das Land ab? Mall, wie weit in die Zukunft meinen Sie?«

Doch Mall lächelte nur.

»Der Treibhauseffekt!« bohrte Jacquie weiter. »Die Pole schmelzen. Das würde reichen. Vielleicht könnte Ape –«

»*Ape!*« sagten wir beide gleichzeitig.

»*Ape?*« echoten Jyp und Mall.

»Oh Gott«, sagte ich bekümmert, »wir haben ihn zusammengeschnürt im Boot zurückgelassen.«

Wir eilten zur Brückenreling, wo wir zu unserer großen Erleichterung sahen, daß wenigstens te Kiore seinen Kopf benutzt hatte. Ape lehnte an der Reling, zwar noch immer gefesselt, doch alles deutete darauf hin, daß er wieder zu sich kam.

»Wer ist das denn?« fragte Jyp.

»Ein … ein Weiser. Wie Le Stryge.« Als ich sah, wie Jyps Züge sich verhärteten, fügte ich schnell hinzu: »Nur nicht so eklig. Katjka hat ihn empfohlen.«

Jyp wechselte einen Blick mit Mall. Sie zuckte die Achseln. »Eigentlich ist auf die kleine Wahrsagerin Verlaß. Wer weiß schon alles?«

»Na schön. Aber warum habt ihr ihn so verschnürt?« wollte Jyp wissen.

»Etwas ist mit ihm geschehen ... auf der Insel. Wir gehen jetzt aber besser hinunter zu ihm, und –«

»Klar. Wir kommen mit. Mall und ich.«

Te Kiore hörte uns die Stufen hinunterkommen. »He, astreiner Rum, Mister!« empfing er Jyp und zeigte mit dem Daumen auf Ape. »Er hat ein bißchen Grog getrunken – nicht zuviel. Aber ich dachte ...«

»Schon in Ordnung«, sagte ich und kniete mich neben das stöhnende Häufchen Zauberer. Nach kurzem Zögern schnitt ich seine Fesseln los. Sollte er noch einmal komisch werden, gab es hier an Bord genug Leute, die mit ihm fertig werden konnten. Wahrscheinlich hätte Mall es ganz allein geschafft. Er schien jetzt wieder seine gewohnte Größe zu haben; auch die Augen, die er auf mich richtete, waren die gleichen wie sonst, bis auf einen wilden, flackernden Blick, der noch darin wohnte. Er hob die befreiten Hände, betrachtete sie, öffnete den Mund als wolle er mich anfahren, dann schlug er die Handflächen bekümmert gegen die Schläfen.

»*Waat is ... heb je ...*« Es endete in einem heiseren Flüstern. »Was in drei Teufels Namen ist geschehen?«

»Also ...«, setzte ich an. Apes Augen weiteten sich, als ich ihm die ganze Geschichte erzählte; doch Malls Fuß tappte ungeduldig auf das Deck und Jyp gab uns eine recht gelungene Vorstellung von einem Mann, der von seinem Kragen erdrosselt wird, mit knallrotem Gesicht und allem Drum und Dran. Er wartete jedoch, bis ich mit meinem Bericht zu Ende war, bevor er richtig explodierte.

»Also, im Namen des ...« Jyps strenge Erziehung im Vorkriegs-Kansas – dem Spanisch-Amerikanischen Krieg wohlgemerkt – bewahrte ihn vor der leisesten Blasphemie, doch jetzt war er wirklich außer sich. »Was habt ihr denn erwartet? Was zum ... zum Henker habt ihr euch nur dabei gedacht, einfach so an Land zu gehen?« Er gestikulierte wütend in Richtung der hoch aufragenden Insel. Ich blickte auf und sah mit Schaudern, daß sich die Nebel von den Berggipfeln verzogen hatten. Jetzt zeigte sich ein abgerundeter Felskegel mit einem hohlwangigen Profil, das tatsächlich an die leere Augen- und Nasenhöhle eines fleischlosen Schädels erinnerte. »Ausgerechnet auf *Skull Island?*«

»Skull Island?« fragten so ziemlich alle. Außer mir.

»War denn keiner von euch jemals im *Kino*?« fragte Jyp jetzt ungläubig.

»Kann ich nicht ausstehen!« brummte te Kiore. »Ich krieg immer Kopfweh von den Untertiteln.«

»Ich habe ihn einmal gesehen«, gab ich zu. »Mit neun Jahren. Ich habe ihn geliebt – doch dann habe ich ihn mir nie wieder angeschaut, weil ich das alles für kindisch hielt. Ich habe es mehr oder weniger aus meiner Erinnerung getilgt.« Ich sah, daß Jacquie mich sehr erstaunt anblickte. »Ich war ein sehr ernsthafter kleiner Junge, mußt du wissen. Deshalb dauerte es eine Weile, bis es mir dämmerte. Aber du hast recht, Jyp, du hast mich schon einmal gewarnt – bei welcher Gelegenheit nur? –, daß es hier draußen all das gibt, was sich die Menschen jemals vorgestellt haben. Daß *so etwas* dazugehört, hätte ich mir jedoch im Traum nicht einfallen lassen.«

Ape schlug sich wieder an den Kopf und stöhnte. »Ist es ein sehr bekanntes *Bioskoop?*«

»Sehr, sehr bekannt«, sagte Jyp, der ihn noch immer argwöhnisch betrachtete. »Viele Millionen Menschen auf der ganzen Welt haben es gesehen.«

»Ist vor ungefähr siebzig Jahren gedreht worden«, fügte ich hinzu, »und noch immer schauen ihn sich die Leute an.«

»Er ist auch ziemlich authentisch«, faßte Jyp zusammen. »Die Typen, die ihn gemacht haben, waren nicht nur Hollywood-Abenteurer. Sie sind selbst zur See gefahren.«

Jacquie riß die Augen so weit auf, wie sie konnte, schnippte mit den Fingern und stieß vor Überraschung die Luft aus. »*Der?* Aber genau! Du hast doch gesagt, die Insel erinnert dich an Komodo, aber du wußtest nicht warum! Weil Komodo und Flores und die Riesenechsen die Filmemacher damals überhaupt erst auf die Idee brachten!«

Ape stöhnte wieder, jetzt jedoch mehr vor Kummer als vor Schmerz. »Ein Archetypus. *Een hele nieuwe arketyp* ... Ich hätte es wissen müssen, hä? In den Gedanken von Millionen Menschen, und doch habe ich nie davon gehört. Und dort steht es, einsam und verlassen.« Er grollte vor Abscheu. »Es wartet einfach darauf, daß ich einfach so hineinstolpere! Wartet einfach!«

»Auf dich und alle anderen, alter Knabe. Je mehr Zeit ihr dort verbracht hättet – jeder für die Rolle, die am besten zu ihm paßt. Keiner von euch wäre der Geschichte entkommen.« Jyp lehnte sich mit der Hüfte an die Reling und betrachtete Ape mit einem sehr versteckten Lächeln. »Naja, hier müßtest du eigentlich sicher sein, Mister, in einiger Entfernung von der Insel. Trotzdem würde ich an deiner Stelle einen großen Bogen um New York machen. Einen ziemlich großen! Und auch sonst um hohe Gebäude.« Dann drohte er ihm mit dem erhobenen Zeigefinger. »Und wenn du unbedingt auf einen Wolkenkratzer hinauf mußt – dann nimm gefälligst den Fahrstuhl, hörst du?«

Kapitel 10

Kapitän Sir Augustine Langley Ferris, Baronet, letzter Kommandierender Offizier Ihrer Britannischen Majestät Linienschiff *Demiphöon,* 74 Kanonen, formte seine langen, knochigen, spinnenartigen Finger zu einer Kirchturmspitze und musterte uns darüber hinweg mit aller Aufmerksamkeit. Sein

Blick war nicht sehr ermutigend. Die winterblauen Augen ruhten in einem langen Pferdegesicht, das in mehr als nur einer Hinsicht an einen Totenschädel erinnerte, nicht zuletzt des schütteren, dunklen Haars und der blassen Haut wegen. Nur einige versprengte, furchtlose Sommersprossen wagten sich auf die scharf geschnittene Nase und die hochangesetzten Wangenknochen. Die Wangen darunter waren hinter einem eindrucksvollen Backenbart, dessen dichtes, ungelocktes Haar sich zu beiden Seiten wie ein Zwillingswasserfall nach außen bog, tief eingefallen. Sein kantiges Kinn wies das sanfte Glänzen auf, das nur ein scharfes Rasiermesser zustande brachte, Qualitäten, die sich auch seine Stimme zu eigen gemacht hatte. Als er mir die schlechten Nachrichten übermittelte, waren darin keinerlei Anzeichen einer Gefühlsregung zu erkennen.

»Ich habe mit Kapitän Batang in aller Ausführlichkeit konferiert. Er stimmt mit mir überein. Ich bedaure, Ihnen die Mitteilung machen zu müssen, daß ich keine Möglichkeit, welcher Art auch immer, sehe, wie Sie Ihr Ziel erreichen könnten.«

Ich packte die Sache beim Schopf: »Sie meinen, die *Ikan Yu* ist ein Totalschaden? Ganz so schlimm kann es doch nicht sein!«

Er schüttelte den Kopf. »Das nicht. Der Schaden an der Außenwand ist relativ leicht zu reparieren. Doch sie hat einen Toppmast und mehrere Spieren eingebüßt, auch der Hauptmast ist angebrochen. Es sind nicht genug Ersatzteile an Bord – was der Ladung wegen auch ganz unmöglich ist. Wir führen natürlich nur eine Spiere für das Stützsegel mit uns. Die Bäume auf der Insel sehen nicht sehr brauchbar aus, selbst wenn man einen erneuten Landgang wagte.«

»Das muß nicht sein.« Ich schaute Jyp an. »Ich erinnere mich daran, schon früher mit einer arg zusammengeflickten Takelage gesegelt zu sein!«

Jyp strich sich nachdenklich über das Kinn. »Ja, schon, aber wie schnell sind wir vorangekommen?«

Mall, die an der offenen Tür zum Kartenraum lehnte, klang sehr betrübt. »Mir scheint es ganz nach einem dornigen Knoten auszusehen! Wie man ihn auch anpackt, so geht es schlecht aus!«

»Ganz recht, Steuermannsmaat. Sobald sie wieder schwimmt, kann sie nurmehr die leichteste Aushilfstakelage tragen. Und natürlich können wir absolut nichts für den Dampfbehälter tun –«

»Er meint den Kessel«, übersetzte Jyp.

»Na schön«, sagte ich unglücklich. »Der war sowieso im Eimer. Wir hätten einen komplett neuen gebraucht.«

»Und sowas findest du hier draußen nicht so leicht«, erinnerte mich Jyp. »Außerhalb des Kerns gibt es kaum Industrie. Alles wird per Hand gefertigt. Deshalb hat Batang Sen den Kessel so weit heruntergewirtschaftet; er hatte keine andere Wahl.«

Ferris nickte. »Genau mit dem gleichen Problem hat auch die *Sapphire* von Zeit zu Zeit zu kämpfen. Bislang hatten wir Glück. Doch ich halte es für äußerst unwahrscheinlich, daß Sie in diesen Breiten die erforderlichen Handwerker auftreiben. Sie haben also die Wahl: Die Reparaturen an der Hülle dauern einen oder zwei Tage. Wir führen einen ausreichenden Vorrat an Planken, Werg und so weiter mit uns, den wir Ihnen überlassen könnten; außerdem, das versteht sich von selbst, jede erdenkliche Hilfe meiner Mannschaft. Sie anschließend vom Strand herunterzuziehen, dürfte ein Kinderspiel sein.«

Seine Mitteilung erfolgte so gelassen, daß ich sie einen Augenblick lang auf mich einwirken lassen mußte. »Käpt'n Ferris«, sagte ich etwas außer Atem, »das ist unwahrscheinlich nett von Ihnen ... Sie haben schon so viel für uns getan.«

»Aber ich bitte Sie. Das ist doch selbstverständlich unter Seeleuten. Ich wünschte nur, wir könnten mehr für Sie tun. Auf jeden Fall werden Sie somit in der Lage sein, mit eingeschränkter Segelleistung einen javanischen Hafen anzulaufen, dort die nötigen Ergänzungsreparaturen auszuführen – was Sie mindestens zwei Tage kosten wird – und dann Ihren Weg nach Bali fortzusetzen. Oder direkt mit der behelfsmäßigen Takelage nach Bali zu segeln, was genauso lang, wenn nicht länger dauern würde. Weder auf die eine noch auf die andere Art sehe ich jedoch die geringste Chance, daß Sie vor dem dritten Mai, wie Sie es wünschen, in Bali ankommen werden.«

»Nicht wünschen!« sagte Ape leidenschaftlich, als wäre er gerade eben aufgewacht. »Müssen!«

Ferris hob die schütteren Augenbrauen.

Ich protestierte: »Aber durch die Spirale …«

Ferris preßte die Finger flach gegeneinander und rieb sich die Nase. »Nicht einmal dann, wenn ich Ihnen die unvergleichlichen Fähigkeiten des Mister, äh, Jyp als Navigator ausborgte, könnte er einen Pfad durch die Meere des, äh, *Spiraculum Majorem* ausfindig machen, der Sie rechtzeitig ans Ziel brächte. Vielleicht benutzt er die Freundlichkeit, uns diesen Sachverhält näher zu erläutern.«

Jyp strich die ausgebreiteten Karten mit der Hand glatt. Seine Augen leuchteten, als offenbarten ihm die Linien und Symbole eines jeden Punkts neue Wahrheiten, und als bestätigten sie damit doch nur eine ungeheure innere Gewißheit. »Jawoll«, sagte er lakonisch. »Tut mir leid, Steve. So ist es nun mal. »Wenn ihr jetzt gleich und ohne Umwege auslaufen könntet, wäre wohl noch was drin. Doch einen Hafen anlaufen, das bedeutet, dicht an den Kern heranzukommen, eine zeitlich recht komplizierte Angelegenheit. Und wie lange würden die Ausbesserungsarbeiten dauern? Es gibt keine Möglichkeit, die Tage, die ihr dabei verliert, wieder aufzuholen. Dazu braucht ihr etwas Direktes, wie diese Tore.«

»Erwähnte sie bloß nicht mehr. Wenn wir aber auf die Ausbesserung verzichten –«

»Damit liefern Sie sich ganz empfindlich den Unwägbarkeiten von Wind, Wetter und weiteren Angriffen Ihrer Feinde aus.«

»Wie der Käpt'n schon sagte«, ergänzte Jyp, »machen die euch auf alle Fälle fertig.«

»Dann ...sind wir am Ende?« Ein tonnenschweres Gewicht schwebte über mir, drehte sich, drohte jeden Moment auf mich herunterzustürzen.

»Nein!« rief Jacquie. »Das Projekt wird nicht wagen, euch eine Versäumnisstrafe aufzubrummen! Jedenfalls nicht, nachdem ich mit ihnen geredet habe! Was sind schon ein oder zwei Tage mehr oder weniger?«

»*Alles!*« grollte Ape mit erschreckender Wucht. »Wenn dieser Container an besagtem Tag nicht bis Mitternacht an seinem Bestimmungsort eintrifft – und ich mit ihm –, ist alles in größter Gefahr. Dann kommen andere Kräfte ins Spiel, andere Mächte übernehmen die Gewalt. Mächte, gegen die ich euch nicht mehr als Schutzschild dienen kann, wenn diese Nacht hereinbricht. Wenn die Dunkelheit über uns alle kommt. Kannst du auch diese Versäumnisstrafe abwenden?«

Jacquie schaute schweigend und schockiert zur Seite, so kurz vor einem unkontrollierten Tränenausbruch wie nie zuvor. Verzweiflung senkte sich über uns, eine *peine forte et dure* grausamer Gewißheit. Ferris erhob sich und schritt das ganze eichenfurnierte Kartenzimmer auf und ab, wobei er eifrig die in Messing eingefaßten Instrumente und die Eingeborenen-Kuriositäten befingerte, die die Wände schmückten.

»Also gut«, sagte ich. »Wir werden weitermachen, wie bisher. Mehr können wir nicht tun. »Sie haben uns die Ihnen mögliche Hilfe angeboten.«

»Nicht unbedingt«, warf Ferris unerwartet ein. Er ließ sich wieder in den ledernen Drehstuhl fallen, hob einen langen Kartenstift auf und drehte ihn zwischen den Fingern. »Wir selbst haben keine Ladekapazität mehr frei ...« Seine Worte gingen in einem plötzlichen Tumult vom Deck her unter.

Seine Gig, mit der er zu Batang Sen hinübergefahren war, wurde wieder an Bord gehievt. Von ihrem Rumpf tropfte Wasser auf die Plane, die die Luke des Hauptladeraums abdeckte.

Darunter schien etwas zu erwachen, etwas, das raschelte und scharrte und schlug und dröhnte und kratzte und gräßlich piepsende Geräusche von sich gab. Das mag lustig klingen, doch das war es ganz und gar nicht. Die schwere Decke über dem Lukendeckel hob und senkte sich hüpfend, und die Matrosen an Deck rannten in alle Richtungen davon.

Ferris sprang sofort auf, doch Mall eilte bereits mit klingelndem Goldschmuck den Niedergang hinunter. »Ruhig, ruhig, meine Lieblinge«, säuselte sie über der Luke. »Vertragt euch, meine wilden Kampfhähne, vertragt euch, ruhig, ruhig, Sowter, ruhig, Tray! Keine bösen Kanonen mehr, ganz ruhig!« Ein panisches Piepsen kam als Antwort, und der Deckel sprang wieder hoch. Sie trat energisch mit dem Stiefel darauf. »Kriegt euch wieder ein, wollt ihr wohl, ihr lausigen, vermaledeiten Naseweise! Gebt Ruhe, sonst pflanze ich mir eure Augen auf mein Haarband! Ruhe jetzt, ihr pockennarbigen Mondkälber! Sonst kriegt ihr es mit Knast-Mall zu tun!«

Das hysterische Schluchzen erstarb ganz plötzlich. »Ah«, gurrte sie. »So ist es fein, meine lieben Monster, ich weiß doch, ihr versteht jedes Wort!« Sie ließ den Deckel wieder fallen und befestigte die Sicherungsseile.

Jyps Gesicht zuckte. Ich hatte ihn schon nervös erlebt; nicht oft, doch ich wußte, wie das bei ihm aussah. »*Das*«, sagte er düster, »ist unsere kostbare ›verderbliche Ware‹. Und je früher sie verderben, desto besser, wenn du mich fragst. Sie und der Käpt'n sind die einzigen, die sich freiwillig in ihre Nähe wagen.«

Mall kam grinsend zu uns zurück und stieß ihn in die Rippen. »Du mußt sie halt gelegentlich selbst mal füttern!«

»Ja, ich freue mich schon riesig darauf.«

Ferris hüstelte diskret. »Danke, Steuermannsmaat. Also, wie ich gerade sagte, unser Laderaum ist völlig mit Beschlag belegt. Aber wenn Ihr Container absolut wasserdicht ist …«

»Dieses Modell bis zu 20 Faden«, sagte ich überrascht.

»Außerdem schwimmt er sowieso, auch vollbeladen. Er kann monatelang im Wasser treiben – aber warum?«

»Sehr günstig.« Er unterstrich jeden einzelnen Punkt mit einem Tippen des Bleistifts. »Dann könnten wir ihn mit Leichtigkeit, äh, als Deckfracht aufnehmen.« Der eisige Glanz seiner Augen verwandelte sich eine Sekunde lang in ein schalkhaftes Blinzeln. »Da uns unser hervorragender Steuermann mit so großer Finesse vom Weg abgebracht hat, dürfte es uns kaum eine besondere Anstrengung kosten, noch einen weiteren kleinen Umweg zu machen, sagen wir nach, äh, Bali?«

Jyp stieß einen Begeisterungsschrei aus. Mein Körper straffte sich. Auch Jacquie saß kerzengerade da. Wahrscheinlich hätte auch sie nie damit gerechnet, daß ihr Schutzengel einen dicken Backenbart trug.

»Ich wollte, äh, gerade hinzufügen«, sagte er fast schüchtern, »daß wir für Sie, als unsere geschätzten Gäste, wohl noch eine Kabine finden werden. Wenn Sie uns also diese übergroße Ehre antun würden …«

Ich blinzelte. »Ich weiß nicht, was ich sagen soll.«

»Wieso das denn?« sagte Mall mit gespielter Empörung. »Ist das gute alte ›Ja‹ aus der Mode gekommen?«

»Nein, darum geht es nicht. Ich möchte nur Batang Sen und te Kiore nicht im Stich lassen – nicht mit zerfetzter Takelage und den Boegies und wer weiß was noch auf den Fersen.«

Ferris nickte. »Ich habe Ihrem Kapitän diesen Vorschlag bereits unterbreitet. Er ist ganz davon angetan, und das aus gutem Grund. Die Verfolger sind hinter Ihnen und Ihrer Fracht her. Sobald Sie nicht mehr auf der *Ikan Yu* sind, wird man Schiff und Mannschaft höchstwahrscheinlich in Ruhe lassen. Stattdessen sind wir dann die Gejagten.«

»Und wenn sie wirklich Pech haben, kriegen sie uns!« Malls Zähne blitzten und sie verschränkte voller Zufriedenheit die Arme. »So soll es sein!«

Das kleine Lächeln des Kapitäns verbreiterte sich bis zu den

Enden seines Backenbarts. »Ich hätte es selbst nicht, äh, treffender sagen können, Steuermannsmaat. Darf ich davon ausgehen, daß dieser Vorschlag Ihr Einverständnis findet, Mr. Fisher?«

»Wenn Sie versprechen, daß ich Ihnen einen fairen Preis für die Beförderung zahlen darf …«

Ferris wackelte gutgelaunt mit dem Kopf, was ihn beinahe menschlich machte. »Ich habe mich schon vor langer Zeit von derlei Skrupeln verabschiedet, das darf ich Ihnen versichern. Wir sind uns also handelseinig? Ja? Dann darf ich Sie bitten, Mr. Jyp, da Sie darauf bestehen, die Dampfpfeife zu imitieren, daß Sie Kapitän Batang Sen bitte meine Grüße übermitteln und ihn bitten, uns heute beim Abendessen Gesellschaft zu leisten – wozu sich auch alle hier Anwesenden als herzlich eingeladen betrachten dürfen.«

Als wir wieder zum Schoner zurückfuhren, machten sich bereits die Arbeitstrupps beider Besatzungen wie Ameisen auf dem Schiff zu schaffen. Wir boten unsere Hilfe an, die jedoch freundlich aber bestimmt abgelehnt wurde. Wir kämpften uns durch ein Tohuwabohu aus Hämmern und Sägen, fühlten uns fehl am Platz und ständig im Weg, wobei uns auch die bedrohlich lauernde Insel im Hintergrund nie ganz aus dem Sinn ging. Es war wirklich am besten, wenn wir unsere Sachen packten und wieder zur *Sapphire* übersetzten. Sie war mit drei Passagierkabinen ausgerüstet, doch irgendwie landeten Jacquies und meine Sachen gemeinsam in der großen Doppelkabine am Heck. Keiner von uns fühlte sich gemüßigt, großartige Umräumaktionen zu veranlassen. Wir waren ohnehin so müde, daß wir es gerade noch schafften, uns mit etwas Wasser zu benetzen und dann ins Bett zu fallen, kaum daß wir uns beim Ausziehen zuschauten. Und doch lagen wir, als die Nacht vorüberging, wach beieinander, atemlos in der tropischen Hitze, und unser Schweiß vermischte sich unter der luftigen Decke. Das Hämmern und Klopfen drang über die stille Lagune zu uns herüber, vermischt mit den unheimlichen

Schreien von der nächtlichen Insel, die nicht an Schlaf denken ließen. Jacquies Hand suchte die meine, fand sie, eine feuchte Handfläche schmiegte sich in die andere. Ich drehte mich zur Seite und sah ihre Silhouette ganz deutlich vor dem schwach erleuchteten Rechteck des Fensters. Ihre leicht geöffneten Lippen zitterten. Ich berührte sie mit den Fingern, fuhr dann hinunter zu ihrem Kinn, den Hals entlang, über das Schlüsselbein und bis zur Spitze ihrer linken Brust. Sie packte die Hand, zog sie weiter herunter und mich hinterher. Was das alles bedeutete, wohin wir trieben, das wußte keiner von uns, und wir wollten es auch nicht wissen. Wir ergaben uns dem Augenblick, wußten nur, es war gut und richtig so, und das genügte vollkommen.

Doch noch im klingelnden Nachbeben, blind und keuchend, durchzuckte mich eine momenthafte Vision. Ich sah Mall, die groß und schrecklich vor den Sternen stand, ein Wind aus Mondlicht wehte durch ihr Haar. So wie sie in jener Nacht am Ruder ausgesehen hatte, als sie mir mit garstiger Deutlichkeit den Spiegel vorgehalten hatte, der mir zeigte, wie ich Jacquie behandelt hatte, und alle meine Selbsttäuschungen und Rationalisierungen und die innere Leere, der sie entwuchsen. Es mag wohl eine Vision gewesen sein; doch jetzt funkelte in diesen so wandelbaren Augen, die damals nur Zorn verraten hatten, etwas anderes; Boshaftigkeit, vielleicht ein Anflug von Zärtlichkeit, einer sehr wilden Zärtlichkeit, falls es überhaupt zutraf. Und vor allem dieser verstörende Funke Spott. Die Vision verblaßte – und wir fielen schließlich doch noch in einen tiefen Schlaf.

Am nächsten Morgen erschienen wir erst spät an Deck. Inzwischen lag ein großer, an den Rändern gezackter Streifen von Schiffsrippen der *Ikan Yu* bloß, wie bei einem Patienten auf dem Operationstisch. Die beschädigten Spanten und gesplitterten Planken wurden bereits ersetzt, der Rest verstärkt und ausgebessert, während die Pumpen in hohem Bogen fauliges Wasser aus den Kielräumen spritzten. Kalfaterwerg wurde geknetet und mit Holzhämmern festgeklopft, im Maschinenraum kochte Teer in mehreren Töpfen – da sich niemand an den Strand traute –, Ziehklingen und Kantehobel sorgten für genaue Einpassung. Mall stand als Steuermannsmaat der *Sapphire* Morgenwache am Ruder. Als wir die Treppe heraufkamen, drehte sie sich sofort zu uns um. Ich konnte nur ihren normalen Blick erkennen, eine Mischung aus kecker Herausforderung und sanfter Ironie. Sie lächelte ihr träges, leicht sardonisches Lächeln und wies mit dem Daumen auf die geschäftigen Matrosen.

»Welch nobles Tun liegt doch in der Hände Arbeit. Allein das Zuschauen macht mich müde.« Sie reckte sich wie eine Katze in der diesigen Luft. »Auch Ihr seht so aus, als hättet Ihr Euch körperlich verausgabt. Die Nachtwache war friedlich, nur eine Zeitlang schaukelten wir über dem Anker, wie bei schwerer Dünung. Man hätte meinen können, daß dort unten jemand den guten alten Lakentanz tanzte! Aber wer würde wohl derart verräterische Dinge tun?«

Jacquie wurde knallrot wie ein Hummer, und ich vielleicht auch. »Das geht Sie überhaupt nichts an, Miss Frith!« gab ich entschieden zurück, doch dann ließ mich ein Gedanke stutzen. »Oder – doch? Mall, was war das letzte Nacht? Sie haben doch nicht etwa versucht, sich einzumischen? Sie wissen schon, die alten Tricks und so.«

Sie rollte die Augen in waidwunder Unschuld. »Master Stephen! Ich doch nicht!«

»Komm schon, Mall! Ich kenne dich!

Sie senkte den Blick, zuckte die Achseln und scharrte verlegen mit einem Fuß auf dem Deck. Mall tat nie etwas Linkisches, es sei denn, sie wollte es tun. Die Anmut vieler Jahrhunderte bestimmte ihre Gesten und ihr Tun. »O weh …«, gab sie zu. »Könnt Ihr's mir verdenken, wenn ich Euch ein wenig Aufmerksamkeit schenkte? Das tat ich, zugegeben, und sorgte dafür, daß Euer Gepäck zusammen in die große Kabine kam, das stimmt. Aber sonst nichts! Wirklich! Was sonst geschah, ist alles aus Euch heraus geschehen, aus Euch beiden, vermählt wie –«

»Schon gut!« unterbrach sie Jacquie. »Ich habe schon verstanden! Mall, was auch immer Sie vorhatten, Sie sind eine primitive, neugierige, aufdringliche Kuh, Sie sind absolut unmöglich! Und jetzt müssen Sie auch noch mein Intimleben auf dem Deck ausposaunen. Ich hätte jetzt gerne ein Frühstück, vielen Dank. Und Mall …«

»Aye, Schwester?« fragte Mall bescheiden.

»Herzlichen Dank!« antwortet Jacquie rasch und lief davon.

Den ganzen Tag über wechselten Arbeitstrupps von einem Schiff zum anderen, doch der Erfolg ließ noch auf sich warten. Die Männer brachten Fähigkeiten zum Einsatz, die sie im Laufe eines Lebens – und das konnte ein verdammt langes Leben sein – erworben hatten. Wie die Maden an einer Wunde krochen sie an der Öffnung in der Flanke des Schoners herum. Ape suchte sich eine andere Ecke auf dem Deck, in der er sich hinhocken und meditieren konnte, und nahm keinen weiteren Anteil an den Vorgängen um ihn herum. Wir bewunderten die erstaunliche Geschwindigkeit, mit der das Loch versorgt und allmählich wieder geschlossen wurde. Die Masten wuchsen wie Spargel aus dem Deck heraus, sprießende Spieren, die von ganz allein eine neue Takelage zu weben schienen. Inzwischen unterhielten wir uns ausgiebig. Jeder erzählte von sich, was inzwischen alles geschehen war, was alles hätte geschehen können. Über das, was noch passieren könnte, verlor keiner ein Wort. Ich nicht, weil ich Angst davor hatte; Jacquies Gründe konnte ich nur ahnen.

Am frühen Abend war das Loch geschlossen, und der Strom aus den Wasserpumpen hatte sich zu einem Tröpfeln reduziert. Die Arbeitstrupps kamen auf die *Sapphire* zurück. Ich dachte, damit wären die Aktivitäten des Tages abgeschlossen, doch trotz seiner steifen Art war Ferris ganz und gar nicht der Mann, der stillsitzen konnte. Es dauerte nicht lange, da spuckte der lange Schornstein dicke schwarze Rußwolken, und die ungeheuren Schaufelräder fingen an, gewaltig auf das Wasser einzudreschen. Sie drehten das Schiff an den Leinen herum, doch immer noch überragte die *Sapphire* den Schoner wie eine Klippe.

»Schaufelräder rückwärts und ausschalten, bitte!« sagte Ferris durch sein Sprechrohr. Die *Sapphire* berührte mit ihrer Längsseite die Stoßfänger des Schoners wie mit einem gehauchten Kuß und schaukelte sanft auf der Stelle. »Deckmannschaft! Den Kran, bitte!«

Ratternd und rumpelnd schwang der Eisenarm über das weiter unten liegende, schrägstehende Deck. Die Sperrhaken wurden gelöst, und eine gewaltige Kette rasselte in die Öffnung der alten Laderaumluke. Nach einigen Minuten Klappern und Fluchen ertönte von dort unten ein Ruf, und die Dampfwinde legte schnaufend und dröhnend los. Die Ketten strafften sich. Unter dem Jubel beider Mannschaften erhob sich der triefende, doch ansonsten völlig intakte Container, noch immer mit Apes Hexenzeichen bemalt und kunterbunt wie eine Landdisco, leicht schaukelnd in die Abenddämmerung. Von seinem Gewicht befreit, richtete sich das Deck des Schoners sichtlich auf, kam beinahe in die Waagerechte und wiegte sich sanft auf den auslaufenden Wellen. Unter dem Rumpf kamen schmatzende und gurgelnde Geräusche hervor. Der Sand entließ das Schiff aus seinem Griff.

Der Container schwebte hoch über uns in der Luft. Wir duckten uns, als er schaukelnd und tropfend über das Deck der *Sapphire* geschwenkt wurde. Viele Hände streckten sich ihm entgegen, um ihn zu stabilisieren, und so setzte er nur mit einem leichten Bums auf dem Deck auf – was natürlich erneut ein aufgeregtes Piepsen der verderblichen Ware und einen Schwall von Beschimpfungen seitens Mall zur Folge hatte. Die gerippten Seitenwände des Containers sahen sehr gut aus, auch das Schloß war noch intakt. Nur Apes Zaubersprüche hatten etwas gelitten, waren zerkratzt, halb abgewaschen und verschmiert. Er selbst schien sich jetzt nicht sonderlich dafür – oder für irgend etwas anderes – zu interessieren. Matrosen schwärmten aus und lösten die Ketten, deren Enden sie sogleich an großen, im Deck verankerten Eisenringen befestigten. Andere warfen bereits die Anlegeleinen über Bord und schleuderten ein Tau zum Heck des Schoners.

Die Kapitäne bellten einander Unverständliches zu, die Schaufeln der *Sapphire* fingen an zu paddeln, und langsam löste sie sich von dem gestrandeten Schiff, schwenkte den Bug in die Lagune hinaus. Hinter ihrem Heck kam das tropfende Schlepptau aus dem Wasser und spannte sich knarrend wie eine verstimmte Gitarrensaite. Der Telegraph zum Maschinenraum verlangte ständig nach mehr Schub, die Schaufeln verwandelten das Wasser in brodelnden Schaum. Einen Moment lang, als es so aussah, als kämen wir keinen Zentimeter voran, stieg die Spannung bis zum Zerreißen – und dann ein Blitz blanker Panik.

Mit einem obszön schlürfenden, saugenden Geräusch löste sich der Bug des Schoners aus dem weichen Sand, und das Schiff schoß mit dem Heck voran in die Lagune hinein. Wir zuckten alle zusammen, als es wie ein Torpedo auf uns zuhielt; doch Ferris war darauf vorbereitet. Das Ruder wurde herumgerissen, das Schlepptau über Bord geworfen, und die *Ikan Yu* glitt an uns vorüber, schon beträchtlich langsamer, bis sie wieder frei in der dunstigen Lagune schaukelte. Mit angehaltenem Atem kletterten Jacquie und ich zur Schaufelradverkleidung hinab, als Ferris sich der *Ikan Yu* bereits längsseits näherte.

Te Kiore war dabei, ein weiteres Schlepptau festzumachen, diesmal am Bug. Er schien schon wieder ganz normal auf und ab zu spazieren. Batang Sen stand am Ruder und überprüfte gewissenhaft, ob es bei der Landungsaktion Schaden genommen hatte. Alles schien jetzt ungeheuer schnell zu passieren, und mir wurde klar, daß ich den Schoner und seine Mannschaft von Halsabschneidern nicht einfach so ohne weiteres verlassen wollte. Wir hatten zuviel gemeinsam durchgemacht. »He, te Kiore!« rief ich hinüber. »Wie fühlt sich der Kahn an?«

Sein Gesicht spaltete sich zu einem Kürbisgrinsen. »Alles wieder festgeschraubt, Steve! Dicht wie eine Babywindel! Da kommt kein Tropfen mehr durch!«

Batang Sen blickte auf und winkte. »*Selamat berjalan, tuan!* Tolle Arbeit, was? Einfach klasse! War schon seit Jahren nicht besser in Schuß! Müssen wir bald wieder mal machen, ha?«

»Ja«, sagte ich wenig überzeugend. »Toll. Paßt jetzt gut auf euch auf!«

Er lachte. »Kein Problem. Das Problem haben Sie! Nun denn, tschüß und machen Sie's gut, *Tuan,* ha? Und passen Sie auf Ihren Allerwertesten auf!«

»Genau!« lachte der Maori. »Wir sehen uns demnächst in Bali, wie verabredet, und dann heben wir einen, eh? Ein paar Bierchen oder so!« Er warf Jacquie einen Kuß zu.

»Abgemacht«, antwortete ich. »Nur noch eine Sache ...«

Sein Blick fiel auf das Päckchen in meiner Hand. »Für uns? Okay, schmeiß runter!«

»Es ist schwerer als es aussieht!« Er spannte nur die Muskeln an und lachte. »Dann ziele ich auf deinen Kopf!« rief ich und schleuderte das Päckchen hinüber.

Er fing es verächtlich mit einer Hand – und fiel flach auf den Rücken. Eine Seite des Beutels riß mit einem metallischen Klirren auf, und lauter kleine helle Scheiben rollten über das Deck. Ich hätte nicht zu erschrecken brauchen. Diese Meute von Freibeutern verfügte über die Reflexe mehrerer Leben. Keine einzige Münze rollte weiter als einen Meter. Sie johlten und schrien und tanzten auf dem Deck herum, sangen alte Stammesweisen oder von mir aus auch Kopfjägerlieder, während te Kiore noch auf den Haufen starrte und Batang Sen mit etlichen Knoten vom Ruderhaus heruntergerast kam.

»Das ist mehr, als das alte Mädchen zweimal zu bezahlen!« sagte der Maori verdutzt.

»Wird angeschrieben!« rief ich lachend zurück. »Außerdem

steht noch der Bonus aus, den ihr euch redlich verdient habt, ihr Bande von blutrünstigen Haien! Bis Bali!«

Das löste ein noch größeres Jubelgeschrei aus. Kapitän Ferris' Stimme dröhnte durch das Megaphon. »Haben Sie Ihre Geschäfte abgeschlossen, Gentlemen? Wunderbar. Also dann, Mr. Jyp? Wenn Sie die Güte hätten, das Signal zur Abfahrt zu blasen.« Die Sirene tutete zweimal ohrenbetäubend, was von einem lauten Ruf beantwortet wurde. »Übernehmen Sie bitte das Ruder, Mr. Jyp, und führen uns hier heraus? Mit Viertelkraft voraus, bitte. Sehr gut.«

Ich wußte nicht, was daran gut sein sollte. Der Kanal wirkte zwar nicht ganz so schmal, wenn man mehr Kraft zum Manövrieren hatte, doch das Meer hinter dem Riff war nicht mehr ruhig; die heranrollenden Wellen spritzten und schwappten über unseren Bug. Jyps Hände bewegten sich mit gelassener Zuversicht am Ruder, und hinter unserem Heck sah ich Batang Sen, der in der gleichen Haltung auf der Brücke der *Ikan Yu* stand. Te Kiore und einige andere Männer lehnten sich mit langen Stangen über den Bug, um sich bei Bedarf von bedrohlich nahen Felsen abzustoßen. Trotzdem hielt die Passage einige nervenzerfetzende Augenblicke für uns bereit. Mit dem Wind von vorne und ohne Dampfkraft hätte es die *Ikan Yu* auf sich allein gestellt wohl nicht geschafft. Wir selbst tauchten nach einigen Minuten, die mir wie Jahrhunderte vorkamen, in die Brandung und dann in die Dünung des offenen Meeres ein. Dann drehte sich der Wind, und hinter uns schlossen sich die Nebelschleier wie Vorhänge vor einer Bühne und verhüllten dieses tödliche Felsenantlitz und alles, wofür es stand, vor unseren Augen. Das trommelnde Donnern der Brandung wurde immer leiser, fast so rasch, daß es einem unnatürlich vorkam. Doch ich ertappte mich dabei, daß ich mich fragte – und das mit einer gewissen Abenteuerlust –, was wohl sonst noch jenseits dieser Insel lauerte. Welche anderen Riffe und Untiefen der menschlichen Phantasie warteten in den unergründlichen Weiten der Spirale?

Kurz darauf löste sich der Nebel auf, und das strahlende Blau des Pazifischen Ozeans erstreckte sich unter und um uns, begleitet von den unternehmungslustigen Böen eines auffrischenden Windes. Kapitän Ferris hielt seine lange Nase in den Wind und nahm sorgsam Witterung auf. »Mr. Jyp! Bitte das Signal geben zum Tau losmachen!«

Die Sirene wurde von einem mächtigen Gebrüll vom Schoner her beantwortet. Kaum war das Tau im Wasser, da kletterten schon ganze Heerscharen von Männern in die Wanten der *Ikan Yu,* turnten mit atemberaubender Beweglichkeit die Fußpferde entlang, und dann entrollten sich alle Segel beinahe wie auf einen Schlag und blähten sich noch im gleichen Moment. Selbst mit dieser verkrüppelten Takelage war sie noch ein herrlicher Anblick, eine zusammengeflickte Blüte aus neuem weißem Leinen und dem vergilbten Tuch des alten Segels. Ferris hob die Flüstertüte an den Mund: »Bootsmann – die Flaggen hoch! Geschützmannschaften – bereitmachen zum Abschiedssalut! Auf mein Kommando – *Feuer!*«

Ein dunkler Knoten wurde am Heck der *Sapphire* gehißt und entfaltete sich zur roten Flagge. Die fünf Achtzehnpfünder an der Steuerbordseite brüllten nacheinander auf und brachten das ganze Schiff zum Schaukeln.

Die Knallbonbons von der *Ikan Yu* gaben rauchend Antwort, während beide Mannschaften unbändig jubelten. Dann, als ihr Ruder faßte, schwang die *Ikan Yu* sich frei, löste sich aus den Fesseln und den Verfo!gungen, die ich ihr auferlegt hatte, und hüpfte wie ein ungezügeltes Pferd über unsere Heckwellen, wandte sich dann allerdings nach Osten, in Richtung der schützenden Häfen Javas. Jacquie und ich schauten ihr nach. Schweigend blieben wir an der Reling stehen, bis die hohe Wolke ihrer Segel zu einer bleichen Flosse am Horizont geschrumpft war.

Ihre Arbeit war getan; doch was sollte aus uns werden?

Die *Sapphire* war schnell, Jyp zufolge eines der schnellsten Schiffe auf den äußeren Ozeanen überhaupt. Sie war so ziemlich das höchste der Gefühle an Technik hier draußen, wo sich nirgendwo eine dauerhafte Industrie halten konnte und die Grenzen der Technologie in den Händen begabter Handwerker lagen. Für ein solches Schiff gab es keine Ersatzteile und auch keine Maschinen, um welche herzustellen. Jedes Teil, das dem Verschleiß oder der Zerstörung zum Opfer fiel, mußte neu von Hand angefertigt werden – natürlich zu atemberaubenden Kosten an Geld und Zeit.

»So ähnlich wie zu Zeiten der Dampfmaschinen, als das alles im Kern anfing«, sagte Jyp an die Tür zum Maschinenraum gelehnt, von wo aus er die großen Schwinghebel betrachtete. Ihr langsames, methodisches Mahlen und Zischen kam mir nach dem Gebrüll der Verbrennungsmaschinen oder heulenden Kriegsschiff-Turbinen unheimlich leise vor. »Es konnte jedoch so nicht weitergehen, weder dort noch hier. Wie lange wird der alte Batang Sen wohl brauchen, bis er seinen Kessel repariert hat? Mit dem vielen Geld von dir wird es etwas schneller gehen, doch er muß erst Metallarbeiter finden, die den Job erledigen können. Jede Wette, daß er nach Bali *segeln* wird, und das wird auch noch eine Weile so bleiben. Das kommt natürlich auch auf die *Sapphire* zu, wenn sie nicht vorher aus anderen Gründen versenkt wird. Vielleicht wird sie sich auch Masten und Segel anschaffen müssen; oder in den Kern zurückfallen, um die Reparaturarbeiten dort durchführen zu lassen – und damit das Risiko eingehen, nie mehr herauszukommen.«

Er grinste. »Und du kannst sicher sein, daß ich dann nicht mehr auf ihr zu finden sein werde. Ich kenne Typen, die auf diese Weise verschwunden sind. Mit einem bin ich mal von New Amsterdam zu den Hebriden gesegelt, damals; ist wieder in seinem Heimathafen abgestiegen, hat sich dort in ein Mädel verguckt und ist einfach im Kern geblieben. Zehn Jahre später lief er mir wieder über den Weg, mit ausgefallenen Haaren und Zähnen, und hatte nicht den geringsten Schimmer, wer ich bin. Er quatschte die ganze Zeit davon, wie langweilig sein Leben sei, daß er nie irgendwo gewesen sei und nie etwas Sehenswertes gesehen habe. Er, der die *Argo* auf ihrem Heimweg getroffen hatte, mit dem Goldenen Vlies am Mast, dem Blut an ihrem Heck! Er, der östlich der Catskills Elefanten gejagt hatte, lange bevor der rote Mann dort eintraf! Er wußte nicht einmal mehr, daß er weggewesen war.« Er seufzte tief und schüttelte den Kopf.

Jacquie hielt mich am Arm fest und sagte nichts. Ihr Gesichtsausdruck war noch rätselhafter als sonst.

Mall schnaubte verächtlich. »Diese dampfenden Stahlarme treiben deine Gedanken immer wieder zur Nabe! Komm hoch unter den offenen Himmel, dort läßt sich's freier atmen!«

Sie trieb uns vor sich die Leiter empor, wobei sie Jacquie und mich immer dicht beieinander hielt, als könnte selbst die geringste Trennung das dünne Band zwischen uns zerreißen. Vielleicht hatte sie sogar recht. Wir wußten selbst nicht genau, wo diese plötzliche Intensität der Gefühle herrührte – eine wiedererblühte alte Liebe, oder eine völlig neue Beziehung zwischen zwei ganz anderen Menschen? Momentan kümmerten wir uns nicht sehr darum. Vielleicht hatte Jacquie ein bißchen von der sorglosen Euphorie verinnerlicht, die die Spirale bei manchen Menschen auslöst; das Gefühl, daß, wenn sowieso alles geschehen kann, man es ebensogut auch genießen kann? Vielleicht erging es mir ja ebenso, denn ich folgte ihrer Begeisterung nur zu bereitwillig und war in der Gesellschaft zweier unerwartet wiedergefundener alter Freunde einfach nur glücklich. Auch diese Freunde ermutigten uns nicht, intensiver darüber nachzudenken. Mall, die sich zweifellos daran erinnerte, wie sie mich wegen meines Verhaltens Jacquie gegenüber zusammengestaucht hatte, hatte ein ironisches, doch immer freundlich funkelndes Auge auf uns. Jyp fand die ganze Angelegenheit einigermaßen lächerlich. Für mich jedoch kamen jene wenigen Tage der Überfahrt einer Idylle so nahe wie kaum etwas in meinem bisherigen Leben.

Es gab wenig, das sie beeinträchtigt hätte – keine Verfolger mehr und auch keine anderen Schwierigkeiten. Natürlich machte ich mir Sorgen um die Zukunft, doch nur eine davon wollte sich nicht so leicht verdrängen lassen – unsere Ankunft in Bali. Jyp und Mall konnten nicht bei mir bleiben. Ferris hatte ihnen schon genug Spielraum für ihre Freundschaftsdienste zugestanden, und sie würden ihn umgekehrt auch nicht im Stich lassen. Bis te Kiore und der Rest ankamen, würden einige Tage vergehen. Blieb noch Ape. Er erfüllte uns jedoch momentan nicht gerade mit besonders viel Vertrauen, war nicht mehr als ein unauffälliger, in Decken eingehüllter Klumpen, der am Ende der Brücke meditierte oder döste. Er aß und trank kaum etwas, und seine Augen waren noch kleiner als sonst und rotgerändert. Von daher war es gut, daß die Reise so schnell vorüberging.

Tagsüber durchpflügten wir einen leeren Ozean, nachts bauschten sich die Wolken der Spirale unter unserem Bug, und das Stützsegel füllte sich mit Mondlicht. Jyps erfahrenes Auge wägte sämtliche Wahrscheinlichkeiten möglicher Kurse ab, und Malls starke Hände hielten das Ruder unter den Sternen auf Kurs. Doch so froh ich darüber war, jeden Morgen neben Jacquie aufzuwachen, meine Fechtkunst mit Malls Hilfe aufzufrischen oder den Liedern zu lauschen, die sie auf der Viola spielte und die schon zu Shakespeares Zeiten nicht gerade neu waren, oder mit Jyp nach einer phantastischen Reistafel zu scherzen, teuflisch scharf gewürzte Curries zu verspeisen und auf dem Deck dröhnende Tänze mit den Achterdeckmatrosen zu tanzen, oder mit McAndrew, dem Chefingenieur oder *Arteefeecer,* wie er sich selbst nannte, uralten Whiskey zu trinken und Kirchenlieder zu schmettern – so spürte ich doch immer den schmerzlichen Wunsch, es möge nie mehr aufhören. Sogar der Kapitän erwies sich, auf eine eher akademische Art und Weise, als durchaus geselliger Mensch. Sein Hobby war die Meeresbiologie, und er steckte voller Geschichten über das Leben in den tiefsten Tiefen. Einige davon ließen mich lange und ängstlich über die Bordwand spähen. Außerdem hatte er einst den Großvater Barrys, meines Chefs, gekannt, den Gründer unserer Firma, und zeigte sich sehr beeindruckt darüber, wie sie sich entwickelt hatte. Beim Billard plauderten wir bis in die frühen Morgenstunden aus dem Nähkästchen, und bald schon hatte ich herausgefunden, daß die alten Schmuggler und anderen Bösewichter nichts von ihren modernen Gegenstücken lernen mußten. Eine ganze Menge Tricks, von denen ich noch nie etwas gehört hatte, kamen zur Sprache, und unsere Sicherheitsabteilung sah bei meiner Rückkehr einer hochnotpeinlichen Struktur-Erneuerung entgegen.

Auch das war eine große, graue Wolke an meinem Horizont. Ich wollte mich nicht mehr mit meiner Rückkehr beschäftigen. Zu Hause – das verhieß nichts als Anforderungen, Entscheidungen, Ablenkungen, die von jeder Minute des Lebens immer mehr Sekunden beanspruchten, magere Stunden und im trüben Einerlei verlaufende Tage. Zu Hause – das hieß auch Einsamkeit, eine Einsamkeit, die ich mir hier kaum mehr ausmalen konnte; oder hatte ich endlich meine Antwort darauf gefunden? Da lag ich nun in der Dunkelheit unserer letzten Nacht, zu ängstlich, um zu schlafen, zu bleiern, um aufzuwachen, bis sich ein beharrliches Klopfen Zutritt zu meinen Gedanken verschaffte. Nach einiger Zeit ertönte die knarrende Stimme des Stewards. »Nachricht vom Käpt'n, Sir, wir haben Land in Sicht . Soll ich Ihnen jetzt Ihr heißes Wasser bringen?«

Es war noch immer dunkel. Wir reckten und streckten uns, bis wir allmählich stöhnend wach wurden und uns unser gemeinsamer Geruch in die Nasen stieg. Schweigsam, beinahe ohne die Nacktheit des anderen wahrzunehmen, wuschen wir uns, streiften unsere Kleider über und gingen an Deck. Jyp begrüßte uns mit einer deutenden Geste über den Bug hinweg. Zuerst sah ich nichts, bis meine Augen das Glitzern des Sternenlichts auf einer Rauchfahne ausmachten. Sie entströmte dem höchsten Punkt einer gezackten Silhouette, einem Zahn im Kiefer eines fossilen Monsters. »Gunung Agung«, hauchte Jacquie. »Der heilige Berg.«

»Mehr als das!« sagte Ape rauh, worauf wir alle erschrocken zusammenfuhren. Während der ganzen Überfahrt hatte er sich kaum gerührt, geschweige denn gesprochen. Jetzt stand er da wie ein übergroßer Schatten, den Blick starr in die Ferne gerichtet. »Der Gipfel des *Kaja*, des rechten Weges Gottes, so wie das Meer zu *Kelod* gehört, der linken Hand des Bösen. Das Böse kommt vom Meer her nach Bali. Doch was ist das, das ihr jetzt bringt?«

»Das beste, das sie kennen.« Es war Mall, die gesprochen hatte, leise, von ihrem Platz am Ruder aus. »Wir alle können nicht mehr tun, als uns redlich bemühen. Nicht einmal auf dem entferntesten Rand, so sagt man, können diejenigen, die dort wohnen, die Fäden aller Schicksale und aller Bestimmung in jeder Handlung wahrnehmen.«

»Ist es dann nicht besser, nicht zu handeln?« grollte Ape, doch in seinen stumpfen Augen schien etwas aufzublitzen und sich zu regen. »Ist es nicht besser, den Wunsch nach Handlung zu unterdrücken, damit sich diese Fäden nicht noch mehr verwirren?«

»Dann würde Sita noch immer unter der hundertarmigen Ravana liegen!« schnaubte Mall. »Nehmt Euch jetzt ein Beispiel an Krischnas Wort, Stephen, und handelt so, wie Ihr glaubt, handeln zu müssen!«

»Zu müssen?« Die Morgenluft hatte einen bitteren Beigeschmack. Einen Moment lang schien es, als ritten mächtige Kräfte auf dieser sanften Brise, als schwebte über uns in der Dunkelheit eine riesige Axt, die der geringste Hauch in Schwingungen versetzen konnte. »Wenn das Projekt untergeht, folgen Hungersnöte und Tod auf dem Fuß. Falls wir erfolgreich sind, bringen wir –«

Aus Apes Kehle kam ein tiefes Gurgeln: »Schlimmeres als den Tod.« Seine langen Arme zuckten, seine Schultern wölbten sich. »Männer werden sterben. Selbst diese äußeren

Mächte, die du heraufbeschworen hast, werden ein Ende finden, so wie sie einen Anfang hatten. Und doch reicht ihr Blick weiter. Diese Leben sind wie Blätter im Ofen – *Pfft!* Sie flammen auf und vergehen. Doch das Feuer bleibt bestehen, andere kommen an die Reihe, um es am Brennen zu halten. Doch was verleiht ihrem Leben und ihrem Sterben einen Sinn, was nährt dieses Feuer, außer den Traditionen, die sie von ihren Vorfahren gelernt haben?«

»Denkt darüber nach«, seufzte Mall mit weicher, trauriger Stimme. »Ihr, Sir Ape, Ihr Geschöpf der Weisheit, Ihr Nährer des Feuers – wollt Ihr dem Kind, das nach einem Reiskorn schreit, um seinen vom Hunger aufgeblähten Bauch zu füllen, sagen, daß es leiden muß, damit die Traditionen der Vorfahren gewahrt bleiben? Wollt Ihr das der Mutter sagen, die gerade ein Grab in die ausgetrocknete Erde gekratzt hat? Na?« sagte sie jetzt mit einem zornigen Unterton, und für einen Moment glaubte ich sie trotz der samtigen Dunkelheit um uns herum klar vor mir zu sehen. Breitbeinig, mit zurückgeworfenem Kopf, als wollte sie Apes hoch vor ihr aufragender Masse trotzen.

»Nein, das will ich nicht«, antwortete dieser knapp. Er senkte den Kopf, was ihn sogleich winzig erscheinen ließ. »Eine bessere Antwort habe ich nicht, auch nicht die Mächte, die diese beiden hier und ihr Projekt aufhalten wollen. Also helfe ich, damals wie heute, so gut ich eben kann. Doch eins verlange ich von ihnen: Findet mir eine Antwort!«

»Das ist unfair!« protestierte Jacquie. »Wir wollen das suchen, was du und alle diese anderen Mächte nicht finden können?«

»Vielleicht ist es viel einfacher als Ihr denkt, meine Dame«, sagte Mall. »Denn diese Mächte sehen nur das Gewirr der Fäden und gehören schon lange nicht mehr dazu. Ihr seid es, die sie zusammenbinden müßt, um sie stärker zu machen – oder das Ende finden, von dem sie abgerissen wurden, und sie wieder anknüpfen.«

Vor uns schwoll plötzlich für einen Augenblick ein roter Punkt an. Unter dem auffrischenden Wind nahm ich ein leises, rumpelndes Geräusch wahr, ein Beben, das man durch die Balken des Schiffs und die See darunter mehr fühlte als hörte. »Gunung Agung kommt nicht zur Ruhe«, sagte Ape leise. Erst jetzt bemerkte ich, wieviel heller der Himmel inzwischen geworden war. Doch noch immer gab es keine anderen Farben in der Welt.

Auch nicht, als die *Sapphire* in die flache Bucht von Padangbai einlief und gelegentlich Sirenenpfiffe mit einer der frühen Fähren, die zu den weiter draußen gelegenen Inseln fuhren, austauschte. Falls jemand auf der Fähre an dem hereinkommenden Schiff etwas Ungewöhnliches festgestellt haben sollte, dann schrieb er es wahrscheinlich dem Zwielicht zu und vergaß es gleich wieder. Vor einer halben Stunde waren wir an einer chinesischen Dschunke aus der Ming-Dynastie vorübergekommen. Jeder Hafen hat seine ganz eigenen Passagen im Morgengrauen und in der Abenddämmerung, wenn die Wahrnehmung verschwimmt und die Tore zwischen Kern und Spirale offenstehen. Wir kamen am hohen Kai sanft längsseits, dort, wo normalerweise die Kreuzfahrtschiffe anlegten. Unsere Stoßfänger kratzten noch an den Betonpfeilern, da wurde schon der Kran ausgefahren.

Als der Container durch die Luft schaukelte, war der Himmel noch immer grau; unsere Fracht wurde mit einem Scharren und einem Quietschen auf dem staubigen Beton des Außendamms, dem äußersten Rand des alten Königreiches Bali, abgesetzt. Ich schaute wohl zum hundertsten Mal auf die Uhr. Tatsächlich: Donnerstag, dritter Mai, 2 Uhr 47 morgens, Eastern Standard Time. Es gab kein Empfangskomitee und keine Zeremonie. Der Container wurde abgeladen. Das war's. Die Blockade war gebrochen, unsere Arbeit damit erledigt.

»Ich bedaure, nicht mehr Zeit für einen gebührenden Abschied erübrigen zu können«, sagte Ferris und zog seine Jagduhr aus einer kleinen Tasche seiner Weste. »Aber wenn wir die Morgendämmerung noch erwischen wollen –«

»Sie haben bereits mehr als genug für uns getan«, beruhigte ich ihn. »Und ihr beiden auch!«

Jyp klopfte mir mit seiner mageren Hand auf die Schulter. »Es ist nie genug! Aber trotzdem war es schön, dich wieder einmal zu sehen, Steve – und meinen besten Kampfanzug! Du trägst ihn inzwischen, als wärst du damit auf die Welt gekommen! Oder dafür. Vielleicht werde ich hier draußen schon bald wieder nach dir Ausschau halten.«

»Hältst du das für klug? Du hast mich schon einmal davor gewarnt!«

»Es hat wohl seine Richtigkeit, Master Stephen«, entgegnete Mall knapp. »Ihr seid reifer geworden, habt Euch verändert. Selbst wenn wir wollten, könnten wir Euch jetzt nicht mehr zurückhalten. Ich pflücke mir keine Weissagungen aus den Sternen, doch auch ich werde bald schon nach Euch suchen. Seht Euch trotzdem an jeder Ecke vor! Denn hinter jeder könnte jemand stehen, der Euch ein Bein stellen will. Stephen – seht Euch vor, Stephen!« Und ganz unerwartet streckte sie die Arme aus, zog mich an sich, schlang ihre Arme um mich, so daß ich einmal mehr ihre geschmeidige Drahtigkeit spürte, und die wilde Lebensenergie, die in ihr tobte. Ihr Mund berührte den meinen, doch es war weniger ein Kuß, als ein Hauch zwischen unseren geöffneten Lippen. Genauso rasch ließ sie mich wieder los, mit einem flüssigen Feuer, das durch meine Nerven floß.

»Und Ihr, meine Dame«, sagte sie so entschlossen, daß das schiefe Lächeln auf Jacquies Lippen verschwand, »paßt gut auf ihn und auf Euch selbst auf. Denn wer weiß: Vielleicht liegt auch Euer Schicksal irgendwo auf den Großen Pfaden des Himmels und des Meeres und im Land der Legenden und der Schatten. Besser so, als diese seltene Blume der Lieblichkeit den unverschämten Einmischungen des Tyrannen Zeit zu überlassen, ihm diesen Geist und dieses Herz zum schnöden

Spiel vorzuwerfen. Ich werde auch auf Eure Schritte achten.« Sie umarmte auch Jacquie. Ein schwesterlicher Kuß und die Berührung von Hand und Brust, als sie sie wieder losließ, kaum mehr als zufällig. Dann schritt sie einfach die Gangway hinauf und entschwand unseren Blicken. Jacquie blinzelte verwirrt. Jyp grinste ironisch und gab ihr einen ausgesucht eleganten Handkuß.

»Stets zu Ihren Diensten, Miss Jacquie«, sagte er. »Und passen Sie gut auf sich auf, hören Sie?«

»Ich … ich glaube, ich lerne es allmählich«, gab Jacquie zurück und berührte den Bogen, den sie in einem Leinensack verstaut hatte. »Ich hoffe, daß ich Sie beide wiedersehe.«

»Die Hoffnung liegt ganz auf meiner Seite, Madam. Also, Steve …«

Niemand verabschiedete sich von Ape. Er hockte schon wieder wie eine etwas mißglückte Buddha-Parodie in Decken eingehüllt an den Container gelehnt. Als sich die Schaufelräder zu drehen begannen, bespritzte ihn die Gischt, doch er schaute nicht einmal auf. Das Licht veränderte sich jetzt deutlicher, ein gleichmäßiges Grau überzog Himmel und Wasser, die nur eine kaum wahrnehmbare Linie trennte. Auf diese Linie hielt der Bug der *Sapphire* zu. Wir blickten ihr schweigend nach, und innerhalb weniger Minuten schien sie nur noch ein fahler Schatten zu sein, ohne jedes Detail – bis auf die klar umrissene Gestalt am Heck, die wie mit einem inneren Licht leuchtete. Blondes Haar wehte im Wind; ein Arm winkte zum Abschied, winkte solange, bis sogar dieses Licht zu einem winzigen Punkt zusammengeschmolzen war und sich ein hellerer Schein am Horizont abzeichnete. Hinter dem Rand der Welt schien er herauf, und die Wolkenstreifen darüber nahmen Formen an, graue Inseln in einem blendenden Meer aus Licht, so golden wie der Pfad, der sich bis zu uns über den darunterliegenden Ozean erstreckte und das Heck des Dampfschiffes in einen Scherenschnitt verwandelte. Die blassen Ränder der Wolken wurden zu goldenen Küstenstreifen mit weißen Schaumkronen, ihre sich aufbauschenden Hügel zu Wäldern, deren Wipfel im warmen Wind wogten. Der Himmel war voller Inseln, wie Schatten eines entfernten Archipels. Genau dort hinein hob der Schatten auf dessen soliden Planken wir gesegelt waren, seinen Bug und wurde immer kleiner, segelte mitten hinein in die Tiefen des Himmels.

Der Anblick ließ uns näher aneinanderrücken, voller Ehrfurcht und mit einem Gefühl von Winzigkeit, wie kleine Tierchen am Rande ihres eigenen, vertrauten Waldes, die zum ersten Mal die unverständliche Weite der Felder sehen, die sich dahinter erstrecken. »Wie ein Traum«, sagte Jacquie leise.

»Für mich nicht.«

»Nicht das dort. Wir hier. Als ob ich einmal in meinem Leben wirklich wach gewesen wäre.«

Ein schrilles Schnarren, wie von einem wütenden, riesenhaften Insekt, ließ uns zusammenfahren. »Es kommt aus deiner Tasche!« stieß Jacquie erschrocken hervor.

Ich fuhrwerkte bereits wild darin herum und verwandelte all das, was der Steward so umsichtig eingepackt hatte, in ein wildes Durcheinander. Mit einem triumphierenden Grunzen stieß ich zum Taschenboden vor, packte zu, zog die vibrierende Schale in einem Regen aus Socken und Unterhosen heraus und brach sie in meiner Handfläche auf.

»Steve? Hallo, Steve? Herrgottimhimmelnochmal, bist du das?«

»Ja, Dave«, sagte ich erleichtert und hielt die Muschel an mein Ohr. »Alles wohlbehalten hier.«

»Was heißt ›hier‹, du Blödmann? Wo ist der Container? Wo ist die Braut vom Projekt, mit der du losgezogen bist? Ist dir eigentlich klar, daß heute laut Vertrag der allerletzte Liefertermin ist?«

»Ich bin auf Bali, Dave. Mit dem Container.«

»Und der Braut«, warf Jacquie über meine Schulter ein und küßte mich aufs Ohr.

Einen Moment lang herrschte tiefes Schweigen. *»Du hast gesagt, du würdest mich über den genauen Zeitpunkt der Ankunft informieren, du verdammter Irrer!«*

»Dieser Zeitpunkt ist jetzt, Depp. Weißt du, wie spät es hier ist? Ungefähr halb fünf Uhr morgens; die Sonne geht gerade auf.« Ich warf einen Blick auf die Reihen verschlafener Aluminiumschuppen. »Wir sind noch nicht einmal von dem verdammten Kai in Padangbai herunter, alles ist noch geschlossen, Zoll, Einwanderungsbehörde, die ganze Bude. Hör mal, wenn du schon dran bist – was ist denn mit diesem Menschen von der Behörde, der uns hier empfangen sollte –«

Ein Geräusch ertönte, das verräterisch nach Zähneknirschen klang. *»Mmmhh. Der Kontaktmann vom Innenministerium. Den habe ich an der Strippe gehabt, ja.«*

»Hoffentlich hast du ihm gesagt, was ich dir aufgetragen hatte – daß ich den Container auf einem ziemlichen Umweg herbeischaffen würde und daß ich ihn heute anrufen werde, sobald ich im Land bin.«

»Er war nicht gerade begeistert, wollte mein unergründliches Vertrauen in dich nicht teilen. Er wollte selbst deine Telefonnummer haben.«

»Ich glaube nicht, daß er durchgekommen wäre.«

»Genau das sagte ich ihm auch. Wo bist du überhaupt herumgegondelt? Jedenfalls irgendwo ohne Satellitenverbindung. Jedesmal, wenn ich dich anwählte, kriegte ich diese unglaublichen Verbindungen!«

»Wahrscheinlich irgendwelche Scherzbolde«, schlug ich vor und fragte mich, wen er da eigentlich an die Strippe bekommen hatte. »Hacker, so etwas in der Art.«

»Kann sein. Wie auch immer, wir sind so verblieben, daß der Typ vom Ministerium heute so spät wie möglich zum Hafen 'runterkommt. Ich dachte, ich lasse dir soviel Spielraum wie möglich.«

Ich seufzte. »Gut gedacht. Das heißt, wir müssen hier noch stundenlang herumhängen.«

»Dürfte nicht so schlimm sein. Sie haben einige hübsche neue Annehmlichkeiten für Touristen aufgebaut, wie er sagte. Du kannst dich duschen, kannst was essen und so weiter. Und er hat dafür ge-

sorgt, daß dich die Jungs vom Hafen erwarten. Sie kümmern sich um alles, bis er eintrifft. Nicht schlecht, der Bursche, was?«

»Ja. Ja, danke dir, Dave. Ich rufe dich später an, bin jetzt ziemlich müde.«

»Das glaube ich. Jedenfalls dürfte das ein weiterer Triumph für Stephen Fisher, den Zauberer des Transportwesens, sein – wie macht er das bloß, ohne Karten im Ärmel und ohne doppelten Boden? Schönen Gruß an die Br – an die Lady! Sayonara!«

Die Jungs vom Hafen erwarteten nicht nur uns, sondern auch unser Schiff. Sie waren nicht erfreut darüber, daß es angelegt hatte und wieder abgefahren war, ohne daß sie etwas davon mitbekommen hatten. Unsere Verbindung mit dem Projekt verhalf uns zu einem VIP-Status, und so hatten wir rasch unsere Geschäftsvisa, mit denen sich natürlich die normalen, tagelangen Auseinandersetzungen mit den Bürokraten des *Kantor Imigrassi* umgehen ließen. Ape zauberte einen mottenzerfressenen javanischen Paß hervor, der auf den Namen Pendek Dewa ausgestellt war, Geburtsdatum unbekannt. Doch keiner der Beamten wollte sich mit der Vorstellung anfreunden, daß hier Schiffe einfach kamen und gingen und irgendwelche Fremden absetzten. Der *Syahbandar* oder Hafenmeister und der Chef der *Kantor Imigrassi,* beides Javaner, standen kurz vor einem Schlaganfall. Was uns in der gegenwärtigen Lage, der Terroristen und der Verwicklungen mit den Militärs wegen, überhaupt nicht gepaßt hätte.

Doch als Jacquie diplomatisch einflocht, daß wir auf einem Boegie-Schiff gereist waren – »also zumindest einen Teil der Strecke!« –, legte sich die Aufregung beträchtlich. Mit dieser Erklärung konnten sie leben. Schließlich hatten sie nach einem modernen Schiff Ausschau gehalten, und was konnte man schon von den Boegies erwarten? Sie fuhren überall hin und lebten nach eigenen Gesetzen, wenn man Glück hatte. Daß sie Terroristen beförderten, war jedoch höchst unwahrscheinlich. »Flöhe, Lebensmittelvergiftung, *ada!*« scherzte der Mann vom *Kantor Pemeriksann* und kratzte sich eifrig an seinem wohlgepolsterten Hinterteil, während er jede einzelne Seite unserer zentimeterdicken Einfuhrerklärung mit Zollmarken beklebte, die so bunt waren wie Apes Zaubersprüche. Die anderen bedauerten uns. Doch das Innenministerium und das *Kantor Gubernoran* hatten für uns einige Zimmer in dem guten, nach westlichem Standard geführten Hotel am Hafen gebucht. Dort könnten wir uns ausruhen, bis der Mann vom Ministerium uns später abholen würde.

Wann? Ich hätte es besser wissen müssen. In dieser Gegend ließ sich ein Beamter, je wichtiger er war – oder je wichtiger er erscheinen wollte – entsprechend viel Zeit. Sie nennen es *Jam Karet,* »Gummizeit«. Die genaueste Zeitangabe, zu der sich jemand herabließ, war *Berapa Jam,* ein paar Stunden, was Nachmittag oder Abend heißen konnte. Inzwischen wollte der Hafenmeister bewaffnete Wachtposten am Container aufstellen lassen. Das Hotel sah immer verlockender aus, doch Ape lehnte ab. Er zog es vor, beim Container zu bleiben, ob mit oder ohne Wache, auch wenn er am hellichten Tag eigentlich sicher sein müßte. Er wollte auch nichts essen. Als ich ihn drängte, durfte ich ihm von einer Bude am Kai eine Tasse *Baijgur* bringen, eine Art wäßrigen Reispudding mit Kokosmilch. Danach schlurfte er gleich wieder zu seinem Platz zurück.

»Er sieht krank aus«, sorgte sich Jacquie.

»Ich würde sagen … alt. Aber du hättest ihn damals auf dem Zug sehen sollen! Was hat ihn nur so verändert?«

Jacquie erschauerte. »Er unterliegt anderen Gesetzmäßigkeiten als wir. Diese Dinge, die er gesagt hat, von heute nacht, daß er uns später nicht mehr helfen kann …« Sie wandte sich an Pujawan, den jungen Mann, den der Hafenmeister geschickt hatte, damit er uns mit dem Gepäck half. »*Ma'af!* Ist heute irgend etwas Besonderes? Oder morgen?«

»Das wissen Sie nicht?« grinste er. »Morgen ist großes Fest, die ganze Insel feiert. Es wird Galungan genannt.« Er setzte meine Tasche ab und zeigte mit dem Daumen, der höflichen

Art in Bali, auf eine Gruppe junger Männer. »Die feiern schon heute. Kein Glück.«

Die Männer, alle knapp unter oder über zwanzig, mußten gerade mit einer der Morgenfähren von den Inseln gekommen sein und trollten sich unter unglaublichem Lärm und Geschrei vom Kai Richtung Hafenviertel. Vier oder fünf trugen gigantische Ghettoblaster auf den Schultern, aus denen mit voller Lautstärke jeweils eine andere Musik hämmerte, so daß man hauptsächlich kreischenden Mißklang und Verzerrungen hören konnte. Ihre billigen Surfer-Shorts und Shirts, zerknittert und ausgeblichen, waren mit albernen englischen Schlagwörtern wie *Hip!* und *Crazy!* und *Spunky!* bedruckt, zwei oder drei verkündeten Slogans wie *Bali Breaks!*. Auf ihren schäbigen Kappen prangten Baseball-Logos oder die Namen balinesischer Hotelketten. Mehrere trugen ramponierte Hochgeschwindigkeits-Surfbretter unter dem Arm, auf einem konnte man durch die schlampige Bemalung noch den Schriftzug BALI HYATT, SANUR lesen. Die meisten sahen soweit ganz harmlos aus, nur ein Haufen lauter Kids mit dummem Grinsen und ein paar Bierchen zuviel intus. Einer oder zwei jedoch hatten ein Aussehen, das man überall auf der Welt antrifft; bei Schnorrern in Berkeley, bei polnischen Skinheads und rassistischen *Pamyat*-Schlägern in Moskau, bei Fußball-Hooligans in Glasgow und bei dem Zuhälter auf dem Times Square, der das Gesicht eines Mädchens mit einem Klappmesser zerschnitten hatte. Sie schoben ihre Surfbretter wie Baggerschaufeln vor sich her, um die Leute zur Seite zu drängen. Insgesamt sahen sie wie billige, traurige Parodien aller miesen westlichen Auswüchse aus, leibhaftige Opfer des Kulturschocks. Als sie an uns vorübergingen, schrien sie irgend etwas herüber, und ich roch den süßlichen Geruch der Joints, die sie rauchten. Pujawan blickte starr geradeaus.

»Was haben sie gesagt?« erkundigte ich mich, doch er schien nicht zu hören.

»Sie haben ihn aufgezogen«, sagte Jacquie ruhig, »weil er das Gepäck eines Europäers schleppt.«

Pujawan hatte das wohl verstanden. »*Lupakan saja!*«, sagte er leise. »Kümmern Sie sich nicht um sie! Die sind nicht gut. Hat keinen Zweck!«

»Trotzdem«, widersprach ich in meinem gebrochenen Malaiisch. »Ich könnte –«

Ich konnte ihn nicht überzeugen, und in einem Höflichkeitswettbewerb mit einem Balinesen zieht jeder den kürzeren. »Mir ist es egal. Ich trage nur einmal Taschen, und es ist mir eine Ehre. Die da, die leben nur von Fremden. Wenn sie erst mal Jobs haben, dann sollen sie mich verspotten!«

Doch ich hielt ihm im Hotel die Türen auf, und als wir eingecheckt hatten, lud ich ihn zu einer Tasse Kaffee ein, wonach ich mich etwas besser fühlte.

»Diese kleinen Ratten«, sagte Jacquie bitter, als er sich verabschiedet hatte.

»Weißt du, daß mich dieser komische Priester, dieser *Pedanda,* vor den Surfern warnte?«

»Sie können doch nicht alle so sein!«

»Nein, einige von ihnen sahen auch nicht so wild aus, aber allmählich verstehe ich, was er meinte. Dieses Land war einmal ein Paradies. Wenn sich alles auf diese Weise verwandelt … Das Hotel hier zum Beispiel: Ich habe einmal auf den Seychellen in einem der gleichen Kette übernachtet, und es war haargenau das gleiche. Abgesehen von diesen glotzäugigen Masken an den Wänden deutet nichts darauf hin, daß wir uns auf Bali befinden.«

»Das ist richtig, Steve, aber wie auch immer, wir *sind* auf Bali. Der *Pedanda* und die Frau, wer oder was sie auch gewesen sein mag – du hast sie beide geschlagen.«

»Wir. Du, ich, te Kiore, Batang Sen, Jyp und Mall – viele Leute haben dazu beigetragen. Und wir hatten eine ganze Menge Glück.«

»Aber du hast alles zusammengehalten«, sagte sie spröde.

Sie setzte sich etwas steif auf. »Nicht viele Leute hätten das zustande gebracht, was du geschafft hast, Steve. Du hast dir eine Pause verdient. Du siehst halbtot aus.«

»Hier ist es heißer als auf Java. Ich habe mich noch nicht akklimatisiert.«

»Wenn du bis zum Mittag wartest, wird nur noch ein Fettfleck von dir übrigbleiben. Los, geh unter die Dusche, solange du noch dazu fähig bist.«

Unglücklicherweise hatte der Mann vom Ministerium einen sehr ausgeprägten Sinn für Status. Er zeigte sich erst gegen sechs Uhr. Wir hatten uns inzwischen in einem Zimmer mit Klimaanlage wunderbar ausgeruht, und draußen machte eine Brise vom Meer das Leben beinahe wieder erträglich. Das heißt, bis sein Konvoi und seine Militäreskorte in einer Staubwolke herangebraust kamen. Er eilte, vor Energie geradezu berstend, auf die schattige Veranda herauf, wo wir ihn erwarteten; ein dicklicher kleiner Mann in einem makellosen Safari-Anzug direkt aus dem Schaufenster von Abercrombie & Fitch. »Mister Fisher? Doktor Jusuf Pasaribu! Miss Kang-Svensen – wie geht es Ihnen?«

Der muslimische Name deutete auf einen weiteren Javaner hin. Den Doktor – der Wirtschaftswissenschaften, wie wir herausfanden – hatte er mit einem gewissen Nachdruck betont. Er sprach fließend Englisch. Zu fließend. Er schnatterte förmlich drauflos, ohne Punkt und Komma, und strahlte eine dermaßen vereinnahmende Energie aus, daß ich ihn am liebsten in einen Sack gestopft hätte – und ich hatte immerhin einige Erfahrung mit derlei Klienten. Wenn es darauf ankam, konnte ich selbst so sein; manchmal jedenfalls. Er kippte den Drink, den wir ihm anboten, mit einem Schluck hinunter – wahrscheinlich wollte er damit demonstrieren, daß Vorurteile Muslimen gegenüber fehl am Platz waren. Dann blaffte er seinen Leuten und den Hotelangestellten permanent irgendwelche Befehle zu und schob schließlich uns und unser Gepäck zur Tür hinaus – und das alles innerhalb von fünf Minuten. Die

Soldaten quollen aus ihrem Lastwagen, um zu salutieren, er schob uns in seinen Dienstwagen, schnauzte den Fahrer an, und ab ging die Post zum Hafen.

Nach wenigen Minuten hatte er alle offiziellen Probleme geklärt und den Container auf einen eigens dorthin bestellten Tieflader heben lassen, der in den gleichen militärischen Tarnfarben bemalt war, wie der mit einer Plane bedeckte Transporter der Soldaten. Sein Auto war jedoch etwas Besonderes: ein großer, glitzernder, schwarzweißer japanischer Geländewagen mit Allradantrieb, Klimaanlage, rundum getönten Scheiben und Jalousien an den hinteren Fenstern. Er wurde leicht blaß, als wir ihn mit Ape bekannt machten, der nach seiner langen Wache staubig und eingefallen aussah, und verwies ihn auf den Notsitz im Gepäckraum. Er schien anzunehmen, Ape sei eine Art herrenloser Dolmetscher, den wir aufgelesen hatten und jetzt nicht mehr brauchten, da wir ja *ihn* hatten. Er dachte nicht einmal daran, sich zu erkundigen, ob wir selbst der Sprache mächtig seien, sondern lehnte sich einfach über den Vordersitz nach hinten und quasselte weiter und immer weiter, hielt nur inne, um den Fahrer anzuraunzen, oder wenn er eine Antwort von uns erwartete. Nicht daß er zugehört hätte. Unsere Kommentare prallten an ihm ab und gingen in seiner überschäumenden Begeisterung schlicht unter. Er schien unsere Reaktionen überhaupt nicht wahrzunehmen. Wie viele Asiaten fand er vielleicht, daß man aus westlichen Gesichtern, selbst aus solchen Mischformen wie dem von Jacquie, ohnehin nicht schlau wird. Und das war wahrscheinlich auch gut so.

Die Insel glitt hinter den Scheiben vorüber, und er redete von ihr, als seien wir eine beliebige Gruppe ignoranter Touristen. Die Gebäude der Stadt, von der Sonne ausgebleicht und mit ihrer abblätternden Farbe sowie den grellbunten Reklametafeln von einer charmanten Schäbigkeit, machten Platz für immer mehr freies Land. Der Konvoi raste über einen erhöhten, von niedrigen Sträuchern gesäumten Fahrdamm, neben dem links und rechts flache Reisfelder algengrün unter der sinkenden Sonne glitzerten. Wie verstreute Juwelen leuchteten vereinzelte Blumen in den Feldern und verneigten sich vor dem Fahrtwind des Armeelastwagens: Ringelblumen, Hibisken, Bougainvilleen, rote, weiße und rosafarbene Jasminblüten, dunkelblaue Schmetterlingsorchideen und Blumen, die nur einheimische Namen hatten, wie die lavendelgetönten *Kapaka* und *Manori* oder die orangenfarbene *Dadak.* Die Berghänge waren in wunderschönen Terrassen angelegt, deren geschwungene Ränder und ihr lebhaftes, beinahe künstliches Grün die ganze Landschaft in ein ins Riesenhafte vergrößertes und bemaltes Konturenmodell verwandelten. Und dazwischen spritzte in schmalen, in Stein gefaßten Kanälen das trübe, kaffeebraune Wasser herab, das die Felder und die kleinen, weißwandigen Dörfer auf unserem Weg am Leben erhielt.

Ich erinnerte mich daran, was der alte Priester erst mir und später auch Jacquie gesagt hatte. Für einen Balinesen ist ein Dorf ein lebendiges Wesen, ein Körper, der seinem eigenen in vielem ähnelt und von dem mit dem Ausdruck *I Desa* gesprochen wird, einem Ehrentitel, den der Balinese auch für sich selbst erwartet. So sieht er auch jedes einzelne Haus im Dorf. Im Kopfteil der Familienschrein, die Seitenflügel als die Arme, in denen die Zimmer liegen, und die Beine und Füße sind die Küche und die Vorratskammer; am hinteren Ende liegt der Misthaufen. Leben inmitten von Leben, anderes Leben umgebend: jedes Haus, jedes Dorf, jeder Tempel ein Lebewesen, gebaut von denjenigen, die darin leben, die ganze Insel ein göttliches Lebewesen, ein Makrokosmos mit dem Wassersystem als seinem bleichen, doch vitalen Lebensblut. Auch ich spürte das; zum ersten Mal wurde mir beinahe körperlich bewußt, worum es bei diesem Projekt ging – das Ideal, das mich den weiten Weg bis hierher hatte zurücklegen lassen, die Vision, die ich unter keinen Umständen im Stich lassen wollte. Ich war nicht enttäuscht. Ich drückte Jacquies Hand, und sie erwiderte meinen Druck, ihre Augen glänzten.

Dann fing Parasibu an, darüber zu reden. Er tat so, als seien wir völlige Außenseiter, auch Jacquie. Und je mehr er redete, desto mehr gab er von sich selbst preis, und davon, wie er und zweifellos auch die Männer hinter ihm dachten. Vorher hatte ich ihm schon eine Frage hinsichtlich des Galungan-Festes gestellt, die er sprudelnd und spuckend beantwortet hatte.

»Oh, Mister Fisher! Auf dieser Insel ist fast jeder zweite Tag ein Festtag. Hier gibt es eine Art rotierenden Kalender, damit man ja keinen vergißt – und einer ist abergläubischer als der andere! Ein dreißig Wochen-Zyklus, ist das nicht unglaublich? Galungan ist der schlimmste Feiertag – so ungefähr wie Weihnachten. Nur ein einziger Tag, doch die Festlichkeiten dauern zehn Tage und enden in einem weiteren Feiertag, Kuningan, und wenn Sie glauben, während dieser Zeit könnte man auf dieser Insel irgend etwas erledigen – Pech gehabt! Sämtliche Büros und Geschäfte und Schulen sind geschlossen, alle Straßen verstopft, und wehe, wenn dann ein Unfall passiert oder ein Feuer ausbricht. Alle machen sich auf den Weg in ihre Heimatdörfer. Sie sind noch sehr dörflich, diese Balinesen, sogar die Stadtbewohner. Es ist die Herabkunft der Urahnen, müssen Sie wissen. Sie denken, die alten Mächte der Insel kommen wieder an die Macht. Deshalb haben wir auf diesem Termin bestanden, und ich bin froh, daß Sie ihn einhalten konnten. Eine Minute nach Mitternacht, und Sie hätten geglaubt, in einem Irrenhaus gelandet zu sein.«

Ich sah mich kurz nach Ape um, doch er schien dort hinten mit hängenden Augenlidern zu schlafen, den Mund halbgeöffnet und leise schnarchend.

»Was nicht heißen soll, daß der folgende Feiertag viel besser ist«, fügte Pasaribu verächtlich hinzu. »Die Eingeborenen denken, die ein oder zwei Wochen vorher sind eine Zeit des Unglücks, in der die *Kalas* und *Butas* – das sind die ortsüblichen Geister und Schreckgespenster und langbeinigen Biester – aus der Unterwelt heraufkommen und jedem das Leben schwermachen. Natürlich kann man in dieser Zeit auch nichts Wichtiges erledigen, es geht alles drunter und drüber. Ist das zu fassen?«

»Nach der Reise, die wir gerade hinter uns haben, kann ich mir so ziemlich alles vorstellen«, warf ich ein, doch er hörte nicht zu.

»Wissen Sie, darauf freue ich mich wirklich«, brabbelte er unaufhörlich weiter. »Diesem hirnrissigen balinesischen Unsinn ein für allemal den Garaus zu machen. Er ist ja bloß ein Fossil, primitiver Hinduismus, der sich nur noch hier auf dieser hinterwäldlerischen Insel gehalten hat. Überall Dämonen und Gespenster und weiß der Geier was. Wehe man überquert eine Straße am falschen Tag des Kalenders – es ist genauso schlimm wie in Tibet oder Nepal und wie diese Orte alle heißen. Und dann diese verfluchte endlose Etikette! Man muß verschiedene Sprachen sprechen, je nachdem, ob man mit jemandem aus einer höheren oder einer niedrigeren Kaste redet. Heutzutage ist das doch eine feudalistische Obszönität!«

»Reden Sie denn mit Ihrem Boss nicht ebenfalls anders?« erkundigte sich Jacquie ruhig. »Oder mit dem Präsidenten? Oder einem *Haji?*«

»Klar doch, aber das ist etwas anderes!« lachte er, als wäre alles ganz offensichtlich. »Deshalb erwartete ich soviel von diesem Projekt. Es wird sehr viel für die Insel tun, in einem Aufwasch einmal richtig aufräumen.«

»Sie müssen das Brauchtum pflegen«, warf ich ein und blickte durch die Jalousien nach draußen. Wir stiegen immer höher an der Flanke des Hügels hinauf. Fast das ganze Land war kultiviert, bis auf die eigenartigen Flecken überhängender Bäume an den Rändern der Felder, die sich fast immer um die steinerne Spitze eines kleinen Tempels oder Schreins scharten. Diese Inseln wiederum ahmten in Form und Farbe das dahinterliegende Bergmassiv nach. »Das alles hier vor Dürrekatastrophen bewahren. Den Leuten ermöglichen, sich selbst zu versorgen, ohne die Landschaft noch mehr zu zerstören.«

Er schenkte mir ein mitleidiges Grinsen. »Aber natürlich, klar, das ist eine gute Sache. Aber das Projekt kann noch viel mehr erreichen – es ist ein scharfes Schwert in den Händen des Fortschritts, wie Ho Chi Minh zu sagen pflegte. Zunächst einmal entreißt es die Macht den Händen dieser von Priestern beherrschten Dörfer und legt sie in die Hände der demokratisch gewählten Regierung, wo sie auch hingehört.«

»Gewählt von ganz Indonesien, nicht von Bali«, murmelte Jacquie.

»Absolut richtig! Aber was folgt daraus? Daß sie sich daran gewöhnen müssen, sich wegen ihrer Ressourcen mit einer ordentlichen Zentralregierung auseinanderzusetzen. Sie sehen, wie wir ihre Wasserversorgung mittels Computern und Elektronik effizient kontrollieren und denken immer weniger an Priester und Tempel und primitive Gottheiten. Das macht Platz für eine klarsichtige Religion – natürlich nichts Fundamentalistisches«, fügte er einschränkend hinzu. »Absolute Toleranz und so weiter. Doch Stück für Stück wird sie an den abergläubischen Wurzeln sägen, so wie es der Westen mit den kulturellen bereits getan hat.«

Er machte eine verschwörerische Geste, die so un-indonesisch war, daß er sie eigens einstudiert haben mußte. »Und ich muß zugeben, daß das eine Wohltat für die Verwaltung hier bedeutet. Es wird sie mit neuem Leben erfüllen. Noch ist Bali eine Art Sibirien für das Verwaltungspersonal, doch das ändert sich jetzt alles. Das Projekt bringt die Kugel ins Rollen – oder sollte ich sagen: Bali? Ein Geschäftsmann wie Sie erkennt sicherlich, welche Möglichkeiten die Entwicklung im öffentlichen Bereich für den privaten Sektor nach sich zieht, Schritt für Schritt.«

»Ich glaube, allmählich erkenne ich es«, murmelte ich. »Sie meinen hinsichtlich Bautätigkeit, Landnutzung, Immobilienmärkten für Massentourismus, sogar Industrie, diese Richtung?«

»Genau! lächelte er und freute sich offensichtlich, daß

ich so schnell kapierte. »Wer wollte etwas anderes behaupten?«

»Richtig, wer schon?« grinste ich zurück. *Wenn ein Grieche einen Griechen trifft, lächeln sie …*

Ich hatte noch nie zuvor etwas Derartiges gesehen, doch jetzt schien alles nur zu offensichtlich. Dem Aufblitzen ihrer Augen nach zu urteilen, hatte auch Jacquie verstanden. Wasser war der Schlüssel zur Nutzung des Landes. Wenn das Ackerland plötzlich zu kostenintensiv wurde, weil die Bewässerung zu teuer geworden war, dann mußte es wohl einem anderen Zweck zugeführt werden. Die Bauern würden es zu den Preisen verkaufen müssen, die man ihnen anbot. Andernfalls gab es noch die Mittel des Zwangsverkaufs, der Enteignung … In einem Land, in dem *Korupsi* praktisch die Einkommensgrundlage der Regierungsbeamten war, in dem ein Kind nicht in die nächste Klasse versetzt wurde, wenn man dem Lehrer nicht etwas zukommen ließ, war das Potential für Profite immens groß. »Aber der ganze Rest, die Bekämpfung des Aberglaubens und so weiter … Ich vermute, das ist Regierungspolitik?«

Wieder lächelte er. Wir waren Gleichgesinnte, Partner sozusagen. Wir bewegten uns auf der gleichen, abgeklärten Ebene. »Natürlich kann unsere politische Obrigkeit es sich nicht leisten, so ins Detail zu gehen, nicht in diesen …«, er zuckte die Achseln, »… sensiblen Zeiten. Sie als kosmopolitischer Mann des Westens haben bestimmt schon gesehen, wie sehr Regierungen in der Dritten Welt unablässig von der Gnade kleiner Splitterparteien mit unangemessenem Einfluß abhängig sind – und natürlich gibt es sogar in unserer Regierung Romantiker. Wir sind es, die Leute in der Verwaltung, die Tag für Tag gegen diese Barrieren zu kämpfen haben, die diese Hindernisse aus dem Weg räumen müssen. Deshalb müssen wir den Durchbruch wagen.« Er lachte leise auf. »Schließlich wissen wir doch alle, daß es nirgendwo ein Shangri-La gibt, stimmt's?«

»Da wäre ich nicht so sicher«, sagte Jacquie giftig. Glücklicherweise rasten wir gerade durch ein Schlagloch, und Pasaribu widmete sich tadelnd dem Fahrer. Dann drehte er sich wieder um und dozierte weiter über die Pflicht der intellektuellen Klassen, die Führung zu übernehmen.

»... und deshalb müssen wir diese durchaus charmanten, aber widerspenstigen Inselbewohner notfalls in die Wirklichkeit des neuen Jahrhunderts hinter uns herziehen!«

Jetzt reichte es auch mir allmählich. »Sie meinen, in die Surferkultur aus zweiter Hand?«

Er lachte trocken auf. »Die? Nur eine Art, geistlos zu sein. Wir unterstützen das nicht unbedingt, doch dieser lässige Lebensstil ist positiv für die touristische Entwicklung, gut für das Image eines tropischen Paradieses. Die Regierung ist ein wenig zu hart vorgegangen, als sie den Bauersfrauen eine züchtigere Kleidung vorgeschrieben und den traditionellen Oben-ohne-Stil verboten hat, genau wie das Nacktbaden. Das hat nämlich viele amerikanische und australische Touristen angelockt. Die Surfer sind wenigstens anständig. Möchten sie eine kalte Limonade?« Er grub irgendwo neben dem Vordersitz einige Büchsen aus und warf sie nach hinten. »Tut mir leid, daß ich nichts Stärkeres habe. Wie auch immer, was gut für den Tourismus ist, ist auch gut für uns – Devisen, billige Dienstleistungsunternehmen, die immer mehr Leute mit einem progressiven Lebensstil in Verbindung bringen. Wenn die Zeit reif dafür ist, können wir uns auch die Surfer vom Hals schaffen. Es hängt alles zusammen.« Er nahm einen genüßlichen Schluck aus seiner Pepsidose, verschluckte sich, als der Fahrer eine Kurve zu schnell nahm, und schrie auf ihn ein.

»Das hoffe ich«, schnaufte Jacquie und packte meinen Arm mit einem schmerzhaften Griff. »Zusammen hängen, diese Saukerle! Alle in einer Reihe! Steve, du kannst doch mit denen nicht ... gemeinsame Sache ...–«

»Es ist dein Projekt«, antwortete ich flüsternd. Pasaribu war inzwischen bei einer Tirade über die Verbesserung der Straßen angekommen.

»Nein! Nein! Das stimmt nicht! Es ist nicht mein Projekt! Keiner von unseren Leuten denkt so darüber! Sie wollen einfach nur helfen! Niemand hat je so darüber gesprochen! Das muß sich dieser … dieser kleine Scheißer alles ausgedacht haben!«

Ich schüttelte den Kopf und sprach aus dem Mundwinkel wie Humphrey Bogart in einem Gefängnisfilm: »Ihr seid doch alles Idealisten, wie du dich vielleicht erinnerst. Also haben sie euch wie Idealisten behandelt – haben euch genau das erzählt, was ihr hören wolltet. Doch jetzt denkt er, er unterhält sich mit jemandem, der wirklich was vom Geschäft versteht, jemand, der ihm helfen kann. Ein Kontakt. Wahrscheinlich hält er dich lediglich für eine aufgedonnerte Sekretärin.«

Jetzt stiegen ihr vor Wut beinahe die Tränen in die Augen. »Aber du … du würdest doch nicht … ihm nicht dabei helfen …?«

Ich zog hinter meiner Limonadenbüchse eine Grimasse. »Den Teufel werde ich. Aber es gibt genug andere, die nur darauf warten.«

Weiter oben in den Bergen gab es mehr Bäume, buschige Palmen, manchmal ganze Kokosnuß-und Kopra-Plantagen, leuchtende Akazien und große Mimosenbüsche, deren süßer Geruch von der Klimaanlage neutralisiert wurde. Hier, im Süden der Insel, waren sogar einige der Bäume heilige Schreine. Am Fuß der Stämme lagen Opfergaben, gelegentlich waren sogar Kleidungsstücke um die Äste gewickelt. Das wiederum gab unserem Mann Anlaß zu weiteren sarkastischen Bemerkungen. Ich hörte kaum zu. Mein Gehirn arbeitete auf Hochtouren. Das passiert oft, wenn ich wütend genug bin, und jetzt kochte ich geradezu vor Wut, die durch Jacquies Glut noch angefacht wurde. »Ich könnte das Projekt immer noch blockieren«, erinnerte ich sie leise. »Es ist die wichtigste Lieferung –«

»Aber er hat schon unterschrieben!«

»Er hat nur für den Import und den Transport unterzeichnet. Technisch gesehen ist die Fracht noch so lange im Gewahrsam meiner Firma, bis sie auf dem Gelände des Projekts angeliefert wird. Theoretisch könnte ich den Container wieder zurücktransportieren lassen.«

»Aber die Soldaten!« zischte Jacquie und warf einen Blick auf den Lastwagen mit der Eskorte, der vor uns fuhr.

»Theoretisch«, sagte ich. »Aber Soldaten oder keine Soldaten, ich könnte immer noch kämpfen. Gerichtsverfahren und Sachen in der Art; jede Lieferung verzögern, bis sie die Geduld verlieren, oder bis sich eine wirkungsvolle Opposition formiert hat. Verdammt, vielleicht ist das ja die Antwort, die man von mir erwartet.«

»Nein, das kann es nicht sein. Dadurch wird das Projekt ruiniert und die Inselbewohner dem Hungertod überlassen –«

»Naja, vielleicht ist es ja nur ein Teil der Antwort. Ich muß mir eine Strategie überlegen. Sei still und laß mich nachdenken!«

Jetzt wurde die Landschaft richtig bergig, es gab immer weniger Dörfer. Allmählich zog der Abend herauf. Die Straße wand sich wie eine staubige Narbe durch einen zunehmend dichter werdenden, üppigen Dschungel, in dessen grünem Dickicht nichts zu erkennen war. Doch darüber erhoben sich die Felshänge, gigantisch und schieferblau, und sie rückten mir jede Minute näher. Gelegentlich konnte man durch die Lücken im Blätterdach eine Krone aus vulkanischem Rauch erkennen, die golden im schrägen Licht der Sonne schimmerte. Der Militärlastwagen vor uns bremste plötzlich mitten auf einer Lichtung, und ich reckte den Hals, um zu sehen, was los war. Ich erkannte eine Barrikade aus Palmenstämmen, quer über die Straße gelegt. Plötzlich wurde die Luft von einer Reihe stotternder Explosionen zerrissen. Die Plane des Lastwagens zuckte und flappte. Wir duckten uns, als die Haube des Wagens eingebeult wurde und das Fenster auf der Seite des Fahrers zersplitterte.

»*Perusuh! PKI!*« schrie Parasibu. Terroristen. Wir hatten überhaupt nicht mehr an sie gedacht. Die Soldaten schoben ihre AK 37-Gewehre über den Rand des Lasters und erwiderten das Schnellfeuer, das auf unseren kleinen Konvoi niederging. Der Krach war unbeschreiblich. Der Ministerialbeamte öffnete die Tür auf der sicheren Seite, lehnte sich hinaus und brüllte den Soldaten und dem Fahrer des Transporters hinter uns etwas zu. Der legte einen Gang ein, scherte aus und fuhr direkt neben uns. Der Unteroffizier auf dem Beifahrersitz feuerte eifrig aus dem Fenster. Von der Containerverkleidung prallten etliche Kugeln ab, doch wir waren geschützt. Der Offizier brüllte einige Befehle, und ein halbes Dutzend Soldaten sprang auf den Transporter, als er an ihnen vorbeifuhr und beschleunigte. Mit großer Geschwindigkeit krachte das riesige Fahrzeug gegen die Barriere, Kühlergrill und Scheinwerfer zersplitterten, Baumstämme flogen wie Bleistifte zur Seite. Unser Fahrer trat das Gaspedal durch, und wir schossen im Zickzack durch den erneut einsetzenden Geschoßhagel hinterher. Hinter uns stieg mit ohrenbetäubendem Krach die dunkelrote Blume einer Explosion von der Straße auf; eine Panzerabwehrrakete, eine Bazooka, Karl Gustav oder was auch immer, die dem Transporter gegolten hatte. In die Karosserie unseres Wagens wurde eine Reihe von Löchern gestanzt, mein Sitz riß nur wenige Zentimeter neben mir mit einem häßlichen Geräusch auf – dann waren beide Fahrzeuge durch die Lücke geprescht und außer Reichweite. Die Eskorte ließen wir zurück, um die Terroristen zu beschäftigen. In einer großen Staubwolke rasten wir weiter die Straße hinauf, schleuderten um riesige Schlaglöcher herum, noch immer in akuter Lebensgefahr. Pasaribu kroch wieder auf seinen Sitz und schaute mit bleichem, eingefallenem Gesicht zu uns nach hinten.

»Terroristen!« sagte er überflüssigerweise und schluckte schwer. »Damit hatte ich nicht gerechnet, doch die Truppen werden schon mit ihnen fertig. Außerdem ist auf dieser dicht besiedelten Insel das nächste Dorf nie weit entfernt, und diese Schweine kämpfen nie in der Nähe von Dörfern, weil sie Angst haben, die Bevölkerung würde sich gegen sie wenden. Gut festhalten, dann sind wir doppelt so schnell am Ziel!«

Wir mußten uns nicht lange festhalten. Gleich nach der nächsten Kurve hätten wir beinahe den Transporter gerammt, der schon wieder scharf bremste – diesmal vor einer menschlichen Barriere. Mitten auf der Straße saßen sie friedlich mit gekreuzten Beinen auf ihren Matten, lächelten und unterhielten sich, eine dreifache Reihe völlig normal aussehender Balinesen, Männer und Frauen, die meisten in ihre traditionellen *Sarongs* und karierten Schals gekleidet. Hinter ihnen erhoben sich auf einer Lichtung zwischen den Bäumen die Gebäude eines einfachen Dorfes, so friedlich wie alle anderen Dörfer, durch die wir gekommen waren. Ich sah alle Einzelheiten, von denen Jacquie mir erzählt hatte: die sauberen, zierlichen *Kampungs,* Familienhütten, die sich um die höheren Dächer der öffentlichen Gebäude scharten, den *Banjar* oder Ratspavillon und die drei Tempel, den himmlischen *Pura Puseh,* den weltlichen *Pura Desa* und den dämonischen *Pura Dalem* – denn auch den dunklen Mächten muß Aufmerksamkeit zuteil werden, damit die Balance beibehalten wird.

Und hier schien nichts diese Balance zu stören – bis auf die Menschenreihen, die auf der staubigen Erde saßen. Links der Straße befand sich ein dichtes Dickicht und Bäume, dahinter stiegen die schlammigen Reisfelder terrassenförmig auf. Auf der rechten Seite bot sich das gleiche Bild, nur war dort der Hauptbewässerungskanal und an seiner Mündung der *Subak,* der Wasserschrein. Es gab keinen anderen Weg durch das Dorf. Und hinter den Dorfbewohnern erhob sich eine dunkle Gestalt aus den schattigen Sitzen zu Füßen des *Alun-Alun,* des Banyanbaums in der Mitte des Dorfplatzes. Es war Mpu Bharadah, der Priester. Auf seinen Stab gestützt glitt er durch die Reihen der Dorfbewohner und stellte sich mit seiner so charakteristischen Kopfbewegung vor sie hin.

Pasaribu lehnte sich aus dem Fenster und rief ihm etwas zu, und die restlichen Soldaten sprangen vom Transporter herunter. Einen Augenblick lang sah es für den Priester, im Abendlicht von modernen Waffen umgeben, nicht sehr gut aus. Pasaribu blickte sich wütend um und kratzte sich am Kopf. Ich hörte, wie er die Soldaten fragte, um was für ein dreckiges Rattenloch es sich hier handele; soweit er sich erinnere, gäbe es an dieser Stelle der Strecke überhaupt kein Dorf – falls wir uns überhaupt noch auf der richtigen Straße befänden! Als sie ihm nicht antworteten, schrie er den Priester in noch beleidigenderer Weise an. Doch der alte Mann lächelte nur grimmig und antwortete ihm in seinem kalten Englisch.

»Dieses Dorf?« wiederholte er. »Es ist irgendein Dorf, oder auch alle Dörfer. Der Schatten aller Dörfer, das Bild dessen, das du am meisten gefährdest.«

Pasaribu schluckte angesichts soviel Impertinenz. Ich hingegen erschauerte. Um noch bei Tageslicht soweit in den Kern einzudringen, mußte dieser Priester über sehr viel Selbstvertrauen oder sehr viel Macht verfügen – oder beides.

Letzteres stellte sich als wahr heraus. Mit einer Geste seines Stabes schob er den sprachlosen Pasaribu beiseite und deutete direkt auf mich. Ich lehnte mich nach hinten, wo Ape inzwischen aufgewacht war und mit rotumrandeten Augen um sich blickte, und wühlte wild in meinem Gepäck. Ich zog das in Leder gehüllte Schwert hervor, strich Jacquie mit der anderen Hand über die Wange und stieg aus dem Wagen.

»Nun, *Tuan* Fisher?« begrüßte mich der alte Mann, als ich beherzt auf ihn zuschritt. In seiner Stimme schwang eine eisige Drohung mit, aber auch ein eigentümlicher Ton der Entsagung oder gar Sorge. »In deiner Arroganz hieltest du dich für sicher, umgeben von den Instrumenten deiner Macht, von Stein, Metall und abstraktem Reichtum. Jetzt hast du dich in mein Gebiet vorgewagt und bist in meiner Hand. Die steinerne Kraft, auf die du dich berufst, wird dir hier nicht helfen. Jetzt stehst du der Macht hinter meiner Macht gegenüber, der Kraft, die meine grünen Wälder in die Wolken erhebt.«

Er hob seinen Stock, als wolle er mir den Schädel einschlagen. Die Soldaten warteten nicht auf Pasaribus Aufschrei. Ein halbes Dutzend Kalaschnikows hätten den alten Mann durchsiebt, doch gerade als ihre Finger sich auf die Abzüge legten, fing sich das Licht der untergehenden Sonne in der Kristallkugel. Die hölzernen Kolben schienen sich in den Händen der Soldaten zu winden und zu verziehen, als suchten sie die Form des Baumes, aus dem sie geschnitten worden waren. Ein Gewehr zuckte nach oben und ging los, feuerte zwei harmlose Schüsse ab, bevor das verzogene Holz den Mechanismus blockierte. Die Waffen fielen den Soldaten aus den Händen und krümmten sich im Staub, versuchten Zweige und sogar Blätter auszutreiben. Kaum waren die Gewehre unbrauchbar gemacht, erhoben sich die Dörfler, und zwanzig oder mehr Männer stürzten sich auf die Soldaten. Als sich der Staub wieder legte, wurden sie von drahtigen Bauernarmen festgehalten, schartige *Kris*-Klingen an den Kehlen. Pasaribu lehnte sich aus dem Wagen, eine kleine Automatik in seiner feisten Faust. Der Priester veränderte einfach den Brennpunkt seiner Kugel, die Sonne blitzte auf, und Pasaribu fiel schreiend aus dem Auto und hielt sich die Augen zu. Die Pistole fiel in den Staub.

»Dies ist mein Volk, ein Volk von Narren«, sagte der Priester ruhig. »Sogar jener dort ist durch sein Blut mit mir verwandt, obwohl er einem anderen Glauben folgt und dabei jeden Glauben verrät. Ich werde ihnen nichts tun. Doch bei dir und deinen Freunden von der anderen Seite des Ozeans, bei euch werde ich nicht zögern.« Wieder berührte die Sonne seinen Stab – und plötzlich begann der Tieflader wie ein Sommernachmittag zu schimmern. Der Fahrer und sein Wachmann sprangen schreiend heraus und brachen durch das Gestrüpp in die Reisfelder. Die Fensterscheiben zersplitterten, die Lackierung kräuselte sich, die Reifen fingen zu rauchen und zu stinken an. Nur die beschmierten Seitenwände des Containers blieben scheinbar davon unberührt, obwohl die Farbe eigentlich, wie alles andere, hätte verbrennen und sich ablösen müssen.

»Aufhören!« schrie ich. »Sonst explodiert er!«

Der Stab drehte sich ein wenig auf den Wagen zu, genau wie ich erwartet hatte. Ape und Jacquie saßen noch immer darin. Mpu Bharadah schüttelte den Kopf. »Das würde mir keinen Spaß machen«, sagte er düster. Ich glaubte ihm aufs Wort. »Aber wenn du die Reste dieser Zaubersprüche von diesem verfluchten Metallkoffer entfernst ...«

»Nein«, sagte ich. Etwas klickte, etwas von dem, was Ape gesagt hatte. »Ich könnte es tun – aber nicht für dich. Nicht nur für dich. Das würde alles nur noch schlimmer machen – das alte Gleichgewicht ebenso zerstören, meinst du nicht?«

Ich hätte nicht geglaubt, daß diesem alten Zausel vor Erstaunen der Unterkiefer herunterklappen könnte, doch genau das geschah jetzt. Sein Stab neigte sich leicht zur Seite. Dann hatte er sich wieder im Griff und schüttelte den Kopf. »Das Gleichgewicht zählt nicht mehr. Verstecke dich nicht dahinter! Ich allein kann mein Land schützen, so wie ich es fünfzehn Jahrhunderte oder länger getan habe. Die Natur in den Händen der Menschen, das allein ist meine Macht.«

»Und diese andere Macht, das ist einfach die Natur, stimmt's? Der Mensch als eines von vielen Tieren darin, geleitet von seinen Sinnen, nicht vom Verstand.« Mein Lachen klang bitter. »Kein Wunder, daß sie mich hereinlegen konnte.«

Der Alte nickte. »Ich sehe, du fängst an zu verstehen. Dann lerne, daß mein Weg der einzige Weg ist. Du hast die Zukunft meines Landes gesehen.«

»Wo denn?«

»Du hast die jungen Surfer gesehen. Dann die Verbreiter des Terrors, die euch erst vor wenigen Minuten aufgelauert haben. Und du hast ihn gesehen.« Die gelbe Klaue seines Daumennagels zeigte auf Pasaribu. »Es geht nicht allein darum, daß die Surfer vulgär sind, die Terroristen hinter ihren idealistischen Slogans feige und grausam, oder daß er hier korrupt ist. Es geht darum, daß sie alle nichts haben, was wirklich ihnen gehört. Sie sind erbärmliche Imitationen von Amerikanern oder Australiern oder Nordkoreanern, Kreaturen, die ihre Herren nachäffen. Noch sind sie zu dumm, um das zu verstehen, doch eines Tages werden sie es begreifen – doch dann sind sie schon auf dem Müllhaufen der Geschichte gelandet. Das darf ich nicht zulassen. Du weißt vielleicht mehr als ich erwartet hatte; doch welche Ziele du auch verfolgst, du hilfst dabei, das hier möglich zu machen. Das sage ich dir, weil ich bedaure, was ich jetzt tun muß.« Er holte tief und zitternd Luft, und seine Augen über den hohen Wangenknochen nahmen einen grünen Schimmer an, sein weißer Schnurrbart knisterte und stand starr ab, seine verwitterten Hände krallten sich in die Luft, als wollten ihre Nägel mich an Ort und Stelle in Stücke reißen. »Ich *muß* diese Maschinen haben – egal ob ich sie zerstöre oder kontrolliere!«

Ich hatte ihn zum Zögern gebracht. Er wußte, daß ich es nicht wagte. Doch hier gab es keine zweite Chance. Die ganze Zeit über hatte ich meinen Griff am Heft des Schwertes verlagert, es langsam und unmerklich in eine bestimmte Richtung gedreht. Als ich jetzt die Hülle zur Seite schleuderte und ausholte –

Es ging genau so, wie ich es mir vorgestellt hatte: im Bogen herum und hinauf in einer singenden Kurve. Das Schwert traf den Stab des alten Mannes, schnitt die Spitze ab, zerschmetterte die Glaskugel und, da ich nicht rechtzeitig anhalten konnte, verpaßte dem Alten einen bösen Schnitt in die Schulter. Die Glassplitter klirrten über den hartgebackenen gelben Erdboden – und Blut sprühte hinterher. Doch als es die Erde berührte, zischte es, rauchte und ging in Flammen auf. Der Priester kniff vor Schmerz die Augen zusammen, sein Mund öffnete sich, und zwischen seinen gelben Fängen fauchte ein Gebrüll hervor, ein tiefes, rollendes Brüllen, das unmöglich aus dieser schmalen Gestalt kommen konnte. Und tatsächlich, während es aus ihm herausdrang, schwoll auch er an, wurde er immer größer, so wie Rangda damals. Als ob sich eine große Macht endlich aus der beengenden menschlichen Form befreien würde.

An meiner Klinge züngelten Flammen, und ich holte erneut aus, bereit, jederzeit zuzuschlagen. Die Dorfbewohner schrien gellend vor Entsetzen, und die Männer, die mir am nächsten standen, stürzten sich mit Schaum vor dem Mund auf mich, jeder einen scharfen *Kris* in der Faust. Etwas zischte durch die Luft, es folgte ein Geräusch wie von einer Axt, die in einen Baumstamm geschlagen wird, und der Anführer blieb mitten im Lauf stehen, ließ den Dolch fallen und griff nach dem Pfeil in seiner Schulter.

»Pergilah!« schrie Jacquie und sandte den nächsten Pfeil hinter der Wagentür hervor, in den Oberschenkel eines Mannes. *»Pergi!«* Sie zögerten, und sie trat hinter der Tür hervor und rannte her zu mir. Ich blieb nicht stehen, sondern taumelte zum Wagen zurück, winkte sie weg. Hinter den Flammen brüllte die Kreatur, die einmal der Priester gewesen war, und schwoll zu einer alptraumhaften Vision an, noch monströser als Rangdas wahre Gestalt. Denn das hier hatte nichts Menschliches mehr an sich –vierbeinig, langgestreckt, ein zottiges Ding mit Fell, das golden durch die Flammen hindurch schimmerte. Wie ein Tiger, beinahe ein Sumatra-Tiger, dabei fast so groß wie ein Brauereipferd. Doch das Gesicht, trotz wildem Maul und bestialischem Ausdruck, gehörte keinem Tiger. Ich hatte es schon einmal gesehen. Die Maske, die vor Dave und mir in jener Gasse in Bangkok schwebte, die mich durch dieses erste Tor an einen Ort gejagt hatte, wo man mich mit Leichtigkeit vernichten konnte. Mit weit aufgerissenen Augen und Zähnen wie Säbeln fixierte mich der unheilvolle Blick des Untiers. Mit einer unangenehm vertrauten Geste warf es die eindrucksvolle Mähne zurück.

»Der *Barong!*« schrie Jacquie durch das unablässige Gebrüll.

»Der *was*?«

»*Barong Keket!*« brabbelte Pasaribu, der vor uns im Staub herumkroch. »*Banaspati Raja*, der Herr des Waldes, der Beschützer der Menschen! Vergib mir, vergib mir!«

»Der Barong!« wiederholte Jacquie benommen. »Ich hätte es wissen müssen, hätte damit rechnen müssen – aber er schien so menschlich – das Gleichgewicht. Ape hat es ja gesagt.« Sie starrte mich an. »Er hat uns schon die ganze Zeit über gesagt, worum es hier geht – wenn wir es nur verstanden hätten! Rangda, die legendäre Gestalt. In den Tänzen wird sie immer besiegt, sie gewinnt nie – weil ein anderer mächtiger Geist die Partei der Menschen ergreift!«

»Das stimmt, das stimmt!« Pasaribu weinte aus halbblinden Augen, kroch unterwürfig und mit bleichem Gesicht auf das Untier zu, das uns brüllend den Weg versperrte. Er plapperte in einem wüsten Kauderwelsch aus Englisch und Indonesisch auf es ein: »Herr des Waldes, Herr der Felder! Herr der großen Ernte und der kleinen! Herr der Baumriesen, *Kuro-i* des Unterholzes und aller geringeren *Barong*-Geister! Meister des Lebens, Verteidiger der Fruchtbarkeit.« Seine Stimme schlug in Hysterie um, in den hohen Singsang eines Geschichtenerzählers, als parodiere er ein Märchen, das ihm als Kind einmal erzählt worden war. »Die Hexe nahm Gestalt an als die schöne Witwe Kalon Arang, und sie wollte den *Raja* verführen und korrumpieren. Und so nahm auch er Menschengestalt an als der weise Ratgeber Mpu Bharadah und zerbrach ihre Macht und trieb sie in die Dunkelheit und hinaus aufs Meer. Mpu Bharadah, *Barong Keket, Banaspati Raja, jangan' memarahkan kepada sahaya!* Was wird er mit mir machen, nach all dem, was ich getan habe?«

Eine Frage, die wir ihm in wenigen Minuten würden beantworten können. Die Verwandlung war vollzogen. Die Kreatur schüttelte ihren schrecklichen Kopf, ließ ihre Kiefer, zwischen denen ein ausgewachsenes Kalb Platz gefunden hätte, auf- und zuklappen und ging mit peitschendem Schwanz und vor

Speichel triefenden Reißzähnen wie eine sprungbereite Katze in die Hocke.

Dadurch, daß ich den Stab des Barong zerstört, seine Macht herausgefordert hatte, hatte ich jedoch unwissentlich etwas anderes entfesselt. Das erste Anzeichen dafür waren die Dorfbewohner, die angesichts des Barong auf die Knie gefallen waren und jetzt aufsprangen und mit schrillen Schreien des Entsetzens nach hinten deuteten. Die spiegelglatte Fläche der Reisfelder verdüsterte sich plötzlich, die kostbaren Pflanzen bogen und wanden sich, die Bäume wurden gepeitscht. Der wuchtige Kopf des Barong wandte sich um, sein Maul klappte auf, und er brüllte die Luft an. Ein kräftiger, kühler Windstoß kam heran, der den Geruch des Meeres mit sich führte, den dieses Volk so verabscheute und fürchtete. Für uns brachte er das Krachen und Knattern von Gewehrfeuer und Schreien mit, die nicht sehr weit entfernt waren, und den Geruch von beißendem Qualm.

Er wand sich um die Äste des Banyan, verbog sie, bis sie knarrten, riß die langen Ranken ab und warf sie schnalzend durch die Luft. Er schlang sich um die Tempel des Dorfes, warf Gefäße um, verschüttete Opfergaben, riß Girlanden und Stoffe los, die zum Schmuck des erwarteten Festes angebracht worden waren. Doch als er die Spitze des kleinen *Pura Dalem* berührte, des Tempels der Unterwelt, ertönte plötzlich ein Krachen, wesentlich lauter als die Schüsse, und ein langsames, gedämpfes Mahlen, das ich schon einmal gehört hatte, und zwar am Borobodur. Die kleine Einfriedung aus grauem Stein wurde rissig und spaltete sich von der Spitze bis zum Eingangstor. Die beiden Hälften glitten majestätisch zur Seite. Diesmal sprang der blauweiße Feuerbogen aus dem Inneren heraus, und durch den Bogen, an dessen Wände er gigantische Schatten wie monströse *Wayang Kulit*-Puppen warf, trat eine unmenschliche Gestalt.

Rangda, die Verführerische und Monströse, die Verkörperung der zerstörerischen, der unbezähmbaren Natur. An ihren

Fersen hefteten sich ihre toten Dacoits, die in gebückter Haltung vor sich hintrippelten, und hinter ihnen marschierten die quietschenden Rüstungen einer längst vergangenen Zeit – einer Zeit, in der Bali in Blut gebadet wurde. Was diese Rüstungen jetzt ausfüllte, konnte ich nicht erkennen, denn hinter den Masken glitzerten keine Augen. Mit einem schrillen Schrei, der aus keiner menschlichen Kehle stammen konnte, versammelte sie ihre Heerscharen um sich. Sie fluteten links und rechts an ihr vorbei, dann wie eine Ameisenarmee in zwei Marschsäulen die Stufen hinab, hinaus auf den Dorfplatz, einen *Kris* oder Säbel in den sehnenlosen Händen.

Die Dorfbewohner schrien auf und wankten zurück, jetzt in unsere Richtung, und wir zogen uns schleunigst hinter den Wagen zurück, wobei wir den schluchzenden Pasaribu zwischen uns mitschleppten. Allein der Barong blieb stehen. Er warf den Kopf nach hinten, und ein Brüllen entfuhr seinem Maul, das die Erde wie eine explodierende Granate erschütterte. Eine große Pranke grub tiefe Furchen in die braune Erde, schleuderte Steine weg und riß Wurzeln heraus. Dann schlug sie zu, erwischte einen der angreifenden Krieger, und die Wuchts des Schlages zerschmetterte ihn buchstäblich auf der Stelle in einen Regen aus Rüstungsteilen und trockenem Fleisch. Der Barong brüllte wieder, und jetzt scharten sich die Dorfbewohner um ihn, zückten Dolche und Sicheln, schwenkten Dreschflügel und Schmiedehämmer. Selbst wir hielten bei diesem Schlachtschrei, der uns in den Adern vibrierte, den Atem an. Die Regierungssoldaten hoben ihre Waffen auf und schlossen sich den Dorfbewohnern an. Nur Pasaribu blieb weinend im Staub liegen – und wir, die Fremdlinge, die das Gleichgewicht empfindlich gestört hatten und jetzt in diesem zerstörerischen Hin- und Herschwingen des Pendels gefangen waren.

Ein bitterer Schock überfiel mich, erbarmungslos packte mich die Erkenntnis an der Kehle. Was hatte mich im allertiefsten Grunde an dieser Sache interessiert – wirklich der

Wunsch zu helfen, oder einfach nur einen weiteren Erfolg zu erzielen? Jetzt endlich verstand ich, weshalb Ape sich nicht sicher gewesen war, ob er wirklich das Richtige getan hatte. Indem ich mir den Weg gegen so starke Widersacher nach Bali erkämpft hatte, war mir nur eines gelungen: Ich hatte mir mit meinem Container und seiner Fracht elektronisch gespeicherter westlicher Denkungsart dort Zugang erzwungen, wohin selbst Engel oder ähnliche Lichtgestalten nur zögernd ihren Fuß gesetzt hätten. Ich hatte den beiden Mächten, die in gewisser Weise zusammengearbeitet hatten, um mich aufzuhalten, einen noch besseren Grund geliefert, sich gegenseitig zu bekämpfen. Ich hatte einen offenen Krieg ausgelöst, der die Insel ebensogut zerreißen konnte. Und ich war selbst, zusammen mit Jacquie, Ape und dem Versprechen einer friedlicheren Zukunft, mittendrin gelandet.

Kapitel 11

Im nächsten Augenblick wurde all das schmerzliche Wirklichkeit. Der Kampf flutete zu uns zurück; eine Welle brüllender Soldaten tauschten mit ausdruckslosen Dacoits Hiebe aus, stießen und schlugen mit Gewehrkolben und Bajonetten um sich, weil sie so dicht an dicht standen, daß sie nicht mehr schießen konnten. Vom Staub geblendet traten sie um sich, ich wurde zur Seite gestoßen und Jacquie weggerissen. Mit brennenden Augen hieb ich mit dem Schwert nach links und rechts, parierte einen Schlag mit einem kurzen Kalaschnikow-Bajonett und im nächsten Augenblick eine Attacke mit einem rostigen *Kris*, trat um mich und schlug und boxte mit meiner freien Hand, versuchte verzweifelt aus dem Gewoge freizukommen. Fast hätte ich es geschafft, vielleicht rollte aber auch die Woge über mich hinweg. Als ich mich wegduckte, traf mich jedoch ein Fußtritt am Knöchel. Ich ging zu

Boden, schnellte herum und sah gerade noch den Dacoit, dessen Klinge die Luft über meiner Brust zerteilte. Dann hörte ich ein flaches Knallen, kaum wahrnehmbar in dem allgemeinen Getöse; der Kopf des Kriegers schnellte zur Seite, dann drehte sich der Angreifer halb um die eigene Achse und fiel mit ausgestreckten Armen und Beinen auf die Erde. Es war wie ein Mord im Kino: kein Blut, doch der kleine Krater in seinem Gesicht sagte alles. Ich kam mühsam auf die Beine, ebenso wie Jacquie, die mit Pasaribus Pistole in der Faust auf dem Boden kniete. Die Beine ihres Eigentümers verschwanden gerade quer über die Straße Richtung Bewässerungsgraben.

»Der ist gar nicht so dumm!« schrie ich ihr ins Ohr. »Zurück ins Auto! Wir holen Ape!« Als wir uns nach hinten durchschlugen und dabei mit wilden Stößen Dacoits, Dorfbewohner und schreiende Fanatiker zur Seite räumten, sah ich unseren Reisegefährten neben dem Wagen stehen, von wo aus er sich die Gegend betrachtete. Er wirkte nicht mehr apathisch oder depressiv, sondern unheilvoll, schrecklich; der Wind drückte sein dünnes Haar platt an den Schädel, wodurch die geschwungene Brauenpartie und der ausgeprägte Unterkiefer deutlich hervortraten. Er blickte zum Himmel hinauf. Nicht einmal auf der Insel hatte er so unmenschlich ausgesehen. Über uns brüllte der Sturm und schüttelte die Bäume; lauter noch als der Sturm selbst waren jedoch die grimmigen Schlachtschreie der *Garudas*, der Kriegsvögel der Götter, deren schwarzes Federkleid im höllischen Licht irisierte, während sie immer tiefer über dem Kampfgetümmel ihre Kreise zogen. Staubwolken wirbelten und tanzten um die rasenden Kämpfer. Die Erde bebte. Die Kreatur, die einmal Rangda gewesen war, stampfte so nah an uns vorüber, daß ich sie riechen konnte, der gleiche übersättigte Geruch, den ich schon kannte, muffig und animalisch. Wir kauerten uns hin, doch sie ignorierte uns, die glühenden Augen waren fest auf ihren Widersacher gerichtet. Breitbeinig, mit langen, gebogenen Krallen, standen sich Biestmann und Biestfrau gegenüber, umkreisten sich in einem angespannten Tanz des Hasses, zischend, fauchend und knurrend. Vor ihren Mäulern stand Schaum, Speichel troff von den spitzen Reißzähnen. Der Erdboden erbebte unter ihren Schritten, vulkanisches Grollen erschütterte ihn, wo sie standen.

Jetzt ertönte ein wildes Kläffen vom Bewässerungskanal her. Pasaribu hüpfte wie eine Heuschrecke heraus und rannte davon. Die trübe Oberfläche schlug plötzlich Blasen, sie schäumte und brodelte in einer dampfenden Welle, kochte förmlich auf den Weg über. Die feinen Wassertröpfchen, die davonstoben, brannten auf der Haut; das Wasser war kurz vor dem Siedepunkt, und wir mußten uns schleunigst zurückziehen. Ich sah zu den Bäumen hinüber – in der Hoffnung, dort Schutz zu finden –, doch das Unterholz bewegte sich, die herrlichen Blumen wurden zur Seite gedrückt oder niedergetrampelt. Die wimmelnden, ausschwärmenden Schattengestalten mit ihren hohen, schnatternden Schreien riefen sofort den krabbelnden Alptraum auf dem Zug in mir wach. Die *Kuro-i* versammelten sich, um ihren Waldherrn zu unterstützen und sich dann den Container zu schnappen – was ihnen vor Monaten nicht gelungen war. Und hinter ihnen bewegten sich andere Formen, die riesigen, Bäume verwandelnden Formlosigkeiten jener Nacht in Surabaja, während der heulende Wind vom Meer die Bäume auf sie hinunterdrückte, wie mit Peitschen auf sie einschlug, ihnen den Weg versperrte. Der Geländewagen schaukelte im Gedränge der Kämpfenden hin und her, und der Wind schüttelte ihn wie ein Spielzeugauto.

»Wenn der Wind noch stärker wird, wirft er ihn um!« schrie ich Jacquie zu. »Der Lastwagen –«

Sie nickte wild, um Atem zu sparen. Gemeinsam packten wir Ape, der sich nicht widersetzte, und schleppten seinen massigen Körper zum versengten Tieflader hinüber. Das Führerhaus war noch immer voller Rauch, also rannten wir keuchend zum anderen Ende, für einen Augenblick vor diesem entsetzlichen Lärm geschützt. Doch gerade als wir neben einem der Hinterräder erschöpft zu Boden sanken, kreischte der Wind erneut auf, und die Erde schien sich unter uns zu wölben, als bewege sich darunter ein gigantisches Wesen. Auf ganzer Breite brach der verkrustete Boden entlang des Kanalufers auf, schob kleine Erdlawinen vorwärts, immer in Richtung Straße – eine davon direkt unter das Vorderrad des Transporters. Sofort kam das ganze Gefährt ins Wanken, kippte zur Seite und ragte hoch über uns auf; ich packte Jacquie und hoffte, mit ihr gemeinsam zur Seite springen zu können. Doch wir rutschten auf dem losen Erdboden weg. Der Transporter kam mitsamt dem Container auf uns herunter, und an dessen bedrohlich geneigter Seitenwand vorbei erhaschte ich noch einen kurzen Blick auf den Rand der Sonne hinter einer Wolke, ein Kreis geschmolzenen Goldes, der in einem furiosen Feuersturm unterging – soviel ich wußte, würde es das letzte sein, was ich auf dieser Welt zu sehen bekam.

Dann kam das Rad zum Stehen, der Container schlitterte nicht weiter. Jacquie, die über meine Schulter blickte, bot mit ihrem offenen Mund und den weit aufgerissenen Augen ein einziges Bild ungläubigen Erstaunens. Ich ließ sie los, kroch zur Seite und sah jetzt, was sie gesehen hatte. Direkt hinter uns, die Füße bis zu den Knöcheln in der losen Erde versunken, stand Ape. Eine seiner Hände lag fast lässig auf der Kante der Ladefläche des Transporters; doch die Finger waren fest darum geschlossen. Er hielt ihn fest – den ganzen verdammten LKW. Während ich noch ungläubig starrte, griff er auch mit der anderen Hand zu und schob das immense Gewicht mit einem beinahe beleidigend beiläufigen Ruck zurück auf die Straße. Dann fuhr er zu uns herum, während wir versuchten aufzustehen. Doch als wir den Blick in seinen zusammengekniffenen Augen sahen, versagten uns die Beine erneut den Dienst. In den tiefsten Tiefen dieser Pupillen glänzte ein fürchterliches Glitzern, wie ein einzelner Sonnenstrahl, der in unendlichen Abgründen auf einen unterirdischen Fluß trifft.

»*Het vallt de zon!* Endlich geht die Sonne unter!« sagte er, und in all dem wütenden Getöse rings um uns klang seine tiefe Stimme wie eine Orgel. »Die Herabkunft der Urahnen hat begonnen!«

Er reichte uns die Hand, und wie damals auf deren Zug, zog er uns ohne die geringste Anstrengung mit den Fingern hoch und stellte uns auf die Füße. »Und doch ist geschehen, was ich befürchtet habe. Es bleibt nur noch so wenig Zeit. *Mijnheer* Stephen Fisher, wenn du eine Antwort auf all das finden willst, dann muß es schnell geschehen – sehr schnell!«

»*Ich?*« schrie ich ihn über den Tumult hinweg an, woraufhin ich vor lauter Staub husten mußte. »Schon wieder ich? Warum ich? Warum immer ich?« Wut und Ärger über diese verdammte Ungerechtigkeit brauten sich in mir zusammen. »Du willst mir doch nicht ernsthaft erzählen, ich sei für eine ganze Insel voller Gespenster, Wahnsinniger und lausiger, blutsaugerischer Bürokraten verantwortlich? Warum denn? Die sollen sich alle zum Teufel scheren und du gleich mit ihnen! Sollen sie ihre verdammten Probleme doch allein lösen, hörst du mich? Rutscht mir doch alle den Buckel runter und laßt mich in Ruhe! Hörst du mich? In Ruhe!«

Ich hustete den Staub aus, den ich eingeatmet hatte – oder war es die Angst, die mir den Mund so austrocknete? »Was soll ich denn zwischen all diesen Monstern ausrichten? Ich weiß überhaupt nichts von ihnen – oder von dir, wo wir gerade dabei sind! Was auch immer *du* bist, ein Magier, ein Zauberer oder sonstwas! Mal angenommen ich hätte auch nur den leisesten Schimmer einer Vorstellung, denkst du denn, ich würde etwas vorschlagen? Was würde das wohl nützen? Wie sollte ich eine Idee überhaupt umsetzen? Mit meinem Glück mache ich alles nur noch schlimmer! Ich weiß nicht genug, hörst du mich? Ich habe keine Ahnung!«

»So ist es.« Apes Stimme war überraschend freundlich. »Und deshalb habe ich dich hierher gebracht, damit du es dir ansehen und lernen kannst. Warum gerade du, fragst du? Das haben schon so viele gefragt, die in die Unbilden der Welt geraten sind; doch du hast noch Glück dabei. Für dich gibt es eine Antwort, und fertig. Ich habe auf dich gesetzt, weil du hinsichtlich der Gegebenheiten deiner Welt sehr weise bist, so wie ich im Hinblick auf die der meinen – und hier tobt ein Konflikt zwischen diesen beiden Welten. Nur einer, der sie beide kennt, kann die Lösung finden.« Seine Augen blitzten wieder und die Fäuste ballten sich. »Gelernt hast du jetzt genug! Du bist den Geistern begegnet, die diesen Ort beherrschen, den Herren seines Schattens, den Gewichten der Waagschale, den Geistern des Landes. Das ist mehr, als den meisten jemals zuteil wurde. Du hast ihre Gegenwart gespürt und hast dich gegen sie aufgelehnt. Du hast Worte und Schläge mit ihnen gewechselt, hast Niederlagen eingesteckt und Triumphe über sie errungen. Du hast sie in deiner Seele gespürt. Ist das ein zu geringes Wissen? Kein Bewußtsein besetzt je ein anderes, ohne einen beträchtlichen Teil von sich darin zurückzulassen. Ein Abbild, einen Abdruck. Du weißt vielleicht mehr von ihnen, als dir bewußt ist, wenn du nur in deinem Inneren danach suchen würdest. Du mußt gründlich suchen!«

Ich blickte ihn scharf an. »Zwei Mächte – aber Katjka sprach von dreien! Und du warst der gleichen Meinung, oder etwa nicht? Sollte ich nicht auch etwas über die dritte Macht wissen?«

»Weißt du das denn nicht?« sagte Ape leise. »Ich hatte gehofft, du wüßtest es inzwischen, wenigstens ein bißchen. Ich wollte dir mehr Zeit geben, mehr Tage zum Sehen und Abwägen, hier auf der Insel. Ich wollte mich nicht in den Schatten der Geister der Menschen verlieren, und ich hatte fast verloren, was ich wirklich bin, mußte viele Tage in Schwäche zubringen, sobald wir näher kamen, da wir unser Ziel erst in den allerletzten Stunden erreichten. Aber wenn du wirklich noch nicht genug weißt, so gibt es einen Weg, auf dem du es erfahren kannst, sogar jetzt noch. Einen Weg, der hier und jetzt offensteht, solange ich noch die Macht dazu habe und die Zeit. Ich habe beinahe alles aufgebraucht, was mir geblieben ist.«

Ich starrte ihn an. »*Was?*«

»Verstehst du denn immer noch nicht?« sagte er wütend. Von der anderen Seite des Reisfeldes trug der Wind das Geräusch knatternder Schüsse herüber. Es klang schon näher. »Wenn du noch immer nicht genug in dir hast ... Es wurde dir aufgedrängt, ja. Doch wie du mir sagtest, hast du es schon einmal vorher auf dich genommen, aus Instinkt und aus Verzweiflung. Jetzt mußt du es aus freiem Willen und ganz offen tun. Denn sonst habe ich nicht die Kraft. Aber du – hast du den nötigen Mut?«

»Du –«, schluckte ich. Allmählich verstand ich. Von jenseits des schützenden Tiefladers ertönten das heisere Brüllen des Barong und das Geräusch zersplitternden Gebälks, und über den spitzen Schreien der *Kuro-i* ein hohes, schrilles, absolut unmenschliches Lachen.

Jacquie legte einen Arm um meine Schulter. »Steve ... was verlangt er denn von dir? Warum schaust du so?«

Zunächst sagte ich nichts, lehnte mich nur an den Lastwagen und versuchte, meinen Atem zu beruhigen und einen klaren Gedanken zu fassen. »Ich ... ich kann es nicht erklären, Jacquie. Es ... es ist genau das, wovor ich mich immer gefürchtet habe.« Jeder kennt sie, diese tiefsitzenden Ängste, Schrecken und Phobien. Meine waren seit der Episode mit Rangda schlimmer geworden, falls das überhaupt möglich war; sie schwollen an, krochen in mir hoch, um mich zu erwürgen, jetzt, hier auf der Stelle.

»Es ist hart, ja!« sagte Ape. »Aber du fragst, warum gerade du? Und auch das könnte deine Antwort sein. Dein Freund, der Navigator, hat dir doch erzählt, daß sich die Tore der Spirale nur selten ohne Grund öffnen, ob zum Guten oder zum Schlechten. Aus diesem Grunde wurden sie vielleicht für dich geöffnet; vielleicht ist dies dein Preis für eine weitere Welt. Das – oder noch mehr, noch viel mehr, wovon dies hier nur ein Teil ist. Denn einen Preis hat jeder zu zahlen!«

Apes Hand schloß sich um meine andere Schulter. Obwohl die Berührung ganz leicht war, schien die Kraft in diesen massigen Fingern keine Grenze zu kennen. Sie schien weniger aus dem bloßen Fleisch zu kommen, sondern brannte und kribbelte vielmehr wie eine unsichtbare Aura, kühl und beruhigend. »Soviel kann ich dir geben«, brummte er, »diese wenigen Minuten, diese Berührung der Stärke; aber nur das. Denke nach! Erinnere dich! Bekämpfe deine Angst! Gab es nichts anderes, nichts Besseres?«

Natürlich hatte es das gegeben. Eine Erinnerung daran, wie es sich angefühlt hatte, nicht mehr leer, nicht mehr allein mit mir selbst zu sein, so wie jeder Mensch mit sich allein ist; sondern eins zu sein mit etwas Größerem, Höherem, Gewaltigerem als ich. Erfüllt. Ausgefüllt. Nicht nur besessen, wie es bei Rangda gewesen war, und wie es der Barong versucht hatte, sondern auch besitzergreifend. Nicht einmal Rangda, nicht einmal der Barong konnten das völlig auslöschen.

»Du … ängstlich?« flüsterte Jacquie. »Einmal hattest du Angst – davor, was die Leute von dir denken und was aus all deinen herrlichen Plänen werden könnte. Deshalb hast du getan, was du uns beiden angetan hast, deshalb hast du mich alleingelassen. Aber es war nur ein Traum, eine Täuschung, Steve! Ich habe dich jetzt gesehen, wie du wirklich bist – so, wie ich immer gehofft hatte, daß du es tief drinnen sein würdest. Das, was auch immer es ist – wenn du es wirklich tun mußt, dann kannst du es!« Und auch aus ihrer Umarmung schien eine Kraft zu fließen, eine noch größere Energie als die von Ape, ein helles Brennen, das aufflammte wie flüssiger Stahl in einem Sauerstoffstoß, und das mich mit der Stärke ihres Glaubens, ihres Vertrauens zu erfüllen schien. Und warum auch nicht? Wir waren in den äußeren Gefilden, wir befanden uns in der Spirale, wo derartige Dinge möglich waren – so wahrhaftig wie die monströsen Mächte, die jetzt über unseren Köpfen tobten.

»Steve!« sagte sie jetzt drängend. »Steve, was auch immer dich antreibt, es kann nicht die Angst sein!«

Mit schier unmenschlicher Anstrengung, als würde sich die rasch eintretende Dunkelheit um mich herum zu Rauchglas verdicken, hob ich die kraftlosen Arme, legte einen um ihre Hüfte und hielt mich fest. Doch den anderen streckte ich trotz des schrecklichen Widerstands aus, wobei ich vor Anstrengung mit den Zähnen knirschte. Langsam, mit schierer Willenskraft, zwang ich meine Hand über eine Entfernung, die unendlich schien. Ich spürte, wie sich meine Haare sträubten, meine Haut zusammenzog, als umspielten uns mächtige Energien. Aus Jacquies wehendem Haar schienen Funken zu sprühen. *»Ich bin bereit!«* rief ich und packte Ape mit einem gewaltigen Ruck, der meinen Arm bis ins Schultergelenk schmerzhaft erschütterte, an der Schulter.

Meine Hand ging durch ihn hindurch wie durch Rauch.

Im nächsten Moment, Jacquie war noch immer an meiner Seite, stieg ich in die Höhe, schwebte ich wie ein Blatt über einem Freudenfeuer in einer Spirale nach oben, hoch über die windgepeitschten grünen Hügel unter uns. Ich konnte Ape zwar nicht sehen, doch in meinen Ohren ertönte seine Stimme: »Sieh nur, sieh, wie sehr das Gleichgewicht ausschlägt, hierhin und dorthin, völlig außer Kontrolle! Rangda und der Barong, sie kämpfen in den Schatten – und doch greift ihre Auseinandersetzung bereits auf den Kern über! Das ist der entfesselte Wahnsinn – das ist *Puputan*! Sieh nur!«

Blutrote und goldene Blitze erleuchteten die Abenddämmerung unter uns. Die Schießerei zwischen den Terroristen und unserer Eskorte hatte sich bereits auf die Reisfelder ausgedehnt, und so wie es aussah, kamen dort schwere Waffen zum Einsatz. Beide Seiten mußten Verstärkung herangezogen haben, und offensichtlich waren die Guerillas weitaus stärker als bisher angenommen. Quer über den Hügel kämpfte sich ein wild schaukelnder Iljuschin-Kampfhubschrauber durch den Wind. Raketenmagazine hingen wie reife Früchte an seinen Flanken, die Bordkanone bestrich bereits die Baumwipfel. Über die weiter hinten liegenden Hügel kamen bereits die nächsten Helikopter. Plötzlich explodierte auf der anderen Seite des Reisfeldes ein Geschoß in einem roten Blitz. Wie zur Antwort erklang vom brütenden, blauschwarzen Gipfel des Gunung Agung ein Donnern, und aus dem Krater stiegen düstere Gase auf, die sich in die lange Fahne aus Dampfwolken und heißer Asche mischten. In weiter Entfernung, auf dem Gipfel des Gunung Batur, schimmerte die glitzernde Oberfläche des Kratersees plötzlich wie ein bewölkter Spiegel und spie eine Fontäne aus kochendem Schlamm und Dampf in den Himmel.

»Im Zwist zwischen diesen beiden wird die Insel in Schutt und Asche gelegt! Sieh, Stephen Fisher – vermähle deine Augen mit meinen! Sieh, und sei weise!«

Als ob ein monochromes Bild plötzlich in Farbe erstrahlen würde …

Als ob ein flaches Bild plötzlich Tiefe bekommen würde …

Als ob ein Bild an der Wand sich plötzlich ausdehnen würde, um mich in sich aufzunehmen …

Als ob ein Strom endlosen Gemurmels sich plötzlich in Shakespearsche Verse und einen hymnischen Choral auflösen würde …

Als ob ein trockener Stock plötzlich zwischen meinen Fingern zu blühendem Leben aufsprießen, Blätter und Blüten treiben und meine Nase mit seinem Duft erfüllen würde …

Als ob – als ob eine Million Dinge wachsen, sich ausdehnen, sich mit apokalyptischer Kraft vergrößern würden, in einem einzigen Moment ehrfürchtigen Verständnisses; als würde die Welt plötzlich intensiver, als ich sie mir je vorgestellt hatte, als öffneten sich hinter dem kleinsten, vergänglichen Gedanken weite Gefilde des Wissens – und noch weitere Gefilde der Ignoranz. Denn man muß sehr viel wissen, um überhaupt ermessen zu können, wieviel man erst noch lernen muß. Diese Ignoranz erhob sich wie die leeren Bögen einer verlassenen Kathedrale über mir, erschreckend hoch, zeigte mir die zwergenhaften Ausmaße meines menschlichen Geistes, meiner fragmentarischen Existenz. Voller Panik wandte ich mich davon ab, klammerte mich verzweifelt an mein eigenes Selbst und starrte hinunter auf die Insel, die immer noch unter mir wegfiel.

Ich sah.

Ein Ganzes, einen Makrokosmos. Ein einziges, vereintes System, ein Lebewesen, einen ganzen Körper, der unter mir im blauen Meer ausgebreitet lag, wie ein Untersuchungsobjekt auf einem Glasplättchen unter dem Mikroskop. Ein Körper wie mein eigener. Diese Insel Bali lebte. Das Wunder und die Herrlichkeit dieser Vision traf mich wie ein Donnerschlag, ließ mich auf meinem Beobachtungsplatz rotieren und herumwirbeln, während vor meinem verschwommenen Gesichtsfeld alle Staaten und Länder der Erde vorüberzogen, alle massigen Kontinente mit gletscherhafter Langsamkeit über das Angesicht der Erde krochen – alles, alles lebte, alles war lebendig. Das war kein totes Gestein mit Lebewesen darauf; denn woher kam denn ihre Nahrung, wenn nicht von diesem Gestein, diesem Erdboden? Und beides war voll der Dinge, die einst gelebt hatten, würde immer mit diesem Leben erfüllt sein, bis zum Ende. Das Leblose war ein Teil des Lebens, das Lebendige ein Teil des Unbelebten. Eines wechselte zum anderen, es gab keine Trennung. Der ganze Planet, der sich jetzt zwischen den Sternen über mir bewegte, war selbst ein lebendiges Wesen, selbst die Ganzheit seiner lebenden Landmassen. Und was kam danach? Die Sterne selbst? Und danach?

Mein Flug beruhigte sich jetzt. Bali schwamm wieder in mein Blickfeld. Ich dachte an *I Desa,* Herrn Dorf, und an das

Haus, das wie ein Mensch angelegt war. Genauso war es, dieser lebendige Organismus unter mir – nicht nur ein Konzept, eine dem wirklichen, dem greifbaren Bali übergestülpte Idee, sondern ein Teil davon, unzertrennlich, unauflöslich, eine gemeinsame Schöpfung, geformt von der Natur und den Menschen. Immerwährendes Leben, immerwährendes Vergehen; die Lebewesen der Insel, von den primitivsten Algen bis zum erhabensten Brahmanen, waren seine Zellen, seine Bestandteile. Doch ein Körper ist mehr als nur eine komplexe Ansammlung von Zellen. Er hat lebenswichtige Organe, damit das System funktionsfähig bleibt. Wenn Bali also lebte, wo befand sich das Herz dieses großen Urtieres, dieses Kraken aus Stein und Erde unter mir – und wo war sein Gehirn?

Noch während ich mich das fragte, wußte ich es bereits. Wasser war sein Blut, und das Bewässerungssystem – teils natürlich, teils von Menschenhand geschaffen – die Venen, in denen es rann. Das Herz, das den Kreislauf in Bewegung hielt,war das *Subak*-System, das wiederum vom Gehirn gesteuert wurde. Und das Gehirn war das Netzwerk der *Subak*-Tempel und all der anderen Schreine, das permanent jeden Aspekt des komplizierten Innenlebens der Insel überwachte und regulierte und somit eine empfindliche, doch elegante Balance hielt.

Oder gehalten hatte. Bis zum Eindringen der Kulturen von außen, dem Ansturm des Tourismus, der Bevormundung durch die Zentralregierung und bis zum explosionsartigen Bevölkerungszuwachs. Wie ein Körper, der von Viren befallen wird, dessen Immunsystem versagt und dessen körperliche Reserven schwinden, so war auch diese Insel krank, erschüttert von Unruhen, Fieber und Schmerz. Voller Verzweiflung dachte ich an einen Menschen, dessen Kreislauf schwach wird, dessen Herz versagt. Es mußte doch Hilfe geben! Das, was ich gebracht hatte, war ein künstliches, fremdes Herz, ein Ersatz, ein trügerisches Abbild außerhalb der Kontrolle des

Körpers, das nicht im Einklang mit den Milliarden winziger Reaktionen eines lebendigen Wesens arbeiten konnte. Ein Transplantat, gegen das die Widerstandskräfte des Körpers rebellieren würden – es sei denn, man neutralisierte sie, was wiederum mit anderen Nebenwirkungen zu bezahlen wäre. Die roten Streifen der Leuchtspurmunition, die aufflackernden Feuerzungen um das kleine Dorf dort unten verrieten mir, wie diese Nebenwirkungen aussehen könnten. Wenn das hier der Schatten aller Dörfer war, wie sah dann wohl die Zukunft der Insel aus? Ich sah überall Krieg und sich ausbreitende Feuergefechte.

»Ape !« rief ich laut. *»Ape!«*

»Ich höre dich. Ich höre deine Gedanken, bevor du sie aussprichst. Ich muß nicht tiefer eintauchen. Du hast gesehen. Hast du eine Antwort gefunden? Dann sage sie mir! *Sprich!*«

Noch immer spürte ich Jacquie an meiner Seite, spürte sogar ihren Herzschlag. Aber ich konnte sie nicht sehen, konnte mich selbst nicht sehen. Nur die Insel gab es unter uns, ein ungeschliffenes, grünes Juwel, das langsam auf die Leere zutrieb, und über uns drehten sich die Sterne in ihrem unermeßlichen, langsamen Tanz. Wo ich mich befand, wieso ich in einer Atmosphäre sprechen konnte, die zu dünn zum Atmen war, wußte ich nicht. Ich staunte und stammelte unzusammenhängendes Zeug.

»Eine Wahrheit – vielleicht! Ein Anfang – aber ich muß nachdenken! Das kann ich nicht – nicht solange sie sich gegenseitig abschlachten! Ape, wir müssen sie aufhalten!«

»Das könnte ich tun, mit den letzten Minuten der Macht, die mir für diesen Zyklus verbleibt. Doch schon bald werden sie wieder kämpfen, schlimmer als vorher. Dann werde ich machtlos sein. Es sei denn, deine Überlegungen führen zu einer Antwort, die alle akzeptieren.«

»Ich werde sie finden!« keuchte ich. »Ich kenne sie! Alles was mir fehlt, ist das letzte Stück des Rätsels! Und das finde ich nicht, solange dieses Morden weitergeht!«

Von unten tönte ein langgezogener Schrei herauf, das Krachen von Schüssen.

»Dann vertraue ich dir und gehe das Risiko ein. Das Schicksal der Insel liegt in Reichweite deiner Hand. Komm, strecke sie mit mir aus und greife zu!«

Plötzlich sah ich meine Hand, meinen Arm, weit in die Leere ausgestreckt, als drücke sie noch immer durch jene unsichtbare Barriere. War das überhaupt meine Hand? Sie schien viel größer, schwerer, und doch: Wenn ich sie zur Faust ballte, fühlte ich mit einem neuen Quell meines Bewußtseins die wachsende Kraft in meinen Fingern, die ganze Welten wie Nußschalen zerbrechen konnte. Und in meiner geöffneten Handfläche lag etwas Winziges und doch Schweres, immens Schweres, ein Stock, schwarz und glänzend, die Enden vergoldet. Ich packte ihn, wirbelte ihn wie einen Bleistift durch die Finger, sah, wie er verschwamm, sich nach beiden Enden hin ausdehnte, und zu dem mächtigen Stock heranwuchs, den Ape mit sich geführt hatte. Worte kamen mir in den Sinn, alte Worte, die schon lange unter anderen begraben lagen und dort zu großer Macht herangewachsen waren. Ich sprach sie aus, aus dem Gold blitzte Feuer – doch es war nicht mehr rosa, tiefrot glühte es, ein rubinrotes Licht, nicht länger mehr die verkörperte Kraft eines einzelnen Geistes, sondern von zweien.

Ich drückte diese Hände hinunter, hinunter und immer weiter hinunter, ins Herz jenes grünen Juwels, wo sofort feurige Punkte aufsprangen. Es war, als ob mein Blick mit hinunterführe, durch die sich ballenden Wolken um den Gipfel des heiligen Berges hindurchspähte. Über seinen nachtschwarzen Rücken krochen dünne Feuerwürmer, aus feinen Ritzen schoß Dampf heraus, rote und grauweiße Fäden überzogen die Felswände wie pulsierende Adern – kleine Bäche glühender Lava und rauchender Asche, die den Pfad für die nachfolgenden, tödlichen Fluten bahnten, die bereit waren, sich wie ein Regen über die Insel zu ergießen. Weiter unten war die Nacht noch heller erleuchtet. In einem zerstörten, jetzt zur Unfruchtbarkeit verdammten Reisfeld lagen die rauchenden Trümmer eines Hubschraubers, während andere wie teuflische Insekten über die Felder rauschten. Leuchtspurgeschosse zogen ihre Bahnen wie Hagelschauer durch den Himmel, hier und da flammte der grelle Strahl einer Rakete auf. Ein Helikopter wich schaukelnd zur Seite aus, um dem Luftdruck zu entkommen.

Das kleine Dorf, das wir hinter uns gelassen hatten, war bereits zerstört. Nackt und rußgeschwärzt lagen die Dachbalken der Häuser unter uns, die Türme des Tempels knackten in der Hitze. In den engen Straßen lagen verrenkte Leichen; viele hielten noch den ebenfalls toten Gegner an der Kehle gepackt. Der Banyan-Baum war eine einzige Feuersäule und warf ein böses Licht auf den zertrampelten Morast aus blutigem Schlamm, in dem sich zwei Armeen rund um die riesigen Gestalten herum erbarmungslos bekämpften. Die Riesen kratzten und schlugen und zertrampelten des kleinsten Vorteils wegen Freund wie Feind unter ihren Füßen, blind für alles außer dem Spiegelbild ihres eigenen Hasses. Am Rande des Lichtscheins stand nach wie vor, drohend wie die Verkörperung jedes nur erdenklichen zerstörerischen Schicksals, die flache, rechteckige Form des Containers, um den sie kämpften, um ihn zu zerstören oder in Besitz zu nehmen und für die eigenen Zwecke einzusetzen. Der Container, den ich hierher gebracht hatte …

»*NEIN!*«

Ich konnte nicht mit Bestimmtheit sagen, ob das meine Stimme oder die Apes war, ob Jacquie auch noch da war, ob es Englisch oder Indonesisch war, *tidak*! Doch der Wind des wirbelnden Stabes brach wie ein Donnerschlag über die Schlacht herein, blies Menschen um, löschte den flammenden Baum wie eine Kerze aus, erstickte das Feuer auf den Dächern. Ich griff wie ein niederfahrender Blitz mitten in die Schlacht ein und entfesselte meine eigenen Feuer.

Der mächtige Körper des Barong wirbelte herum wie ein Hund, den man von seiner Beute wegzieht, rollte tretend, beißend und knurrend in den Wald hinein.

Rangda, die sich in der Masse ihres losen Haars verfangen hatte, kreischte und schlug wild um sich. Doch sie wurde einfach hochgehoben und zum Fuß der Wasserfälle geweht. Dort landete sie mit einem fürchterlichen Platschen, das Wasser riß sie sofort mit, schob und zerrte sie weg, hin zum Meer; aber ihre mächtigen Krallen fanden Halt an einem Felsen, und sie kletterte triefend und glänzend ans Ufer.

Unter uns lagen dunkle Menschen weinend auf dem Bauch. Der Stumpf des Banyan glomm und rauchte. Durch die elektrisierte Luft tönte der Krach des Feuergefechts. Im Schatten der ersten überhängenden Zweige stand geduckt der Barong und knurrte. Ich schwenkte den Stab und sofort begann er zu zittern. *Er.* Denn plötzlich, ohne eine merkliche Veränderung, sah ich in ihm wieder den alten Priester.

»Welch seltsame Allianz!« sagte er und schritt vorwärts. »Und ein noch seltsamerer Verrat. Aber deine Macht wird nicht für immer reichen, Uralter.« Ich schwang den Stab und zog einen Feuerbogen um seine Füße, und er blieb stehen.

»Stephen Fisher!« sagte er eindringlich. »Was du am meisten gefürchtet hast, ist dir nun geschehen! Doch du wirst es schon bald abschütteln. Was dir am meisten fehlt, das kann ich dir geben! Habe ich es nicht auch für mein Volk hier gefunden, über lange Jahrhunderte hinweg – bis dein Volk alles durcheinander brachte? Vertraue mir, wie meine Leute mir vertraut haben, und gemeinsam, mit den vereinten Kräften deiner und meiner Welt, vereint in unseren Händen, können du und ich all das in die Flucht schlagen, was wir niemals gewollt haben! Du würdest endlich deinen Frieden finden, inmitten der uralten Harmonie, die hier erneut regiert!«

»Harmonie!« lachte eine weiche, sinnliche Stimme. »Uralte Langeweile! Jahrhunderte voller Rost! Du bist ein Mann, Stephen – und einen starken Mann verlangt es nach mehr als einem zeitlosen Dahinvegetieren! Das Leben ist stärker als der Tod, die Veränderung stärker als das Beharren – Frieden gibt es genug im Grab! Du mußt mir nur vertrauen, deine Hand ausstrecken und dir das nehmen, wonach sich ein Mann am meisten sehnt!«

Es war Rangda, jetzt wieder in menschlicher Gestalt – und doch, sehr geschickt, nicht ganz. Sie war noch immer ein wenig größer als normal, von ihrer Haut rannen noch immer helle Tropfen aus dem Fluß, perlend, glitzernd, ihre Augen strahlten hell und warm. Sie war Rangda, und dann, ganz plötzlich, war sie Clare. Sie stand noch immer an der gleichen Stelle, trug Lendenschurz und schwere Perlen, doch es war Clare, vom Scheitel bis zur Sohle; und dann wieder, auf erschreckende Weise, Jacquie – eine fremde, magische Jacquie, verführerisch und perfekt, ein Abbild der Liebe. Und dann, noch verblüffender, Mall – Mall, halbnackt, mit dem Feuer ihrer Göttlichkeit, das wie eine blendende Korona um sie leuchtete. Ihre Arme streckten sich nach mir aus, sie trat näher – und ich lachte Apes häßliches Lachen, zog auch um ihre Füße einen Flammenbogen.

»Sieh dich vor!« rief der Barong. »Du hast nicht mehr viel Zeit, du kannst diese Macht nicht für immer in Händen halten. Du mußt sie weiterreichen. In die Hände der Regierung? Du hast ihre Ansichten vernommen – kann man ihnen vertrauen?«

Er schien sehr genau zu wissen, was sich auf der Herfahrt im Auto abgespielt hatte – und er schien auch meine Reaktion zu kennen. Ein Gedanke stieg in mir hoch; hatte er womöglich Pasaribu bearbeitet, damit er soviel von sich und den Plänen der Regierung preisgab, wie er schließlich arglos ausgeplaudert hatte?

»Also nicht die Regierung«, sagte er und lachte ebenfalls, ein kaltes, kurzes, raubtierhaftes Lachen. »In wessen Hände dann? In die des Haarigen? Dem würde ich nicht trauen. Hat er nicht, ebenso wie wir, versucht, dich zu töten? Diese dritte

Macht, vor der du dich so gefürchtet hast – weißt du nicht, daß er es ist?«

Das ließ mich beinahe wie unter einem körperlichen Schlag zusammenbrechen. Alle meine Ängste kamen noch einmal hoch. »*Ape?*« schrie ich, obwohl ich wußte, daß er mich ausgezeichnet hören konnte. »Ist das …«

Die Stimme in meinem Inneren klang schwermütig. »Es war so, Stephen, damals. Ich kam mit den gleichen Absichten wie die beiden anderen nach Westen. Ich, der ich mich in Gebieten bewegen kann, die ihnen verwehrt sind, denn ich bin überall auf der Welt bekannt, meine Wurzeln liegen in vielen Ländern. Ich bin für viele deiner Probleme verantwortlich. So habe ich zum Beispiel diese Bündler-Kreaturen auf dich losgelassen. Doch als dich die kleine Hexe zu mir brachte, und ich sah, daß du weder grausam noch korrupt, sondern nur ein wenig leer warst, daß dir nur das Verständnis dafür fehlte, womit du dich eigentlich beschäftigst… da entschloß ich mich, dir zu helfen, dich vor dem langen Arm der eingeborenen Kräfte zu beschützen. Denn es bedurfte keiner großen Prophezeiungen, um zu erkennen, daß ein Mann mit dem Wissen, das mir und den anderen völlig fehlt, einen Weg finden würde, um die Blockade zu umgehen. Ein Mann zweier Welten, einer, der in der einen hoch aufgestiegen war und rasch Fuß in der anderen gefaßt hatte – eine seltene Mischung. Habe ich richtig gehandelt, Stephen? Sag es mir jetzt, zeig es mir – habe ich richtig gehandelt?«

Der Barong schien ihn so gut zu hören wie ich. »Und wenn nicht? Er hat seinen Mantel schon einmal gewechselt – wird er es nicht, ganz nach Belieben, noch einmal tun? Kannst du ihm vertrauen?« Er warf den Kopf in majestätischer Verachtung zurück.

Rangdas Stimme mischte sich ein. »Und du, alter Graubart, senil und steril, wer soll dir schon vertrauen? Was kannst du ihnen anbieten, das ihren Herzschlag auch nur einen Takt beschleunigt, oder in Aussicht stellt, daß ein Tag sich vom anderen unterscheidet? Vertraue *mir*, Stephen!« Sie strich direkt hinter dem Bogen, den mein Stab gezogen hatte, auf und ab, wie eine eingesperrte Katze. Auch der Barong schritt hin und her, brüllte ebenfalls. Ihre klare Stimme übertönte die seine, sinnlich, verführerisch, so wunderschön wie die Insel Bali selbst.

»Nur ich bringe das Blut in Wallung. Nur ich bin dazu in der Lage, dieses lebende Grab wieder zum Leben zu erwecken! Nur ich und diejenigen, die in meinem Namen kämpfen, nur wir können die Geier der Regierung in Schach halten! Dieser versteinerte alte Narr läßt sie vor lauter Höflichkeit über sich hinwegtrampeln, bevor er einen Finger rührt, und dann findet er gerade noch genug Energie, um zum Schluß *Puputan* anzuzetteln. Was weiß er schon vom Leben, oder von der Liebe, oder der Freude des flüchtigen Augenblicks? Erinnerst du dich noch daran, wie es mit mir war, Stephen? Es kann so bis in alle Ewigkeit bleiben, wenn du mir nur vertraust. Vertraue mir! Vertraue mir! *Vertraue mir! Mir* –«

Der Barong schrie die gleichen Worte. Ihre Stimmen drangen in einem fürchterlichen Gleichklang auf mich ein, einem einzigen Schwall von Klängen. Ich versuchte nachzudenken, klar zu sehen. Der schwere Stab entglitt meinen Fingern – und wie ein Mann sprangen sie auf mich los. Doch Apes Reflexe unterstützten meine eigenen. Ich schwang mir den Stab quer über die Schulter, so wie er es auf dem Bahngelände getan hatte, und spürte eine Woge der Macht auf die Spitzen zurasen, gerade in dem Moment, in dem klauenbewehrte Hände ihn meinen Fingern entreißen wollten. Rotes Feuer brach in großen, sprühenden Flächen hervor, hüllte sie ein, schüttelte sie durch, solange sie sich noch daran festhielten. Ich riß den Stab hin und her, während sie noch daran hingen, schleuderte sie von einer Seite zur anderen, wie die Verkörperung des Gleichgewichts, das sie in Gefahr gebracht hatten.«

»Euch vertrauen?« schrie ich sie an und warf sie in einem

Schauer krachender Strahlen von mir. »Ihr dummen Idioten! Wer würde *euch* noch vertrauen? Ihr seid doch nur ein Paar zu groß gewordener Kinder, die nur den eigenen Vorteil sehen, nur der eigenen einfältigen Besessenheit frönen! Ihr denkt doch nicht wirklich an die Menschen hier! Wenn ich jemandem vertrauen würde, dann *ihnen*…«

Die Stille trat so plötzlich und so vollkommen ein, daß ich beinahe mein eigenes Herz in der Brust pochen hören konnte. Künstliche Herzen, Transplantate – das waren Notlösungen, die die Ärzte einsetzten, wenn alles andere versagt hatte. Was war besser für den Körper eines Menschen – einer von diesen Apparaten, oder das eigene Herz, repariert, kuriert, erstarkt, wiederhergestellt?

Einen Augenblick lang befürchtete ich, mein eigenes würde stillstehen; dann, daß es sich aus meiner Brust losreißen und gegen die Rippen schlagen könnte, wie ein wütendes Raubtier in seinem Käfig. Ich keuchte noch immer unter der Macht, die ich ausgeübt hatte, den Kräften, die durch mich hindurchgeflossen waren, unter den Gedanken eines anderen Wesens, das an den Grenzen meines eigenen Ich lauerte und es mit dem dunklen Beigeschmack seltsamen Wissens und unerhörter Erfahrungen versorgte.

Ich hatte hingeschaut, ich hatte gesehen, und – ich konnte es nicht in Worte fassen. Ich stammelte wie ein aufgeregtes Kind.

»Dann öffne mir deine Gedanken, und ich werde ihnen Form verleihen. Ich sehe, ich sehe schon – daß das Projekt das Herz der Insel ist …«

»Ja! Doch das Unternehmen ist zu umfassend – es ist zu sehr ein Teil davon, als daß es von Menschen von außerhalb gesteuert werden könnte. Ein Chirurg kann dafür sorgen, daß ein Herz eingepflanzt wird – doch er kann es nicht ständig bedienen, oder? Sobald als möglich überläßt er die Steuerung wieder dem Körper selbst, er gibt die Kontrolle wieder aus seinen Händen. Sonst hätte die ganze Sache keine Zukunft! Und genau das muß hier geschehen. Es handelt sich hier nicht um einen Verwaltungsakt für eine Zentralregierung – auch nicht um eine Spielwiese für ausländische Wohltäter, wie gut sie es auch immer meinen mögen. Sie können helfen, na klar; aber sie dürfen nicht die Kontrolle übernehmen, sonst wird der Körper seine Funktionen verlernen und vergessen. Die Nerven werden verkümmern. Er wird es nie mehr erlernen!«

Mein Geist wirbelte im Wind umher, hinaus in die heraufziehende Dunkelheit. War Jacquie noch bei mir? Ich konnte sie nicht mehr spüren, konnte überhaupt nichts mehr spüren. Und doch wußte ich, irgendwie, daß sie noch da war, wo auch immer »da« sein mochte.

»So ist es. Doch wem soll diese Kontrolle überantwortet werden?«

»Denen, die sie schon immer innehatten! Erkennt ihr das denn nicht? Die Regierung wollte eine ganz neue Generation von Bewässerungsingenieuren ausbilden lassen – warum sollte sie das nicht tun? Aber nur durch die *Subaks*! Diese Generation von *Klian Subaks* geht bereits mit Computern um – warum sollte die nächste nicht aus vollausgebildeten Ingenieuren bestehen? Sie sollen ihre modernen Möglichkeiten einsetzen – doch unter den Augen der *Subak*-Räte und nach den alten Gesetzen!«

»Die nächste Generation! Aber bis dahin? Wir brauchen jetzt eine Entscheidung!«

»Momentan können noch die Ingenieure des Projekts die Arbeit erledigen – so wie sie es beabsichtigt hatten! Doch sie sind allein dem Rat der *Subaks* und der *Klians* verantwortlich, nicht der Regierung! Versteht ihr das? Die alten Männer werden vor Freude in die Luft springen, denn sie behalten ihre Macht und ihr Prestige. Und die jungen ebenso! Sie werden für den Job angelernt, während die Ingenieure die besten von ihnen für weiterführende Ausbildungsprogramme auswählen – damit die Jobs nicht bei den Söhnen der Regierungsbeamten hängenbleiben! Und kein Wort mehr davon, daß Traditionen gebrochen werden! Die alten Lebensweisen werden gestärkt, nicht geschwächt! Denn die Gesetze des *Subak* sind gerecht. Sie erlauben keine Manipulation der Wasserrechte und auch keine andere Form der Korruption! Sie wurden hier auf der Insel entwickelt, nicht von außen, von einer Horde sogenannter Sozial-Ingenieure aufgepfropft. Falls sie einer Korrektur bedürfen, dann nur durch die Menschen, die nach diesen Gesetzen leben! Das Herz der Insel, und das Gehirn der Insel! Wieder in der Lage, in Einklang zu arbeiten! Instandgesetzt!«

Dunkelheit und Schweigen, ein furchtbares Schweigen. Die Stimme, die jetzt sprach, war Jacquies ruhige, kontrollierte, abwägende Stimme – und doch spürte ich das unterschwellige, stärker werdende Beben. »Ich glaube ... ich denke, daß das Projekt damit einverstanden ist. Jedenfalls die Leute vor Ort, ganz bestimmt. Wenn wir es den Treuhändern verkaufen können, dann muß auch das College mitziehen. Ohne College und ohne Treuhänder gibt es kein Projekt. Aber die Regierung ...«

Ich sammelte Kraft, versuchte, meinen Geist so weit wie möglich zu öffnen, in die wüste Leere um uns herum zu sprechen, eine Nacht ohne Mond und ohne Sterne. »Wenn der Barong und Rangda ihre Blockade aufrechterhalten, dann haltet auch die Lieferungen weiterhin zurück – dann muß die Regierung zustimmen! Sie haben keine Alternative! Entweder sie machen es auf unsere Weise, oder es kommt nichts mehr durch!« Immer noch Schweigen. Ich nahm den Rest meines Mutes zusammen und sprach noch einmal:

»Aber diese beiden Mächte – in der Gestalt, die sie gerade angenommen haben – werden sie danach handeln, was sie eben gehört haben? Werden sie davon überzeugt sein? Denn wir brauchen dringend ihre Hilfe, und auch die der Inselbevölkerung. Was ist mit dieser mysteriösen dritten Macht, Ape? Was denkt sie jetzt, wo sie meinen Widerstand gebrochen hat? Wird sie erneut ihre Meinung ändern? Wird sie mich zerstören, so wie es die anderen wollen? Oder wird sie mir helfen, die anderen zu überzeugen, wenn ihr das möglich ist? Die Kämpfe beenden, die Leute beruhigen, die Zerstörung beseitigen? Wird sie das tun? Kann sie das tun? Kannst du das, Ape?«

»*Nicht allein!*« sagte die Stimme in mir. Apes Stimme. Doch mir fiel auf, daß sie sich verändert hatte. Seit dem Moment, in dem wir uns verbunden hatten, hatte sie sich verändert. Alle holländischen Anklänge waren jetzt von ihr abgefallen, als hätte sie sie nur angenommen, um zu verbergen, wie fremdartig ihr gutturaler Klang wirklich war, und wie unmenschlich. Es war eine einzige Stimme, doch in ihr klangen die Echos einer Million Stimmen: »*Nicht allein. Denn Mitternacht zieht herauf, und dann werde ich mich in das verwandeln, zu dem sie mich formt. Ich werde für einen Zyklus eine neue Gestalt annehmen, um unter meinem Volk erneuert und erfrischt zu werden. Denn das ist die Stunde der Urahnen – und ich bin ein Urahn! Der Urahn! Ich bin derjenige, der die Ewigen Pfirsiche des Himmels gestohlen hat, der große magische Kräfte daraus gewonnen und noch größere Strafe dafür erlitten hat. Der seine Schuld bezahlt und sich seine Freiheit verdient hat, als er einem heiligen Mann dabei half, einen neuen Glauben von Indien aus nach Osten auszubreiten. Ich war Hanuman, der mit einer Armee von seinesgleichen Rama zu Hilfe eilte, um seine Frau vor den dämonischen Rakashas zu retten, und der vorher ihre Häuser angezündet und dabei seinen Schwanz eingebüßt hatte. Ein Verlust, der eigentlich eine große Belohnung war – denn seither war ich nicht mehr der Affe, sondern ich wurde Ape. Ich bin der Urahne der Urahnen, der erste, der in diese Ecke der Welt kam und sie mit seinen Kindern bevölkerte. Der sich sogar in der heiligsten Sprache des Westens einen wahren Namen erworben hat …*«

»Ja!« flüsterte Jacquie voller Ehrfurcht. »Ich hätte es wissen müssen! Schon als ich ihn zum ersten Mal sah. *Pithecanthropus erectus* – der Affenmensch, der aufrecht ging. Der Javamensch. Der Urahn des ganzen Ostens. *Mein* Vorfahr. Er hat das Recht. Er hat die Macht.«

Plötzlich ertönte ein Geräusch, wurde lauter, schwoll an, der harte Schlag der *Wayang*-Trommel, zu deren Rhythmus ich den Affen-Schattentanz gesehen hatte. »*Die habe ich. Und ich werde sie gebrauchen. Denn du, Stephen Fisher, hast die Aufgabe, für die ich dich ausgesucht habe, erfüllt. Deine Antwort ist die einzig richtige! Und mein Wesen, meine Macht wird den Konflikt beenden, wird alle Wunden heilen, wird sie zum Zuhören bringen! Doch nur durch dich, Stephen Fisher, kann ich meine Macht anwenden. Nur du hältst mich noch als ein Ganzes zusammen. Jetzt mußt du mich freilassen – frei! FREI!*«

All die schwermütige Erschöpfung und die merkwürdige Vergreisung, die ich in den letzten Wochen von seinen Zügen abgelesen hatte, versammelten sich jetzt in dieser Stimme, ein einziges Verlangen nach Erlösung. Die Trommel dröhnte und hämmerte wie ein unregelmäßiger Herzschlag. Wie ein Geist, der in einem zerstörten Körper gefangen ist, wie ein Schmetterling in seinem Kokon, sehnte er sich danach, freizukommen. Ich fühlte es ebenso wie er. Aber wie sollte das geschehen? Wie konnte ich ihn denn befreien, und zwar so, daß er uns noch immer helfen konnte?

Ich wollte mich am Kinn reiben, doch meine freie Hand erstarrte vor Schrecken, als ich es berührte und die harten, stoppeligen Haare spürte, die klobigen Konturen, den massigen Unterkiefer. Es gab kein Kinn. Ich berührte Apes Gesicht in dieser dunklen Welt, und in einem plötzlichen Anfall von Angst, meine Identität zu verlieren, verkrallte ich mich in diese Haare, riß sie in Büscheln aus und schleuderte sie von mir.

Der Schlag der Trommeln steigerte sich zu einem knatternden Höhepunkt und verdoppelte sich. Plötzlich war die Dunkelheit voller Trommeln. Ich reckte den Stab hoch über mich, und im rötlichen Glühen seiner Spitze sah ich andere Schatten um mich herum, massige Gestalten, die einen halb gebückten, halb aufrechten Tanz tanzten, komisch, grotesk, einen Glückstanz, einen Tanz der Befreiung. Und jeder von ihnen hielt einen Stab in der Hand, jeder von ihnen riß sich zum rasenden Rhythmus der Trommeln die Haare büschelweise aus und streute sie in den Wind. Und wieder verdoppelte sich der Trommelschlag, und wieder und wieder, bis diese Dunkelheit nicht länger dunkel war, bis es ein einziger frenetischer, schnatternder, dröhnender, unendlicher Tanz war, der mich und Jacquie mitriß, uns immer schneller herumwirbelte, bis nur noch Lichtblitze vor unseren Augen zuckten …

Von dem Tanz, der die Schlacht umkreiste, von geduckten Gestalten, die zwischen den Gegnern umhergingen, grotesk zwischen blitzenden Schwertern und reißenden Bajonetten hin- und herhüpften …

Von dem Tanz, der über die letzte Glut des Feuers huschte und die Asche zu einer dichten, beinahe massiven Wolke aufwirbelte …

Von dem Tanz, der über die Reisfelder sprang, mitten zwischen die Terroristen und die Regierungstruppen, die dort schossen und umherrannten und in Deckung gingen, und sie zu Fall brachte, ihnen die Waffen aus den Fäusten trat und sie tief in den fruchtbaren Boden stampfte, wo sie festbuken und verrosteten und verfaulten …

Von dem Tanz, der die Frau und den Mann, die Hexe und das Mann-Biest erfaßte, die ineinander verbissen waren, der sie zum Taumeln brachte, an ihren Kleidern riß, an Lendentüchern zerrte, Haarsträhnen flattern ließ, einen Stoßzahn mit frechem Mut rüttelte, lange Perlenschnüre durcheinanderwirbelte und ihre Eigentümer zu derben, schamlosen Gesten aufstachelte …

Und dann, ganz unerwartet, herrschte wieder nur noch Dunkelheit, still, leer, schweigend. Bis auf Jacquies zitternden Atem; doch es war die Erregung, die ihn zittern ließ. Sie redete, als antwortete sie einer natürlichen Stimme, auch wenn sie sich nicht an mich wandte. »Dann … dann ist also alles in Ordnung?« fragte sie. »Sie werden Steves Vorschlag akzeptieren?«

Sieh nur, sagte Apes Stimme. Sie war jetzt viel voller, aber auch undeutlicher, als käme sie aus weiter Ferne, als vermische sie sich irgendwie mit diesem immensen Echo und würde ein Teil dieser Myriaden anderer Stimmen. *Hör doch nur …*

Nacht lag über der Insel. Der stürmische Wind hatte sich beruhigt, das Grollen aus den vulkanischen Höhen war verstummt, das höllische Glühen verschwunden. Wo die verfeindeten Armeen über die zerfetzten Überreste ihrer Kameraden getrampelt waren, war jetzt Stille eingekehrt. Wo Feuerspuren die Luft über den friedlichen Reisterrassen zerrissen hatten, schwammen noch immer rote Lichtpunkte umher, doch sie sahen nicht mehr bösartig aus, flogen nicht mehr in diesen schrecklichen Bögen wie die Salven der Leuchtspurgeschosse. Zuerst bildete ich mir ein, noch immer die entfernten Schreie und das Bersten von Metall zu hören, den Knall von Explosionen; doch langsam, als würde ein Bild erst allmählich scharfgestellt, lösten sich die Stimmen in Rhythmen und in einen vielstimmigen Gesang auf. Der Lärm der Schlacht ordnete sich dem sanften Klingeln eines *Gamelan*-Orchesters unter.

Jacquie und ich hielten uns in der Dunkelheit unter den Bäumen umarmt. Die heiße, feuchte Luft der tropischen Nacht legte sich wie ein klammer Seidenschleier um uns, vom schweren Aroma der wilden Blüten, einer Mimosenart vielleicht, niedergedrückt. Im Licht der Laternen, die durch die Bäume schimmerten, sahen die Tröpfchen auf den Blättern wie glitzernde rote und gelbe Juwelen aus. Wir schlossen uns eng in die Arme, genossen die Magie des Augenblicks. Als wir schließlich doch wieder atmen mußten, blickten wir gemeinsam zum Himmel empor, der sich jetzt klar und wolkenlos über uns wölbte, vom Glitzern des südlichen Sternenhimmels und einem flammenden Halbmond erleuchtet. In seinem kalten Licht küßten wir uns erneut, ich weiß nicht mehr, wie lange; doch bald darauf gingen wir Hand in Hand den Pfad hinab, wie magisch von den Lichtern angezogen.

Sie beleuchteten die Äste eines uralten Banyan-Baumes, der nicht die geringsten Brandspuren aufwies. Die einzigen Flecken auf den Wänden der kleinen Tempel ringsum waren Flechten und einzelne Stellen, an denen über die Jahrhunderte hinweg immer wieder Opfergaben ihre Spuren hinterlassen hatten.

»Oh, da sind Sie ja!« rief Pasaribu und drehte sich zu uns um. Selbst er wirkte in dem warmen Licht der Lampions etwas versöhnlicher. »Das war ein schlimmer kleiner Schauer, was? Eigentlich recht ungewöhnlich für diese Jahreszeit – aber in unserem Gewerbe nicht gerade unwillkommen, hm? Er wird unsere Fahrt nicht wesentlich verzögern. Ich habe hier haltgemacht, weil ich hoffte, ihnen das hier zeigen zu können.«

Er schaute – und wie mir schien, mit großer Freude – zwei maskierten Gestalten zu, die sich zum Geklingel des *Gamelan* in einem langsamen Tanz umkreisten. Eine war eine grotesk animalistisch gestaltete Zauberin in einem aus weißen Tüchern sowie rot- und schwarzgestreiften Stoffen geschneiderten Kostüm, das beinahe hinter der wallenden Mähne langen, gelben Haars verschwand. Ihre Augen glotzten unheilvoll, Reiß- und Stoßzähne ragten aus ihrem Maul, und die hin- und herwackelnde Zunge reichte ihr bis zur Hüfte. An ihren Fingern sprossen lange, weiße Nägel, mit denen der Tänzer in drohenden, bösartigen Gesten kunstvoll durch die Luft krallte. Eine schreckenerregende Figur, und doch eine lustige Gestalt, das Feindselige auf ein verständliches Maß zurechtgestutzt. Ihr Gegenspieler, verkörpert von zwei Tänzern unter einem herrlichen Rückenschild aus goldenen Plättchen, zwischen denen lohfarbene Haarbüschel herausragten, war ein vierbeiniges Untier von der geschmeidigen Anmut eines Tigers. Auf seinem Kopf wackelte eine hohe, spitze Krone, die mit goldenen Blumen verziert war. Hinter seinen breiten Raubkatzenohren erhob sich ein großer Kragen aus flammendem Gold, wie eine stilisierte Mähne. Auch aus seinem offenen Maul ragten Reißzähne, zwar nicht so viele wie bei Rangda, aber doch wesentlich längere, und an seinem hinteren Ende peitschte ein geschwungener Schwanz die Luft. Pasaribu erklärte uns ziemlich ausführlich, daß es sich hier um rituelle Figuren handelte, die beinahe bei jedem Tanz auftraten – die beiden rivalisierenden Mächte, die Schutzgeister der Dörfer. Der Barong war allem Anschein nach freundlicher, doch auch Rangda hatte ihren festen Platz in diesem ausgewogenen Gefüge. »So eine Art Yin und Yang, Sie wissen schon …«

Seine Stimme wurde leiser. Obwohl er vorgab, uns den Tanz zeigen zu wollen, war er offensichtlich selbst unglaublich fasziniert davon; ein Tanz, der die letzten Reste seiner Kultur repräsentierte, die schon vor Jahrhunderten von Eindringlingen und Missionaren vom Antlitz Javas entfernt worden war, und die doch in seinem, Pasaribus, Blut und dem seiner Vorfahren lebendig blieb. Ich legte einen Arm um Jacquie – ein gewisser Stilbruch in dieser Umgebung, doch ich war zu glücklich – und flüsterte ihr zu: »Wir haben vielleicht dort oben das Herz und das Gehirn der Insel gesehen; aber ein Körper braucht noch mehr, oder? Rangda, der Barong, all diese kleinen Geister und Dinge – sie bereinigen ihre Konflikte, sie halten ihren inneren Frieden. Sie sind ihre Seele.«

»Schade, daß wir nicht länger bleiben können«, murmelte Pasaribu traumverloren nach einer Weile. »Manchmal schließen sich einige der Dorfbewohner dem Tanz an – in Trance, müssen Sie wissen. Sie halten sich für besessen, etwas in der Art.«

»Ja«, sagte ich eine Spur zu grimmig. »Rangda hat eine gewisse Vorliebe für solche Dinge.«

»Oh!« rief der kleine Beamte erstaunt aus. »Sie – äh, Sie interessieren sich für, äh, für Folklore?« erkundigte er sich beinahe schüchtern, was überhaupt nicht zu seiner sonst so schmierigen Art passen wollte. Er schien sich darüber zu freuen. »Sie tun dann so, als würden sie Rangda angreifen, sehen Sie, als wollten sie sie vertreiben. Sie bekämpft sie, läßt sie die eigenen Waffen gegen sich selbst richten. Aber es ist nur ein Ritual. Sie tun ihr nicht weh, und sie tut ihnen nicht weh. Alle ziehen sich wieder zurück, der nächste friedliche Tag zieht herauf – ein ewiger Kampf. Den keiner je gewinnen wird – aber es verliert auch keiner. Alles natürlich Aberglaube, klar, aber ich muß zugeben, wenn man sie so sieht, diese alten, äh, Sinnbilder des Bewußtseins der Leute, dann haben sie einen gewissen Charme, finden sie nicht? Einen gewissen Charme«, wiederholte er, ein bißchen verschämt.

Er seufzte und blickte auf die Armbanduhr. »Tja, wir sollten uns wieder auf den Weg machen. Äh – wo ist denn Ihr Freund geblieben?«

Jacquie schaute sich angestrengt um. »Ja! Wo ist Ape?«

»Mach dir um ihn keine Sorgen«, entgegnete ich. »Er sagte, er, äh, würde irgendwo unterwegs erwartet. Er paßt schon auf sich auf. Er ist hier so gut wie zu Hause – so wie überall auf diesen Inseln.«

»Oh?« kicherte Pasaribu. »Macht er einen auf Eingeborener?«

»Manchmal übertreibt er es sogar ein wenig«, sagte Jacquie trocken. »Aber er ist ein sehr guter Freund.«

An der Straße wartete der Konvoi auf uns. Die Soldaten waren aufmerksam, aber entspannt, die Waffen ruhten auf den Knien. Sie grinsten, als Pasaribu über die Einschußlöcher in seinem Wagen den Kopf schüttelte. »Wissen Sie, wie lange es dauert, bis ich jemanden gefunden habe, der mir das verdammte Ding hier draußen frisch lackiert?«

Offensichtlich hatte Ape den einen oder anderen Schaden übersehen – wahrscheinlich nicht ohne eine gewisse Schadenfreude.

»Keine weiteren Zwischenfälle?« fragte ich den Unteroffizier im Container-Transporter. Er lachte nur.

»Schöne Terroristen! Kriegen schon beim ersten bißchen Regen Schiß! Die haben nicht einmal auf den Heli gewartet!«

Aus dem Baumdickicht drang plötzlich ein explosives Stimmengewirr, beinahe höhnisch, ein komplizierter Refrain, ein Gesang wurde angestimmt, der aus reinem Nonsens zu bestehen schien. Die hohen Töne des Solisten, der den Gesang anführte, hörten sich beinahe wie der Kommentar eines *Wayang*-Erzählers an. »Ah!« stöhnte Pasaribu wehmütig. »Das ist der *Kecak*, der Affentanz. Der Chor imitiert das *Gamelan*, hören Sie? Und den Tanz.«

»Erzählt er nicht die Geschichte des *Ramavana*?« fragte Jacquie leise.

»Ja, ganz richtig!« freute sich Pasaribu. »Aber der wahre Held ist natürlich Hanuman, falls Sie wissen, wer …«

»Doch«, sagte ich, »nur zu gut.«

Er lächelte und drehte sich um. »Es ist ein herrlicher Anblick. Ich wünschte … aber nein, wir fahren besser los. Wenigstens ist es ein netter Abschied.«

Ich pflichtete ihm bei. Sein Fahrer, der einen Arm bandagiert hatte, doch ansonsten guter Dinge war, fuhr wieder in die Straßenmitte und brauste los. Wir kurbelten das Fenster herunter und hörten, wie der Gesang hinter uns immer leiser wurde. Ape war dort; aber wir wußten beide, daß er auch woanders war. Er war jetzt überall um uns, in den Herzen und Köpfen und Seelen seiner Nachfahren, der Geist des kümmerlichen Restes eines alten Volkes, der um die halbe Welt und wieder zurück gereist war, um ihnen den Schutz zu bringen, dessen sie bedurften.

Jetzt, wo Pasaribu nicht mehr ganz so stark den Mann von Welt heraushängen ließ, erzählte er mir begeistert von diesem bevorstehenden Feiertag, der Herabkunft der Urahnen. »Sie glauben, sie bleiben den ganzen Galungan über hier auf der Insel, also ungefähr eine Woche – bis Kuningan, dem abschließenden Fest, wo man ihnen besondere Gaben aus gelbem Reis darbringt. Während dieser festlichen Zeit tragen alle ihre besten Kleider, bringen Opfergaben dar, das ganze Dorf wird mit diesen *Penjor*-Stangen geschmückt wie mit Weihnachtsbäumen – tatsächlich ist die ganze Atmosphäre Weihnachten nicht unähnlich. Nur daß sie den ganzen Zauber für die Urahnen veranstalten – aber wie!«

»Gut für Ape!« flüsterte Jacquie leise und schmiegte sich an mich. »Er hat es verdient.«

»Ja«, lächelte ich sie an. Pasaribu verlor sich wieder in seinen endlosen Ausführungen, doch sein selbstgefälliges Geplauder hörte sich jetzt beinahe nett an. »Aber was wird aus uns? Haben wir uns nicht auch etwas verdient?«

Jacquie seufzte. »Also ich weiß nicht. Deinetwegen kommen in der nächsten Zeit eine Menge Überstunden auf mich zu, und das wird auch eine Weile so bleiben. Ist dir bewußt, wie vielen Leuten ich deine hervorragende Idee verkaufen muß? Dem Projekt, den Treuhändern, dem College, der Regierung, den *Subaks* – großer Gott! Außerdem muß ich dafür sorgen, daß sie hinterher nicht wieder abspringen. Es wird der größte PR-Job aller Zeiten! Und dann müssen wir den Plan mehr oder weniger sofort in die Tat umsetzen. Kannst du dir vorstellen, was das bedeutet?« Sie fuhr mit ihrer Hand auf meiner Brust auf und ab. »Und du jammerst, wieviel Arbeit sich zu Hause auf deinem Schreibtisch stapelt!«

Ich drückte die Hand fest an mich. »Dave kann sich noch ein bißchen länger darum kümmern.« Doch selbst in meinen Ohren klang ich nicht sehr überzeugend. Eigentlich wollte ich gar nicht, daß er sich so hervorragend um alles kümmerte; könnte ja sein, daß er seine Sache zu gut machte und ich mir bald überflüssig vorkäme.

»Du willst also nicht alles hinschmeißen und hier draußen bleiben, nicht einmal mit mir – he, keine Bange!« lächelte sie, als ich ihr heftig widersprechen wollte. »Das würde ich nie von dir verlangen. Vielleicht würdest du es sogar tun, doch das wäre grausam. Aber auch ich liebe meine Arbeit. Ich werde nicht weggehen; und du kannst nicht bleiben.«

Traurigkeit legte sich wie ein Umhang über mich. »Ich hatte wohl gehofft …«

»Daß wir noch einmal anfangen könnten, die Vergangenheit einfach vergessen? Sie wird uns nicht vergessen, Steve. Wir leben jetzt in verschiedenen Welten.« Sie verzog das Gesicht zu einer spöttischen Grimasse. »Ich glaube nicht, daß ich mich mit deiner anfreunden könnte.«

»Du hast lange genug im Westen gelebt. Du siehst doch wie eine Europäerin aus!«

»Mir kommt es nicht so vor – jedenfalls nicht so extrem. Aber ich meinte nicht Europa. Deine Welt – deine Welten. Erinnerst du dich an Jyps Worte? Über die Leute, die einen kurzen Blick erhaschen, und dann wieder in ihre eigene Welt zurückgehen. Die Spirale –« Ich spürte, wie sie erschauerte. »Das alles ist unglaublich schön, unglaublich schrecklich! All diese Dinge da draußen, die ich gerne sehen würde – doch es muß auch andere Dinge geben. Ein Extrem verweist auf das andere. Absolute Schönheit, absoluter Schrecken. Das absolut Gute, das absolut Böse. Ich kann mit diesen Kategorien nichts anfangen. Du bist sehr mutig, ich bewundere dich dafür, daß du damit so gut zurechtkommst.«

Ich spürte, wie sich mein Mund geschmäcklerisch verzog. »Unglaublich phantasielos trifft es wohl eher. Das hat man mir schon öfters gesagt. Vielleicht bin ich ja einfach nur schwer von Begriff.«

»Aber nein! Du hast viel mehr Phantasie als die meisten Menschen, du mußt ihr nur freien Lauf lassen, sie nicht ständig eingepfercht halten! Ich wußte es schon immer. Ich bin diejenige, die feste Grenzen hat, die weiß, wohin sie gehört und wohin nicht.«

»Man hat mir geraten, mich von der Spirale fernzuhalten«, sagte ich düster. »Sie zu vergessen, zu meiner eigenen Sicherheit. Fast wäre es mir gelungen. Fast. Vielleicht wäre es besser gewesen, es bei dem ersten Ausflug zu belassen.«

»Mall sagte, du kannst jetzt allein auf dich aufpassen. Sie meinte, das Risiko sei für dich jetzt nicht mehr so groß wie am Anfang.«

»Ich glaube nicht, daß sie es so gemeint hat. Ich weiß, wie tief ich dich verletzt habe, Jacquie. Ich hoffe, ich habe einiges wiedergutmachen können. Vielleicht sollte ich das auch alles vergessen.«

Sie streichelte meine Wange. »Ich hoffe nicht. Sonst machst du dir noch weiterhin Vorwürfe. Was du auch getan hast, du hast es mehr als wiedergutgemacht. Wenigstens das solltest du nie vergessen. Auf diese Weise kann jeder von uns sein eigenes Leben leben, ohne an die Vergangenheit gekettet zu sein, wie es bestimmt geschehen würde, wenn wir zusammenblieben. Meinst du nicht?«

Ich zuckte die Achseln. Nur noch ein dumpfer Schmerz war zu spüren; ich hatte wirklich keinen Grund, mich zu beschweren. Ich hatte mich in diese Sache gestürzt, weil der Name auf der Liste der Jacquies hätte sein können, und weil ich ein wenig Gutes tun wollte. Ganz einfach! Ich hatte erwartet … was eigentlich? Bestimmt keine Belohnung. Das Problem war, daß ich glaubte, eine Belohnung gefunden zu haben.

»Du hast etwas gefunden, etwas Neues für dich entdeckt«, sagte sie sanft, aber beharrlich. »Eine bessere Art, auf Wiedersehen zu sagen. Du bist kein Sklave der Vergangenheit mehr, nicht mehr der Sklave unserer früheren Beziehung und unserer schäbigen Trennung. Steve, es war auch meine Schuld, in mancher Hinsicht. Ich hätte es dir einfacher machen können, hätte besser zu dir halten sollen, wenn mir nicht der eigene Stolz im Weg gestanden hätte. Du hast erneut die Tore für uns geöffnet, das ist gut. Wenn sie sich jetzt wieder schließen, so hat auch das seine Richtigkeit; wie eine Wunde, die endlich heilt!«

Tatsächlich empfand ich diesen verzauberten Sommerabend als wundersame Heilung, als klebte noch ein kleiner Rest der Magie der Spirale an uns. Von meinen Schultern fiel ein Gewicht, das ich unwissend all die Jahre wie einen Container voller Schuldgefühle mit mir herumgeschleppt hatte.

Ich beugte mich hinab und küßte Jacquie, lang und intensiv. War nicht auch das ein unsagbares Glück, ein unverhofftes Glück, von aller Verbitterung und Schuld erlöst, endlich erlöst?

»Mann!« kicherte sie, als wir wieder nach Luft schnappten. Sie klang genau wie das Mädchen von damals. »Steve ...

»Mmmh?«

»Diese Tore ... sie müssen sich noch nicht sofort schließen, oder? Du könntest dir zumindest einen Urlaub gönnen. An einem netten, ruhigen Ort ausspannen ...«

»Etwa in einem echten tropischen Inselparadies? Zum Beispiel auf Bali?«

»Eine großartige Idee. Ich glaube, das läßt sich machen. Weißt du, wo wir hier gelben Reis bekommen?«

Ich wollte mit dem Daumen auf Pasaribu zeigen, doch sie hatte meine Hand fest zwischen ihre Schenkel geklemmt und ließ sie nicht mehr los. »Er weiß es bestimmt. Er scheint so einiges zu wissen. Als hätte er das eine oder andere von jemand anderem übernommen ...«

»Hmmm. Steve ... als ich dir vorhin sagte, daß ich an dich glaube ...«

»Mmmh?«

»Ich meinte es wirklich so. Ich habe immer an dich geglaubt, auch wenn alles so offensichtlich gegen dich sprach. Wenn du auf die eine oder andere Art leer schienst, dann vielleicht deshalb, weil du soviel Platz für all diese anderen Dinge in dir spürst. Vielleicht mußtest du nur weiter gehen als die meisten Leute, um sie zu finden.«

»Wie meinst du das?« Ich war viel zu glücklich, um mir darüber Gedanken zu machen. Und doch war da diese ruhige Bestimmtheit in ihren Worten, die noch lange nachwirkte, als Bali nur noch eine Erinnerung war, die, wie schön auch immer, unter den Rädern eines Flugzeuges verschwand.

»Ich meine ... vielleicht hängt es nicht nur von dir ab, ob du dich von dieser schrecklichen Welt fernhältst, wie gefährlich sie auch immer sein mag. Vielleicht warst du die ganze Zeit über dafür vorbestimmt, wie augenscheinlich auch Jyp und Mall. Vielleicht mußt du einen bestimmten Zweck erfüllen, wie Ape andeutete. Steve, mein Lieber – glaubst du wirklich, diese Welt wird dich jemals in Ruhe lassen?«

Dieses Buch ist, wie schon »Wolfsdämmerung«, der erste Band der Trilogie, in der nahen Zukunft angesiedelt. So geht es beispielsweise von der Voraussetzung aus, daß Indonesien von einer anderen, vielleicht repressiveren Regierung beherrscht wird. *Korupsi* und die anderen hier geschilderten Probleme des Landes sind jedoch fest in unserer Gegenwart verwurzelt.

Ebenso setzt es voraus, daß sich die gegenwärtige Beton- und Glasepidemie in Bangkok weiter ausbreitet und sich entlang des Chao Phraya bis zum Meer hin ausdehnt und daß trotz der drohenden AIDS-Gefahr und der angekündigten drastischen Maßnahmen von seiten der Regierung weiterhin Horden europäischer und australischer Kunden in Phatphong und ähnlichen Orten einfallen.

Schließlich soll erwähnt werden, daß die im Buch erwähnte Hilfsorganisation nicht existiert und keine Ähnlichkeit mit bestehenden Hilfsorganisationen hat.

Das Lied auf Seite 239 ist ein traditioneller Gesang von den Trobriand-Inseln und wurde der Sammlung von John Kasaipwalova entnommen.